梁晓声文集·长篇小说

16

知青（下）

青岛出版社

人性先天具有的弱点和缺点，倘无道德约束，膨胀而且变质，那么谁都别想在人世间活得好些。道德乃是为了使绝大多数人都活得好些的社会法则。归根结底，人类的进步是人性的进步，人生的提升是人格的提升。"文革"既反人性也反人格，因而是人类社会的"反动运动"。

第十八章

没有风。大雪便安然地、静静地飘落着。

哈尔滨郊区某墓园在雪中显得更加寂静。

齐勇站在弟弟的碑前。碑前放着的一个苹果、一个梨和几块蛋糕上，落了薄薄的一层雪。

忽然，他听到背后穿着棉鞋踏在雪地上的吱吱声。

转身看去，见是"小地包"在墓碑间走来走去。

他边走边仔细辨认每块墓碑上的字，并没发现齐勇。

"小地包"退行着，一不小心，撞在齐勇身上。他转身看是齐勇，表情一时很不自然。

齐勇："我以为这么大的雪，就我自己会来这种地方呢。"

"小地包"："我也这么以为。"

"你为谁来？"

"为你弟。"

齐勇朝弟弟的碑一翘下巴："就这儿，跟我弟说几句话吧。"

"小地包"："好吗？"

齐勇点头。

"说什么呀?"

"随便。"

"小地包"凝视着碑,动了几下嘴唇才说出话来:"小弟,对不起。现在我说什么也是晚了。现在我和你哥成了好朋友……"

他看齐勇一眼,齐勇点一下头。

"小地包"脸上淌下泪来:"那现在,你也就是我弟了……弟呀,春节快到了,我给你寄过去些钱、粮票、布票……别记我家人的仇,啊?往后你那边如果缺什么,梦里跟我说也行……"

他蹲下,解开书包,从里面掏出些花花绿绿的纸,打算把它们点着时,却发觉没带火柴。他抬头看齐勇。齐勇也在他身旁蹲下,拿过他手中那些纸,那是些画的钱、粮票、布票,而且面额都特大——人民币一万元、粮票一千斤、布票五百尺,还有肉票、豆类副食票。

齐勇:"你画的?"

"小地包":"求人画的。画一张五分钱。本来在兵团时,想求沈力给画来着,那时我就决定了,如果探亲假批下来,一定到你弟的碑前来……"

齐勇打断他:"沈力画得肯定比这像。"

"是啊。"

"你信这些?"

"有时候信,有时候不信,这时候,我挺信。"

齐勇默默掏出火柴,划着。"小地包"拢住火苗。齐勇将那些纸一张张地点燃,那些纸嘶嘶地烧了起来。

齐勇:"一下子寄过去这么多,也不知我弟在那边会不会遭到嫉妒,挨批斗。"

"小地包":"不会吧,听说人到了那边,回想起这边做的一些错事、坏事,没有不后悔的。"

"但愿吧。"

二人烧完了纸,并肩离开墓园。雪花从天上静静落下来。

"小地包":"我有一个特别强烈的愿望……"

"讲。"

"那就是,希望有机会救你一命。"

齐勇:"你已经救过我一命了。"

"小地包":"那次不算。那次究竟谁救谁,是说不清楚的事儿。"

"你就当是你救了我一命,不行吗?"

"我也常这么对自己说,可是不管事儿,那个愿望还是特别强烈。"

齐勇站住,认真地瞪着"小地包":"不许你以后再有那种愿望!"

齐勇用力搂了一下"小地包"的肩,二人又并肩向前走去。雪地上留下两行亲密的脚印……

呼啸的列车在黑夜中穿梭。

两节车厢连接处的过道里,赵天亮和周萍守着他们的大包小包并肩坐在地上。

赵天亮:"如果觉得这儿冷,咱们回座位上去。"

周萍:"不,坐这儿挺好。"

赵天亮:"坐这儿有什么好?"

"跟你说什么话,只有你能听到。"

赵天亮握住了周萍一只手。

一丝甜笑挂上周萍嘴角:"你要是想握我手,我就敢让你随便握着,不怕被别人看到。"

赵天亮不由得轻轻亲吻她的手背。

周萍:"要是坐在座位上,你不敢这样吧?"

赵天亮笑了一下,点头承认。

周萍吻赵天亮脸颊。

赵天亮看她,她眼睛亮亮的,幸福地微笑。

赵天亮:"关于咱俩的事儿,孙敬文给我出过一个主意。想不想听?"

周萍点头。

赵天亮:"他说,我还不如干脆把你娶到七连,那你就成了兵团战士的家属。还说咱俩的家要由我们男一班的知青亲自盖,要盖得高一点儿,开间大一点儿,还要亲自为咱俩围一块自留地。"

赵天亮又扭头看周萍,见周萍也正充满憧憬地注视着他。

周萍催促地:"说呀。"

赵天亮:"他就说了这些。只要你愿意,我就那么决定。婚姻法规定十八岁就可以结婚,咱俩都过二十岁了,何况还有班里的那帮哥们儿支持我。"赵天亮一转身,扳住周萍双肩,冲动道,"你愿意不愿意?"

周萍却摇了摇头。

赵天亮:"不愿意?撒谎!你刚才那么认真地听我说,证明你心里是愿意的!"

周萍:"我是愿意听你那么说,可是并不愿意你那么决定!"

赵天亮:"其实……你不爱我?"

"很爱。"周萍又在他脸上吻了一下。

赵天亮的双手从她肩上放下了,失望地:"如果我不那么决定,怎么能向你证明我是爱你的?"

周萍:"你已经证明了。再说,我也完全感受到了。这就足够了呀。这已经使我觉得幸福了。"

"可是我要使你早日离开山东屯。"

"可是如果我同意了,你很快就会因为你的决定后悔的。"

赵天亮:"我不会!"

周萍:"你会的。想想吧,那你就不再像一个知识青年了。如果一两年后我生了孩子,你就当爸爸了,你就会每天每月每年都为咱们的小家庭操心不止,劳碌不止。即使你自己还认为自己是一个知识青年,别人也会渐渐不把你当知识青年看待了。"

"我不在乎！"

"你会很在乎的。你不像我。你成分好，出身好，你以后的人生，也许还有很多机会，我不想拖累你。"

赵天亮："别说了！"他有些生气了。

周萍："有些话，我现在必须跟你说明白。你不要把山东屯当成一个火坑，不要把我当成一个处在水深火热中的人，不要非要求自己充当一个拯救者。你在山东屯待过些日子的，那里不能算是火坑对吧？那里不止我一个插队知青对吧？那里的老乡从'解放'前就在那里生活着了对吧？我们这一代人中，绝大多数都是插队知青，而不是什么兵团战士。别人能吃得了的苦、受得了的累，我相信我也能吃能受。别人能经受的命运，我相信我也能经受。我不需要任何人为我作出牺牲自己利益的决定。"

赵天亮从地上站起来，走到过道另一边的窗子那儿去了。

周萍也站起来走过去，从背后温柔地搂住赵天亮的腰，将下颏放在他肩上。平静地："我不能那么自私，我不能……"

赵天亮："那……我们现在这算怎么回事？"

"我们在爱。就目前来说，对于我，有爱已经使我感到很满足了。以后你要常给我写信，有机会了，就常到山东屯去看看我。我因为什么事伤心难过，你要好好安慰我。我不够坚强、软弱的时候，你要善于鼓励我，啊？"

赵天亮分开周萍手臂，缓缓转过身："你变了。"

周萍嫣然一笑："我也觉得我变了。"

赵天亮情不自禁地搂紧她，热烈地吻她。

赵天亮和周萍转头，只见一名年轻的列车乘警站在他们旁边，一脸严肃地挥着手。

另一名年轻的列车乘警出现，制止地："哎哎哎，干什么呢！这是列车，成什么样子！"

赵天亮大窘。

周萍却回头笑道:"如果你肯走开,就没人看见我们在亲吻了。"说罢搂住赵天亮脖子,热情地吻他。

乘警生气地:"我不许……"

这时,女列车长走过来,小声对乘警说:"别狗拿耗子多管闲事儿,注意力要放在可能是小偷的人身上。"说罢,便轻推着乘警走了。

北京的冬季没有东北那么冷,无雪的天空很是晴朗。微温的阳光远远照在赵天亮和周萍的身上。他们拎着行李,走到一个军队大院门前。

周萍望着站岗的门卫,怯怯地:"要不,我别去你家了,我还是回火车站去吧。"

赵天亮:"说好了的,我负责给你买票,你在我家住一天,不许变!"他说着,便一个人走进传达室。

传达室里,一位老者正拿着茶缸喝水,见赵天亮进来,有些惊喜:"嚯,我当谁呢,这不是天亮嘛!淘小子回来探家了?"他朝窗外一看,"那姑娘是谁呀?"

赵天亮:"战友。大爷,您跟门卫打声招呼,让我们进去。"

"战友?穿这么一身,你就以为你也是军人了?又没领章又没帽徽的,还战友!对象吧?"

"不是。真是战友。"

"不说实话,那我不替你打招呼。"

赵天亮无奈地:"好好好,是对象。"

赵天亮和周萍拎着行李走到赵家门前,赵父正在打太极拳。

他虽然看不见,却直觉地感到有人在看他,便立刻收住套路,转过身,腰板一挺问:"哪位在看我?"

赵天亮:"爸,是我。"

赵父惊喜地:"天亮?"

"对。"

赵父想起了什么,立刻收住脸上的笑容:"等等。这次是怎么回来的?"

"爸,连里批准了我的探亲假……"

赵父:"那好。你是兵团战士,我当过团长,要像部队里那样,正规点儿。"

"正规点儿? 爸你什么意思?"

"在部队,战士见了团长,该怎么样?"

赵天亮看周萍,无奈苦笑,复看着父亲,不以为然地:"爸,那太可笑了吧?"

赵父:"那有什么可笑的? 快点快点,要不不让你进家门!"

赵天亮只得敷衍地:"报告父亲……"

"不行不行,太近了! 退远点儿,要跑步到我跟前。"

赵天亮回头看了看周萍,无奈地后退。

周萍掩住嘴,几乎要笑出声来。

赵父凭感觉"望"着十几步外的儿子,大声喊:"来标准的啊,你小子是不是应付我,我凭感觉是会知道的。"

赵天亮跑步至父亲跟前,响亮地:"报告父亲同志,儿子赵天亮自黑龙江生产建设兵团归来探家,请允许迈入家门。"

赵父上前一步,紧紧拥抱儿子:"哈哈,老子终于又找回点儿团长的感觉啦! 儿子,你可两年多没回来了! 我以为你记仇了,再也不回家了。"他边说边亲切地拍着赵天亮的背。

赵天亮:"爸,我还带回来一位战友,她是上海的,我得让她住在咱们家里,替她买到哪天的票她哪天才能走。"

"哦,怎么不早说!"赵父推开儿子,伸出一只手,热情而真诚地,"欢迎欢迎,握握手吧!"

周萍赶紧走上前,从棉手闷子中抽出小手,与赵父的大手握了一下,同时礼貌地:"伯父好……"

赵父立刻把手松开,皱起了眉,他走到一旁,低声然而严厉地:"天亮,过来!"

赵天亮走到父亲跟前。

赵父:"女的!怎么回事?"

赵天亮:"是啊,女战友,难道我们家只欢迎我的男战友,不欢迎我的女战友吗?"

赵父又扯着儿子走开几步,脸色阴沉下来:"别狡辩!你小子给我坦白交代,是不是搞上对象了?"

"不是对象,是爱人。"

赵父急了,几乎吼起来:"你小子还把人家搞怀孕了不成?!"

赵天亮也急了:"爸,你小声点儿行不行?这不是在家里,是在外边,让别人听到,传开了好吗?"

赵父:"嗨,你!"

周萍不安地看着站在远处的父子俩。

这时,赵母一手拿着脚垫,一手拿着笤帚,推开家门走了出来。她刚想清理一下脚垫,忽然看见儿子,丢下脚垫和笤帚,几步走过来搂住了儿子,激动地:"儿子,你可把妈想死了!"

赵父沉着脸。周萍低着头,不安地坐在椅子上。

赵母坐在赵天亮旁边,双手抓着儿子一只手,目光温柔地看着周萍:"小周,父母做什么工作?"

周萍不知如何回答是好,抬头求助地看着赵天亮。

赵天亮:"小周她妈妈也是医生,只不过不是军医,她爸爸……也在部队,只不过不是现役。妈你别老攥着我手,太不习惯了!"赵天亮从母亲手中抽出自己的手,转移话题地,"中午吃什么饭,我来做!"

赵母笑了:"这才早上九点多钟,你俩都没吃早饭吧?我去给你俩弄点儿吃的,先垫一垫。"

周萍:"伯母,别麻烦了,我不饿。天亮,我想……我还是走吧,我给你们带来太多的不方便了……"

赵母:"那怎么行?不能走!票的事儿,让天亮负责。屋里热,快把衣服脱了!"她说着,走进厨房去了。

赵天亮走到周萍跟前,拉住她的手恳求:"听我妈的话,啊?今天是星期日,浴室晚上开放,你就不想好好洗一次澡吗?"

周萍被说服了,摘下围巾,开始脱棉袄。

赵父:"小周啊,如果你走了,最不高兴的可不是天亮,也不是他妈妈,而是我。那我会以为,我说了什么你不爱听的话,你挑理了。"

周萍:"伯父,那我就不走了。"

"这就对了嘛!"赵父变得热情起来,"刚才天亮也没说明白,你父亲具体在部队做什么工作?"

周萍又一愣,再次看赵天亮。

赵天亮:"我刚才没说明白吗?那,我就替小周说明白点儿。爸,小周这人呢,她在生人面前不太爱说话,她父亲,那是上海鼎鼎大名的武术家,受聘于上海的特种部队,做擒拿教练,虽然不是现役,但享受正师级待遇呢!"

周萍对赵天亮不满地摇头。

赵父:"哦?小周啊,那你……武术方面,是不是也会几手啊?"

赵天亮:"爸,想跟她学两招是吧?"

"对对,学两招,没事儿练练,强身健体嘛!太极拳动作太缓慢了,像我这种急性子,打着总觉得不过瘾。"

赵天亮替周萍解围:"您看不见,她就是想教,您也没法学呀!"

周萍:"大伯,别听他的,我一招儿也不会。"

赵父:"你不是谦虚吧?我常听人家说,武术界里,有家传真功夫的,轻易不显露。"

"伯父,我真的不会。"

"小周啊,到厨房来帮我一下。"幸好这时赵母的声音从厨房里传来,周萍借机起身走进厨房。

赵父让赵天亮坐到了他的身旁耳语:"我喜欢武术人家的女儿,也能接受话不多的姑娘。既然已经对上了,那就继续对下去吧。但是,如果弄出了什么麻烦,必须老老实实地向你妈交代!她毕竟是医生,肯定能替你们排忧解难,明白?"

赵天亮:"明白,明白。可是我发誓,我们根本没有什么可交代的……"

赵天亮拎着个小袋子,在大院里的公共洗浴门口等周萍。周萍头上包着毛巾从女浴室走了出来。

赵天亮:"我拿着盆儿。"

周萍把盆递给他:"不是叫你洗好了先回家嘛!"

赵天亮:"不等你还行!这院子挺大,怕你找不到我家门了。"

"我还不至于那么不记道。我可跟你说啊,我真生你气了。"

赵天亮:"我早看出来了,也知道为什么。"

周萍:"你怎么可以编出那么一套不着边际的谎话骗你父亲呢?而且还使我当时似乎认可了你的谎话。"

"谎话都是不着边际的,否则还叫谎话吗?似乎是一个不确定的词,对我的谎话,你既没有附和,也没有点头,所以不必觉得心里不安。我父亲信了,母亲也信了,他们都开始喜欢你了,这是最主要的。"

周萍突然站住,凝视着赵天亮:"反对!我虽然是'黑五类'的女儿,可我的父母从小就教育我,说谎骗人是可耻的行为之一。现在我都觉得我有点儿可耻了。"

"好好好,我向你承认错误,你别太往心里去了,行吗?"

赵天亮四顾无人,捧住周萍的脸吻了一下。

周萍这才微笑了。

赵天亮:"替你买到明天晚上的票了,也不谢谢我?"

周萍也四下看了看,反过来捧住赵天亮的脸,吻了他一下。

"今晚美美地在我家睡上一大觉,明天白天我陪你在北京各处玩玩,啊?"

周萍微笑着点了点头。

周萍坐在赵家客厅的镜子前,赵母站在她身后,用吹风机为她吹头发。

赵母:"这东西还是托人从上海给我买来的呢。可是成了自己的了,却很少用了。"

周萍:"伯母,您对我真好。"

赵母将吹风机关了,放在桌上,拉着周萍坐到沙发上,语调暖暖地:"小周,我喜欢你。"

"伯母,我看出来了。"

"告诉我实话,你和天亮,你们不是一般的战友关系,对吧?"

周萍脸上微微发红,垂下目光,点了点头。

"天亮他对你好吗? 有没有那种时候——他对你不讲道理,乱发脾气,明明委屈了你、伤了你的心,还不肯主动认错?"

周萍微笑着摇头。

赵母:"以后,你回上海探家,从上海回兵团,这儿就是你的另一个家,啊?"

周萍不由自主地偎入赵母怀里:"伯母,我会的……"

赵母:"天亮他爸性子不太好,一个带过兵、冲锋陷阵地打过仗的人,双目失明了,整天大闲人似的待在家里,还享受着部队里的种种光荣待遇,他感到内疚。所以呢,以后熟了,说不定他也有跟你发火的时候,千万别往心里去,啊?"

周萍："伯母,我记住了,您放心吧。"她眼睛里已经盈泪欲滴。赵母对她的这番爱护,让她更加不愿成为赵天亮人生的负累了。

房门开关的声音让周萍与赵母分开了,赵天亮和父亲先后走进来。

赵母问他们:"你们到哪儿散步去了,这么半天?"

赵天亮手背在身后:"我爸说走远点儿,为的是给小周买到一种她可能没吃过的东西。"

赵母:"都是中国人,能有什么咱们吃过、人家没吃过的东西?"

赵天亮将背着的双手伸了出来,两只手各拿了一支大糖葫芦。他将一支递向周萍。

赵天亮问周萍:"吃过我们北京的大糖葫芦吗?"

周萍:"没吃过,但听说过。你怎么不给伯母也买一支?"

"给他妈买,那得花我钱,要不好人都让他做了。"赵父也将双手从背后伸了出来,他的两只手上也各拿一支大糖葫芦。

赵母:"我想他们父子俩心里也不能没有我嘛!"

赵父:"那不是忘恩负义吗?"说着,把手里的一支糖葫芦递了过去。

待赵母从赵父手中接过了一支糖葫芦,周萍才也从赵天亮手中接过一支。

赵天亮:"过了北京,往南就见不着糖葫芦了。"

他待周萍咬下一颗,问:"好吃吗?"

周萍幸福地笑着,微微点了点头。

夜深了。赵家的几间屋子都熄灯了,赵天亮在客厅沙发上酣实地睡着。赵父赵母也已上床,赵母在台灯下织毛衣。

赵父问赵母:"那小周,长得怎么样啊?"

赵母:"很秀气,挺漂亮的,性格也很文静。"

"那我能感觉出来。"

"没想到,咱们天亮这么有眼光。哎,你可不许给搅黄了啊!"

赵父:"我是那么不好的父亲吗?"

赵母:"你以为你是位好父亲啊?曙光和晓兰的事,你不是一直坚决反对吗?"

"两码事儿,不能混为一谈。可,你没觉得那姑娘,有什么不对劲儿的地方吗?"

"你这什么话!"

"我是说……"赵父迟疑道,"她……你没看出她怀孕的样子吧?"

赵母赶紧丢下手里的针线,捂住了赵父的嘴。

赵母:"小声点儿!你胡说些什么呀你!"

等赵母的手放下了,赵父小声说:"早上,你没出门的时候,我逼问天亮,小周是不是他对象,你猜天亮怎么说?"

"怎么说?"

"他说,'不是对象,是爱人'。这话什么意思?"

赵母:"是啊,这话不是现在该说的话呀。"

赵父:"就是嘛,未婚,那就不能叫爱人。既然都叫爱人了,那就证明他们……很可能已经有过那种关系了。"

赵母瞪大眼睛,不太愿意相信:"不会吧?"

"以他们现在的情况,万一哪天小周真的肚子大了,纸包不住火了,瞒不过人眼了,那天亮又得受处分。他可刚解除了处分。"

赵母无心织毛衣了,把针线放枕旁,忧虑地:"依你,咱们该怎么办?反正我挺喜欢那姑娘的,即使出了那事儿,我也愿意她成了我的小儿媳妇!"

赵父:"所以,你要及早关心他们嘛!该问的,那就得问。该掌握的情况,那就得做到心里有数。该及时加以指导给出解决办法的,那就得当面锣、对面鼓,把利害关系给他们说清楚。总而言之,他们是孩子,有的事会不好意思。而我们是大人,是家长,你又是医生,那就没什么不好意思的。"

赵母眼睛定定地看着搁在枕边的毛线。

赵父："不知道他们兵团对知青有什么纪律约束,在正规部队,如果一个男兵把一个女兵肚子搞大了,那毫不留情,废话别说,立马脱军装,哪儿来的回哪儿去。即使就差几天该复员了,以前几年的兵也白当了。"

赵母："还真是不好问啊!"

"她可是明天晚上就走,要问就得抓紧问。"

"那也得有个机会不是吗?再说人家姑娘走了,我问咱们儿子不一样嘛!真那样了,又不是人家姑娘一个人做得了的事儿。"

赵父："我看你从天亮口中是掏不出什么真实情报的,我觉得他是越来越有蔫主意了。"

周萍在赵天亮的房间里也睡得正香。在梦里,她和赵天亮是芭蕾舞《天鹅湖》中的王子和天鹅公主。正在他们幸福地幽会之际,蝙蝠王出现了,他用魔法定住周萍,让她动弹不得。蝙蝠王将她推倒在地,步步向她逼近……

周萍猛然从梦中惊醒。她睁大双眼,喘着粗气,凝视着房间的天花板,难以入眠。听到客厅里传来了赵天亮的鼾声,她又坐起来,轻轻下了床,走到小屋门口,贴着墙,深情地望着沙发上的赵天亮。

她看了一会儿,转身回到小屋里,拉开抽屉,从里面取出了纸和笔,坐在桌边写起信来:

伯父,伯母:

　　我并不愿对你们隐瞒什么,可是看起来,我仿佛欺骗了你们……

第二天清早刚起来,赵母已经准备好早饭了。周萍来到桌边,赵天亮为她盛了一大碗豆浆,放在她面前。周萍看到豆浆,眉头微微地皱了起来。

周萍："天亮,我不喝豆浆,这一碗你喝吧。"她轻轻将那一碗豆浆推至赵天亮面前。

赵天亮："喝吧,甜的。"

周萍仍旧摇头。

赵母："小周,真对不起,没想到你不喝豆浆。早上我一懒,也没煮粥,出去买了点儿现成的。"

"伯母,我喝点儿开水就行。"

周萍微微一笑,起身自己去倒开水。

赵家三口面面相觑,心里都挺疑惑。

周萍端一杯水回到桌旁坐下,也歉意地:"伯母,别把我当客人。在家里的时候,早饭前我也习惯于喝一杯白开水。"

赵天亮："那,就只有你喝你的白开水,我们喝我们的豆浆喽!"他端起碗,喝水似的,咕嘟有声地一饮而尽。

周萍看着他,脸色忽然一变,赶紧双手捂嘴跑入卫生间。卫生间传出她的呕吐声。

赵天亮赶紧放下碗,跑到卫生间门口,轻抚她的后背:"怎么了?"

周萍却将他推开,把卫生间的门从里面反锁上。

赵天亮隔门焦急地问:"周萍,没事儿吧?"

周萍背靠着门,喘息地:"没事儿……真对不起……"话还没说完,一阵呕吐感又袭来,她急忙向着马桶弯下腰去。

周萍用水盆里的水猛洗了几把脸,她抬起头,镜子里的自己面色苍白,额上淌下冷汗,眼角挂着泪水。那些耻辱的往事并没有因为时间而消散,依旧历历在目。那些凶暴的男女青年的脸,仿佛还在她近前。那些粗鲁的吼声似乎从来就没有消失过——

"喝!喝!必须喝光!"

"一点儿都不许剩!"

"资本家的臭小姐,每天喝牛奶,还说什么喝不惯豆浆!今天非叫你习惯习惯不可！"

……

周萍双手捂脸，无声地哭了。

赵母扶着赵父往卧室走去，丢给他一个复杂的眼神。赵天亮心里别扭，他端起父亲的半碗豆浆，一仰脖，喝了个精光。

卧室里，赵父背着手，一幅愁容："连看到天亮喝豆浆都那么吐，这说明什么问题？"

赵母："是啊，这说明什么问题？"

赵父猛一转身："我问你，你问谁？别忘了你是医生！"

"别冲我吼！即使怀孕了，那表现也应该是吃不得腥荤的，喜欢吃酸的，我就从没听说过不能喝豆浆，也见不得别人喝豆浆这回事儿！"

赵父："所以，你有责任搞搞清楚，彻底打消我心中的怀疑！"

赵母："你还冲我吼！不听你的了，我得去上班了，你一个人在家里怀疑吧！"

她说罢，站起身朝外走去。走到门口回头又说："我可提醒你，怀疑归怀疑，你的怀疑还不能充分证明什么，所以他俩回来了，请你不要乱问！"

为豆浆的事烦恼的不止赵父和赵母。

赵天亮推着自行车走着，周萍走在自行车的另一边。他们身旁，是故宫长长的红墙。

赵天亮闷闷不乐。

周萍："你还在生我的气？"

"对。"

"别生我气了，我也不想那样啊！"

"吃素的人，看到别人津津有味地大吃肥肉，如果作出你那种反应，那是丝毫也不奇怪的。吃什么东西吃伤了，再看到别人吃那种东西，也会有像你那么一种反应,也可以理解。可是不喝豆浆,看到别人喝豆浆就要吐,这种情况我还是第一次遇到。"

周萍:"所以你奇怪,我也能理解。"

赵天亮:"世上奇怪的事都是必有原因的。我生气的是,你为什么就不肯告诉我那原因呢?你没看出来连我爸我妈也都感到奇怪了吗?"

"看出来了。可是我不想说原因,尤其不想对你说……"

"那就什么也别说了!"

不快的气氛弥漫在两人之间。

周萍终于打破沉默:"那……我告诉你原因。"

赵天亮支下车,期待地看着周萍。

周萍:"在我下乡之前那段日子里,不仅我们的家经常被抄查,不仅我父亲几乎天天挨批斗,连我也无法幸免。一些学校里的红卫兵,不知怎么就知道了我天天早晨是喝牛奶的,这使他们非常气愤。有天在学校里,他们不知从哪儿搞了一小盆豆浆,逼我喝光。说对于我,思想改造,要先从胃的改造开始。我喝不光,就把我按倒在课桌上,有人掐我的腮,使我闭不上嘴。有人端起那小盆,往我嘴里倒豆浆。他们中,有的是我的同班同学,有的曾是我的好朋友。这也就是为什么我一心想成为兵团战士的原因。我想,如果我成了仅次于正规部队的兵团战士,以后就没有人那么歧视和凌辱我了吧……"

周萍说罢,笑着看赵天亮:"该告诉你的,都告诉你了,别生闷气了,啊?"

周萍的语调从始到终都很平静,仿佛在说很久很久以前的、别人的事情,仿佛那根本不是现实中发生的事情,只不过是一篇纯属虚构的小说中的一段情节。然而她的笑容尽管嫣然,却分明有凄惨的成分,那是想掩饰也掩饰不尽的。

赵天亮忽然隔着自行车将她搂在怀里,紧紧地搂着。

他发誓地说:"周萍,周萍,从今以后,如果我赵天亮保护不好你,我他妈的就不配是我爸爸的儿子！"

他俩走过天安门广场、人民大会堂、历史博物馆等许多景点，赵天亮以指为框给周萍照相，留影为念。周萍一直恬静地微笑着，可笑容中却总藏着一抹凄楚。

赵天亮："这次太仓促了，下次如果还能一块儿探家，我一定买一台'海鸥'……"

"那得多少钱？"

"一百八十几元，攒一年工资足够了。为了以后能经常给你照相，我也非买不可！"

周萍："不许！那么贵，太奢侈了！你以后还应该经常给你哥哥寄钱。我们插队知青和你们兵团知青比起来，每年挣那点儿工分太可怜了……还有，你也要经常给那个叫春梅的女孩寄一点儿钱，那她就可以买一些她那地方的女孩子喜欢的东西了。"

赵天亮："也要想着他们，也要攒钱买照相机！"

周萍："坚决反对！"

"好好好，听你的，一定听你的。来，在人民英雄纪念碑前照一张，最后一张。然后咱们滑冰去。"

周萍望望纪念碑，自卑地摇摇头："我不想在人民英雄纪念碑前照。"

"为什么？"

"我想……我不配在人民英雄纪念碑前留影，那样，也许会使烈士们感到被亵渎了……"

赵天亮不由得也望望高耸的人民英雄纪念碑，又看看周萍，不知该说什么好。

"嚓！"速滑冰刀在冰面上铲出冰屑。

赵天亮和周萍手牵着手在后海冰面上尽情地享受滑冰的乐趣。

一个戴滑冰帽、穿速滑鞋的青年，将腰弯成九十度，倒背双手，运动员般绕着圈子滑,吸引了不少目光。

周萍羡慕地:"他滑得真快!"

赵天亮:"我如果穿的是赛刀鞋,也会滑得那么快。"

"吹牛!"

"不信? 露几招给你看看!"赵天亮放开周萍的手,来了一个腾空旋转,却没落稳,一屁股坐在了冰上。

周萍乐了:"还露'几招'呢,露怯了吧?"

赵天亮:"马失前蹄不算倒,刚才大意了!"他从冰上爬起来,快速地滑走。

周萍的目光追随着他的身影,可是,由于有太多的身影在眼前闪过来闪过去,她分不清哪一个才是赵天亮的身影了。

她分开双腿,乍撒着双手,弯着腰,不安地喊:"天亮! 天亮你在哪儿? 我快站不稳了,天亮快回到我这儿来!"

那个戴滑冰帽、穿速滑鞋的青年在周萍面前刹住,他身后几个追随者也跟着滑过来,有人还握着冰球拍。

那戴滑冰帽的青年和他的追随者将周萍围住。周萍惊魂未定,一眼就将来人认了出来,竟是王凯。

周萍:"你是七连的! 你是天亮他们班的!"

王凯:"正是鄙人,王凯。既然是你,那么赵天亮肯定也在这冰场上了。"

周萍觉出王凯的态度似乎不怎么友好,有些惧怕。

周萍:"你们要干什么?"

"你不用怕,我和赵天亮之间有点儿个人恩怨,也两年没见着他了,只不过想和他说清楚当年的一档子事儿。"

赵天亮突然滑回来,掩护在周萍身前。

"王凯?!"看到王凯,赵天亮也吃了一惊。

"怎么? 想不到吧?"王凯笑了,又对追随者们说,"就是因为这小子不够交情,我的腿才断过。"

追随者们欲动武,周萍反过来掩护在赵天亮身前:"天亮,快跑!"

赵天亮又一次掩护在周萍身前,警告地:"王凯,不要乱来啊!咱俩那事儿,你只能跟我算账。谁敢动周萍一指头,那咱们就得拼个鱼死网破!"

王凯:"当然跟她无关了,我刚才也是跟她这么说的嘛!天亮,我没什么恶意啊,咱俩找个地方说会儿话行不?"他朝赵天亮伸出一只手。

赵天亮回头看周萍,周萍担心地对他摇摇头。

王凯:"放心,他们都是我们那大院的小哥们儿,让他们带周萍玩会儿。"他转而又对周萍说,"周萍,还不相信我吗?两年前我也是同情你的人之一,不信你问天亮。"

赵天亮回头对周萍:"那就别怕,我一会儿就回你身边。"说罢,他也伸出一只手,握住王凯的手,二人握着手往远处滑去。

二人滑至换鞋的长凳跟前,王凯趁赵天亮不备,用速滑刀一铲,把赵天亮铲倒在地。

赵天亮又惊又怒:"你骗我?"

王凯:"没有恶意,还没恨意吗?"

赵天亮并没急于爬起反击,就那么保持着倒地的姿势。

"你到底想怎么样?"

王凯:"想怎么样?报复了你一小下,现在连恨意也没了,该说说话了。"

王凯上前扶起赵天亮,和赵天亮一起跨出冰场,坐在长凳上,望着远处那几个王凯的追随者。他们轮番拉着周萍的手,或挽着周萍的胳膊,滑出花样儿。

赵天亮一边关注着周萍和那几个少年一边说:"王凯,那件事我特别内疚。我这次探家有一个雷打不动的决定,就是要登门向你道歉。当然,说道歉太轻了,那就说赔罪吧。既然在这儿碰上了,那么我当面向你赔罪。希望你能看在我们曾是同学的分上，从内心里原谅我。"

王凯："其实，我也挺感激你的。"

赵天亮向王凯转过脸，惊讶地看着他。

王凯："真的。经高人指点，我利用了腿被砸断那件事，装成一条腿长一条腿短的样子，泡在县医院就是不出院，强烈要求转到北京医院重新接骨。在北京的医院里，我继续那么装。结果呢，医院给我开出了残疾证明，从此，我不回北大荒了。我老爸老妈轮番到团里去闹了几次，还真把我的户口给闹回北京了，几个月前终于落上了。想不到吧？"

赵天亮："是啊，想不到。你一直没回连队，我的罪过感也就越来越大……"

王凯："这就叫因祸得福，坏事可以变成好事嘛！普通老百姓有普通老百姓的高招，说起来有点儿卑鄙可耻似的，但目的毕竟达到了。只不过工作安排得不好，分到了街道上。说我既然属于残疾人了，那就去街道办的残疾人小厂糊纸盒去吧。我只得先去了，每天还得在厂里装成一条腿长一条腿短的样子，那需要挺高的表演水平呢！我怕装得太像了，以后真他妈的不会好好走路了，所以今天跑到这儿来撒撒欢儿。"

他望着滑冰的人们又说："我知道，有一得必有一失。说不定，以后上山下乡会成为你们津津乐道的资本。你认为会吗？"

赵天亮："我不知道。对于以后，我很迷惘，所以也就不愿多想。我也当面赔罪了，你也表示原谅我了，如果你再没什么话说，我得走了啊，周萍今天晚上六点多的火车。"

"等等，你也得给我一个明白——你那只枕头里究竟藏着什么？是信，对吧？"

赵天亮点头。

"周萍写给你的信？"

赵天亮犹豫一下，又点一下头。

王凯："那你当时也不必那么一种样子嘛！不错，周萍是挺好看的，有时她那种可怜的小模样,连我也动心。"

赵天亮:"她还有别的可爱的方面……"

王凯:"可是你也不要忘了你的父母是什么人,他的父母是什么人。内心孤独,精神苦闷,玩玩感情游戏,消解一下,对于我们,那都是正常的。但如果动真感情,那可就傻了。成分、出身这两方面,比健康状况重要多了,不慎重考虑那就太不成熟了!那将来,连儿子孙子的前途都给耽误了。"

赵天亮:"那我就不要儿子孙子,我宁肯断子绝孙!"说完,便站起来,跨到冰上,滑走了。

王凯不禁摇头:"不好听人言,吃亏在眼前。"

第十九章

赵天亮和周萍回到家的时候,赵父和赵母正在争吵。赵父拎着便包,一副要出远门的样子,赵母拦在门口,不让他出去。

赵天亮忙问:"怎么吵起来了?吵什么啊?"

赵母:"你哥那儿,一个叫刘江的插队知青刚才到家里来过,说你哥和你晓兰姐都不回来探家了。你爸一听村里今年又只留下他们两个,这就急了。"

赵天亮:"这有什么可急的啊,我哥当支书了,自然不能年年都回北京探家了,这很可以理解的嘛。我晓兰姐怕他孤单,愿意陪他留下,证明他俩感情好,你们应该高兴啊!"

赵父:"我不高兴!我已经两年多没听到你晓兰姐的声音了!"

赵母:"是啊,你晓兰姐两年多没进过咱们的家门了。你哥回来过两次,你晓兰姐没跟着一块儿回来过,可只要你哥在坡底村,你晓兰姐就准陪他留在坡底村。"

赵天亮:"那又怎么样?如果周萍今年不回上海,那我也不回北京,肯定陪她过春节!"

赵父:"你们是你们,他们是他们,情况不同,不能一概而论!"

周萍暗扯赵天亮,意思是希望他少说几句。

赵天亮忍不住又说:"这我就不明白了,我哥和晓兰姐,怎么就情况不同了?"

赵父:"我不许我的儿子和我老首长的女儿乱谈恋爱!那叫乘人之危!在我这儿,这是一个原则!我也不许我的儿子和'黑五类'的女儿谈恋爱!在我这儿,同样是原则!所以我要到那个坡底村去,当面给他俩讲清楚这一点。如果必要,我就请求地方的党组织把他俩调开!"

周萍呆住了。

赵天亮:"爸,如果你居然那么做,那只能证明你是家里的一个封建魔头,那我和我哥哥,包括我晓兰姐,包括周萍,我们都会看不起你!而且,我们将永不踏入这个家门!"

"啪!"赵父一巴掌扇在儿子脸上,勃然大怒:"我怎么就封建了?我做人讲原则是封建吗?!我作为党员,保持家庭政治面貌的纯洁性是封建吗?!"

赵天亮瞪了父亲一会儿,冲入小屋,用力地关上了门。

赵母:"你!你怎么能当着小周的面打天亮?你气死我了你!"

她推着赵父进入卧室,关上了门。

卧室传出赵父的吼声:"怎么就不能都替我想想?如果是在平常年月,他们互相爱上了,我也不管那么多了!可现在是什么情况?我老首长正落着难!是我主动要求照顾她女儿的!照顾来照顾去,照顾成了我儿媳妇,说不定我老首长哪一天官复原职了,叫我怎么跟他解释?"

赵母的声音:"别嚷嚷了行不行啊?这种话你都说了多少遍了呀!你怎么就不替孩子们想一想呢?如果真心相爱的人不能做成夫妻,那他们内心里是什么滋味啊!你怎么就认定了你的老首长,他对孩子们的事儿会和你是一样的想法呢?"

争吵声渐渐小了下去,周萍依稀能听见赵母的抽泣声。

墙上的挂钟敲响了四下。周萍呆呆地望一眼挂钟,走到了小屋门前,轻轻敲了两下门。

周萍："天亮,开一下门,是我……"

赵天亮："现在我心烦,让我安静一会儿!"

周萍从门前退开,看到自己的拎包放在沙发旁,便走过去拎了起来。

她又从兜里掏出一张折着的纸,放在桌角。

周萍走到门口,转头回望了一下,轻轻地推开门,走了出去。

赵天亮跑进北京列车站,企图闯进一个检票口,却被正在检票的检票员一把拽住:"你干什么你? 排队去!"

赵天亮满脸是汗:"对不起,我要送一个人。"

检票员:"那也得买站台票。"

"可,我忘了买了。"

"所以不能让你进!"

后边有人冲他嚷嚷:"这人,怎么一点儿自觉性都没有!"

"哎哎哎,让他一边儿去,别耽误别人进站!"

赵天亮还想说什么,还没等他开口,一名铁路警察赶了过来,把他带走了。

而这时,北京到上海的列车缓缓地开动了。周萍坐在车内望向站台上送行的人,泪水逐渐模糊了双眼。

此时,赵父赵母各坐沙发一角,赵母的手里拿着周萍留下的那页纸:

……伯父,伯母,我承认我爱上你们的儿子赵天亮了。我已经说不清楚这一种爱是怎样在我们之间渐渐发生的了,但是我发誓我从未骗他,说我不是资本家的女儿。我也曾经告诉过他,我父亲自杀未遂,所以罪加一等,所以我是"黑五类"子女中最黑的一类。事实上,我连兵团战士也不是,连兵团也不能要我,我现在只不过是东北某农村的一名插队知青……但我决不是一个为了自己的个人幸福不惜拖累别人一生的人。我知

道我应该怎样做,才配是一个值得你们尊敬的姑娘,请相信,我
会使天亮心里渐渐没有我的……

没等把信念完,赵母已经泣不成声。赵父连连拍着沙发扶手:"唉,
唉,咱们的两个儿子……这,这……"

赵母:"你要把两个儿子的爱情都拆散?"

赵父心烦意乱地:"那你说,拆哪一对儿? 不拆哪对儿?"

"两个姑娘都是好姑娘,我一个也舍不得!"

"可咱们家……可我……两个儿子的对象都是……那组织上也是要
问咱们一个'为什么'的!"

"我是当妈的,我顾不了那么多了!"

赵父狠狠地拍了一下沙发扶手:"可你还是党员,还是现役军人!"

开门声响起,赵母急忙将纸折起,揣入兜里,侧转身擦脸上的眼泪。
赵天亮走进屋来,站在客厅门口,冷着脸看着父母。

赵母:"没见着?"

赵天亮摇一下头,接着掏出一整盒在回家路上买的烟和一整盒火
柴,用力地划着火柴,点燃烟,深吸一口,缓缓吐出。烟味立刻弥漫开来。

赵父:"你在吸烟?"

"怎么? 不许吗? 还要扇我耳光?"

赵母:"你爸他……后悔了……"她拉了他一下。

赵天亮:"放心,我这次不会再赌气走了,我会在家里把探亲假住
满的。"

赵父厉声问:"你说你和小周不是对象,是爱人,这什么意思?"

赵天亮:"对象总之是要谈婚论嫁的。既然你们肯定是不同意我们
的关系了,这个时代也会认为我们之间的爱情是大逆不道的,那我们就
一辈子不结婚好了。但我们要永远相爱,至死也不变心,所以,我们是爱
人。爱人爱人,两个真心相爱的人,懂吗?"

赵父霍地站了起来:"不结婚,就不许发生那种事!发生了,就是道德败坏!我宁可没有儿子,也不愿别人指着我的后背说,他有一个道德败坏的儿子!"

赵天亮火了:"你把话说清楚!我和周萍,我们之间发生哪种事了?你说,说啊!"

赵父一指赵母:"你跟他说!"

赵母:"我跟儿子说什么呀我!"她起身将儿子推入了小屋,转身谴责地看着丈夫。

赵父感觉到了妻子责备的目光:"你用不着看我!我知道你在看我!我……我今天没走成,明天还非去陕北不可了,我不能眼看着有的事生米做成熟饭!"

一辆破旧的公共汽车在陕北一条公路上缓行。所谓公路,无非坑坑洼洼的沙土路而已。车身铁皮上的漆全部剥落了,有几个车窗已经没了玻璃。

赵天亮和父亲坐着一个并坐座位,旁边正是一扇没玻璃的车窗。高原的风夹着沙土从窗外吹进来。赵天亮没穿他的兵团棉袄,只着一件中式棉袄,围着围脖。赵父则穿了厚厚的棉军装,但帽子上的红星和军装上的领章都已摘去,只留下隐约痕迹。

车上的乘客不多,后两排座位没有人坐,放着些乘客们随身携带的筐子、篮子、布包袱、背斗等杂物。一只公鸡从一个背斗里探出头来,东张西望。

赵天亮眼望另一边窗外,戴着墨镜的赵父正襟危坐。父子俩一路上交谈不多,话不投机地沉默着。在他们前边一排座位上,坐着一位老妪和一个年轻媳妇,媳妇怀抱着熟睡的孩子。冷风从没有玻璃的车窗里灌进来,赵父便将军大衣脱下来,递给了她们。

赵父侧耳听着车外的动静,问赵天亮:"还有多远?"

赵天亮:"再一个多小时就到县里了。"

"到了县里呢?"

"从县里到村里,没公共汽车了,得走。"

"那你不想着让我带上手杖!"

"忘了。"

赵父:"你整天都想什么?"

赵天亮:"什么也不想,我是白痴。"

赵父猛地向他转过脸,以墨镜为目,用威严的"目光"气恼地瞪着赵天亮。赵天亮将头往后背一靠,干脆闭上了眼睛。

这时,车厢里响起公鸡的打鸣,有人低声嘟哝:"谁家的鸡,傍晚了还打鸣,这不催着人杀它嘛!"

那公鸡似乎听明白了话里的意思,扑棱着从背斗里跳了出来,从窗口飞了出去。车厢里顿时一阵混乱。

一个青年农民大喊:"停车!停车!我的鸡跑了!"

公共汽车停住,青年农民冲到门前,门却打不开了。

青年农民拍门,对司机着急地说:"你快开门嘛!"

司机无奈地:"我开了,门不灵了,使劲儿推!"

赵天亮起身帮青年农民推门。

司机:"你怎么不捆上它脚?"

青年农民:"我捆上了!"

门终于被推开,青年农民跳下了车,赵天亮也跟着下了车,两人一道去逮那只公鸡。可他们哪里能逮得到,那公鸡三飞两蹿的,早已无影无踪了。

赵天亮和那青年只好回到了车上。

青年农民:"我老丈人病了,我去看他,这叫我空着手还怎么好意思去!我那是一只八斤多的公鸡!"

司机:"你给我闭嘴!哪位帮着把车门关上?"

赵天亮起身,试图拉上车门,可那车门却无论如何都无法关上。赵天亮白费了半天力气。

赵天亮:"就这么开吧,我站门口,保证没人掉下去。"

长途公共汽车就这么开着门,颠簸地向前驶去。黄昏时分,长途公共汽车终于到了汽车站。这时车厢里的人已经下空了。先前抱孩子的那媳妇站在车下,她怀里抱的已不是孩子,而是赵父那件羊毛里子的军大衣。赵父下车时,她忘记将军大衣还给他了。所以,她就在这里望着公路,等着赵父回来找。

开那辆车的司机拎着饭盒从一间屋子里走出,看见那媳妇,走到她跟前:"还在这儿傻等啊?再考虑考虑我的话怎么样?"

那媳妇:"不考虑。"

司机:"我再加五元,你把大衣给我,你也不用在这里傻等了,岂不两全其美?"他伸手欲摸大衣里子,媳妇打开了他的手:"你这男人讨厌,我们不占解放军的便宜!"

司机羡慕地看着那大衣的里子:"这里子还真好,要不我也不会动心。"

媳妇:"我今天等不着,明天还来等!"她厌恶地看了他一眼,抱着大衣走了。

司机望着她背影,悻悻道:"鬼才信嘛!"

赵天亮挽着父亲走进一家小旅店,将父亲扶坐在旅店门厅的长椅上。

赵父:"这哪儿?"

赵天亮:"旅店。"

"你带我到旅店来干吗?"

"我说过了,到坡底村还有三十几里,天说黑可就黑了。"

"不就三十几里吗?你在兵团,天一黑就不出宿舍门了?那你还叫的什么兵团战士？"

赵天亮："得得得，别扯那么多，我是陪您来的，一切听您的，您说怎么办就怎么办！"

女服务员走过来："两位打算住什么样的房间？"

赵父："我们立刻就走。"

女服务员一愣。

赵天亮："好，您明确表态就好。"赵天亮无奈地看了父亲一眼，将女服务员扯到一旁，小声道，"哪儿有卖竹竿儿的？不是竹的也行，总之是竿子就行……"

天已经黑透，赵天亮和父亲一前一后地在县城通往坡底村的路上走着，父子二人的右手各握木棍一端。

赵父："你小子没买竹竿，买的是木棍，证明你还不是白痴。这准是一根晾衣竿……"

赵天亮："白痴就是白痴，我倒想买竹竿儿来着，在陕北那也得买得着！"

赵父的指头在木棍上摸着："木棍比竹竿好，握着还不细，遇到了野物，可以用竿子打它。"

"我可提醒啊，据说到了晚上，这一带有豹子出没。"

"有什么出没我也不怕，我是你老子，你是我儿子。你既然陪我来了，那就有责任保护我。"

"你这一来，真想把我哥和我晓兰姐拆散？"

"原则问题，毫不动摇。"

赵天亮突然站住不走了，赵父觉察到儿子停下了。

赵父："怎么不走了？"

"我在想，为了我哥和我晓兰姐的爱情，我是不是可以把你这样的父亲扔在这儿。"

"那肯定是不可以。我是部队英雄，我出了三长两短，部队必拿你是问。那就是政治事件。不管你是不是我儿子。所以你想也白想。"

坡底村男知青宿舍里,此刻还亮着灯,支书赵曙光在主持全村会议。屈指算来,从弟弟赵天亮来看过他那时候到现在,两年多的时间过去了,他变得更加成熟练达了。他穿了一件旧的紫色秋衣,披着套有外罩的中式袄坐在桌前。而坐在他旁边的冯晓兰看去也少了几分女学生气,多了几分女人味儿。

炕上坐满了人。地上凡是能坐人的地方也坐着人了。有人无处可坐,蹲着或站着。围在赵曙光和冯晓兰四周。气氛似乎有些异常。先前去山西的男人们也已经回来了,他们占了开会的人的大部分。

赵曙光:"公社通知我,过几天要派一个调查组,到我们坡底村来查我们的集体账目。这也没什么奇怪的,因为每年年底,公社都是要派人到各村查账的,今年自然也不例外,但是,怎么说呢,我有一种担心,一种顾虑,或者说,是一种预感,所以……"

马婶的丈夫马平阳坐在离赵曙光不远的地方,大声地:"曙光,你别吞吞吐吐,想说明白又不敢说明白的!他们是来者不善,对不对?"

另一个男人:"我听说,他们是猫儿闻到了腥,冲着咱村账上那笔钱来的!他们早就想找借口把那笔钱收到公社去了!我们都听说他们这打算了,你支书反而不知道?"

马婶:"他们就是来者不善嘛!借口早编好了,现成的,还不是给咱们坡底村扣上一切向钱看、走资本主义农村的帽子!"

一个男人:"资本主义农村发展的帽子!"

马婶:"发展你个球!"

那男人:"这娘们儿,怎么出口伤人啊!我说马平阳,你管管你老婆行不行?"

马平阳冲马婶喝道:"哪儿都少不了你那张嘴,你给我回家去!"

而这时,赵天亮和父亲已经来到宿舍门口,倾耳听着里面的谈话。

宿舍门两边的窗子都放下了挡风的草帘子。草帘子编得并不严实,微弱的灯光从草帘子的缝隙里透出来。

赵天亮见里面的会还没开完,便对父亲说:"你冷不? 我先带您到王大伯家暖和着?"

赵父:"不,我想听听。"

宿舍的桌上放着短得不能再短的蜡烛头,烛光一阵剧烈的闪烁,眼看蜡烛就要熄灭了。冯晓兰立刻拉开抽屉,取出一支新蜡烛打算点上,却被赵曙光阻止了。

赵曙光:"别点这支。找找,我记得还有半支的。"

冯晓兰又从抽屉里找出了一支半截的蜡烛点上。

马平阳眼睛盯着冯晓兰手里的那只完整的蜡烛,对她说:"晓兰,给我一支,窗台这支也快灭了。"

冯晓兰有点儿舍不得地将那整支的蜡烛递过去,马平阳点上那支蜡烛后,屋里顿时亮多了。

赵曙光:"平阳叔,并没有通知你也来开这次会,所以,请你回家去吧。"

马平阳:"怎么,我啥时候成了'黑五类'了? 连全村大会也没资格参加了?"

"你误会了,过后再向你解释,现在还是请你先离开。"

马婶:"曙光叫你回去你就先回去,我在这儿还不是代表你?"

赵曙光:"马婶,你也得离开,陪平阳叔一块儿回去吧。不通知你们也来,我肯定是有原因的。你们先回去,过后我到你们家去解释,啊?"

马婶:"我们……我们两口子咋了我们?"

冯晓兰起身走到马婶跟前,将她拉到马平阳身边。

冯晓兰小声对他俩说:"平阳叔是咱村唯一的预备党员,曙光他不愿平阳叔也卷入这件事儿。情况太紧急,公社的人说不定明天就到,预先顾不上跟你们解释,你们得谅解他的难处。"

马平阳:"那,曙光究竟打算怎么办?"

冯晓兰:"他说他要先听听大家的意见,大家说怎么办,他就会怎么办。平阳叔,如果他犯了严重错误,你还是没犯错误的预备党员。有你在,坡底村的支部就不会被合并啊!"

所有人的目光都聚到赵曙光身上。赵曙光慢慢地卷好一支烟,叼在嘴上,凑烛火吸着。

赵曙光:"大家都知道的,咱们坡底村集体的账上,存着一千五百几十元钱。是咱村男人们两年前去山西挖煤挣来的,也是女人们和知青们这两年偷偷摸摸搞各种副业挣来的,是血汗钱。为什么一直不动这笔血汗钱呢?是为了再多积攒一些,好给咱村打出几口井来。现在看,井是肯定又打不成了。既然如此,我想,大家挣来的血汗钱,那还莫如再分到大家手里!这两年,我作为一名北京来插队的知青,亲眼看到了大家平时过的日子有多么穷苦。我希望看到今年的春节,大家能用自己挣的血汗钱,过得像点儿样子。简单说,咱们今天开一次民主大会,真正大家伙自己说了算的大会,少数服从多数的大会。那么,同意把钱分了的,请举起手来!"

大伙闻听,都高高地举起了手。马平阳和马婶见状,默默地离开了屋子。

赵曙光低声对冯晓兰说:"那就开始分吧。"

冯晓兰打开了布包袱,一堆整钱零钱出现在大家面前,屋里瞬间鸦雀无声,空气仿佛凝固住了。所有人的眼睛都一动不动地盯着布包袱里的钱,好像被钱上的磁力吸住了似的。冯晓兰抖一下包袱皮儿,一枚硬币掉在桌上,发出和桌面碰撞的清脆响声,接着,便沿着略微有些倾斜的桌面向一边滚动,赵曙光伸手拍住了它。

有个坐在桌旁的男人眼睛直愣愣地盯着那枚硬币,咽了口气,喉结微微地蠕动了一下。

这时,外边突然传入马平阳的喝问:"你们是什么人?怎么敢在这里偷听我村开会！"

话音未落，门就被从外面打开了，马婶倒背着身子，双手拽住赵天亮往屋里拖，马平阳也将赵父推进屋里。冯晓兰见有人进来，立刻用包袱盖住了钱，并用上身护住了包袱。屋里的人纷纷转头往门口看，赵曙光分开众人，镇定地来到门边。

赵天亮："马婶！"

赵天亮抬起头，认出了拽他的人。

马婶也认出了赵天亮："天亮！"

赵曙光这时也已走到门口，看着被推搡进屋的、风尘仆仆的父亲，惊讶地愣了一下，半天才反应过来。

赵曙光："爸爸！"

马婶束缚赵天亮的手这时已经松开，赵天亮走到哥哥面前："爸非要我陪他来看你和晓兰姐……"

赵父摸索着拉住了大儿子的胳膊："曙光，咱俩先到外边说几句话！"

赵曙光转身望一眼面面相觑的村民，对冯晓兰说："你开始你的！"说罢，便扶着父亲走出了门。

马婶向屋子里的男人们说："曙光就他这么一个弟弟，他去了东北的兵团，人家是挣工资的主儿！两年多前来咱坡底村看他哥，跟我们妇女们可熟了！"

翠花、王大娘和囤子也聚到了赵天亮跟前。

翠花："天亮，你好像又长高了点儿。"

赵天亮："我自己也觉得是。老支书好吗？"

翠花鼻子一酸："我父亲不在了……"

王大娘拉住赵天亮的手："天亮啊，你大伯……也不在了，和翠花她爸……前后脚走的……"

愕然的表情凝固在赵天亮的脸上，这样突然的消息让他无法相信，他转头去看囤子，囤子也红着眼圈点了点头。

赵天亮:"怎么会这样?"

囤子将一只手放在他肩上,轻轻地拍了拍。赵天亮忽然将斜背在肩上的书包扯到胸前,匆忙地解着带子:"我给老支书和大伯都买了东西,还有春梅的……"

可是,不知为什么,那带子此刻却总也解不开,他的手却轻轻地颤抖起来。囤子默默地拥抱了他。

赵天亮:"怎么会这样? 怎么会这样?"他再抬头时,眼泪已经布满他的脸颊。

屋子里又重新安静了下来。外边传来赵父训斥赵曙光的声音:"你不能引头分那些钱!"

赵曙光:"爸,我为什么不能?"

"你是村支书!"

"爸,我现在还是'代理'的。"

赵父:"那你就更不能引头分钱! 公社直接管的正是你们这些村干部,有正当理由也罢,没正当理由也罢,他们要收走那些钱,是他们的权力。他们收不犯错,你引头给分了,那你的错可就大了! 私分集体钱财,弄不好是要判刑坐牢的!"

赵曙光笑了:"爸,那估计你在门口也听了一会儿了。集体还不是由人组成的? 都是农民的血汗钱,如果全村人都主张分,就是集体的意愿。所以,这种意愿,是应该得到尊重的……"

赵父点指着他:"你这是强词夺理! 这么做起码是无政府主义!"

赵曙光又笑了:"爸,想不到您也这么会扣帽子了。别替我担心,这是我们坡底村人的事,您虽然是我父亲,那也毕竟是局外人。我不和您争,外边冷,先进屋找地方坐下,暖和暖和,啊?"

赵曙光挽着父亲走进屋来,他们贴着墙,径直走到炕前。坐在炕上的村民立刻往一边挤了挤,让出小半个炕的地方给赵父,并用崇敬的目光望着他。

赵天亮站在冯晓兰身边,对着桌上的小本子叫人名,冯晓兰则站在桌边给叫到名字的人发钱,接到钱的人,都要在小本子上按手印。

赵曙光扶着父亲在炕沿上坐下,低声对炕上的人们说:"大家不必太客气,该怎么坐还怎么坐。我父亲失明了,看不见你们,要不他会主动跟你们说话的。"

赵父还是抓着赵曙光的手臂站了起来,凭感觉把脸转向村民们,敬了一个军礼:"乡亲们好。"

赵父重新在炕上坐下,赵曙光从兜里掏出烟叶袋,像地道的陕北农民一样卷起烟来。

赵曙光卷好一支烟,碰碰父亲:"爸,吸不吸我们当地的叶子烟?"

赵父不快地将烟推开:"不吸。"

赵曙光将烟叼在了自己嘴里,在兜里掏火柴,却没摸着。

"支书……"炕上有人轻轻叫赵曙光。

赵曙光循声望去,一个老农将一盒火柴扔向了他。他接住火柴,吸着烟,慢慢地吸着。平静地听着弟弟叫人名,看着冯晓兰分钱给大伙。

赵天亮:"王满囤,囤子哥!"

王大娘和囤子同时上前,王大娘看了一眼包袱里的钱,诚恳道:"晓兰啊,够分的吗? 要是不够,我家少分点儿也行。这钱,多数是人家下矿的男人们挣回来的,我家也没人到山西去下过矿……"

冯晓兰笑着对她说:"大娘,够分的。曙光说除了几户最困难的人家多分点儿,其他人家还是平均的分法好。咱家虽然没人去下过矿,但囤子哥为村里干活从来不惜力气,您别想那么多。"说罢,她将钱交在王大娘手里。

王大娘攥着手里的钱,小声地:"不会给曙光惹什么麻烦?"

冯晓兰:"您别担心,他想好了对策。"

王大娘与囤子离去。

赵天亮:"下一个,翠花姐!"

翠花挤到桌前。

赵曙光走到桌前:"等等,我有几句话要说。以前,翠花的丈夫王川担任村里的会计,而翠花的父亲是咱们老支书。从关系上说,这确实不合适,但当年只有王川一个人懂财会,这也是没法子的事。今天,我要郑重地再向大家证明一次,王川留下的账目是一清二楚的,我还请别村的几个会计审看过,收入支出记得明明白白,王川他在这一点上是无愧于坡底村的,他是清白的!"

屋里静了片刻,响起了热烈的掌声。翠花接过钱,眼含泪水,感激地望着赵曙光。大家领到了自己的那一份钱,纷纷地离开了。宿舍里只剩下赵家父子三人、冯晓兰、王大娘和囤子了。

王大娘握着赵父的手:"曙光他爸,我很负责任地跟你说,你这儿子,是个好儿子。他在我们坡底村是很得人心的。大家伙也都是很维护他的。"

赵父:"谢谢,谢谢乡亲们抬举他。"

王大娘对冯晓兰说:"晓兰,那你留下陪你叔说会儿话吧,我就先走了。"

赵天亮将王大娘和囤子送出门去,转身进屋时,听到赵父冷冷地对赵曙光说:"哼,把集体的钱做主给分了,当然就能收买到一些人心了!"

赵天亮:"爸,虽然我们是您儿子,但跟我们说话之前,先掂量掂量自己那话的分量行不行?"

赵曙光苦笑,朝弟弟摇头。

赵父:"我掂量了!怎么,你觉得分量还重了吗?"

冯晓兰笑着走到赵父跟前:"赵叔叔,您是不是怪我刚才没上前和您打招呼,生我的气了呀?我刚才不是没顾上嘛!来,我扶您坐下,这会儿咱们可以从从容容地聊了。您想坐桌子那儿,还是想坐炕上?"

赵父:"桌子那儿。"

冯晓兰扶着赵父坐在了桌子旁边,赵曙光和赵天亮也走过来。赵父让赵曙光给自己卷了一支烟。

赵父:"支书赵曙光同志,你召集的会散了,我借你一块宝地,开一次小会行不行?就算是会后会,是正确思想与错误思想究竟谁是谁非的讨论会吧。"

赵曙光:"行。"

他将卷好的烟和火柴递给冯晓兰,冯晓兰将烟递在赵父手中,待他叼上,划着了火柴。

赵父吸一口烟,问冯晓兰:"晓兰,你认为曙光的做法对吗?"

冯晓兰看赵曙光一眼,肯定地:"对。曙光事先征求我的意见了,我支持他。"

"对?你还支持了他?那你说说,怎么个对法?"

冯晓兰:"公社里,现在是些造反派掌权,当道。他们根本不关心农业生产和农民们的生活,今天开这些人的批斗会,明天开那些人的批斗会,还动不动就命令农民停止劳动,跟着他们把会开到县里去。为了开会,买彩旗,买喇叭,买鞭炮,买写大标语的红纸,那都需要钱。把公社每年的办公经费折腾光了,就挖空心思想出各种名目,四处派人,到各村强行收缴农民们的集体生产基金。曙光说了,您也听到了,我们坡底村那些钱是农民们的血汗钱,是为了打井用的。与其被他们派人来收走,折腾光,那还莫如干脆分给农民们过年花。那些钱也沾着我们知青的汗水,大家都放弃了分配权。"

赵曙光:"爸,如果您是我,您能不像我这么做吗?"

赵父顾左右而言他:"说到这个村打井的事,曙光,爸很内疚……"

赵天亮:"我哥但凡有别的办法,当初也不会开口向……"

赵天亮还没说完,就被坐在赵天亮旁边的冯晓兰反手捂住了他的嘴。

赵曙光:"爸,我妈来信向我解释过了,过去了的事就不说它了吧。"

赵父:"那……就算你做得对,如果公社那些人向你问罪,你怎么办?"

赵曙光:"我只能说,他们来晚了。"

赵父:"可他们无所谓来早来晚,而你做主把村里的钱给分了,那肯定是严重的错误。"

"究竟是不是错,我要和他们辩论一番。'集体'两个字不能像虎口似的,每个'集体'中的人,如果只有往虎口里塞自己的血汗钱的义务,没有分得自己血汗钱的权利,那么这根本不是什么'集体主义',而是……而是打着'集体'旗号的剥夺。"

赵天亮霍地站起来:"说得对,哥我支持你!"

赵父喝止:"你住口!"

冯晓兰见赵父动了气,便劝:"赵叔叔,曙光还没有多少工作经验,只想到了自己应该关心群众生活,不知道做主分了是不对的。"

赵父:"听到晓兰怎么说了吗?"

赵曙光:"听到了。"

赵父:"要像晓兰那么说,不许像你刚才那么说。什么'虎口',什么'血汗钱',什么'权利',什么'剥夺',都是当支书的人了,你那是满嘴胡说些什么? 一旦戗戗起来,你那张嘴里再蹦出几句不合时宜的话,打你个'现行反革命',那你还和谁辩论去? 我这都是为你好,明白不?"

赵曙光:"明白。"

赵父见儿子服软,继续教训:"幸亏我从北京来了,碰到了这件事儿,能及时警告你一下,但是我想,你即使像晓兰那么说,他们也未见得会善罢甘休。万一他们再逼你把分了的钱一一收回来呢?"

赵曙光:"我就说我收不上来了。"

赵父:"他们要把你这支书给撤了呢?"

"随他们的便。"

"开除你的党籍呢?"他说出了最担心的事。

赵曙光："爸,即使开除我党籍,那我也认了。"

冯晓兰："赵叔叔,曙光既然那么做了,自然也想到了一切可能的后果。我们并不是都没估计到最坏的情况。"

赵父:"你们?……你俩这么一致?"

冯晓兰:"是的。我和曙光,我们都想按自己的良心原则来决定做什么事,不做什么事,该怎么做,不该怎么做。我们都是大人了,都认为自己该懂得良心对人一生的重要性了。"

赵曙光隔着桌子,握住了冯晓兰的一只手,而冯晓兰在赵曙光那只手上,又加上了自己的一只手。

赵父:"天亮,你出去一下。我要单独和他俩说几句话。"

"出去就出去!"赵天亮说罢,走到门口,将门用力开了一下,随即关上,人却仍然在屋里。

"不许耍我!给我出去!"赵父似乎感觉到了赵天亮在骗他,转而问冯晓兰,"出去没有?"

赵曙光和冯晓兰都看了看赵天亮。

冯晓兰:"叔叔别生气,他出去了。"

赵父这才放了心,向冯晓兰:"晓兰啊,叔叔要跟你俩说的话,不愿让天亮听到。叔叔先问你啊,叔叔有什么做得不对的地方,使你对叔叔有意见了吗?"

"没有啊。赵叔叔,你怎么会这么想?"

赵父:"那,两年多以来,你怎么就回过叔叔家一次?"

"叔叔,两年多以来,我也就离开坡底村两次,第二次是去甘肃一个劳改的地方看我父母去了,只有曙光一人知道,不敢跟任何人说。"

赵父带着大墨镜的脸上现出伤心的表情:"连叔叔也不例外?"

冯晓兰放开赵曙光的手,双手搂住了赵父的胳膊。

她亲昵地说:"叔叔和阿姨当然例外了!现在,除了你们一家四口,坡底村王大娘家的人,也像是我的亲人一样。我除了经常想爸爸妈妈,还经常想您和阿姨,经常想天亮弟弟……"

赵曙光:"爸,要怪也不能怪晓兰,应该怪我,我忘了在家信中添上一笔。"

赵父:"可你回北京探家也没说起过!"

赵曙光:"你和我妈也没主动问啊!"

赵父:"别辩解了!不对就是不对,辩解个什么劲!"

赵父转而问冯晓兰:"那,你爸妈现在情况怎么样?"

冯晓兰示意让赵曙光说。

赵曙光:"爸,赵伯伯的情况是这样的——多亏北京几位老帅联名力保,性质有所改变,不再是反党反社会主义反'文化大革命'的了,也不必再接受劳动改造了,恢复了一些人身自由。"

赵父一拍桌子:"好,好,太好了!曙光,这么好的消息,你为什么不及时告诉我,对我搞封锁?"

赵曙光:"我和晓兰也是几天前才知道。"

冯晓兰有些迟疑:"他们要求我父亲写一份深刻的检查,可他拒绝写……"

赵父:"那不行!晓兰,你要赶快写信劝你爸爸,要写!一定要写!当然要写!就说我也是这个意思,先把问题解决了再说嘛!你爸爸这个人啊,性子太倔了,让表态支持'文化大革命',那就先表个态再说嘛,当初何必非顶着来呢!"

冯晓兰:"叔叔放心,我听您的。"

赵曙光:"爸,还有更好的消息,晓兰要参军入伍了。赵伯伯军内的一位老部下,得到了刚才那个好消息以后,派了两名干部来接晓兰,让晓兰跟他们到西藏军区去,先在军区接受培训,然后根据实际情况,或者当护士,或者当医生……"

冯晓兰:"他们事先已经征求我父母的意见了,我父母赞同,他们又亲自来到坡底村,问我愿不愿意。我和曙光商议,曙光认为机会难得,所以我也就表示了愿意的态度。"

赵父："机会难得,机会难得,当然要表示愿意! 尽管西藏那儿离内地是远了点儿,但哪儿的部队都是一所大学校,艰苦能够使人成熟得更快,进步得更快嘛! 一下子听到两个大好消息,我都高兴得有点发蒙了! 晓兰呀,我来之前,你阿姨也阻拦,天亮那小子也不愿陪伴我,看来我坚持要来,那还是来对了! 要不哪儿能一下子听到两个这么好的消息!"

冯晓兰："叔叔,可是我后天一早就得离开坡底村了。那两名部队的干部,人家一直住在县招待所里等着和我一起上路,怕夜长梦多。而我对这里已经有了感情了,我舍不得离开这里的乡亲们了,更舍不得离开曙光……"她说着,声音哽咽了起来。

赵父伸出一只手臂搂住她,轻轻拍拍她的肩,抚摸着她的头:"同志,不要这样嘛! 这里对你好的乡亲们,你要永远记住他们的好! 至于曙光嘛,他爱护你是应该的,否则我不答应。现在,可以这么说,他已经替我完成了我对你尽不到的义务。他完成得挺好,理应受到表扬,你和他分开以后,能早点儿把他忘了,你就给我把他忘了……"

冯晓兰："叔叔,这是根本不可能的。"

赵父:"不可能? 为什么不可能? 不要这么小资产阶级情调嘛,我让他帮着你做到!"

赵曙光默默地笑了,冯晓兰也噙着泪笑了,她有点儿调皮地问:"让曙光帮着我,忘掉他?"

赵父:"对! 这种感情上的事儿,他一个男人,应该更善于快刀斩乱麻! 想当年,我和他妈结婚前,一位军内首长的妹妹喜欢上了我,我有一阵子也五迷三道的。后来冷静了一想,我怎么可以也爱我首长的妹妹呢? 于是就编了一个谎话,说我欺骗了她,说我在老家已经有媳妇了。首长后来了解了情况以后,别提对我有多好了!"

赵曙光隔着桌子握住了冯晓兰的一只手,他庄重地说:"爸,我永远也不会编谎话欺骗晓兰的。"

赵父："对,你说得也对!我也没叫你非以我那一种方式!"

冯晓兰："曙光,讲实话吧。"

赵曙光："爸,晓兰已经是我合法的妻子,是您的儿媳妇了。"

赵父把烟举到嘴边,正要吸,听他这么一说,当场愣住了。而站在门口的赵天亮却已掩饰不住满脸的喜悦,他双手握成拳发力,就像射进了关键球的足球运动员似的,他拼命忍着,这才没高兴地喊出声来。

赵曙光："在为晓兰办户口关系的同时,我批准我俩,也把结婚证一块儿办下来了……"

赵父猛地往起一站,狠狠将烟拧灭在桌面上,转身便走。他转身时用力过猛,把凳子带倒在地。

赵曙光和冯晓兰两手紧紧相握,他们转头惴惴不安地看着赵父。赵父因为不熟悉屋里的情况,不小心撞到了墙上。他手摸着墙,往门口走。赵天亮抢前一步,给他推开了门。赵父摸到了门框,走出了屋子。

"曙光,给我滚出来!"门外响起赵父的吼声。

第二十章

　　赵曙光和赵天亮兄弟俩站在知青宿舍门前,面对着暴跳如雷的赵父。

　　赵父点指着大儿子:"赵曙光,你那么做是滥用职权!"

　　赵天亮:"爸,你这么说是乱扣帽子!"

　　赵父:"滚一边去! 再多嘴我揍你!"

　　赵曙光:"爸,你为什么要发这么大的火呢? 我是村支书,村里谁要领结婚证,当然第一道手续得我签名盖章,我和晓兰也得按这么一种过程来啊!"

　　"你! 你怎么敢不和我打一声招呼,就跟晓兰把结婚证办了?!"

　　"事情不是来得太突然了嘛! 使我们的关系合法化,这是我和晓兰面临突然情况时的共同愿望啊!"

　　赵父:"我今天把话搁在这儿,我不同意,你们就是领了结婚证,那也是白领!"

　　赵曙光:"爸,现在我们的关系是合法的,您要是非破坏我们的关系,那您可是非法的。"

　　赵父挥手就向赵曙光打过来,赵天亮上前一步,擒住了赵父腕子。

赵父想甩开儿子的手,没挣得脱,声音里带着难过:"曙光,你不能像你弟一样对待我,你比他懂事啊!"

赵天亮:"爸,不让你的巴掌扇在脸上的儿子,就是不懂事的儿子啦?"

赵父听出是赵天亮的声音,这才反应过来赵天亮一直在旁边,他伸手用力一推,把赵天亮推倒在地上。赵曙光将弟弟扶起来,赵父已经生气地摔门进屋了。

赵天亮:"哥,祝贺你们!"他不由得拥抱了哥哥一下。

赵曙光:"你真不该带爸来这里。"

赵天亮:"他非要来,我能不陪着吗?"赵曙光伸手拥住了他。

冯晓兰见赵父走进宿舍门,摸着墙壁向前走,便起身走过去,扶他到桌子边坐下。

冯晓兰:"赵叔叔,您觉得,我不配做您和阿姨的儿媳妇?"

赵父拉着她的手:"晓兰啊,不是的。我先问你一句,你和曙光的事儿,你爸妈知道吗?"

冯晓兰:"还从没跟他们说过。不久前,他们的问题还那么严重,不想跟他们说自己的事儿。不过,自从他们知道有曙光和我在一起插队以后,他们不再担心我的情况了。"

赵父:"那,叔叔再问你一句,咱们中国,有一出老戏,叫《赵氏孤儿》,内容知道一点儿吗?"

"知道。"

"叔叔喜欢看那戏,喜欢戏里程婴这个人。还有一出戏,叫《柳毅传书》……"

"我也知道。"

"那也是叔叔喜欢看的戏。程婴、柳毅够得上是这份儿的男人!"

赵父竖了一下大拇指,又说:"在叔叔我心目中,你父亲是国家的良将、忠臣!以古比今,你就好比是赵氏孤儿,好比是落难的小龙女。叔叔我呢,我想做程婴,曙光呢,他怎么也应该做柳毅。柳毅对小龙女,那是纯粹的一种义,没有什么其他乱七八糟的掺和进来!"

冯晓兰:"叔叔,我想,我的命运,再怎么严峻,也绝不会惨到需要别人用命来换命的地步。其实我爸妈早已做好过最坏的打算,大不了也和我一样,回老家当农民。您刚才还说到柳毅,柳毅后来也和小龙女成了夫妻呀!"

赵父:"晓兰,你听叔叔说啊。别看叔叔是个瞎子,但我耳朵没聋,我这儿还有思想。"赵父指指自己太阳穴,"我不信中国一直会这样下去!最多再过十年,谁想再折腾下去,人民绝不会答应了。所以呢,我也就坚信,你最终的身份,那必然还是一位将军的女儿!做你丈夫的,要么也应该是将军的儿子,要么就应该是省长、部长们的儿子!曙光他哪儿配成为你的丈夫呢?"

"叔叔,您头脑中也有门当户对的思想?"

"对,但不是封建的,而是革命的门当户对。"

冯晓兰忍不住"扑哧"笑出了声。

赵父:"所以呢,尽管你和曙光已经领了那东西,但希望你还是要听叔叔的劝,再慎重地考虑考虑,考虑考虑。那东西,两个人一块儿领了,也是可以两个人一块儿废了的嘛!"

冯晓兰:"叔叔,那不是太随便了?我和曙光,我们可都是对爱情很严肃的人。叔叔,您就别再坚持您那种'革命'的门当户对了,也别再想象着要做什么当代的程婴了!至于曙光,就由他像柳毅那样,最终还是成了小龙女的丈夫吧!"

她站起身来,从后搂住赵父的脖子,作小女儿状撒娇道:"太晚了,明天再陪您聊天,我得回王大娘家睡觉去了。不许跟曙光发脾气,我知道了会生气的!"

冯晓兰说罢,便转身走了出去,留下赵父独自一人在宿舍里发呆。

赵天亮推门进屋。

赵父:"谁?"

赵天亮:"我。"

"你小子幸灾乐祸是不是?"

"我就不明白了,怎么我哥和我晓兰姐领了结婚证,在你那儿就成了灾了?"

"你扳着指头算算,团长和中将,这之间差着多少级呢!"

赵天亮:"我没事儿卖呆不行啊,为什么要扳着指头算那个?"

赵父一拍桌子:"那我们当父母的,今后这两亲家,究竟按什么礼数来走动?连我们以前的良好关系,都可能被改变了!我不高兴我以前习惯的事儿被改变了!"

赵天亮:"高不高兴你都得重新开始习惯!"

他冲到桌前,双手撑桌边俯下身,脸凑近父亲的脸,低声嘲弄地说:"你刚才那都是跟我晓兰姐胡扯了些什么?想不到我从小崇敬的父亲,满脑子封建意识!"

赵父:"革命的!革命的封建意识!"

"可笑!我替你脸红!"赵天亮离开桌子,闪身绕着桌子走,忽然喊口号似的振臂高呼,"爱情万岁!爱情万岁!要扫除一切爱情阻力,踢开一切爱情绊脚石!"

冯晓兰挽着赵曙光的手臂走在往王大娘家去的村路上。冯晓兰忽然"扑哧"笑了。

赵曙光:"还笑!我说不要急着办什么结婚证嘛,你非坚持!"

"你不急我急!赵叔叔今天可真逗!跟我讲《赵氏孤儿》,还讲《柳毅传书》!"

赵曙光收住脚步:"同志,你要注意了,以后不能当着我的面笑话我父亲。他从小没读过一天书,放牛娃出身,苦孩子,是部队这所大学校使他摘掉文盲帽子的。他克服艰难困苦的意志力比我们要强许多倍,但是他的自尊心却是特别脆弱的,差不多可以用弹指可破来形容。也正因为这样,他极其敏感地爱护他的尊严,希望自己的尊严与日俱增。面对许多事,他的第一反应往往是别人会怎样看他,如何评论他的所作所为。但是我不会因为他有这些弱点就不像以前那么爱他了。晓兰,你已经是我的妻子了,我也是有不少弱点的。既然你爱我,就请你接受一位我父亲那样的公公吧!"

冯晓兰深情地望着赵曙光:"曙光,我觉得你谈你的父亲,反倒更像一位父亲在谈论自己唯一的儿子。"

赵曙光:"'唯一',说得好。本来我们每个人都只有一个父亲。当我们开始谈论父亲们弱点的时候,我们才算长大了。当我们学会原谅父辈们的弱点时,我们才算刚开始成熟啊!"

冯晓兰:"我还从没有像你这样分析过自己的父亲。"

"因为女儿们看待父亲们的眼光一向是特别感性的。"

"我认为你和你父亲有着同样脆弱的自尊心。你忘了你被从县医院里接回来,在那破窑洞里对我发脾气的事了吗?"

赵曙光:"同志,别歪曲了事实啊,那更应该是我对自己发脾气。"

冯晓兰:"那也还是因为自尊心在作怪!"

"当妻子开始当面谈丈夫的弱点时,她对她丈夫的爱,就有了理性的成分。爱情中有了理性,好比沙土中加入了水泥。"

冯晓兰扑到赵曙光怀中,双臂搂住他脖子,温柔地说:"爱听你说话!"说罢,便踮起脚跟,欲吻赵曙光。

赵曙光轻轻推开她:"别,现在不行。"

冯晓兰意识到了什么,扭头一看,只见春梅站在路前方。

春梅:"晓兰姐,我娘让我接接你。"

冯晓兰:"先回去,我和你曙光哥再说会儿话。"

春梅:"你不是想跟他说话,你是想等我走了以后,和他亲嘴。"

冯晓兰不禁一愣,转脸看赵曙光。赵曙光脸上现出窘色。

冯晓兰对春梅笑道:"春梅,你说得对,晓兰姐是想那样,因为晓兰姐后天上午就得离开你曙光哥哥了呀。这一离别,什么时候再能相见,我们心里都没数。所以你不先走,我怎么好意思当着你的面和他亲嘴呢?"

春梅:"晓兰姐,我……就想看着你和曙光哥哥亲嘴。"

赵曙光不由得惊讶地看着春梅。

春梅一脸庄严:"你俩偷偷亲嘴的时候,我也不是没发现过。你俩都是我喜欢的人,我喜欢看见你俩亲嘴,就是你们城里人说的吻……吻好美,看了让春梅心里好感动……你们知道,我不是坏心思的女孩子,只不过我心里特别想要看到美的、感动我的事。你们就当着我的面,再好好美一次,再让我好好感动一次吧!"

赵曙光一下子将冯晓兰拥入自己的怀抱,一只手揽住她腰,用另一只手臂斜抱她肩,俯下头深深地吻她。

陡然,他们的深吻被春梅的哭声打断了。冯晓兰离开赵曙光怀抱,走到双手掩面而泣的春梅跟前。

春梅扑进冯晓兰怀里,哭着说:"晓兰姐姐,以后谁来爱我呢? 谁会像……曙光哥哥爱你……那么爱我呢?"

冯晓兰情不自禁地搂抱住了春梅。

知青宿舍的炕上已经铺好了三套被褥,赵天亮已经蒙头躺下,赵父坐在炕沿一角,兀自生着闷气。赵曙光在一旁接蜡烛头,他将摆在屋子各处的蜡烛头收集起来,用蜡泪粘在一起。

赵曙光走到炕前,把蜡团放在炕沿上,接着走到炉子边,拎起铁壶,倒了一盆开水,拧了一条热毛巾递给父亲。

赵父接过,问:"给我条热毛巾干什么?"

"擦擦脚,睡得舒服点儿。"

"你是我一个当村支书的儿子,我从北京来到你这儿看你,你就不能为我烧盆热水让我烫烫脚? 在你这儿我就只能用条热毛巾擦脚吗?"

赵曙光："爸,这儿不是缺水嘛。全村人,一年到头洗不上几次脚,平时都只能用湿毛巾擦擦脚。"

赵父："那我连擦也不擦了!"他随手将毛巾放在炕上。

赵曙光又问父亲："那,一处是我的被褥,一处是别的知青的被褥,您睡哪儿?"

赵父已脱掉了鞋,将脚缩到炕上,边脱棉袄边没好气地说:"我就睡这儿,枕我自己的袄,盖我自己的大衣! 天亮,我大衣呢?"

赵天亮一掀被子坐起:"可能忘公共汽车上了……"

赵父："你,你脑子里整天都想什么了!"

"你不是听一个女人说孩子冷,脱下来借给她们了吗? 你自己下车的时候怎么不想着?"

"赵曙光,你听到了吧? 这就是你弟,现在这么跟我说话了,都是跟你学的!"

赵天亮："我和我哥,一个东北,一个陕北,我怎么跟他学的?"

赵曙光喝止弟弟:"天亮你住嘴!"

赵天亮只好乖乖躺下了。

王大娘家里还闪着幽幽烛光,冯晓兰大睁着双眼仰躺在炕上想心事。门帘一挑,春梅走了进来,上了炕就往她被窝里钻。

冯晓兰让了让身子和枕头,侧身问春梅:"大娘睡着没有?"

"睡着了。"

冯晓兰："那你怎么还不睡? 溜过来干什么?"

春梅往她身上偎了偎:"想跟你说会儿话。晓兰姐,你以后会想着我们坡底村这个穷地方吗?"

冯晓兰："会。"

"会常回来看看我们家人吗?"

"常回来肯定是做不到的。但只要一有机会就会回来一次,看你们一家人,看坡底村的乡亲们。"

"那,你还会领我到北京去玩儿吗?"

"当然。不过,那也得看机会。"

"你骗我!"

"晓兰姐没骗你,我什么时候骗过你呢?"

春梅:"人一说'等有机会',那就是说'恐怕没机会了'。这我懂。你们知青和我们坡底村人,五服不连,六亲不沾,你们一旦离开了,不管和我们的关系怎么亲过,都是会忘了的。人都是这样的,这我也懂。可我春梅,肯定是忘不了你晓兰姐的,到什么时候我也会记着,我家住过一个北京来的女知青叫冯晓兰,我会永永远远想你的!"

她说得伤心,一转身,背对冯晓兰,双手捂脸哭了。

冯晓兰从后搂住她,真挚地:"好春梅,别哭,看哭醒你娘……人不都是你说的那样儿。有的人是有良心的。良心会提醒人,使人不能忘记那些对自己好过的人。姐也是有良心的人,所以姐决不会忘了你们一家人,决不会忘了坡底村的乡亲们。姐来之前并没有想到,这个又穷又小的坡底村里的男人女人和孩子,居然没有一个歧视我的。非但不歧视,还尽量保护我。姐怎么能忘了坡底村,忘了你们家的人呢?"

春梅又向冯晓兰转过了身,内疚地:"姐,别在意我刚才说的话。"

冯晓兰在她的额角轻轻地吻了一下。

冯晓兰:"姐走以后,晚上你还要过你娘那屋去陪她睡,要不她会觉得孤单的,会更想你爹了。能记住姐的嘱咐吗?"

春梅:"能。"

赵曙光在宿舍中摸着黑替赵父往下脱棉裤,赵父睡得很死,浑然不觉。

赵天亮醒了,问:"哥,你折腾什么呢!"

赵曙光:"怎么能让爸这么睡一个晚上!给爸垫个枕头。"

他一边说，一边将父亲脱下来的棉袄、棉裤叠好。

赵天亮钻出被窝，拖过一只枕头，塞在父亲头下，又拉过一床被子来，盖在父亲身上。

赵曙光也仰躺下了。

赵天亮："哥，想跟你说说我的事儿。"

赵曙光："先告诉我，那封信后来找到没有？"

"没找到，连我那只枕头也没找到。因为我生了气，我们班的王凯上山去找我那只枕头，结果腿还被砸断了。"

赵曙光不由得欠起身。

赵天亮："不过他腿恢复得挺好，都能滑冰了，我在后海溜冰场上碰到了他。他倒也不恨我。他假装骨头没接好，居然把户口办回北京了。"

赵曙光这才又躺下，接着问："你觉得那封信，会落在什么人手里？"

"这我猜想不到。因为那封信，有一个时期我都快神经衰弱了。"

赵曙光："我也是。我自己倒没什么好怕的。但是我怕因为我，牵连了爸妈，牵连了你，牵连了晓兰。有时候，好怕，还做过噩梦，梦到自己被逮捕了。"

赵天亮："后悔当初写过那么一封信了吧？"

"后悔极了。你还记得武红兵吗？"

"记得。"

赵曙光："当年确实不是他给你拍的那封电报，而是李君婷。红兵后来跟我关系很好，也可以说是我在坡底村最好的朋友。可他现在，由知青成了犯人。随随便便就给人扣上'现行反革命'的帽子，使一个人失去人身自由，这样的时代，说它病了，难道还说错了？"

"对也不许那么说！"赵父的声音突然响起。

兄弟二人同时欠起身，转头看父亲。赵父不知何时已经从炕上坐起来了："就是到咱家来过的那个武红兵？"

赵曙光没想到父亲刚才听到了他们的话，尴尬地："爸……你什么时候醒了？"

赵父："先回答我的话！"

赵曙光："对，就是他。"

"他因为什么事？"

"爸，你就别问了。他成了犯人都两年多了，他已经习惯了，还挺乐观的。我经常去看他，见了我，他还总爱跟我开玩笑。也不是正式宣判的那种'现行反革命'，不过是由一些掌权的造反派定性的。他们互相之间，还动不动就将对方打成'现行反革命'呢！"

赵父："是这样啊……你俩过来点。"

兄弟俩往父亲跟前坐了坐。

赵父将一只手按在赵曙光肩上，将另一只手按在赵天亮肩上，严肃地："曙光，天亮，你们得学会保护自己啊！只有这样，在别人需要咱们赵家人的同情和保护的时候，咱们才能尽力而为！要是连自己都被打入另册了，那不是连一个善良的人都做不成了吗？记住我的话没有？"

兄弟俩互相看了一眼，异口同声地："记住了。"

"大声点儿！"

"记住了！"

早晨，赵父在宿舍门前打太极拳。赵曙光和赵天亮兄弟俩在不远处刷牙。

冯晓兰跑来："曙光，咱村的些个男人，和别村的些个男人，在村子外边要打起来了！"

赵曙光："为什么？"

冯晓兰："这几天冷，河面不是冻冰了嘛，各个村都出动了人去起冰块，好储在窖里留待以后饮用，有一个村的男人们说咱村的男人们抢了他们起的冰块。"

赵曙光将漱口缸子递给赵天亮，拔腿就跑。赵天亮也将两只漱口缸子递向冯晓兰："嫂子,替我放屋去。"

冯晓兰刚接过缸子,赵天亮拔腿想跑,却被赵父厉声喝住："你给我站住!"

赵天亮收住脚,瞪着父亲。

赵父："你哥是支书,他去应该的。你是兵团来的一个人,你去,想干什么?"

赵天亮一边听着父亲说话,一边默默地往后退,退到远处,还是转身跑了。

赵父感觉到了儿子在耍滑头："晓兰,他没进屋是不是?"

冯晓兰："叔叔,天亮不是怕他哥吃亏嘛。"

"他那性子,去了只会火上浇油,你领我去!"

"叔叔,您别去了,曙光既然已经去了,您就放心吧,他现在可善于平息冲突了。"

"别啰唆!"

冯晓兰犹豫一下,只得将两只缸子放在窗台,上前搀起赵父的手臂。

一条小河夹在高原丘壑之间,冰封的河面被凿开了几处。被撬起的大大小小的冰块三五成堆地散布在河岸上。

坡底村的一群男人和其他村的一些男人对面相峙。他们个个手持镐头、二齿钩、抬冰块用的扁担等凿冰运冰的器物,对峙双方气氛紧张,冲突一触即发。

赵曙光："大冷的天,都拿着挨一下就会受伤流血的家把式,又都在气头上,一个个想干什么啊?再过几天就是春节了,谁没有妻儿老小,父母高堂?哪个想在医院里过春节?哪个又想在拘留所里过春节?"他从马平阳手中夺过一把二齿钩,掂了掂,"不想的,退后。想的,站着别动。我是坡底村的支书,我和他单挑独斗!"

对方的人被镇住了。

赵曙光:"不过就是为了几块冰,谁还非要把谁置于死地不成吗?所以用不着操家伙吧?"他又把二齿钩还给了马平阳,"你们村的,选个人出来吧,我和他动拳脚,两边可都不许帮。我打服了对方,今天这事儿拉倒。对方打服了我这支书,以后我们坡底村的人见了你们村的人,人人把头低,你们看行不行?"他活动着膀子,一副准备大打出手的样子。

对方中站出了一位老农,走到赵曙光跟前,看着他大摇其头。

赵曙光:"大爷,您摇头,是反对喽?"

老农抬眼看看他:"早就听说你们坡底村的新支书是个北京来的知青,那么就是你啦?"

赵曙光江湖义士般地一抱拳:"正是在下。在下姓赵名曙光,行不更名,坐不改姓。您老人家有何见教?"

马平阳对身旁的男人低语:"曙光怎么了?那是在胡扯些什么?"

那男人也低声地:"我也不明白,怎么像早年间在县城里搁地摊卖假药的?"

老农:"赵书记,见教不敢当,可是我对你有意见。"

赵曙光又一抱拳:"前辈请讲。"

老农:"怎么着你也是一位支书,你来是干什么的呢?有你这么解决矛盾的吗?"

老农身后的男人们嚷嚷起来了:

"就是!来了也不问问哪村有理,哪村没理!"

"还要单挑独斗!我陪他练练!"一个棒小伙捋胳膊挽袖子。

也有人喊:"哎,别别别,他毕竟是位支书,身份代表着党呢!他打伤了你,是工作作风问题,你打伤了他,那可就是政治事件!"

棒小伙呆呆地望着赵曙光,眨巴眨巴眼睛,不敢出头了。他嘟哝:"怎么公社给坡底村任命了这么一个二虎巴叽的知青当支书。"

又有人小声说:"我看他样子一点儿都不二虎,也许成心设下个圈套,诱引咱们上前和他动手呢,都别中他的计!"

一个脸上有血的中年农民走上前来,推开老农,指着赵曙光说:"我们才不跟你这支书打架,我们偏要跟你讲理!你们村的人,把我们村辛辛苦苦起的冰,搬到你们村的车上了,还把我鼻子打出血了!你今天不给评出个是非对错来,那就连你也别想走了!"

赵天亮跑了过来,将中年农民推得连连后退:"谁要敢动我哥一指头,我今天和他拼了!"

说着,他欲从马平阳手中夺二齿钩,马平阳没给他。他又想从囤子手中夺扁担,囤子将扁担给了别人,并将他拦腰抱住。

对方又群情激愤,乱嚷嚷起来。

赵曙光大喝一声:"别吵吵!"他转头问马平阳,"人家说咱们没理,是人家说的那样吗?"

马平阳:"河面上到处是冰块,谁能分得清哪些是哪村的?也许囤子是把他们村起的冰块往咱们村的车上放了几块,可他们村的人,张口就骂咱们囤子,囤子说不出话来,起先忍着。可他们还要把咱们整车的冰都归了他们。咱们的人不依,他们村的人就又骂,这就把咱们村的人都骂急了!"

赵曙光对老农说:"大爷,这不正是公说公有理,婆说婆有理,清官也难断清的理吗?依您,该怎么解决呢?"

老农:"我又不是当支书的,没资格解决。我今天就单要看你这当支书的怎么解决!你解决不好的话,我带我们村这些人上公社告你去!"

这时,冯晓兰挽着赵父来了,站在坡底村男人们的旁边。

冯晓兰对赵父说:"大叔,您千万别激动,曙光他绝对能把事情平息了。"

赵父不吭声,只是倾耳听着。

赵曙光:"那好,我就试着换一种方式解决。要我看呢,今天这事,第一怨天。老天爷不长眼,咱们这地方吃水用水这么困难,他今年又不舍得给咱们多下几场雨。第二要怨地,老天爷已然不长眼了,土地爷总该体恤体恤咱们吧？可他也不！他要是在咱们这周围弄出条大河来，各村把水往各村一引，咱们今天至于为几块冰闹得这么伤和气吗？咱们中国人自古就讲的是和为贵，咱们今天撕破了脸，那还不是天地逼得好人不让着好人吗？"

赵曙光走到脸上有血的那个农民跟前："我们村的人，肯定也有被你们村的人打了的，只不过你鼻子被打出血了，你觉得吃了大亏了。你们村的人都想为你出气，否则他们觉得没面子。我是坡底村的支书，我的脸这会儿代表我们坡底村的面子！"

赵曙光终于看到了父亲。他顿了一下，指着立在一旁的父亲说："那是我父亲，朝鲜战场上立过功的人。从小我挨过他几次打，但是连他也没打过我脸。现在，我把我脸偏给你打。如果你觉得非把我鼻子也打出血了才解恨，那也随便。可我得有言在先，他打过了我，今天这事儿，咱们算过去了，行不行？都不吭声了？都不吭声那就是都同意了！那您这位大叔，动手吧！"赵曙光说罢，将脸一偏，把脸颊露给脸上有血的那个中年农民。

中年农民朝赵父望一眼，朝赵曙光举一下手，又放下了。他看着那位老农说："要不，你替我扇他一巴掌吧！"

老农："胡说！这种事能随便替的吗？"

赵天亮走上前，往哥哥身旁一站，平静地："你们谁打都行，我替我哥哥挨着。"

囤子也走上前，往赵天亮身旁一站，竖起大拇指，向自己胸膛点了几点。

马平阳也走上前，对中年农民说："双方都谁打了谁我不清楚，但你鼻子肯定是我打出血的，你打我吧。"

中年农民回头望了望和他同村的人："看，看这事儿搞得！他们坡底村人怎么……怎么这么搞啊？这我还好意思打吗？"

老农："都是你撺闹起来的火儿！不好意思就滚旁边去，丢人现眼的玩意儿！"

赵曙光："你们都不好意思打了，我们也不好意思就这么拉倒啊！起因不就是为几块冰嘛，咱们干脆别冲人找理，冲冰吧。平阳叔，囤子哥，你们把那一车冰，送到他们坡后村去！"

众目睽睽之下，马平阳与囤子一个驾起车，一个把绳索套上肩，两人二话不说，拉起车就走。

赵曙光："乡亲们，大家都是农民，这村望得见那村，地头连着地尾，我就都看成是乡亲们了啊！那河里连小鱼小虾都没有，证明河水一向有问题。"

对方有人大声地："县城里边，什么脏水都往河里排，能没问题嘛！"

赵曙光："所以这冰化的水，只能用，千万不能喝，也不能用来做饭！即使用，那也要放些明矾，消消毒。这一点，大家千万听我的！"

赵父悄悄对冯晓兰说："扶我回去。"

冯晓兰扶他离开了。

妇女们在冰封的河面上砸冰。木锤、石锤、铁锤、斧头……各种各样的工具砸在冰面上，将大冰块砸小，小冰块砸碎。碎冰被用铁锨铲进篮子。

冰运回村里，人们再将碎冰用篮子装着，用绳索吊着，落到大地窖里去。

赵父也夹在妇女中干着，他身旁是春梅和冯晓兰。马婶和翠花在离他们不远的地方一边干活，一边说话。

翠花抡起手中的大木锤用力地砸了一下冰。

翠花："反正我觉得曙光他太软了，凭什么咱村男人辛辛苦苦起的一车冰，要让咱村的人拉着给他们坡后村送去？"

马婶："就是！我听我家那口子回去一说，心里也怪来气的！就为几块冰，他们坡后村有必要那么较真吗！"

王大娘:"唉,软又怎么样? 硬又怎么样? 能把事儿好歹压下去了,没使双方真打起来,我看就算解决得好。'解放'前,咱坡底村和坡后村,为了冰,发生械斗,还闹出了人命。土改那阵子,为了几亩地究竟应该划归哪个村,又闹得仇人似的。公社化以后,都归了集体了,两个村的人总算渐渐和气相处了,没想到又闹'文革',你村这个派,我村那个派,又掰生了。双方今天这要打起来,都是些大老爷们,气头上下手没轻没重的,互相打伤了几个,那得哪年再重新和好?"

翠花:"唉,我前辈子也不知做了什么孽了,送子观音让我托生在这地方。下辈子宁肯托生为一个好地方的牛马,也不托生为坡底村的人了!"

马婶:"你以为你想托生成牛马就能托生成牛马吗? 送子观音一般都让男人托生成牛马,你只能托生成猫狗鸡鸭!"

翠花:"那我也认命了! 喵! 汪汪! 汪汪! 咯咯咯! 呱呱呱!"她学起猫狗鸡鸭的叫声来,逗得女人们呵呵地笑。

赵父问春梅:"春梅呀,你们这儿,地底下究竟有没有水呢?"

春梅肯定地:"有。"

赵父:"那为什么不组织人力挖几口井呢?"

春梅:"我曙光哥磕头作揖,请来了一位省里的地质专家,和专家一块儿点灯熬夜地查资料。最后专家的结论是,水层在一百来米以下呢! 世上哪有那么深的井? 非得请专业钻井队的人来下铁管子,打机井不可了!"

"那,知道打一口机井得多少钱吗?"

"也不能说指哪儿钻哪儿就咕嘟咕嘟地出水呀! 听曙光哥说,得预备下三千多元才敢去请钻井队,全村要再攒下三千多元,怎么也得十年以后……"

春梅话没说完,忽然"哎呀"一声。她光顾着说话,不小心砸手了。

冯晓兰闻声赶过来:"春梅,要不要紧?"

春梅咬紧牙,眉头拧成疙瘩,攥着手指,疼出了泪。

赵父:"怪我,怪我,我不跟她说话就好了。"

冯晓兰:"让姐姐看看。"她心疼地轻轻地抚着春梅手指,"指甲青了。"

赵父:"要不要带她去卫生所啊?"

冯晓兰摇头道:"村里哪儿有卫生所呢? 也就我来了,自己置办了个医药箱。可也没有什么药。"

春梅偎入冯晓兰怀里,哭道:"姐,你跟我娘说说,明天把我也带西藏去吧!"

晚上,赵父、马平阳、囤子三人围坐在王大娘家的小炕桌边饮酒。桌上摆着几样比平日丰盛的菜,算是赵父的接风宴。

赵父感激地:"我空着双手就来了,还劳你们破费,真是过意不去。"

马平阳:"话不能这么说,曙光是我们坡底村支书,您是曙光他父亲,那当然是我们坡底村的贵客。何况您还是解放军,是部队首长,我们简单招待您一下,那还不是完全应该的嘛!"

翠花端一盘菜走进来,接言道:"就是,军民鱼水情啊! 大叔,尝尝我炒的土豆丝怎么样?"说着,她便夹了一筷子土豆丝放进赵父碗里。

赵父吃一口,连声称赞:"好吃,好吃,炒得脆口!"

翠花见赵父的酒盅空着,埋怨道:"你俩怎么陪的客呀,大叔酒盅里都没酒了,怎么不给满上? 大叔,我翠花亲自给您满上。大叔我敬您一盅,这一盅您一定得喝!"说着,她把赵父的酒盅斟满。

二人碰了一下酒盅,将杯中之物一饮而尽。

翠花指点马平阳和囤子:"你俩别蔫不叽地自己喝,得把大叔陪好。"

厨房里,王大娘在炒菜,赵天亮站在旁边看。

赵天亮:"大娘,随便弄两个菜,意思意思就行了。"

王大娘:"怎么也得弄四五个菜。受全村人的委托呢,太不像样还行？只管把心放肚里吧，你囤子哥和你平阳叔，他俩酒量还行。"

翠花走了出来，小声地："行个屁，你爸还没咋样呢，我看他俩都晕头晕脑的了！"

赵天亮："我爸酒量可大。"

翠花："有我呢，最后放倒你爸的任务，包我身上了！"翠花不知什么时候走进厨房，她接过王大娘炒好的一盘菜，转身又进屋去了。

赵天亮："那，今晚这事儿，可就拜托你们了。"他一转身，见春梅从小屋门帘内探头看了他一眼，见被他发现，旋即又将头缩了回去。

赵天亮对王大娘说："大娘，春梅好像生我气了。"

王大娘："可不，怪你没给她写过信。"

赵天亮走到小屋门帘前，低声问："春梅，我能进吗？"

春梅不回答。

王大娘："春梅，你天亮哥跟你说话，没听见啊！这丫头，扎起架子来了。天亮你进吧，好好跟她解释解释，哄她个高兴。要不，你走了，我可不知该怎么哄她。"

赵天亮犹豫一下，挑门帘，进入了小屋。春梅正手背抵着下颏，趴在桌子上，大睁两眼看他。

赵天亮在桌子另一端的椅子上坐下，挠挠头说："我怎么记着，我给你写过信呢？"

春梅："没有。"

赵天亮："我哥也没代我问过你好？"

"问好只不过一两句话，和收到一封信不一样。"

"是啊，是不太一样——已经既成事实了，那怎么办呢？"

"你说话不算话，我不想理你了。"

赵天亮："别，那可不对。冲我哥和我嫂子的面子，你也得理我。我也不经常给我哥写信，两三个月才写一封信，这不能证明我不想念他吧？我也从没给我嫂子写过信，一向是在写给我哥的信里问她好，那不证明我心里没她的位置吧？"

春梅瞪着赵天亮，却双手捂上了耳朵。

赵天亮："再说，我这两年多里，经历了一些从没经历的事，有时不安，有时苦闷，有时生气，有时想哭，还得过雀盲眼，还冻伤过一次，那次几乎把命丢了。有的人，越是自己情况不好的时候，越想给亲人写信。有的人相反，只有在自己情况好转的时候，才愿意给亲人写信。"

春梅将手放下，问："那，你现在情况好转了吗？"

赵天亮："现在情况是好转了，处分取消了，又当班长了。班里以前和我关系紧张的两个人成了我最好的知青朋友。"

春梅："你哥和晓兰姐，都把我家人和我当成亲人，你呢？"

"我？当然也是喽！你是你家一口人，那还用问？"

春梅终于露出了笑容："好吧，我原谅你了。"

赵天亮也笑了："使你说出这句话，还真是有点儿不容易。"

春梅："那是！原谅一个人，不能太简单了。太简单了，原谅没原谅的，那个人就不当一回事儿了。"

她向赵天亮伸出了一只手："更正式点儿，握握手吧。"

赵天亮将因为冻伤未愈依然乌黑着的手伸给她，春梅一见，吃了一惊："你手怎么了？"

"我不是说了嘛，冻伤过。"

春梅难以置信："两年多了还这样？"

赵天亮："医生说，也许再过两年就看不出来了，也许永远这样了。"他缩回手，从衣服里面掏出一个文具盒递给春梅，"给你的。"

春梅接过文具盒，在手里摸着："都热乎了。夹胳膊窝了？"

"是啊，你要是不原谅我，我都不好意思往外掏了。"

春梅打开文具盒，里边有一支自动铅笔和一支双色圆珠笔，还有些备用的笔芯。她的脸上露出纯真的笑："这是什么笔？真漂亮。"

"一支是自动铅笔，按一下上边，铅芯就自动伸出来。铅芯用完了，可以再往里续,另一支是圆珠笔,红蓝双色的。"

春梅逐个拿起试试,每一支笔都书写流畅。春梅放下这些稀罕玩意儿,脸上的喜色逐渐被遗憾替代:"可我都念完初中了,一年多没上学了,如果我继续读高中,那就得到县城去读,还得住宿,花费太大了。家里就哥一个男劳力,供不起我。"

赵天亮听得神色也黯然起来:"那,你现在……"

"在村里和妇女们一块儿干活,顶半个劳力。等明年我过了十八岁,就有资格挣全工分了。"

赵天亮默默地望着她,目光中充满怜惜。

春梅从他的目光中读出了对自己的怜惜,笑了。她装出特别快乐的样子:"那我也喜欢这两种笔!"说完拿着文具盒跑进了厨房。

赵天亮也跟着走进厨房。王大娘已经关了火,在收拾厨房。

春梅将文具盒往王大娘面前一举:"娘,看我天亮哥给我买的文具盒,还有两支高级的笔!"

王大娘对赵天亮说:"天亮啊,大娘这家,随时欢迎你来,可是再不许为大娘家花钱了,啊?你们挣钱也怪不容易的,大娘不落忍。"

赵天亮笑了笑:"那花不了几个钱。"

王大娘又对春梅说:"谢过天亮哥哥了吗?"

春梅:"谢谢天亮哥哥。"

这时,大屋的门帘一挑,翠花扶着门框走了出来,脚步不稳,脸上带着浓浓的醉意。

翠花看着赵天亮,醉醺醺地:"最后,还……还是我……上阵了……到底,把你老爸,放……放倒……了……"说罢,双腿一软,险些瘫倒,幸好被赵天亮和王大娘一左一右扶住。

王大娘把翠花扶到一边坐下,对赵天亮说:"天亮,看到了吧?这就是坡底村人,一个个实诚得发傻。陪你爸一个眼睛看不见的人喝酒,还喝倒了两个男人加一个女人。"

　　春梅扇着翠花嘴里呼出的酒气:"我看他们也是自己馋酒!"

　　王大娘:"别胡说! 去,告诉你曙光哥和你晓兰姐,就说你赵叔叔和你天亮哥在咱家睡下了,叫他俩也早点儿安歇吧。"

　　蜡团在桌角发出蒙蒙的光,照亮了知青宿舍里的两个年轻人。赵曙光和冯晓兰面对面坐在桌子两边,赵天亮双手握着冯晓兰一只手,二人含情脉脉地对望着。

　　冯晓兰:"曙光,我还是挺担心分钱那件事的。从立场上,我不可能不支持你的做法,从个人利益考虑,我又真不希望我的丈夫被扣上什么罪名。"

　　赵曙光:"做都做了,也就别后悔了。就当没有那么一件事发生过吧。"

　　"怎么可能呢。何况我们明天上午就要长期分离了,两个人可能惹出的麻烦,将由你一个人来面对了……"

　　"不说那事儿行吗? 晓兰,我问你,你真的不为自己的决定后悔吗?"

　　"后悔什么呢?"她扬起脸,脸上尽是柔情。

　　赵曙光:"我父亲劝你的话,也不是一点儿道理都没有。"

　　冯晓兰:"你呀,我看你们父子俩,包括天亮在内,你们父子三人,个个都多少有点儿大男子主义。父亲想当现代的程婴,儿子要当现代的柳毅,但是将我的独立精神置于何地了呢? 难道我决定和你去办结婚证的时候,还是一个未成年少女?"

　　赵曙光:"可以后,我们就像牛郎织女了。"

　　"两心相许,又岂在朝朝暮暮。"

　　赵曙光情不自禁地低下头,轻吻握在掌中的冯晓兰的手。

　　这时,门突然开了,春梅闯了进来。赵曙光立刻放开了冯晓兰,可是已经迟了,他们柔情蜜意的一幕早已被春梅看在了眼里。屋里的三个人都有些不好意思。

春梅:"我娘让我来告诉你们,赵叔叔和天亮哥在我家睡了。就这话!"她说完,就转身跑掉了。

赵曙光与冯晓兰相视而笑。冯晓兰起身去插上了门,转身背靠着门看赵曙光。赵曙光拉开抽屉,将所有的蜡都取出,一一点燃,放在桌子、炕桌、矮橱上。

冯晓兰问他:"你那是干什么?"

"为爱创造光明。"

冯晓兰:"太铺张浪费了吧?"

"今天晚上,只谈情说爱,不算经济账。"

冯晓兰走到赵曙光身边,两人紧紧地拥在一起,深深地亲吻着。长长短短、形状各异的蜡烛燃烧着,照亮了他们混放在炕头的衣服。

"晓兰,我不想使你怀孕。"

冯晓兰轻轻地笑:"我也不想刚穿上军装不久,肚子就大了呀。"

"那,这可太考验人的意志了。"

"傻瓜,今天晚上我不会的。也许,以后很长一个时期,我们都无法要孩子了。"

"无怨无悔。"

"你父亲会怎么想呢?"

"这是咱们两个的事,不管他怎么想。"

那块捏成团的蜡烛燃灭了……

第二十一章

雄鸡在坡底村某处高啼。天亮了。

赵父在王大娘家大屋的炕上醒来,他身旁的赵天亮和囤子还在沉沉地睡着。赵父坐起来,摸了摸枕头、炕席和炕沿,发觉自己睡的不是知青宿舍。他把身边的赵天亮推醒。

赵父:"天亮,天亮!"

赵天亮醒了,没睡够地:"爸,起这么早干什么?"

赵父:"我眼镜呢?"

赵天亮在炕上爬着东找西找,终于找到,递向父亲:"这儿……"

赵父接过眼镜,戴上后又问:"我这是睡在哪儿?"

赵天亮:"睡在王大娘家。"

赵父小声地:"我怎么会睡在这儿?"

"您昨晚喝多了。"

赵父深思。

赵天亮:"明白了?"

赵父:"我明白了。我中计了!"

他一伸手,抓向赵天亮,正抓在赵天亮头上,揪着赵天亮头发,将赵天亮拽到了跟前。

赵父嘴对着他耳朵,几乎是咬牙切齿地:"谁设的计? 是你哥,还是你?"

"爸,爸你别这样,什么计不计的,从何说起嘛! 囤子还睡在炕上呢,让人家看见多不好!"

门外传入春梅的声音:"天亮哥,我娘说你们该起了,上午晓兰姐就走,咱们不都得送她嘛!"

赵父这才放开赵天亮的头发。

赵氏父子走到灶间的时候,王大娘已经准备好了早饭,见他们过来,招呼道:"他叔,睡得还好?"

赵父:"好,好,睡得很好。"

王大娘:"晓兰那么好的姑娘,终于和曙光把结婚证领了,我们坡底村全村人都跟着高兴,怎么看着你这当爸的,倒好像不太高兴似的呢?"

赵父:"我……高兴,高兴……"

王大娘:"高兴就好。本来乡亲们主张给他俩办一办,跟着一块儿乐和乐和。可晓兰走得太仓促,搞得大家伙措手不及。春梅,给你叔夹鸡蛋吃。"

春梅夹了一筷子鸡蛋放在赵父碗里,也说:"叔,我们村好多人都想跟您说话,可是看您戴副黑眼镜,样子挺厉害的,又都不敢。这您可就显得脱离群众了!"

赵父咽下一口粥,问:"是啊,这我也知道。可那怎么办呢?"

春梅:"一会儿我搀着您走,遇见人了,我小声说笑一笑,您立刻就笑……"

赵父:"行。"

囤子用筷子敲了春梅的碗一下,瞪了她一眼。

王大娘:"别那么多话了,让你叔好好吃饭吧!"

五人正默默吃着饭,翠花来了。

翠花:"你们才吃啊?"

王大娘:"我是早早就起来把饭做得了,天亮他们起得晚了点儿。"

翠花:"大叔,昨晚喝好了吗?"

赵父:"喝好了喝好了。你这位女同志,酒量也不小啊。我还是第一次被一个女同志喝倒了。"

翠花:"我那好比是穆桂英挂帅,没法子。要是不把您灌醉了,对天亮没法儿交代呀!"

她意识到说漏了嘴,掩住口,歉意地看着赵天亮。

赵父的"目光"也瞪向赵天亮。

春梅:"我天亮哥私底下跟我们说,大叔好久没痛痛快快地喝过了,肯定想要在坡底村醉一场,留给以后种回忆,是吧大叔?"

赵父违心地:"是啊,是啊……"

马婶也来了,穿一身新衣服,进了门就数落翠花:"你这个翠花,让你来叫人,你怎么跑这儿说起话儿来了呢?"

翠花一拍双手:"哎呀我给忘了,快都去知青宿舍吧!有两位解放军,从县里开辆车来了,车停在知青宿舍门口了。"

马婶却问王大娘:"老姐,我穿这身还行吗?我可是特意为送晓兰才穿的。"

王大娘:"行,好看。"

"那我也回家换身衣服去。"翠花匆匆走出门,"可千万叫晓兰等我啊!"

王大娘:"那我也该换身衣服。春梅,你跟你大叔他们先走,别等我。"

她起身匆匆进到小屋去了。

一辆吉普车停在知青宿舍外。

车窗内夹一张白纸,印着"警备司令部"五个红字。

不远处,两名军人背朝宿舍站着,望着对面的沟壑。他们一个五十来岁,一个四十来岁。

马平阳等几个男人走过来。

五十来岁的军人对马平阳他们和蔼地说:"都在屋里告别呢,快进去吧。"

四十来岁的军人说:"请告诉冯晓兰,她还有半个小时的时间。"

马平阳他们进入宿舍以后,五十来岁的军人说:"想不到,农民们会对知青这么有感情。"

四十来岁的军人:"那也得看是什么样的知青。有那种知青,在城市里是造反派,没闹腾够,把无法无天的那一套带到农村来了,今天挖阶级敌人,明天开批斗大会,白天以农民的革命启蒙者自居,夜晚专干偷鸡摸狗的勾当,纯粹就是祸害农村,祸害农民。那样的知青要是离开了,才没农民送他!"

五十来岁的军人:"像冯晓兰这样的知青,那也算值得部队派咱们俩来把她接走。"

四十来岁的军人:"听说她父亲是位中将,严格来讲,她是走后门入伍。"

五十来岁的军人:"后门前门的,咱们就无权过问了。总之亲眼看到几乎全村人都来送她,我相信她是一名好知青了。那么,我完成这一次特殊任务,心情也愉快了不少。"

没过多久,马婶、囤子、赵天亮、赵父还有春梅也来了。

两位军人见赵父也一身军装,都"啪"地来了个立正,但见赵父的军装没有领章帽徽,想敬礼却又不知应不应当敬,互相困惑地看着。

春梅小声对赵父说:"笑笑。"

赵父便笑了笑。

两位军人也冲他笑了笑。

马婶热情地:"哎呀两位同志,外边怪冷的,一块儿进去吧。"

四十多岁的军人："不了,再等会儿该走了。"

马婶："晓兰这一走,我们不知哪年还能见到她,谁都舍不得她走呢,多给我们点儿告别的时间不行?"

五十多岁的军人看一眼手表,爱莫能助地："最多也就二十几分钟吧,要赶火车啊!"

马婶："那我来介绍一下啊。这位是我们支书的父亲,晓兰的公公。他也是位军人呢,还是位团长,朝鲜战场上的战斗英雄。"

两位军人一听,"啪"地又立正了,同时敬礼。

春梅也小声对赵父说："接晓兰姐姐的两位解放军叔叔在向您敬礼。"

赵父也立刻立正敬礼。

两位军人上前与赵父握手。

赵父："谢谢你们一路辛苦地来接晓兰啊。"

五十多岁的军人："请您放心,路上我们会照顾好她的。"

"快走! 一会儿有你好瞧的!" 忽然传来一声呵斥。

大家循声望去,但见五个人朝这里走来。为首的是那名公社"革委会"的副主任,他后边是武红兵,穿件缺了扣子的破棉袄,腰间扎根草绳,头发长而蓬乱,胡子拉碴的。武红兵两边各一名肩背长枪的民兵,最后边是一个知青模样的青年,穿得齐齐整整的,夹着个黑色办公包。

公社"革委会"副主任看着两位军人站住了。

知青模样的青年跑上前,对两位军人说："你们是想来接走冯晓兰的吧? 我们公社 '革委会' 牛主任有话跟你们说。"

四十多岁的军人："那就说吧。"

知青模样的青年："能不能和我们牛主任到一旁去说?"

四十多岁的军人看五十多岁的军人,五十多岁的军人点一下头。

于是四十多岁的军人走开了几步,牛副主任跟了过去。

牛副主任："你们部队不能把冯晓兰接走!"

四十多岁的军人:"这你可说了不算。"

牛副主任:"那谁说了算?!"

四十多岁的军人:"这还用问?当然是我们说了算。"

牛副主任蛮横地:"我可警告你们,冯晓兰她父亲的问题那可是'黑线'上的问题!我们掌握的情况是,她从没和她的父亲划清过界限!她连可以改造好的子女都还算不上!无论她到了哪里,我们都会把关于她抵触改造的材料寄到哪里!"

四十多岁的军人:"随你的便。"

五十多岁的军人问四十多岁的军人:"我刚才听说,他姓牛是不是?"

四十多岁的军人:"对,公社'革委会'副主任。"

五十多岁的军人问牛副主任:"牛主任姓的是哪一个'牛'?"

抽调到公社的那名北京知青凑过来了,替牛副主任回答:"'牛鬼蛇神'的'牛'!"

牛副主任一瞪眼:"胡说!"

北京知青赶紧纠正:"我说错了,是'牛魔王'的'牛'!"

五十多岁的军人:"这姓很厉害。我姓孙,'孙悟空'的'孙'!在《西游记》里,我们前辈子打过一番交道的,是不是?我说牛主任,您别太牛。我们这可是执行中国人民解放军一个军区司令部下达给我们的接人任务,您最好别找我们的麻烦。否则,您这位牛主任,恐怕再就当不成主任了!"

另一边,马婶、囤子、赵天亮围住了武红兵。

赵天亮、囤子分别与武红兵拥抱。

武红兵给了赵天亮肩胛一拳,若无其事地:"你小子,这一次不是又开小差儿来的吧?"

赵天亮:"我放探亲假了。我晓兰姐入伍了,那两位是部队上派来接她的,一会儿就走。"

武红兵:"哦?好事,好事!"

赵天亮:"她现在是我嫂子了,已经和我哥领了结婚证。"

"你们赵家双喜临门呀,真让人嫉妒!"武红兵又望着马婶,"马婶,怎么不过来跟我说句话?要跟我划清界限啊?"

马婶这才上前,拉住武红兵手,潸然泪下地:"红兵,他们怎么把你造成了这样?坡底村人保护不了你,对不起你这孩子啊!"

武红兵:"也不是什么太坏的事儿,我在劳改队还交了些新朋友。"

他朝两名民兵瞥了一眼,又小声对马婶说:"连那俩民兵背地里都是我朋友了,看我的人格魅力有多么大!"

那名知青模样的青年正站在窗前往宿舍里看,一转身,见马婶和武红兵亲密的样子,从嘴上取下烟,冲过来训斥:"干什么呢?不许你跟他这样!"

马婶放开武红兵手,愣愣地看他。

武红兵:"别忘了你也是知青,干吗那么凶!"

赵天亮问武红兵:"那家伙,北京的?"

武红兵点头:"公社刚树的革命典型。抽到公社了,脱产了,找不着北了。"

囤子掏出烟,递给武红兵一支,自己也叼上一支。武红兵叼上烟后,囤子从那北京知青手中掠去烟,对着自己嘴上的烟,将对方的烟往地上一扔,还踩了一脚,使劲碾一下,接着将自己的烟递给武红兵对火。

那北京知青看着囤子和武红兵,呆如木鸡。

赵天亮走到他身旁,搂着他肩小声地:"不管怎么着,人都得学着善良点儿。要不,我在北京碰到你一次,修理你一次。"

两名民兵朝他俩望一眼,转过头去,装没看见。

赵父左转头,右转头,侧耳聆听,并问春梅:"怎么回事?"

春梅:"没什么事儿,他们在聊天。"

赵父:"骗我!我怎么觉着要有不好的事发生?"

春梅:"叔叔,咱们还是先进屋去吧。"

赵父："不！快告诉我究竟怎么回事！"

武红兵望着赵父问赵天亮："那不是伯父吗？"

赵天亮点头："他让我陪他来看看我哥和我晓兰姐。"

马婶纠正地："你嫂子！"

武红兵："不早说，那我得过去和伯父打个招呼！"

赵天亮："哎，你……"

他没扯住武红兵，武红兵走到了赵父跟前。

武红兵："伯父，我是武红兵，曙光同校的同学。在北京我到您家去过，您还记得我不？"

赵父："记得，记得。昨天晚上，曙光和天亮还说到过你。"

他主动伸出了一只手。

武红兵立刻用双手握住了赵父那只手。

赵父小声地："你的事儿，我昨天晚上听到了几句。现在情况怎么样？叔叔能帮你做点儿什么不？"

武红兵无所谓地笑了："谢谢叔叔关心，我已经适应了。叔叔不必为我担忧，我就当成是在一场剧中演一种角色。不会演，瞎演，属于性格演员那么一种演法，大龙套的角色，演着玩儿呗！"

牛副主任气哼哼地走了过来，后边紧跟着那名北京知青。

牛副主任对武红兵呵斥："武红兵，不许你随便和人说话！"

他又呵斥两名民兵："你们眼睛瞎了！怎么不禁止他！"

一名民兵："他在和赵书记的父亲说话。"

牛副主任："我不管他在和谁说话，总之是不许他随便和别人说话！"

赵天亮听了恼火，想走过去，被马婶扯住。

马婶小声地："你嫂子一会儿走，忍着点儿。"

马平阳和囤子也向赵天亮摇头。

牛副主任又呵斥武红兵："武红兵，你不要死猪不怕开水烫！"

这时，知青宿舍的门开了，人们簇拥着赵曙光和冯晓兰走出。

牛副主任视而不见,旁若无人地:"我告诉你武红兵,搞阶级斗争我是新人老手!是在'文革'风口浪尖上冲杀过来的人,我有办法把你制得服服帖帖的!一会儿,我要先在坡底村把你搞臭!"

赵曙光和冯晓兰对视,皱眉按捺着不说话。

武红兵:"牛主任,请问您可知道,'死猪不怕开水烫'这一句话,最早是我们哪一位中国人说的?"

牛副主任一怔。

武红兵:"《史记》这部书知道吗?司马迁最早说的,不知道吧?毛主席教导我们,没有文化的军队,是愚蠢的军队。而愚蠢的军队,是不能战胜敌人的。同理,没有文化的干部,也是愚蠢的干部,在群众中是不能有什么威信的。而没有威信的干部,那是不能……"

牛副主任气急败坏地:"你你你,你给我住口!"

他瞪着赵曙光又说:"赵曙光!你身为坡底村的代理支书,听着,看着,为什么不开口制止他!你的政治立场到哪里去了!"

赵曙光平静地:"牛主任,他曾经是我们坡底村的插队知青,可现在不是成了劳改犯了吗?不是成了你们公社劳改队直接监管的人了吗?我不敢冒犯公社的权力呀!"

牛副主任:"你别说的比唱的还好听!现在我命令你,立刻召开全村大会!已经在这儿的人,谁也不许离开!"

四十多岁的军人走到了冯晓兰跟前,指指自己的手表,朝吉普车摆一下头。

冯晓兰低声对赵曙光说:"曙光,我得走了。"

赵曙光望着她点一下头。

二人四目相对,各自腹中还有千言万语,但是都已经明白,没时间多说什么了。或者是都认为,其实也无须再说什么了。肯定地,如果没有那么多人在看着他们,他们是会拥抱的,是会亲吻的。但,毕竟有那么多人在看着他们啊!在当年,那是连最具有个性的知青也不太可能那么做的,何况赵曙光还是支书!

因而,那一时刻,他们互相的爱,以及他们对互相的爱的信念,是全都充满在眼睛里,流露在目光中了。

翠花扶着王大娘匆匆走来。

翠花:"晓兰,怎么这就走啊? 你看,我特意回家换了件衣服……"

王大娘:"晓兰……" 她因不舍之情而说不出话来。

冯晓兰走到了王大娘和翠花跟前。

冯晓兰:"大娘……我……我觉得,我像逃兵……"

王大娘:"快别这么想,你是到部队上去,又等于是去援藏了,以后别忘了咱坡底村就是了。"

四十多岁的军人走向冯晓兰,低声地:"走吧,要不会误了车次。"

王大娘:"把这篮子带上,里边没什么好的,也就是几个煮鸡蛋,几个地瓜,还有几块南瓜。"

冯晓兰接过篮子,依依不舍地与王大娘分开。

赵父:"晓兰……"

冯晓兰这才想到了赵父,走到他跟前。

赵父:"跟谁都告别过了,就不跟我说句告别的话? 我在你心里就那么不好了?"

冯晓兰扑入赵父怀中,哭了。

赵父:"你和曙光的事,从今往后,我也不干涉了。你们能爱多久,就好好爱多久吧。"

冯晓兰:"爸,我会常给您写信的……"

春梅:"晓兰姐,也常给我写信……" 说着流下泪来。

冯晓兰看着春梅噙泪一笑,点头,说:"别忘了昨晚姐嘱咐你的话,啊?"

马平阳:"乡亲们,让晓兰走吧,两位部队的同志都着急了,他们担心误了车……"

冯晓兰摘下长围巾,刚一转身想跑向吉普车,被牛副主任拦住了。

牛副主任:"冯晓兰,你可以躲到部队去,但是我既然来了,起码你今天休想走成!"

五十来岁的军人走过来,板着脸对牛副主任说:"牛主任,在这当地,你可以挺牛,但是你别牛得太过分了,请躲开!"

牛副主任:"赵曙光私分了队里的公基金,冯晓兰参与了这一犯罪行为,她必须把交代材料留下来!"

他又对两名民兵大声地:"你们过来,把她押进屋去!"

两名民兵极不情愿,却又不敢违抗,犹犹豫豫地走上前。

四十多岁的军人:"放肆! 谁敢阻拦,我们对谁不客气!"

他拉着冯晓兰的手大步走向吉普车。

吉普车行驶在土路上。

"晓兰姐! 晓兰姐!"春梅的喊声在沟壑之间回荡。

吉普车靠路边停住了。冯晓兰下了车,两位军人也跳下车。

冯晓兰循声望去,一处黄土高坡的坡崖上站立着众多身影。站在前排的是赵曙光、王大娘、囤子、春梅、马婶、翠花、马平阳等。

春梅唱起了信天游:

    一座座的那个坡来哟,

    一道道的那个沟。

    哎呀今日格送走的人儿呀,

    你何年月何年月再回来?

    坡上的谷子哟哎沉甸甸地垂下着头,

    蒸的那个饭饭儿香呀香在那锅里边。

    哎呀沟里的人儿情意意真呀,

    送你就直送到崖畔畔前。

……

冯晓兰不由自主地双膝跪下了,双手捂脸,无声恸哭。

五十多岁的军人转过身去。

四十多岁的军人搀起了冯晓兰。

冯晓兰泪流满面,一步三回头地又上了车。

吉普车又朝前行驶。

武红兵的歌声传来:

一座座的那个坡来哟,

一道道的那个沟。

沟沟里的那个乡亲哟,

人穷可就那个人心暖呀!

……

"啪!"牛副主任一掌拍在知青宿舍的桌子上。那名催巴儿似的北京知青坐在他旁边。他们二人对面坐着赵曙光,面前放着翻开的小本儿,摆弄着手中的笔。

那两名民兵,一个蹲在门口那儿,抱着枪打盹,一个站在窗口那儿,无聊地望着窗外,又手拿小镜照着自己,试图用舌尖舔到鼻尖。

武红兵站在他旁边卷烟。

坡底村的人们,或坐或蹲或站,王大娘、马婶、翠花、春梅在炕沿坐了一溜。炕沿另一边坐着赵父、赵天亮、囤子和马平阳。

牛副主任:"赵曙光,你好大的胆! 你自己说,你犯下的是什么性质的罪?"

赵曙光:"牛主任,我们所分的那一份钱,是从每家每户集资上来的钱。我们集资,是为了打井,现在请人来打机井的条件太不成熟了,把钱先退还给各家各户,我怎么就犯了罪了呢?"

牛副主任:"你是明明知道我今天可能来收钱,所以昨天晚上才秘密把钱分了! 你成心使我空手而返,这难道还不是罪?!"

赵曙光:"你来了,我二话不说就把乡亲们的血汗钱拱手相送,我认为那才是犯罪。"

牛副主任又拍了一下桌子:"现在我指示你,限你三天之内,再把钱给我收上来,一分钱都不许少! 否则,让你赵曙光吃不了兜着走!"

赵曙光:"那不成挨家挨户地抢了?"

侯三:"牛主任,我说两句——你呀,要命容易,想收走我们的钱,没门儿!"

翠花小声问马婶:"怎么咱们昨天晚上分的钱,他今天来之前就知道了?"

马婶:"他们也不傻啊,估计到了呗!"

翠花又大声说:"报告支书,退还给我家那笔钱谁都别想再收回去了,已经没有了!"

牛副主任:"哪儿去了?"

翠花:"可能被耗子叼窝里去了。"

马婶:"我家分回去那笔钱已经还债了,昨晚我堂妹夫的表二姨从大老远的别的村来了,一直坐我家等着。"

"我家退回的钱今儿一早上让儿子带县城办年货去了!"

"我家的也是。快到春节了,谁家还不办点儿年货。"

"我家的倒还放在箱子里,但谁敢去硬收,我一门杠砸断他腿!"

赵曙光看着牛副主任说:"听到了吧? 不是我不想执行您的指示,确实是收不上来了。"

牛副主任环视众人,厉声地:"刚才那话,谁说的?"

异口同声地回答:"我!"

牛副主任第三次拍桌子:"我指刚才最后那句话! 最后那句话谁说

的？谁?!"

一片肃静。

赵天亮小声对马平阳说："我想揍他!"

马平阳："我比你更想。别给你哥再惹麻烦,坡底村需要你哥这么一名支书。"

牛副主任问赵曙光："最后那句话,你听到了?"

赵曙光平静地："听到了。"

牛副主任："谁说的?"

赵曙光："我一直目不转睛地看您来着,没注意到是谁说的。"

牛副主任："那你听口音也应该听出是谁说的!"

赵曙光："对于村支书,这种要求太高了吧? 我又没受过专门训练,听不出来。"

牛副主任又问坐他旁边那北京知青："你注意到谁说的没有?"

那北京知青摇头。

牛副主任："那让你跟来干什么的?!"

他又环视着众人说："那是一句狠话,怀着阶级仇恨说出来的! 你们坡底村,庙小妖风大,池浅……"

他意识到自己说了不应该说的话,张嘴呆愣在那儿。

所有坡底村人的目光,都愤怒地瞪着他,他不知所措了,忐忑了。

武红兵冷冷地观望着局面,口中吐出一缕烟。

马平阳和囤子先后站了起来。

马平阳："牛主任,把话说完,说完。"

赵曙光："牛主任的话,说的不是他的本意。他其实是想说,咱们坡底村庙小香火旺,水浅鱼虾肥。是这么个意思吧,牛主任?"

牛副主任："对对对,我这人文化程度不高。在资产阶级教育路线的长期统治下,我只读到小学三年级就……"

他做悲哀状,忽然举臂高呼："打倒资产阶级教育路线!"

仍一片肃静，人们仍怒视着他。

牛副主任："武红兵呢？把武红兵押过来！"

那名试图用舌尖舔到鼻尖的民兵赶紧揣起小镜，踢了打盹的民兵一脚，后者站起，懵懂地："怎么了？干什么？"

武红兵丢掉烟，走到牛副主任跟前。

牛副主任："他，武红兵，就是资产阶级教育路线培养的黑苗子！知识倒是不少了，连'死猪不怕开水烫'最早是出在哪儿里的话都记得清清楚楚，可思想却反动得很！所以，宁要社会主义的草，不要资本主义的苗！像我这种社会主义的草，毕竟还可以当公社'革委会'副主任！像他这种资本主义的苗子又能有什么用呢！"

武红兵平静地："不能说一点儿用处也没有吧，这不是可以当成你批判的靶子了吗？没有我这种人，你这种人不是也毫无用处了吗？"

牛副主任："虽然你知道'死猪不怕开水烫'出在《史记》里，而我不知道……"

武红兵："对不起，打断您一下。在《史记》里，刚才那句话是这么说的——'亡豕不畏沸水'，请记住了。"

牛副主任冷笑："算你有学问。你们知识青年嘛，当然是有点儿知识的喽，这我很佩服……"

他看着那名是他部下的北京知青又说："拿出来。"

那北京知青拉开黑革包，取出一本书页发黄的书——契诃夫的《第六病房》。

牛副主任接过《第六病房》，翻到折角的一页，看着说："这是一本修正主义的书，这本书里有一句话——'俄罗斯病了'。当年的俄国病了没有，咱们中国人也不必去管那么多，但是，有人在读这本书时，注意，我指的是中国人，这个人就是你们坡底村知青中的一个。他在这句话的下边，用钢笔画了一道，并且在书边上加了这样两句话——'中国分明也病了，我们该怎么办？'"

他又扫视众人,目光变得凶恶了,几乎是吼叫着说:"中国什么时候就病了?! 中国怎么就病了?! 谁敢说这不是两句反动透顶的话?! 我们起初怀疑是你们村支书写的,但一对你们村支书工作汇报的笔记,可以断定不是他。你武红兵承认是你写的,可我们让你当场写了多少遍,你却写不出那么一种字体。明明不是你,你却要替别人担罪名,证明你完全清楚那个'别人'是谁。我们目前虽然还不知道那个'别人'是谁,但一眼就可以看出,是女性字体。武红兵,现在我不仅代表公社'革委会',而且还代表县'革委会'正告你,就凭那句话,即使宽大处理,不杀头,那也该坐一辈子牢! 只要你今天当着大家的面说出那个'别人'是谁,就算你检举有功,立功赎罪,几天后就恢复你的自由!"

所有人的目光都望向了武红兵。

牛副主任:"你不必立刻回答,给你三分钟考虑,想好了再说。"

又是一阵异常的肃静。

赵父站了起来,小声说:"谁也不许扶我。"

他向桌子那儿走去,挡住他方向的人,纷纷闪让开来。

牛副主任困惑地看着赵父走向自己。

赵曙光站了起来:"爸,你干什么?"

赵父:"我觉得憋闷,出去透透气。"

他说时,已走到牛副主任跟前,脚下一绊,用肩一撞,牛副主任跌坐地上。

赵父:"我撞着谁了?"

两名民兵和那北京知青,连忙上前将牛副主任扶起。

牛副主任冒火地:"你,真是的!"

赵父:"对不起,我是瞎子。"

武红兵扶着他走向门口,将他送出门后,又走回到桌子这儿。

牛副主任:"书呢? 那本书呢?!"

那名北京知青弯腰看桌下,仰起脸冲牛副主任摇头。

牛副主任瞪武红兵,威胁地:"武红兵,你!你乖乖地把书交出来!"

武红兵:"书?什么书啊?我也没看到你拿着书啊?乡亲们,他刚才手里拿着书来吗?"

马婶等女人们齐声地:"没有!"

春梅:"我只听他说他有什么病来着?"

侯三伸胳膊打了个大哈欠:"这会还有完没完,我可困了,昨晚没睡好,再不散我抽签了啊!"

那北京知青对牛副主任说:"会不会,被刚才那个瞎子趁乱……"

赵天亮:"你小子诬蔑我父亲,我今天非揍你不可!"

他起身向对方冲过去。

对方吓得往牛副主任身后躲。牛副主任对来势汹汹的赵天亮同样害怕。

两名民兵上前阻挡赵天亮。

武红兵往一旁推那两名民兵,吼:"他妈的你们拿枪的滚一边去,别走火!"

赵天亮伸手揪住那名北京知青,按倒便揍。赵曙光和马平阳拼命拉扯他。屋里一片混乱。

赵曙光急得大喊:"天亮,你给我住手!"

没等他话音落地,"啪!"一支枪走火了。

天黑了,知青宿舍里,桌上点着一支蜡烛,赵天亮在给齐勇和"小地包"写信,旁边有不少揉成团的信纸。

齐勇、敬文:

你们好。首先祝你们与家人过一次愉快的春节。你们都不会想到,我是在我哥哥插队的这个地方给你们写信。我跟你们说过,这个村子又穷又小,就好像是在黄土高坡的褶皱里。

这儿和我们兵团很不一样。在我们兵团,连长指导员都是退伍军人,而且他们在部队里就曾是连长指导员。团里的干部又差不多都是现役军人,是些经历过枪林弹雨的人……

一阵拍门声打断了赵天亮的思路。

"进来。"赵天亮对着门喊了一声。

门开了,进来的竟是李君婷。

今日的李君婷,似乎与两年多前那个李君婷不是一个人了,脸上没了两年多以前的自信又优越的神气,表情看去很是阴郁愁苦。

她见只有赵天亮一个人,站在门口,意外而又拘束,讷讷地:"我……我是来找你哥哥的……"

赵天亮:"他送一个姓牛的王八蛋回公社去了。"

他说完,又低下头写信——

　　　在坡底村这儿,公社、县里掌权的一些人,基本上是夺了权的一些造反派,也基本上可以说是一些混蛋。上午,在我哥他们宿舍里,我揍了我们北京的一名插队知青,因为他充当混蛋的走狗。这会儿,又来了一名在坡底村插队的北京女知青,我不愿理她,成心晾着她,使她难堪……

李君婷:"天亮,你哥什么时候回来?"

赵天亮头也不抬地:"不知道。"

李君婷:"我能等他一会儿吗?"

赵天亮:"随便。"

李君婷犹豫一下,走到炕前,坐炕沿上,望着赵天亮背影。

李君婷:"天亮……"

赵天亮:"别跟我说话,我在写信。"

李君婷自尊心受到伤害,低下了头。

赵天亮自顾自地写信——

    以前,我们在小学和中学的课本上,在毛主席著作和报上广播里读到听到"人民"两个字的时候,其实只不过是接受了一个文字概念而已。而坡底村的农民,却是真真实实的人民的一部分。他们是那么吃苦耐劳,本性又是那么善良。他们对于贫穷和对于那些王八蛋的忍耐,既令我尊敬,又使我难过……

他背后响起李君婷的抽泣声。

他停下手里的笔,转过身去。

赵天亮:"请问,你在我背后哭,我还怎么写信?"

李君婷停止抽泣,掏出手绢擦眼泪,擤鼻涕。

赵天亮见她那样子,干脆不写信了,背转身,面对李君婷,靠着桌沿坐在长凳上。

赵天亮:"请回答,两年半以前,为什么要背着我哥,给我拍了那么一封混账的电报?"

李君婷诚实得像小学生:"我嫉妒冯晓兰。"

赵天亮:"她父亲都被划到'黑线'上了,你父亲春风得意,红得发紫,你倒有什么可嫉妒她的呢?"口气像法官审问少年犯。

李君婷:"当年你哥哥要去北大荒的时候,我是冲着你哥哥报的名。后来你哥哥改变决定了,我也随着改变决定了。要不我和你一样,现在也是兵团战士,也挣工资了。再后来你哥哥到陕北来插队,我也是冲着你哥哥跟来的。因为我崇拜他,爱他。可半道杀出了个程咬金,你哥哥心里就只有冯晓兰了!"

赵天亮:"打住打住,请问,我哥他也曾爱过你吗?"

李君婷:"他虽然从没表示也爱我,但他以前肯定是喜欢我的!"

两人的话有点儿像是法庭上的辩论了。

赵天亮:"喜欢归喜欢,爱是爱,两码事儿! 你连这么简单的道理都不懂? 由于你那一封电报,当年我的班长被撤了,我档案里记了一次处分,我当年的排长还受我牵连,你的做法道德吗?"

李君婷:"我已经向你哥哥当面忏悔过了。"

赵天亮:"那,以往的事就不提了。现在,冯晓兰已经是我嫂子了,希望你以后不要再纠缠我哥哥,行吗?"

李君婷:"不行。除非你哥哥还能像以前那么喜欢我!"

赵天亮:"你! 荒唐! 简直荒唐透顶!"

李君婷:"要不是因为冯晓兰的出现,是你嫂子的肯定是我! 喜欢就是喜爱! 喜爱和爱只差半步!"

赵天亮:"你? 你肯定是我嫂子? 可笑! 太可笑了!"

赵天亮从长凳上站了起来,走到李君婷跟前,双手叉腰瞪着她,气呼呼地:"武红兵也主要是由于你才落到那种地步! 我哥还能再喜欢你这种人吗? 再说我哥他现在已经是有妇之夫了!"

李君婷也站了起来,更大声地:"我不管! 我不管他是不是有妇之夫! 反正我是冲他才来到这个鬼地方的! 我现在走走不成,待待不下去! 他有责任继续喜欢我! 我也不指望他和冯晓兰怎么样,我只要他也给我一点点温暖的感情! 我……我现在更需要他喜欢我! 更需要一点点温暖!"

最后两句话,她几乎是叫喊出来的,双手捂脸哭了。

赵天亮一挥手臂,也几乎是叫喊地:"我讨厌你! 瞧不起你这么贱的人! 我一定要求我哥哥,半点儿温暖都不给你!"

李君婷定眼看了赵天亮几秒钟,跑了出去。

赵天亮嘟哝:"德性!"

他又坐到桌子那儿,拿起笔接着写信,然思绪不但中断而且心情紊乱,无法继续,将那一页写满字的信纸也揉了。

他起身四处翻找,希望发现一支烟,却无所获。

赵曙光回来了。

赵曙光:"找什么呢?"

赵天亮伸出一只手:"给支烟。"

赵曙光皱眉道:"别吸了,不是好习惯。"

赵天亮:"你可以吸我就不可以?人也不能要求自己有的都是好习惯。"

赵曙光不再说什么,走到桌旁坐下,默默掏出烟包卷烟。

赵天亮也走到桌旁,坐在哥哥对面,像期待着大人给削水果吃的小孩子。

赵天亮:"怎么这时候才回来?"

赵曙光:"你是我弟弟,你打了人家公社的人,一个民兵的枪还走火了,我能回来得早吗?幸亏没伤着人,要是再死一个,我今天肯定就回不来了。"

赵天亮:"他们怎么难为你了?"

赵曙光:"也没太难为我。牛主任也后怕了,反而替我解释了几句。公社的干部也不全像他那样,有人出面和和稀泥,让我当场写份检查,估计事情也就搁置不提了。"

他卷好一支烟,递给赵天亮,提醒地:"劲儿可大,你小点儿口。"他接着为自己卷烟。

赵天亮点着烟,吸一口,呛得咳嗽。

赵曙光:"告诉你劲儿大了嘛!你写什么来?"

赵天亮:"想给两个同班的战友写封信。"

赵曙光:"那也至于浪费这么多信纸?"

赵天亮:"现在终于感受到了,什么叫不知从何说起,什么又叫欲语还休。"

赵曙光也吸着了烟,又说:"既然不知从何说起,那就别写了。这不是一个畅所欲言的时代,所以,你要吸取我的教训。"

赵天亮:"是啊,听你的。哥,你说契诃夫那本书,会不会让爸给……"

赵曙光:"你看见了?"

赵天亮摇头。

赵曙光:"没看见就不要乱猜,更不要乱讲。如果你这当儿子的都对别人这么说,传开了对爸意味着什么?那本书上的话不是坡底村知青写上去的,一到我们手就有那么一句话的,我大意了,想撕掉那一页的,后来忘了。"

赵天亮:"我不是就对你说说嘛。哥,我想,要不你别当这儿的支书了,都代理了两年了,明摆着不信任你嘛!现在嫂子已到部队上去了,我替你求一下爸,干脆把你也弄到部队去算了。凭你,老高三,党员,当过村支书,爸又是战斗英雄,在部队还不很快就提干部?"

赵曙光:"老支书、王大爷、坡底村的乡亲们都对我寄托着一种大的希望,我一走了之?亏你想得出来!……我希望,这支烟是你吸的最后一支烟……"

赵天亮:"你戒我就戒。"

赵曙光严厉地:"我戒不了!起码现在戒不了!能戒我早戒了!你有什么戒不了的理由?"

赵天亮苦笑道:"那我也只能说,试试看。"

赵曙光搂起桌上的纸团,走到炕洞那儿,将纸团扔进炕洞里,捅火,加柴。

赵天亮看着他说:"刚才李君婷来找你。"

赵曙光站起,问:"什么事?"

赵天亮:"我把她训了一顿,她哭着走了。"

赵曙光:"你!你算老几?你凭什么训我们坡底村的知青?"

赵天亮:"她使我档案里记下了一条处分!哥你也不要瞎给她什么温暖!别忘了你现在已经是有妇之夫了!"

赵曙光:"那又怎么样?"

赵天亮:"不会给,瞎给,会给出问题的!"

赵曙光又走到桌子那儿坐下了,问:"什么问题?"

赵天亮:"男女问题!作风问题!我都不怕你有一天被打成'现行反革命'了,但是怕你有一天在男女问题上犯错误!那你就太对不起我嫂子了,我和爸妈也跟你丢不起那个脸!"

赵曙光抬起手臂,一指赵天亮,又一指桌子对面。

赵天亮悻悻地走过去坐下。

赵曙光:"你怎么知道我不会给,瞎给?你根据什么认为我做了丈夫以后,就不能再给别的女性一点温暖了?一给就会出什么男女问题、作风问题?"

赵天亮:"一般规律如此!"

赵曙光:"哪儿那么多'一般规律'!你给我好好记住我今天说的话——人活一世,尽量活得正直、坚毅、善良,对自己的角色有责任感和使命感,对时事尽量保持独立的思考,能恪守这些基本原则就可以了。至于别的什么规律,根本不要让它束缚了自己的活法。如果感觉到它和你以上的做人原则相违背,那就让它统统见鬼去!明白?"

赵天亮:"你又来理想主义那一套!"

赵曙光:"我说的根本就是做人底线!"

赵天亮不爱听,站起欲走。

赵曙光:"坐下!"

赵天亮怏怏地又坐下。

赵曙光:"你是我弟弟!我有责任跟你说这番话。我不跟你说,估计没人会跟你说这些。而你如果不记住,老了的时候,你会觉得自己这一辈子活得很没劲!"

赵天亮将头一扭。

赵曙光语调平和了一些:"李君婷的父亲也被划入'黑线'了。"

赵天亮不禁愣愣地看着哥哥。

赵曙光:"坡底村的知青,就她一个女的,她的年龄最小,今年刚满十九周岁,她是跟随我来插队的,我现在又是支书,除了比以往更加温暖地对待她,你说我还该怎么对待她?"

赵天亮无言以对。

"赵曙光!"

门外传来李君婷的声音,兄弟二人同时向门口望去。

李君婷的声音:"赵支书!"

赵曙光站了起来。

第二十二章

赵曙光打开门,对门外的李君婷说:"君婷,有话进来说吧。"

李君婷摇头。

赵曙光迈出去,关上了门。

李君婷:"支书……"

赵曙光:"还像以前一样,叫我曙光。要不我叫你李君婷同志。"

"曙光,咱们村分钱的事儿,不是我对外说的……"

"我也从没往你身上想。我要替你解释,如果谁说是你告的秘,我要严厉地批评他!"

宿舍里,赵天亮伏门倾听。

李君婷:"天亮就当我面说了!"

赵曙光:"我已经训过他了。"

李君婷哭着说:"我……我不能再住在马婶家了,他们两口子不给我好脸色看……"

赵曙光:"马婶和平阳叔都是性格像直筒子的人,你别太往心里去,啊? 不过,我也考虑了,你最好是换一户人家住,如果让你住王大娘家,你愿意吗?"

李君婷止住哭说:"支书,我愿意。"

赵曙光一本正经地:"那么,李君婷同志,咱们就这么说定了?"

李君婷破涕一笑。

赵曙光:"你先回去,对马婶什么都不要说。她不给你好脸色看,你就装没看见,啊?我过会儿就到王大娘家去谈你的事儿,好不?"

他的话温暖得像是在哄小孩。

李君婷点头离去。

赵曙光:"君婷……"

李君婷站住,回头看他。

赵曙光:"你是冲着我才到坡底村来插队的,这一点,我一直是记在心里的。所以,你以后再有了什么愁苦的事,一定要告诉我才对。"

李君婷又点头。

宿舍里,赵天亮躲开不及,被赵曙光推开的门撞了头。

赵曙光看着捂头的弟弟说:"偷听别人的谈话,你这是什么行为?这不像奸细吗?"

赵天亮:"你怎么从不跟我说,有了什么愁苦的事儿,一定要告诉你?"

赵曙光:"你是我弟弟,对你我还用那么说吗?抱点儿柴,把炕烧热点儿。等爸回来,给爸烫一条洗脚巾,让他今晚睡个好觉。"

王大娘、赵曙光、马平阳盘腿坐在王大娘家炕上说话。

王大娘:"我倒是没什么意见,平阳,就怕你媳妇心里有想法。她会不会这么以为,'啊,敢情在曙光这位支书心里,我不如囤子他娘善良啊'?"

马平阳:"她那女人,有时候特小心眼儿,肯定会那么以为。"

王大娘:"那就不好了吧?别为李君婷这么一名知青住谁家,我俩心里也结了疙瘩。"

赵曙光："大娘的担心也不是完全多余,所以平阳叔,马婶心里可能有的想法,那还是得你替我把它消除了。第一,你得保证马婶不会认为李君婷向我告了她的状,第二得保证她对大娘、对我都不会心里结疙瘩。"

马平阳："李君婷如果没向你告她的状,咱们这会儿三头对面地说这事儿?"

赵曙光："你看你,你自己的想法就不对嘛!"

马平阳一拍腿:"好,曙光你要求的两条,我保证做到!"

赵曙光笑了:"这多痛快!"

王大娘也笑了:"那,明天就让李君婷搬过来住吧。"

赵曙光："大娘,希望你能像对待晓兰那么对待她,也把她当成亲闺女。"

王大娘肃然地:"曙光,这一点你放心。在我眼里,她们还不一样都是远离父母的孩子嘛!那父母是大官的,有权势的,我们王家的宅门还不愿朝他开呢。坡底村人都知道,我们一向是一户喜欢清静的人家。可那父母失势落难、自己变得可怜的孩子,只要他不嫌弃我们破院低舍,我们愿意把他迎入宅门,拿他当我们家的一口人看待。"

马平阳："我们家那口子,对李君婷也不是因为她别的。她父亲没失势的时候,她太傲气了,还做了些对不起别人的事。人家武红兵至今没有自由,老支书和囤子他爸的死,她都有脱不开的干系,可至今我就没听她说过一句悔过的话!"

王大娘："她那么样一个女孩子,自尊心强。心里悔过,恐怕也不懂得该怎么跟人道歉。咱们作为长辈的,就不计较那些了吧。"

赵曙光："大娘说得对。其实,她也是跟我表达了悔过的,还让我有机会替她在全村人面前说说。"

马平阳："曙光,不说她了吧。你不是说还有别的事要和我商议吗?"

赵曙光："我想,今年的春节,咱们能不能过得热闹点儿? 比如,请县城的放映队来放一场电影,再请说书的在我们知青宿舍说上三天书。当然,得要求说革命的。我看说《岳飞传》应该没什么问题,精忠报国的思想是符合革命思想的。"

马平阳又一拍腿:"好啊!你思想认识水平高,你认为没问题,那咱们就当它没问题。如果什么人批判咱们有问题,他妈的咱们全村人跟他大辩论。好几年的春节都过得死气沉沉的,今年家家户户分了钱了,过他一个傻乐傻乐的春节!"

王大娘:"我看说岳飞也没什么问题,岳飞如果活在抗日那年代,肯定是抗日英雄。再让家家户户多炒些花生瓜子,蒸些地瓜南瓜土豆,到时候都带你们知青宿舍去!"

门外,在偷听的春梅悄然离开。

知青宿舍里,赵天亮在里面扫地,一抬头,见春梅站在门口。

赵天亮:"吓我一跳,怎么悄没声地就进来了?"

"天亮哥,我想跟你说会儿话。"

"好啊。你先坐桌子那儿,等我扫完地。"

春梅:"你坐那儿,我扫。"

她从赵天亮手中夺过笤帚,认认真真地扫起来。

赵天亮坐在桌子那儿,有点儿奇怪地看她。

春梅扫完地,顺条笔直地站到赵天亮跟前,目不转睛地看他。

赵天亮:"有什么话,说吧。"

春梅:"你和叔叔,明天上午就走?"

赵天亮:"是啊。"

"再两天就过春节了,不能待到初四初五再走?"

"那可不行。我们一家四口,三口人都在坡底村这儿,把我妈一个人撇在家里,那我们不对啊。"

"曙光哥说,春节村里要放电影,还请说书的来说《岳飞传》。"

赵天亮:"那我也不能留下看、留下听啊。我们兵团两年一次探亲假,才十二天,我又是班长了,没有特殊理由是不能超假的。所以,我哥既然不回去了,那我就应该在北京陪父母过春节,是吧?"

他往旁边挪了挪,拍一下长凳,意思是让春梅也坐下。

春梅摇头,问:"再隔两年,下一次探亲假,你还能来坡底村吗?"

赵天亮:"难说啊,只能看情况了。"

春梅:"再两年后,我可就二十多了……你来之前,已经有人跟我娘……跟我娘找婆家了……"

"提亲?"赵天亮有些吃惊,"太早了吧?现在你还不满十八岁……"

"过完春节就十八了。在我们这儿,二十岁是大姑娘,二十三岁以后就是老姑娘了。我娘肯定会在我二十岁左右就做主把我嫁出去,要不我会成她的一块心病。我不想成她的一块心病……"

赵天亮看着春梅,不由得站了起来。

赵天亮:"你……你自己就不能为自己做主?"

春梅:"我也没法儿为自己做主呀。我们这儿的小伙子里,没有我相中了的。那就干脆让我娘做主,让我嫁谁就嫁谁……算了……"

赵天亮张张嘴,说不出话来。

春梅:"天亮哥哥,你是喜欢我的,对吧?"

赵天亮空咽一口,点头。

春梅:"不骗我,真的是吧?"

赵天亮点头。

春梅向赵天亮靠近,眼睛一眨不眨地看着他,渴望地:"那,你亲我一下吧!"

赵天亮愕然。

春梅:"你明天一走,不知哪年哪月咱俩才能再见到。那时,我肯定已经是别人家的媳妇了。肯定的,也当娘了。也许你看到我的时候,我怀里抱着一个孩子,身边还有个孩子扯着我的衣襟。你再看到的我,肯定和现在不一样了。我们农村的女人,只要一结婚,一有了孩子,一年年老得快着呢,趁我还没变老,亲我一下吧!"

她脸上淌下泪来。

赵天亮:"春梅,我不能……"

春梅:"你现在不亲我一下,我就一辈子也没机会让你亲我了! 我想让你亲我一下,那我就可以一辈子记住,一辈子在心里感觉着。等我成了别人的媳妇,就不行了。那就是……伤风败俗了……"

"春梅,我……我已经和一个上海姑娘……谈恋爱了……"

"那……那我以后天天祝福你们,一辈子相亲相爱……我用我的祝福,换你一个你们说的吻,还……不行吗?"

春梅双手捂脸,哭了。

赵天亮情不自禁地将春梅紧紧搂在怀里,他脸上也淌下泪来。

赵天亮喃喃地:"春梅,好小妹,别哭,我亲你,我可愿意亲你了……"

他将春梅的手从脸上放下,注视着她的脸。

春梅仰着有泪痕的脸,闭上了眼睛。

赵天亮在她额头印下了轻轻的一吻。

春梅:"我感觉到了,再吻一下吧。"

赵天亮又在她额头吻了一下。

门忽然开了,赵曙光进来了。

赵天亮一下子推开春梅,春梅害羞地跑出屋去。

赵曙光走到赵天亮跟前,瞪着弟弟。

赵天亮:"我……是春梅让我……"

赵曙光狠狠扇了他一耳光。

赵曙光:"混蛋! 你方才还在振振有词地说我! 你这又是怎么回事? 春梅她是囤子的妹妹! 是王大爷和王大娘的女儿! 她还是个不懂事的孩子! 你那么做对得起王大娘和囤子吗? 王大爷如果在天有灵……"

赵天亮:"我不认为我很卑鄙,春梅她也懂事了!"

赵曙光又扇了他一耳光。

赵曙光激怒地:"从今往后,我禁止你再到坡底村来!"

赵天亮弯腰向哥哥扑过去,抱住哥哥的腰,将哥哥摔倒在地。

赵曙光一跃而起,以其人之道还治其人之身,也将赵天亮摔倒在地。

赵天亮也一跃而起,再次扑向哥哥,赵曙光已有准备,于是兄弟二人像两名蒙古摔跤手似的,互相揪住对方的肩膀在宿舍里角力。

门忽然又开了,囤子挽着赵父进来。

赵曙光使劲推开了赵天亮。

赵天亮:"赵曙光,我再也不会给你写信了!"

赵父:"你们两个,怎么回事?"

赵曙光:"爸,我们闹着玩儿……闹着闹着,天亮急了……"

赵父:"你怎么还会有心思跟他闹着玩?!"

囤子将赵天亮轻轻推坐在炕沿,对他摇摇头,转身拍拍赵曙光的肩,走了。

夜晚,赵氏父子三人睡在火炕上,赵曙光躺在父亲和弟弟中间。

赵曙光推赵天亮,压低声说:"告诉我你和那个上海姑娘的事。"

赵天亮一翻身,背对他。

赵曙光又推他,并说:"哥向你认错,我今天心理压力太大了。我知道,我那是发泄。可我当时克制不住自己了,你现在不告诉我,走前可就没机会了。"

赵天亮反手使劲儿一拨拉,将哥哥的手拨开。

翌晨,王大娘、囤子、春梅、翠花、马婶、马平阳和一些乡亲们聚集在坡底村村口,为赵父和赵天亮送行。

挽着王大娘的春梅,以忧郁的目光望着赵天亮。

赵天亮却似乎没有勇气看她一眼,目光故意望向别处。

赵曙光小声对赵天亮说:"那,你以后就写信告诉我吧。"

赵天亮装没听到,把身一背。

春梅:"天亮哥哥,曙光哥哥跟你说话呢!"

赵天亮反而走开了。

赵父挥挥手:"乡亲们,不要再送了,大家请回吧。"

王大娘:"你也放心回北京吧。曙光他是我们老支书选的接班人,是我们坡底村人信得过的孩子。他工作上如果没经验,我们会指点他。如果有人为难他,我们会替他分担郁闷。如果有人整他,那我们会想方设法保护他……"

赵父张了张嘴,没说出话来,只是摘下帽子,恭恭敬敬地、深深地向王大娘他们鞠了一躬。

赵天亮和父亲走在通往县城的路上,像来时一样,用同一只手握着那长木棍。

赵天亮情不自禁地一回头,但见在一处坡崖上,伫立着春梅的身影。

天地间静悄悄的,春梅并没唱信天游。

赵天亮站住了。

赵父:"站住干什么?"

赵天亮一边引导着父亲继续往前走,一边依依不舍地扭回头,望向春梅所立的崖畔。

赵天亮和父亲边走边说话。

赵父:"昨晚上,你和你哥,到底怎么回事?"

赵天亮:"是他心里烦,找茬对我发泄。"

"那你就不该对他说那句话。"

"我不想跟你说昨晚的事儿。"

赵父:"可是我想说!你可以少给我和你妈写信,但你必须经常给你哥写信!至少每个月给他写一封信!你不顺心了,苦闷了,遇到烦恼了,都要如实向你哥汇报!我和你妈开导不了你的事,你哥一定能开导得了你。听到没有？”

赵天亮拖长声音地：“听——到——了。”

赵父：“你站住。”

赵天亮站住了。

赵父：“天亮，你和我脱离父子关系吧。”

赵天亮愕然，放开手中长竿，转身呆望父亲。

赵父：“你和我脱离了关系，也就等于和你妈脱离了关系，也就等于和我们这个家庭脱离了关系。”

“爸，你是认真的？”

“我当然是认真的。你这次走前，最好能留下一封和我们脱离关系的声明信。那样，你就可以爱小周了。你妈也认为她是个值得你爱的好姑娘，我呢，其实是完全相信你妈的感觉的。何况，她救过你的命。如果她并不爱你，救命的事可以单论；但是你妈觉得，她也是特别特别爱你的。”

赵天亮走到父亲跟前，搂抱住了父亲。

赵父：“我们赵家的人，决不能做对不起救命恩人的事。如果我硬要拆散你们，那就不仅对不起救命恩人，简直还是伤害人家了，那爸成什么人了？可我和你妈都是现役军人，我们对于部队的阶级纯洁性，那也是有着政治责任的。以后呢，这个家，你们还是可以偷偷回来的。在我和你妈心里，你和小周，你们照样是我们的两个好孩子……”

赵父脸上淌下泪来。

赵天亮哭了，他说：“不，爸，我不想那样！我们不必那样，我和小周，我们只相爱，一辈子也不结婚不就行了吗？”

县城长途汽车站里，赵天亮正扶着父亲上车，听到一个女子的喊声：“当兵的，请等一等！”

赵天亮回头一看，见来时那辆长途汽车上抱孩子的小媳妇，怀抱着父亲的军大衣跑来。

小媳妇:"可算又看见你们了,还你们大衣。"

赵天亮接过大衣,还没来得及说什么,正要上车的司机说话了:"人家为还你们这件大衣,昨天差不多在这儿等了一天!有人纠缠着要买,人家就是不卖,相信一定能等到你们!"

小媳妇:"这位解放军同志好心好意把大衣借给我,我怎么能卖了呢?这不等到了嘛!"

赵父:"谢谢,谢谢。"

小媳妇:"应该说谢谢的是我呀!好啦,终于还给你们了,不耽误你们上车了,一路顺风啊!"

她一转身跑了。

长途汽车行驶在公路上。

赵父:"你刚才哑巴了?连句谢谢都不会说啊?"

赵天亮:"我正想说,您先说了啊。"

赵父:"中国不会垮。"

赵天亮:"您这是哪儿跟哪儿啊。"

赵父朗朗其声地又说了遍:"中国不会垮!"

坐在他们前边座位上的乘客纷纷回过头看赵父。

赵父:"我们应该相信群众,我们应该相信党。中国什么风雨都闯过来了,人民不会……"

赵天亮制止地:"爸,您说这些奇怪的话干什么啊!谁也别对他的话认真啊!"

他向回头看他们的人指指自己太阳穴,摇摇头,意思是父亲精神不太正常。

回到北京的家里,赵天亮舒舒服服洗了个澡。洗完澡,他端着盆从外边进来,放下盆,一边用毛巾擦头发,一边走入小屋。

赵父坐在床边上,赵母坐在桌前,正往一个信封上粘邮票。

赵母:"你去洗澡,怎么也不戴上棉帽子,要冻着呢?"

赵天亮:"那不把棉帽子弄湿了!怎么,你们双双坐我屋里,又要对我进行什么教诲了?"

赵母:"我和你爸的意思是,你要给小周写一封信,告诉她,我和你爸,我们都是喜欢她的。她返回东北的时候,路过北京,我们欢迎她再到家里来。"

赵父:"她走那天,当着她的面,我这做父亲的,是有些失态了,你替我捎一笔,请她别见怪。"

赵天亮高兴地笑了。

这时,有人一边敲门一边在门口问:"天亮在家吗?"

赵天亮在先,父母随后,三人走出小屋,见来人是传达室那位老大爷。

"天亮,兵团给你拍来了一封电报,我怕有什么急事儿给耽误了,立马给你送来。"

赵天亮:"大爷,谢谢啊!"

赵母:"进屋坐会儿吧。"

"不行啊,我那值着班呢,改天再来和老赵下棋。"

传达室的老大爷出门后,赵天亮急切地拆开了电报信封。只见上面写着:

团里将组织边防巡逻班,我一班大有希望,此大光荣,不可错过,盼速归,共同争取。——黄伟、魏明

赵天亮收起电报:"爸、妈,我最多只能在家里待到初二,初三一定得往回返!"

初二晚上,鞭炮声阵阵。"小地包"家所住那条街的街角,"小地包"和齐勇站在那儿说话。些个拎灯笼的孩子,放小鞭、抢嘀嗒花的孩子跑来跑去。

齐勇:"当小孩儿真好啊。"

"小地包":"是啊,我们怎么一眨眼似的就长大了呢? 黄伟和魏明给我拍了一封电报,让我赶快回连队去,估计也给天亮拍了同样的电报。团里要从咱们连抽一个班,执行较长期的边防巡逻任务,配备真枪实弹。他俩电报上说,一班大有希望,需要全班人共同争取。"

齐勇:"这俩小子,我毕竟当过一班班长,电报不拍给我,却拍给你!"

"小地包":"你已经不是一班的人了嘛。谁叫你放着班长不当,偏要去当马倌呢,后悔了吧?"

"不当班长我倒不后悔,我后悔没有机会摆弄真枪了。要是发给我一支真枪,我一天擦它十遍。"

"小地包"笑了:"晚上还搂着枪睡觉?"

"那倒不至于。那你哪天回去呢?"

"小地包":"我已经买了初四的票。没想到我把情况一说,我爸妈还都挺高兴,支持我提前回连队。"

有一个男孩走来,手拿一枚"二踢脚",说:"敬文哥,我不敢放这大家伙,你替我放了吧。"

"小地包":"这大家伙可厉害,你们小孩子放太危险了。从家里偷拿出来的吧?"

男孩:"不是偷着拿出来的,我爸到邻居家拜年去了。"

齐勇笑了,吸着一支烟,递给"小地包"。

"小地包"接过烟,将"二踢脚"捏在指间,男孩大呼小叫地:"快来看快来看,他敢拿着放!"

孩子们都围了过来,佩服地观看。

齐勇:"都躲远点儿,千万不许学他啊! 他缺心眼儿,谁学他谁也缺心眼儿。"

"小地包"点燃了"二踢脚"。

两响之后，孩子们散去。

"小地包"："咱俩别站这儿说起来没完啦，走吧？"

齐勇："你觉得，我到你家去肯定是对的吗？"

"怎么叫对，怎么又叫不对呢？我爸妈把你当成了我姐在连队搞上的对象，非叫我把你请到我家里。你要不去，我面子往哪儿搁？"

齐勇："我再一次郑重声明，那根本就是莫须有的事儿！"

"小地包"："等等，等等。我记得中学语文老师可是这么教导我们的——'莫须有'那就是可能有，也可能没有。首先是可能有。"

齐勇："你给我住嘴！都是你这张不负责任的破嘴，在你爸妈面前胡说八道的结果！我和你姐，往更明白了说那是无中生有的事儿！我说'莫须有'是想给你留点面子！"

"小地包"："好好好，我领情。既然给面子，那就给到底吧！"

齐勇："我觉得我还是不去你家的好！"

"小地包"："不论你和我姐的事儿，单论咱俩是生死与共过的战友，我爸妈诚心诚意让我往家里请你，那你也不能让我跟他们说我请不动你吧？走吧走吧。"

他拉扯着齐勇往家走。

齐勇身不由己地："唉，怎么搞成了这样！"

齐勇被"小地包"拉扯着，不情愿地走到了"小地包"家门前。

"小地包"提醒地："别忘了，你叫于英。"

"小地包"家，孙母坐炕沿上，满心欢喜地看着齐勇，看得齐勇极不好意思，不知该将目光望向哪里才是。

孙母："喝口红糖水，先暖暖胃，一会儿就吃饭。"

齐勇端起杯喝了一口红糖水。

孙母:"唉,这年头,哪儿哪儿都买不到一点儿茶叶,也就只能用红糖水待客了。"

齐勇:"大婶别把我当成客人。"

孙母:"初次来,不是客人也是客嘛。"

"小地包"端一盘炒花生进入,放桌上,抓了一颗吃。

孙母:"你看你,你于英哥还没上炕呢,你就动了手了。"

"小地包":"我尝尝脆不脆。"

孙母:"那什么,你把你姐从小到大那相册找出来!"

"小地包":"找那干什么?"

孙母:"给你于英哥看看嘛!"

"小地包":"莫名其妙,那又不是小人书,有什么好看的!"

他说罢走了出去。

孙母:"这孩子,下乡回来,自以为是大人了,支使不动了。"

厨房传来孙父的声音:"在桌帘下边那纸盒箱上。"

孙母找到相册,对齐勇说:"小于,坐过来,我翻给你看。"

齐勇犹豫一下,不得不起身走过去,坐在孙母身边。

孙母翻相册,指点着说:"这是曼玲百天时的照片,可爱吧?"

齐勇装模作样,言不由衷地:"是挺可爱的。"

孙母:"她哥百天的时候,市中心才有照相馆,我和她爸嫌麻烦,没抱她哥去照,她弟弟百天的时候,仨孩子了,日子紧巴,没那份心情了。就她运气好,留下了张百日照。这张是她小学毕业时照的,瞧这副小大人神气,更可爱了吧?"

齐勇:"嗯,是更可爱了。"

孙母:"我们曼玲可爱照相了,一攒下点儿零花钱,就偷偷去照一张相。这相册,也是她攒零花钱买的。咱们劳动人民家庭,孩子一年能有多少零花钱呀? 每年春节亲戚给个三角五角的压岁钱,她平时舍不得花。"

厨房里传来孙父的声音:"你那是跟小于子乱叨叨些什么呢?说点儿女儿的优点好不好?"

孙母:"你别管!说女儿爱照相,那就是说缺点了?只有模样好的姑娘才爱照相呢!"

她问齐勇:"于英你说是不是?"

"是啊是啊!"

孙母:"看这是曼玲下乡前照的,大姑娘样了吧?"

那是一张二寸照,黑白的,着了颜色。照片上的孙曼玲,显得表情呆板,样子令人实在难以恭维。

齐勇端详着,敷衍地:"很好,又漂亮,又严肃。"

"对对,你说得对。我们曼玲,不但漂亮,还严肃。上了中学以后,就很少再到男同学家去玩了。这么严肃的姑娘哪儿找去呀!结了婚以后,那肯定是让丈夫省心的妻子!"

厨房又传来孙父的声音,语气极为不满地:"叫你别乱叨叨了,你怎么还叨叨起来没完呢?你那是说的些什么话!"

传入"小地包"的声音:"妈,你要是不会夸我姐,那就别夸了!"

孙母:"我怎么不会夸了?你们会夸你们不夸?我的意思是,你姐要是结了婚,那一准是贤妻良母!"

她又对齐勇小声说:"你挑一张保留着吧!喜欢哪张挑哪张,别不好意思挑。挑曼玲百日那张吧,那张珍贵。"

"我……这……不好吧?"

"有什么不好的?好!你挑一张保留着,我心里高兴。"

"那……还是下乡前这张吧。"

孙母:"行,归你了!"

她取下照片,起身走到桌前,拉开抽屉,撕一页信纸,将照片包好,给了齐勇。

齐勇不得不接过,一边往牛皮纸叠的钱夹里放,一边违心地说:"谢谢大婶啊,我会好好保存的。"

孙母笑了:"这谢什么呢,以后人还不都是你小于子的啦!"

齐勇一愕,苦笑了一下。

"小地包"和父亲一先一后进了屋,四只手上各一盘菜。孙父将菜放在桌上,对齐勇郑重地说:"我们曼玲,那是个勤劳、节俭、善良、正派的姑娘!她没下乡前,街道检查卫生,我们家门上月月贴红旗!她从小到大,就没让我和她妈操过一点儿心!"

"小地包"表扬地:"听,我爸多会夸,句句夸在裉节上!"

他又对齐勇说:"尊贵的客人,请脱鞋上炕吧!"

"小地包"搀扶着齐勇往齐勇家走,齐勇醉得已站不稳,"小地包"醉的程度比他强点儿,但也强不到哪儿去。

齐勇大声地:"无……无中生有! ……你们家……你们家不能……不能牛不喝水强按头……"

"小地包":"谁……谁强迫你喝……喝了?是你自己……见了……酒,就……就搂不住闸了……"

齐勇:"我说的,是……是你姐!"

"小地包":"我姐没……没回来!你怪……怪不着她……"

二人站住了,他们对面站着齐勇的父亲和母亲。

齐父皱眉道:"齐勇,你怎么喝成这样?"

齐勇:"我……我不是齐勇!我叫于……于英!"

齐母对齐父说:"当着他战友面儿,别说他了。"

"小地包"歉意地:"婶儿,对,对不起。他是……喝高了点儿,可,喝得心里……痛快……"

齐母对"小地包"说:"我和他爸,正是要出来迎迎他。真巧,还迎到了,那我们扶他回去吧,替我们谢谢你爸妈请他啊!"

"小地包":"应……应该的……我们,是患难之交嘛……"

齐父:"明后天,我们也让他接你到家里来啊!"

"小地包"晃了几晃,站稳,望着齐勇被父母一左一右扶走了。

齐勇仍大叫:"不……不痛快!喝得……不痛快!"

"小地包"醉笑,自言自语:"伟大领袖毛主席教……教导我们……凡属人民内……内部矛盾,要,要以民主的……协商的……办法来……解决!"

厚厚的雪覆盖着北大荒的山野。一架放着大包小包的爬犁从山路上滑下来,大包小包散落在山路两旁,爬犁翻在山路底部。

"小地包"和其他几名知青从山路上跑下来,捡起大包小包,将爬犁掀正。

"小地包":"对不起各位啊,是我大意了。"

一女知青:"没什么,你能搞到这么一架爬犁,功劳已经大大的了。"

一名男知青问:"哎,我们可都是超假了才回来的,你提前回连队究竟是为什么啊?"

"小地包":"无可奉告。"他拉起爬犁便走。

另一男知青:"这家伙,故弄玄虚!"

起风了。几名探家回来的不同连队的知青,皆弯腰或侧身,迎风雪前行。有人从爬犁上拎下包扛在身上,以减轻拉爬犁的"小地包"的力气。

"小地包"背转身,拉着爬犁倒行,同时大声地:"回家是一堆东西,回来还是一堆东西,咱们这简直像游民嘛!"

一名女知青用天津话也大声地:"那怎么办啊?谁家让往回带东西都不能不带啊!"

一名男知青竟扯着嗓子唱了起来:

你看吧!这匹可怜的老马,它跟我走遍天涯……

"小地包"接着唱：

可恨那财主要把它买了去,今后苦难在等着它……

另一名男知青："哎,我始终不明白,财主要是把一匹老马买了去,喂的草料不是更好吗？怎么就是苦难在等着一匹老马了呢？"

那名天津女知青："我听说,是翻译错了。俄文的原歌词是'你看吧这个可怜的姑娘……'"

"翻译错了？你听谁说的？"

"你们可别不信,她的话具有权威性。她父亲可是著名的俄文翻译家！"

天津女知青："现在是反动权威了！"

"既然翻译错了,怎么没人指出来,纠正过来呀？"

"大家那么唱都唱习惯了,谁要是非纠正,广大革命群众不答应啊,只有将错就错喽！"

"世界上将错就错的事多了,谁非要纠正是要付出代价的！"

"小地包"："比起被财主买去的姑娘,我还是更愿做一匹可怜的老马！"

"听到了吧？眼前就是一个例子嘛。既然你更愿做一匹可怜的老马,那就得同时习惯吃鞭子！驾！驾！驾！"

在一阵"驾、驾、驾"声中,空着手的知青攥雪球打在"小地包"身上。

呼啸的风雪掩不住知青们朗朗的笑声。青春是如此美好,即使在茫茫荒原上,在凛冽寒风中,也散发着快乐的本性。

天黑了。在他们的前方,可以望到星星点点的灯光了。

"小地包"："弟兄们,姐妹们,和大家结伴同行,我很开心,真的很开心。前边就是我们七连了,要不,今晚大家干脆住到我们连去算了。"

一名男知青："谢了,我们再有一个多小时也到自己连队了。"

"小地包"："那我不勉强了，帮我把包搭肩上吧。"

于是有两名知青将两只系在一起的旅行包搭在"小地包"肩上，"小地包"又一手拎起了一只包。

天津女知青："你可真能带。"

"小地包"："用你的话说，没法子啊！我恨不得真的变成一匹马。再见了！"

那些知青，目送着他的身影向七连走去。

七连男一班宿舍里，黄伟和魏明各自披着被子在玩扑克。

黄伟放下三张牌："三个五！"

魏明："还三个五？哪儿那么多五！"他将三张牌翻过来，果然是三个五。

"四个K。"

魏明又翻，又果然是，只得收为自己的牌。

"三个八，三个二，两个尖。"

魏明一次次翻，牌面果然皆是。

魏明："哎，你干什么你？玩的就是撒谎啊！你怎么老不撒谎？真没劲！不玩啦！"他将手中牌全部一扔。

黄伟："我不撒谎，我能赢你？撒谎那要讲技巧，该撒谎的时候撒谎，不该撒谎的时候，决不能撒谎。"

魏明往褥子上一躺："你还不如干脆说，你天生比我狡猾，将来你死了，我要请人在你的墓碑上刻下这样几句话——长眠于此者乃吾好友，彼留给世上的忠告是：该撒谎的时候撒谎，不该撒谎的时候，决不撒谎。"

黄伟一笑："说不定你死在我前边，那我为你写的墓志铭就是——埋在这里的家伙死不瞑目的原因只有一个，那就是一心想成为撒谎高手，却由于天分不足而失意终生！"

门突然开了,确切地说是被撞开的,一只旅行包抛入屋里,另一只落在门槛上,卡住了门,使门关不严。"小地包"迈进屋,就近往炕上四仰八叉地一倒。

黄伟:"班长?!"

"小地包":"滚你们的蛋。是老子!"

魏明一下子坐了起来:"敬文!"

他和黄伟对视一眼,几乎同时蹦下地,都顾不上穿鞋,光着脚丫子将两只旅行包拎到炕上,一人拉开一只,将里边的衣物扔得满炕都是,却没翻出他俩所希望翻出的食物。

黄伟:"吃的呢? 怎么什么吃的都没有?"

"小地包"一动不动地:"外边还有两包呢!"

魏明披上棉袄,光着两条腿,踩着鞋跟就出去了。

黄伟:"你怎么尽往回带些多余的啊!"

"小地包"仍一动不动地:"没一件是我的,都是你俩的。我一再说你俩不缺什么穿的戴的,你们老爸老妈非求我带,我有什么办法。"

魏明拎着两只包从外边进来了,把包往炕上一放,立刻缩入被窝,用被子裹住身体,连说:"好冷!"

"小地包":"别翻那小包啊,小包里全是给我姐带的东西。"

黄伟拉开另一只包,惊喜地:"饺子!"

他抓起一个就往嘴里塞。

"小地包":"生的!"

黄伟却已将饺子吐在手里,看着说:"还他妈冻得像石头,硌松我两颗牙!"

魏明裹着被子凑过去,继续翻,翻出一包杂拌儿糖,抓了一把就往嘴里塞,嚼得嘎嘣嘎嘣的。他接着翻出了蛋糕等各种点心,瓶装的、盒装的罐头,还有各种各样的豆制品。

黄伟抓起一块蛋糕塞入口中。

"小地包"："饭盒里是肉皮冻啊,别放炕上,那一会儿就化成汤了……"

门忽然又开了,闯入几名披着大衣、棉袄、被子的"强盗",不由分说,一个个蹦上炕就开始抢夺。

黄伟和魏明将一些东西拢入被窝,用被子连自己罩入。

一名"强盗"高叫:"决不能让他俩独占,还有给咱们二班的人带回来的东西!"

于是几名"强盗"掀黄伟和魏明的被子。

胡闹了一会儿,宿舍里都安静下来。黄伟、魏明和"强盗"们,在炕上围坐一圈,各自披着大衣、棉袄、被子,他们中间是一只洗脸盆,煮熟的饺子泡在水里,其他食物乱摆着。文明点儿的用筷子,有的则用手,一个个大快朵颐。

"小地包"双腿垂地,还四仰八叉地躺那儿,但已发出鼾声。

男一班宿舍里,赵天亮、"小地包""小黄浦"、杨一凡、沈力、黄伟、魏明,总共七人,立正站成一排。

指导员站在他们对面,连长和尹排长坐在他们对面的炕沿上。

指导员:"团里为什么把这个任务交给咱们七连呢? 那是因为,在山东搞海带的时候,团长对咱们七连的战士印象深刻。连里为什么把这个任务交给你们一班呢,那是因为,黄伟和魏明,代表你们一班写了申请血书。还因为,你们一班的人,一个不少地都提前回来了。这证明你们争取这个任务的决心是一致的。那么,就请连长给你们讲讲注意事项吧。"

指导员坐到炕沿那儿了。

连长站起来,扫视着大家说:"有边,就得有防。有防,就得有人驻守。根据情况需要……"

门一开,方婉之出现在门外,向指导员招手,指导员起身走了出去。方婉之在门外对指导员小声说什么,神情颇为不安。

连长:"你们注意听我的话行不行?"

众知青及尹排长收回了目光。

连长:"根据情况需要……"

指导员:"老张,你先出来一下。"

连长只得转身往外走。

指导员:"老尹,你也出来一下。"

尹排长也起身走到了外边。

指导员将门关上了。

众知青疑惑地望着门。

"小黄浦"溜到门那儿,倾听他们的谈话。

指导员等四人匆匆从窗外走过。

"小黄浦"向大家通报:"是和张靖严有关的事!"

连部里,通讯员李鸣卫兵似的站在门旁,对指导员们歉意地:"总司令部来的人说,谁也不许打扰……"

远处,赵天亮们站在一起,望着,谈论着。

魏明:"不知靖严惹了什么麻烦,大家先都不要过去。"

齐勇跑来,问:"谁想把靖严怎么样?"

赵天亮自言自语地:"我估计到了会有这么一天。"

大家的目光便都集中在他身上。

齐勇:"你知道些什么? 快说!"

赵天亮张张嘴,接着摇头。

齐勇:"你! 你敢不说!"他举拳相胁,黄伟横在了二人之间。

黄伟:"他不说肯定有不说的理由。"

赵天亮:"该说的时候我再说。"

连部的门打开,出来一位现役军人,与指导员等四人一一握手,之后上了吉普车。

吉普车从大家身旁驶过。

大家再向连部望去,见指导员等四人进了连部。

大家不约而同向连部跑去,却被李鸣拦在连部门口。

李鸣:"指导员交代,不让你们进去。"

赵天亮:"是兵团总司令部来的人?"

李鸣点头。

魏明:"因为什么事儿?"

李鸣:"没敢偷听。"

齐勇对赵天亮发火:"你还不说是不是!"

赵天亮:"你别冲我嚷嚷!说与不说,我得替靖严考虑,对他有好处还是没好处!"

连部的门开了,张靖严走了出来,看看大家亲切地微笑。大家围住了他。

魏明:"哥儿几个正替你担心。"

赵天亮:"我什么都没跟他们说。"

齐勇:"靖严,你究竟摊上了什么麻烦,没必要瞒着弟兄们吧?"

张靖严拍拍齐勇的肩,小声地:"今晚,你想办法搞点儿酒。"

齐勇:"酒?"

张靖严:"兵团总司令部的人表态了,咱们的傅正,可以被追认为烈士了。"

夜晚,马号里,沈力将傅正的油画像挂在柱子上。地上铺着草帘子、麻袋,众知青们站在画像前,人人手中一只碗。

沈力:"也没张照片参考着,全凭记忆,画得不太像。"

黄伟:"像。尤其是眼睛。是咱们傅正的眼睛,忧忧郁郁的一双眼睛。"

魏明向齐勇:"你哪儿搞的酒?"

齐勇:"我能哪儿搞去?自从一连醉死了一名知青,非年非节,不是禁止小卖部向知青卖酒了吗?耿大爷的小半瓶酒,我兑了些水。不过请大家放心,兑的凉开水。"

"小地包":"怎么还发黄?"

齐勇:"也兑了些醋,算是鸡尾酒吧。"

杨一凡:"你可真能糊弄我们。"

张靖严:"来,让我们大家,为了咱们的傅正,干!"

于是大家碰碗,之后都眼望傅正的画像,一饮而尽。

大家都坐下了,各自抓起盘中的咸菜片吃着。

张靖严眼望着傅正的画像,回忆地:"中学时,我母亲害了严重的眼病,舍不得花钱买药,每天用盐水洗洗,却总也不见好。而傅正呢,就偷偷用辣椒把自己眼睛辣红,对他父亲撒谎,说自己得了眼病,让他父亲从高干病房里开出很贵的、特效的眼药,一次次地给我⋯⋯这是不能忘记的。一个人如果不牢记朋友对自己的友爱,那也是背叛。背叛的是友谊。友谊和爱情一样,是值得珍惜的。"

魏明:"靖严,那事儿我知道,傅正的父亲发觉上当了以后,特别生气,命令傅正写检讨书。傅正不写,跟他父亲闹翻了,跑我家住了好几天。"

齐勇:"我提议,再干一次,为友谊!"

大家异口同声地:"为友谊!"

于是又碰碗,又一饮而尽。

张靖严:"天亮,过几天,你们几个就要到黑龙江边上去了。虽然你是班长,但遇事不要独断专行,要多跟魏明和黄伟商量,啊?"

赵天亮点头。

张靖严:"大家一定要互相友爱,啊? 如果我们连互相友爱都做不到,将来就谁都不想回忆自己这一段经历了。"

大家皆点头。

张靖严站了起来,对赵天亮说:"天亮,跟我出去一下。"

赵天亮起身跟着张靖严走到了外边。

外边下起了雪。

张靖严:"不要再因为那封信而不安了。我妹妹来信了,她说一切照我嘱咐的办。以后你会收到她的信,写得像情书的信。你至少要保留她的一封信,有备无患,啊?"

赵天亮点头,两人都笑了。

赵天亮发自内心地:"有时候,真想叫你一声哥……"

在风雪中,两辆拖拉机牵引的大爬犁一前一后行驶着。前边的爬犁上,坐着尹排长和一班的战士们。后边的爬犁,载的却是圆木、木板、木梁,最上边是一顶帐篷。

他们要去的是中苏边境。

出发前,连长告诉他们:"正规边防部队认为,在我国黑龙江沿岸的某些地带,完全可以由我们兵团战士来担负起巡逻任务。你们到达以后,起初只能住帐篷,住帐篷不是长事,所以你们要自己搭房子。搭房子你们没经验,派尹排长帮你们,一搭完他就得回连队。连队离不开他。"

天黑了,两辆爬犁还在行驶……

第二十三章

旭日东升。黑龙江像玉带一般界分开中苏两国。苏联那一边,可见木结构的瞭望台和刷成绿色的边防木屋。远处,隐现着一些房顶和一座教堂的尖顶。而中方这一边,则是一片白桦林。可以想象,到了春夏秋之季,这里一定会是一处美丽的地方。

一根圆木像炮一样架在一米多高的木马上。赵天亮站在圆木上,"小黄浦"坐在雪地上,二人奋力地拉扯着大锯锯圆木。

另一边,黄伟在开拖拉机。拴在拖拉机后边的钢丝绳,通过单杠似的木架子,将一根圆木牵拉得悬了起来。杨一凡在拖拉机前边吹哨子,每吹一下,拖拉机向前动一下,圆木就又悬高了一点儿。

尹排长和沈力,将悬起的圆木向预先刨出的地坑靠近。

杨一凡吹哨,做手势。拖拉机向后退,圆木落于坑中。那是竖起的第一根圆木。

只穿绒衣的"小地包"站在另一个坑里继续挥镐刨着。

帐篷支在不远的地方,帐篷外燃着一堆火,火上悬着大铁锅。扎着围裙的魏明用长把铁勺从锅里舀起汤,吹了吹,呷一口,吧嗒着嘴品滋味。

魏明自言自语:"好汤,好汤。"

杨一凡叼着哨子跑来,冲魏明呜呜呀呀,哨子同时也发出声音。

魏明:"什么事儿? 你别叼着哨子跟我说话呀!"

杨一凡继续呜呜呀呀,看样子特急。

魏明:"是不是哨子粘嘴上了?"

杨一凡点头。

魏明:"这……别急别急哥们儿,让我想想办法。"

他东瞅西瞅,目光落在火堆上,从火堆里拿起一根带火的木柴,伸向杨一凡的脸,自以为高明地:"来,给你点儿热度。"

杨一凡闪躲着脸,生气地推开魏明,木柴落地。

魏明:"除了这法子,那你叫我怎么办啊?"

杨一凡指指锅。

魏明:"喝口热汤? 对对,这法子更好点儿。"

他舀起一勺汤,递到杨一凡嘴边。

杨一凡退一步,指勺里的汤,指魏明。

魏明恍然大悟地:"啊,明白了明白了。"他朝勺里的汤吹两口,喝干,一只胳膊搂住杨一凡,接吻似的,嘴对嘴地将一口汤哺给杨一凡。

"小地包"停止拉锯,扭头望着杨一凡和魏明说:"班长,你看他俩,那干什么呢那是? 那也是作风问题吧? 还搞起同性恋来了!"

赵天亮站在圆木上,指喝:"杨一凡,你俩干什么呢?!"

杨一凡推开魏明,弯腰咳嗽,哨子吐在地上;他捂一下嘴,手心有血。

杨一凡冲魏明发火:"你想呛死我呀?!"

魏明:"你还冲我发火! 为你我烫舌头了!"

一只只手从炭灰里扒出烤得黑乎乎的馒头。

帐篷里,大家在吃饭。杨一凡和魏明,每人都是右手馒头,左手雪团;咬一口馒头,啃一口雪团。其他人则吃着馒头,喝着饭盒里或缸子里的汤。

黄伟："这汤味道真不错,多谢排长想得周到,替咱们从家里带了些蘑菇来。"

沈力："我发现桦树林里也有干蘑菇,哪天咱们一块儿采点儿。"

魏明瞪着杨一凡抱怨："都是因为你,我忙了半天煮的汤,自己却喝不上!"

"小黄浦":"太娇气了吧!嘴唇破了点儿,舌尖烫了一下,就连汤都喝不了啦?"

赵天亮："别说风凉话,一沾热沾咸肯定痛嘛!"

尹排长："是我让他俩吃雪团的。小杨,尤其你的嘴唇,没事儿就用雪团冰一冰,毛细血管收缩,止血快,好得快。不要老用舌尖舔,那容易发炎。"

杨一凡："唉,这下亏了。排长,几天能好啊?"

尹排长："听我的,两天以后就没事儿了。小魏,既然你要求跟来为大家做饭,那就得想方设法把饭做好。以后天天喝汤可不行。过会儿我们干活的时候,你到江上去凿个窟窿,如果有耐心肯定能钓上鱼的。"

魏明："什么钓鱼的东西都没有啊,怎么钓?"

尹排长看赵天亮。

赵天亮："我……我忘了……"

尹排长不满地："嘱咐过你,你还忘了。"

他从内衣兜里掏出一个纸包扔给魏明："我备了一副线和钩,鱼竿你自己想办法!"

他拍拍赵天亮的肩,和赵天亮到一旁蹲下,严肃地："小杨就是个例子。这儿离连队五六十里,你作为班长,心要细点儿。一个想不到,那就可能会出问题。刚才小沈说到采蘑菇了是不是?我走前要采到几种留给你们熟悉熟悉,和我采的不一样的,绝对不许你们采了吃!还有,你把你想到了又不太明白的事儿写下来,我好一条条告诉你。"

赵天亮态度认真地点头。

"小地包"凑到了魏明和杨一凡跟前,不好意思地:"向你俩认个错啊,看到你俩搂搂抱抱还嘴对嘴的样子,我以为你俩……班长也信了我的话,要不不会对你俩那么大声嚷嚷。"

魏明没好气地:"滚!"

"小黄浦"忽然大惊大愕地:"狼!狼!"

帐篷口,蹲着一条红色卷毛的漂亮的苏联猎犬,好奇地看着帐篷里的中国人。

赵天亮、黄伟、尹排长将操在手里的家把式都放下了。

黄伟对"小黄浦"训斥地:"瞎咋呼!连狼和狗都分不清啊!有那种毛色的狼吗?"

"小地包":"这狗真漂亮!哪儿来的?"

杨一凡:"还能哪儿来的,准是从江那边跑过来的。"

"小黄浦":"可别身上绑着炸药什么的。"

魏明:"你真有想象力!"

他掰了一块馒头扔向那狗;狗歪头看看,不吃。

"小地包":"敢进来吗?敢就请进吧。"

他一边说,一边向帐篷口接近。

狗跑了。

"小地包"转身遗憾地:"咱们要是从连里带条狗来多好,那我就犯不着喜欢人家的狗了。"

"小黄浦":"它又回来了!"

"小地包"扭头一看,那狗果然又蹲在帐篷口了。

尹排长:"记住,都不许伤害那边跑过来的狗。那边的人,喜欢狗像喜欢亲人和孩子。政治上、外交上的事儿,那就是政治上、外交上的事儿,和狗没什么关系,狗又没有什么国界概念。如果伤害了人家那边老百姓养的狗,那人家那边的老百姓,会把我们中国人的心肠看恶了的,那也等于往咱们全体中国人脸上抹黑。"

赵天亮们纷纷点头。

冰封的黑龙江,靠近江心的冰面上,有一个穿大衣的五十来岁的苏联男人,看样子是那边村子里的农民,坐在一冰窟窿边耐心垂钓,像中国的道家弟子在打坐。

他朝江这边望一望,又转过头去了。魏明把白桦树枝当作鱼竿,扛着走了过来,一手还拎着一米多长的钎子。

魏明也发现了那个苏联人,站住了。

那苏联人回过头去。

魏明犹豫一下,接着往前走。那苏联人又看他。

魏明在距那苏联人十几步远的地方站住,用手中的铁钎在冰面上划出一道线,朝线一指,接着将手从手套里抽出,跷着大拇指向身后比画,意思是——我们之间可有道界线,我没越界。

那苏联人不再看他,赶紧站起,后退,拽线。他钓上了一条一尺多长的鱼,在冰面上扑腾。

魏明羡慕地看着。那苏联人逮住鱼,从钩上摘下,双手掐牢,高举着,连连吻那条鱼,乐得合不拢嘴。

魏明嘟哝:"长得不咋样,运气倒不错!"

魏明开始用钎子穿冰。然后也坐在冰窟窿旁垂钓了。他从兜里掏出烟,吸着一支。

一个雪团打在他身上,他扭头看去,见那苏联人也叼上了一支烟,向他做手势,意思是没带火柴,借火柴。

魏明侧身一坐,不理他。

一条冰得硬邦邦的、两寸多长的小鱼扔了过来。魏明看着那条小鱼,想了想,掏出火柴,把火柴倒在手中,使火柴盒里只剩了两根。他将手中的火柴揣入兜里,头也不回,往后一扬手,抛出了火柴盒。

火柴盒没扔到那苏联人跟前,苏联人用鱼竿将火柴盒渐渐拨到了自己跟前。

他划着一根火柴,却被一阵风吹灭;划第二根火柴,断了;用半截火柴接着划,烧了手,结果没吸成烟。

雪团又打在魏明身上。

魏明扭头看去,那苏联人向他耸肩,做手势,意思是还需要火柴。

魏明:"真他妈笨!"他想了想,从嘴上取下烟,插在桦树枝前端的小枝刺上,将桦树枝伸了过去。

那苏联人赶紧握住桦树枝对着烟,用俄语说:"谢谢。"

魏明收回桦树枝,复将那截烟叼在嘴上;苏联人对他举了举火柴盒,竟用中国话说:"我,喜欢!"

他遂将火柴盒揣入兜里,火柴盒上印的是毛主席语:

人不犯我,我不犯人。人若犯我,我必犯人!

魏明自言自语:"少拉近乎。我俄语还说得溜着呢,不愿跟你说罢了。"

他又安坐下去等着鱼儿上钩,不一会儿就钓起了一条半大不小的鱼。过了一会儿,他又钓起了一条半大不小的鱼。

那苏联人却钓起了一条比刚才更大的鱼。大鱼脱了钩,在冰面上一蹦挺高。他逮了几逮,没逮着。大鱼又一蹦,蹦过了魏明在冰面上用铁钎子画出的那条线。苏联人傻眼了。

魏明不由自主地起身扑按那条蹦到了眼前的大鱼,按住后,抓起欣赏般地看,又扭头瞧自己钓的那两条小鱼,冲那条大鱼说:"向修正主义靠拢是没有好下场的!"

他转过身,见那苏联人呆呆看他。

他用俄语说:"接住!"将大鱼向对方扔过去。

苏联人接住,用中国话连连说:"谢谢,谢谢!"

忽然,魏明放在冰窟窿旁的桦树枝被拖动了,那苏联人首先发现,用俄语大叫:"快!快!"

魏明抓起桦树枝一挑,断了。他后退几步,跌坐于地上。

连着线的一小截桦树枝被拖向冰窟窿,眼看就要被拖下水去。

一只穿靴子的脚踩住了那一小截桦树枝,苏联人越过了魏明在冰面上画出的界线。他紧接着抓起那一小截桦树枝,迅速地将线绕在自己胳膊上。

魏明爬起,直接拽钓线。幸而他戴着棉手套,那倒也不费太大的力气。

一条大鱼从冰窟窿里被拖上来了。

魏明喜笑颜开。

那苏联人显然也替他高兴,连连用俄语说:"好运气!好运气!"

魏明却忽然意识到了什么,指着自己画的界,也用俄语连连说:"退回去!退回去!"

苏联人赶紧从手臂上扯下钓线,退回原处坐下,继续垂钓。

这边,魏明也继续垂钓。因为钓到了一条大鱼,心里高兴,吹起了口哨,吹的是《三套车》。

魏明的口哨声中,加入了那苏联人的口哨声。

魏明立刻不吹口哨了。他的口哨声一停,苏联人的口哨声也停了。

那条苏联猎犬不知什么时候出现了,叼起魏明钓到的大鱼,跑过江那边去了。

魏明一跃而起,跺足大叫:"强盗!混蛋狗!"

那苏联人却哈哈大笑。

那狗似乎成心气魏明,叼着鱼又溜达回来,在界线那边,歪着头看魏明。

魏明朝狗走过去,大声地:"放下!把我的鱼放下!"

苏联人指魏明画出的界线。

魏明用俄语大声说:"是你的狗!"

苏联人用俄语大声说:"不是!"

魏明:"肯定是你的狗!"

苏联人:"绝对不是!"

魏明气恼之下,不钓了,收了线,将两条小鱼扔进桶里,拎起便走。

他背后苏联人的声音:"等一下!"

魏明站住,转身。苏联人像投手球似的,将自己钓到的两条小鱼准确地投进魏明拎着的小桶里。

夕阳西下,桦树林后边,木房子的框架已经搭起。框架旁,尹排长在推刨子,临时性的木工案旁,他已做好一扇窗框了。

沈力背着一捆桦树皮从桦林中走出。

尹排长:"小沈!"

沈力站住。

尹排长:"扒这么多桦皮干什么?"

沈力:"引火用啊。"

尹排长:"引火用不了这么多吧?"

沈力:"大家还想做桦皮灯罩,探家时带回去。那不是挺特别的嘛。"

尹排长:"但是你得知道,人活一张脸,树活一身皮,尽量选那病树、倒树的皮来剥。树这东西,你剥下它哪里一块皮,那里就再也长不出皮来了。"

沈力:"这么大一片桦林,扒点儿……"

尹排长:"别犟嘴,先听我说。"

他放下刨子,走到了沈力跟前,看着他背上的那捆桦皮,又说:"你看你,一剥就剥这么大一块,被你剥下皮的那棵树,它还能活多久呢?"

魏明站在帐篷口喊:"排长,歇会儿吧,吃饭了!"

帐篷里,地上放着几卷桦皮。尹排长看完这卷,接着看那卷。

大家拿着馒头,端着饭盒、缸子,一个个惴惴不安地看着尹排长。

尹排长转身望着大家说:"团部对面那座山坡,我们那一批转业兵一九六六年来的时候,也是一片白桦林,春夏秋冬,一年四季,哪个季节看着,哪个季节好看。当年的我们,也都年轻啊。有几个一带头,团部的,附近连队的,就纷纷去到那座山坡扒桦皮。几天工夫,一片林子,几乎全部剥成了没皮的树。树这东西,伐倒时扒光了皮那是一根木料,站着的时候把它的皮都扒光了,那就很难看!而且必死无疑。团长一生气,下令把那片林子全伐了,而且处分了那几个带头扒桦皮的人。我就是其中一个受处分的。"

"小黄浦":"团部是团部,这儿是这儿嘛!"

黄伟:"别找理!城市里什么灯罩没有卖的?非得用桦皮做?"

他指着"小地包"、杨一凡、沈力数落:"一个个小资情调!"

他又一指赵天亮:"你这班长还支持,说要给连队每个知青做一个!"

赵天亮惭愧地:"我正式声明,收回我那句话。"

尹排长:"我知道你们心里怎么想的,这儿又不常有人来,就是死几棵树又有什么大不了的呢。可我是这么想的,咱们盖房子要伐树,咱们烧火做饭取暖,也要伐树。做架爬犁造辆车,那还得伐树。肯定来说,你们撤离这里的时候,这里会留下许许多多树桩子。这儿的风景,和现在就不一样了。咱们向北大荒要的太多了,北大荒给咱们的也很慷慨,所以咱们要爱北大荒。真爱它那就应该是——没有必要不取,多一分,也不取。在这一点上,咱们要向鄂伦春人学习……"

"小黄浦"大声地:"那狗又来了!"

果然,狗又蹲在帐篷口。魏明向狗掷去一块劈柴,狗跑了。

魏明:"它叼走了我钓的一条大鱼!要不这会儿咱们不仅能喝上鱼汤,还能美美地吃上炖鱼!哪天我逮住它,非教训它不可!"

尹排长:"别都端着汤看我呀,喝汤喝汤!小魏熬了这么鲜一锅汤,咱们不喝光了对不起他！小魏，给我来碗汤！"

"小黄浦"直接用碗从盆里舀了一碗汤递给尹排长。尹排长嗔道："你看你，叫你盛碗汤嘛，也不用勺子！"

"小黄浦"："反正你也没洗手。"

尹排长接过碗，喝一口，连道："不错，不错。"

他看着大家又说："我刚才那些话，并不算批评你们啊，只不过是跟你们讲了讲我的一种心情，你们听也可，不听也可。如果一个个表面装出听了的样子，心里却认为我婆婆妈妈的，那可就不好了。"

夜晚，月光皎洁，尹排长还在刨木方子，那条苏联狗蹲在他跟前，看着他。

帐篷里，"小地包"跟睡在旁边的"小黄浦"悄悄说话。

"小地包"："我确实觉得排长有点儿婆婆妈妈的。"

"小黄浦"："岂止婆婆妈妈的，简直还莫名其妙！所以我直接用碗给他舀汤。"

"小地包"："我认为他看出你对他的话有不满情绪来了。"

"小黄浦"："看出来就看出来吧，盼他早点走，咱们就是这儿的封疆大吏，自由了。"

"小地包"："咱们都躺下了，他一个人还在那儿干，干给谁看啊？"

黄伟："你们两个小子背后这么议论排长不对啊！他是急着帮咱们把房子盖起来，好早点儿回到连里去，机务排等着他回连里办维修保养班呢！"

赵天亮一声不响地坐了起来，穿衣服，穿鞋。

躺在他左右的杨一凡和沈力欠身看他。

赵天亮系好鞋带，一声不响地走了出去。

尹排长一抬头看到赵天亮，奇怪地："你怎么不睡？"

赵天亮："那你呢？"

尹排长："我这人,天生觉少,又天生恨活儿。门窗可不是你们自己做得了安得了的,我少睡点儿,你们能早点儿住到房子里。住房子比住帐篷暖和多了呀!"

赵天亮："排长,让我照量两下。"

尹排长将刨子递给赵天亮。赵天亮刚一推,卡住了。

尹排长："使刨子要轻按快推,要像从怀里往外掷排球那样。你掷得慢,还不让对方的球员给抢去了?"

赵天亮重又推了一下,顺利多了。

他一抬头,发现全班人都来了。

尹排长："你看你们,怎么都不睡了?"

黄伟："要睡都睡,要干都干。"

他操起斧子,开始削一根圆木的树皮。

"小黄浦":"看这狗,它怎么不过那边去了呢?"

"小地包":"想跟咱们交朋友吧?"

赵天亮："别管它,既然都起来了,那就一块儿干吧。"

尹排长："听我的,两个小时后,我带头回去睡觉!"

江的那边,传来苏联老妪的呼唤声:"娜嘉! ……娜嘉! ……"

接着传来苏联老爷子的呼唤声:"娜嘉!"

老妪和老爷子的声音听来挺远,在寂静的夜晚,听来又异常清晰。老妪的声音绵软,老爷子的声音粗宏,相互交替。

那狗"汪汪"叫两声,倏地站起,箭一般消失了。

天亮了,木房子的顶盖已盖好了,更具形状了。

冰封的黑龙江上,昨天凿开的窟窿又结了一层冰,魏明又在用钎子穿冰。

尹排长、赵天亮带着全班人在继续盖房子。

魏明从冰窟窿中收起了钓线,他脚旁有几个烟头,证明他钓的时候不短了,却又分明地,他一无所获。

魏明不禁向那苏联人凿的冰窟窿望去,他眼前出现了幻觉,仿佛从那冰窟窿里,接二连三地往外蹦着大鱼小鱼。

他有点儿身不由己地向那冰窟窿走去。

"站住!"一句俄语的警喝。

他抬头望去,苏联那边的瞭望台上,有两名边防军的身影。一名站立着,向他伸出一只手;另一名将枪架在瞭望台的栏杆上,伏身瞄准着他。

站立着的那名苏联边防军又用俄语警喝了一句:"再向前,开枪了!"

魏明:"瞎他妈咋呼什么呀!"他往地上啐一口,转身快快而去。

冰封的黑龙江上——那苏联人凿的冰窟窿已经快要重新冻严了。而相对应的这一边,却凿出了六七个冰窟窿。

木房子盖成了。尹排长吸着烟,和赵天亮、黄伟、杨一凡、沈力、"小地包"并肩站着,脸上皆洋溢着成就感,欣赏地望着他们的搭建成果。

尹排长:"还不赖,是不是?"

黄伟:"那是。哎,天亮,你说要是正式通过考核评级的话,咱们全班能不能全达到二级木工的水平啊?"

赵天亮仿佛没听到,在出神。

黄伟给了他一拳:"想什么呢!跟你说话没听到啊?"

赵天亮憧憬地:"我在想,如果这房子,就是你们说要为我和周萍盖的,那我俩美死了。在近处再开片荒,种粮食,种蔬菜,养鸡,养鸭,养猪,再养两匹马,自己做一辆大车,神仙过的日子,不发我工资我都高兴一辈子!"

黄伟:"那你们完全成了一对天高皇帝远、谁也管不着的边农,当然就没人发工资啦!"

杨一凡:"那你们穿的、用的,哪来钱买?都不探家了?探家哪来的钱做路费？"

赵天亮："我打鱼，到七连去卖给你们。还卖给你们鸡蛋、鸭蛋、鹅蛋、猪肉。感情关系，我不出价，你们看着给点儿就行。"

沈力："养猪太煞风景了，要养鹿，在这儿逐渐办个鹿场。鹿浑身都是宝，比养猪值钱多了，而且富有诗意。大家想象一下，如果周萍骑着一头七岔角的雄鹿放牧鹿群，要像外国电影里的女人那样，侧身横坐鹿背上，头戴花环，那什么感觉？"

黄伟："那，天亮，你干脆发扬发扬风格，让我陪周萍待这儿一辈子算了！我把我父母和周萍的父母接来，我们也就都不用探家了。我们也不多要孩子，一儿一女足矣。四位老人帮我们照看两个孩子，那还不玩儿似的？"

"小地包"："不管谁陪周萍在这儿过一辈子我都不管，我只要求一种特权——什么东西都得经我手卖，价格由我来定。我也不能白尽义务，多少得吃点儿回扣。"

尹排长："那七连不就成了资本主义的温床了？那连长指导员麻烦大了，我这排长也得受你们牵连！"

赵天亮却仍在望着房子出神。

赵天亮的心声："周萍，周萍，你从北京到上海一路顺利吗？春节过得好吗？你爸爸妈妈都好吗？收到我的信了吗？……"

"小黄浦"走来，一手拿一盒油漆，一手拿一柄新刷子，腋下还夹一盒油漆。

"小黄浦"："一盒绿的，一盒橘黄的，你们说刷哪种颜色的吧，我主张门刷成绿色的，窗框刷成橘黄色的。"

沈力："怎么刷你别瞎搅和，得听我的！"

"等等，等等。"尹排长将赵天亮扯到一旁，小声说，"天亮，冬天刷漆不行的，干不了，一刷就冻，天暖和了非掉皮不可，白费了两盒油漆，也白费了那工夫。"

赵天亮:"那就天暖和了再刷。"

尹排长:"你没懂我的意思。我的意思是……我……那两盒油漆……"

赵天亮:"排长,你直说。你怎么说,我们怎么做。"

尹排长:"是这么回事儿,我家新打了两口箱子,我家那张破桌子也该刷刷漆了。这房子,哪天你们一撤走,那就等于扔这儿,门窗还刷它干什么呀,是不是?"

赵天亮:"排长想要那两盒油漆?"

尹排长笑了:"你跟他们几个商议商议。如果大家同意,我带走;如果不同意呢,就当我没说。"

赵天亮沉吟地:"我想,应该没什么问题吧。"

他听到脚步声,一转身,见魏明垂头丧气地走来。

赵天亮:"怎么了?"

魏明:"真邪了门儿了,那天有那个老毛子和我同时钓,他运气好,我运气也不错。这几天那老毛子没出现,我又凿了五六个窟窿,却连条小鱼也钓不着了。"

赵天亮搂他肩,安慰:"没关系,别为这事儿影响情绪。看咱们房子盖成了,今晚就可以搬进去住了,高兴点儿!"

尹排长:"就是。钓鱼本来就是碰运气的事儿,兴许过几天你就时来运转了。你当炊事员当得尽职尽责,这是大家都看在眼里的。"

沈力在喊:"都过来,合影留念啦!"

尹排长居中,大家站在他左右,他们背后是木房子。

沈力煞有介事地以四指框成"镜头",单膝跪在大家对面说:"看我这儿,都笑一笑!"

于是大家煞有介事地笑。

沈力:"好,拍下一张了。再来一张再来一张,别站一排了,太呆板,分散开坐在门前边……"

木房子盖得挺美观,房盖外探成檐,门前有廊,还有台阶。于是大家分散地坐在门前。

沈力更加煞有介事地移动脚步选角度。

杨一凡:"哎,别那么认真了,对付一张得啦!"

"小黄浦":"人家沈力是有艺术细胞的人,哪能对付嘛!"

沈力:"'小黄浦'别说话,注意,这一次表情随便,一、二、三,成功!"

傍晚,大家目送尹排长驾驶的拖拉机拖着爬犁远去。

赵天亮:"敬文、'小黄浦',你俩扎把扫帚,把帐篷那儿扫扫。本班长宣布第一条纪律,以后,谁都不许做破坏这里美好环境的事,咱们要把这儿当成一处公园来住。"

晚上,木房子里,一盏马灯挂在柱上,赵天亮们围成一圈儿,坐在木地板上。

"小黄浦":"天亮,虽然你是班长,但凡事儿也得跟我们商量商量吧?你凭什么自己就做了主了?"

沈力:"我们扒了些桦树皮,就受了他一顿批评,还引出他那么一大套理论。他可好,贪污了我们两盒油漆!"

杨一凡:"就是,太虚伪了嘛!"

赵天亮:"别用'贪污'别用'虚伪'这类词行不行?排长他毕竟跟我说了,我也同意了。"

沈力:"那你就是假公济私,用公物换取排长对你的好感!"

赵天亮:"你!"

不快的气氛一时弥漫在大家之间。

"小地包":"老黄,你说说你的看法。"

黄伟:"我说说?既然是开第一次班务会,人人都得说两句是不是,那我就说说。沈力,我是尊重艺术的,哈尔滨的红卫兵到处砸那些俄国人留下的雕塑时,我公开贴大字报谴责过他们的行径,因此还挨了顿臭揍,魏明可以证明有过这件事。你呢,是我们之中最有艺术细胞的人,所以,我对你也一向是尊重的,这你得承认吧?"

沈力点头。

黄伟:"那么我问你,还有'小黄浦'、一凡你们俩,如果班长征求我们的看法,你们三个,是同意呢,还是不同意呢?"

沈力、"小黄浦"、杨一凡三人互相看看。

沈力:"那我同意。"

杨一凡:"我也会同意。"

黄伟:"那,你们两个,就不是对排长有意见,而是对班长有意见。因为班长独断专行,缺乏民主意识,你们别把自己究竟对谁有意见搞混了!"

"小黄浦":"即使班长征求咱们的意见,那我也反对。'宁为公字前进半步死,不为私字后退半步生',他身为排长,应该比我们更懂得这一革命原则!"

黄伟:"放你妈的臭屁!"

"你凭什么骂人!""小黄浦"向黄伟扑去。

黄伟一脚将"小黄浦"蹬开。

"小黄浦"再次向黄伟扑去,被赵天亮等人拉开。

大家全站起来了。赵天亮伸开双臂,一手挡在黄伟胸前,一手挡在"小黄浦"胸前。

赵天亮:"都他妈不许动手! 排长刚走你们就……"

"小黄浦":"老子不再承认他是排长了! 我瞧不起虚伪的人!"

赵天亮:"那你想怎么办? 回连队时,给他往大食堂贴一张大字报?! 让他在全连抬不起头来,那你心里就痛快了?!"

"小黄浦"把头一扭,不吭声了。

黄伟:"你要是敢那样,我……"

"小黄浦"立刻又不甘示弱地:"我还非那样不可了! 你敢弄死我?!"

这时,有爪子挠门的声音。

大家顿时安静，各自操起可以自卫的东西，一齐将目光望向门。

爪子挠门声分明。

大家悄悄向门走去，分散两旁。

赵天亮猛地推开门，那条苏联狗蹲在门外。

黄伟一跺脚："滚！"

狗蹿下台阶，又蹲着，望着门内的大家。

"小黄浦"："癞皮狗！"

他将手中的劈柴向狗投去，未击中。狗这才跑了。

赵天亮舒一口气，关上门，将手中斧子放在炉旁，又坐在地上。

大家见他坐下了，也都纷纷坐下了。

魏明却没坐下，他说："我也说两句吧。关于桦树皮的事儿，排长批评了咱们，我心里也不痛快，也认为他小题大做，婆婆妈妈的。因为我扒得最多，还打算带回哈尔滨去，供我老妈引火用。在咱们城市，花钱都买不到那么好的引火木柴。所以呢，我对排长心里也有情绪。但排长的那番议论，我听了心里还是挺感动的。我认为他的话是真诚的。对于北大荒的一草一木，他们老战士比我们知青感情深，这恐怕是一个无可争辩的事实，我们应该向他们学习。至于那两盒油漆，该怎么说呢，有一点你们后来的是不知道的，不但咱们团长当年是奇袭白虎团的英雄排长，咱们尹排长，当年那也是紧随在团长身后冲进白虎团团部的人。这是指导员向我、黄伟、齐勇那一批知青介绍他时讲的，后来他自己一再要求我们，决不许对你们这一批知青说。他老家在农村，老父亲常年生病，还有一个半精不傻的老哥哥，他每个月都得往老家寄钱，他的工资只不过比我们多五元……他想使他在咱们七连的那小家美观一点儿，所以他打起了那两盒油漆的主意。我能想象得到，他那么一个人，对天亮开口要时，一定不好意思极了。天亮是这样吧？"

赵天亮点头。

魏明："那么，这就是我们的排长了。他的一点儿小私心，被我们抓住把柄了。所以呢,有的人什么难听的话就都说出来了——私心严重啊,虚伪啊,说一套做一套啊,连贪污这种词都说出来了。我听着,心里对排长的意见倒是渐渐没了,渐渐替他难过了,渐渐同情他了。为我们早一天住进这房子,他可是磨出了两手泡!他下午刚走,我们晚上就在这房子里这么议论他,似乎他成了一个多么不好的人,我们太不厚道了吧?"

一时肃静。

黄伟:"我就是你这意思!自从来到这里,我就想,可他妈的趁了我心愿了,耳根子终于可以清静了,再也不必整天听别人说,自己也说什么'灵魂深处爆发革命''狠斗私字一闪念''对他人六亲不认''对自己刺刀见红''座谈会也是思想战场''一帮一要帮在心灵最见不得人的地方'这类屁话了!我说得自己都嫌恶自己了!我听得耳膜都起茧子了!我们是人啊,干吗不把自己也不把别人当人对待?既然都是人,谁没点儿缺点、毛病,谁没有点儿私心杂念?你们心里是不是也这么想过?我怎么从没听你们这么说过?你们他妈的就不虚伪了吗?"

仍是一片肃静,坐着的人似乎一个个被训呆了。

魏明:"但我劝你还是把你那个毛病改一改,别一激动就他妈的他妈的。即使你的话再有理,那么说出来别人也不爱听!"

黄伟:"你也经常和我一样,别乌鸦落在猪身上!"

赵天亮往起一站,低着头说:"我保证,以后凡事和大家商量,尊重大多数人的意见,决不自己做主!散会!"

他一转身,目光落在月份牌上。月份牌挂在另一根柱子上,那一页月份纸显示,时间已是一九七二年二月了。

山东屯的梁喜喜家里,刚从外边劳动回来的梁喜喜从里屋走到灶间,摘下扎在脖子上的毛巾抚衣服,接着将毛巾包在头上,弯腰捅灶火、往灶内加柴,坐下拉风箱;等灶内升起火苗,又刷锅,往锅里续新水,放蒸笼,一通忙活。

有敲门声——确切地说是有人用脚踢门的声音。

梁喜喜头也不回地:"进来!"

进来的竟是齐勇。

梁喜喜:"是你呀,稀客!"

齐勇假装恭敬地:"梁书记好。"

梁喜喜一边往锅里放剩菜和凉窝头,一边没好气地说:"好什么好!干了一上午活儿,赶回家吃顿午饭,还得自己现动手热!在农村,单身女人的日子能好吗?"

齐勇:"所以,我说的是'梁书记'好,重点是在表达对山东屯党支部书记的敬意。同样是单身女人,是不是书记,那可太不一样了。"

梁喜喜盖上锅盖,一边往里屋进,一边说:"是书记顶屁用!是书记也改变不了还是单身女人!何况还是一个小屯子里的书记,连生产队长都算上才领导仨党员!"

她拿起暖瓶,为自己倒了大半缸子热水。那暖瓶已经很旧很旧了,显然倒出的水也不是太热。她喝一口,把缸子往桌上使劲儿一放,又说:"想喝口热水,都是乌了巴秃的!"

她坐在炕沿,瞪着齐勇。

齐勇:"那,我们团长亲自为您介绍一位站长,您为什么不和人家处处看呢?听说那老头挺好的……"

"站长?一人住小铁道边一小木头房里,来了小火车挥挥信号旗,那也叫站长?怎么,你们兵团一破老头也值了钱了?你们团长一保媒,我就该咧嘴笑着嫁给他呀?"

齐勇:"领导仨党员的支书,嫁给单枪匹马的站长,那不正般配嘛!"

梁喜喜把脸一板:"别跟我蛤蟆吊嘴儿的!你们三个兵团的小子,没一个有良心的!我们山东屯救了你们仨的命,两年多了,没一个再到我们山东屯儿来看看的,害得我们那四个插队的上海姑娘,有三个得单相思的。周萍还好点儿,相思也不说,那两个,都快魔怔了……"

齐勇:"我这不是来了嘛。"

梁喜喜:"你来了我一点儿都不欢迎!你们三个中,赵天亮应该说是个好青年,人家说话郑郑重重的。那个小什么包贫点儿,但也只不过就是贫点儿。顶数你,心里总有一定之规,却装出嘴贫的样子,想让人不拿你当回事儿,其实你比谁都拿你自己当回事儿!"

齐勇就低下头四处看。

梁喜喜:"你满地趸摸什么?我地上又没有金子!"

齐勇:"我看有没有缝儿,我好钻进去。"

梁喜喜:"说你胖,还立刻就喘了。别耽误我工夫。"

齐勇:"梁书记,今天星期六,明天星期日。我想,把周萍带走两天,星期一下午保证送她回来。"

梁喜喜:"你?把周萍带走两天?你安的什么心?我审过周萍了,她承认她和赵天亮对着象呢!这我不反对。那我作为支书就有责任保护她。你,休想!"她一边说,一边走到外屋,掀开锅盖,往外拿蒸着的东西。

齐勇也跟到了外屋,继续说:"您误会了,我跟赵天亮是朋友,我怎么能对周萍动坏心思呢?您把我想得也太卑鄙了嘛!是这么回事儿,赵天亮又是我们七连男一班的班长了,他们班接团里的任务,调黑龙江边儿上执行边境巡逻任务去了。我呢,今天为他们送粮食和菜,马车绕了个弯儿,就来到了你们山东屯,想捎上周萍,让她和赵天亮会晤会晤。恋爱要谈成,那双方不是得经常会晤会晤嘛!"

梁喜喜烫了手,一边嘘着手指,一边瞪着齐勇问:"真话?"

"向毛主席保证。"

"你有这么好?"

"我这人确实好。"

梁喜喜:"那周萍怎么不亲自跟我说?"

齐勇:"她哪儿敢啊,她就站在门外等结果呢!"

"嗯?"梁喜喜开了门,见周萍果然站在门外。

周萍怯怯地："支书……"

梁喜喜撑着门说："进来。"

周萍进门后，梁喜喜又对齐勇说："你出去。"

齐勇出去后，梁喜喜才将门关上，拉着周萍的手，将周萍拉入里屋，坐在炕沿上，问周萍："是他说的那么回事吗？"

周萍立正般站在梁喜喜跟前，其怯有加，点一下头。

梁喜喜："他那么好？"

周萍又点一下头。

梁喜喜："他赶车，你坐车，一路三十几里，四野荒无人烟，你不怕？"

周萍："怕什么呢？"

梁喜喜用手指戳周萍额头："真傻，怕什么还用我明说啊？"

周萍想了想，肯定地："他说天黑前就到了，白天不会碰上狼。"

梁喜喜："我指的不是狼！"

外屋也就是灶间，齐勇的头从外边探入，偷听。

周萍的话声："坐齐勇赶的车，我什么都不用怕。不管发生了什么事，他都会像赵天亮一样保护我。"

齐勇的头缩出去，门无声地关上了。

梁喜喜："既然你这么信任他，那我也就没话说了。我也是从你们这种年龄过来的，不准你假，显得我这书记当得也太没人味儿了。但是你给我记住，千万别和赵天亮做出那种事！"

周萍眨眨眼："支书，哪种事？"

梁喜喜："就是……"

她压低了声音："你们这种年龄，干柴烈火的，你千万不能让他把肚子搞大了！你是我要树立的典型，你想想，你如果那样了，你咋办？我咋办？"

周萍害羞地用双手捂上了脸："支书，我只不过想见见他，有些话跟他说，也想知道知道，他们在边境是怎么巡逻的……"

梁喜喜将周萍的双手从脸上拉了下来,诲人不倦地:"你手握他手,他手握你手,这都没什么,很正常。搂搂抱抱的,我这儿也批准了。大冬天的,你一身棉,他一身棉,搂抱不出什么问题来。但是你可决不能和他亲嘴儿,他非和你亲也不行!越求你越不能让他亲,跪下求也不行。婚前亲嘴这种行为,绝不是革命青年的行为。严肃地讲,完全是资产阶级传染给我们无产阶级的坏习气!尤其对我们女人来讲,一亲嘴,第一道革命防线就被突破了。"

周萍听得直眨眼。

梁喜喜:"明白没有?"

周萍低下了头:"明白。"

梁喜喜站起,手放周萍肩上,将周萍推到了毛主席像前,异常严肃地:"向毛主席保证。"

"支书,保证什么啊?"

"保证决不会和赵天亮发生那种事儿!"

"不亲嘴儿?"

"不亲嘴儿是次要的,重要的是不能怀孕!"

周萍望着毛主席像,张张嘴,说不出话。她一转身,又双手捂脸,快急哭了:"支书,我说不出口。"

梁喜喜:"有什么说不出口的?"

周萍:"我和赵天亮一块儿探家时,坐在大车站里,那店主让我们向毛主席像保证过一次!"

梁喜喜:"你们同炕睡过了?!"

周萍:"就那样……我们也没那样!"她真的哭了。

梁喜喜看着她,沉吟片刻,恻隐地:"那好吧,我相信你。别哭了,不难为你了,你得明白,我是为你好,是爱护你呀!"

周萍哭着点头。

周萍坐在马车上了,车前身盖着齐勇的大衣,大衣一动一动的,底下分明有活物。

齐勇持鞭欲赶车。梁喜喜站在齐勇跟前。

梁喜喜:"我和你们兵团那老头儿的事儿,你怎么知道的?"

齐勇:"这,团长亲自为您做媒,我们团里,你们山东屯,好多人都知道啊。"

梁喜喜:"可八字还没一撇呢!我这一撇根本就没往那事儿上撇!那么就是谣言,散布一名党的干部的谣言,是极其错误的!"

周萍:"支书,我没散布过。"

齐勇:"我也没散布过,只不过今天跟您随口说了一句,我发誓,以后跟任何人都不说了。"

梁喜喜:"还有,你如果再踢我家门,那我就先操斧头后开门,开门先剁你那只脚!山东屯党支部书记家的门,不是谁都可以随便踢的!"

齐勇:"再不敢了。"

梁喜喜这才往旁一闪:"你得负责把周萍给我完好无损地送回来!"

齐勇:"那没问题,驾!"

"乌云"和一匹红马奔驰向前……

第二十四章

齐勇驾驭的马车行驶在路上,周萍忽然笑了。

齐勇头也不回地:"笑什么?"

周萍:"笑我们书记跟我说的话。"

"她怎么说?"

"不跟你学。"

"既然那么好笑,学学嘛。"

周萍:"她是我们山东屯的党代表,我觉得她的话可笑已经不对了,再背后学给别人听,那更不对了。"

齐勇:"你认为党支部书记代表党?"

周萍:"那当然啦!"

齐勇:"你们屯那老娘们儿,她人怎么样啊?"

周萍:"讨厌!不许那么说我们支书啊。她人挺好的,正派、善良,对人对事儿,一碗水端得挺平。而且,可有劲儿了,干起活来像男人似的,就是有时候厉害了点儿。"

齐勇:"我关心的是她对你究竟怎么样。"

"你也关心我?"

"天亮关心你,我当然也得替他关心你。"

周萍感动地:"你们放心吧,她对我挺好的,在公社开知青工作会的时候,总表扬我。她要把我树立成可以教育好的子女的典型,我还到公社去开了一次知青代表大会呢!"

一只鹿崽的头从大衣底下探出,她亲了它一下,用大衣将它的头盖住。

齐勇:"你很想当那种典型?"

周萍:"也想也不想。为了我在政治上配得上天亮一点儿,为了我父母的处境好一点儿,我想。但是就我自己的本愿来说,不想。一旦成了典型,很多人的眼睛会经常盯着你的一言一行,我不希望那样活着……"

在他们说着话的过程中,马车经过冰封的河流,经过一片树林。也许昨天刚下过雪,树枝上积着雪,使树林看去像是在童话中那么神秘、美丽。

马车上了一座山坡。

马车从山坡驶下来。

周萍:"齐勇,我给你唱支歌听吧!"

齐勇高兴地:"好啊。"

周萍:"我用粤语给你唱《采红菱》。这是资产阶级的靡靡之音,不过挺好听的。反正除了你,也没别的人听到。"

于是她唱了起来,其声悦耳。

"吁!"齐勇突然勒住了马。意想不到的事情发生了!在前方,在路旁,出现了一头黑熊,一动不动地注视着马车。

两匹马不安地刨蹄、嘶叫。

"吁!吁!"齐勇一再勒缰绳,控制住马。

齐勇另一只手从麻袋底下摸出了一把镰刀,紧握着。

齐勇:"你坐稳,我吆喝马冲过去。经过它跟前时,你把小鹿扔下去。"

周萍坚决地:"不!"

齐勇回过了头,看着周萍说:"要不,即使我们冲过去了,它也会在后边追。"

周萍撩开大衣,看一眼小鹿,立刻又将它盖上,用一只胳膊搂紧了。

周萍:"熊跑不过马车的。"

齐勇:"那可不一定。"

周萍:"咱们别让车动,兴许过会儿它自己就走开了。"

齐勇:"但愿吧。"

周萍:"把镰刀给我。它要是真扑咱们,我和你一块儿拼,那我手里不能什么都没有。"

齐勇又回头看她,把镰刀递向她,周萍接过镰刀时,齐勇说:"别怕,我会像天亮一样舍命保护你。"

周萍信赖地点头。

黑熊居然朝这里走过来了。

齐勇:"别抱着那小东西了,放下它,你来握住缰绳。情况不好,你赶着马车往前冲,能赶多快赶多快,别管我,由我对付它一阵。"

他说罢,持鞭跳下了马车,迎着黑熊走去。

周萍又怕又急,哭了,喊:"齐勇,你别过去,上车来! 我听你的,让它把小鹿吃掉吧!"

齐勇仿佛聋了,没停脚步。

黑熊反倒首先站住了。齐勇也站住了。

人和熊互相瞪视着,黑熊又向前走,齐勇甩了一记响鞭,黑熊咆哮起来。齐勇又接连甩了几记响鞭。人和熊又互瞪了一会儿。黑熊居然横穿过路去,走掉了。

齐勇抹了一下脸,袖子明显地湿了。

他夹住鞭子,掏出烟,吸着一支烟,回头向马车望去,却发现周萍紧紧握着镰刀,已不知何时站在他身后,她脸上淌着泪。

周萍:"真想亲你!"

齐勇摘下了帽子,笑道:"那太应该了啊!"

周萍:"可那样不好。"她也回头向马车望去,发现小鹿已蹦下了车,在盲目地跑。

"小东西,别跑!"周萍追小鹿去了。

齐勇望着她背影笑了:"不好? 有什么不好的?"

黑龙江边,一班哨所那片白桦林中,建起了一座瞭望台。由于白桦林遮挡的原因,它高于林梢一些,否则便无法瞭望到对岸的情况。但是它又不能建得太高,那样便完全暴露了。而它的高度恰到好处,四角伪装着树枝。

"小地包"和"小黄浦"站在上边,"小地包"正用望远镜向对岸窥望,"小黄浦"则在无聊地举枪东瞄瞄西瞄瞄,口中发出"嗒,嗒嗒"的声音。

望远镜中,对方的瞭望台上,一名脸庞稚气的苏联士兵,也在举着望远镜,缓缓扭转身体向江这边瞭望。当他的身体正对着江这边时,似乎发现了白桦林后的瞭望台。他放下望远镜,摇电话,抓起听筒,汇报了些什么。

他放下听筒,又举起望远镜,朝我方的瞭望台瞭望。他竟笑了,分明是从望远镜中看到了"小地包"。

他举起一只手,以手作手枪,射击。

"小地包"立刻放下望远镜,对"小黄浦"说:"他用望远镜发现了我!"

"小黄浦":"你整天观察他,腻歪不腻歪啊? 要是名漂亮的女兵,还值得。可他是男的!"

"小地包":"那小子挺帅的! 人家的大衣样式也好,还是呢子的!"

"小黄浦":"你单恋上他了呀?"

"我恋上了他那呢子大衣! 人家的瞭望台上还有电话!"

"小黄浦"从"小地包"手中夺过望远镜,挖苦地:"打起仗来呢子大衣也挡不住子弹,一颗炮弹有电话的瞭望台也得飞上天!"

他举着望远镜朝别处瞭望,又说:"还不如用望远镜欣赏欣赏风景!"

"小地包":"听黄伟说,苏联的光学水平很高,他们的望远镜有红外线功能,再黑的夜晚……"

"小黄浦":"别说了! 他们的大衣好,他们的瞭望台有电话,他们的望远镜高级。你什么意思? 我该不该向班长汇报,提防你哪天跑过去?"

"小地包":"要打不打,要和不和,我在这儿都待烦了! 依我,不如两国各派十个人,从元帅到士兵,一个对一个,决斗! 要么决出胜负来,要么打个平手,从此不再为敌,签订永远和好条约!"

"小黄浦":"连队的马车来了!"

"小地包"也从"小黄浦"手中夺去望远镜,望着说:"是齐勇赶的车,车上还一个老头。"

"小黄浦":"马号的老耿头?"

"小地包":"不像。"

马车停在木房子前,赵天亮、魏明、杨一凡踏下台阶。

齐勇依次与他们三人拥抱。

唇上、下巴上贴了胡子的周萍,侧身站在马车旁,她假胡子上挂了霜,帽脸上和眉毛上也挂了霜,看上去完全像一个老头。

赵天亮等三人疑惑地看着她。

齐勇:"一凡,把这位大爷扶屋去。"

杨一凡扶着周萍进了木房子,魏明从车上拎起一只麻袋,扛在肩上,也进了木房子。

赵天亮将齐勇扯到一旁,问:"那大爷是谁?"

齐勇:"装不认识?"

赵天亮:"真不认识。"

齐勇:"那是你老丈爷呵,人家可是找你找到了团里,找到了连队。

连长指导员不知如何是好，让我把他拉来，在边境上和你谈判。"

赵天亮困惑地："我老丈爷？谈判？"

齐勇："老丈爷，不懂？就是岳父呀！"

赵天亮："周萍她父亲?！"

魏明和杨一凡出来，都对赵天亮幸灾乐祸地笑，各自扛起一只麻袋，又进入了木房子。

齐勇："要是周萍的父亲我倒替你高兴了。问题就在于，不是周萍的父亲，可人家说，千真万确是你老丈爷，你也千真万确是人家女婿，人家女儿恨死你了，说你是陈世美。"

赵天亮："这……这无中生有嘛！"

齐勇："你说无，人家一口咬定有，所以你们得当面对质嘛！"他也扛起一只麻袋进入了木房子。

赵天亮困惑地皱眉回忆着什么。

"小地包"走来，问："班长，怎么不进屋？"

赵天亮："待会儿再进。"

"小地包"扛起车上最后一只麻袋进入了木房子。

赵天亮踏上台阶，在门前犹豫一下，推门进去。

木房子里，有一张大床和一张单独的小床。单独的小床是赵天亮的床。还有一处门口垂着麻袋缝成的门帘，后边的小屋是厨房。齐勇、"小地包"、魏明和杨一凡四人一溜坐在大床的床沿，都望着赵天亮。周萍一人坐在小床的床沿，仍戴着狗皮帽子。

赵天亮看周萍一眼，向大床走去，坐"小地包"旁边。

"小地包"推他一下，小声地："别坐我们这儿，坐你老丈爷那去呀。"

赵天亮："别管我，就坐这儿！"

他望着周萍说："大爷，把帽子摘了吧。"

周萍摇头。

赵天亮："大爷，咱们之间，发生什么误会了吧？"

周萍摇头。

"您肯定,您是我岳父?"

周萍点头。

赵天亮又一下子站了起来,看着齐勇。

齐勇小声地:"听说你和周萍恋上爱了,人家能不生气嘛。不说话,是不愿搭理你!跟我一路上话可多了,至少把你骂了一百多遍!"

"小地包"、魏明、杨一凡几乎同声地:"哇,骂那么多遍呀!"

赵天亮生气地:"可我只爱过周萍!今生今世只爱她一个!老爷子,我根本就没见过你,这里是一处边境哨所,你不要跑这儿来胡搅蛮缠,影响我们的巡逻任务!"

齐勇:"听听,听听,陈世美们不但绝情绝义,而且都是这么大言不惭!"

周萍终于抬起了头,也望着赵天亮。她缓缓摘掉狗皮帽子,露出了一头秀发。

赵天亮望着她呆住。

周萍又缓缓从唇上、下巴上摘下胡子,放在床上,不好意思又感觉幸福快乐地望着赵天亮微笑。

"萍萍!"赵天亮发呆的脸上也渐渐呈现出了笑容。

周萍:"齐勇非让我逗逗你。"

赵天亮一转身便将齐勇按倒在床,挥拳便打,并说:"气死我了!你怎么教她学坏啊你!"

"小地包"、魏明、杨一凡哈哈大笑。

周萍:"天亮,我们在路上可险了!遇到了一头大黑瞎子……"

"小地包"等三人立刻止住笑,一齐惊讶地看她。

赵天亮停止"惩罚"齐勇,也不由得扭头看她。

周萍:"齐勇当时为了保护我,绝对说得上是奋不顾身了,要不你可能见不着我了,你得替我好好谢谢他。"

赵天亮又转身看齐勇,感激之情溢于言表;"小地包"等三人也都肃然起敬地看齐勇。

齐勇:"在北大荒,又是在森林地带,遇到熊有什么大惊小怪的呀?难道你们就都没看出周萍她有什么变化?"

赵天亮和"小地包"等三人,又一齐将目光投在周萍身上。

周萍一时也被看得困惑起来。

齐勇将赵天亮扯到门帘旁,小声地:"玩笑归玩笑啊,可是你看周萍那身子……"

赵天亮:"刚才就注意到了,她胖了。"

齐勇:"傻帽儿,那不是胖了,是有了!……都三个多月了。她自己不知道怎么办才好了,找到我,所以我才把她带来了,所以她进屋这么半天了还不脱大衣。"

赵天亮不由得又看周萍。

周萍纯洁地笑。

赵天亮走到"小地包"等三人跟前,低声地:"你们三个,跟齐勇先出去一下。"

齐勇朝"小地包"等三人使了一个眼色,他们一起出去了。

在木房子外,"小地包"问齐勇:"你跟天亮嘀咕了些什么啊?"

齐勇:"我说周萍怀孕了。"

魏明:"啊?这下天亮麻烦大了!"

杨一凡:"难怪她一坐那儿就不动地方,也不脱大衣。"

齐勇:"你们啊,一点儿幽默感都没有,我骗你们班长呢!"

他走到窗子旁,向"小地包"等三人招手:"过来,有戏看!"

于是"小地包"等三人走过去,分散窗子两边,向屋里偷窥。

木房子里,赵天亮将一只高脚凳搬到周萍跟前,坐下去,问周萍:"说说吧,怎么回事?"

周萍眨眨眼,不明所以地:"说什么啊?"

赵天亮严肃地:"萍萍,在隆镇,在大车店,我吻过你,对不对?"

周萍点头。

赵天亮:"那是我的初吻。"

周萍:"也是我的初吻。"

赵天亮:"在火车上,我们也吻过。"

周萍:"是我主动吻你的,而且是当着一名乘警的面……"

赵天亮:"我们除了吻过,并没有……我的意思是,我们之间没发生过那种事儿,对不?"

周萍点头。

赵天亮:"那你还不该说清楚吗?我把他们都请出去了……相信我,只要那原因是应该原谅的,我保证原谅你。"

周萍:"你到底让我说什么事呀?"

赵天亮:"齐勇说,你怀孕了,都三个多月了!"

周萍叫起来:"他胡说!这家伙坏死了,你怎么能信他的?他一路都在琢磨着怎么拿你开心!"

赵天亮的目光落在了周萍腹部:"那你这儿,又怎么解释呢?"

周萍低头看看自己腹部,笑了:"这里有个小生命。"

赵天亮一下子站了起来,跺脚,挥舞胳膊,又急又气地:"你看你,这不话又说回来了嘛!我问了半天,要你回答的就是,那小生命它究竟怎么来的!"

周萍:"别人给的。"

"什么?!别人?!"

周萍解开大衣扣子。小鹿崽在她怀里睡着了。

周萍将小鹿崽放在地上,接着说:"我们山东屯一个打猎的,他老婆有腰腿疼的病,我经常去他家为他老婆按摩按摩,他老婆觉得轻了一点儿,他就挺感激我的。他从山上逮回了这只小鹿,见我喜欢,送给我了。我们宿舍里的几个上海姑娘不许我养,嫌有味儿,我一想,你们养着它,那不是很好吗?养大了,它如果想回归山林,那就让它回归呗。”

赵天亮:“萍萍,对不起……”

“你看你刚才,像审问似的!”

赵天亮一掌推开门,迈出去大叫:“齐勇!”

齐勇们从窗前散开,哄笑起来。

赵天亮向齐勇他们冲去,一会儿想抓住这个,一会儿想抓住那个,东抓抓西抓抓,结果是哪个也抓不着,只有从地上一次次抓起雪,攥成雪团打齐勇他们。

周萍也从房子里走出来了,抱着小鹿,望着赵天亮他们幸福地笑。

小伙子们开怀的笑声在边境上空回荡。

一声尖利的口哨声,接着又是一声。

周萍抱着小鹿,循声走入桦树林,发现了瞭望台上的“小黄浦”,仰头看他。

“小黄浦”“啪”地立正,居高临下对周萍敬了一个礼,问:“你抱的什么呀?”

“小鹿。”

“你逮的?”

“我哪儿那么大能耐啊。猎户给的。”

“小黄浦”:“留我们这儿,让我们养着吧。”

周萍:“我正是这么想的!”

“小黄浦”:“哎,我用望远镜看到一个老头的呀,他是谁?”

周萍:“是你们班长他老丈爷!不跟你多说了啊,这小鹿冷,冻得直哆嗦!”

她转身走了。

“小黄浦”:“对天亮说,该有人换岗了,我在上边也开始哆嗦了!”

周萍:"听到了!"

天黑了,木房子里,周萍在桌子那儿刷碗;赵天亮、黄伟、沈力、"小黄浦"围坐在火炉旁嗑瓜子。由于是地板地,魏明干脆躺在地上。

魏明:"周萍,谢了啊。"

周萍:"谢什么呀?"

魏明:"做饭、刷碗,本来都是我的事儿,你是客人,抢着替我做了,所以我应该谢你啊。"

周萍:"你们都发真枪了,而且担负的是巡逻边境的神圣使命,我能为你做顿饭还觉得光荣呢!我做得好吃不好吃呀?"

沈力大声地:"好吃!"

"小黄浦":"好久没吃到肉了,感谢连里还给我们带了条猪腿来,我撑着了!"说罢,打了一个响嗝。

赵天亮笑了。显然,听到战友说周萍做的饭好吃,他是特别高兴的。

黄伟:"周萍,我听说,你一来,给他们带来了许多欢乐,那我和沈力没分享到,怎么办啊?"

周萍:"我一会儿给你们唱歌行不?"

黄伟:"好啊。听齐勇说,你唱歌很好听啊!"

周萍谦虚地:"一般般。"

魏明坐了起来,认真地:"周萍,我有个问题一直想要当面问问你——你说你吧,一心想成为兵团战士,结果没成,我以为你一定会从此变成了一个满脸愁苦样子的人,怎么你还变得比以前更快乐了似的呢?"

周萍端着刷好的碗、盘子往厨房走,边说:"不是似的,就是比以前更快乐了!"

沈力:"因为有爱情了,对吧?"

麻袋门帘后传出周萍肯定的声音:"对!"

黄伟捋了赵天亮的头发一下:"听到了吧?"

赵天亮幸福地笑,简直可以说是接近幸福地傻笑。

周萍从厨房里出来,一边擦桌子一边说:"不仅因为有爱情,还因为有你们对我的友情!"

赵天亮:"你们听到了吧?"

黄伟:"周萍,歇会儿,过来。"

周萍:"就来。"

她在盆里洗抹布,拧,搭起,接着端盆出去,把水泼了。她这么做时,赵天亮他们都在看她。哪个姑娘被他们那么一种充满爱情和友情的目光看着,心里不感到幸福才怪了呢!

周萍回到屋里,放下盆后,赵天亮扭头看看她说:"没把水泼门口吧?"

周萍:"我能泼门口吗? 冰天冻地的,谁一出门滑倒,摔坏了呢?"

黄伟:"天亮,别拿人家周萍当不懂事的小孩儿啊! 我越来越觉得,人家各方面都有值得我们学习的地方。"

周萍眨着眼睛,天真地:"真的?"

黄伟:"没活儿了,坐我这儿吧。"

周萍就走过去,坐在了黄伟和沈力之间,也是坐在了赵天亮对面。

周萍:"我带来的瓜子好吧?"

"小黄浦":"好,又大又香!"

黄伟:"天亮,你是不是还审了小周一通?"

赵天亮挠头,不好意思地:"那也不能叫审。那只不过是……询问……齐勇捉弄我,连魏明、敬文、一凡他们三个都信了,我能不问吗?"——看得出来,虽然他是班长,但黄伟是高二知青,他在黄伟、魏明二人面前心理上是会表现出自愧弗如的。

周萍:"那就是审! 我见到他,心里光顾高兴了,一时根本反应不过来他为什么审我那些话!"

也看得出来,一处在一班男知青这个群体中,周萍就会变成一个快乐的、无拘无束的姑娘。

黄伟:"看过《钢铁是怎样炼成的》举手。"

除了"小黄浦",都举了一下手。

"小黄浦":"我只看过电影。"

黄伟看着周萍问:"书里有这么一段情节——保尔送一个叫安娜的女同志回住处。那是夜里,他们被两名歹徒拦劫住了,其中一个用枪逼着保尔的太阳穴,另一个将安娜拖走了。当然,保尔最终解救了安娜,击毙了一个歹徒。安娜的男友找到了保尔,劈头第一句话就是——'请你以革命同志的名义诚实地回答,安娜是不是被强奸了?'安娜受到了何等严重的惊吓他不太关心,他最在乎的却是那样一点。所以保尔只说了两个字——'卑鄙'。"

赵天亮一下子站了起来,反应强烈地:"抗议,我提出严重抗议! 哎,黄伟,你这可等于是挑拨离间啊!"

黄伟:"你激动什么,我又不是含沙射影地攻击你。坐下!"

他扯住赵天亮衣襟一拽,赵天亮又坐下了。

黄伟看着周萍问:"天亮审了你以后,你心里生没生他气?"

周萍:"有点儿生气。几秒钟的事儿。换了我是男的,那也得问啊。不过肯定不是他那么一种问法。他当时,太……那个了……"

魏明:"我们都从窗外偷偷看到了,那纯粹是一种大男子主义的问法!"

周萍点头。

黄伟:"天亮,承认不?"

赵天亮又挠头,诚恳地:"承认,以后改行了吧!"

黄伟又捋了他的头一下:"老弟,这才是好同志。还说《钢铁是怎样炼成的》那部小说。咱们都佩服保尔的顽强意志,对吧?"

众人点头。

黄伟:"但是我认为,保尔又是一个典型的大男子主义者。他对冬妮娅是多么无情无义!人家冬妮娅还冒着危险帮助他出逃过呢,他凭什么一再伤害人家羞辱人家啊?人家穿件漂亮点儿的连衣裙和他一块儿去参加了一次团的活动,那又怎么了啊?他在修铁路的时候碰到了冬妮娅,对人家那是种什么态度啊!说来说去,我其实是想提议,咱们一班全体,作为天亮和小周的爱情的见证人,不但都要祝福他俩,而且还要监督天亮,如果他以后居然也像保尔对待冬妮娅那样对待小周,咱们就都不和他来往了,同意我的提议的人举手!"

魏明、"小黄浦"、沈力都举起了手。

魏明:"我想,我们三个,也能代表孙敬文和杨一凡。"

周萍纯洁地笑着说:"今天晚上,我的幸福真多呀,心里都快装不下了!"

赵天亮:"今天晚上,我觉得自己有点儿威信扫地了,明明是在开我的批判会嘛,而且是突然袭击式的。"

黄伟:"不是开你的批判会。话题转到了你和小周身上,是因为我最近内心里忽然产生了一种很强的冲动。如果,将来我们中出了一位画家,那肯定是沈力了。但我还希望我们之间出一位作家,更希望那个人就是我。从明天起,我要开始写了,你们都会成为我小说里的人物,尤其天亮和小周之间的爱情,肯定是我小说里的重要内容。但愿无论实际情况还是在我笔下,都是美好的,能让人读着心里特别温暖的那一种……"

赵天亮抬起了头,看看沈力,又看看"小黄浦",问:"如果我提议,从明天起,在时间上给黄伟一些照顾,你们认为敬文和一凡会是什么态度?"

魏明:"那还用问吗?他俩肯定同意啊!"

齐勇从外边进来了。

魏明:"怎么喂马喂这么半天?草料扔地上,让马吃去就是了嘛!"

齐勇:"外边太冷,我怕这一夜把马冻坏了。"

赵天亮:"给它们身上都盖床被子?"

"小黄浦":"给马盖一晚上,人还怎么盖呀?"

赵天亮:"盖我的。"

黄伟:"还有我的。"

魏明:"天亮和我挤一被窝,黄伟你先盖一凡的被子。"

周萍:"如果你俩也嫌有味儿,我走前给你们拆洗了。"

齐勇:"恐怕盖被子都不顶事儿,今晚外边有四十来度。"

黄伟:"那你说怎么办?"

齐勇:"求求你们,让我把马牵屋来吧。屋里地方不小,能牵进两匹马来。"

"小黄浦":"可你不能保证,它们夜里不会屙在屋里,尿在屋里!"

齐勇:"那我不能保证。只要不把马冻坏了,我宁肯走前替你们刷一遍地板。"

周萍:"我帮你!"

赵天亮看黄伟,黄伟点头。

于是二人几乎同时站起,将桌子从地中央搬开。

魏明、周萍也站起,将凳子移到一边。

"小黄浦"不情愿地站起,抱劈柴,嘟哝:"别让马屁股冲着我的铺位啊!"

在黑龙江边这个寒冷的夜晚,木房子的窗,透出马灯幽黄又温暖的光。屋里传出周萍的歌声,她唱的是《喀秋莎》,齐勇的口琴声为她的歌声伴奏。

木房子里,赵天亮悄悄爬起来,穿好衣服和鞋。

他站在"小黄浦"的被窝跟前,伸手想推醒"小黄浦",可见"小黄浦"睡得那么香,又不忍心。

两匹马安静地站立着。

赵天亮从枪架上拿起一支枪,绕过马头,走了出去。

赵天亮走在冰封的黑龙江边。

"天亮!"周萍的喊声传来。赵天亮站住,转身,望着周萍向自己跑来。

赵天亮:"你跟来干什么?"

周萍:"陪陪你。"

赵天亮:"连大衣都不穿!"

周萍:"没顾上,不觉得冷。"

赵天亮:"那是你刚出来。听话,陪我走走就回去,啊?"

周萍点头,请求地:"把枪给我一会儿,行不?"

赵天亮犹豫一下,摘下枪,替周萍挂胸前,提醒地:"别乱动它,弹夹里满满一夹子弹。"

周萍又一点头,接着将胸一挺,问:"精神吗?"

赵天亮也点了一下头。

二人向前走去。

周萍:"你们来后,有什么感觉?"

赵天亮:"寂寞。"

周萍:"寂寞?"

赵天亮:"从没感受过的寂寞。张靖严你还记得吧?"

周萍:"记得,你们男知青排的第一任排长。"

赵天亮:"他现在是边境战备连的排长了。团长在他陪同下,亲自来给我们授的枪。开始几天,大家个个都觉得特光荣,对周围的一切都感到新奇。现在,新奇劲儿过去了,人人内心里都感到空前寂寞了。在这儿和在连队太不一样了。连队人多,热闹,活儿也多。干活儿一累,不知什么叫寂寞了。这儿倒是没什么活儿,但我们负责巡逻三十里的边境,一天二十四小时,俩俩一班,不间断地就这么走,觉得这一路上,对每一棵草都熟悉了。来时又不许带象棋,不许带扑克。最近几天,相互间都快没话说了。因为你和齐勇到了,大家才都那么多话。"

周萍:"那,以后你们怎么忍受寂寞呢?"

"不知道。我觉得在这儿,我这个班长不好当了。面对大家那种一个个寂寞的样子,我看在心里,干着急,却不知道怎么办才好。"

"以后我常来看你们。"

赵天亮:"一个星期就休息一天,这儿离山东屯四十几里,你来一次那么容易?"

周萍:"我星期六晚上来,快走三个多小时就到了。星期日可以在这儿待一白天,为你们唱歌,为你们做顿好吃的饭,为你们洗洗衣服。天黑往回走,半夜前就回到屯里了。"

赵天亮站住了,极其严肃地:"绝对不许!那太让我担心了。大家也会和我一样担心,你和齐勇今天不就遇到熊了吗?"

周萍:"那,让齐勇每次来给你们送东西的时候,一定从山东屯绕一下,带上我。"

赵天亮:"那行。"他望着黑龙江对岸,又说,"其实我能猜到,大家心里都巴不得早点……发生什么事儿。"

"什么事儿?"

赵天亮仍望着江对岸,不说话。

周萍:"战争?"

赵天亮点头。

周萍:"真那样,枪林弹雨的,你们就都不怕?"

赵天亮:"嘴上都说不怕,但心里,连我都有些怕。子弹毕竟不长眼睛,如果那边坦克、骑兵步兵一起冲过来,炮弹在这边炸成一片,那我们几个也不能做孬种!既然都暗下了决心不做孬种,就都这么想了——如果战争不可避免,那早点发生吧,早发生,早完事儿。"

周萍:"那,你要是牺牲了呢?"

赵天亮:"你以后就嫁给别人。如果你心里能一直怀念着我,那我也不反对。"

周萍:"都牺牲了,还有什么反对不反对的!"

赵天亮:"是啊。"

他一回头,见周萍已是泪流满面。

周萍:"我恨战争!"

赵天亮从手套里抽出一只手,替周萍抹眼泪,温柔地:"是人,谁又喜欢战争呢!"

突然,在他们后边,从苏军瞭望台那儿,传来了俄语喝问声:"站住!举起手来!"

接着传来了一梭子枪声。

再接着是军犬的吠声,苏联人叽里呱啦的呼喊声。

苏方瞭望台上的探照灯亮了,朝江这边扫过来又扫过去。

赵天亮:"把枪给我!"

他刚一接过枪,拉着周萍就朝回跑。

赵天亮拉着周萍跑回到白桦林所在的那一段江边,"小地包"和杨一凡从相反的方向跑过来。

赵天亮:"怎么回事?"

"小地包":"不知道。"

杨一凡:"我俩也是听到枪声才跑过来。"

黄伟、魏明、沈力、"小黄浦"、齐勇都跑出来了。"小黄浦"连帽子手套也没顾上戴,齐勇因为没有枪,拎了一把大斧头。

江对岸,却又寂静了。

探照灯的光束又向这边扫了一个来回,也熄灭了。

赵天亮:"不巡逻了。都集中在屋里,轮流站瞭望台,一人一小时。我站第一班。"

他说罢,一转身走入白桦林。

周萍想跟去,黄伟拉住她,冲她摇头。

木房子里,黄伟他们在大木床沿坐一溜,"小地包"擦枪。

周萍坐小床沿上望着他们。

"小地包"将擦枪布递给"小黄浦","小黄浦"也擦起自己的枪来。

总之,有枪的一班的战士,人人穿戴整齐,枪在手中,随时准备冲出去投入战斗。

"沙!沙!沙!"齐勇用砂石磨斧刃,用手指拭了拭,认为够锋利了,放在脚旁,从兜里掏出了口琴。

魏明:"如果今天夜里非拼不可了,我提议,咱们都要豁出命来保卫两个人,周萍和黄伟。保卫女人是男人的责任。保卫黄伟的原因是,即使咱们都死了,还能活在他的小说里。"

却没人接他的话。

黄伟:"就不说小说了行不行? 最好今天夜里平安无事。"

沈力:"保卫周萍和班长吧,保卫女人就应该同时保卫她的爱人。"

周萍抓起狗皮帽子冲了出去。

黄伟:"周萍!"

齐勇:"找天亮去了。让她去吧。"

他吹起了口琴,吹的是《一条小路》。

黄伟:"别吹了!"

齐勇扭头看他。

黄伟:"你只会吹苏联歌曲啊? 一首中国歌曲都不会吹呀?!"

齐勇:"那倒不是,我只会吹抒情的,也只喜欢吹抒情的。"

赵天亮在瞭望台上用望远镜向江对岸瞭望,他发现周萍在向瞭望台上爬,就将周萍拽上了瞭望台。

赵天亮:"怎么不听话!"

周萍:"就是想和你多待会儿。你估计,今天夜里,真会发生你说的那种事儿吗？"

赵天亮："不知道。估计不会。但肯定是有什么不太寻常的事使他们那边反应过敏了。萍萍，原谅我……"

"为什么啊？"

"黄伟批评得对，我是不该以那种态度问你。"

周萍："我也没真生气啊！那也是由于我傻，怎么能一坐下看着你，别的什么事儿就都忘了呢。"

她主动吻了赵天亮一下。

木房子里传出齐勇的口琴声，这一次吹的是《敖包相会》。

赵天亮用一只手臂搂住周萍，两人静静地听。

周萍抬头望夜空，月亮又大又圆。

周萍："今晚月亮真好，像十五的月亮。"

赵天亮："冲这么好的月亮，今晚也不会发生那种事儿的。"

天明了，站在瞭望台上的已不是赵天亮和周萍，而是沈力了。他系着帽耳朵，戴着口罩，帽子的绒毛和他的眉毛都结了霜。

他看到木房子的门开了，齐勇牵着"乌云"走出来，周萍牵着枣红马随后走出来。

沈力摘下口罩喊："平安无事喽！"

齐勇和周萍抬头望着他笑。

周萍向他立正敬礼。

齐勇："我夜里做了一个梦，梦见一个妖丽的狐仙迷你！"一边给马刷毛。

沈力："要是中国狐仙，那我甘愿被她迷。要是苏联狐仙可就对不起了，只得把她押送到边防指挥部去！"

周萍："要是她哀求你别那样呢？"

沈力："那……那我就只能劝她再变回一只漂亮的苏联蓝狐喽，我还要向她保证,一定好好养着她。就我一个人的时候,她愿意再变成人形我也不禁止。"

齐勇:"美得你!"

沈力:"美事人人都可以想嘛!"

周萍咯咯地笑。

黄伟和赵天亮也先后走了出来。黄伟刷牙,赵天亮用盆盛雪,他只穿着绒衣。

周萍对齐勇说:"我想骑马。"

齐勇:"吃完饭再骑。"

周萍小孩儿般地:"现在就想骑!"

齐勇:"你没骑过,自己骑不行。"

周萍:"你骑前边,我骑后边。要不我骑前边也行!"

"真那么想骑?"

"嗯!"

齐勇:"天亮,过来!"

赵天亮正端着一盆雪往屋里进,听到齐勇叫他,将盆放廊外地板上,踏下了台阶。

赵天亮:"昨天晚上那么冷,想不到今天早晨太阳这么好,还怪暖和的。"

齐勇:"冷不了几天了。你这位想骑马,而且就现在。"

赵天亮毫无余地:"坚决不许!"

黄伟:"听听,什么口气!有些人的大男子主义是很难改的!"

赵天亮:"你们会把她宠坏的!"

齐勇将赵天亮扯到一旁,小声地:"爱情像小孩儿,有时候是需要宠一宠的,该宠不宠也不对。"

赵天亮:"谬论!"

齐勇:"别忘了,爱神丘比特就是个光屁股小孩儿,人类的神话这么想象爱神肯定是有道理的!"

赵天亮犹豫片刻,走到"乌云"跟前,单膝跪下,朝周萍一摆头。

周萍乐了,跑过去,踏着赵天亮的膝,跨上了马背。

赵天亮也跃上马背,对齐勇说:"把她宠坏了你们负责!"

周萍:"才宠不坏呢!"

齐勇:"陪你们骑一圈!"他也跃上了枣红马。

一黑一红两匹马在黑龙江畔奔驰。

黄伟拿着牙缸,微笑地望着。

"小地包"、"小黄浦"、魏明、杨一凡也站在廊上望着。

杨一凡:"初恋真好啊。"

魏明:"不管发生在什么时代,都好。"

"小地包":"在这个时代,发生在这个地方,好得特别。"

"小黄浦":"说反了吧? 该说'特别好'吧?"

"小地包":"没说反,就是好得特别。"

魏明拍拍"小地包"的肩:"老弟开始成熟了,终于听到你说了一句有点儿水平的话。"

沈力在瞭望台上喊:"老魏,饭做好了没有啊? 我饿了!"

木房子里安安静静的,黄伟坐在桌前写着什么。小鹿卧在铺位上,沈力在画它。窗台上摆着栽在盘中的白菜心,那么绿。玻璃上的霜开始融化,明媚的阳光洒在屋里。水壶在炉上吱吱地冒着热气,屋里看起来很温暖。

黄伟在本子上写道:

  我们七连的两匹马特争气,夜里没在屋里屙也没在屋里尿。大家一致同意,解除班长赵天亮一天职务,给他一项特殊的工作,那就是和周萍去采蘑菇,由齐勇临时代理班长。其他人的任务照常。

我、齐勇和魏明,我们三个哈尔滨老高二的知青,挺喜欢赵天亮这个北京的初二知青。如果不是这样,他这个年龄比我们都小的班长一天也别想当好。而我们逐渐开始喜欢他了,是因为受我们第一任排长张靖严的影响。

张靖严特别尊敬赵天亮的父母和哥哥,尽管他没见过他们。这个时代,正义太宝贵了,张靖严他是对正义肃然起敬。而我们三个尊敬张靖严,不仅因为他比我们高一届,是高三,更因为他是一个使人感到温暖的人。他常对我们三个说,如果我们表达正义的能力实在太渺小,那就尽量像严冬季节的炭盆一样,使靠近我们的人获得一些温暖吧!

我能写些什么,又绝对不能写些什么呢?我知道,连爱情都是被禁止书写的,但是管他们的呢,让那些禁止爱情的人见鬼去吧!美好的爱情就发生在我身边,像我的弟弟妹妹开始恋爱了一样,令我也感到心情愉快,那么我一定要把它记录下来……

第二十五章

白桦林里,赵天亮轻轻将周萍拉入怀中,问:"如果我们住的那房子就是咱们的家,你愿意和我在这里生活一辈子吗?"

周萍轻轻地点点头。

赵天亮:"无怨无悔?"

周萍:"那我们就像生活在童话里了,有什么怨的有什么悔的呢?"

"那就得过牛郎织女起初过的那么一种生活了。"

"那么一种生活不好吗?"

周萍轻轻唱了起来:"你耕田来我织布,你担水来我浇园……"

赵天亮:"他们住的是小泥草房,哪儿有咱们的房子这么大这么结实这么美观!"

周萍:"如果再把齐勇赶来的两匹马和那辆车归了咱们,就美死了!"

赵天亮笑了:"听你这么一说,好像梦想已经成真了!我陪我父亲到陕北去看我哥回来的路上,我父亲让我跟他脱离关系。他是为咱们好,说那样咱们就可以……"

周萍用一只手捂住赵天亮的嘴,摇头道:"不许!如果你真很爱我,如果我们这一辈子也没有条件结婚,那就让我们这么相爱一辈子吧!"

没等周萍说完,赵天亮忽然推开周萍,周萍一转身,见魏明拎着篮子站在不远处。

魏明:"对不起,请继续,我回避!"他摘下帽子,行了一个夸张的绅士礼,转身而去。

周萍和赵天亮都不好意思地相视一笑。赵天亮拉着周萍的手朝相反的方向走。他们来到一片桦树林中的雪地上,手拉着手仰躺下。

赵天亮:"北大荒的冰雪,经常使我想到我哥插队的那个坡底村。"

"为什么?"

"那个陕北的农村,又小,又穷,还缺水,特别特别缺水。那村子里的人,估计从生到死,一辈子洗不了几次痛痛快快的澡。为了省水,淘米水都舍不得倒,澄清了以后洗菜,洗脸。他们很少洗脚,睡前把脚巾弄湿,擦擦脚就算讲究的人了。我哥已经是那个村子的代理支书了,为了解决水的问题,他愁得脾气都变坏了。"

周萍:"那,我们能不能帮他们做点儿什么呢?"

赵天亮一翻身,伏在周萍身上,俯视着她说:"如果你真是仙女多好,那我就命你把北大荒的冰雪转移到坡底村那地方去,他们可以储存在水窖里。"

周萍:"命我?又大男子主义!得求我。"

赵天亮:"对对,说错了,得求你。"

周萍:"可惜我不是什么仙女。如果我真是,才不在乎你大男子主义不大男子主义呢,也不在乎什么玉皇大帝啦、王母娘娘啦会多么严厉地惩罚我,一定就像你希望的那么做。"

赵天亮:"是啊,你又不是仙女。"他又躺倒了下去,"萍萍,你说,一个恋爱中的男人,他如果除了他恋爱着的姑娘,还吻了别的姑娘,是不是就意味着,他对爱情不忠呢?"

周萍像是被什么刺到了似的,一下子坐了起来:"那当然!你吻别的姑娘了?"

赵天亮诚实地："对。已经吻了，再不向你主动坦白，那我更不对了。"

周萍突然一下子站了起来，难以置信地瞪着赵天亮。

赵天亮也站了起来，讷讷地说："她……她还不满十八岁呢。我和她……我也不是……"

周萍没等他说完，猛地转身就走。

赵天亮拽住她："你听我解释嘛！你这就不对了吧，怎么能不给我解释的机会呢？"

周萍将自己的手臂从赵天亮的手里挣脱出来，双手使劲一推，赵天亮脚下被什么绊了一下，摔了个仰巴叉。赵天亮双手捂着头，居然一动不动了。

周萍慌张地坐下，将赵天亮的头放在自己膝上："天亮，天亮你没事儿吧？"

赵天亮闭着双眼说："我初次到坡底村去的时候，她是我见到的第一个坡底村人，叫春梅。她一家对我哥、对我晓兰姐可好了。我在写给你的信中告诉你了，冯晓兰已经是我嫂子了。我春节前去坡底村的时候，有天晚上春梅对我说，已经有人向她家提亲了，说我再见到她的时候，她就是别人家的媳妇了。她说：'天亮哥，趁我还没嫁给别人的时候，亲我一下吧！'当时，我心里好难受，我觉得她似乎不应该小小年纪就成了农妇……"

头枕在周萍膝上的赵天亮睁开了眼睛，他笑了一下，说："不吓唬吓唬你，你不给我解释的机会。现在我解释完了，要打要骂，随你便吧。"

周萍："我要是你，我也吻春梅。"

赵天亮从她的腿上坐了起来："真这么想的？"

周萍微笑着点头。

赵天亮情不自禁地搂抱住周萍，四目相对，两唇将吻之际，周萍竟一转身，咯咯笑个不止。

赵天亮被笑得丈二和尚摸不着头脑，问："笑什么？"

周萍仍笑个不止。

赵天亮:"严肃点儿。"

周萍止住笑:"又想起了我们支书叮嘱我的话。她说,咱俩拉拉手是可以的,搂搂抱抱也情有可原,但是不许咱俩亲吻,还说对于女人,亲吻是危险的。"

赵天亮:"咱俩又不是没亲过,你感觉危险吗?"

周萍:"我喜欢那种感觉。你吻我的时候,我觉得整个世界都变得温暖了,在冬天也像是在春天了……"

赵天亮:"可是,我还真的有种冒险似的感觉。现在,我请求允许我冒险……"

周萍偎入了他的怀抱,两人深深地吻着……

"小地包"站在瞭望台上举着望远镜朝白桦林里望,一旁的"小黄浦"着急地问:"看到没有? 看到没有?"

"小地包"不急不慢地:"看是看到了,有树挡着,看不分明。"

"小黄浦"上来抢夺望远镜:"让我看看!"

"小地包"哪里肯给,他换一个角度边看边说:"你急个什么劲儿! 我还没看到最想看到的呢!"

黄伟:"你俩干什么呢!"

二人往下一看,黄伟站在木房子前边指着他俩,沈力在用雪雕塑动物。

黄伟仰着头问他俩:"望远镜是用来望哪边儿的? 啊?"

"小地包"趴在栏杆上对他们说:"那边没什么情况,这边有好看的!"

"小黄浦":"我俩望到了什么,都会一五一十地告诉你! 没有点儿原汁原味的真实素材,你那小说能写好吗?"

黄伟:"少为我操心! 不许再往林子里望,再望,等你俩下来我修理你们!"黄伟转身走到沈力那儿,欣赏着沈力用雪雕塑成的一头大鹿和一头小鹿。

黄伟问他:"鹿?还是狍子?"

沈力:"看着像什么是什么吧,其实母鹿和母狍子样子差不多。"

"为什么不雕一只东北虎?"

"我不喜欢凶猛的动物。"

这会儿,齐勇和杨一凡也背着枪走过来。

黄伟招呼齐勇:"又巡逻了一番?代理班长当得还挺负责任!"

齐勇卸下肩上的枪:"代理那也得代理好啊。你认为昨天夜里有可能是怎么回事?"

黄伟:"没根没据的,不好猜。自从我们来到这里,那边还是第一次搞出昨天夜里那么大动静。"

"会不会是那边有什么人想投诚过来,结果又被抓回去了?"杨一凡揣测道。

"我只听说过有咱们这边人往那边跑的事儿。是猎人追一只受伤的狐狸,一犯糊涂追过去了,成了那边的俘虏,被那边移交过来,又成了这边的'特嫌'……"

魏明背着小山般的一大捆草走回来,放下草对齐勇说:"今天夜里不会太冷,别让马进屋了。我这割的可一多半是乌拉草,两匹马卧上边,为它们盖上麻袋,冻不着。再让马进屋,我怕把炉子给踢翻了。"

齐勇:"辛苦你,听你的。"

杨一凡:"北京有消息说,大学还是要招生的。"

沈力:"百里挑一,轮不到咱们啊。"

"那可不一定。要是中央美术学院又招生了,我就动员咱们一班都推荐你。学艺术专业,总得推荐有艺术细胞的人吧?"

"谢了。不过我不指望那种好命运能降临我头上,能使自己的人生多一种情趣,也挺好。"沈力退后几步,看看自己的成果,对杨一凡说,"给命个名。"

杨一凡:"母与子。"

齐勇和黄伟也走了过来。

齐勇欣赏着雪塑:"你怎么能说那小狍子肯定是公的?"

黄伟:"母爱吧。"

沈力:"太一般。"

"就叫'偎'吧。"

众人循声回头,见赵天亮和周萍站在身后了。周萍笑着说:"'依偎'的'偎'。"

众人纷纷赞赏地点头。

齐勇:"什么叫秀外慧中?咱们周萍就是!"

周萍:"想怎么夸就怎么夸吧,我经夸!"她说罢,便跑进木房子去了。

赵天亮:"大家真不能这样!又夸她,又宠她,给我造成多大压力啊!"

大家都笑了。

晚上,沈力和杨一凡在巡逻。沈力忽然有所发现,指着江对岸说:"看那儿!"

杨一凡顺着他手指的方向看去,见几名苏联士兵的身影和一匹马拉的小型爬犁向冰封的江中心地带而来。

杨一凡咕哝:"那边又搞什么名堂?"

沈力:"快趴下,别让他们发现咱俩!"他说着,拉着杨一凡迅速卧倒,作出射击准备。

几名苏联士兵的身影返回江那边去了,马拉着爬犁沿江心地带行进。

沈力看清了对方的状况:"上边只有一个人,拉着些东西。"

杨一凡:"看样子是想找段江面窄的地方过来。"

他俩爬起来,猫着腰,隐蔽在几丛灌木后。那匹马果然拉着爬犁越过了江中心地带,坐在爬犁上的人连连挥鞭,马奔驰起来。

而这时,赵天亮、周萍、齐勇、魏明、"小地包"和"小黄浦"正坐在木房子里听黄伟讲故事。

黄伟娓娓道来地:"这是一个苏联故事。可以肯定地说,在咱们中国,知道这个故事的人少而又少,大概不超过三五人,我是其中一人。我家旁边的院子里,有一户收破烂儿的。'文革'一开始,他可发了。每天成车成车地往回拉书、报、刊、大学教授们的讲义、出版社没来得及出版的校样,等等吧。有天我从那样一些纸堆里翻到了一篇译稿,没有题目,第一句话就是——这是一个真实的故事……"

齐勇:"你刚才那些话就算引子,再别啰唆了啊,言归正传吧!"

黄伟:"好,言归正传。话说德国进攻苏联之前的某天晚上,一位画家乘地铁回家,坐在他对面的一位中年男人,膝上放着一架鸟笼子,笼子里是一只漂亮的鹦鹉。二人一聊,对方是一位乐团指挥。指挥说鹦鹉是自己刚买的,扯一下鹦鹉左脚的链子,它用俄语说'先生您好',扯一下它右脚的链子,它用法语说'女士您好'。这时到了一站,指挥拎着笼子下车了。画家忽然想问,如果同时扯两条链子,那鹦鹉会说什么呢? 这个想法折磨得他一晚上没睡好。他希望再碰到那指挥,能获得一种答案。可再也没碰上。对答案的渴望,就更加折磨他了。不久战争爆发了,在战壕里,画家意外地见到了指挥家。国家兴亡,匹夫有责,这话在人家那边,当年也是爱国原则,大学教授也罢,艺术家也罢,能作战的,几乎都上前线了。二人互通姓名之后,画家赶紧问指挥家那个把自己折磨得好苦的问题。可紧接着炮声不停,苏军这边吹起了冲锋号……"

门突然开了,沈力走进门来闪在一旁。接着,杨一凡将一个穿皮袄、戴皮帽子的人推了进来。

沈力:"进去!"

众人立刻全都站了起来。

沈力对赵天亮说:"报告班长,我们巡逻的时候,发现这家伙坐在爬犁上,赶着一匹马从江那边过来了,被我们给逮了个正着。"

"嗯!"赵天亮上下打量那"俘虏"。

"俘虏":"误会,误会,我不是……"

杨一凡:"你敢说你不是从江那边过来的?!"

"我是从江那边过来的不假,可难道你们看不出来我也是中国人吗?"

沈力:"正因为你也是中国人,所以你的问题严重啦!比你是苏联人还严重!"

赵天亮:"马和爬犁呢?"

沈力向门口一指:"就在门外!"

赵天亮走到了外边,众人推搡着"俘虏"也来到了外边。

拉爬犁的马显然又累又饥又渴,在舔沈力的雪塑。

沈力:"我的作品!"他想冲下台阶,被赵天亮阻拦住了。

赵天亮问"俘虏":"爬犁上是什么?"

"俘虏":"我是红星公社的电影放映员,爬犁上是电影片子、放映机和一台小型发电机……"

赵天亮:"你把马卸下来,把爬犁拉林子里去!"

"首长,您听我解释……"

赵天亮厉声道:"快去!"

"俘虏"刚下一级台阶,魏明开口道:"等等!"

魏明对赵天亮耳语:"马肚子里也可能吃进去了定时炸弹啊,得连马一块儿赶到林子里去,离咱们这房子越远越好。"

赵天亮:"连马一块儿赶林子里去!你们都不许离开这儿,我一个人跟着就行。"

赵天亮把马和爬犁送进了白桦林,又回到了木房子里。他坐在桌子后边,杨一凡坐他旁边,手里握着笔,准备记录。"俘虏"坐在赵天亮和杨一凡对面。其他人或坐炕沿边,或靠墙、靠柱子站着。

"小黄浦"持枪守卫在门口。

"俘虏"似乎还来了倔劲儿,梗着脖子说:"给我支烟我就说实话,要不什么都不说!"

赵天亮朝齐勇示意,齐勇给了"俘虏"一支烟,还替他划着了火柴。

"俘虏"吸一口烟后,倔强地说:"我过去了,那也不能怪我,以前那边我过去多少趟了,早就不稀罕过去了。"

大家互相交换意味深长的眼色。

杨一凡:"好吧,那你就从以前说起。"

"俘虏":"以前……那时候他们不是老大哥嘛!他们那边搞什么庆祝活动,都派船派车过来拉咱们这边的大姑娘小伙子到他们那边去,和他们一块儿唱歌、跳舞。以前我是村里的团支部书记,组织大家过去是我的工作,公社、县里还发给过我奖状……"

赵天亮:"不用说以前的事儿了,直接说这一次。为什么过去,怎么过去的? 过去又见到了些什么人,做了些什么事? "

"俘虏":"这次……嗨,这次都怪那匹马! 都说老马识途,谁承想这话也没谱呀! 那匹马可把我害惨了,这下我完了,放映员肯定是当不成了,还不知道要隔离审查多久。"说着,那"俘虏"竟呜呜地哭了。

赵天亮:"别哭! 哭是没用的! 坦白从宽,抗拒从严,老老实实回答问题才是可取的态度!"

放映员:"好,好,我说,我说……"

原来是这么回事——

"俘虏"电影放映员在某村被几名村干部轮番劝酒,于是便多喝了几杯。出来之后,放映员坐爬犁上,搂抱着拷贝箱昏昏而睡,不知不觉就过了江心。

苏军瞭望台上,一名士兵通过红外望远镜,发现马拉着爬犁越过了江面中心线,发出禁止的喊声。老马自然并没拉着爬犁拐回去。苏联士兵朝天鸣枪示警。老马还是没有什么反应。苏联士兵朝马和爬犁射击,子弹打在冰上,溅起冰雪之屑。马受了惊,朝苏军哨所狂奔而去。

马被苏军拦住了,放映员被拖下爬犁,按在雪地上。他醉醺醺地:"别……别闹……"

两名苏联士兵将影片盒拖远,怀疑里边是炸弹,小心翼翼地用什么仪器测查。

一个片盒开了,片轮掉出,两名士兵吓坏了,往前跑,卧倒在地,双手抱头。苏军哨所里,放映员被审问,他头朝后仰,醉劲还没过去。审他的军官走到他跟前,低头看他。他忽然吐了对方一身;对方嫌恶之极,扇了他一耳光。

他酒终于醒了一些,见面前是苏联军官,奇怪地问:"这他妈是哪儿? 我怎么在这儿?!"

他要往起站,背后两名士兵,一人一只手按着他双肩,使他又坐了下去。

放映员大声说:"我抗议! 中国人不是好惹的! 我强烈抗议!"结果他就又挨了一耳光。

赵天亮问那放映员:"他们都审问了你些什么?"

放映员想了想,说道:"问你们兵团总共有多少人。这我哪儿知道! 我连你们一团总共多少人都不知道! 全兵团一共多少人?"

杨一凡一拍桌子:"不许反问! 只许回答!"

"还审问了你些什么?"

"问是不是所有兵团的人都发枪,什么枪。咱一想,这是军事秘密呀,别说我不清楚,就是清楚也不能告诉他们呀! 所以我就说,你们兵团有自己的放映队,我没给你们放过电影,没到过你们任何一个连队,对你们的情况一点儿不了解。我这么回答没犯什么错误吧?"

"接着说。"

"他们又问你们兵团的人都挣多少钱,我说一般战士每月一百多元,干部三百元五百元不等……"

"小黄浦"向他跨近一步,生气地说:"胡说!毛主席才三百多元的工资,我们团长每月的工资还不到一百元!我们的工资才四十多元!"

放映员:"毛主席……每月才那么点儿工资?你们每月挣四十多元还少啊?烧包!我们农民,辛辛苦苦干一天,满分才几毛钱!"

"小地包"喝止道:"住口!现在你已经没资格对我们进行再教育了!"

赵天亮一竖手掌,"小黄浦"和"小地包"气呼呼地退回原处去了。

放映员嘟哝:"我不是成心把咱们这边的工资说得高一点儿,生活说得好一点儿嘛。他们修了,咱们可还是社会主义,要不怎么能显出社会主义比修正主义好来呢?"

赵天亮:"还有要说的吗?"

放映员似乎说得来了情绪:"有!当然有!这才刚开个头儿。再给支烟行不?那边昨天审了我一夜,今天又给他们放了一场电影,现在你们又审我,我困死了,得用烟顶一下。"

齐勇又给他一支烟,仍替他划火柴点烟。

放映员接过烟:"谢谢,谢谢。简单地说吧。他们又问咱们这边土豆多少钱一斤,洋柿子多少钱一斤,能不能经常喝到牛奶吃到肉。我说咱们这边,家家都有窖,一到秋天,谁家不土豆堆满窖啊!就是洋柿子少,夏季短,长不好嘛。说咱们这边,天天吃土豆烧牛肉,那都吃腻歪了。总而言之,后来他们说,为了进一步证明我千真万确是放映员,那我得给他们放一场电影。"

杨一凡:"打住!什么电影?"

放映员:"《列宁在十月》呗!这不是咱们这边最受欢迎的片子吗?人们百看不厌啊!"

杨一凡小声对赵天亮说:"班长,他也得给咱们放一场电影,要不咱们也没法儿证明他千真万确是放映员啊,是吧?"

不待赵天亮表示出什么态度,"小黄浦"和"小地包"同声道:"对!"

黄伟向赵天亮做手势,赵天亮起身跟黄伟走了出去。

门外,赵天亮跟黄伟走到了门廊尽头。

黄伟问赵天亮:"你怎么看?"

"我看就是他说的那么回事儿。"

"周萍刚才小声告诉我,她回忆了半天终于回忆起来了,她在山东屯她们那女支书家里见过这人,这人管她们支书叫表姐,是亲表弟和表姐的关系。"

"既然是这样,咱们今晚也叫他放《列宁在十月》给咱们看,明天一早把他移交到边防站去。"

"我看甭浪费大家情绪了,审不成个特务间谍的,他长的那样就不够资格!"

赵天亮转身进屋,对放映员说:"为了证明你的确是放映员,给我们放《列宁在十月》,其他事明天再说。"

放映员有些纳闷:"你们还想看啊!那片子就是从你们团借来的!"

"小黄浦"反驳道:"胡说!我们不是为了看电影,是本着对你政治上负责的态度进一步取证!"

放映员:"好好好,放吧放吧。我可有言在先,那小发电机有毛病了!"他捂嘴打了个大哈欠。

魏明对他说:"出了故障不关你的事儿,我们这儿有能人,小小不然的毛病有人修!"

不知谁的被子被当成了电影屏幕,白被里朝外,绳子拴着两角,挂在了一面木墙上。白色的被里上,列宁在说:"这样的书只能垫脚!"

大家发出笑声。

门外,发电机隆隆地响着。

放映员发牢骚:"就你们几个人看,你们说我放得有劲儿吗?今天白天给他们那边放时,人家是有军有民,三百多人,都以为能白看场中国电影,一打出他们莫斯科电影制片厂的厂标,那叫一个失望。咱们翻成中国话了,人家还听不懂了。找了个会中国话的现场翻译,又被跺脚声吹哨声赶跑了。放完后,都冲我跷大拇指说'喝啦哨',人家都服气咱们这边译音译得好……"

"小地包"烦躁地:"闭嘴!再人家人家的,用抹布把你嘴堵上!"

由于放映灯光线不足,影像模糊,然而大家看得都挺专注。

齐勇却守在炉旁,看着一盆雪渐渐化成水。他用手指试了试水温,端着盆走到了外边。他端着盆踏下台阶,让放映员那匹拉爬犁的马饮水。

看着马饮水,齐勇同情地:"看你瘦得,不知是哪个王八蛋负责喂你的。刚才你也吃了些上等好料了,这会儿再喝点儿温水吧。"

木房子里的临时电影屏幕上,瓦西里搂抱着妻子,安慰道:"面包会有的,牛奶也会有的,一切都会有的……"

周萍:"我喜欢瓦西里,做他妻子的女人是幸福的女人。"

坐在他旁边的赵天亮也用一只手臂搂住了她,望着"银幕",嘴唇吻她头发。

门外,齐勇将放映员那匹马牵到了拴自己那两匹马的地方,拴好后,拍着马脖子说:"你们都是马,所以我得一样对待。这儿避风,地上又有草,累了可以卧一会儿。"

齐勇端着空盆进屋时,"银幕"上捷尔任斯基正在审副卫队长。

"小黄浦"指着屏幕大声说:"我从骨头里就感到他是敌人!"

杨一凡也大声地:"骨头里?你从什么时候开始用骨头思想了?判断一个人究竟是不是敌人,要用头脑!"

而放映员却在靠着柱子打鼾。齐勇听在耳中,看在眼里,不禁无声一笑。

小房子外,三匹马在发电机的响声中安详地吃着草料。

在那一片寂静中,天明了,又一天开始了。红星公社那一匹马已经和爬犁套在一起了。包括放映员在内,所有的人都站在爬犁周围。

放映员大喊大叫:"我给他们那边放了一场电影,连他们那边都相信我是放映员,不把我移交给边防站!我白给你们放一场电影了?你们就不能让我自己回去吗?!"

赵天亮不动声色地:"不是不相信你是放映员,是不能不按纪律要求去做。"他对沈力和杨一凡说,"把他弄到爬犁上。"

沈力和杨一凡一左一右拽着放映员两条胳膊,往爬犁那儿拖他。

放映员挣开手,哀求周萍:"姑娘,好姑娘,你说你见过我的是吧?你知道梁喜喜是我表姐是吧?你替我求求情,一把我押到边防站,那就非我们公社派人往回领我不可了!我的事儿一由公社来处理,那我麻烦大了去了!"

周萍见他可怜,便向赵天亮央求:"天亮……"

赵天亮恼火地:"没你什么事儿!"

周萍愣了愣,一转身冲上台阶,进入房子,戴上狗皮帽子,抓起自己的棉手套,立刻又走了出来。

放映员紧抱着木房子的廊柱不放,沈力和杨一凡站在他一左一右,不知如何是好。

周萍同情地看放映员一眼,冲下台阶,大步走到赵天亮跟前,瞪着他说:"我再说一遍,他没什么可怀疑的!"她说完,转身就走。

赵天亮喝住她:"你给我站住!如果你走,再也不要来了!"

周萍又一步步走回到赵天亮跟前,一字一句地说:"赵天亮,我的确是爱你的,但绝不是离开了你就没法活!"

她猛转身跑了。赵天亮望着她背影,张一下嘴说不出话。

沈力对杨一凡小声说:"早知如此,咱俩昨晚不逮他了。"

杨一凡:"不是以为可算抓了个特务,能立一大功嘛。"

齐勇对魏明使了个眼色,魏明向周萍追去。

"小地包":"班长,我从骨头里觉得……"

赵天亮正气不打一处来:"我揍你!"

"小地包"吓得往后一退。

赵天亮发泄地:"那你们说我该怎么办?我是班长!日后追究起来,罪名都会落在我一个人身上,你们都他妈是站着说话不嫌腰疼!"

黄伟走到了齐勇跟前,低声说:"咱俩谁跟他说几句?"

齐勇反问:"如果需要你担一份责任,你敢不?"

"我已经有了一个想法,都不会担什么责任。"

齐勇:"那我去跟他说,谁叫我面子最大呢。"

赵天亮正望着放映员生气,齐勇的手拍在他肩上,示意赵天亮跟他往白桦林那边走。

白桦林里,齐勇递给赵天亮一支烟。

二人都吸烟时,齐勇对赵天亮说:"天亮,我很少嫉妒谁,但是我得承认,我嫉妒你。"

赵天亮不解地看他。

齐勇:"周萍好啊。她是个还能凭自己感性活着的人,而我们都快变成了仅仅凭理性活着的人。我不是说理性不好,但我们头脑中的理性不是我们自己的,是别人塞入我们头脑里的。"

赵天亮:"别绕弯子,我听不明白。你直截了当地说,如果你是我,会怎么做?"

齐勇:"放人家走啊。'从骨头里觉得',其实这种说法并不那么可笑。有时候,我们对有些人,有些事,不但心里明镜似的,就是连我们的骨头似乎都在告诉我们——就是那么回事!那我们为什么不但要违背我们的心,还要扭曲我们的骨头呢?"

"我不是为我自己才那么决定。我怕我做错了,拖累了咱们一班全体!"

"这我猜到了。别人不了解你,我还不了解你?但你反过来想想没有?那放映员的表姐是山东屯的支书,连咱们团长和山东屯的支书也有亲戚关系。如果他们公社的造反派小题大做,借着他这件事儿整人;如果他再是个经不住一整的人,胡乱咬,那会牵连多少人?就咱们一个团,一搞'挖特嫌',不是一个咬几个,咬出了一百多号人吗?最后一落实,哪个都不是!眼前这事儿,像你那么办,是一种做法;可就没有另外的做法了吗?"

赵天亮吸着烟,沉思着。

木房子外,齐勇和放映员站在台阶上。放映员哭着,用力擤了一把鼻涕,要往台阶扶手上抹。

齐勇:"啧啧,太不文明了吧?"

放映员将鼻涕抹在了自己鞋底儿上,对齐勇说:"要不你装没看见,我赶马就逃?"

齐勇:"你让他们多难办啊,再耐心等会儿。"

木房子里,大家一个个神情肃穆,桌子中央放着些纸片。

黄伟对大家说:"大家都应该记得,在这里,咱们开第一次班务会时,班长保证过,以后凡重要的事要和大家商议,做决定要民主。今天这件事,咱们采取的就是民主表决的方式。班长,你来看结果吧!"

周萍抱着小鹿,坐在铺位上望着他们。

赵天亮一张张翻看纸片,像翻看扣着的扑克牌,最后宣布:"一票弃权,六票主张让他走。"

"小黄浦":"弃权那一票是我的。有些事,说简单也简单,说复杂也复杂,我搞不大清楚,只好弃权。"

黄伟起身走到了外边,齐勇和放映员立刻站起。

黄伟:"记住,如果有人问起你昨天夜里的事,你就说喝醉了,迷路了,碰到我们巡逻的人,在我们这儿过了一夜。走吧。"

放映员刚要往台阶下冲,又被齐勇拽住:"你那匹马喂养得太不好了,我给它上等草料它都不怎么爱吃,可能肚子里有虫。你要找兽医为它治治病。"

放映员挣脱手,冲下台阶,坐上爬犁,一抖缰绳,随着一声"驾",爬犁渐渐远去。

齐勇和黄伟目送着爬犁拐弯消失。

黄伟:"我连边防日记都替天亮想好了——前夜对岸有不明情况骚乱。昨日红星公社一放映员迷路,宿我哨所,为我班友好放映《列宁在十月》,今晨由我班指点离去。此外无明显异常情况。"

齐勇:"我觉得,你想当作家的想法,也许有门儿。"

天又黑了,木房子里气氛有些沉闷。"小黄浦"在铺被窝,预备躺下。周萍抱着小鹿,坐在赵天亮的单人铺位上闷闷不乐地发呆。黄伟在看边防日记。

"小地包"从外边端入半盆雪,直接用壶里的热水一浇。雪化成水,他用手指试了试,将盆放在周萍脚旁。"小地包"对她笑了笑:"洗脚。"

周萍:"不想洗了。"

"小地包":"天亮让我照顾你洗脚。你要是耍小姐脾气,那还真证明我们把你宠坏了。""小地包"又对黄伟说,"哎,你昨晚那故事可没讲完啊!"

黄伟:"没人想听了呀。"

周萍:"我想听。"

"小黄浦":"我也想听。"

黄伟放下边防日记,掏出了烟。"小地包"夺去火柴,替他划着。

黄伟吸一口烟,娓娓道来:"那一次战斗结束以后,指挥受了重伤,被送到了后方的军医院,从此画家再没见到过他。等二战也结束了,画家便又脱下军装,再当他的画家。有次他为乐团画演出海报,从演出名单上发现了指挥的名字,但框在黑框中。原来那指挥伤好后又上前线了,壮烈牺牲,成了英雄。那是乐团为纪念他搞的一次专场演出。画家去听了那场音乐会,他想从此他应该忘记关于那只鹦鹉的好奇心了,却还是忘不掉。他晚年时,移居到了一个小城。某次逛街,发现一家鸟店的窗后,挂着那只他梦到过多次的笼子。他进去问开鸟店的老头,笼子里关的是不是一只会用俄、法两种语言说话的鹦鹉,老头说正是。他立刻将手指伸入笼子,同时扯两条链子,鹦鹉在笼子里乱扑一阵,重新在站棍上站定,理理羽毛,用英语说:'友好待我,和平万岁'。那画家听了,顿时泪如泉涌……"

一阵安静。

只有周萍的脚,在盆中弄出轻微的水声。

"瞎编!""小黄浦"一转身,打个大哈欠,蒙头睡了。

周萍回味着故事,赞叹地:"我喜欢听这样的故事。黄伟,你以后如果真当了作家,多写这样的故事吧。"

"小地包"问黄伟:"你的小说,究竟打算怎么写呢?"

黄伟:"我相信,每个人的内心里都有一种夙愿,那就是希望在自己的一生中,起码有机会做一次特别善良的、值得别人感动一下的事,就像我们经常希望住得好一点,吃得好一点儿,穿得好一点,别人都对我们很友好那样。我想告诉以后的人,我们原本便是那样的……"

第二天傍晚,齐勇和周萍已坐在马车上,赵天亮和其他知青在送他俩。

赵天亮想为周萍系上狗皮帽子,周萍将头一扭。

齐勇一抖鞭子,大喊一声:"驾!"

二马齐奔,马车离去。赵天亮怅然若失地望着。

沈力追马车,喊:"要是同时扯两条链子,鹦鹉说什么?"

齐勇头也不回地说道:"问黄伟!"

马车远去。

转眼夏天到了。不再冰封的黑龙江江水滔滔。白桦林看去更迷人了。木房子前那片平地的两边,一边生长着金灿灿的向日葵,一边开着五彩缤纷的扫帚梅。而它的窗子,擦得明明亮亮的,并被喇叭花围绕着。

木房子里,内务整洁,沈力和杨一凡坐在桌子那儿下棋。棋子挺大,棋盘是可以折叠成盒的那一种。小鹿长大了,项系铃铛,卧在沈力脚旁。

屋里摆放着许多用桦树皮做成的形状不同的花盆,其中栽着这样那样的花。

黄伟站在瞭望台上,伏在瞭望台的栏杆上,若有所思地望着黑龙江。望了一会儿,他回到屋里,拿起笔写起日记来:

> 周萍已经很久没来过了,她说她们山东屯那位女支书对她的要求更严格了。全班谁都看得出来,赵天亮特别想她。团长却在张靖严的陪同下前来视察了一次,认真地看了我的边防日记,表扬了我们,奖给了我们一副象棋和一副扑克,还特别奖给了沈力一盒油画色彩。张靖严说,奖品是团长用自己的钱买的。我和魏明都认为,团长他是知道了放映员那一件事的。那么,他的视察,便肯定带有几分个人感激的色彩了,只是他不便说出口而已。团长走后不久,边防部队给我们送来了一艘机动巡逻艇,据说是团长代表团里亲自打报告要求的……

黑龙江开江时分,冰排互撞。

吉普车开到木房子前停住,团长和张靖严一左一右下了车。正在门前清雪的赵天亮放下手里的活儿,向团长敬礼,与张靖严拥抱。

赵天亮陪团长和张靖严进入木房子,团长看见小鹿,问什么赵天亮答什么。团长蹲下,摸摸小鹿。团长起身时,睡着的杨一凡坐了起来,赵天亮介绍杨一凡,团长主动与杨一凡握手。

赵天亮将边防日记呈递给团长,团长坐下认真看。赵天亮和杨一凡交换不安的眼神。他俩将不安的目光望向张靖严,张靖严却向他俩欣然地笑着。

吉普车开在黑龙江边,遇到"小地包"和"小黄浦"。团长、张靖严、赵天亮下了车。"小地包"和"小黄浦"向团长敬礼。团长还礼,之后与他们二人握手。五人都望着江对岸,赵天亮在向他们汇报工作。

沈力和杨一凡从房子里跑出来。

沈力对黄伟说:"老黄,快用望远镜望望江上,我俩从窗口看去好像有情况!"

黄伟立刻举起了望远镜。望远镜中看过去,江中心一只插着五星红旗的小艇,与一条苏联小渔船并靠在一起。小艇上是赵天亮和魏明,对方的小渔船上是四个苏联女人,有的二十来岁,有的三十几岁。赵天亮、魏明和那四个苏联女人的衣服全都湿淋淋的,双方互相指手画脚地嚷嚷。

插有苏联国旗的一艘大许多的巡逻艇快速开来,绕着双方的船转一圈又转一圈,接着将我方小艇夹在中间。

赵天亮拎着一把斧头跃到了对方的小渔船上,挥斧一下下猛砍着什么。四个苏联女人躲闪着。

黄伟放下望远镜,大惊失色地说:"不好了,出大事了! 天亮和那边动斧头了!"

沈力和杨一凡一听,拔腿就往江边跑。黄伟也赶紧从瞭望台上下来,没踩稳,摔在地上。他挣扎着爬起来,一瘸一拐地往江边跑去。

第二十六章

沈力、杨一凡在前，黄伟在后，三人往江边跑去。江上，小艇已向岸边驶来。待沈力、杨一凡跑到江边，小艇已靠岸。赵天亮和魏明坐在艇上，优哉游哉地吸烟。

沈力："发生了什么事？"

魏明得意地一指船舱："自己过来看。"

杨一凡走到小艇前，看一眼立即后退："那是什么？"

赵天亮："鱼啊。"

沈力也吃惊地："半条鱼那么大？鲨鱼？！"

魏明："江里哪有什么鲨鱼，是鳇鱼。"

沈力和杨一凡显然第一次听说"鳇鱼"二字，大开眼界地对视。沈力不由得啧啧称奇："我看，起码二百多斤！"

杨一凡："半条鱼比一头大肥猪还大！"

黄伟一瘸一拐地也跑到了，急切地问赵天亮和魏明："是误会还是成心欺负咱们，你俩受伤没有？"

赵天亮："伤是都受了一点，不过太值了。"

魏明："不是误会，谁也没向谁挑衅，双方来了次齐心协力的合作！"

沈力将黄伟推进小艇，黄伟朝艇看一眼，乐得合不拢嘴，摩拳擦掌地："难怪在望远镜中望见天亮动斧子。谁也别跟我争啊，今晚我上灶，今晚那一定得我亲自上灶！做鱼老魏不行，今晚你们就瞧我的好吧！"

大家都笑了。

木房子里，一班全体知青都在，人人捧着一只大号碗，人人一满碗大块儿鱼肉，人人随处而坐，吃得聚精会神，大快朵颐。

"小地包"盘腿坐在炕上，放下空空如也的碗，摸着肚子说："不吃了不吃了，谁再给我盛到跟前我也不吃了！从没这么一大碗一大碗地吃过鱼肉！"说完，像是吃得累坏了，四仰八叉地往炕上一倒。

"小黄浦"："哎，我有个问题。大黄鱼小黄鱼，我们上海人以前那是没少吃的，可我们吃的那种黄鱼，再大也大不过一尺多长，今天咱们吃的是不是黄鱼精啊？"

黄伟："你们上海人吃的那叫什么黄鱼？那是'黄颜色'的'黄'，跟我的姓是一个字。咱们吃的这种鳇鱼，是一个'鱼'字旁边加一个'皇帝'的'皇'！"

杨一凡："这么说咱们把黑龙江里的鱼皇帝给吃了？"

魏明："你小子恐怕这辈子也没那么大的福！咱们吃的只能算是皇太子。"他又对"小黄浦"说，"至于你们上海人吃的那种大黄鱼，与这种鳇鱼比起来，那就只能算是鱼苗。"他放下碗，摆出权威的架势，"据本人所知，这种鳇鱼，只存在于黑龙江入海口处那一片海域，而且一向生活在深水区，胎生，一生几十年最多只生几次小鱼，一次又最多只生两条。大的能长到一千多斤。近百年里，从黑龙江只捕到过八九百斤重的大鳇鱼。它游到黑龙江里，常常是由于方向感出了问题，所谓误入歧途……"

沈力："大家光顾了忙活这顿鳇鱼宴了，都忘了问了——你们怎么和那边分起鱼来了？"

黄伟："对对对，都忘了这岔儿了。到底怎么回事？"

魏明："天亮，我撑着了，你说。"

赵天亮:"也是赶巧了。我俩驾着咱们那小艇,正在咱们这边儿巡驶,就见他们那边儿的小渔船扭起秧歌来,眼瞧着就要翻。又看见船后边拖着网,有什么大家伙在网里折腾。我们俩本不想管的,因为一管就越过了江界呀,可小船上那几个苏联姑娘,朝我们挥手,朝我们喊叫。我听不懂俄语,老魏听明白了,说是她们在朝我俩求救。"

魏明:"不都是苏联大姑娘啊,还有苏联小媳妇!"

赵天亮:"这我可没顾上分辨。我一想,不管两国怎么着了,那也毕竟是几个女人在向咱们求救呀,但凡是个男人,决不能听而不闻视而不见啊。所以我就把咱们的小艇靠过去了。这么一来,她们的小船儿不就翻不了啦。老魏来了莽劲,跳上她们的小船,夺过一支桨就拍鱼。拍断了一支桨,用第二支桨才把鱼拍昏,拖进了她们的小船里。鱼太大,又太沉,小船要进水,老魏就让她们都上到了咱们的小艇上……"

黄伟:"不用讲了,我一听就明白了——她们的渔网缠住了咱们的螺旋桨,船和艇一时半会儿分不开了,对不?"

魏明:"真聪明。"

黄伟自鸣得意地:"没点儿起码的想象力,那也不敢开始写小说。何况听来听去也没什么悬念。我讲的那个关于鹦鹉的故事,那才叫有悬念!"

魏明用白眼看看他说:"不过你是自作聪明!估计你写出来的小说也好不到哪儿去。"

黄伟:"再说一遍!"说着便伸手拧魏明耳朵。

赵天亮:"别闹行不行?既然要求我讲,那就得安安静静听我讲完,否则我不讲了。"

于是黄伟和魏明安静下来。

赵天亮:"老黄,根本不是你说的那样。她们的渔网并没缠住咱们小艇的螺旋桨。等危险情况过去了以后,她们都不下咱们的小艇了……"

"小地包":"耍赖?想讹你俩?"

"小黄浦"："你俩……没对人家大姑娘小媳妇们,有什么无礼的举动吧?"

"什么话!天亮和老魏,他俩是那种人吗?"沈力不平道。

杨一凡:"听班长自己交代,听班长自己交代!"

赵天亮挥拳威胁了杨一凡一下:"老魏告诉我,人家主动提出,要分半条鱼给咱们。我一想,咱们做的是完全应该做的,末了分人家半条鱼,那咱们中国人助人为乐的形象不就被半条鱼抵消了嘛,好像咱们帮人家一下,动机就是冲着能分半条鱼似的,所以我就没同意。人家还真心诚。我不同意,人家就不下船。都不下船,我俩也不能把人家几个大姑娘小媳妇给载过来呀!正让老魏翻译过来翻译过去的,人家的巡逻艇开了过来。倒多亏老魏把工具箱放船上了,我一急,拎着斧头跳她们小船上,把那条鱼剁成了两段。没想到那条鱼只昏没死,尾巴扫了我腿一下,红印子到现在没消下去。"

"小地包"："干吗不要后半段?后半段肉才多呢!"

"小黄浦"："前半段也行,鱼头营养更丰富!"

魏明:"人家倒是挺大方,随咱们挑。"

赵天亮:"我也知道后半段肉多,可人家挺大方,咱们也不能太贪啊!……"

黄伟起身离开,走到窗前,推开窗,坐在窗台上,望着江对岸出神。大家的目光便落在他身上。

江对岸传来教堂的钟声。

魏明自言自语:"我对那边的钟声,已经比较习惯了。"

杨一凡问黄伟:"老黄,想什么呢?"

黄伟:"想点事而已。"他扭头朝赵天亮望去,见魏明向赵天亮们讲了一句什么笑话,大家都开怀大笑。赵天亮自然也笑了,但笑得有几分勉强。

黄伟临窗写起日记来:

除了天亮,我们几个过得倒都挺快活,因为有鱼肉可吃了。我们还让齐勇往连队带回了一些鱼肉干,给二班的知青们分享分享。对了,在那段快活的日子里,连队暴出了一个大新闻——齐勇居然也闹起恋爱来了,而且他的恋爱对象竟是"小地包"的姐姐孙曼玲。这一新闻,是沈力从连队带回来的……

秋季的树林里,地上也铺满了金灿灿的黄叶,置身林中的孙曼玲,像是在一种色彩华丽的童话境界里。她分明在期待着谁。齐勇向她跑来,距她几步远时站住,胸脯由于激动而起伏。孙曼玲幸福而又有点害羞地向他微笑。齐勇几步跨到她跟前,一把将她拉入怀中,不管不顾地便开始热吻她。闭着双眼的孙曼玲,情不自禁地用双臂揽住齐勇脖子。

正在这时,突然有一个黑影自空而降——是《天鹅湖》中邪恶的披黑斗篷的猫头鹰……

七连女一班的宿舍里,孙曼玲发出一声惊叫,从梦中醒来,猛地坐起。睡在她左右的哈尔滨女知青高洁和北京女知青汤洋洋也醒了。

高洁:"班长,怎么了?"

孙曼玲:"我明白了……"

汤洋洋:"班长,做噩梦了吧?"

孙曼玲躺下,自言自语:"不止一次做同一种梦了。我终于明白了……"

都欠起身来的高洁和汤洋洋,隔着孙曼玲,相互狐疑地看着,不明白她指的是什么。

方婉之在猪舍前面喂猪,孙曼玲走到她身边:"排长……"

方婉之转身见是孙曼玲,奇怪地看着她:"今天休息,怎么不在宿舍睡懒觉?我去过你们宿舍一趟了,她们还都在睡懒觉,唯独你的被褥叠起来了。"

孙曼玲:"我到河边洗衣服去了,后来又到您家去找您,别人说您来这儿了,我就也来了……"

方婉之一边喂猪,一边说:"耿大爷闹情绪了,说喂不好猪,还想回马号去喂马,所以我临时来替替他。有事儿?"

"也没什么大不了的事儿,就是想跟您聊聊。"

方婉之在围裙上擦擦手:"好啊! 我正要到地里拉一车猪菜回来,跟我一块儿去吧。"

孙曼玲点头。

老牛拉着的车行在从连队到菜地的一条路上,秋季中午的阳光很明媚。方婉之和孙曼玲坐在车板前的左右角。

孙曼玲:"排长,我想跟您说的是一个秘密。"

方婉之:"哦? 什么样的秘密呢?"

"关于我自己的……当然,也关系到另一个人。除了您,我不会再告诉第二个人。"

方婉之想了想,看着她问:"你已经考虑再三,认为告诉我是特别必要的吗?"

孙曼玲也转脸看她,点头。

"不会后悔?"

孙曼玲摇头。

"需要我严格保密的那一种秘密?"

孙曼玲点头。

方婉之:"小孙,我可有言在先啊,我是你排长,又是党员,还是连党支部的支委,如果你告诉我的秘密和我对你们知青的责任相冲突,恐怕我还不能像你希望的那样严格保密。该向党支部汇报的话,我肯定是要汇报的。"

孙曼玲:"不是那种你非向支部汇报不可的秘密。"

"那么,我向你保证,决不对另外任何人说。"

方婉之："排长,我现在,开始有点儿瞧不起我自己了。"

"为什么?"

"我觉得……自己很不好……"

方婉之："这不符合事实吧?无论男女知青,还是老战士、老职工,包括他们的家属,以及连长指导员们,大家都觉得你很好啊。尤其这一年来,你各方面的进步都很大,党支部希望你今年还能被评上五好战士呢!"

孙曼玲："我不够格,我太不够格了。排长,我认为,自己的心灵其实挺肮脏的,就像毛主席语录中说的那样,有些腌腌臜臜的东西……"

"吁!"

方婉之将牛车勒住了,不解地望着孙曼玲："小孙,为什么这么贬损自己呢?"

孙曼玲脸红了起来："排长,我做了特别不好的梦!"

方婉之"扑哧"笑了："梦当然也有好坏之分。谁也不愿意经常做噩梦呀。你最近经常做噩梦?"

孙曼玲："排长,我经常梦到和人幽会,那人还亲吻我……我……我怎么做这么下流的梦啊!"她竟双手捂脸,羞耻地呜呜哭了。

方婉之："那属于挺好的梦啊!总比经常做噩梦,半夜里吓醒了好吧?我像你这种年龄的时候,也经常做同样的梦。"

孙曼玲立刻止住哭,缓缓放下手,不相信地瞪着方婉之。

方婉之回忆地："事实上,我十六七岁的时候,就开始做那样的梦了。当年上海有一位电影男演员,形象俊朗,儒雅,我将他的电影剧照剪下来,到处贴在我自己小房间的墙上,我父母也从没因此批评过我。那时的我,经常梦见他……"

孙曼玲不哭了,她瞪大眼睛："梦到和他幽会?"

方婉之点头。

"还梦到和他亲吻?"

方婉之点头。

孙曼玲顿觉陌生地看着方婉之。

方婉之:"后来,正像连长跟你们讲过的那样,我十八岁那一年,因为考上海音乐学院钢琴专业落榜,自尊心受到了打击,一冲动,到北大荒来找我小姨。没找到我小姨,却认识了咱们七连的第一任连长。回到上海以后,我就经常梦到他。醒了我就一个人无声地笑。回忆那样的梦,我一点儿也不觉得我做的梦下流,更不认为自己可耻。我明白,我是爱上他了。我爱上他了这件事,我得告诉他。于是我就给他写了一封信。"

孙曼玲:"在信中告诉他你梦到他了?"

"对呀。他又没对象,我干吗不及时告诉他?万一告诉晚了,结果他和别人对上了象呢?"

孙曼玲"扑哧"笑了。

方婉之问她:"你每次梦到的是一个人还是不同的人?"

孙曼玲更加不好意思了:"排长,看你说的什么呀!"

"那么,是每次梦到同一个人了?"

孙曼玲难为情地点头。

"那证明你也爱上一个人了嘛!"方婉之笑了,她拍一下牛,牛又开始走了。

孙曼玲低头沉思。一阵沉默后,孙曼玲忍不住问:"排长,您怎么不再问我了?"

"还问你什么啊?"

"难道您就不想知道那个人是谁吗?"

方婉之:"是不想知道。知道你只不过是开始恋爱了,使你明白,你一点儿也不必因为做过那样的梦就觉得自己可耻,对得起你告诉我的秘密了呀。"

孙曼玲不满地:"排长……"

方婉之:"好好好,我想知道,很想知道。他是谁?"

孙曼玲小声地:"齐勇。"

"吁!"方婉之又让牛车停住。

方婉之:"齐勇是个好小伙子啊!那我简直应该向你祝贺了呀!据我所知,他还没对象呢。你俩要能谈成了,我作为你排长,心里都会替你们高兴。"

孙曼玲:"可是女知青都说他在县城里搞过一个!"

"那是猜传。那件事儿对于他,算不上是恋爱。对于县城里那姑娘,也不是。"

孙曼玲:"可……可我冤枉过他!因为……因为我自己做过那样的梦,我就以为是他真的吻过我。明明吻过我,见到我还带搭不理的,我就以为他虚伪,不道德,所以有一次我就当面质问他,把他质问得挺恼火的。排长,您说我现在可该怎么办啊?"

方婉之又笑了,推了孙曼玲的肩一下:"你呀你呀,你这个小孙呀!你可真是可笑可爱又可怜!那就找机会去向他认个错吧,也是一次接触的机会啊,没有哪一个小伙子,会拒绝一个姑娘向自己认错的。"

孙曼玲蹦下车,往回便跑。

方婉之在车上叫他:"哪儿去?"

孙曼玲头也不回:"找他去!"

"回来,先帮我到地里弄菜去!"

"你自己弄吧,我的事儿更重要!"

"乌云"刚洗过澡,它站在小河边,身上水淋淋的,也没被拴住,在安闲地吃草。

齐勇坐在河边,望着河面吹口琴。孙曼玲悄悄走到他背后,不自然地咳嗽。

齐勇站起来:"知道什么叫'干咳一声'吗?你刚才就是。"

孙曼玲:"我家来信了。我爸爸妈妈,他们都对你感觉很好……"

齐勇玩世不恭地:"我在乎我爸妈对我的感觉,不在乎你爸妈对我的感觉。"

孙曼玲望着他,咬着下唇,沉默片刻又说:"我不是来找别扭的,我是来向你认错的。"

齐勇就绕着她转,用嘲讽的目光上下审视她,不明白她又搞什么鬼花样。齐勇绕着她转时,孙曼玲自己也原地旋转身子。她诚恳地说:"我真是向你来认错的。"

齐勇:"你,向我认错? 这是真的? 那好啊,本着惩前毖后、治病救人的原则,我欢迎一切人勇于主动向我承认错误。说吧。"

"那件事,是我冤枉你了。"

"说明白了,哪件事?"

孙曼玲:"就是……我认为你偷偷吻过我,而你不肯承认那件事……"

齐勇:"我根本没做过的事,当然不能承认! "

孙曼玲:"所以我说我冤枉了你。事实是,记不得从哪一天开始的,我经常做那么一种梦,在这种季节,在一片树叶金灿灿的树林中,我和你,咱俩一次次幽会,就像牧羊女和她恋爱的王子在童话里幽会似的。在梦里,你吻我的次数多了,我就以为那是发生在现实中的事了。而在现实中,你又不太理我,所以我生你的气,所以就发生了我当面质问你那件事……"

齐勇听呆了。

孙曼玲苦笑:"我真可笑。"

"你刚才说,在你的梦里,我像王子?"

孙曼玲点头。

"那,我穿什么衣服?"

"就这一身衣服。"

齐勇有些失望:"就这一身啊,那就不能说是像王子。"

"我是那么形容。"

齐勇又问:"我佩宝剑了吗?"

"不记得了。"孙曼玲回想了一下,"好像没有。"

"我是骑着'乌云'吗?"

孙曼玲摇头。

"那么,你的梦,太一般化了。"

孙曼玲大声地:"不一般化!因为你一见到我,就把我拉到你怀里,接着就不管不顾地吻我!这样的梦一般化吗?!"

"哎……小声点儿,小声点儿嘛!"齐勇赶紧阻止她,左右看看,"既然是承认错误,何必那么大声嚷嚷呢!"

孙曼玲:"既然我有勇气当面向你认错,我就不怕被人听到!齐勇,你听着,女知青们都挺怕你的,认为你是全连最大男子主义的一个!你在我们女知青面前,总是下巴颏翘得高高的,一副了不起的样子似的。你究竟有什么了不起的啊?你是男的就了不起啦?"

齐勇:"我在你们女知青眼里,是那样的吗?"

孙曼玲:"就是!而我孙曼玲,也不像你以为的那么、那么……总之我现在当面向你澄清事实,向你认错,起码能证明我比你想象的要好得多!不是哪一个女知青都有勇气向一个男知青认这种错的!我做到了!在你面前,我现在很骄傲!"

齐勇的确对她刮目相看:"不错,你是挺不一般的。而且,也确实有理由骄傲。但,你在我的印象里,那也不错啊。"

孙曼玲:"撒谎!骗人!"

齐勇:"在去山东的火车上,我不是就对你挺友好的吗?到了山东,我对你也不错啊。"

孙曼玲:"即使你对我挺友好的时候,那种友好也是大男子主义的!而且一回到连里,你对我的态度就变了!如果你还觉得我配得上你,咱们以后好好继续。如果相反,那往后我再也不做那样的梦了!中国的小伙子多了,我才不把自己的初恋吊死在你这棵歪脖子树上!"她说完转身便走。

齐勇把她叫住:"等等!"

孙曼玲扭回了头。

"想……骑马吗?"

孙曼玲:"不会!想也白想。"

齐勇:"如果……我教你呢?"

孙曼玲就又站住,缓缓转身。

齐勇诱惑地:"骑马的感觉,那真是太来劲儿了!尤其是骑'乌云'这匹马,它奔驰起来,人像腾云驾雾!"

孙曼玲大步走到"乌云"跟前,对齐勇命令般地说:"教吧!"

齐勇也走到"乌云"跟前,十指相扣,以双手为镫,恭敬地说道:"牧羊女,请上马。"

孙曼玲反而胆怯了,她犹豫地看着齐勇。

齐勇:"有我在,不必怕!"

孙曼玲不再犹豫,踏齐勇双手,一纵身跨上了马背,那跨姿倒也称得上敏捷。齐勇也紧接着纵身跨上了马背。

"驾!"

齐勇双手一抖缰,"乌云"奔驰起来。

齐勇和孙曼玲骑着"乌云"的身影在蓝天与碧草间飞快向前。马蹄踏过浅河,"乌云"向一片树林奔去。在秋日的阳光的照耀下,树林金灿灿的叶子闪烁不止。马蹄踏在铺满黄叶的林间之地。孙曼玲闭上双眼,头靠齐勇肩上。

齐勇仰脸看看前后左右金灿灿的叶子,那时的那一片树林,正与孙曼玲的梦境相似。

齐勇跳下马背。

孙曼玲睁开了双眼,讶然地:"怎么到这儿来了?"

齐勇朝她伸出双手:"下马吧。"

孙曼玲:"不用你接。"她自己跳下了马。

齐勇:"你主动向我认错了,我也应该有某种正确的表示是不是?"

孙曼玲也笑了:"随你便,我不强求。"

齐勇一把将孙曼玲拉入怀,捧住她脸,在她额上亲了一下:"这是为了惩前!"又在她脸颊上亲了一下,"这是为了毖后!"接着说,"这是为了治病救人!"他不由分说地吻她的唇。孙曼玲由被动而主动,伸出双臂揽住了他的脖子。

一切似乎发生得自然而然,并且正像孙曼玲的梦境那般……

夕阳西下,马儿缓缓向连队走回去。马背上,孙曼玲又闭着双眼,头靠齐勇肩:"我喜欢听你说——有我在,不必怕。"

齐勇:"当男人对女人这么说时,是典型的大男子主义者说的话。"

孙曼玲:"不,是典型的大男子说的话。女人还是希望她们爱的男人有点儿大男子气的,只要别太'主义'了。不管什么事儿、什么人,一'主义'了,就不好了,就讨厌了。"

齐勇低头吻了她的头发一下。

孙曼玲:"咱俩以前那一页,事实我已经主动向你澄清过了,就作为历史,翻过去了啊。现在,咱们之间,崭新的一页开始了,这一页可是你主动翻开的,这一次,可千真万确是你主动吻我的,你可要对我们之间的初恋郑重啊!"

齐勇:"那是。我吻你那会儿,肯定是态度郑重的。"

"我说的不止是你吻我那会儿!"

"有一位作家在他的小说中说,由初恋到成为爱人,实现率不足三成。"

孙曼玲大叫:"那样的作家该死!"

"他早已经死了!不好,有人看见咱们了,快下马!"

在齐勇的帮助下,孙曼玲跳下了马,她发现以男二班班长为首的几名二班男知青,正一溜儿站在不远处望着她。窘急的她,一转身向连队跑去。

齐勇策马走向那几名二班的男知青,搭讪道:"采什么呢?"

二班长见他问,便说:"采蓝莓呢。你采什么呢?"

其他几名男知青望着齐勇坏笑。

齐勇板着脸:"都笑什么!"

一名男知青:"哎,他是不是更应该问咱们,都看见什么了呀?"

另几名男知青同声地:"什么都看见了!"

齐勇:"那也要装成什么都没看见!谁散布,我可对谁不客气!"

二班班长走到了马跟前,从小篮子里抓一把蓝莓递给齐勇:"吃蓝莓。"

齐勇没有接:"不吃!你们要为人家考虑。她是班长,成为全连第一个谈恋爱的女知青,她会感到舆论压力的!"

二班长将蓝莓放回小篮,刁钻地说:"如此说来,你承认,你是在跟她谈恋爱喽?"

齐勇支支吾吾地:"这……我们……我不是……"

又一名男知青更刁钻地:"不是在谈恋爱那你是在干吗?耍流氓?"

"乌云"显得很不耐烦,被齐勇用缰绳勒得原地直兜圈子。

齐勇:"二班长,刚才那话太难听了啊,管管你的手下啊!"

二班长高高举起一只手,二班那几个小子安静了。二班长对齐勇说:"让我们装没看见,那也可以。不过,不能用威胁的方式,你得用绥靖之策略。"

齐勇:"别绕弯子,往明白里说!"

有人说道:"就是收买!"

二班长:"谁说的?人家刚批评你们说话太难听了,怎么还把话说得这么难听?"他望着齐勇又说,"我给你面子,你也得给我点儿面子是吧?不难为你,意思意思——小卖部新来了罐头,水果的也罢,鱼的肉的也罢,给我们每人买一听罐头,那我们就权当刚才什么也没看见!"

齐勇:"这是讹诈! 我让马踏死你!"他一勒缰绳,"乌云"竖起前蹄。

二班长惊慌而逃,同时大声地:"那减少一听,四听! 四听!"

齐勇继续勒马踏二班长:"不!"

二班长倒退着,躲闪着,近乎恳求道:"三听! 三听是底线! 一听水果的,一听鱼的,一听肉的,否则,你让马踢死我吧!"

他站住不动,闭上了眼睛。

齐勇将"乌云"勒住在他跟前,无奈地说:"怎么让你们这几个小子看见了,好吧,就按你说的,三听!"

齐勇虽然给二班那些个小子买了三听罐头,但是他和孙曼玲的关系,后来还是在连队渐渐传开了。然而孙曼玲并没像齐勇以为的那么觉得抬不起头来。恰恰相反,她还动不动就说,"现在有了爱情,艰苦和劳累都变得没什么了"。

冬天又来了。这一年的冬天来得特别早,也特别寒冷和多雪。

木房子的门开了,一阵冷风夹着雪花扑入,只穿绒衣的黄伟打了一个冷战。魏明垂头丧气地进入,走到炉子那儿,蹲下烤火。

黄伟:"没找到?"

魏明摇头。

黄伟:"一会儿他们几个回来了,看你怎么说!"

魏明:"实话实说呗。"

黄伟也起身走到炉子那儿,往炉中添了几块柴后,埋怨地:"叫你别带它出去,你偏带它出去……"

魏明:"别埋怨了行不? 它是活物,而且咱们都把它养熟了,它也喜欢每天都有人带它到林子里去玩玩,撒撒欢儿。我哪成想在林子里碰到了那边儿那条狗? 那狗如果不追着它叫,它根本不会一跑就跑没影了!"

黄伟:"那你倒是顺着脚印找啊!"

"找着找着天黑了,你还让我怎么找?"

黄伟不再说什么,走回到桌子那儿,合上笔记本,将笔和笔记本一起塞入被子。之后,他戴上帽子,从挂在墙上的书包里掏出手电,一言不发地走了出去。

听到关门声,魏明拿起一块劈柴,往地上狠狠一摔,憎恨地说:"可恶的狗!哪天逮住它,非杀了它吃肉不可!"

手电光照射在桦树林的雪地上,终于照射到了小鹿被一层新雪覆盖的蹄印。

黄伟循着蹄印走,同时呼唤着:"黄黄!黄黄!"

黑龙江边,"小地包"和"小黄浦"肩着枪在巡逻,二人身上都落了一层雪。"小黄浦"系着帽耳朵,"小地包"没系帽耳朵。

二人走着走着,"小地包"站住了,"小黄浦"奇怪地看他。

"小地包"突然说:"听。"

"小黄浦"解开了帽耳朵,听到了一阵铃铛的响声:"好像是黄黄的铃铛响声。"

"小地包":"没错,肯定是!"

二人一起转身,四处张望。

"看那儿!"

"小黄浦"顺着"小地包"手指的方向看去,但见远处的江面上,那条苏联狗在追逐小鹿,小鹿站住不动,狗也站住不动,小鹿一跑,狗又追逐。在狗的追逐下,小鹿向江那边跑去。

"黄黄!黄黄!""小地包"朝狗和小鹿跑去,边跑边从肩上取下了枪。

"小黄浦"也跟着他跑起来,边跑边说:"别开枪!千万别开枪!"

"小地包"已站定,举起枪,瞄向狗。"小黄浦"及时赶到,将枪按下。

"小地包"愤怒地:"我打死那狗!"

"小黄浦"："它是那边的狗！"

"正因为是那边的狗！它他妈的越境多少次了?！"

"你看它在江界一带，万一子弹射到那边去，交涉起来咱们理亏，那不是给正规边防找麻烦嘛！"

"小地包"气呼呼地瞪着"小黄浦"："那，那就眼看着它把咱们的黄黄给追过去啊?！"

狗叫声阵阵传来。

"小地包"："这样，你快去把狗吓跑，我争取把咱们的黄黄带回来！"

"小黄浦"点了点头，跑开去追那条狗。

"小地包"在向小鹿接近，继续呼唤："黄黄，黄黄，过来，我带你回家……"

小鹿站在那儿不动，似有返意。

江中心线那边，有数名苏联士兵的身影往这一带跑，边跑还边用俄语喊：

"退回去！退回去！"

"再往前走就开枪啦！"

鹿受惊，反而朝江那边跑去。

"啪"的一声枪响，鹿应声倒下。

"小地包"吼道："混蛋！"他从肩上取下了枪。

一名苏联士兵走过去，将鹿拖走。另外几个苏联士兵立刻卧倒，几只乌黑的枪口瞄向"小地包"。

"小地包"举着枪僵住了。

赵天亮的声音从身后传来："敬文！不要开枪！"

"小地包"回头看去，赵天亮、沈力、杨一凡向这边跑来。

赵天亮三人也一齐卧倒，枪口瞄向对方的人。

战火一触即发，"小地包"伫立在双方的枪口之间，处境十分危险。

卧倒的苏联士兵中有人吹口哨。狗跑过江那边去了。

"小黄浦"已顾不上理睬那狗,也立即卧倒,将枪口瞄向对方的人。

赵天亮:"敬文,不要怕,镇定,转过身来,往回走。"

"小地包"双手握着枪,缓缓转过身,一步步往回走。

赵天亮:"别站住,一直走,走到我们后边去。"

"小地包"走到赵天亮们身后没几步,双腿一软,倒下去了。

对面的几名苏联士兵站了起来。赵天亮、"小黄浦"、沈力、杨一凡也站了起来。他们眼望着对方中有人扛起死鹿,与另外几名苏联士兵一起走远了。

大家都长长地出了一口气。他们转身时,自然不见了"小地包"。

赵天亮大叫:"敬文! 敬文!"

"小地包"虚弱地:"这儿呢……"

大家这才发现"小地包"躺在地上。

赵天亮立刻将"小地包"扶坐起来,问:"伤着哪儿了吗?"

"小地包"指指胸口:"心脏。"

赵天亮急忙解开"小地包"袄扣,将一只手伸进去,到处摸,边摸边大声喊:"手电照过来!"

"小黄浦"将手电光照在他手上,他手上没有丝毫血迹。

"小地包":"心脏倒没中弹,可是……我……我觉得我的心脏,刚才好像从我嗓子眼里蹦出去了,不在我胸膛里了。"

对于他这番听来有点儿好笑的话,谁也没笑。

赵天亮架着"小地包",大家一起往回走。

"小地包"回头望了一眼,恨恨地:"那条狗,它早晚必死我手! 否则我誓不为人!"

木房子里,一双手在给小闹钟上弦。那小闹钟底座上,连着一条用两条后腿站立着的瓷狗。小闹钟显示的时间快到七点半了。

扎着做饭围裙的黄伟,将小闹钟放回原处,那是搭在赵天亮床头的一块木板。之后他进入厨房,端出一大盆疙瘩汤放在桌上,接着又转身进入厨房,用蒸帘端出些一切两半的馒头。他刚把帘子放在桌上,门猝然被踢开,"小地包"为首,一行人皆阴沉着脸走了进来。

他们都默默将枪放在枪架上,一个个闷声不响地挂起帽子,在自己铺位上或坐或躺。

赵天亮冷峻地问:"谁让黄黄跑出去的?"

黄伟低声道:"我。"

赵天亮刚要发作,黄伟及时捂住他嘴,用另一只手指指蒙头躺在床上的魏明,对赵天亮耳语:"他已经后悔得要命了,别埋怨他了。"

赵天亮强作镇定地:"吃饭。"说罢便同大家在桌边坐下。

"咔嚓!咔嚓!"刚上满了弦的闹钟,响声特别清晰。杨一凡扭头看那小闹钟,一时心头火起,走过去抓起小闹钟,狠狠摔在地上。

"小地包":"我还没拿什么东西出气呢,你发这么大火干什么?"

杨一凡生气地喝道:"你住口!没你说话的份。因为你,我们今天可能都回不来了!"

"小地包":"你!我又因为什么?!双方那要是开火了,第一个死的肯定是我!"

赵天亮一拍桌子:"我说吃饭!都聋啦!"

黄伟将杨一凡推到了桌旁,接着又将"小地包"推到了桌旁;再接着,捡起摔散的小闹钟,看看,放到板上。捡起摔碎的瓷狗,看也不看,投入炉中。

他最后一个坐在桌旁,息事宁人地说:"吃饭吃饭,再不吃都凉了。"

"小黄浦"显然有意缓和一下气氛:"其实,也可以这么说——刚才咱们都差点儿成为英雄,或者烈士。"

沈力:"成为英雄固然光荣,但是成为烈士的话,老实说,我还完全没有思想准备。"

黄伟:"能不能都装一会儿哑巴?"他看看赵天亮,自己却说,"咱们的面和菜,都不多了。所以从今天晚上起,大家每顿只能吃半个馒头。但愿齐勇明后天能到……"

"小地包""小黄浦"、沈力和杨一凡四人,一时面面相觑。

赵天亮:"都放心,齐勇会按时来的,晚也晚不了一两天。老魏,起来,吃点儿。"

魏明一动不动,也不回答。

赵天亮小声问黄伟:"睡着了?"

黄伟摇头,也小声地:"别勉强他。"

沈力和杨一凡顶着风雪在江边巡逻,雪厚已及膝部,每迈进一步都很吃力,并且留下深深的足迹。

沈力气喘吁吁地:"有一句反动的话,我……早就想说。"

杨一凡也喘着粗气:"明知反动,那就别说。说给我听了,我不汇报,那我不也成问题了吗?"

"相信你不会汇报,所以,才想跟你说。要是相邻的两国都很和睦,那这世界不是才美好吗?"

"这也不能算反动的话吧? 如果,连这样的话都成了反动的话,那不反动的话还剩多少了呢?"

二人站住,不由得都向江那边望。远处有两名苏联士兵,也在顶风冒雪与他们并行。

赵天亮和黄伟在相反的方向巡逻着。

赵天亮背转身,退着走,并问黄伟:"如果周萍哪天来了,问起小鹿,我该怎么对她说?"

黄伟:"你就说,让你放生了,这么说她心里会好受点。"

"小地包"在木房子前用推雪板推雪。

瞭望架上,雪人也似的"小黄浦"向"小地包"喊:"孙敬文,你该上来换我啦! 我脚都快冻僵了!"

"小地包"也喊:"再坚持一会儿！我把雪推推,他们几个回来的时候,也有处地方跺跺鞋啊！"

全班人在围着桌子吃晚饭。照例是一大盘疙瘩汤和馒头——但馒头已由原来的一分为二变成了每个切成了四小块。

"小黄浦"喝了一口疙瘩汤,对魏明说:"老魏,疙瘩汤可太稀了啊！"

赵天亮:"你把我那块馒头也吃了吧。我不太饿,只想喝点汤。"

"小地包"正伸手抓馒头,听了赵天亮的话,放下:"我胃不太舒服,也只想喝碗疙瘩汤……"

大家离开了的饭桌。盛疙瘩汤的盆已见了底,可是切成小块儿的馒头却几乎没见少。

第二十七章

夜深了。除了黄伟,全班其他人都躺下了,鼾声此起彼伏。马灯放在桌上,黄伟坐桌前,在小本上创作着他的小说。

赵天亮翻过身来,伏在枕上,望着黄伟,压低声音说:"同志,你也该睡了。"

黄伟头也不抬地:"马上。"

赵天亮:"我支持你写小说,可是必须禁止你过分耗费我们的马灯油。"

黄伟:"明白。"

他放下笔,看自己密密麻麻写了一整页的文字:

> 将来,值得我们这一代人回忆的事肯定很多,但是最值得我们回忆的,必然是我们每一个人的心路历程。它不仅包含爱情、友情和一切温暖我们的情愫,还将包含着思想。呵,我们头脑里是非对错混沌一片的思想啊,我应该怎样记录,才算是较为真实地记录了呢? 我不知道,所以我渐觉痛苦……

黄伟对自己写下的这段话感到挺满意,将笔夹在笔记本中,合上了笔记本。他起身走到炉前,通了通火,加了些柴。他拧灭马灯,走到赵天亮铺位前,对赵天亮耳语道:"我觉得我具有写作天才!"也不待赵天亮说什么,一转身走到自己的铺位那儿,坐下脱鞋。

已躺在被窝里的黄伟还是不能入睡,仰躺着,大睁双眼继续想着:"齐勇的马车,两天前就应该到来的。如果明天他还没来,那我们可就断粮了……"

窗子亮了,赵天亮已经穿好衣服站在屋子中央了。

赵天亮:"各位,该起了啊!"赵天亮拉开门闩,却推不开门,他用肩膀顶门,将门顶开一道缝,挤了出去。

门外,小木房子虽然有门廊,但门还是被堆成小丘的雪堆堵住了。台阶已不可见,雪将台阶埋成一道坡。

赵天亮试探着往台阶下迈出步子,但还是滑下了台阶,摔在地上。他揉揉后脑勺,捡起帽子,走到木房子后曾作为马棚的地方——扫帚、铁锨、推雪板、钢钎、大锤等等工具放在那儿。赵天亮拿起铁锨,回到房门前,清除那小丘似的一堆雪。

魏明从木房子里走出,一声不响地踏下台阶。

赵天亮叫住他:"老魏,哪儿去?"

魏明头也不回地说:"到林子里转转去。"

赵天亮:"这么厚的雪,你一个蘑菇也采不到的。"

魏明不再回答,只是默默地往前走了。赵天亮困惑地望着魏明的背影。

大家围着桌子吃早饭,黄伟将一盆面糊糊端到桌上。

"小黄浦"瞅了一眼面糊:"老黄,请教一下,这算什么?糨糊?"

黄伟:"怎么能说是糨糊呢!我把剩下的一点儿面炒了一下,所以说是冲的炒面。我还放了盐呢,挺好喝的。"

赵天亮先盛了一碗,喝了一口,咂咂嘴:"是挺好喝的。在连队,咱们连一天两顿黄豆的日子都熬过来了,还怕喝几顿炒面吗? 喝,都喝!"

赵天亮见没人拿碗,便一碗一碗地盛满。

昨天晚上剩下的馒头块儿烤在炉盖子上,黄伟一堆堆拿起,用围裙兜着倒在桌上。

杨一凡:"班长,这是咱们最后的早餐吧?"

赵天亮:"是咱们今天最后的早餐!"

"如果明天齐勇还没来呢?"

"那咱们就盼着他后天来。"

"如果他后天还没来呢?"

赵天亮把脸一板:"一凡,如果你的意思是——连队会把我们一班忘了吗? 那我的回答是特别肯定的——当然不会!"

杨一凡:"我只不过随便问问,你何必那么严肃地瞪着我?"

黄伟:"班长说得对,连队怎么会把咱们忘了呢! 但一凡问的话也可以理解,都对挨两三天饿有充分点儿的心理准备,那也是必要的。班长为大家盛在碗里了,大家喝炒面呀! 喝呀!"

门开了,魏明走了进来,将一副夹子"当"的一声扔在地上,恼火地:"套住了!"

正在吃饭的知青们停下来,愣愣地看着他。

魏明:"我下在林子里的夹子,套住了一只野兔! 可我只看到了野兔的一只脚,身子被那边的狗给叼走了!"

黄伟:"也有可能是狼给叼走的吧?"

魏明:"这我分得清! 那狗比狼小多了,夹子周围都是小爪印! 再说我研究过那条狗的爪印,熟悉得不能再熟悉!"

赵天亮起身将他往桌边推:"叼走就叼走吧,不过一只野兔。消消气,也坐下把饭吃了,啊?"

魏明悻悻地坐了下去。

梁喜喜坐在家中的高凳上捣蒜,周萍低头坐在炕沿。梁喜喜看着周萍问:"知道我为什么把你找来吗?"

周萍抬起头,惴惴地摇一下。

梁喜喜:"公社那放映员,就是我那表弟,直到前几天,才把他一年前那件事儿告诉我。你不知道我在说什么事儿?"

周萍茫然地摇头。

梁喜喜:"就是,去年冬天,他被赵天亮他们扣押了一夜那件事儿。"

周萍立刻站了起来,分辩道:"支书,我作证,他们起先不知道他是……他们也没怎么难为他。您千万别生他们的气,要怪,就怪我吧!"

"怪你? 怪你什么呀?"

周萍:"怪我……怪我……" 她实在也说不清该怪自己什么,就又低下了头,恳求般地小声说,"反正请您千万别生他们的气,原谅他们。都是我不好,您心里要是有气,就生在我身上吧。"

梁喜喜:"在那件事儿上,你怎么就 '不好了' 呢?"

"我……我……"

梁喜喜:"别 '我我' 的,说明白,你怎么就 '不好了'?"

周萍便又抬头望梁喜喜,眼中都急出了泪:"我……我现在还认识不深刻。支书,我回去想。过几天,交您一份书面检查……"

梁喜喜放下捣罐:"你过来。"

周萍走到到梁喜喜跟前。梁喜喜拉住她双手,仰视着她,目光和语调怜爱交加。

梁喜喜:"小周萍啊,你呀,你呀,你可叫我说什么好呢! 别说你出身还不好,自己还是 '黑五类' 子女,就是你出身再好,根红苗正,那也不能什么黑锅都自己往自己身上扣。有些事儿,那可不是闹着玩儿的。没人声张,也就过去了。一旦有人较真儿,说大就大,沾边儿的就倒霉。"

听着梁喜喜的话,周萍心中更不安了,眼泪流下来了。

周萍无怨无悔地："支书,求求您,反正我已经是'黑五类'了,再加一层黑我也无所谓了。如果您有权作结论,您就尽量替赵天亮他们开脱,把罪名都加在我一个人身上吧。属实的,不属实的,我都认……"

梁喜喜："别说了,我明白你的意思了。我生你的气也就生在这一点上。你呀你呀,你怎么是这样的一个姑娘呢? 这是什么时代? 你不是中国人呀? 那件事,我也根本就不生赵天亮他们的气! 我有什么道理生他们的气呢? 恰恰相反,我感激他们! 通过那件事,证明赵天亮、齐勇,还有那个小什么……"

"'小地包'。他大名叫孙敬文。"

"对,孙敬文。那件事儿,证明他们三个,还都是不忘本的小伙子。我那表弟,他特别感激的是你。我特别感激的也是你。赵天亮他们团长,也让我跟你说,他也认为你是个好姑娘。对你没当成兵团战士,他现在更内疚了。那件事儿只错在一个人身上,就是我那表弟!"

周萍听了不好意思,一扭头笑出了声。

梁喜喜出气地："我已经狠狠地训了他一通,警告他,要么戒酒,要么别当放映员了! 深更半夜过那边去了一次,第二天还给那边放了场电影,这是跳进黄河洗不清的事儿! 这是能把自己也把亲朋好友都坑一辈子都坑惨了的事儿!"

周萍："支书,您放心,我和天亮他们,我们都一致认为,根本就没发生过那么一件事。天亮他们的边防日记上,只写着有名公社的放映员迷路了,在他们那儿住了一夜,还给他们放了一场电影,增强了兵团和农村之间的友好关系。"

梁喜喜很受感动："小周啊,说吧。我应该怎么感谢你?"

"支书,我……我不……您已经对我很好了呀!"

梁喜喜："从今往后,我要对你更好! 当然啦,也不是特别偏向你。那样,其他知青该有意见了,你的感觉反而会不好了。我的意思是,背地里,不违反我支书党性原则的情况之下,该关照你的时候,不显山不露水地关照关照。明白了？那，说吧，说吧。"

周萍犹豫地点点头，鼓起勇气说："支书，那我求您一件事儿……别再非把我当典型培养了！我不想当那种……'可以教育好的子女'的典型！"

周萍挣脱了梁喜喜的双手，捂自己的脸，转身哭了。

梁喜喜愣住了，她缓缓站起，走到周萍对面，看着周萍，又顿生怜意，一下子将周萍搂入怀里。

周萍："我什么典型也不想当！我就想是一个普通的插队女知青……"她哭得委屈极了。

梁喜喜哄她："好好好，别哭了别哭了，不把你当典型树了！你今天要是不说出来，我还想不到你不愿意。不树你当典型，对我这支书来说很可惜，可是你自己既然不愿意，那我就依你。"

屋子外面，一个男人用鞭竿敲窗，那是一个鄂伦春族男子。正是他捡到了赵天亮的枕头。梁喜喜和周萍都朝窗外望去，鄂伦春男人挥了一下手。

梁喜喜："光说我那表弟的事了，把另一件事儿忘了。你很久没见到赵天亮了是不是？"

周萍点头。

"想不想见他？"

周萍渴望而诚实地："想。"

梁喜喜一指窗外："窗外那个鄂伦春人，他们夫妇都是咱们山东屯的朋友。论起来，山东屯最老的几个人，和他们的父辈就是朋友了。今天又是星期天，我准你假去看赵天亮。你回宿舍带上想带的东西，跟他走。人家不能把你一直送到赵天亮跟前，还有十来里地，那就得你一个人走了。"

"谢谢支书！"

兴高采烈的周萍转身就要跑，被梁喜喜拽住："你就对你们宿舍那几个姑娘说,是我让你到鄂伦春人的住地去,为我取回些治胃病的鄂伦春草药。还有,星期一不要自己回来,要等到齐勇的车也去了,让齐勇的马车把你送回来。"

"要是齐勇的车明后天没去呢?"

"那就一直等。总之不许你姑娘家的一个人往回走!"

"支书……"周萍感激得两眼泪汪汪的,不知说什么好。

梁喜喜往门外推她:"快去吧,快去吧!"

鄂伦春夫妇和周萍骑着马在山林中走。另外还有四匹马,驮着小帐篷之类的东西。一条大黑狗在后面跟着跑。

周萍问鄂伦春男人:"咱们为什么一直穿着林子走啊?"

鄂伦春男人:"林子里雪薄。"

鄂伦春女人:"路上雪太厚了。马和人一样,雪没膝部,每走一步也吃力。"

周萍:"听说鄂伦春马,饿急了渴急了,也可以吃动物的肉,也可以喝动物的血?"

鄂伦春男人:"是那样,但只有我们鄂伦春人喂它们,它们才吃。它们绝对相信主人。所以当主人喂它们动物的肉和血时,它们能够知道,那实在是因为主人弄不到草料喂它们了。它们肯和主人共患难,不喜欢吃,也只有吃。"

周萍:"它们真好。"

鄂伦春男人高兴地:"你夸我们鄂伦春人的马,就等于夸我们最忠诚的朋友。马和狗,都是我们忠诚的朋友。夸我们的朋友,也就等于夸我们鄂伦春人。"

男人看着他的妻子说:"哎,你给这位姑娘唱支歌吧!"

于是,鄂伦春女人轻轻唱了起来:

威拉参哥哥,我有点小米,给你做点小米饭,那依呀!

韦丽艳姐姐,我来不是为吃你的小米饭,而是来找你的好意,那哈依呀!

威拉参哥哥,我做点儿松鸡肉给你吃吧,那依呀!

韦丽艳姐姐,我来不是为吃你的松鸡肉,我是来向你求婚的,那哈依呀!

威拉参哥哥,你如果真是爱我的,咱们就到大兴安岭去安家吧,那依呀!

韦丽艳姐姐,那正是我的心思,咱们赶快跨上马儿,咱们领上忠实的猎狗,大兴安岭在向咱们招手呢!

骏马啊,奔驰吧,猎狗啊,跟上吧!

那依呀,那依呀,那哈依呀!

三个人的身影和马匹在林间行进。突然,鄂伦春夫妇的狗狂吠起来。隐约有两只狍子一前一后从树木的间隙中闪过。

鄂伦春男人:"狍子!"他敏捷地取下枪,一夹马,追赶而去。

鄂伦春女人对周萍说:"你等这儿!"她也取下枪夹马而去。

狗吠声渐远,树林安静下来。周萍也下了马,循着狗吠声走去。

周萍走出了树林,见远处有雪坡,雪坡的尽头是悬崖。一大一小两只狍子已被追到了悬崖边上。鄂伦春夫妇也都已下了马,提枪在手,一步步左右包抄过去。

狗跟随着他们,吠叫着。

悬崖边上,体型小些的狍子向体型大些的狍子走去,横站在体型大些的狍子身前。显然,它是准备用自己的身体挡住射来的子弹,保护体型大些的狍子。

它们就那样一动不动,凝视着一步步逼近的猎人。前边是悬崖,后边是一心要射杀他们的猎人,它们已无生路。它们一动不动,是那么镇定,仿佛不失尊严地听天由命了。

狗居然不吠了。

周萍跑了过来,呆呆地望着那两只狍子。

鄂伦春男人举起了枪。

鄂伦春女人也举起了枪。

周萍张了张嘴,想阻止,但是并没说出什么阻止的话。她默默地转过身去,闭上了眼睛。

过了很久,她都没听到枪声。周萍转过身来,见鄂伦春夫妇在对视。他们已经将举着的枪放了下去。

周萍和鄂伦春夫妇重新骑上马。没过多久,树林就已在他们身后了。他们的马行进在一条冰封的小河边。

周萍看着小河上的冰,突然说道:"连队给他们送东西的马车,从没这样走过。"

鄂伦春男人:"在冬天,一个鄂伦春人,他如果不知道哪儿的雪厚,哪儿的雪薄,那么他就算不上是真正的鄂伦春人了。"

周萍:"只听说过大动物保护小动物的事,刚才那只小狍子,怎么反而保护大狍子呢?"

鄂伦春男人:"你说的小狍子,其实不小,它是公的。你说的大狍子,其实也不大,它是母的,只不过它怀孕了。春天一来,它就该生小狍子了。因为它怀孕了,所以看上去大些。"

"那,你们怎么没开枪?"

鄂伦春男人:"我们鄂伦春人从来不猎杀怀孕的母兽。我们的森林之神使我们明白,那是不对的。如果我们非要那么做,他就会惩罚我们。我们愿意服从他的神示,我们不愿意做不对的事情。"

鄂伦春女人又唱了起来:

小鹿说,妈妈,妈妈,你肩膀上挂着什么东西?

母鹿说,我的小女儿,那是一片树叶子。

小鹿说,妈妈,妈妈,你骗我,树叶子不是那样的!

母鹿说,我的小女儿啊,是猎人把我打伤了。

小鹿说,妈妈,妈妈,让我舔你的伤口止疼吧。

母鹿说,孩子啊,那是没用的,血还是会从伤口往外流啊!

你快去那边的高山上找你的爸爸!快走吧,人又要来了,让妈妈把它们引开啊。

在一条大路和一条小路的岔口,周萍下了马。她拎着一只布袋子,与鄂伦春夫妇告别。骑在马上的鄂伦春男人指着大路前方,告诉了周萍她应该继续走的方向。说完,鄂伦春夫妇及其马匹拐向小路,向山林走去了。

周萍将袋子往肩上一扛,继续向前。

在深雪中前行的周萍已满脸汗水,她喘息一会儿,接着往前走。

日才落,天未黑。站在瞭望台上的赵天亮发现了远远走来的周萍,他迅速走下瞭望台,迎着周萍跑去。

赵天亮惊喜地喊:"萍萍!"

周萍听出是赵天亮的声音,脸笑得像花朵一般。尽管已经很累很累了,但也奋力向赵天亮跑去。

周萍跑到赵天亮面前,双腿一软,偎倒在赵天亮怀里:"雪太深了,累死我了。"

赵天亮搂抱着她:"我想死你了!"

周萍:"你想我我高兴,但是千万别往死了想!"

"许多人不喜欢冬天的理由是各式各样的,我不喜欢冬天的原因只有一个……"

"什么原因?"

赵天亮:"冬天你来看我一次太不容易了！而且,我拥抱你的时候,没有拥抱住了的感觉,而且还没法对人说。"

周萍仰起了脸:"那还不吻我！"

赵天亮笑了,俯下头正欲吻她,她反而将头扭开了。赵天亮困惑地看着她。

周萍:"接吻好比潜水,要有预备动作！"她深深吸气,煞有介事地说,"预备完毕,可以正式开始了！"

赵天亮又吻她,嘴唇刚碰到嘴唇,看着周萍的模样,想想她刚才说的话,忍不住笑了。

周萍故作严肃:"我们在进行恋爱的仪式,严肃点啊！"

赵天亮更忍不住笑。

周萍:"在不该笑的时候笑,是可笑的。在即将接吻的时候笑,是最可笑的。"

赵天亮:"你也严肃点儿行不行？"

周萍:"谁不严肃了？你笑什么呀你,浪费人家感情！"她将赵天亮推倒在地,自己也被赵天亮扯倒了。他们在雪地上翻滚,嬉闹。

他们的笑声在林中回荡。

赵天亮将周萍压在身下了,深情地俯视着她的脸。周萍也凝眸注视赵天亮,目光中充满幸福和信赖。

周萍甜蜜地笑着:"恋爱真好。"

赵天亮:"我爱你……"他给她一个长长的吻。

赵天亮带周萍回了木房子。"小黄浦"从被窝里一下子坐了起来,急迫地问:"带什么吃的没有？"

周萍将拎在手中的袋子放在桌上,大家一下子将桌子围住。

黄伟将袋子兜底一倒,堆了一桌黏豆包。所有围在桌旁的人都伸出双手,防止黏豆包滚落地上。

黄伟:"都把爪子缩回去。"

大家便都很绅士地将手背到身后。

"小黄浦"忘了自己只穿裤衩,光着脚丫蹦到地上,冲到桌前,伸手便抓。"小地包"将他的手打开了。

沈力:"你看你什么样子! 文明点儿好不好?"

"小黄浦"这才意识到自己太不成体统,一转身又蹦到床上匆匆穿衣服。

他大声地说:"平均分配! 平均分配啊!"

周萍"扑哧"笑了,转身走到赵天亮那儿,和赵天亮并肩坐在床沿。

黄伟抻着袋口,魏明点数着,重新往袋子里装豆包:"一五,一十,十五,二十……"

黄伟将袋口一拧,交给魏明。

魏明:"总共四十个,咱们七个人。一人六个少俩儿,一人五个多五个。"

杨一凡:"不能按七个人分吧? 周萍带来的,不能咱们吃,她看着吧?"

魏明:"对对,糊涂了。那就是八个人,五八四十,正好每人五个。"

周萍:"不用算我。这个冬天我吃了不少黏豆包。把我那份儿分给特别爱吃的人吧,我吃什么都行。"

"小地包":"除了你带来这四十个黏豆包,我们这儿什么吃的都没有了。今天早上,我们每人只吃了四分之一个馒头。之后,就一直饿到现在。"

周萍不由得转脸看赵天亮,赵天亮对她点了点头。

周萍一一看大家的脸,她忽然怀疑起什么来,用目光四处寻找,之后起身叫:"黄黄,黄黄,黄黄……"

没有小鹿的回应。

周萍大惊失色:"黄黄呢? 黄黄在哪儿? 你们是不是把黄黄给吃

了?!"

大家你看我,我看他,都不知如何回答才好。

黄伟:"周萍,我可以肯定地告诉你,黄黄不是被我们吃了。我用我的人格担保。"

周萍的目光望定赵天亮的脸,眼泪在眼眶里打转。

赵天亮起身抱着周萍:"我们怎么能把它给吃了呢。它长得挺快,也长得挺大了。它身上有寄生虫,也许还会带有传染病,我是班长,这些事我不能不考虑。所以有一天,我就把它带到林子里,放生了。我觉得它挺愿意获得自由的。"

周萍将信将疑地看着他:"你发誓,没骗我!"

"我发誓,没骗你。"

"小地包"埋怨黄伟:"你刚才那是说的什么鸟话啊?你要是也像天亮这么说,周萍她能不相信吗?还自称是语言天才呢!"

黄伟回嘴:"你会说,你刚才怎么不回答?"

周萍将目光望向沈力:"沈力,你最不善于说谎。你回答我,真是天亮说的那样吗?"

沈力:"我也用人格保证,我们班长没骗你。"

周萍:"要是放生了还行,要是被你们吃了,那我再也不来看你们了!"

"小黄浦":"你也不是来看我们啊!如果你的心上人不在这儿,你能一次次往这儿来吗?"他说着,对赵天亮挤挤眼。

周萍:"我打你!"她从脖子上扯下围巾,追着"小黄浦"抽打。"小黄浦"绕着桌子躲,撞在柱子上。

大家都笑了。

外面传来狗的哀嚎声。大家止住笑,侧耳听着。

魏明突然亢奋地喊:"套住了!"他也顾不上戴帽子,第一个冲了出去。

桦树林里,那条苏联狗被魏明下的套子套住了。大家围着它看,它不再叫,只是瞪着大家,害怕地缩卧着,目光中充满了恐惧和哀怜。

魏明:"这就叫不是不报,时候未到;时候一到,一切都报。"

"小地包"给了魏明一拳:"哥们儿,你可算立了大功了!"

狗被牵在木房子外的门廊柱子上,周萍见它恐惧地瑟缩着,便轻轻抚摸它:"别怕,我不会允许他们伤害你的。让我看看你的腿是不是夹伤了……"

木房子里,"小地包"在霍霍地磨刀。他试试刀锋,自言自语:"报仇雪恨的时候到了!"

沈力:"我觉得,那狗挺可怜的。"

杨一凡也举着手说:"我预先声明啊,我是决不会吃狗肉的。我从小养过狗,对狗有感情。"

黄伟和魏明在一旁吸烟。黄伟小声埋怨:"你也是,干吗非下套子套它呢?"

魏明:"我是想套住野兔什么的。谁叫它好几次把套住的野兔叼跑了?"

赵天亮坐在床沿,平静地说:"敬文,这狗究竟该不该杀,可不是由你一个人决定的事啊!"

"小地包"将刀往桌上一掷,刀插在桌上,指着赵天亮。

"小地包":"少来这套!怎么?你们现在都菩萨心肠了?都忘了那天晚上的事儿了?就是因为那狗,我差点儿成了那边好几只枪口的活靶子!除了魏明,那天晚上你们几个也有可能都玩完!双方真一开火,谁敢说谁的棉袄是子弹打不透的?你?你?还是你?!……"他挨个指着沈力、杨一凡和"小黄浦"大声问。

沈力等三人被问得哑口无言。

魏明对黄伟小声说:"听到了吧?我恨那条狗,不仅仅因为一两只套住的野兔。对人我没那么小心眼,对狗也一样。可是一想到那天晚上的事儿,我做梦都想杀了它。如果敬文说的成了事实,那我非因为自责而疯了不可!"

"小地包"又一指赵天亮,强硬地:"别的事,你怎么说,我怎么做,支持,服从,绝不含糊!这件事,谁拦我那都是休想!我不仅要吃它的肉,啃它的骨,还要铺它的皮!单等那边钟一响,我就开杀戒!……"说罢,他气哼哼地往桌旁一坐,强硬到底地瞪着赵天亮。

赵天亮也默默瞪着他,表情越来越严冷,看去就要发作了。

黄伟走到赵天亮跟前,对赵天亮耳语了几句。

赵天亮猛地站起,踢门走了出去。

门外的周萍被赵天亮的踢门声吓了一跳,从地上站了起来。

赵天亮:"孙敬文坚决要杀这狗。"

周萍:"为什么?他为什么那么恨这狗?"

"因为这狗经常过界,有天晚上,双方几乎开起枪来。"

"狗有什么边界意识!人不能按人性来要求狗,但人得按人性来要求人,首先按人性来要求自己吧?"

赵天亮:"你进去,把你刚才的话对他说一遍。"

周萍:"你是班长,你就阻止不了他?"

"他在气头上,还说了些惹我生气的话。我怕我俩争吵起来,我会跟他动手。有时候我的火气那也挺大的……"

周萍呆呆地看着赵天亮。

赵天亮:"就算我求你……"

周萍转身进屋,她一眼就看到了插在桌上的刀,问屋里的人:"谁的刀?"

魏明:"我的。"

周萍:"这么锋利的刀,一定有刀鞘。"

魏明将刀鞘扔向周萍,周萍一把接住,赞赏地看着:"做得真好。老魏,这刀我喜欢,送给我吧。"

魏明一愣,"小地包"也一愣,众人也都愣住了,目光全都望向周萍。魏明问她:"你一个女孩子,要把刀干什么?"

"以后我再来看你们时,身上带着它,心里觉得安全些。"

"那,归你了。"

周萍从桌上拔下刀,插入鞘中,看着"小地包"说:"现在,这把刀是我的了。你如果想用,得向我借。"

门外,赵天亮低头看着那狗,狗也乞怜地看着他,发出悲哀的呜咽。赵天亮掏出烟,望着江那边,吸着一支,走到门旁,侧耳倾听。

屋内的周萍向大家招手:"过来过来,听听我讲我今天路上遇到的事。不过来听的,不许吃我带来的黏豆包。"

于是坐在别处的,也都坐到了桌子周围。

周萍:"我是骑着鄂伦春人的马,在一对鄂伦春夫妇的陪同下往这儿来的。他们告诉我,马和狗,是他们鄂伦春人忠实的朋友。"

"小地包"突然怪笑起来。

周萍:"你笑什么?"

"小地包":"想进行说教? 我们可都不是鄂伦春人,门外那条狗也不是鄂伦春人的猎狗。"

沈力:"那也是一条猎狗。"

"小地包":"是修正主义的走狗!"

黄伟:"都住嘴! 听周萍讲。"

周萍:"我们走在林子里的时候,有两只狍子蹿了过去,他们就骑着马追,他们的狗也跟着追。雪深,马、狗、狍子,都跑不快。最后,狍子被追到一处悬崖边上了。那是一对夫妻狍子,母狍子怀孕了,春天就该生小狍子了。所以它比公狍子的体型还显得大……"

周萍将自己的经历给大家讲述一遍。

"小地包"抵触地问周萍:"你想说明什么?"

周萍平静地:"不想说明什么呀。讲给你们听,解我自己的闷儿,也解你们的闷儿嘛。"

"小地包"又看着别人问:"都感动了?谁感动了谁傻帽儿!咱们多久没吃到肉了?今天早饭以后就断了粮了,明摆着,大雪封了路,不知齐勇哪天才会来!别的暂且不论,这种情况下,杀一条狗吃就罪过了?何况还是一条那边跑过来的狗!"

周萍也抢白地:"如果现在是世界末日,你们几个就人吃人?我是女的,是弱者,先吃我?"

其他人都默默离开桌子,回到自己刚才坐的地方去了。

门开了,赵天亮却并不进屋,他推开着门对大家说:"都出来!"

于是大家先后走到外边,站在门廊上。江那边闪动着十几支火把,一阵阵俄语的呼唤声传过来:"娜嘉!娜嘉!"

杨一凡问魏明:"学过俄语吗?'娜嘉'是什么意思?"

魏明:"希望。"

黄伟:"许多女孩子也叫娜嘉。"

他们脚边的狗站了起来,挣着绳子,朝江那边哀嚎。那边教堂的钟声也响了起来。

一时钟声、唤狗声、狗吠声响成一片。连那边瞭望台上的探照灯,也开始在江面扫来扫去了。

赵天亮解开绳子,往屋里牵狗。狗害怕,后挣,不肯进。周萍将狗抱起,率先进屋。大家便都进到屋里了。

周萍将狗放在赵天亮床上,坐在床沿,守护神般守护着狗。

赵天亮从墙上摘下医药箱放在床上,对周萍说:"给它腿上药,好好包扎一下。"他转脸又对魏明说,"老魏,准备好笔和纸,坐桌子那儿。"

沈力从褥子底下抽出信纸放在桌上,杨一凡将笔递给魏明。魏明默默地,有几分不情愿地坐在桌前。

赵天亮对魏明说:"我说,你写,要用俄文。"

"小地包"："慢!"他一步跨到赵天亮跟前，"你要把它放了?"

赵天亮："对。"

"小地包"："如果我不同意呢?"

"我还是你班长吗?!"

"小地包"把头一扭。

赵天亮大喊："说!"

"小地包"也大喊："是!"

赵天亮大吼："那你给我滚一边儿去!"

"小地包"："我还是你哥们儿吗? 你亲眼看到的,它差点使我丧命!"

赵天亮："你耳朵聋啦? 刚才什么都没听到吗?!"

"小地包"："你要是放了它,以后就不再是我哥们儿!"

赵天亮挥手欲扇"小地包"耳光,却被沈力和杨一凡拉开了。

黄伟对魏明说："我说,你写——我们无意伤害你们的娜嘉,是它自己经常过界,在我方领土到处乱跑,被套野兔的套子套住。我们替它敷了药,进行了包扎,希望你们以后管好自己的狗……"

魏明写好,将纸递给黄伟。黄伟将纸折成纸条,走到周萍那儿,将纸条缠在狗的项圈上,接着,解开了拴在项圈上的绳子。

周萍抱狗站起,向门口走去。"小地包"抢前一步,挡在门口。

二人互不相让地瞪着。

黄伟对"小地包"说："敬文,别太过分啊,人家周萍可救过你的命。"

这句话起了作用,"小地包"默默闪开了。

周萍抱着狗走到了门外。"小黄浦"、沈力、杨一凡、黄伟和魏明都跟到了外边。

钟声已止,呼唤声继续。

周萍放下了狗,狗飞快地向对岸跑去。

"小黄浦"小声地："其实我挺能理解孙敬文的。那天晚上,他都吓尿裤子了,他不好意思说罢了。毕竟,咱们谁也没经历过那情形。"

　　"小地包"坐在桌子那儿,赵天亮坐在自己的床沿上,主动地对他说:"我既是你哥们儿,也是你班长吧? 你怎么能那么不给我面子? "

　　"小地包":"你怎么就那么不给我台阶下? 你以为我就真能下得去手杀那狗啊? 你要是说,'敬文,给哥们儿个面子,我求你放了那条狗吧',我能一犟到底吗? "

　　赵天亮:"我怎么知道你是这么想的! "

　　"小地包":"我多顾面子你还不清楚吗? 亏咱俩还是哥们儿! "

第二十八章

早晨,赵天亮他们围坐在桌子四周,魏明在往每人的餐具里分黏豆包。黏豆包比乒乓球大不了多少。

魏明:"昨天晚上说好的,每人两个。吃不了的,让给别人。"

"小地包":"吃不了?"他用筷子夹起一个,一口就吞了下去。接着,又一口吞下了第二个。然后,一一看着大家问:"谁吃不了?让给我。"

"小黄浦"赶紧用手护住了餐具里的两个黏豆包。

"小地包"又问别人:"没人发扬风格吗?那我可就站瞭望台去了。班长说得对,挨饿归挨饿,该巡逻还得巡逻,该瞭望还得瞭望。"

门开了,周萍从外面进来。

赵天亮问她:"干什么去了?"

"到林子里去转了转,满以为能碰到黄黄。都先别急着吃。"周萍走到墙边的书包旁,从书包里掏出纸包,走到桌旁坐下,打开纸包,里面是白糖,"我凭票买的,二两,对插队知青特供的。不是就要过春节了嘛……"

除了赵天亮,其他人用筷子夹着的、用手捏着的黏豆包立刻向白糖蘸去。

"小地包"心理不平衡地:"你倒是早进屋一步嘛!"

周萍白他一眼,不接他的话。

"小地包":"我知道,在有的同志看来,你们都是心地善良之人,就我成了恶魔心肠的人了!"他自觉没趣地向外走去。

魏明将放着两个黏豆包的小盘推向周萍:"这两个是你的。"

周萍:"我不饿,我这份儿给我班长的弟弟了。"

魏明一时没反应过来,问:"你班长的弟弟?"

"小地包"已走到门口,他反应快速地:"是我! 是我!"他冲回到桌旁,左右开弓,一手一个,抓起赵天亮碗里的两个黏豆包,在白糖里滚了又滚,同时塞入口中。

大家看得目瞪口呆。

"小地包"咽下豆包,对周萍笑道:"我都忘了我老姐曾经是你班长,那你也不必拐弯抹角的啊,干脆说你那份让给我吃多明白啊!"

赵天亮苦笑:"你吃的是我那份儿。"

"小地包":"是吗? 那我可得纠正错误!"他向另外两个黏豆包伸出手去。

周萍赶紧双手护住小盘儿里的两个黏豆包,对赵天亮嚷:"你们这个班太成问题了,把我班长的弟弟给惯坏了!"

黄伟推了"小地包"一把:"脸皮别这么厚啊,也不怕人家周萍笑话! 站瞭望台去!"

窗外响起马嘶声。

大家朝窗外一看,见"乌云"拉着马车已出现在门前。所有人全都拥出门外,见车上麻袋、草袋、桶、坛子等等载着很多东西。

齐勇摘下帽子向大家行骑士礼:"女士们,先生们,我想象得到你们是如何地思念我……"

魏明:"揍他!"

于是"小地包"带头,"小黄浦"、沈力、杨一凡等四人冲下台阶,将齐勇团团围住,笑闹着拳打脚踢起来。

"小地包"站在瞭望台上了,用望远镜望江对岸。周萍在往瞭望台上攀。

"小地包"将周萍拉上了瞭望台:"为什么不叫我'敬文'了?"

周萍:"谁叫你昨晚那么凶巴巴地瞪我来着!"

"小地包":"那你叫我'小地包',也比叫'我班长的弟弟'强啊! 实话跟你说,对于我,在这儿的另一个好处那就是——听不到我那老姐的声音了,有一种孙悟空摆脱了唐僧的感觉。"

周萍打了他一下:"你姐对你那么好,你真就一点儿都不想她?"

"想。""小地包"说罢又小声地叮嘱,"不许告诉别人啊!"

周萍:"我也经常想她。她好吗?"

"好着呢,当个小破班长,当得可来劲儿了! 我上次回连队,她还问起过你。你离开七连那天,她因为同情你,还偷偷哭过呢!"

周萍:"你们班的人对我好,是不是也都觉得我怪可怜的呀?"

"小地包":"起初是那样。当然,还因为你和天亮的关系。后来,渐渐地,不觉得你可怜了。因为我们都感到,你自己不觉得自己可怜了。"

"起初我也觉得自己太可怜了,后来想开了,反而觉得自己挺幸运的。"

"想开了什么?"

周萍:"你说,人将死的时候,都对自己这一辈子活得满意不满意,是怎么认为的呢?"

"小地包":"从没想过。怎么认为的?"

周萍:"我利用自己上次探家的时候,偷偷去看望过我父亲的一位老朋友。他前一天刚被批斗过,可是见了我,高高兴兴的。他一只眼瞎了,我问怎么瞎的,他平静地说,有次挨斗的时候被红卫兵用皮带抽瞎的。我一听,当时就哭了。猜他当时摸着我的头说什么? 他说,'小萍萍啊,不要替伯伯难过。伯伯这一辈子,有情人终成眷属,即使落到现在这

811

种地步,老伴对我依然不离不弃,相反关爱倍增。这是一大幸运啊。儿女们呢,虽然个个受我牵连,但没有一个给我贴过大字报,没有一个声明和我断绝关系的,相反,都更加尊敬我这个死不认罪的倔老头子了。他们都经常给我写信,在信中一再告诉我,爸爸妈妈永远是他们最爱的人。老朋友们呢,没有一个出卖我的,没有一个揭发我去讨好某些人的。有的时候,在批斗会上互相见着了,瞥我一眼,目光暖暖的,能一直暖到我心里。他们都在用眼神鼓励我,一定要坚强地活下去。爱情、亲情、友情,体现在我身上饱饱满满的。即使明天就死,伯伯对自己的一辈子也很知足。'从那以后我就想我自己。爱情,我有。友情,我也有。我也没给父母贴过大字报。在上海的时候,学校里的造反派逼我公开声明和父母脱离关系,说只要我那样做了,也批准我加入红卫兵。我就不那样做。我没在别人伤害了我父母之后,也伤害他们。我也经常在写给父母的信中告诉他们,他们永远是我最爱的人。我只不过没像你们一样成为兵团战士,那我死心就是了。我这样一个爱情、亲情、友情也饱饱满满的人,为什么要觉得自己可怜呢?"

"小地包"目不转睛地看着周萍,听呆了:"第一次有人跟我说这样的话。看来,我以后也不能傻吃茶睡的了,也该想点儿事儿了。"

车上的东西已搬入屋里了,赵天亮和齐勇面对面坐在桌子两边。

赵天亮对齐勇说:"你再不来,我就不知怎么办了。"

齐勇:"连里倒是督促我早点儿来,是我有意拖了几天。我想,快到春节了,我最好把你们的家信、包裹也都给捎来。这么一拖,就下大雪了。你们这边,雪还小点儿。连队那边,雪那叫大,真是白茫茫一片大地好干净,也分不清哪儿是路,哪儿是沟,哪儿是塔头甸了。我是出发过一次的,才走二三里又回去了。雪没车轮,马怎么拉?昨天是连里为我出动了一台拖拉机在前边推雪,结果我赶着马车单独再往这儿来时,车还是歪到沟里了,差点儿没翻。幸亏遇到了鄂伦春人的猎队。"

齐勇说着一拍头:"差点忘了。给你带来了一个惊喜!" 他起身走到一只麻袋前,从里边取出一只枕头。

赵天亮:"我的枕头!" 他夺过枕头,将枕套撕破,把手伸进枕套,摸来摸去,却没摸到那封一直令他思想不安的信。

齐勇吃惊地看他。

赵天亮:"枕头怎么会到你手里的?"

齐勇:"这枕头被人家鄂伦春猎人捡到了。人家判断是咱们兵团的人在伐木途中丢掉的。可那么多连队,人家也不能带着只枕头逐个连队找失主啊。人家有次路过九连,就留给九连了。九连没人认领,又转到了三连,三连又转到了五连,我来之前转到了咱们连。这期间,肯定有人枕过,也有学雷锋的人给拆洗过。"

赵天亮一声不吭地将枕头塞入大铁炉中。

齐勇:"每个人都有属于自己的秘密,即使再好的朋友都不相告。有时候,甚至也不愿让恋人、兄弟姐妹和父母知道。这一点,我是完全能理解的。我毕竟是老高二,是除了语文课本之外,多少还读过一些文学名著之类的书的。所以,生逢这样一个特殊的时代,我也越来越尊重这一点。但是天亮,咱们毕竟是哥们儿,你为一只枕头经常处于惶恐的状态,使我每次看到心里都挺难受。"

赵天亮苦笑一下:"因为一只枕头,我给过你那么一种印象吗?我刚才也使你看出惶恐的样子了吗?"

齐勇点头。

赵天亮:"那么,忘记它。对谁也不要说起我那只枕头的事。一会儿他们回来了,你一个字也不要提。"

齐勇:"你自己呢?"

"啊?我丢过一只枕头吗?我什么时候丢过一只枕头?"

赵天亮走到齐勇跟前,将一只手搭在他肩上,低下头说:"如果我自己能够首先忘记,那就好了。可是我做不到,根本做不到。我经常胡思乱想,如果你,或者敬文,你们两个我最好的朋友中的一个,是医术最高明的脑外科医生的话,那有多好。那我就请你们为我开颅,检查我的每一部分脑区,把关于那只枕头的记忆,用镊子夹出来。不知为什么,我觉得那种记忆,像是我大脑中的一个瘤。"

齐勇不由得拥抱他,一手轻拍他后背,安慰地:"我理解,我理解,以后我再也不问,再也不提。一会儿他们回来了,我一个字也不说。"

门开了,沈力和杨一凡走了进来。

杨一凡:"再哥们儿也别那样啊!看着让人心里起疑。"

齐勇:"怎么?连教授的儿子也学贫了?跟谁学的?"

杨一凡烤着手说:"无师自通。是教授的儿子的时候,得装斯文。是'臭老九'的儿子的时候,得贫点儿。用贫抵消臭,这是一种自我保护的策略。"

沈力:"班长,我俩刚才又看到那条狗了。有点儿怕我们,又有点儿想跟我们亲热。叫它,居然还跟我们走了一段。它不记仇,我开始有点喜欢它了。"

齐勇:"就是我也见到过的那条狗吗?"

赵天亮:"对。昨天晚上我们套住了它,敬文还想杀了它吃它的肉。"

齐勇:"那可是条好狗。狗通几分人性,你注视它的眼睛就知道了。"

"再碰到它时,绝对不许伤害它。但也别和它太近乎。毕竟是那边的狗,太近乎了,万一有人质问起来,说不清楚。"

门又开了,周萍走进来,小女孩儿般高兴地说:"我在瞭望台上看到小松鼠了,用望远镜看到的,看得可清楚啦!"说着,她吸了吸鼻子,"什么味儿?"

杨一凡:"是有股怪味儿。"

沈力:"谁把衣服塞炉子里烧了吧?"他想掀开炉盖看。

赵天亮挡住了他:"别看了。"

周萍、沈力、杨一凡都疑问地望赵天亮。

齐勇:"是我的棉手套烤着了,干脆,就烧了。"

杨一凡指着桌上问:"那不是你的棉手套吗?"

齐勇:"那就是把别人的棉手套烧了。烧了谁的,算谁倒霉吧!来来来,找棋盘来,咱俩杀一盘。"他把杨一凡推走了。

沈力也跟到一边去了:"我观战。"

周萍看着赵天亮说:"我觉得,你有心事。"

赵天亮:"心事?没有啊!我哪儿来那么多心事啊!"

晚上,大家围着桌子共进晚餐。那可算是一顿丰盛的晚餐了,而且主食不是馒头,是大米饭。

"小黄浦"俯身闻着桌子中央一大盆米饭,闭上双眼,陶醉地:"啊,大米饭,大米饭,总算吃到一顿大米饭了!"

齐勇:"事务长用面粉从外地换的。就换了两袋,当成宝似的,说就别给你们带了。我说那可不行!硬逼着他给了十来斤。差点儿忘了,还有更大的惊喜!"说着,从墙上摘下了军用壶,往桌上一放。众人目光都盯在壶上。齐勇让赵天亮拧开了壶盖。

"小地包"猛吸了一下鼻子,大叫:"酒!"

魏明又上来一道菜,家长般地:"猪肉炖粉条,一大锅!娃们,可劲儿造吧!"

包括周萍在内,大家用各种各样的盛物碰杯。

赵天亮:"这酒劲儿太大,我多一口也不能喝了。"他将碗放下,醉眼乜斜,甘拜下风地望着大家。

杨一凡也有点醉了,大叫:"不行不行,弟兄们,能……能答应吗?"

其他人齐声地:"不能!"

"小黄浦"红着脸叫:"喝!喝!不喝我可硬灌了啊!"

周萍坐在齐勇和赵天亮之间,用胳膊肘拐一下齐勇,小声地:"爱护一下他嘛。"

齐勇一副事不关己高高挂起的样子:"这种事儿我可不能拦。"

黄伟笑道:"说得好。你要拦,我都不答应! 爱护也得分时候。"

"小地包"双手端起赵天亮那只碗,离座单膝往赵天亮跟前一跪,举碗过头,念京剧道白似的:"大哥! 你就,把它,喝下去吧!"

赵天亮不知如何是好。

周萍往起一站:"别难为他,我替他!"

不待大家作出反应,周萍接过那碗,一仰头将半碗酒饮了个精光,之后亮碗底。大家目瞪口呆。

周萍放下那碗,又端起自己的碗,像古代义士一般,一手护着碗边,将碗画了一道弧,又一饮而尽。

齐勇一拍桌子,高叫:"好!"

"小黄浦"吃惊地:"我的妈,佩服,佩服!"

"小地包"又向齐勇发起攻势,一边往齐勇碗里倒酒,一边说:"姐……姐夫……从今天起,以后我叫你姐……姐夫了! 我也要,敬姐夫……一杯!"

齐勇:"不许叫我姐夫!"

"你……你本来就是我姐夫了嘛! 他们……他们……都知道嘛!"

大家齐声地:"知道!"

周萍忽然大叫:"安静!"

一时无声,大家都看她。

周萍依然大叫:"我要唱歌! 我要唱歌!"

赵天亮苦笑了一下:"看,她……她也醉了吧。"

周萍:"没醉! 就没醉! 还能喝! ……"

"小地包":"我……我给嫂子倒上!"

沈力从"小地包"手中夺去壶,斥责地:"一会儿姐夫,一会儿嫂子的,出什么洋相! 老老实实待一会儿!"

周萍:"我来的路上,鄂伦春大嫂教会了我一首歌,关于爱情的。一个鄂伦春小伙上一个鄂伦春姑娘家串门,姑娘要给他做小米饭,还要给他炖松鸡,小伙子说不是来吃饭的……"

魏明:"弟妹别多说了,都懂了,唱吧唱吧!好好唱,我给你削冻梨吃!"他开始削一个冻萝卜。

沈力:"那不是冻梨,那是冻萝卜!"

魏明语言混乱地:"冻萝卜不是冻梨是什么?"

周萍:"安静!第一段是姑娘唱的,我唱完,你们要接'那依呀'!"

大家附和着唱:"那依呀!"

周萍不耐烦地:"第二段是小伙子唱的,我唱完,你们要接'那哈依呀'!"

异口同声:"那哈依呀!"

于是周萍用鄂伦春语唱起了那首鄂伦春情歌。那是一首需要用高亢嘹亮的音调来唱的歌,而周萍的嗓音令大家意想不到地嘹亮和高亢。大家的眼睛都望着她,都被她的歌声所感染。也可以这么说,在那时,每一个人的目光中都流露着对她的爱。

周萍离开桌子,边唱边旋转,像激情洋溢的吉普赛女郎。

黄伟对齐勇说:"想不到她有这么一副好嗓子!"

齐勇:"要是团长今晚也在这儿,肯定后悔死了。"

周萍唱罢,大家也接完最后一句"那哈依呀"之后,她搂住一根柱子,举臂高呼:"青春万岁!爱情万岁!友谊万岁!快乐万岁!"

她的声音刚落,门外传入狗叫声。

沈力放下手里的杯子:"又是那条狗!"

魏明:"它又来干什么?这不成了纠缠冤家了嘛!"

周萍开了门,但见那狗蹲在台阶下,身上套着绳索,拖来了一辆小爬犁,爬犁上绑着一个小布包。

周萍奔下台阶,抚摸狗,跟狗说话:"又是你呀,你来干什么呢?刚才听到我唱歌没有呀?"

狗亲热地用前爪扑她,舔她。

周萍:"是不是想让我给你换药呀? 了不起,还拉过来东西了呢,让我看看是什么……"她出了门,大家也都跟着她到了屋外。

周萍往下解那小布包,赵天亮却制止了她:"不可不防! 我……来……"但是他喝得太多了,脚步一踉跄,坐在了台阶上。

只有沈力最清醒,他踏下台阶,将周萍拖开:"你们几个都醉了,谁也不许过来!"他说着,将狗从绳套上解下。周萍抱着狗抚摸,仍一味跟狗说着:"你腿疼不疼了? 放心吧,这儿的人再也不会对你不好了……"

沈力将小爬犁拖远,打开了布包,再分开一层纸,里边是小馅饼。他拿起一个,看一会儿,闻闻,咬了一口,觉得好吃,又咬了一大口。

齐勇:"沈力,什么呀?"

沈力:"馅饼! 果酱的,好吃!"

"小地包"瞪大眼睛:"果酱的? 我只吃过大酱、豆瓣酱,没吃过什么果酱。"

"小黄浦":"果酱馅饼那是西餐的做法!"他奔下台阶,跑到沈力身边,也抓起一个就吃,"果然好吃! 果然好吃!"

杨一凡对大家说:"哥儿几个还傻站在这儿干什么呀!"

台阶上的几个发一声喊,一齐奔下,向小爬犁跑去。赵天亮仍坐在台阶上,声音软软的:"小心……上当……"

木房子里,周萍在为狗重新包扎腿。赵天亮他们坐在桌子那儿,他看着大家在狼吞虎咽地吃馅饼。

杨一凡拿起一块来递给赵天亮:"班长,你也尝一个嘛!"

赵天亮:"真的什么也吃不下了。"

"小黄浦"突然想起什么,大声地:"停! ……据我所知,炸弹也可以做成果酱式的……"

"小地包"打了他一巴掌:"那你不早说,还抢着吃!"

"小黄浦":"我……我不是刚想到嘛!"

大家一个个放下手里的馅饼,一个个低头看自己的肚子。

黄伟发现了纸条,打开看,见是俄文,递给魏明:"快念念……"

魏明拿着纸条念道:

亲爱的孩子们,我们这边的士兵都很年轻,他们都是我们的孩子。所以我们想,你们也必定是些孩子。我们是两个无儿无女的老人。娜嘉就是我们的孩子。谢谢你们对我们的孩子那么好。我和老伴让娜嘉带过去这些馅饼,表达我们对你们的感谢,愿上帝保佑你们……

沈力瞪着"小黄浦"说:"还胡扯什么果酱炸弹!不担心肚子爆炸了吧?"

"小地包":"来而不往非礼也!我包裹呢?我包裹呢?也得让狗捎过去点什么,要不显得咱们太小气了!"他起身走到一只麻袋那儿翻麻袋。

赵天亮起身走到自己床铺前,见周萍已醉着睡着了,狗卧在她旁边。他将狗抱下,替周萍脱鞋、脱棉袄、棉裤、袜子。周萍的小脚那么白,他朝大家看一眼,见没人注意他,迅速吻了一下周萍的脚,之后给她的头垫好枕头,为她盖上被子。看着周萍那张美丽的脸,他忍不住又吻了一下她的唇。

他回到桌子那儿,魏明已在扎麻袋口,里边装了半麻袋东西。

赵天亮看了看:"太多了吧?都什么呀?"

魏明:"什么都有,吃的、穿的、用的。'不能显得太小气'的意思,那就是要显得大方嘛!"

赵天亮:"那我太尴尬了,你们都收到了包裹,就我还没收到包裹,没法表达意思了。"

齐勇:"谁的东西都能代表你班长的一份儿心意嘛!"

大家站在门外,望着那狗在月光下拖着爬犁跑向江那边……

第二天早晨,周萍醒来,自言自语:"我昨天晚上好像醉了。"

她一抬头,见齐勇和赵天亮面对面坐在桌子那儿,黄伟等六人一溜儿坐在大床铺的床沿,"小地包"和"小黄浦"手中都拿着信纸。

周萍隐隐约约地回忆起了昨天的事,问大家:"我昨晚是不是醉了?出丑了吧?"

没人回答她的话,气氛异常。

周萍:"都怎么了? 发生什么事儿了?"

赵天亮:"他们昨晚,让狗也往那边儿拖过去一些东西,今早一起来,又都后悔了。"

黄伟:"我没后悔啊!"

魏明:"我也没后悔。"

"小地包"一下子站起来,指着魏明生气地说:"你有什么可后悔的?你又没贡献什么!"

魏明不服气地:"你既然说是贡献,那就不应该后悔。"

"小地包"拍着信纸:"我不应该后悔? 我爸写来的信上说,包裹里有我妈织的两双毛袜子,有二斤红糖。红糖啊,同志! 在哈尔滨,那只有坐月子的女人才配给,凭特供票! 那是我妈白给一户人家带了一个多月的孩子,人托人走了好几道后门才弄到的票!"

他又指着赵天亮和齐勇大发脾气:"你俩别没事人似的! 我连包裹都没打开,整个儿就塞麻袋里去了! 还有两块檀香皂! 檀香皂! 两块! 哈尔滨名牌,凭票平时也买不到!"

"小黄浦":"檀香皂不是你们哈尔滨的名牌啊,是我们上海产的。"

"小地包":"住口! 我控诉完你再控诉!"

齐勇瞪着"小地包":"听听,'控诉'这种词儿都用上了! 关我什么事儿? 我有什么责任?"

"小地包"："你怎么没责任？为什么红糖二斤、袜子两双、檀香皂两块？有我姐一份！你是我未来的姐夫！我的损失也是我姐的损失，那也等于是你的一部分损失！"

齐勇一拍桌子："禁止你再跟我'姐夫''姐夫'的！叫得我浑身起鸡皮疙瘩！未来怎么回事，未来再论！"

赵天亮："我当时可不是视而不见啊，我说过太多了嘛，没人理我啊！"

沈力："我也说，给点儿意思意思就行了，他们不听嘛，抢过我一整盒虾酥糖就往麻袋里塞，接着把我推一边儿去。"

"小黄浦"站起来拍着信纸："一盒虾酥糖算什么呀！我那一盒麦乳精、一盒乐口福值多少钱？哎，我往麻袋里放的时候，你们怎么就眼睁睁地看着，没一个人拦我一下呢？我不扯什么姐夫关系、哥们儿关系，仅仅冲我们是革命同志在这一层最普通的关系，那也不应该眼睁睁地看着我割自己的肉来显大方吧？"

杨一凡："我的包裹也没打开就塞麻袋里去了。而且，我还没收到家里的信，连包裹里究竟是些什么都不知道！要是半麻袋好东西都给了咱们中国人，那也算雷锋精神！可这算什么事儿？敢对别的人说吗？说了不挨一顿狠批才怪！唉，结伙当了一回二百五！"他懊丧地仰躺下去了。

周萍忍俊不禁，咯咯笑将起来。

众人的目光便都望向周萍。

周萍强忍住笑，挖苦地："没羞！说刚才那些话的人，都没羞！谁叫你们昨晚都逞能，往醉了喝的？喝醉了，比着显大方；酒醒了，又后悔，丢人不丢人。既成事实了，那就大方到底吧，再说那么多可笑的话干吗？"

齐勇："小周说出了我想说的话。酒是我带来的，没有酒，大家就不会醉。大家都不醉，昨晚的事儿肯定就不是那个样子。都不许埋怨你们班长了啊，都怪我，我向大家道歉！"他一一向大家抱拳鞠躬，接着对周萍说:"穿好衣服,咱们该走了。"

木房子门前,马车已套好,齐勇已经坐在车上。

赵天亮走出,对齐勇低声说:"能不能多待两天?你多待两天,她也能多待两天。"

齐勇:"我倒是也这么想,可连里等着出这辆车的活挺多啊!"

周萍快快乐乐地跑出,坐上了马车。大家跟出来,都站台阶上。周萍笑道:"不许再后悔了啊,都高兴点儿,向我学习,保持快乐心情!"

大家不好意思地笑。

周萍看着赵天亮说:"过来。"

赵天亮走到了他跟前。

周萍:"看着我的眼睛。"

赵天亮就迎视着她的目光。

周萍:"遇到什么不好的事儿,不许闷在心里一个人发愁。要告诉我,让我和你分担忧虑,行吗?"

赵天亮:"行。"他点点头,退后两步。

齐勇一抖缰绳:"驾!"

大家目送着马车离开。

沈力和杨一凡在江边巡逻,狗出现在江那边。杨一凡将手指伸入口中,吹了一声响亮的口哨,狗飞快地朝他俩跑来。

站在瞭望台上的"小黄浦"用望远镜观望着那狗。在望远镜中,狗跑到沈力和杨一凡跟前,绕着他俩欢蹦欢跳,往他俩身上扑。

黄伟也上了瞭望台。"小黄浦"将望远镜递给黄伟,指极远处沈力、杨一凡和狗的身影。

黄伟举起望远镜观望。望远镜中,杨一凡从狗项圈上取下了纸条。上面是狗主人对所赠礼物的感谢。

晚上,木房子里,大家随意坐在各处,魏明手拿展开的纸条,一边走

来走去,一边大声念:

　　亲爱的孩子们,我和我的老伴儿,我们简直没法用语言来
形容我们的震惊。是的,起初是震惊,接着是充满我们内心的
欢喜。再接着,我们都深深地被感动了。我们内心里充满温暖,
那种温暖快把我们的心融化了。因为,从没有人一次送给过
我们那么多好东西!而且每一样东西都是我们需要和渴望的。
我们觉得,我们一下子成了财主。你们太慷慨了,慷慨得使我
们不知说什么好……

冰雪融化,黑龙江解冻了,江面浮满冰排。

有时,大家站在黑龙江边遥望对岸会禁不住念叨:"娜嘉,只有明年
冬天再见了……"

夜晚,木房子里,一群人在下棋、打扑克,只有"小黄浦"一个人在做
着特别的事情。他站在马灯那儿,一手举小镜,一手用两枚一分的硬币
夹胡子。

在与赵天亮下棋的黄伟斥责地:"哎,你躲开点儿,别挡住马灯光!
长出了几根绒毛还添了心病了!"

"小黄浦":"胡子!"

魏明:"你那也配叫胡子?"

杨一凡:"没听说过啊,开始用刮脸刀了,那才算是男人了!——还
'调'?我这三个二保着大小王呢,你太不自量力了吧?"

"小地包"忽然地:"都别说话!"

"啪!"黄伟将一枚棋子拍在棋盘上。之后一阵肃静。

门外传来狗叫声,很低微,像在呻吟。还有狗爪挠门声,很轻,软弱
无力。

沈力:"娜嘉!"他一下子从床上跳到地上,也不穿鞋就跑到了外边。

大家都一齐跟到了外边。

娜嘉伏在地上,看上去它连站起来的力气都没有了。

沈力将它抱起回到屋里,大家又都跟入屋里:"它浑身都是湿的!"

杨一凡:"快放炉子这儿!"

沈力将娜嘉放到炉边,他的衣服湿了一片,伏在炉边的娜嘉瑟瑟发抖。

杨一凡将炉火捅旺,往里加柴。

魏明从绳上扯下一条干毛巾,擦娜嘉身上的毛。

"小黄浦":"肯定是游过来的!"

魏明:"它身上绑了个袋子!"他将袋子从狗身上解下来。那是一只扎口的、不大不小的皮袋子。他将袋中东西倒在桌上,是手镯、戒指、耳环、几颗扣子,还有一小块白布。

黄伟拿起袋子,一拧,拧了一地水,伸开又放在桌上。

赵天亮拿起那一小块白布,见其上写满俄文,朝魏明一递:"快念。"

魏明接过辨认着模糊的字迹,缓慢地念道:

> 亲爱的孩子们,我不得不向你们求救,我老伴的心脏病更重了。我们这边的人说,也许,只有你们那边的偏方能救她一命了。那偏方就是鹿心血,而你们那边有养鹿场。娜嘉带过去的,是我们全部值些钱的东西,都是银的……

大家一个个转身看娜嘉。它伏在炉旁,一种刚从死亡之境过来的样子,看上去精疲力竭。它一动也不动。沈力拿着一块馒头蹲下喂它,它也不吃。

黄伟:"三连才养鹿。"

赵天亮问众人:"谁认识三连的人?"

一阵沉默后,"小地包"低声地:"我……我去年冬天探家回来,和几个三连的知青结伴儿走了几十里。"

赵天亮搂着"小地包"的肩,同"小地包"走到一旁,问:"敬文,你看这事……"

"小地包":"别说了。你想让我去一趟三连?"

赵天亮点点头。

"小地包"侧转身看狗。狗眼似人眼,仿佛在乞求。"小地包"又看看大家,大家也在看他,目光中所表达的都是同一个意思——你得去。

"小地包":"那,我现在就去?"他走到墙那儿,摘下帽子。

赵天亮望望窗外:"现在天都黑了,明天一早去吧。你先到山东屯去借一匹马,路上也许会碰到狼、熊什么的,我允许你带枪,以防万一。"他脱下披在身上的棉袄,盖狗身上,又对大家说:"敬文明天起得早,大家都早点睡吧。"

中午时分,"小地包"来到山东屯女知青宿舍前,将纸条交给周萍看。

赵天亮在纸条上写着:

　　　　萍萍,无论敬文请你帮什么忙,都要尽量帮他……

窗口内,几个姑娘的头聚拢着,在看他俩。

山东屯马棚里,喂马的老头打量着"小地包"说:"认识,当然认识。我们山东屯的人救过你小命嘛!"

"小地包"请求地:"大爷,我从边境上来,有急事,要借一匹马。"

喂马的老头:"急事?那也得分是公事私事。"

周萍:"大爷,他要赶到他们兵团三连去,那就肯定是公事嘛!"

喂马的老头转过头:"是公事,那也得支书或者队长批准,我不能做主随便借一匹马呀!"

周萍:"这……"

她灵机一动,掏出了赵天亮写给她的纸条,将老头扯到一旁,煞有介事地:"大爷,您看这是支书批准的条子,我念给您听啊……"

没等他反应过来,"小地包"已经解开一匹马的马缰,将马牵出了马棚。

喂马的老头发现,追出马棚:"哎,你……"

"小地包"已跃身上马,催马而去。

三连鹿圈旁的一间小屋里,与"小地包"结伴步行过的一名男知青为难地:"哥们儿,你当鹿心血是杀猪时用盆接的猪血呀?那是鹿刚死,直接剖开鹿心一滴滴聚起来的一点儿血!我们养的鹿那是不能随便杀的呀!去年春天,两头公鹿发情,一头将另一头顶死了,我才见过什么叫鹿心血!"

"小地包":"就把那点儿给我。"

对方:"给你?说得轻巧,当时就让我们连一名老职工用两个月的工资买去了。"

"小地包":"那,带我去见他!"

到了老职工家,老职工将一个小药瓶递给"小地包"。"小地包"朝窗举着,见里边有几块红糖块儿似的东西。"小地包"怀疑地看陪他来的那知青。

那知青:"放心,我替他担保,绝对是真的。"

老职工:"本来我也是为朋友买的,可你大老远来了,而我们三连养着那么多鹿,我还会有机会弄到的。"

"小地包":"那多谢了!"他将小瓶揣入内衣兜,又对陪他来的知青说,"请你也替我担保,过几天我把钱送来!"

老职工一把拽住了他腕子:"哎哎哎,那可不行。不是信不过你,珍贵之物,没你这么办事儿的!"

"小地包"看腕子,看到了自己的手表:"我又不会抢走你的,先松手。"

老职工放开了他的腕子。

"小地包"撸下了手表,往桌上一放:"这表归你了,去年才买的。"

老职工拿起表看时,"小地包"已大步走出门去。

"小地包"带着鹿心血回到木房子。

赵天亮将那些银器和装着鹿心血的小瓶,一并放入小皮袋里,系在娜嘉身上。

大家带着娜嘉来到黑龙江边。正是日落时分,黑龙江上的冰排皆被落日的余晖染红。

沈力:"要是咱们的小艇有油就好了。"

杨一凡:"那不等开到江心,就得被撞散了。"

赵天亮看一眼怀中的狗,对黄伟说:"不行,我做不到,还是你来吧。"他将狗送在黄伟怀里。

黄伟:"这……老魏,你来!"他把狗送在了魏明怀里。

魏明也想将狗送到别人怀里,沈力、杨一凡、"小地包"和"小黄浦"皆后退。魏明只好抱着狗往前走,眼望着满江冰排说:"娜嘉,真对不起……"

在冰排与冰排之间,娜嘉奋力地向对岸游去。

沈力第一个不忍望下去,噙泪转过了身。赵天亮也噙泪转过了身,拍一下沈力的肩说:"娜嘉,会成功的!"

"小黄浦"对着奋力游向对岸的狗小声地:"娜嘉!小心啊!"

杨一凡:"娜嘉!前进啊!"

他俩搂抱在一起,都无声地哭了

江彼岸也传来了喊声:"娜嘉!娜嘉!……"

赵天亮、沈力、"小黄浦"、杨一凡一齐朝黑龙江转过身去。狗奋力爬上江心的一块冰排,冰排顺流而下。

一班七人,皆望那块冰排,齐沿江岸奔跑,喊:"娜嘉!娜嘉!"

彼岸也有人影奔跑,也有喊声:"娜嘉! 娜嘉!……"

两岸喊声交杂。载着那狗的冰排,越漂越远。

落日更红,仿佛要滴血。冰排也被映得更红,仿佛着了颜色。

知青们并立江边,望着江水,望着彼岸。他们不知道娜嘉是否游过了江去,但是,他们多希望它是游了过去啊!

赵天亮心里默默念道:"娜嘉,再见了,后会有期……"

木房子里,一幅娜嘉的油画挂在墙上。团长和张靖严站在油画前欣赏着。

团长点着头赞叹道:"画得不错。"

张靖严:"他们中,还有一个在写小说。"

团长满意地:"哦?好啊。很好嘛! 兵团总司令部已经开始举办文学、文艺和美术培训班,你记着,以团里的名义,向总司令部推荐他们去参加。"

"是!"

团长:"我们的知青中人才济济啊! 一个国家要是没了艺术苗子,那叫什么主义都是在全世界抬不起头来的事! 将来,要是我们兵团出了一批画家、作家、诗人、歌唱家,那是我们兵团的光荣,也是北大荒的光荣。兵团和北大荒的历史,都是要记上一笔的!"

窗外传来赵天亮的声音:"立正!"

木房子里,团长和张靖严踱到了敞开的窗口前。知青们列成一排,在向对面七名兵团战士移交武器。

一交一接之后,赵天亮和对方班长齐喊:"敬礼!"

双方礼毕,赵天亮对对方班长说:"如果冬天来了,那边有一条狗跑过来,你们要善待它。"

对方班长问:"狗?什么样的狗?"

赵天亮说:"屋里墙上有一幅画,画的就是它。"

一班七人都坐在了卡车上,卡车开走。

对方班长从屋里跑出,追着喊:"看见那画了,狗叫什么名字?"

"娜嘉!'希望'的意思!"

第二十九章

知青们坐满大食堂。食堂前面的一面大黑板上,横向写着齐勇、黄伟、魏明、沈力、孙曼玲等几人的名字,他们名字下边竖写着"正"字。

杨一凡在唱票,女一班的吴敏在监票。吴敏的名字也在黑板上,但是名字下仅有的一个正字还缺一笔,因此,她表情难看极了。女一班的上海姑娘薛艳在往黑板上写"正"字。

杨一凡:"最后一票,注意,最后一票……"他从票箱里取出最后一张票:"最后一票上会是谁的名字呢?"

他看了吴敏一眼,把手里的票递给她:"咱们的监票人陪我站半天了,最后一票还是让她来念吧!"

知青们的目光都落在吴敏身上。指导员、连长、尹排长和方婉之并坐在第一排,他们也都望着吴敏。

吴敏极不情愿地:"孙曼玲、沈力……"

薛艳在孙曼玲和沈力名字下又加了一横。这样一来,黑板上黄伟、魏明、孙曼玲和沈力的票数都明显多了。

吴敏看了一眼黑板,将手中那张票往票箱上一放,扭身跑了。

指导员站起来:"上大学的机会,原则上是人人平等的。党支部也采纳了你们大多数知青的意见,实行公开推荐的方式。结果是在你们眼前产生的,你们回答,有没有舞弊现象啊?"

众人异口同声:"没有!"

孙曼玲低着头坐在女知青中,坐在男知青中的"小地包"看着他姐,笑得合不拢嘴。

指导员:"团里按人数比例给了我们连四个可以参加考试的名额。小薛,现在你将得票最多的前四人的名字留在黑板上,将其余的名字擦掉吧。"

于是薛艳首先将吴敏的名字擦掉了,接着一个个擦票数少的名字。当她也擦掉齐勇的名字时,男知青中发出一片惋惜之声。齐勇的票数太接近黄伟等四人了。

赵天亮不由得扭头看齐勇,坐在最后一排的齐勇阴沉着脸,起身从窗口跳出了食堂。

黑板上只剩下了黄伟、魏明、孙曼玲、沈力四人的名字,而孙曼玲的得票最高。

连长、尹排长、方婉之也起身和指导员站到了一起,为取得资格的知青鼓掌,知青们也都跟着鼓起掌来。

指导员:"我们的掌声,代表了我们向他们四人的祝贺,也代表了我们对一种公平结果的认可。当然了,他们中谁最后能跨入大学校门,那还要经过几天以后的考试。考试也是公平原则的一部分。按照团里的规定,他们都有三天的复习时间。让我们再一次用掌声预祝他们都能考出好成绩!"

大家又都鼓起掌来。

男一班知青宿舍里,"小地包"向大家抱拳鞠躬,连连说:"多谢多谢,多谢各位弟兄都投了我老姐一票!"

杨一凡:"打住,别来这套。我们都投了你姐一票,那是出于公心,她各方面本来在女知青中表现就很突出嘛！你说刚才那些话，让别人听到了，还以为我们进行了什么交易呢！"

"小黄浦"："四个名额中的三个，都出在我们男一班，估计男二班没几个心里痛快的。他们班长在大食堂门口看我那种眼神，好像是要把我瞪死！"

赵天亮："不痛快也没办法。被推荐了还要经过考试，齐勇、黄伟、魏明，全连三名老高二知青都在咱们一班，表现又都很好，票数自然会往咱们一班集中啦！招生文件上强调不要忽视了有艺术培养前途的知青，沈力恰恰又在咱们班，这都是咱们一班的幸运嘛！"

黄伟问赵天亮："天亮，你怎么不报名？"

赵天亮惭愧地："我不是才初二嘛，再说我当年在班里学习也不怎么样，成绩一直处在中下游水平，一考还不把我'烤煳'了呀。人是应该有点儿自知之明的，我当你们三个老高二的班长，已经倍感荣幸了。如果你和老魏跨入了大学校门，那是咱们一班的莫大光荣，更是我这个班长的莫大光荣！"

"小黄浦"问"小地包"："哎，你老姐也是初二啊，她会不会也一'烤'就'煳'啊？"

"小地包"："我姐老初三！我姐的学习成绩在班里一向是前几名，考试对她来说那根本就不是个问题。我可以骄傲地替她这么说，她必将对得起推荐她的每一票！"

杨一凡："那，如果你姐真上大学了，和你姐夫，就是和齐勇，他俩以后的关系不就难说了吗？"

"小地包"被问得一愣，他光顾为姐姐高兴，根本就没想到这个问题。

魏明见"小地包"愣在那里，便责备地对杨一凡说："你别瞎操心行不行？"

正在这时，齐勇回来了，闷声不响地坐在自己的铺位上。他一抬头，见大家都在望着自己，老大不高兴地说："都这么看着我干什么？同情啊？"

大家一时不知说什么好。

齐勇："我是那种动不动就需要点儿同情的人吗？"

"小地包"嗫嚅地："姐夫，我……"

齐勇："混蛋！谁是你姐夫？再信口胡叫我抽你！"

"小地包"："我投了你一票！'小黄浦'就坐我旁边，不信你问他。"

"小黄浦"："他是投了你一票，我也投了你一票。"

杨一凡："老齐，事先班长和我们几个初中的都打过招呼，每票只许写六个人的名字，你们三个的名字我们几个可都按班长的交代写在票上了。我是唱票的，我清楚是怎么回事。你在男知青这边的威望那是没说的，你丢票主要丢在女知青那边了。她们女知青，似乎……都觉得你有点儿大男子主义，平常见了她们，连个笑脸儿都很少给她们。"

黄伟走到了齐勇跟前，一只手按齐勇肩上，真诚地："有些人投自己的票了，我和老魏可没有，我俩都投了你一票。"

齐勇将黄伟的手一拨拉，苦闷地："我不在乎上不上大学，主要是面子问题！全连就咱们三个老高二，当众就那么把我的名字一擦，我当时恨不得地上裂道缝，一头钻地里再也不出来了。"

魏明："你得这么想，你和我们，其实不就差几票的事儿嘛！"

齐勇："差那几票，也许就决定了我们之间以后完全不同的命运！"

魏明："听，说来说去，你还是特别在乎上大学这件事儿的嘛！"

齐勇猛地站了起来，瞪魏明一眼，又冲了出去。

黄伟也责备魏明："你怎么那么说！"

赵天亮一转身追了出去。

女一班宿舍里，姑娘们都围着孙曼玲叽叽喳喳七嘴八舌地讨论着：

"要不考试嘛，阿拉肯定也报名，可考试，那勿是闹着玩儿的。要是考个不及格，面孔上勿来赛的！"

"班长,你平时对我们那么好,所以我们都推荐你。关键时候,人得显出几分良心!"

"班长,你可一定要认真复习啊,别辜负了我们大家!"

薛艳:"班长,真上了大学,以后比我们都有出息了,可千万别把我们给忘了啊!"

余莎莎:"班长,大学毕业了,光荣返城了,如果我们还待在这儿挪不了窝,你可要经常来看我们啊!"

她俩说得伤感起来,眼泪汪汪的。

坐在炕沿的孙曼玲站了起来,伸开双臂,大动感情地将她俩搂住。

"啪!啪!啪!"几声闷响打断了刚才的气氛。大家循声望去,只见吴敏独自待在一个角落里,旁若无人地用毛巾抽打着窗子。

薛艳喝道:"哎,你干什么呢!别把玻璃抽碎了!"

吴敏:"讨厌的苍蝇,哪儿有难闻的气味儿就往哪儿扎堆儿!"

谢菲用上海话骂吴敏:"侬才是苍蝇呢!侬是大只的绿头麻身子苍蝇!"

吴敏挥舞着毛巾冲了过来:"你骂谁,你骂谁?!"

孙曼玲推开薛艳和余莎莎,叉着腰挡住了吴敏:"吴敏,我想了多少次也想不明白,为什么我能团结许多人,却就是怎么也团结不了你?"

吴敏:"因为咱俩是两股道上跑的车,走的不是同一条路。"

孙曼玲双手交抱胸前,平静地说:"说来听听,你走的是什么路?"

吴敏理直气壮地:"我走的是'与人奋斗其乐无穷'的路,是以路线斗争、阶级斗争、思想斗争为纲的路!"

孙曼玲:"我们这个宿舍里,有走资派?有阶级敌人?有毒害人灵魂的思想?"

吴敏:"用你刚才的话说,你,团结她们;用她们刚才的话说,你平时对她们好,所以她们一致推荐你上大学。这叫什么关系?这叫相互利用的关系,你虚伪,她们可悲!"

薛艳往旁边拉孙曼玲,嫌恶地:"班长,别理她了。"

孙曼玲一甩胳膊,严肃地说:"吴敏,我告诉你,我还非争取考出好成绩来不可! 我要争取学农科,我毕了业还要回北大荒来! 我要用事实教育你——有人讲团结的目的不像你污蔑的那样是为了利用别人,上大学也不是为了堂而皇之地返城!"

正在这时,外边传来"小地包"呼唤孙曼玲的声音,孙曼玲"哼"了一声,转身出去了。

站在女一班宿舍外的"小地包"见孙曼玲走出来,便问:"姐,你刚才哇啦哇啦地吵吵什么啊?"

孙曼玲:"谁哇啦哇啦的了! 说,什么事儿?"

"小地包"将背在身后的一只手伸向姐姐,手里拿着一团用毛巾包卷着的东西。

孙曼玲:"什么?"

"小地包":"齐勇让我给你的,'文革'前的高考习题资料。"

孙曼玲接过资料:"我才是老初三,能看得懂'文革'前那么深的资料吗!"

"小地包"见她犯愁:"别打开了。反正这证明人家是有心人,不但保存下来了,还带到了北大荒。也证明人家是无私的人,要不会主动让我送给你? 他说了,临阵磨枪,不快也光,如果有什么不懂的地方,尽管去找他、问他。"

孙曼玲:"替我谢谢他。就说这三天里,我免不了会向他请教的。"说罢便转身往宿舍走。她走到宿舍门口,又站住了,转过身来,虎着脸对"小地包"说:"以后再叫我的时候,不许加那个老字! 我老了吗?!"

"小地包"一反常态,毕恭毕敬地:"再也不了,再也不了! 姐当然没老! 姐年轻得像花骨朵似的。不是那些不起眼的小花骨朵,是牡丹、大丽花那一类花的骨朵!"

孙曼玲"扑哧"笑了出来:"贫!"

齐勇扛着两块豆饼向马号走来,他将豆饼放在马号旁边的一辆马车上,揉揉肩,走入马棚。见身型像孙曼玲的人正背对着他,出神地看着一顶挂在墙上的草帽,那草帽上插着些用麦秸编的蝴蝶、蜻蜓、蚂蚱、螳螂之类的装饰。

齐勇从后轻轻搂住了她的腰:"祝你心想事成。"

被抱住的人冷冷地说:"你搂错人了。"

齐勇大惊,放开双手,倒退两步。那看起来像是孙曼玲的人转过身来,竟然是吴敏。

齐勇:"你来干什么?"

吴敏:"孙曼玲来得,我就来不得?"

齐勇:"谁都可以来。来的人都是找我有事,请问你找我有什么事?"

吴敏指着插在草帽上那些草编昆虫问:"你编的?"

齐勇没吭声。

吴敏:"等着孙曼玲来送给她?"

"对。"

吴敏做出一副恍然大悟的样子:"难怪在她抵脚的那面墙上,也挂着些这类小玩意儿。想不到你手还真巧。"

齐勇:"我再问一遍,你有何贵干?"

吴敏:"我是来找同志的。"

"不明白你的话,别拐弯抹角,直说。"

"你既然也报名了,证明你也想上大学,对不?"

"对。"

吴敏:"如果能和我们班长一块儿上大学,你高兴不高兴?"

齐勇:"高兴。"

"那好,那咱俩就有成为同志的思想基础了。"

齐勇研究地看了吴敏片刻,若有所思地:"我明白了。"

"明白什么？"

齐勇："明白你的意思了。我的名字被当众从黑板上擦掉了，我心里很失落，也觉得太没面子。投你票的才四个人，你名字下连一个正字还没写完整，你的心里比我更失落。如果说我觉得没面子，那么你可就该说是觉得丢脸了。所以你来找我，想跟我联合起来，颠覆上午进行的那次公开推荐，是这样吧？"

吴敏笑了："现在，该我说'对'了。"

齐勇："那是在许多双眼睛盯着的情况下进行的推荐，也是方法公正的推荐，凭什么就能把它的结果颠覆了？"

吴敏极端自负地："别看你是老高二，我是初二知青，还是女知青，但是你政治见解方面并不比我高明多少。方法并不说明什么，说明问题的是大方向。我认为，我们七连这次推荐工农兵大学生，犯了方向性的错误。总共产生了四个将要参加考试的人，除了我们班长的家庭历史一清二白，其他三个人的家庭历史都有污点。黄伟的父亲是出版社的编辑，'文革'前编过不少坏书、'毒草'；魏明的父亲'解放'前开过餐馆，成分是小业主；沈力的父亲是大学里的美术教师，'文革'刚一开始就被划在资产阶级教育'黑线'一边了。而像你这样两代工人阶级家庭出身的人，我这样根红苗正的革命干部的女儿，却遭到了意想不到的排挤！更为严重的是，连里的干部们在动员时，只强调劳动表现如何、吃苦精神怎样，就是不提政治表现，不看一个人的思想斗争能力。比如我在女知青中提出'二十四个不'，女知青们嘲笑我，连里也不表态支持我……"

齐勇："'二十四个不'？我们男知青这边从没听说过。都'不'什么？"

吴敏："不照镜子，不擦护肤霜，下雨天出工不穿雨衣雨鞋，劳动时不带手套、套袖、草帽，小病不吃药，例假不请假，不讲笑话，不穿颜色鲜艳的衣服，等等。不像我说的那样，怎么能算是'滚一身泥巴，炼一颗红心，磨双手老茧'？又怎么能脱胎换骨？不错，我得票是太少了。可是提出

'二十四个不'的知青才得那么几票,难道不恰恰说明了问题所在吗?我认为七连不突出政治是一贯的,上午的推荐结果,也是不看政治表现的一种结果,要有人勇敢地站出来把它反掉,使真正配上大学的人挺胸昂首地跨入大学校门,去为无产阶级占领大学这一重要阵地!"

齐勇:"也就是你这样的人喽?"

吴敏:"还有你这样的人。"

"我在你眼里,也是像你那么革命的人吗?"

"只要你肯和我并肩战斗,那就有可能成为像我一样的人。"

齐勇挠挠腮帮子,像男性哥们儿似的将一只手搭在吴敏肩上,语调庄重地说:"亲爱的同志,承蒙你看得起,我十分荣幸。不过呢,你也真是得庆幸自己是女的。"

吴敏歪着头不解地看他。

齐勇边把她往门口推:"如果你是男的,我就几脚把你踹出去了!"

吴敏一下子把他推开。

齐勇:"请离开吧。"他还朝门外做了一个"请"的手势。

吴敏板起了脸:"你不要这么不开窍!"

齐勇:"我是老高二,用得着你来点拨我开窍不开窍?滚!"

吴敏冷笑地:"真是不可救药!"她转身就往外走,与孙曼玲撞了个满怀。

二人互相冷冷地对视了几秒。

吴敏:"祝你好运。"

孙曼玲:"用不着。"

看着吴敏走远了,孙曼玲才进了马棚,坐在齐勇那小炕的炕沿上,奇怪地问:"她来干什么?"

齐勇:"来找同志。"

孙曼玲:"找同志?你什么时候和她成了同志了?"

齐勇:"我一直和她是同志啊,现在也是啊。即使她再令人反感,那也是人民内部矛盾啊。是人民内部矛盾,就是同志关系,所以她来找我,就是找同志。"

"别给我上政治课,说清楚啊,要不我走。"

"真小心眼,还怀疑我脚踩两只船啊?她对推荐结果有意见,想说服我和她一起反对。"

孙曼玲:"推荐方法是全体知青一致同意的,结果是公开产生的,她还争着当了监票人,她有什么理由反对?"

齐勇:"这年头,谁要反对什么,看起来根本没有理由,也还是能找出不少理由来。咱们不说她了行不?"

"我后悔了。"

"后悔什么了?"

孙曼玲:"起初,我是不想报名的,可班里的几个姑娘一怂恿,我心活了,我想,通过票数了解一下自己在男女知青中的印象也好啊。没料到结果是那样。"

齐勇:"那结果对你也不是坏事呀。"

孙曼玲:"可我看了看你让我弟送给我的那些资料,许多数学题、几何题根本看不懂!我要是考得一塌糊涂,那多丢人啊!我……我现在可怎么办啊?"她一扭身子,哭了起来。

齐勇:"那都是'文革'前的高考复习题,你才是初三毕业生,有些知识根本还没学到过,当然看不懂了。你能做出三分之一就不错了。"

孙曼玲听了这话,更急了:"那我怎么能有信心去参加考试?我……我想放弃资格!"

齐勇在孙曼玲身旁坐下:"你是四个人中得票最高的,如果你放弃,不是又给吴敏那种人提供反对的理由了吗?"

"所以我来找你嘛!反正你得给我出主意,出不了好主意就不行!"

齐勇:"没什么好主意。听我说啊,我认为你们将要参加的考试,不会太难的。肯定考的是某些基础知识。再说又只考语文和数学两门。

语文你没问题,不必复习。数学嘛,参加考试的初中生少不了,我再抽空儿辅导你懂点儿高中的知识,那你考得就会比别的初中生强点儿。所以,还是要有信心。"

齐勇从草帽上取下一只麦秸编的螳螂逗孙曼玲,终于将孙曼玲逗笑了。

夜晚,魏明披着大衣,守着大食堂的铁炉子,在一盏自制的小油灯的光照下看书。黄伟抱着一大抱劈柴走了进来,往炉子里加了些柴,然后也坐了下去。他搓搓手,拿起了条案上的笔,看小本儿上写满的字。

魏明看看炉子里噼噼啪啪地烧着的柴火,说:"咱俩坐这儿,不烧炉子会冻僵的,烧食堂的柴吧,又觉得实在是浪费。别人不会提意见吧?"

黄伟:"我想不会吧,连里批准的。"

魏明:"咱俩看的可都是齐勇带来的高中课本,心里的感觉怪怪的。"

"怎么怪?"

魏明:"好像是跟好哥们儿一块儿往一辆开往好地方的车上挤,自己把哥们儿挤下去了,还把哥们儿的钱包也掏在自己手里了。"

黄伟:"我也有你那种感觉,所以我根本复习不下去。再说也挺自信,认为自己不用复习就能考得不错。"

"那你在写什么?"

黄伟:"我在写我的小说。来这儿主要是陪你复习。"

魏明:"你以为我不复习就考不好了? 三中的老高二就这么瞧不起一中的老高二? 别忘了我们一中和你们三中是齐名的重点中学!"

黄伟:"没那个意思。听我给你念一段啊——'没有人能够选择自己生逢什么样的时代,如果说人和祖国的关系如同儿女和父母的关系,那么人和时代的关系就像演员和舞台的关系。演员首先是人,所以要像人那样在时代的舞台上有所表现,而不要像演员那样在生活中做人。我和我的知青伙伴们,正在逐渐懂得这样的人生道理……'"

魏明:"别念了。"他向门口看一眼,朝黄伟伸出手,"给我,我自己看。"

黄伟将小本给了魏明,魏明看一会儿,将那一页撕了下来。

黄伟急道:"哎,你……"

魏明已将那页纸投入炉中:"胡乱写。记住我的话,劳动、爱情、艰苦、收获,都可以写在这小本儿上。思想暂时储存在头脑里。"

马棚的墙上挂着一块小黑板,其上画着如下一个几何图形:

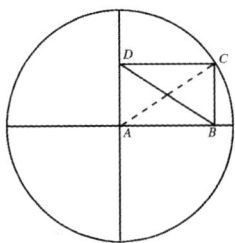

齐勇手拿着一截粉笔在给孙曼玲上课。孙曼玲坐在他跟前的小凳子上,双手捧腮目不转睛地望着齐勇。

"已知圆的直径是 10cm,求线段 BD 的长度。这是一道高三几何题。但实际上呢,应用的是初一几何知识。乍一看,会发蒙,不知该怎么解。但是如果这样连一条辅助线呢……"齐勇在那图形的 A 点和 C 点之间画出了虚线,"看,现在就一目了然了。AC 是圆的半径,那么是 5cm。它又是长方形的对角线。长方形两条对角线相等,小学五六年级的学生都应该知道。那么,线段 BD 的长度自然也等于 5cm,就这么简单,懂了?"

孙曼玲点了点头。

齐勇放下了粉笔:"下课。"

孙曼玲站起,问:"说实话,你是希望我能去上大学,还是并不希望?"

齐勇:"我当然是希望了。"

孙曼玲:"如果我真去上大学了,毕业后分配到城市,你就不怕我变心吗？"

"记住，该变心，你就变心。该变不变也不对。"

"说这话？你这不是等于鼓励我把你甩了吗？"

齐勇："该甩就得甩啊，我不愿意你为难你自己。"

孙曼玲："那我成了什么人了？我不是等于背叛你了吗？"

"该背叛就背叛吧，我经得住你背叛。"

"你根本拿我不当一回事儿？"

齐勇："现在，挺当一回事儿的。"

孙曼玲："我如果甩了你，那不也等于背叛爱情了吗？"

"背叛爱情怎么了？"

孙曼玲大叫："怎么了？我才不做背叛爱情的女人！"

齐勇："如果你大学毕业了，分配到城市了，还非要做我妻子不可，而我将永远留在北大荒，那我们不成牛郎织女了吗？"

孙曼玲："中国像牛郎织女的夫妻多了！"

齐勇："那都是不得已嘛！能不那样，干吗一方非得为另一方那样？那样对女方尤其是不公平的。"

孙曼玲："说来说去，你就是根本不把我当一回事儿！我看出来了，你巴不得顺水推舟，让我离开七连，也就远远地离开了你！"

齐勇一下子将孙曼玲拖入怀中，一只手臂紧紧搂住她的腰，用另一只手理了一下她的鬓发，注视着她说："你看错了。"

"那你说……"

齐勇用手指压住她唇，温柔地："我爱你。我越来越爱你了。如果你远远地离开了我，我的心会一下子空落一大块的。但我还是要说，我决不能让你为我做任何人生的牺牲。我和你，我们既然爱过了，这就足够了。人在不得不面对现实的时候，不能说那个人就背叛了什么……"

孙曼玲："那是你的原则，不是我的原则。在爱情方面，我宁可做一个封建的女人，始终不渝，从一而终，肯于牺牲，无怨无悔……"孙曼玲拨开齐勇压在自己唇上的手指,双手搂抱住齐勇的脖子,踮起脚尖,热烈地吻他。

齐勇不由得将孙曼玲拥抱得更紧,不由得也热烈地吻她。

沈力坐在河边的石头上,面前支着画架,聚精会神地描画对岸的风景。这时,河上游突然传来喊声:"救命啊! 救命啊!"

沈力立刻抛下画笔,循声跑去。连长的儿子和尹排长的儿子不知怎的落了水,在河中心乱扑腾着,拍起一片片水花。

沈力:"别慌! 叔叔来救你们!"他也不脱鞋,蹚向河中心。

两个孩子见沈力过来,立刻不叫了,也停止了扑腾。原来,水才深及他俩胸部。

一个孩子讷讷地:"沈力叔叔,我俩是在闹着玩儿。"

沈力拍了一下那孩子的头:"你是尹排长的儿子对不对? 有你们这么闹的吗? 非告诉你们的爸爸不可!"

吴敏端着一盆衣服来到河边,她在石头上坐了一会儿,左顾右盼了一阵,从衣服底下摸出一个比扣子大不了多少的盒子。她拧开盒盖,用手指从里面抹了些雪花膏,在左脸上点一个白点儿,又在右脸上点一个白点儿。接着,她从衣服下边摸出一面小圆镜,照着,细细地将脸上的白点儿涂匀。这时,她从镜子里发现了沈力的画架。

她收起镜子和雪花膏,走到画架旁边,翻看放在画架旁边的画夹。画夹中夹着些铅笔速写画和油画:黑龙江边秋季的白桦林、冬季的木房子、马匹、小狍子,还有给"小地包"、"小黄浦"、齐勇画的油画肖像。

她继续翻着,居然翻到了一幅女性的裸体画。那是背身裸体,是对某幅西方油画的临摹。但画上那女子回眸一笑,凡是见过周萍的人都看得出来,那女子的脸是周萍的脸。

而这时,沈力正在河的上游,用力地拧干刚才弄湿的裤子。

连长的儿子埋怨尹排长的儿子:"看,我说沈力叔叔一定会跑过来的嘛,现在把他裤子弄湿了,你说怎么办吧?"

尹排长的儿子:"沈力叔叔,你怎么这么容易上当啊?"

沈力苦笑地:"叔叔傻呗。狼来了的故事,你们听说过没有?"

两个孩子摇头。

沈力一边穿湿裤子,一边说:"有一个小孩,总是爱骗人上当,多次喊'狼来了,救命啊'。看到别人慌慌张张地跑过来,他就很开心,把骗人当成好玩儿的事。有一次他真的碰到了狼,再怎么喊,却没有一个听到的人来救他的命了。结果呢,他被狼吃掉了。你们都要记住啊,乱开'救命啊'这样的玩笑,是一种坏玩笑,有时候后果是严重的,明白吗?"

两个孩子认真地点头。

沈力:"既然知道错了,我就原谅你们这一次,不告诉你们的爸爸了。"沈力摸了摸两个孩子的头,转身回到自己作画的地方。他忽然发现画夹子被人翻过,他急忙整理画夹子,发现少了那幅裸体画。他站起身来,朝四下张望着。

吴敏端着那盆并没有洗的衣服回到女一班宿舍,在门口刚好撞上了从宿舍里走出来的薛艳。吴敏的盆掉在地上,小镜子掉在地上。

吴敏刚要伸手捡,薛艳一脚将小镜子踏住。吴敏仰脸看薛艳,薛艳鄙视地瞪她。吴敏胡乱将衣服放入盆里,站了起来。

薛艳:"你提出的'二十四个不',第一条不就是'不照镜子'吗?"

吴敏:"是有人成心陷害我。"她"哼"一声,用肩膀撞开薛艳,走进宿舍。

薛艳移开脚,低头看地上的小镜子。她突然一脚踏下,小镜子碎了。

进入宿舍的吴敏,从衣襟底下抽出那幅裸体画,匆匆卷起。她朝门口看了一眼,爬上炕,将画塞入书包里。

沈力回到男一班宿舍,坐在自己铺位那儿,看着摆在一个角落的画架发呆。

黄伟进了屋,端起小肥皂箱上的缸子喝水。他边喝水,边欣赏画架上的画,不由得称赞道:"画得越来越好。"他转身见沈力在发呆,问,"发什么呆啊?"

沈力不安地:"班长他们上午干什么活?"

黄伟:"修马棚。马棚屋顶有好几处漏雨了,齐勇要求连里给再加一层麦秸。"

沈力心事重重地:"我在河边画画时,离开了一会儿,丢了一幅画,不知被谁偷去了。"

黄伟又从饭盒里拿出半个馒头,蹲在炕洞边,扒出些炭火烤:"也别用'偷'这么难听的字来说嘛,那是因为喜欢你的画啊!"

沈力:"可是……那幅画是不应该被人看到的。一旦被人偷去了,恐怕就会生出事来。即使暂时没有生出什么事来,那我也会像班长丢了他的枕头一样,从此忐忑不安。我不知道该不该向天亮汇报这件事……"

黄伟不由得扭头看他。沈力脸色凝重,眉头都皱成了一个疙瘩。

三连小学校的一间教室的门上贴着一张白纸,上写"三连集中考场"六个墨字。被各连推荐前来考试的男女知青坐满了一间教室,黄伟、魏明、孙曼玲和沈力也在各自的座位上奋笔疾书。教室里一片安静,每一个人都在看考卷、思考答题。三连的指导员——一个中年男人背着双手,一脸严肃地在桌椅间走来走去。

门突然开了,吴敏闯了进来。

三连指导员喝住她:"来晚了怎么不敲门? 哪连的?"

吴敏大声地:"我不是来考试的,我是来抗议的!"

三连指导员:"捣乱! 出去!"说着,就把她往外推。

所有应试知青的目光都落在吴敏身上,黄伟等四人惊讶地看着她。

吴敏:"应该出去的不是我,而是我们七连前来考试的四个人! 七连推荐工作的政治方向是完全错误的！"吴敏用手一指孙曼玲，"她，身为班长，很少在班里组织政治学习，惯于对家庭出身不好的人施以小恩小惠，收买人心。"她又指着沈力，"他……请看这个被认为有艺术细胞的人画了些什么！"

她一甩袖子，将藏在身后的画甩了出来，展开在大家面前——那正是沈力丢失的那张裸体画。

一阵哗然之后，紧接着的是一阵死寂。

三连指导员问沈力："真是……你画的？"

沈力呆如木鸡，一声不吭。

吴敏："并且，他画的还是一个现实生活中的人，一个上海资本家的小姐！我们七连坐在这里的四个人，都认识画上的她！"

一名知青突然站起来，一拍桌子："咱们不考了！和这样的人一起考是咱们的羞耻！"

一名女知青也站了起来，指着沈力大叫一声："流氓！"

沈力离开座位，冲到吴敏跟前，夺去她手里那幅画。另一名男知青也跟着站了起来，指着沈力大叫："揍他！"

一些男知青冲向沈力，对他拳脚相加。沈力被打得抱头蹲了下去。

孙曼玲大喝："不许打人！"说罢，便冲上前去拉架。

黄伟和魏明对视一眼，也冲上去，与那些殴打沈力的人对打起来。

三连指导员见事态失控，便用黑板擦用力敲击着黑板，大吼："住手！都给我住手！"

齐勇在七连马棚里清扫马粪，孙曼玲突然跑了进来，噙着眼泪瞪着齐勇。齐勇上前，问："怎么这么早就回来了？考砸了？"

孙曼玲气哼哼地质问："我问你，他们男一班驻守江边的时候，周萍是不是常去？"

齐勇："你问这干吗？"

孙曼玲发疯似的大喊:"回答我!"

齐勇:"平均下来,大约半个月二十天去一次。你又不是不知道她和赵天亮的关系,那有什么不正常的吗? 他俩的事,和你有什么相干?"

孙曼玲抹了一把眼泪:"正常? 就因为他俩的事儿,我们在三连的考点儿被吴敏搅散了! 周萍脱得一丝不挂被沈力画在了纸上,这正常吗? 她是我们班战士时,我这个班长一向维护她的尊严! 可是她……她怎么能脱光了衣服……"

齐勇也吃了一惊:"你胡说些什么你! 周萍只自己去看过赵天亮一次,其余每次都是我绕山东屯接上她,与她同去同返,根本就没发生过你说的那种事!"

孙曼玲:"但是我亲眼看到了那样一幅裸体的画,而且确凿无疑就是沈力画的,画的就是周萍! 咱们七连知青的脸今天算是被丢尽了! 你和赵天亮他们班,你们在黑龙江边,是不是一块儿做了不少见不得人的事儿?!"

齐勇生气地吼:"住口!"

孙曼玲一扭身,跑出了马棚。

齐勇将铁锹扔在了地上,愣了一会儿,也冲出了马棚。

男一班宿舍气氛凝重,男知青们个个脸上布满阴云。沈力眼圈青着,呆呆坐在自己铺位的炕沿边。

魏明低沉地问沈力:"那幅画呢?"

沈力没回答他,只是自言自语道:"我画的是青春胴体,是美!"

黄伟:"可你为什么非要把周萍的脸画上去?"

沈力:"她的脸美。"

赵天亮猛地推开门,走了进来,径直走到沈力跟前。

沈力见赵天亮走到近前,才支支吾吾地:"班长,我料到了会出事的……"

赵天亮不由分说,狠狠扇了他一记耳光。

沈力捂着脸:"我没有什么不好的想法,我本打算……"

赵天亮又扇了他一耳光,而且还要继续打。黄伟和魏明及时赶上来,将赵天亮拖开。

赵天亮冲着沈力大吼:"你怎么能那样对待周萍! 你那是侮辱她! 你还不如直接侮辱我!"

这时,齐勇从外面走进来,见屋子里乱作一团,大叫:"都他妈冷静点儿!"

大家的目光望向齐勇时,沈力趁机走了出去。

沈力扛着一把大钐刀失魂落魄地来到河边,连长的儿子和尹排长的儿子在钓鱼。连长的儿子发现了沈力,便站起来喊:"沈力叔叔,快来看,小刚哥哥钓到半桶小鱼了!"

沈力朝他走过来,看了一眼桶里的小鱼,对他说:"告诉你的连长爸爸,就说沈力叔叔说的,觉得对不起七连。"说罢,又继续朝前走。

尹排长的儿子问连长的儿子:"他怎么让你告诉你爸爸那种话?"

连长的儿子困惑地摇头:"不知道。"

尹排长的儿子也站起,喊着问:"沈力叔叔,你扛着钐刀干什么去呀?"

沈力站住,回头问:"叔叔想过河那边去。哪里的河面窄?"

尹排长的儿子指着远处:"再往前走一会儿。"他又问连长的儿子,"他到河那边干什么去呢?"

连长的儿子没注意他的话,只是指着鱼漂说:"快,又咬钩了,又咬钩了!"

两个孩子手忙脚乱地扯上一条大鱼来。他们刚将大鱼放入桶里,就发现齐勇、赵天亮他们一群男知青慌慌张张地朝这边跑来。

齐勇见两个孩子坐在河边,便赶紧上来问:"看到沈力叔叔没有?"

"他往前走了,说想到河那边去。"

大家又慌慌张张沿河边向前跑,边跑边喊:"沈力!沈力!"

齐勇他们在一处河岸边忽然站住,目瞪口呆地看着河对岸。那里的水面与河岸的落差较大,而沈力还站在一块突出在岸边的大石头上,一手握着钐刀刀柄,呆望河面。他正高高举起钐刀,用力地朝下一插。

河水顿时变成了血红色。

众人隔着河大喊:"沈力!"

沈力茫然地抬头望望他们。

魏明:"沈力,千万不要做傻事啊!"

黄伟:"沈力,虽然我俩失去了考试的机会,可是我俩也没说一句责怪你的话呀!"

齐勇:"沈力,人可只有一条命,你要想清楚了!"

沈力:"我想清楚了,我不愿再活在一个容不得美的世上了。够哥们儿的,就替我收尸,把我埋这儿,免得让我爸妈看到我身首两处的惨状。"

赵天亮缓缓跪下了,泪流满面地:"沈力,沈力,我那是在气头上,你就不能原谅我打你那两耳光吗?你就不能想想哥儿几个曾经多么好吗?亲兄弟也互相打过的呀!"

沈力眼中也淌下泪来:"班长,那幅画,是我凭着记忆仿画安格尔的《泉》,那是世界名画。我所以要画成周萍的脸,原本是打算画好了送给你的。那是我画得最用心的一幅画,可我一直觉得不满意,也就一直想要再修改,一直没有送给你……"

赵天亮双手扯断了满把青草,他朝齐勇们绝望地哭喊:"你们他妈的傻愣着干什么呀!"

杨一凡、"小地包"、"小黄浦"跳入河中,蹚着冰冷的水,向对岸奔去。

"都别过来!谁不听我的,谁后悔一辈子。"沈力说着,又举起了手中的钐刀。

杨一凡等三人赶紧退回到岸上去。

杨一凡也哭了:"沈力,咱们两家可是老街坊,你如果……你叫我见了你爸妈怎么说啊！"

大家都流下泪来,他们望着沈力,跪了下去。

赵天亮举着握了两手草的拳头,仰天大叫:"天啊,天啊,老天爷,求你阻止我班里的哥们儿呀!"

"救命!救命!"连长儿子的呼救声再次传来。沈力循声望去,只见连长的儿子在河水里拼命挣扎着。穿着裤衩的尹排长的儿子跑来,大喊:"沈力叔叔!小张猴沉到河里去了,快去救他!"

沈力举着钐刀一动未动。

尹排长的儿子小刚跑到了沈力跟前,气喘吁吁地说:"沈力叔叔!这次不是骗你!我要救他差点儿也被他拖到深水里!你可不能见死不救啊!"

沈力手中的钐刀被深深插入泥土中。他跟在小刚身后跑着。连长儿子的头猛地冒出水面,大口大口地呼着气,以熟练的狗刨泳姿向岸边游去。

沈力站在岸边呆呆地看他。

尹排长的儿子脸上露出调皮的歉意:"沈力叔叔,对不起,这一次我们又骗你了。"

沈力扭头朝自己站过的地方看,杨一凡已过了河,拔起了钐刀。其他人正朝这里跑来⋯⋯

第三十章

男一班宿舍里,沈力面无表情地坐在自己的铺位上,大家围在他的周围,担心地看着他。

杨一凡:"沈力,沈力,你心情好点儿了吧?"

沈力摇了摇头。

齐勇转身揪住了赵天亮衣领,把他拽到沈力面前:"沈力,他不是打了你两耳光吗?他是班长,你不好意思还手是不是?我也替你扇他两耳光,为你消气!"说着,他抬手"啪"地扇了赵天亮一记耳光。

杨一凡:"现在心情好点儿了吗?"

沈力还是摇摇头。

齐勇又"啪"地扇了赵天亮一耳光。

沈力制止他:"别闹了,你们听……都没听到?教堂的钟声,还有娜嘉在叫……你们都围着我干什么?为什么都不去巡逻了?"

大家侧耳聆听,面面相觑。

沈力:"一凡,咱俩该去巡逻了。我的枪呢?"他起身找枪。大家心里难受地看着他。

沈力没找到自己的枪,便问:"班长,我的枪呢?为什么把我的枪藏起来了？我没有资格再拿枪了吗？"

赵天亮："沈力，咱们……不是已经离开边境了吗……"

沈力把食指放在唇边："都别说话。听，周萍在门外哭。"

大家又侧耳聆听，门外果然有女子在哭。

"小地包"听出是孙曼玲的声音："是我老姐！"他走出去，门外的孙曼玲哭着问他："沈力是不是疯了？"

一个"疯"字，把"小地包"问呆了。赵天亮也被齐勇和黄伟一个推着一个扯着走了出来。

齐勇问孙曼玲："你来干什么？"

孙曼玲："沈力想自杀的事让两个孩子传开了，连里都炸了锅了。我离开马棚后，在路上碰到了沈力，我扇了他一耳光，我来向他道歉……"她说不下去了。

黄伟："唉，我宁可没有过上大学的机会……"

忽然有几名别的连的男知青走到门口，正是考场上那几个。为首的就是那名在考试时第一个站起来声讨沈力的男知青。

那人趾高气扬地大喊："沈力，滚出来！"

齐勇挡在他们面前："你们要干什么！"

那人："'干什么'？由于他，考场被搅了，我们的大学梦流产了，我们都要找他算账！"

黄伟："胡说！我也在三连的考场上，那能说是被他搅的吗?！"

对方顺势将黄伟推到一边："滚开，我们跟你说不着！沈力，有种你就出来！"

赵天亮一言不发，冲上去就狠狠地给了对方一拳。那知青被打了个马趴，他跟跄地爬起来，发疯似的扑向赵天亮。另外几个人也围住赵天亮，动起手来。

齐勇："还他妈欺负到门口了，上！"说着，便和黄伟、"小地包"一起加入了战斗。

又有几名外连的男知青跑来。魏明、杨一凡、"小黄浦"也从宿舍里冲出来。双方也不说话,冲到一起就打作一团。屋里的沈力也要冲出来,被孙曼玲挡在了门口。

孙曼玲流着泪:"沈力,别出去。"

沈力茫然地看着外面打斗的知青们:"他们为什么要打架呢?"

孙曼玲不知对他说什么好,将门从外面关上了。沈力在屋里推门,孙曼玲用背抵住门,大叫:"别打啦!"

连长、指导员、尹排长和方婉之匆匆赶来。连长和尹排长上前揪住知青们的后衣领,三下五除二将双方分开。

指导员对外连的知青们喝道:"是哪个连的回哪个连去,都走!"

那些知青们一个个悻悻的,似乎不肯罢休。

尹排长见他们不肯散去,生气地大吼:"还不快滚!"

待那些知青一个个转身离去,指导员和方婉之这才走进宿舍,见满地是撕碎的画稿,画架子、画夹子也散了,画笔横七竖八地丢在地上,沈力低垂着头坐在炕沿边。

方婉之:"沈力,为什么把画都撕了呀?"

沈力只是低着头,没出声。

方婉之:"指导员来了,连头都不抬一下,不礼貌吧?"

沈力仍不回答,也不抬头。

连长、尹排长和众知青也走进了宿舍。方婉之走到沈力跟前,将一只手放在他肩上,轻推他一下:"连大姐都不愿理了?"

沈力这才缓缓抬起头。他的脸上胡乱地涂着五颜六色的油彩,看着众人,露出怪异的笑。

方婉之的手不由得一下子缩了回去,孙曼玲忍不住双手捂脸,哭着跑了出去。在场的每一个人都目瞪口呆地看着沈力。

连长——指着赵天亮们,半天才憋出一句话:"嗨!你们!"

指导员呆望着沈力,低声对方婉之说:"快到女一班宿舍去,防止小孙再做什么冲动的事。"

方婉之转身匆匆而去。

女一班宿舍里，吴敏在她的铺位那儿收拾箱子，薛艳等其他姑娘在一旁冷冷地望着她。吴敏一件件将衣服放入箱中，收拾得从容不迫。孙曼玲冲进来，直扑吴敏而去，二话不说，上前揪住她的头发，挥手便打。

其他的女知青冷眼旁观，没有人劝解。

方婉之恰在这时赶了过来，见吴敏和孙曼玲在打架，立即喝止："小孙，住手！"

孙曼玲被叫得一愣，吴敏趁机打了她两下，将她推倒在地。孙曼玲从地上爬起来，再次扑向吴敏。吴敏知道自己不是她的对手，便赶紧躲到方婉之身后。

余怒未消的孙曼玲抓住吴敏的箱盖，将那箱子拖到地上，箱子里的衣服散落了一地，孙曼玲发泄地将衣物踢得东一件西一件。

吴敏想上去抢救自己的衣服，又害怕挨打，只得躲在方婉之身后大喊："泼妇！"

孙曼玲双手叉腰："吴敏，你不是什么狗屁革命干部的女儿吗？我也是根红苗正的'红五类'！从今天起，我还就和你势不两立了，看谁最终斗得过谁！"

方婉之见孙曼玲闹得不像话，便对旁边的知青说："把她拖出去！"

薛艳和另一个姑娘一左一右将孙曼玲拖了出去。

方婉之对另外几名姑娘说："你们也先出去一下。"

另外几名女知青也都默默出去了，宿舍里只剩下吴敏和方婉之二人。吴敏坐到了炕沿上，看着自己的箱子和满地衣服，摆出一副惹不起的样子："排长，怎么回事您可都亲眼看到了，反正我是不会收起来的，就那么样好了。"

方婉之把箱子搬起来放在炕上，默默捡起一件件衣服，拍了拍上面的土,将衣服搭在箱子上,问吴敏:"你为什么要那么做?"

吴敏理直气壮地:"觉悟。"

方婉之:"什么觉悟?"

吴敏:"政治觉悟。"

方婉之:"沈力精神失常了,你们同是知青,你一点儿都不觉得罪过?"

吴敏:"你是党员,是知青排长,我认为我都有的觉悟,你比我更应该具有。难道沈力画那样的画,是可以容忍的吗?"

"先别问我,先回答我问你的话。"

"我认为我已经回答了,政治本来就应该是冷酷无情的。"

方婉之:"你懂什么政治? 谁教你的这一套?"

吴敏:"我认为我比某些人懂,革命的时代赋予我革命的思想。"

方婉之定定地看她片刻,不屑于再跟她说什么,起身往外便走。

吴敏把她叫住:"排长……你这人不错,我对你没什么太不好的印象,这就算和你道别了啊。"

方婉之回过头,问:"你什么意思?"

吴敏:"我预感,我不久就要离开七连,离开北大荒了。后会有期。"

方婉之沉思一下,不再问什么,跨出门去。她对等在门外的孙曼玲严厉地说:"不许你们任何人再招惹她! 号一响,都到菜地干活去!"

孙曼玲不言语,半天才说了一句:"明白!"

天黑了,团长办公室依旧亮着灯。团长朝曲干事一拍桌子:"你给我向七连传达下去——那个吴什么……"

曲干事:"吴敏!"

团长:"他们七连那四个人的推荐资格全部作废! 尤其那个吴敏,永远也不得再被推荐!"

电话铃声打断了团长的话。

曲干事接电话："是……是团长办公室。团长刚刚出去,有什么事我可以转告团长,我是团部的曲干事……哦? 明白,明白,记住了,请放心,保证做到! "曲干事放下电话,对团长说,"兵团总司令部的电话——看来,我们必须让吴敏走……"

团长一惊:"让她走? 让她上哪儿去? "

曲干事:"让她去上大学。在她上大学之前,要确保她平安无事。"

团长:"总司令部什么人这么混蛋?! "

曲干事:"这也不是总司令部做得了主的事。那个吴敏,她不知怎么早就知道了今年将要从兵团招收大学生的消息,一个月前往北京寄了一封信,信是寄给那位伟大的样板戏总导演和文艺旗手的。她的信获得了旗手的重要批示,也许,她还将在北京受到接见……"

团长呆愣良久,一气之下,将桌上的茶杯、报纸、文件全都扫落在地。

齐勇和赵天亮正在马房铡草,黄伟匆匆走来,也不跟他们二人说话,进了马棚,往外便牵"乌云"。

齐勇叫住他,问:"你牵出'乌云'干什么? "

黄伟:"卡车把吴敏接走了,我要送送她。"说完,跨上马背,疾驰而去。

齐勇纳闷地看着赵天亮:"'要送送'? "

赵天亮:"他话里有话。"

齐勇:"不好! "他也冲进马棚牵马。赵天亮也跟着慌慌张张牵另一匹马。

一辆大卡车行驶在公路上,车里载着十几名知青和他们的行李、箱子。每一名男女知青的胸前都戴着大红花,吴敏也在他们之中。车厢一侧,贴着写在方块红纸上的标语,组成的一句话是"为革命而学"。

卡车减慢了行速,前方路中央,一个人骑着马如同石雕般挡在路中间——那正是黄伟骑着"乌云"。司机拼命地按喇叭,黄伟和"乌云"依然一动不动。

卡车不得不停住了，车头与马头仅距几步。司机探出头生气地大喊："聋了？想打劫呀?！"

黄伟高声说："让吴敏下来，我有几句送别的话要跟她说。"

车上的几名知青站了起来，一名女知青对吴敏说："你男朋友有几句送别的话要跟你说，你下去一下吧。"

吴敏也站起来瞥了一眼："他不是我男朋友！"

一名男知青："这不好吧你？还没离开北大荒的地界呢，就一翻眼睛连男朋友都不想认了？"

另一名女知青鄙夷地看着她："不是你男朋友会骑着马来拦车？如果是我男朋友这样，我早就跳下车了！"

吴敏："他确实不是我男朋友！他肯定是来找碴儿的！"她拍驾驶室顶盖，大叫，"你停下干吗呀？开车呀！"

司机又探出头，回望着她说："他拦在路中央了我怎么开车？飞过去呀还是把他连人带马都撞死？你下去跟他说几句告别的话不就得了嘛！"

吴敏："他没安好心，我就不！"说罢，又坐了下去。

车上的男女知青，开始对她不满了，也开始同情黄伟了。

一名男知青点指着吴敏："都看到了吧？原来女人中也有陈世美！"

另一名男知青冲黄伟大喊："哥们儿，她不承认你是她男朋友，何苦的呢？趁早让开吧！"

黄伟策马向前，对司机说："师傅，给我两分钟，就几句话。"

司机对他点头。黄伟拨马绕过车头，瞪视车上的吴敏。

吴敏起初还迎视着黄伟的目光，终于有些抵挡不住黄伟那犀利的目光，渐渐低下头去。车上的知青们，有的望着黄伟，有的看着吴敏，气氛尴尬又凝重。

齐勇和赵天亮也骑马奔驰而来。齐勇促马接近黄伟，一扭腰将"乌云"的缰绳夺了过去。而赵天亮闪于路旁，对司机大声说："师傅，对不起，请把车开走吧！"

司机纳闷地看了看他们，卡车便继续向前开去。

齐勇问黄伟："你究竟想干什么！还嫌一班发生的事少吗？你还让不让天亮继续当一班的班长了！"

黄伟看着远去的卡车："我只不过想跟她说几句话。"

赵天亮："你跟她又有什么话可说？"

黄伟："我要当面告诉她，我写在笔记本上的一行行文字，总有一天是会印成小说的。而她这样一个人的所作所为，将会重现在我写的小说里。"

齐勇："她听了之后什么表情？"

黄伟苦笑："我压根儿就没跟她说。"

赵天亮："那你还把卡车拦住！"

黄伟："不知为什么，当我瞪着她的时候，忽然什么话都不想跟她说了。倒是在心里跟自己说，黄伟你这是何必呢？跟她那么一种人你又有什么话值得一说呢？何况，我也不清楚，我写在笔记本上的那一行行文字，是否真的有一天会被印成小说。我不愿意将来在什么地方偶然碰到了她，她嘲笑地问我——你写的小说出版了吗？而我无言以对……"

三位同班战友并马而行。

黄伟："我想了几种拦住车跟她说话的方式，我最喜欢的一种那就是，在衣服里边，往身上绑几包炸药，当然是假的。拦住车以后，让别人先都下车，我上车，紧紧抓住她手坐在她对面，让她承认她的做法是卑鄙的，让她因沈力的疯癫而忏悔，还要让她招，她们女一班老宿舍失火的真相。"

齐勇："写在小说里我不反对。但是如果你真想在现实中那么去做，我就要亲自把你捆在马车上，快马加鞭把马车赶往精神病院。"

赵天亮："她给团保卫股写信，想使周萍成为头号纵火嫌疑对象，冲这一点我也怀疑,失火的真相可能反而和她有关系。"

黄伟:"也许,真相将永远不被人知了。"

齐勇问黄伟:"你认为,她会为她的所作所为忏悔吗?"

黄伟:"现在肯定不会。她认为自己最革命这种想法,和哈尔滨市的小流氓头子认为自己最勇敢是一样偏执的。"

赵天亮:"将来呢?"

黄伟:"将来我就说不好了。有的人,多少有些忏悔心,而有的人,天生一点儿都没有。谁知道她属于哪一种人呢?"

赵天亮:"我现在,内心里充满了忏悔,却不知道该向谁去忏悔。"

齐勇:"你有什么可忏悔的?"

赵天亮神色凄然地:"我不该扇沈力两记耳光。如果他疯得不可救药,那么我觉得我就是罪魁祸首。"

齐勇劝慰道:"你也别那么想了。我不是也扇了你两耳光替他出气了嘛。"

夜幕降临,知青们一起坐在大食堂里,指导员、连长、尹排长和方婉之坐在他们对面。

指导员对方婉之说:"嫂子,请你把咱们党支部的决定跟他们讲讲吧。"

方婉之也不推辞,庄重又严肃地说:"党支部向团部医院的医生请教过了。他们认为,像沈力这一种情况,往精神病院去送是不明智的,那反而会使他的病情立刻加重。派人把他护送回北京,护送回家里,和往精神病院送的结果差不太多。最良好的办法,就是仍让他生活在你们一班这个集体里。这,就要求你们每一个人,都对他多一份兄弟般的义务、责任和爱心。不把他当成一个精神已经不正常的人是不妥的,把他看成一个精神病患者又是不行的,因为他现在的自尊心比正常人更敏感,也更脆弱。你们要像呵护一个残疾的孩子一样呵护他,要照常和他一起劳动、说笑,甚至打闹。像沈力这种情况,白天要服镇定药,睡前要服安眠药。但像他那么心细的人,一旦知道了自己服的是什么药,肯定会猜到他在你们眼里是什么人的。所以,你们都得陪他服药……"

赵天亮问:"我们也服镇定药和安眠药?"

方婉之:"那当然不是。给你们服的,是维生素片,对你们有益无害的药片,明白?"

赵天亮他们皆一脸困惑地看着方婉之。这些年轻人,直到那时,似乎才真正意识到,自己将要扮演的角色是多么难以胜任。

连长大声说:"问你们明白没有!"

大家异口同声地说:"明白了!"

尹排长:"老张,别急,这么大声干什么?坐下坐下。"他将连长扯坐下,又对大家说,"你们也坐下,都坐下。别怪连长犯急啊,咱们得共同面对的事,别说你们发蒙了,我们四人也发蒙啊。可咱们都同样希望沈力的精神早点儿恢复正常,是不是?"

大家都点点头。

尹排长双手伸入衣兜,左右手各掏出几瓶药,一一摆在条案上:"这两瓶,是给沈力服的,这三瓶,是你们陪他服的。一班长,药每天由你来发,同样的药瓶,你可不要搞混了,发错了。"

"错不了。"赵天亮将药瓶分装在两个衣兜里。

方婉之:"指导员,你还有什么嘱咐他们的?"

指导员:"同志们,我相信你们都能做得很好。麦收是一种责任,一种大责任。让我们和你们,都尽量来拯救沈力吧,这也是一种责任。这一种责任,对于咱们来说也不能算小。想想吧,如果一个有才华的青年,他的人生从此折断了,他的父母会多么悲伤,是不是?咱们七连,已经对不起傅正的父母了,不能再对不起沈力的父母。你们能理解我说这番话的心情吗?"

赵天亮们表情肃穆地点头。

大家走在回宿舍的路上。赵天亮忽然想起了什么："糟糕,我忘了哪一个兜的药是我们的,哪一个兜的药是沈力的。"

"小黄浦"："我陪你找排长去,得让他再给分清楚,都吃错了可怎么办?"

魏明："那就真是都吃错了药了。"

杨一凡："一样的药瓶,估计排长自己也分不清了。"

黄伟："都别说话,让我回忆一下当时的情形……想起来了,当时排长说,两瓶是沈力要服的……"

赵天亮将一只手伸入兜里："这个兜里有两瓶,那么肯定是沈力的了?"

黄伟肯定地点头。大家相视苦笑。

赵天亮率先进入宿舍,见沈力在磨镰刀。已经磨好的镰刀摆放了一排。

赵天亮："沈力,磨镰刀干什么呀?"

沈力："你们都哪儿去了,把我一个人撇在宿舍里!"他边说,边用手指试刀锋。

赵天亮："我们一块儿到马棚找齐勇吹牛去了。"

沈力："为什么不叫上我? 成心孤立我是不是?"

赵天亮一时不知该怎样回答。

黄伟："你当时不是睡觉来着嘛。"

沈力站起,用指甲弹着刀刃,望着大家问："我当时睡觉来着?"

"小黄浦"本能地闪在魏明身后,不无怯意地："对啊,你当时睡得直打呼,都不忍心弄醒你嘛!"

沈力用镰刀头点着大家："如果是这样,那我不计较了。如果你们成心孤立我,我就把你们统统杀了,一个都不饶!"

大家不由得躲闪。

杨一凡:"班长问你磨镰刀干什么,你还没回答呢。"

沈力放下手中的镰刀:"麦子收完了,不是要开始收豆子了吗?"

赵天亮:"连里给了咱们一班另外的任务,从明天起,咱们帮女一班收菜。"他从沈力手中夺下了镰刀。

沈力:"那我白磨了?"

魏明:"也不能说白磨嘛,给别的班用呀。"

魏明的话提醒了赵天亮。

赵天亮转身将镰刀递给"小地包",使个眼色说:"把镰刀都给二班送去吧,要告诉他们,是沈力磨的。"

沈力:"那倒不必。"

"小地包"却一时没反应过来,还愣着。

"小黄浦"推了他一下:"快去呀!"

"小地包":"我去我去!"他这才抱起镰刀离开宿舍。

大家都暗舒一口气。

黄伟在记着日记:

　　从那一天起,我们每个人夜里要值一小时班,为了沈力不出意外,也为了我们自身的安全。恐怕很少有人像我们那么值过班——在那一个小时里,静静地躺着,假装在睡,实际上侧耳聆听,暗中关注着沈力的一举一动,也如同贴身保镖寸步不离。
　　……

"小黄浦"仰躺着,大睁双眼,用火柴棍掏耳朵。

沈力在黑暗中坐起。"小黄浦"也立刻坐起,披上衣服,扭头看沈力。沈力闭着双眼,腿往炕沿下一垂,以脚探鞋。

"小黄浦"已抢先下地,趿着鞋,轻而迅速地走到沈力跟前,低声问:

"哥们儿,干什么去?"

沈力:"撒尿。"他终于探到了鞋,晃晃悠悠地站起来。"小黄浦"赶紧扶住他:"我也憋着一泡呢,一块儿去。"

"小黄浦"扶着脚步不稳的沈力往宿舍外面走。沈力勉强站住在宿舍门口,便想"方便"。

"小黄浦"仍低声地:"哎哎哎,这多不文明,撒尿,咱们应该到厕所去,起码也应该走远点儿,是不是?"

沈力:"不能在这儿?"

"小黄浦":"也不是不能在这儿,最好别在这儿。在这儿不是不文明嘛。"

沈力:"那就……听你的,我头怎么这么迷糊啊,眼睛也睁不开……"

"小黄浦":"我也是。半夜三更的,谁起来都会这样儿。"他扶着沈力往厕所走。

沈力走着走着,突然站住,问"小黄浦":"你刚才说,起码走远点儿,对吧?"

"对。"

"这儿不是门口了,那咱们就在这儿把问题解决了吧,行不?"

"小黄浦"往前看,厕所已离他俩不远。

沈力:"我憋不住了。"

"小黄浦":"那,行吧。"

沈力哗哗地撒了一大泡长尿。"小黄浦"从旁怜悯地看着他。沈力撒完尿,仰头望夜空——圆月当头。

沈力:"现在我能睁开眼睛,头脑也清醒一些了。"

"小黄浦":"夜里憋尿,头脑就容易迷糊,都这样。撒完尿,一般也就头脑清楚了。"

"有科学道理吗?"

"肯定有。"

沈力较真地:"你怎么知道?"

"小黄浦":"我从一本书中看到的。"

"什么书?"

"老早以前的事儿,想不起来了。"

沈力又仰头望天,问:"今晚是八月十五吗?"

"小黄浦":"哥们儿,你过糊涂了,八月十五是上个月的事儿了。"

沈力:"那月亮怎么这么圆?"

"小黄浦":"一年三百六十多天,不只八月十五月亮才圆嘛。哥们儿,你撒完了,咱们回宿舍吧? 我觉得有点儿冷了,你看咱俩都光着腿呢,你也得小心着凉啊,是不是?"

沈力:"等等……请再坚持一两分钟……"他开始前仰后合地摇晃,眯起眼睛回想什么事儿。"小黄浦"又赶紧扶住他,哆哆嗦嗦地说:"哥们儿,快点儿,快点儿,我冷得起鸡皮疙瘩了。"

沈力抑扬顿挫地念:"'明月几时有? 把酒问青天。不知天上宫阙,今夕是何年。我欲乘风归去,又恐琼楼玉宇,高处不胜寒……'哎,这是谁的词来着? 就在嘴边上,我怎么一时想不起来了呢?"

"小黄浦":"爱是谁是谁,这会儿想不起来,以后有几十年的活头呢,可以慢慢想。听话,咱们回宿舍去,啊?"

沈力又仰头望天:"可是,今晚的月亮究竟为什么这么圆呢?"

"小黄浦":"不关咱的事儿。圆总归是好事儿。哥们儿,听话啊,半夜三更的,咱不在这儿讨论月亮的问题,啊?"

"小黄浦"连哄带劝地,终于使沈力转身,肯跟着他往回走了。

"小黄浦"一低头,发现沈力脚上少了一只鞋:"哎,哥们儿,你怎么少了一只鞋?"

沈力:"不关咱们的事儿,咱们今晚不讨论鞋的事儿。"

"小黄浦":"站这儿别动。"他往回走,发现了沈力的鞋,捡起跑回到沈力跟前,替沈力拂去脚底板上的土,穿上鞋,扶沈力继续往宿舍走。

沈力又站住了:"你为什么对我这么好啊?"

"小黄浦":"我对你好吗?"

"反正比以前对我好。以前咱俩的关系,那也就只能说是一般般,对吧?"

"对,对。以后我会对你更好的。"

沈力眯着眼,研究地看他:"所以,我要问一个'为什么'。"

"小黄浦":"不为什么。一个班的嘛,日久天长,感情自然就加深喽!哥们儿,再往前走十几步,咱们就回到宿舍了。咱们现在的首要问题是,都尽快回到宿舍去,听话,啊?"

沈力:"你跟我说话,像妈哄孩子似的。除了小时候我妈这么跟我说过话,再没有别人跟我这么温柔地说过话,我好感动……"

"小黄浦"拉着沈力往前走:"哥们儿嘛,说什么感动不感动啊,走,走……"

"我特想拥抱你一下。"

"小黄浦":"那就不必了……"

"很有必要。"沈力忽然紧紧拥抱住了他。"小黄浦"一时只有一动不动,愣愣地任其拥抱而已。

沈力:"人对他人的好意和关爱,不可以无动于衷。否则,那样的人是不值得别人友善地对待他的。"

"哥们儿,你不是那样的人。"

"我知道你觉得冷了,可是,咱们现在还不能回宿舍……"

"为……为什么?"

沈力推开了他,孩子般地说:"我的尿撒完了,你的尿还没撒啊!"

"小黄浦"装糊涂:"是吗?我也撒过了吧?"

沈力:"肯定没有,这一点我是绝对不会搞错的。哥们儿,你是让一泡尿给憋糊涂了啊?"他推了"小黄浦"的肩一下,"快把尿撒了,憋着多难受啊!"

"怎么这会儿……我又觉得没尿了呢？走吧,走吧,再来了再说……"

"那不好,刚钻被窝里暖和过来,不又得往外跑一次？原地把问题解决了吧,我等你……"

"小黄浦"愣愣地看他,不知如何是好。

轮到沈力催促他了:"哥们儿,快点儿快点儿,我也觉得冷了……"

沈力交抱着肩膀了。

"小黄浦":"可……你这么看着我,我也尿不出来啊!"

沈力:"那我转过身子去。"

沈力转过了身。"小黄浦"却还是尿不出来,气得做刺杀状,将沈力的后背当草人靶。

沈力:"还是尿不出来是不是？别急,我冷我也等你,不等你把那泡尿尿出来,我决不回宿舍……"

"小黄浦"又气得朝沈力的背影做鞭打状。

沈力:"哥们儿,有尿,那还是尿出来的好。你也要听话,啊？你慢慢进入状态,我接着给你背刚才那一首诗词。刚才背到哪儿了呢？对了,想起来了——'转朱阁,低绮户,照无眠。不应有恨,何事长向别时圆？人有悲欢离合,月有阴晴圆缺,此事古难全。但愿人长久,千里共婵娟!'"

沈力:"但愿人长久,千里共婵娟!"他仰头望月,双臂上举,大声重复着。他的姿势,定格一般,就那么一动也不动了。那时的他,光着两条瘦长的腿,样子显得十分怪异。

"小黄浦"呆看着他,陪着小心地:"沈力,沈力!"

沈力放下手臂,缓缓向他转过身,摇晃了一下。"小黄浦"赶紧扶住他。沈力扶着自己的头:"我的头好晕……这是夜晚对不对？"

"对,对。"

沈力忽然想起来:"那咱俩不在被窝里睡着,在这儿干吗？"

"小黄浦":"哥们儿,是这么回事儿,咱俩一块儿出来撒尿来了。"

沈力："想起来……我记得我撒完了,你呢?"

"我也撒完了。"

"肯定?"

"肯定,肯定。"

沈力："我怎么没听到你撒尿的声音?"

"小黄浦"："我撒尿的时候,你背诗词来着。我尿少,声音就小,就几滴。你刚才朗诵得太投入,所以没听到。"

"那咱俩还傻站在这儿说来说去的干什么啊,半夜三更的,这不缺心眼儿嘛!"

"对对对,可不嘛! 快回宿舍吧。""小黄浦"终于可以扶着沈力往宿舍走去了。

二人走进宿舍,"小黄浦"看着沈力钻入被窝,替沈力摆正枕头,掖好被角,接着弯腰摆正沈力的鞋,这才走向自己的铺位。

"小黄浦"刚钻入被窝,沈力跨过别人的身子,也钻入了他的被窝。"小黄浦"推他："哥们儿,你不好好睡觉,钻我被窝干什么呀?"

沈力小声地："我实在是忍不住了,觉得必须……"

"小黄浦"友邦惊诧,然而也尽量小声地说："刚躺下就又有尿了? 你睡前也没喝多少水啊!"

沈力："不是忍不住尿了,是忍不住有话跟你说……你的问题,近期还是要向连里请一次假,到团部医院去检查检查。如果你自己不好意思请假,那我替你请。"

"小黄浦"困惑地问："我? 我什么问题? 检查什么?"

沈力："明明有尿,却尿不出来,这不是好现象,肯定是泌尿系统出了问题,起码有炎症。身体是革命的本钱,大意不得,应该防微杜渐,是不是?"

"小黄浦"哭笑不得地："对对,我一定听你的。快回自己被窝睡觉去吧。"

沈力："我的话没说完呢。还有，刚才在外边，我背的那首词的作者不是苏轼，是柳宗元……"

"小黄浦"："我也没说是苏轼啊。咱不管那事儿行不？睡觉去睡觉去。"他往被窝外推沈力，忍不住打了个大哈欠。

沈力："你没说是苏轼吗？那就是我自己说的了。知识方面的事，最需要的是'认真'二字。在别人面前说错了，那要及时纠正。苏轼最著名的词是《赤壁怀古》——'大江东去，浪淘尽，千古风流人物。故垒西边，人道是、三国周郎赤壁。乱石穿空，惊涛拍岸，卷起千堆雪。……'"他的声音越背越小，终于无声。

"小黄浦"轻轻推他："沈力，哎，哥们儿！"

沈力发出了鼾声。

"小黄浦"徒自无奈地叹气，只得离开自己被窝，也从别人身上一一跨过，钻入沈力的被窝里。他受风着凉了，接连打了几个大喷嚏之后，推睡在旁边的"小地包"："哎，醒醒，醒醒。"

"小地包"一下子坐了起来，揉揉眼睛，懵懂地问："轮到我了？"

"小黄浦"从枕下摸出手表，看一眼说："还差半小时。"

"小地包"不高兴地说："那你弄醒我干吗？"说罢，又僵尸一般躺下。

"小黄浦"向他耳语："你没觉得不对劲儿吗？我现在睡在沈力被窝里，沈力睡在我被窝里了，下一班就是你，所以我要把这个特殊的情况告诉你，一个一个往下传，谁搞错了别埋怨我不负责任。"他说完，打一个大哈欠，一翻身，心安理得地睡去。

"小地包"推醒旁边的魏明耳语："沈力睡在我被窝里了，一个一个往下传，谁搞错了别埋怨我不负责任……"

魏明迷里迷糊地推醒黄伟，低声地："沈力睡在我被窝里了，一个一个往下传……"

黄伟咕哝："沈力睡在你被窝里了？那你是谁？"

魏明不再出声，已又入梦乡。

黄伟坐起,抓过上衣,掏出打火机,按着,照着魏明的脸,自言自语:"没见过这么说梦话的。"他没再弄醒别人,躺下又睡过去。

天快亮了,"小黄浦"起身下地,披衣趿鞋跑了出去,门声惊醒了赵天亮。赵天亮坐起,发现沈力的被窝空着,大声喊:"嗨!谁的班?"

黄伟醒了,推杨一凡:"一凡,醒醒,你的班!"

杨一凡一下子坐起来。

赵天亮责备他:"你怎么值的班!沈力出去了你不知道?!"

杨一凡二话不说,披着衣服趿着鞋往外便跑。他跑出宿舍,恰见"小黄浦"的身影闪入厕所。杨一凡走到厕所外,从衣兜里掏出烟和打火机,吸起烟来。厕所前边是大草甸子,黎明时分浓重的雾气从草甸子上漫过来,渐渐将杨一凡的身影包围在雾气之中。

杨一凡的声音在雾气中叫:"沈力!沈力!"

"小黄浦"的声音从雾气中传来:"我不是沈力,我是进步!"

杨一凡:"怎么是你?"

"小黄浦":"沈力睡我被窝里了,我只得睡他被窝里。我把这一特殊的情况告诉了'小地包',让他一个个往下传。我该尽到的责任我可都尽到了,你不知道怨不着我。"

杨一凡转身便朝宿舍跑,跑得一身雾气。

雾气里,"小黄浦"独自在发牢骚:"唉,我这一小时的班可算摊上了,叫沈力把我折腾苦了。他一个小时内往外跑了两次,第一次撒尿,还给我背诗词。第二次没屎没尿,只不过想出来看看,月亮是不是还那么圆。哎,一凡,在听着呢吗?"

早晨,沈力和"小黄浦"仍躺在被窝里,赵天亮们却已坐在各自的铺位上吃饭。"小地包"用筷子从饭盒里挑起海带丝:"谁要海带,我只喝汤。"

赵天亮:"不许扔啊!扔了对不起山东老乡,更对不起傅正。"

魏明:"班长说得对。没想到,自从傅正他们去了那一次以后,当地的山东老乡们,年年让咱们团去拉海带,为了不再得雀盲眼,吃腻了也得吃!"

"小地包":"山东老乡万岁!"他举起筷子,魔术师要变魔术似的给大家看,之后塞满一口,受苦受难似的嚼着。

赵天亮拿着馒头端着饭盒走到"小黄浦"的铺位前,催促他:"哎,你这位爷也该起了吧?"

"小黄浦"一翻身,趴在被窝里,愁眉苦脸地:"班长,行行好,给我半天假吧。"

赵天亮:"给你半天假?什么理由?"

"小黄浦":"沈力把我折腾苦了,我后半夜基本就睡不着了。"

赵天亮不由得看沈力,沈力仰躺着,睡得很香甜。

黄伟:"给他半天假吧,我作证,确实是他说的那样。"

魏明:"我睡在他边儿上,我也可以作证。"

杨一凡:"还有我。他夜里着凉了,拉肚子。"

"小地包":"嗨嗨嗨,这都吃着饭呢,可以省略不说的,那就别说了好不好?"

赵天亮对"小黄浦"说:"你看你多有人缘儿,该为你说话的时候,谁都不装哑巴。好,准你半天假。等沈力醒了,和他一块儿,把宿舍内外的卫生打扫打扫。"

"小黄浦"在被窝里抱拳道:"多谢班长体恤,多谢各位兄弟主持公道。"

大家吃完了饭,准备出工去了。他们一溜儿站在沈力的铺位前,默默地也是目光怜惜地看着仰躺且熟睡中的沈力。"小黄浦"也朝沈力侧着身,望着他。

沈力的一条腿一只胳膊露在被子外面。

赵天亮吩咐:"把他腿放被子里。胳膊可以露在被外,脚和腿不能露在被外。天开始凉了,早上火炕也不太热了,露在外边容易受寒,以后哥儿几个都要注意这一点。"

黄伟等默默点头,看着"小黄浦"搬起沈力那条腿往被窝里放。

"小地包":"轻点儿,别弄醒他。"

"小黄浦"一边掖好沈力的被子一边说:"这会儿安眠药的后劲儿上来了,轻易弄不醒他。"

魏明:"不知服了安眠药的人做不做梦,但愿他此时正做着好梦。"

杨一凡:"这会儿的沈力,使我多少有那么点儿羡慕了。"

这一天,黄伟在他的日记里写道:

> 杨一凡的话,说出了我们内心里共同的一种想法,那就是——谁都希望也能像沈力似的,受到班里其他人的暗中关爱,哪怕仅仅几天,最好也不是由于精神受刺激的原因。这个原因给共同生活的人带来的麻烦真是一言难尽⋯⋯

又是一个夜晚,男一班宿舍一片安静。沈力起身穿衣服,穿裤子。杨一凡醒了,推黄伟,黄伟没什么反应。

杨一凡对黄伟耳语道:"老黄,沈力起来了,在穿裤子,这个小时是你的班⋯⋯"

黄伟睡得像死了一样,仍无反应。而沈力已在系鞋带。

杨一凡:"沈力,穿那么整齐,干什么去呀?"

沈力也不看他,一边系鞋带一边说:"睡不着,想出去走走。"

杨一凡坐了起来,也急忙穿上衣服,并说:"等我一会儿,我也睡不着,也想出去走走⋯⋯"

沈力阻拦他:"半夜三更的,你跟一个疯子一块儿出去走什么? 老老实实睡你的。"

杨一凡急忙穿裤子,一边说:"胡说!你听谁说你是疯子了?诬蔑你的人罪该万死!"

沈力不再说什么,站在地上,东瞧瞧,西看看,借着月光和炕洞映出的火光,从炉旁拿起二尺多长的捅火的铁钎子走了出去。

杨一凡也赶紧穿上鞋,几步走到赵天亮跟前,推了推赵天亮:"班长,醒醒,醒醒!"

赵天亮同样没有反应。

杨一凡又推魏明、"小地包"和"小黄浦",他们三人也没有任何反应。杨一凡一摊双手,接着朝两胯一拍,没了主意。他朝宿舍门看一眼,顾不上再多想什么,冲了出去。

宿舍外,沈力拿着铁钎子朝河边走去。杨一凡犹豫一下,追了上去……

第三十一章

沈力听到杨一凡叫他,手拄着捅火钎子转身看着他,像从前的绅士拄"文明棍"那样。

杨一凡走到离他两三步远的地方,也站住,不再轻易地接近他,犹疑地打量他。沈力穿得着实齐整,不但戴了单帽,系了鞋带,连领口挂钩也钩上了,仿佛要赶赴什么庄重的场合,参与什么庄重的活动。

杨一凡:"沈力,想去哪儿?"

沈力:"河边,我打算自杀过的地方。"

杨一凡:"又胡说,你什么时候打算自杀过啊!"

沈力:"那是一个事实,拍在我记忆的胶卷上了,谁企图说服我没有发生过那样一个事实,是根本不可能的。"

杨一凡愣愣地望着他,一时不知说什么好。

沈力冷笑地:"还跟着我吗?"

杨一凡点头,又问:"深更半夜的,去那儿干什么啊?"

"思考。"

"思……考什么?"

"思考人和生命的关系。"

"沈力,你并不想当哲学家,对不对?"

沈力肯定地说:"对"。

杨一凡:"那咱不思考人和生命的关系行不?"

"不行。"

杨一凡极力劝说他:"行的。怎么不行呢?我就不。估计咱们全连知青都不。人一思考那种问题,会走火入魔的。原本不想当哲学家的,也变得和哲学家差不多了。哲学家那都是些怪怪的人,整天尽钻牛角尖儿想些怪怪的问题。你不想成为一个怪怪的人是不是?再说,咱们都这么年轻,都能活好几十年呢,用不着急着想和生命的关系……"

沈力朗朗地:"多少事,从来急。天地转,光阴迫,一万年太久,只争朝夕!"他念罢,转身而去,捅火钎子向前一挥一挥的,走得特有派。

杨一凡在他身后喊:"沈力,咱们回宿舍也能思考!"

沈力:"有些思考要在特定的地点!"他没回头,继续往前走了。望着沈力的背影渐去渐远,杨一凡回头朝宿舍看一眼,有几分不得已地又朝沈力追去。

河边,沈力用捅火钎子拨着野草,从容不迫走在前;杨一凡跟在后,仍与之保持两三步远的距离。沈力突然站住,猛转身,向前跨一大步,一手后举,另一只手中的铁钎子直指杨一凡。

杨一凡猛地站住,盯着捅火钎子尖端。月光下,捅火钎子的尖端闪亮。沈力表演西式击剑法似的,一步接一步跨向杨一凡;而杨一凡一步接一步后退。

杨一凡脚下一绊,坐倒在地。沈力上前一步,捅火钎子的尖端直指杨一凡颈窝。杨一凡惊恐地瞪着沈力说不出话。

沈力指着杨一凡:"你说,这捅火钎子,能取人性命吗?"

杨一凡点头,小声地:"能。"

沈力脸上显出一点得意的神色:"怕不怕?"

"怕。"

"怕你还非跟着我！"

"对。怕也非跟着你不可。反正今天夜里我豁出去了，你走哪儿，我跟哪儿。你就是走向地狱，我也跟向地狱。"

沈力呆愣片刻，收回捅火钎子，拉起杨一凡："一凡，你这是何苦嘛！"

杨一凡脸上已淌下泪来，说："咱俩不但都是北京知青，而且两家住在同一条街上，从小在一起玩儿，从小学到中学一直是同班同学，一块儿上学，一块儿放学，你家是我家，我家是你家。你的爸妈就像是我的父母，我的爸妈就像是你的父母。如果我半夜三更地不睡觉，梦游似的往河边走，你跟不跟着?！"

沈力："那，我也得跟着。你流泪了？为什么？"

杨一凡："因为你刚才那么对待我！"

沈力窘道："我……我那不是跟你闹着玩儿嘛。"

"有你那么闹着玩儿的吗?！"

"生气了？怎么才能使你消气？扇我一个大嘴巴子？"

杨一凡："扇你就扇你！"话音一落，居然真的扇了沈力一记耳光。

沈力一手捂脸，瞪着杨一凡。杨一凡有些后悔，也有些怯惧，防范地后退，嘟哝："你让我扇你的……"

"消气了？"

杨一凡点头。

沈力笑了。

杨一凡："你把捅火钎子带出来干什么？"

沈力："你忘了？方大姐、尹排长、连长指导员，还有许多老战士和老职工，他们都提醒过咱们，夜里出门一定要带把镰刀。咱们班一人一把镰刀，也不知都哪儿去了，所以我就只有随身带着捅火钎子喽，以防万一嘛！"

杨一凡伸出一只手："给我。"

沈力孩子似的将捅火钎子往身后一背："不给。"

杨一凡强硬地:"给我!"

沈力:"我拿着它,是为了保护自己。你非跟着我不可,那我就有责任也保护你。你要,你也能负起保护咱俩的责任吗?"

"比你能!"

"好大的口气。"

"你不给,我可要夺了!"

沈力犹豫一下,不情愿地将捅火钎子伸向杨一凡:"那,给你吧。你这家伙小心眼儿,不给你又生气。"

杨一凡并不马上接:"你有点儿起码的常识没有?现在这东西是武器,有你这么向朋友递武器的吗?"

沈力只得将捅火钎子前后调了一下,自己握着尖端,将手柄那一端递向杨一凡。杨一凡这才接过了捅火钎子。

沈力:"那么,你想不跟着我也不行了,因为你负有保护我的责任了。"

杨一凡:"放心吧,前边带路。"

齐勇给马加完夜料,就回到了一班宿舍。他沿着炕沿走,低头看每一个人的脸。他发现沈力和杨一凡的被窝空着,不安起来,又逐个将每个人的脸细看一番。"小黄浦"在趴着睡,齐勇在他身边蹲下,一手拎他头发,一手托他下巴,见不是沈力,一松双手,"小黄浦"的脸又歪伏在枕上。

齐勇几步跨到门口,拉亮了灯,大声地:"起来!起来!全都起来!"

睡在被窝里的人都没什么反应。

齐勇一掀赵天亮的被子,连推带晃,终于弄醒了赵天亮。

齐勇:"还睡得这么死!沈力不在被窝里!杨一凡也不在被窝里!他俩什么时候出去的,出去了多久,估计你是一概不知!你这个班长太失职了!"

赵天亮一下子坐了起来,喃喃地说:"我这是怎么了?我从没睡得这么死过。"

齐勇又把其他人也都叫醒,恼怒地:"沈力呢? 你们都他妈怎么值的班?！"

大家匆忙穿好衣服,出去寻找。

而这时,沈力和杨一凡正一前一后地沿着河边走。沈力突然站住,望着对岸。对岸有块大石头,那正是几天前沈力企图自杀的地方。

杨一凡也站住了,也望着那块大石头,问:"难道你还打算过去吗？"

沈力扭头看杨一凡一眼,蹲下了。杨一凡将捅火钎子往地上一插,也蹲下了。

沈力问杨一凡:"我要是过去,你也过去？"

杨一凡坚决地:"对！"

"我要是连衣服都不脱呢？"

"我也连衣服都不脱。"

"那半个小时以后,咱俩就会冻得说不出话来的。"

"肯定是那样。"

沈力扭头看他,不解地问:"我那样,自有我的理由。你那样,为什么？"

杨一凡也扭头看沈力,平静地说:"你把班里战友折腾了个遍,就是还没太折腾我。今天夜里我奉陪到底,任你折腾个够,否则显得不公平。你连我也折腾过了,我在大家面前就不惭愧了。"

沈力:"惭愧？ 惭愧什么？"

杨一凡:"你明知故问！ 要疯,你小子就干脆疯得大发点儿！ 那也算你沈力发了慈悲了,那连里就会捆绑着把你送到精神病院去,哥儿几个也算解脱了,不再被你折腾了！ 明白吗？"

沈力被他这么一说,有些吃惊:"想不到你这么说。"

"也该有人对你这么说了！"

沈力不再看着杨一凡,坐下了,又呆望着那块大石头。杨一凡也坐下了,也呆望着那块大石头。

沉默了一会儿,沈力对他说:"对不起。对不起你,对不起全班的哥们儿。"

杨一凡不禁又扭头看他,想要判断他的话是明白话还是糊涂话。

沈力:"我知道,过去的几天里,全班都在陪我吃药。我吃的肯定是镇定啊、安眠啊之类的药,你们吃的是什么药我就不清楚了。什么药?"

杨一凡:"起先是维生素,后来是酵母片、小苏打。卫生所没那么多维生素给我们吃。"

沈力:"也太难为你们了,太难为连里了。可你招了,不等于出卖了他们哥儿几个了吗?"

杨一凡:"招什么招?你审我呢?我是精神正常的人,你是精神不正常的人,你有资格审我吗?不错,是等于出卖!但我的出发点是良好的,我认为你的情况并不严重,在你比较清醒的时候,应该有人告诉你一些真相,应该有人对你说一些可以说的话!而我,正应该是那样一个人!"

沈力:"我也认为,我的情况并不严重。自从我在这里想自杀那天以后,我觉得河对面那块大石头,就好像压在我的背上了。有时候我觉得我的大脑,我的心,也好像变成石质的了,没法思想。对自己,对他人,好像没了什么感情。今天夜里,我来到这儿,是要对那块大石头发誓。既然你陪我来了,那么我也要对你发誓,我永远也不会起自杀的念头了!我要向我父亲学习,否则我不配是他的儿子。"

杨一凡:"对。你是应该向你父亲学习。下乡前,你跟我讲过你父亲的事,每次被造反派押出家门的时候,他总是偷偷将半截小木梳、一个针线包、几颗扣子藏在身上。挨斗以后,找个有水的地方,把造反派涂在他脸上的墨汁洗干净,把被揪乱的头发梳梳好,把被扯掉的扣子补上一颗。一边那么做,还一边哼歌,或者一边吹口哨,为的是平复自己的心情,使自己脸上的表情看起来不是受尽凌辱的样子,为的是进家门的时候,不把自己经受作践的痕迹也带回家里去。你记不记得,有一次,咱俩一块儿发现了你父亲正那么做着,你一转身跑了,我陪着你跑到了一间公共厕所里,你大哭一场,我陪着你哭。记不记得?"

"记得。咱俩进的是女厕所,让几名街道妇女堵在厕所里,当成小流氓给臭骂了一通。"

二人相视一笑。

杨一凡:"咱俩走在回家路上的时候,你还记得我对你说了一句什么话吗?"

沈力:"你说了好些劝我的话,提示一下。"

杨一凡:"其中一句,使你特别感动。"

"想起来了。你说——从今以后,我父亲在你心目中是一个极其可敬的男人了……"

"对。我指的就是那句话。那是我的心里话。那天以后,我再到你家去,见了你父亲,叫他叔叔叫得更有感情了,你承认不?"

沈力:"承认。"

杨一凡:"而且,你父亲改变了我对某些人、某些事的看法。就是某些被别人批来斗去、扣上种种罪名,有人企图使他们尊严扫地、身败名裂的人,当他们的命运不论多么悲惨,却还是能够镇定面对的时候,我不认为他们是什么牛鬼蛇神,反而认为他们是些品质优上的人了。'批倒批臭'这话,在我这儿恰恰起到了相反的效果!于是我心里就常想,一个把那样一些人不当人的时代,一场把那样一些人不当人的运动,配是革命的时代吗?配是革命的运动吗?"

"一凡,刚才那些话,千万不要再对任何人说!答应我!"沈力表情严肃地抓住了杨一凡的双肩。

"我当然不会那么傻!放开我,我还有话,你给我老老实实听着!"

沈力乖乖地垂下了手。

杨一凡:"可你是怎么回事?你算什么玩意儿?别怪我站着说话不嫌腰疼……"

沈力:"你坐着说话呢。"

杨一凡站了起来,激动地:"你不就在考场上挨了一顿打吗? 你也不想一想,那些人为什么打你!"

"因为那幅画。"

杨一凡:"那是一方面的原因。仅仅因为那幅画打你的人,你应该原谅他们。你是画家的儿子,他们都不是。你认为你画的是美,画美是艺术行为,他们认为你画的是丑,那么画是可耻行为,是道德败坏的证明。这难道不是很正常的事吗? 而另一方面的原因是,有些打你的人,一面对考卷就发蒙了,头脑里一盆糨糊! 同是知青,他们其实是谈不上有什么知识的青年! 比起老高三、老高二知青来,他们只比文盲强那么一丁点儿! 所以他们虽然有幸坐在考场上了,内心里却自卑得要命。自卑有时候产生愤怒,你成了他们的出气筒。他们也怪可悲的嘛! 如果你能想通这两点,你还值得因为那天考场上的事儿变得神经兮兮的吗?"

杨一凡说话时,沈力一直仰脸看着他,像学生看着对自己进行辅导的导师。他折服地对杨一凡说:"幸亏你跟来了,要不,就我一个人坐在这儿,望着那块大石头,恐怕想来想去,有些事儿还是想不透。一凡,你什么时候变得这么成熟了?"

杨一凡:"少来这套! 用不着你阿谀奉承! 我也是比文盲强那么一丁点儿的知青中的一个。只不过我有自知之明,所以连名都不报……"

连队里,大家在分头寻找沈力和杨一凡。赵天亮焦急地四处张望着:"他俩会到哪儿去呢?"

黄伟:"别急。一急就乱了方寸了。"他掏出烟,递给赵天亮一支,自己也叼上一支。

二人吸着烟后,赵天亮吐了一口烟说:"要不,及时通知连里,吹号,动员全连的人一起找?"

"那是下策,对沈力不好。没到万不得已的时候,先别那样。"

远处传来"小地包"和齐勇的低声呼唤:

"沈力！……沈力！……"

"一凡！……沈力！……"

"小黄浦"走过来："我也去砖窑找过了,没有。唉,这种受折腾的日子,哪天是个头啊！"

赵天亮厉声打断他："你住口！"

"小黄浦"："又不是我值班的时候不见了,冲我来什么劲啊！"

黄伟："少说两句,少说两句。"他赶紧又掏出烟,也递给"小黄浦"一支,替他把烟点着。

这时,齐勇也走回来,向三人摇了摇头,他从黄伟嘴上掠去烟,接着吸。

"小黄浦"："他俩会不会去马号了？"

齐勇："连马号我也又回去看了一次。"

"小地包"也走回来了,焦虑地："几口井里都认真查看过了,投井的情况肯定是可以排除的。唉,偏偏出在我值班这一小时……他俩真出了不好的事儿,我心里的罪过感一辈子也去不掉了。"

齐勇拍拍他肩,安慰道："别尽往坏处想,有一凡跟着,估计不会出什么太不好的事儿。"

"小黄浦"："正因为有一凡跟着,才更叫人担心。只怕一出事儿,也许就是两败俱伤的事了。"

黄伟呵斥地："不是叫你少说两句吗?！"

魏明回来了,一一扫视大家的表情,慢条斯理地说："既然是这样,那我们就可以得出两个结论：一、他俩根本不在连里的任何地方。二、还没有任何迹象证明他俩已经出了什么不好的事,只不过在一个我们目前还没发现他俩的地方。"

齐勇："问题是,那个地方究竟是哪儿?"

魏明："现在看来,除了河边,不会再是别的地方了。"

黄伟："同意老魏的判断。沈力最爱坐在河边画画,或者发发呆了。"

赵天亮:"都到河边去。我、齐勇、老魏,咱们三个游过河去;老黄,敬文他俩听你的。我们往东,你们往西,在两岸分头找。半小时以后还找不到,那我就通报连里。"

杨一凡和沈力在河边并肩坐着。

沈力:"我最受不了的是,班长也扇我耳光,'小地包'他姐也扇我耳光。"

杨一凡:"你要是因为这个小心眼儿,那你也太小心眼儿了,更不配是你爸的儿子了。好人打好人,是误会。生活中,好人和好人发生误会的时候太多了。再说,'小地包'他姐都后悔得哭了几次了,班长后悔得肠子都发青了。"

沈力:"骗人。"

"不骗你。他俩多么后悔,那也不想当着你的面,后悔给你看啊!"

"后悔的人肠子发不发青,这从没被科学证明过。即使是符合科学的,那你也看不到。"

杨一凡:"你这叫抬杠。"

"一凡,"沈力低下头,"我的情况,真的并不怎么严重,我只不过从没经历过。我没疯,你相信吗?"

杨一凡表情庄严地:"完全相信。"

沈力:"你能使班里的哥们儿,也都相信吗?"

"能,当然能。"

"我害怕某一天被送进精神病院,怕极了。"

杨一凡:"我保证,只要你以后听我的,我决不许任何人把你往精神病院里送。如果你想听我发誓,那我可以立刻发誓。"

沈力一下子抱住杨一凡,边哭边说:"一凡,不用发誓了,我相信你。如果连你都不相信了,那我还能相信谁呢?如果我谁都不相信了,那不是只剩进精神病院一条路了吗?"

杨一凡:"沈力,哥们儿,别哭,咱不哭!你不是说,要向你父亲学习吗？记住我刚才对你的要求了吗？以后要听我的，能不能做到？"

沈力孩子般地："能。以后我听你的……听你的就可以不被送到精神病院去……"

杨一凡："对。听我的就不会被送到精神病院去。我以我的人格，向你父亲发誓。"说完，杨一凡一抬头，发现赵天亮、齐勇、魏明站在河对岸，正呆呆地望着他俩。

杨一凡举起一只手朝他们三个比画，意思是让他们三个赶紧离开，免得被沈力发现。河对岸的三人会意，立刻转身离开。

沈力和杨一凡已经站了起来，在小河边慢慢地走着。

沈力："我喜欢这个小河边。"

杨一凡："我也喜欢。"

"我会记住这个夜晚的。"

"我也会。"

"说不定哪天夜里，我还会来。"

"那你得叫上我，能保证吗？"

沈力："能。"他看一眼插在地上的铁钎子，想拔起，手刚触到把柄，又缩回，望着杨一凡问，"我可以拿着它吗？"

杨一凡："当然可以。但是绝不许再用它指着我脖子，也不许和别人开同样的玩笑，能做到吗？"

"能。"沈力孩子般笑了，拔起了捅火钎子。

一班宿舍里，魏明围被坐着，一条腿伸出在被外，"小黄浦"在用棉团擦他腿上的伤口。

魏明："还没过'十一'，想不到河边就结冰碴儿了，还把我腿划了个口子。"

齐勇已换上了一条干的短裤，光着上身和双腿，站在炉前快速地擦身。

赵天亮仍穿一身湿衣服,滴了满地水。他往炉子里加了两块劈柴,找捅火钎子,奇怪地:"捅火钎子哪去了? 谁看见捅火钎子了?"

齐勇:"你别弄火了,快把湿衣服换下来,别冻着了!"他冲门口喊,"敬文! 站门口干什么呢? 过来把火弄旺点儿!"

"小地包"和"小黄浦"正站在门里朝外望着。他们走过来,"小地包"耸耸肩道:"找不着捅火钎子,我有什么办法。闷一会儿自己就起火苗了。"又推着赵天亮说,"别这副样子了,嘴唇都快青了,钻被窝去暖和着吧!"

赵天亮走到自己铺位那儿,直接将衣服裤子脱在地上,钻进被窝,一卷被,猛抖了几抖。

黄伟已躺在被窝里了,自言自语:"想想那些有精神病人的人家,真让人同情啊!"

"小地包"已在大口大口地吹火,同时接了一句:"这会儿还是同情同情咱们自己吧!"

齐勇走到黄伟的铺位前,抓过黄伟的衣服裤子就穿。黄伟赶紧制止道:"哎,你穿我裤衩的时候我可没说同意啊!"

齐勇:"那没法子,谁叫我穿你的合适呢! 总不能让我这样子回马号吧?"他穿好便往外走,"敬文,明天抽空儿把我那套湿的洗出来晾上,包括裤衩和鞋,不许马马虎虎地对付我!"

"小地包":"唉,瞧我这命!"

赵天亮对齐勇说:"快走吧,你不在,马号那边别又出什么岔子。"

齐勇:"如果又有了什么新的情况,派个人到马号去找我,毕竟我也曾是一班的一员。"说罢匆匆而去。

赵天亮对"小地包"说:"敬文,你过来一下。"

"小地包"终于将炉火吹旺,大功告成地"嘿"了一声,走到了赵天亮的铺位前。

赵天亮斜着眼睛看他:"知道吗? 我想扇你几耳光! 我去开一次班

长会,交代你那么一点儿事,你就使大家都吃错了药!你怎么这么没用啊你!"

"小地包":"明天再指责行不行? 刚才一急,我都忘了我自己也吃错了药的事儿了,这会儿又开始晕乎了。"他摇摇晃晃地往自己铺位那儿走。

"小黄浦":"弟兄们,一凡和沈力回来了!"

黄伟:"快把他们仨的湿衣服收一块儿,放盆里,关灯!"

"小黄浦"迅速将地上的湿衣服、鞋捡起,放在两个盆里,并用另外两个盆盖上;之后拉灭灯,跳上炕,钻进被窝。

沈力和杨一凡走进来的时候,屋里已是一片鼾声。

沈力和杨一凡在平整连队的篮球场地,沈力挑来沙子,杨一凡又是铲,又是填。汗水从沈力的脸上流下来,杨一凡掏出手绢给他擦汗。

这时,孙曼玲赶着牛车从球场旁经过,车上坐着北京女知青汤洋洋。

孙曼玲勒住牛,和汤洋洋望着沈力。沈力发现她俩在望自己,将脸转向别处。

孙曼玲把沈力叫住:"沈力! 还生我气呀?"

沈力:"没有啊!"

"你俩好好平一下,'十一' 连里要进行篮球比赛!"

"没问题!"

汤洋洋突然招呼沈力:"沈力,过来一下。"

沈力犹豫了一下,走向牛车。

"接着!"汤洋洋从自己坐着的麻袋上拿起一个大青萝卜抛给沈力,"洗干净了,不用削皮。"

孙曼玲:"透露透露,'十一' 你们男一班出什么节目呀?"

沈力:"保密。"

孙曼玲和汤洋洋相视一笑。

汤洋洋:"到时候看你们出彩了,最好能给我们一份惊喜!"

沈力:"我们争取。"

孙曼玲:"驾!"一抖缰绳,驾着牛车走远了。

杨一凡走到了沈力跟前,沈力将青萝卜一掰两截,递给杨一凡一半。

二人吃着萝卜时,沈力问杨一凡:"给我萝卜的,她叫什么来着?"

杨一凡:"我一时也想不起来,好像姓汤。"

沈力:"对,汤洋洋。她向我要过画,我得给她一幅。哎,我的画笔、油彩、画架子什么的怎么都不见了?"

杨一凡:"是吗?肯定是班里哪个小子给藏起来了,成心让你着急。甭找,过几天它们自己就会出现的。"

大食堂坐满了人。一条横幅悬挂在大食堂里,上写"国庆联欢晚会"六个字。连长、指导员、方婉之、尹排长坐在第一排。台上,赵天亮、齐勇、黄伟、魏明、"小地包"、"小黄浦"在表演舞蹈《抬大木》。这是兵团各级宣传队都少不了的保留节目,简单而动作整齐、好看。

《抬大木》获得了一阵掌声,大幕从两边拉上,汤洋洋走到大幕正中报幕:"下一个节目,《智取威虎山》'深入虎穴'片断……杨一凡饰杨子荣,沈力饰座山雕……"

指导员带头鼓掌,掌声格外热烈。大幕缓缓拉开,台上只有杨一凡和沈力二人。沈力坐在由一把椅子、两张凳子组成的"宝座上"。

沈力煞有介事地念白:

"你说,你是从许旅长那里来?"

杨一凡也有腔有调地说:

"对。走了三天三夜,才终于来到威虎山。"

"许旅长有两件宝物,你可知道那是什么?"

"好马快刀!"

"马是什么马?"

"卷毛青鬃马!"

"刀是什么刀?"

"日本指挥刀!"

"脸红什么?"

"精神焕发!"

"怎么又黄了?"

"防冷涂的蜡!"

"莫哈,莫哈!"

"正晌午时说话,谁也没有家!"

沈力不再说什么,像是忘词了,其实是精神游走别处了。

杨一凡小声提醒:"接台词'拿酒来'。"

沈力喃喃地:"不对……"

杨一凡向台下看了一眼,急道:"对,就是'拿酒来',快说啊!"

沈力摇头,喃喃自语:"家……我们有家……一凡,咱们的家在北京啊!咱们的家,在西城区的同一个胡同里,难道你忘了吗?咱们的家里,都有父亲、母亲……"

沈力边说边离开"宝座",走到了杨一凡跟前。

杨一凡不知所措地拦住他:"沈力,你又犯糊涂了,咱们正在演戏啊。"

沈力流泪了:"我没犯糊涂,我不想演戏了。"

他忽然搂抱住杨一凡,哭着说:"一凡,我想家了,我想我父亲母亲了,你陪我回家吧。"

站在舞台一侧的汤洋洋和赵天亮他们,脸上都流下了泪。台下,包括指导员们在内的观众们,皆表情肃穆。孙曼玲等一班女知青们,也都流泪了。

指导员登上了舞台,轻轻拍着沈力肩说:"沈力,冷静点儿。既然你这么想家,连队批准你假。你希望杨一凡陪你回家,连队也同意……"

马车停在一班宿舍门前,齐勇、杨一凡、沈力已坐车上。赵天亮他们在车旁送行。

赵天亮把折叠画架、画夹以及一盒画笔、一盒油彩给沈力:"沈力,这是咱们一班哥儿几个凑钱,托人从县城买回来的,算是大家对你的一份儿心意。希望你在北京画画的时候,心里能想着北大荒,想着七连,想着咱们一班……"

沈力点头,默默接过大家送给他的东西。

孙曼玲和汤洋洋跑来,汤洋洋欲上前跟沈力说话,却又不好意思,孙曼玲将她推到了沈力面前。沈力默默看着汤洋洋,汤洋洋也默默看着沈力。

孙曼玲催促地:"洋洋,说话呀!"

汤洋洋将用一张《兵团战士报》包着的东西往沈力手里一塞,转身跑了。沈力打开报纸,里面是用蓝毛线织的脖套。

赵天亮:"一凡,常来信,别让大家牵挂着。"

杨一凡对他点点头。

沈力:"班长,我不会在家住太久的,我只不过……一时想家了……"

赵天亮他们听了他这话,都欣慰地笑了。孙曼玲张张嘴,想说什么,没说出口,反而退后一步。

齐勇:"我们走了啊。驾!"他驾着马车离去。

赵天亮们目送马车驶远,一个个转身进入宿舍。宿舍门前只留下了孙曼玲和"小地包"。

孙曼玲内疚地:"如果沈力的情况好不了了,我这一辈子都会有罪过感。"

"小地包"没有接她的话,反而问:"姐,你觉得我有虐待狂的心理倾向吗?"

孙曼玲:"你这是什么话!你的精神也错乱了?!"

"小地包":"我不知道。也许吧。最近,我夜里总做同样的梦,梦见吴敏戴着枚大学校徽,自鸣得意地站我面前,指手画脚,哇啦哇啦她那一套革命的屁话,而我手里握着皮鞭,她哇啦一句,我狠狠抽她一鞭子,直抽得她不再哇啦了,跪我面前求饶了,承认她根本不是什么革命青年,只不过是一个卑鄙的投机分子……"

孙曼玲吃惊地:"你!不许你再做那样的梦!她走了,我们把她那么一个人忘了,就算了。以前发生的事,我们就当它没有发生。"

"小地包":"就算了?就当它没有发生?黄伟、魏明,今年肯定是可以上大学的!沈力原本是会被培养成画家的!你也有可能成为咱们家几代以来的第一位大学生!我都把那事儿写信告诉爸妈了!"

孙曼玲:"黄伟、魏明明年还可以报名!我相信沈力的精神会彻底恢复正常!咱们家没出一个大学生,爸妈也不会认为白抚养大了咱们!"

"小地包":"黄伟、魏明明年就过年龄线了,他们以后再也没有上大学的机会了!你又听说过几个精神病人彻底病好了的?爸妈从喜出望外到被浇了一盆凉水,他们会是一种什么心情?!"

孙曼玲:"那我也不许你再做那样的梦!你再做那样的梦就是地地道道的虐待狂心理!虐待狂离精神病也差不了多远了!"

"小地包":"姐,如果我也疯了,只求你一件事儿,不管在什么时候,什么地点,再见到吴敏,你起码要替我,替沈力,替黄伟和魏明,替我们一班狠狠抽她几个大嘴巴子!"

孙曼玲:"现而今,她不算是最坏的人!我们也不算是被害得多么惨的人!"

"小地包"突然乱腔乱调地大唱:

咬住仇,咬住恨,仇恨入心要发芽,植入心田开火花!万丈怒火燃烧起,要把昏天黑地来烧塌!

……

他一边唱着，一边迈着夸张的方步，也扬扬长长地进入了宿舍。

孙曼玲望着他背影，惊愕得睁大了眼睛张大了嘴，她甚至怀疑自己的弟弟也精神失常了。

连部里，指导员手拿一页纸在看，赵天亮站在他面前。

指导员将那页纸放桌上，问：“你只表达了希望辞掉班长职务的意愿，但是没有说明理由。所以不能批准你的请求。”

赵天亮：“最初，我们一班是十个人。现在，傅正牺牲了，王凯返城了，沈力精神失常了，杨一凡也陪他回北京了，而齐勇，负责马号的工作了。我们班只剩五个人了，五个人还算是一个班吗？”

指导员：“是啊，某些事，偏偏都发生在你们一班。五个人只能算是半个班了，人员减少了一半，觉得这个班长当得没什么劲儿了，是不是？”

赵天亮坦率地说：“有这个原因。”

“另外的原因呢？”

“我怕给连里惹麻烦。”

指导员不解地：“你？给连里惹麻烦？你能给连里惹什么麻烦？”

赵天亮：“比如……有一天我要是成了‘现行反革命’，您、连长、尹排长、方大姐，你们会不会因为对我挺信任的，一个个都受政治牵连呢？”

“那肯定是会的，起码都是用人不当的罪名。”指导员用小手指挠腮，凝视赵天亮，“你不会已经做了什么蠢事吧？”

赵天亮：“没有。”

指导员：“那就好。你给我记住，千万别做什么政治方面的蠢事。如果你做了，想不给我们几个找麻烦都是不可能的！别的师别的团，有一个连里的几名知青，暗地里组成了一个什么‘经典革命理论学习小组’，被其中一个告了秘，结果除了告密者，另外几个确实都成了‘现行反革命’，连干部们也都因为在思想教育方面严重失职，一个个一撸到底。”

赵天亮：“学习经典革命理论，怎么还会成为‘现行反革命’？”

指导员："问题是,他们不但认真学习,还认真提出疑问,还用书信的方式散布他们的疑问!你向我发誓,不,向党支部发誓,永远不参与这一类蠢事!"

"他们平时都很愚蠢吗?还是越学越变得愚蠢了?"

指导员一拍桌子:"我又不认识他们,我怎么知道!你到底发不发誓?!不发誓就给我出去!"

赵天亮:"如果我说,我主观上永远不想给连里、给我的父母和哥哥惹什么麻烦,这算不算是发誓了?"

指导员瞪着转身就走的赵天亮,皱着眉,咀嚼着他的话,把他叫住:"坐下!"

赵天亮不情愿地坐下。

指导员严肃地:"听着,暂且不论你做了蠢事,我、连长、尹排长和大姐会怎样,你刚才还说你永远不想给你的父母和哥哥惹什么麻烦,对不对?"

赵天亮默然地点点头。

指导员:"那,就等于你发了誓了吧。等于你对你的父母和哥哥间接发了誓,我是你间接对他们发誓的见证人。现在,我不答复你辞职的要求,我代表连里,交给你一项特殊任务!"

山东屯的女知青宿舍里,周萍正在织毛衣。那名爱讲鬼故事的女知青又在讲鬼故事,胖姑娘和瘦小的姑娘坐在她对面,聚精会神地听着。

讲鬼故事的女知青绘声绘色地:"那小伙子从照相师傅手中接过照片一看,照片上,跟他合影的女朋友是一具骷髅。照相师傅对他说,年轻人,你女朋友她肯定是个女鬼呀……"

一声响亮的咳嗽。包括讲鬼故事的女知青自己在内,三名女知青都吓得"妈呀"一声,缩在一起。

周萍"扑哧"笑了。原来,咳嗽的是梁喜喜,她正坐在箱子旁的暗影里。

胖姑娘拍着胸口:"支书,你什么时候进来的呀,吓死我了!"

周萍:"支书都坐那儿听了半天了。"

瘦小的姑娘打周萍:"你真坏,明明看见支书进来了,也不吱一声!"

"支书朝我摆手,不许我出声嘛!"

讲鬼故事的姑娘对梁喜喜认错:"支书,我错了,以后再也不讲鬼故事了!"

梁喜喜起身坐了过去,看了看周萍手里织的东西,问她:"给小赵织的?"

周萍不好意思地点头。

梁喜喜又对讲鬼故事的姑娘说:"讲鬼故事,原则上我是不反对的。自古以来的贫下中农都爱听鬼故事,我也爱听,娱乐娱乐嘛!但你刚才不但讲了鬼的故事,还讲了些男欢女爱的情节,这是要受到严肃批评的。仨大姑娘,一个讲,两个竖着耳朵听,什么'把她紧紧地拥抱在怀里'呀,什么'姑娘温柔地吻着小伙子'呀,乱七八糟的,像话吗!大姑娘讲这些听这些,那是会乱性的!乱性了就会整天胡思乱想!记住,以后只许讲鬼,不许讲爱!爱是俩人背着别人谈的事儿,不是一个人讲给几个人听的事儿,记住没有?"

讲鬼故事的姑娘连连点头。

梁喜喜:"现在,有这么一件事,你们四个中谁想参加,可以民主表示一下。一团要派几个人到新疆去买一批细毛羊,答应也给咱们山东屯带回几十只来。条件是,咱们得派出一名女知青,一路上为他们兵团的几名男知青做饭、洗衣服、当卫生员,尽量从生活方面把他们照顾好……"

讲鬼故事的姑娘等不及梁喜喜把话说完,抢着说:"新疆值得去一次,到处是异国情调。我去我去!"

梁喜喜:"估计,来回得一个月,有时要跟羊群一起挤在列车的闷罐子车厢里,有时要赶着羊群走,差不多有一半的日子,夜里要露宿野外。"

讲鬼故事的姑娘闻听,立刻取消了去新疆的意思:"那……看看她们三个谁去吧!"

胖姑娘:"要是路上不顺利,回到东北的时候,不就冬天了吗?那,我也愿意把机会让给别人。"

瘦小的姑娘:"支书,我体格这么弱,要是非让我去,半路会折腾病了的。"

梁喜喜的目光望在了周萍脸上。

周萍:"支书,您要是觉得我行,那我去。我不会给咱山东屯丢人的。"

梁喜喜高兴地说:"那我就派你了。我可把民主给你们了啊,周萍去,是民主协商的结果。而且,证明我从不偏向她!偏向她还能让她去吃一个多月的苦吗?"

另外三个姑娘皆点头。

梁喜喜转而对周萍说:"周萍,送送我。刚刚听了鬼的故事,黑灯瞎火的,我一个人往家走心里也发毛。"

周萍就放下毛活,跟在梁喜喜身后离开了宿舍。

梁喜喜和周萍一前一后走在村路上。

梁喜喜忽然问周萍:"周萍,你以为我真怕鬼吗?"

"支书,我不知道。你刚才自己说你怕鬼的。"

梁喜喜:"我是使鬼害怕的女人。要是真见了鬼,我就和他喝酒。把鬼灌醉,用斧头给他来个大卸八块!瘦的当柴烧,肥的熬成灯油。"

周萍"扑哧"笑了。

梁喜喜站住,看着周萍说:"我就猜到了她们三个会怕苦,都不去。也猜到了她们三个都不去,那你就一定会去。"

周萍:"支书,你对我好,吃苦的事儿,我不能也往后缩。"

梁喜喜:"这话我爱听。我让你送我,是要单独告诉你——你肯去那就对了,因为,一团那边的人出在七连,七连派赵天亮带队。怎么样?高兴吧?"

周萍："高兴！高兴！支书，太谢谢你了！"她的脸笑成了一朵花。

梁喜喜："快回去吧。回去了不许显出高兴的样子。嘴紧点儿，更不许道出实情，免得又给她们三个我偏向你的印象，那你们之间就该闹不团结了。"

"明白。支书，我送您到家门口。"

"甭溜须我。我就站这儿，看着你进到宿舍里。要不，一个夜游鬼把你逮去，我这支书没法交代了。听话，快走！"

周萍望着她，倒退几步。梁喜喜挥挥手，周萍一转身回了宿舍。

周萍回到宿舍，三个姑娘立刻围住她。

讲鬼故事的姑娘："哎，支书真怕鬼吗？"

周萍："有那么点儿。"

胖姑娘："想不到一位党支部书记也怕鬼！"

瘦小的姑娘："还是一个单身女人，半夜做鬼梦吓醒了，都没谁爱抚爱抚，压压惊，想想也有挺可怜的一面。"

讲鬼故事的姑娘："人啊，谁没有可怜的一面呢？只不过有人可怜的一面表现在外，有人可怜的一面藏在心里。"

胖姑娘："像咱们亲爱的萍萍，可怜的小模样让多少人心疼啊。连咱们三个都愿意呵护她，是不是？"

周萍："怎么扯到我身上了呢？不早了，三位姑奶奶都睡吧，啊？"她卷起毛活，塞入书包。

大家熄灯睡下了。仰躺在黑暗中的周萍一脸幸福的微笑，也许梦到了高兴的事情，也许她根本没睡着……

第三十二章

一列运货的火车行驶在戈壁滩上。最后一节车厢的门完全敞开着，赵天亮坐在车厢里，周萍和他并肩坐着，幸福地将头歪在他肩上。

在动身去新疆之前，赵天亮做梦也没有想到周萍会与他同行，先前指导员在连部里找他谈话，提到让他去新疆的时候，他还满心不情愿："如果非让我去不可，那得让齐勇和孙敬文跟我去。"

指导员："别讲条件！什么叫非让你去不可？七连没人了？你以为你是谁啊？缺了你这么一个鸡蛋，七连就连块槽子糕都做不成了？"

赵天亮："那您就把任务交给别人好喽！"

指导员："行啊，那你走吧，去把二班长给我叫来。告诉他，山东屯也派一名女知青和咱们连的人一同去，叫周萍。"

正要转身走开的赵天亮忽然愣住了，问指导员："周萍？哪个周萍？"

指导员："就是一心想成为咱们七连的战士，最终也没能实现愿望的那个周萍啊，山东屯还有第二个周萍吗？"

赵天亮脸上的表情变了，热切地说："指导员，我改变想法了，那还是让我去吧。把黄伟和徐进步派给我，我们保证完成好连里交给我们的任务。"

指导员："改变想法了？什么条件都不讲了？"

"对,完全无条件的。"

指导员："问题是,我也改变想法了。而且我这人有个作决定的习惯,通常只改变一次想法。你快去把二班长找来吧！"

赵天亮："指导员,我刚才那是在跟您闹着玩儿。"

"我是指导员,你是一名班长,我在跟你谈正经事,你跟我闹着玩儿？"

"指导员,我错了,就算我求您了。您要是不让我去,我就不走！"赵天亮又坐在凳子上了。

"好嘛,刚才跟我闹着玩儿,现在居然要起赖皮来了！"指导员笑了,他拉开抽屉,取出一份折着的报纸递给赵天亮。

赵天亮接过,见是一份《兵团战士报》,其上一行醒目的大标题："邓小平副总理主持召开全国第四次农业学大寨会议"。

指导员已吸着一支烟,沉思地："上边没要求认真学习,所以连里也就没组织学习。要求学习而没组织学习,犯错误。没要求学习而组织学习了,犯严重错误。政治就是这么又简单又深奥,明白吗？"

赵天亮似明白非明白地点头。

指导员："但是我个人认真学习了。兵团总司令部按照这次全国农业学大寨会议的精神,提出了农业、牧业、副业全面发展的长远目标,所以,要求咱们团从新疆引进一批细毛羊,还要求咱们团从内蒙古引进一批良马,办马场。为什么把这种任务交给咱们团了呢？因为咱们团占地辽阔,水草丰盛,最适宜发展牧业。齐勇不久要去内蒙古学习马群放牧的经验,还要负责赶回来第一群马。他提出要孙敬文跟他去,所以他俩不能跟你去新疆。为什么去新疆的任务非交给你们一班的人呢？因为你们曾长期离开连队,在黑龙江边上驻守过,巡逻过,各方面表现很好,有处理较复杂情况的经验,也十分清楚配备武器的种种纪律。不但连里信任你们一班的人,团里也信任你们一班的人。"

赵天亮:"允许我们带枪?"

指导员:"你们三个人,带两支步枪,总共六十发子弹。近万里途程,一个多月的时间,几百只羊,艰苦和困难是可想而知的。某些事是无法预知的,带两支枪很有必要。当然,我希望你们完璧归赵,回来的时候一弹未发。"

赵天亮有所顾虑地:"指导员,我认为……不,我觉得……总之我的想法是,这样一次任务,不应该只交给我们三名知青去完成。希望连里能考虑,让尹排长带队,或者,派一名老战士……"

指导员忽然打断他:"今年是哪一年?"

"一九七五。"

指导员:"你哪年到七连的?"

赵天亮:"一九六九年六月。黄伟和齐勇他们那批,比我们早一年。"

指导员:"都到兵团六七年了。要是在正规部队,是超期服役的老兵了。从现在起,你们应该将自己看成七连的老战士了。"

赵天亮低下头不言语了。

指导员:"如果尹排长能做你们的带队,那连里当然最放心了。可是,连里不能派他去。他患胃癌了。"

赵天亮抬起头,吃惊地望着他。

"晚期了,扩散了。医生们估计,最长再活半年了……连里怎么忍心也派他去呢?"

赵天亮大受震动,仰脸望着指导员,愕然地半张着嘴,说不出话,也闭不上。

指导员将一只手按在他肩上,语气凝重地:"如果你非要求派一名老战士和你们同去,完全可以。你点谁,连里派谁。但连里的想法,是要你们再经受一次锻炼。兵团还要发展,还要开荒,还要建新连队,需要一批更年轻的连队干部。我和张连长,我们都是二十几岁就当连长指导员了。我们能,你们何以不能? 三天后起程,给你一天时间,你还来得及再改变

897

一次想法……"

赵天亮踏上了西去的列车。

他和周萍并肩坐在车厢里,看着外面茫茫的戈壁滩。黄伟坐在一个角落,竖着双膝,膝上放着小本。从那小本翻开的情况看,没写字的页数已经不多了。他在看着赵天亮和周萍出神。"小黄浦"则仰躺在黄伟旁边,身下铺条麻袋,架着二郎腿,悬着的那只脚随着列车行驶的声音晃动着。

周萍:"为什么这儿遍地石头呢?"

赵天亮:"我听人讲过,戈壁的意思,就是'遍地只生长石头的地方'。"赵天亮扭头发现黄伟在看着他和周萍,问,"你那么看着我俩干什么?"

黄伟:"我在想一个问题。"

周萍:"什么问题?"

黄伟:"我在想的问题,只能单独对'小黄浦'说,也只有他能解我的惑。现在当着你俩的面,我不便问。即使问了,他也肯定不好意思回答。"

"小黄浦"满不在乎地:"问吧,他俩又不是外人,是自己人,我没什么不好意思回答的问题。"

黄伟笑道:"还是不问的好。"

赵天亮站起来,将车门拉上一半,走到一面车壁那儿重新坐下,看着黄伟又说:"这我就奇怪了,你想问他问题,刚才为什么看着我俩发呆啊?"

周萍走到赵天亮身旁,坐下后又像刚才那么将头偏靠在赵天亮肩上,也望着黄伟,期待着黄伟的回答。尽管车厢外情景荒蛮,但只要和赵天亮在一起,她的心情就是快乐的。

黄伟:"因为我要问'小黄浦'的问题,和你俩有关。在你俩之间,同周萍的关系更直接。"

周萍诧异地瞪大了眼睛:"骗人!"

"小黄浦"则一翻身坐起,有点儿亢奋地说:"和周萍有关? 快问快问,我百分之百地愿意回答,而且保证百分之百诚实地回答!"

黄伟:"同意我问的请举手。"

"小黄浦"第一个高高地举起了手,赵天亮紧接着举起了手,周萍犹豫一下,也举起了手。

黄伟:"我看,你们是都觉得寂寞了。"

"小黄浦":"对对,你说得完全正确。列车往前开了大半天了,眼前除了遍地石头,还是遍地石头,除了灰色,还是灰色。我最看不惯灰色了,快问快问!"

黄伟翻了一下膝上的本子:"我已经写到了天亮和周萍之间的爱情……"

赵天亮:"等等,你的小说中写到我俩的爱情我并不反对。这点儿创作自由,我是肯给你的。"说着,不禁看了周萍一眼。

周萍:"那我也给。"

赵天亮:"但是,你不会写的是我俩的真名实姓吧?"

黄伟:"我写的正是你俩的真名实姓。"

赵天亮:"同志,这我可就要提出严正抗议了。"

周萍轻轻推了赵天亮一下:"别抗议。你一抗议,黄伟写作的好情绪就受影响了。"她转而又对黄伟笑着说,"你写我俩的真名实姓也没关系,就按你自己的想法写吧。将来某一天,如果真能印出书,书中出现的是我和天亮的真名实姓,我觉得也挺好的。那时候我一定买好多好多本,送给我俩的亲人和朋友。"

赵天亮:"干吗买呀,那时候得让他签了名赠送咱们!"

黄伟:"一定一定,我还要写上——敬请批评指正。"

"小黄浦":"哎哎哎,诸位,扯远了扯远了啊。将来的事,那就等将来再说。你俩一打岔,他想问我的问题,还一直没问呢!"他转而对黄伟说,"我们三个都举手表决了,问吧。"

黄伟:"你,徐进步,上海人也。她,周萍,亦上海人也。按说,你徐进步在从上海到北大荒的路上就认识了周萍,比天亮认识周萍的时间还早了好多天呢。像周萍这么好的姑娘,你怎么就一直没追求她呢?"

"小黄浦"不由得挠头,发窘地:"这……你这不是哪壶不开提哪壶嘛!"

"我写你,写着写着,这个问题自然而然就冒了出来。好的小说家,那得预想到将来的读者肯定会提出什么问题,所以要尽可能向读者交代清楚。可我左思右想,替你想不出令人信服的原因来,所以只得当面请教你,请坦诚地给个说法吧。"

"小黄浦"抓耳挠腮,欲言又止。

周萍:"他不好意思回答,我替他说——我在七连的时候,有天在河边洗衣服,他忽然出现在我面前,对我一个劲儿说,如果我不是资本家的女儿就好了……"

"小黄浦":"她父亲不但是资本家,而且还与一些国民党的高官关系密切,而且她家还有好多亲属在美国。当时我就料定,不管她个人的表现多么良好,那也是根本不可能成为兵团战士的。"

黄伟审问似的盯着"小黄浦":"所以你就干脆放弃了追求周萍的机会?"

"小黄浦":"对。我承认我当时不敢追求她。"

"现在,后悔不?"

"小黄浦":"不后悔。"

周萍伸手拍了他一下:"你这家伙!你怎么到现在还不后悔?我就不能成为可以教育好的子女了?!"

"小黄浦":"我是不后悔嘛!"

正说着,列车突然"咣当"一声停住了。

赵天亮:"估计又停半天,我得下去活动活动!"他站了起来,伸展胳膊,晃腰。

"小黄浦"也站了起来,抢前一步,跨到车门那儿,又盘腿坐了下去,板着脸说:"谁也不许下车!怎么,这个审问似的审我,那个遣责我,你赵天亮嘛,估计心里是春风得意、幸灾乐祸的!"

赵天亮含情脉脉地看一眼周萍:"春风得意是有那么一点儿的,幸灾乐祸却谈不上。谁没追求谁,那也不能算是什么灾祸,只不过是一种遗憾,对不对?可话说回来,如果你说你后悔了,我和周萍多不自在?所以,我俩应该感谢你没说'后悔了'!"他看一眼周萍,问,"对不对?"

周萍默契地微笑点头。

"小黄浦":"你俩合伙气我是不是?我还没说我为什么不后悔呢,给我老老实实坐下听着!"

黄伟扯赵天亮衣襟:"那你就坐下,坐下。外边遍地石头,还不如待在车上,坐下听他说,兴许我的小说里用得着他说的话。"

赵天亮不情愿地坐下了。

"小黄浦":"那是'文革'以前的事儿。那时我还是小孩儿。我堂兄弟多,有次,我伯父和两个堂兄一块儿到家里来。我伯父是我父亲他们兄弟几个里边最有学问的,留过洋,在英国剑桥大学读过心理学。心理学嘛,是资产阶级唯心主义的,反动的学问。所以'解放'后他就没正经工作可干了,在街道小厂里,和些街道妇女们糊纸盒。那天他喝了几盅酒以后,醉意醺醺地向我和两个堂兄提出了一个问题,让我们诚实地回答。他问的是——如果我们迷失在森林里,遇到一个同样迷失在森林里的可爱的女子,还有一条大猎狗,狗嘴里叼着一把镰刀。这时上帝出现了,告诉我们只能在女人、狗和镰刀之间选择两者,那我们都选什么。"

黄伟:"如果是我,就选择女人和镰刀。女人,我所欲也。镰刀,可以用来保护我和那个女人。"

"小黄浦":"我一个堂兄也是这么选择的。我伯父夸他,说这么选择的孩子,将来会是一个忠于爱情、对爱人有责任感的人。"

赵天亮:"那我选择女人和狗。虽然放弃了镰刀,但我可以折断一截够粗的树枝,照样可以作为保护我和那女人的武器!"

"小黄浦":"我另一个堂兄也是这么选的。我伯父夸他,说这么选择的孩子,日后不但会是一个忠于爱情、对爱人有责任感的人,还会是一个珍惜友情的人。"

周萍问"小黄浦":"那,你怎么选择的呢?"

"小黄浦":"我说,'我选择镰刀和狗'。"

周萍瞪大了眼睛:"你!你这家伙怎么可以那么选择!"

"小黄浦":"我伯父有言在先,让我们必须诚实地回答嘛!再说我当时还是个孩子,我想我要是也选择了那女人,我就得负起保护她的责任。可是我觉得我连自己还保护不好呢,不论在弄堂里还是在小学校里,我总受欺负。我也不知道别的孩子为什么总欺负我。现在回想起来,有些事儿也不能算是欺负,只不过他们是喜欢拿我取笑、开心。但在当年,我觉得那就是欺负我。一个连自己都保护不好的孩子,他怎么还能担负起保护别人的责任呢?光有镰刀,我觉得在大森林里还是不够安全,所以我还需要那条大猎狗。遇到了什么野兽,狗可以先替我抵挡一下,甚至可以为我作出牺牲。"

赵天亮、黄伟、周萍,不由得你看我,我看他。

周萍愤愤地:"你这家伙!你怎么可以那么自私自利!你把镰刀和狗都占有了,却根本不顾一个女人的安危,亏你还说她是一个可爱的女人!你还算是男人吗你?!"

赵天亮:"别当真!别激动,这不是听他说着玩儿呢嘛!"

周萍:"就当真!我来气!我不许他是那么样一个让人瞧不起的上海男人!踹你!踹你!以后不理你了!"她坐着移动身子,企图踹到"小黄浦"。

赵天亮扯住了她:"对诚实的人不许这样!"

黄伟表情庄严地:"他还有话要说,让他把话说完。"

"小黄浦":"当时呢,我伯父听了我的回答,和我那么选择的理由以后,看着我父亲直摇头,什么夸我的话也没说。"

周萍:"呸!还想听到夸你的话啊?!"

"小黄浦":"长大了几岁以后,我时常想起我当时的选择,不用别人指责,自己也觉得自己未免太自私自利了。我下乡前,有天想去我伯父家,告诉他我不再那么自私自利了。如果让我重新选择,那我会这么决定——放弃选择权,把镰刀和狗都留给那个女人,诚恳地告诉她,我是一个懦弱的人,如果要求我对别人负起保护的责任,那对我是巨大的压力。而且,几乎肯定保护不好。但是,我已经开始自我反省了,意识到一个人太自私自利是不好的,所以我作为一个男人,理应把镰刀和狗都留给她。之后,我要将一个男人自我保护的起码常识传授给她。再之后,我祝她能幸运地走出大森林,于是转身而去……"

周萍:"迷失在大森林里了,你去往何方呢?"

"小黄浦":"迷失的意思,那就是完全丧失了正确地辨别方向的能力,那就只能盲目地走了呀,不分前后左右,走一步算一步,走哪儿算哪儿。走出去了,感谢老天爷;始终没走出去,也认命了。不是说人贵有自知之明吗?像我这么一个人,越可爱的姑娘,我越要告诫自己,万不可以追求她啊!明知一个姑娘是需要保护的,明知自己对人家负不起保护的责任,却要去追求,这不是很不道德吗?而这一种男人起码的道德,我'小黄浦'还是有的。所以我看着你俩这么幸福地相爱,一点儿也不后悔,更不嫉妒,心里只有祝福,真的。当然,免不了还有几分惭愧。""小黄浦"说完,径自苦笑。

赵天亮和周萍一时无语,只是用友好又温柔的目光看着"小黄浦"。

黄伟:"原来如此。你不说,我还真不知道接着该怎么往下写了。我要把你刚才的话写到小说里……"

"小黄浦":"哎,你笔下积德啊。念在咱们是同班战友的分上,别把我写成一个讨厌的人物!"

黄伟问赵天亮和周萍:"他讨厌吗?"

赵天亮摇头。周萍温和地看着"小黄浦"说:"不,你可爱。"

赵天亮:"不是一般的可爱,非常可爱。咱们一班的哥们儿,都认为你非常可爱。"他转而问黄伟,"老黄,是不是?"

黄伟:"这个问题嘛,要客观地来说。起初,有过些令人不喜欢的言行。后来,渐渐变得可爱了。再回过头去看他那些令人不喜欢的言行,觉得好笑而已了。从今天起,"他看着"小黄浦"说,"我发自内心地告诉你,我真的觉得你非常可爱了。"

"小黄浦"欣然地笑了。

正在这时,车厢门忽然被拉开了一些,一个满脸煤灰的中年男人站在车下,他是车头的烧炉工袁师傅。

袁师傅:"车在这小站加水,加煤,我见你们几个没下来,有点儿不放心,就过来看看你们,捎带给你们送点儿水来。"他说着,将一个大铁壶放入车厢。

赵天亮:"袁师傅,太谢谢你们了,一路处处关照我们。我们完成任务后,一定要写一封感谢信寄到你们铁路局!"

袁师傅:"别写,千万别写。货车宁肯空着车厢,也不许随便载人。你们一写感谢信,我和司机都得挨批评。哎,你们怎么认识哈尔滨局那位劳模张师傅的呀?"

黄伟:"他儿子曾经当过我们排长。"

袁师傅:"这弯儿绕得!你们知道吗?你们四个能坐在这节车厢里,人托人,中间托了七八个人,人家张师傅为你们欠下的人情大了!为什么不坐客车?"

"小黄浦":"为了省钱呗。再说客车票也太难买,耽误时间……"他的话被一阵哨声打断了。

袁师傅:"我得回车头去了,有什么需要帮助的,下站跟我说!"他将车门拉回到原先的状态,走了。

在车厢的一个角落,放着四人打着捆的行李,以及几个装东西的篮子。

黄伟起身从一个篮子里拿起一只大碗,从壶里倒出一碗凉水,一饮而尽。他举着碗问:"谁喝?"

赵天亮等三人都摇了摇头。

黄伟坐回原处,拿起自己小本儿,自豪地说:"这已经是我用的第四个笔记本了。念一段给你们听听?"

"小黄浦":"早该主动点儿了,要不谁知道你胡编乱造了些什么啊!"

黄伟:"闭嘴!听了再讽刺。"他拿起小本儿,像准备朗诵诗歌似的,酝酿了一下感情,读道:

> 现在,这四名黑龙江生产建设兵团的知青,坐在一节货车车厢里。而这一列有十几节车厢的货运列车,行驶在内地到新疆的大戈壁上,遍地除了石头,还是石头……

"小黄浦":"白开水,连一个好句子都没有。"

周萍推了"小黄浦"一下:"哎,你这就又不可爱了吧?"

列车"咣当"一声开动了。红日偏西,戈壁上除了向前行驶的列车,了无生气,仿佛是别的没有生命现象的星球上的景象。

黄伟在晃动的车厢中念着:

> 今年,已经是他们成为兵团战士的第六个年头了。"十一"已过,这第六个年头,也只剩两个多月了。他们这个班,有一名知青成为烈士了。有一名知青以"残退"的名义回到北京了。他们虽然觉得那是不光彩的,但有时候还是挺怀想他的。不论谁提到他,说的总是他和大家在一起时那些有意思的事。另一名知青,疯了。他们都尽量不提他,不想他,因为那对于他们,实在是一件心疼的事情。他们宁愿他是以不光彩的方式返城

了,甚至,宁愿他以烈士的形象活在他们内心里,也不愿看到他最终成为一个医治不好的疯子……

天黑了,车厢里的赵天亮、周萍、"小黄浦"吃起了馕和咸菜疙瘩。这就是他们的晚饭。马灯在他们身边发出暗淡的光。

黄伟还在读:

> 这三名兵团战士,不坐客车而坐这种闷罐式货车的真正原因,正如"小黄浦"说的,是为了省下一笔路费。他们计算了一下,省下的路费加上他们每天八角钱的公差补助,差不多能省下四百多元,这无疑是一笔数目不小的钱。四百多元,能买几十只羊。他们想在回来的路上,将那几十只羊赶到陕北一个叫坡底村的又穷又小的村子里去,送给那个村子里的农民们。因为班长赵天亮的哥哥和几名北京知青在那里插队,所以那个小村似乎也和另外两人发生了关系。班长一说,另外两人就都同意了。而那个叫周萍的好姑娘,她因为是插队知青,队里除了每天给她记工分,一分钱补助也不会发给她。但一路上,她却显得最快乐。因为有爱情相伴,有友情相伴。似乎,只要有爱情和友情,对于她的人生就已经足够了……

赵天亮:"别读了,你也吃点儿东西吧。"

黄伟合上了小本,端起一只碗,喝了一口水。"小黄浦"掰了半块馕递给他。他接过馕,咬了一大口。

"小黄浦":"还是没听到一个好的句子。但是文字朴实无华,也算是一种风格吧。"

周萍忽然问:"沈力,他究竟因为什么事啊?"

赵天亮等三人互相看着,愣了一会儿。

黄伟:"我们也都不太清楚。"

"小黄浦":"哎,班长,再到站,如果有卖烟的地方,是不是应该买两条烟送给袁师傅和司机啊?"

赵天亮应和道:"应该,买。"

周萍扭头看一眼赵天亮,发现了他脸上有泪,想问什么,张一下嘴却没问,低下头,默默咬了一小口馕。

列车又在一个小站上停下了,赵天亮和黄伟听袁师傅说前边的铁路出了点问题,列车要停靠一个来小时,所以他俩便从火车上下来,打算去小站附近的杂货铺买点东西。

车门没关严,敞开处有一米来宽,月光从车门的缝隙里洒进来。车厢里的周萍和"小黄浦"都沉沉地睡着。他们不知道,车下面,三个人影贴着后几节车厢向这一节车厢接近。他们见车门没关严,其中一个猫着腰走到了车门另一边,另外两个探头往车厢里看。

他们互相做着准备行动的手势,一人交叉双手,助另一人跃上了车厢,接着助第二人也跃上了车厢。两名跃上车厢的歹徒都将匕首叼在口中,看着熟睡中的周萍和"小黄浦",他们的目光落在周萍的被子底下露出的书包带上。

一名歹徒蹲下,轻轻掀开周萍的被角,睡着的周萍将书包紧紧地搂在怀里。两名歹徒有点儿不知如何是好。一名歹徒拽着书包带扯了一下,周萍反而将书包搂得更紧了。另一名歹徒也蹲下,用肩膀一撞同伙,意思是嫌同伙不够果断,他自己打算来蛮的。不料他那一撞,将同伙撞得压倒在"小黄浦"身上了,叼在口中的刀也掉了。

"小黄浦"被惊醒了,喝问:"干什么的?!"

那名歹徒一手用力捂住"小黄浦"的嘴,不容"小黄浦"起身。"小黄浦"张开嘴在对方的手上狠狠地咬了一口,那歹徒疼得"哎呀哎呀"直叫。

另一名歹徒转身去帮同伙制服"小黄浦",而周萍这时也惊醒了,紧搂书包站起,躲向一个角落,惊吓得呆住了。

"小黄浦"变得像野兽一般凶猛,两名歹徒按不住他。口中叼着刀那名歹徒拿刀在手,狠狠一刀朝"小黄浦"扎下去。"小黄浦"机灵地一翻身,刀扎在另一名歹徒腿上。"小黄浦"趁机坐下,抬起脚,将那名受伤的歹徒蹬出老远。

"小黄浦"对周萍喊:"周萍快跑!"

另一名歹徒扑向"小黄浦",又将"小黄浦"压倒。周萍从慌乱中反应过来,搂抱着书包跳下车厢,喊:"来……"

没等她喊完,留在车下那名歹徒就从后面捂住了她的嘴,同时将匕首压在她的脖子上。

车厢里,那名受伤的歹徒在撕自己的衣襟,勒扎自己的腿。

持刀的歹徒扭头看一眼同伙,对已然站起的"小黄浦"凶恶地喊道:"我今天非宰了你不可!"

"小黄浦"从土篮子里拿起一只大碗向对方砸去,对方一偏头,碗从耳旁飞过,砸在那名受伤的歹徒头上。受伤的歹徒眼睛一翻,背靠车壁昏了过去。持刀的歹徒向"小黄浦"刺去一刀,"小黄浦"扯起被子抵挡。但是他被持刀的歹徒扑倒,被子也蒙在他身上。持刀的歹徒一刀接一刀隔着被子向"小黄浦"身上扎去。

车厢下,用刀逼住周萍颈子的歹徒小声催促:"完事儿没有?你俩快来!"

车厢里的两名歹徒跳下了车,那名受了伤又被大碗砸中了头的歹徒脸上淌血,瞪着周萍恨恨道:"大哥,书包里肯定有钱!咱只要书包不要人,把她杀了算了!"

被叫作"大哥"的歹徒问另一名歹徒:"你拎的什么?"

那名歹徒:"医药箱。三弟受伤了,用得着!"

被叫作"大哥"的歹徒瞥了一眼周萍:"还不能杀这女的,可以当人质!没用了,哥儿几个玩够了再杀也不迟!"

拎医药箱的歹徒挥手:"那快走!"

三名歹徒隐在车厢的暗影里,迅速逃窜,两名在前,一左一右挟持着周萍,那名受伤的一瘸一拐跟随在后。

车厢里已是一片狼藉,"小黄浦"被子一掀,右手捂着左肩站了起来。他发现了歹徒掉在地上的一把匕首,目光接着落在长方形木箱上。他捡起匕首,撬木箱上的锁。匕首断了,他扔掉匕首,略微想了一下,将木箱拖到车门那儿,推下去,接着自己也跳下去。他从地上捡起大卵石,将木箱上的锁砸掉,打开木箱,里边是两支冲锋枪和子弹。他取出一支枪,迅速压上子弹夹,站了起来。

"小黄浦"拿着枪,底气也足了,他无畏地四处张望,很快就发现了三名歹徒。他们由于挟持着周萍并且有一名受了伤,并没逃窜多远。挟持周萍的两名歹徒中的一个依然挟持着周萍,而另一名歹徒背起了受伤的歹徒。

"小黄浦"猛追过去,大声喊:"站住! 再不站住开枪啦!"

两名歹徒猛然站住了。

受伤的歹徒:"大哥,别带着那女的了,宰了她!"

被叫作"大哥"的歹徒:"哪儿来的枪,别听他瞎咋呼!"

于是两名歹徒接着向前跑去。

火车头里,袁师傅正和司机对火吸烟。

袁师傅:"我好像听到有人喊'站住、开枪'……"

司机:"不是好像,我也听到了。"

没等他们说完,一串枪声从外面传来。

袁师傅:"不好,别是那几名兵团的知青遇上情况了!"他将手里的烟丢在地上,拎着大铁锹,司机握着把榔头,二人跳下车头,朝传来枪声的方向跑去。

小站值班室里,一名铁路公安人员和两名铁路员工正打扑克,听到枪声,也愣了一下,接着,他们扔了扑克冲出值班室。

站在小杂货铺门外的赵天亮和黄伟也听到了从车站方向传来的枪声,二人转身拔腿就往枪声的方向跑。

戈壁滩上,两名歹徒听到枪声已经站住了。受伤的歹徒从他同伙的背上滑下来,拽着同伙的胳膊站着。被叫作"大哥"的歹徒,仍将刀压在周萍的脖子上。

拎着医药箱的歹徒:"那小子命怎么那么大?我一连扎了他五六刀啊!"

受伤的歹徒:"看来,是老天爷非让咱们今天夜里栽在这儿。"

他们呆呆地望着"小黄浦"持枪跑过来。

"小黄浦"跑到距离他们几步远处站住,尽量用平静的语调说:"放了她。书包你们可以拿走,里边有几百元钱。"

三名歹徒犹豫起来。

"小黄浦":"放了她,我也放你们走,决不朝你们背后开枪。"

三名歹徒互相看看,依旧不信"小黄浦"的话。

"小黄浦"恳求地:"她……她是我妻子,而且,她怀孕了。你们不就是为了钱吗?那又何必非伤害她呢?就算我求你们行行好,日后还能见到的话,我不但不记恨你们,还要谢你们。"

匕首从周萍颈上垂了下来。周萍趁机挣脱歹徒的束缚。她反身夺书包,书包却被歹徒紧紧地抓着。她又夺医药箱,歹徒一失手,药箱被她夺了过去。

"小黄浦":"周萍,快过来!"

周萍跑向"小黄浦",闪在他身后。

被叫作"大哥"的歹徒忽然发出一阵狂笑,问"小黄浦":"你刚才说的,日后还能见到我们的话,不但不记恨我们,还要谢我们,对吧?"

"小黄浦"被对方笑得困惑,但还是以保证的语气说:"对。我是个说话算话的人。"

对方竟将书包扔向了他:"钱也还给你们吧。对于我们,现在钱没用了!"

周萍立刻捡起了书包。

赵天亮:"周萍别怕,我们来了!"

周萍和"小黄浦"的背后传来赵天亮的喊声,二人扭头看去,赵天亮、黄伟、袁师傅、司机和三名铁路工作人员,分散成扇形,向这里包围着跑过来。赵天亮手中也提着枪,其他人手中各拿可以当成武器的东西。

被叫作"大哥"的歹徒问"小黄浦":"你们是什么人?能告诉我们你的姓名吗?"

周萍小声对他说:"别告诉他们。"

"小黄浦"犹豫一下,实话实说地:"我们都是从北大荒来的知识青年。我叫徐进步,上海人。"

被叫作"大哥"的歹徒问两名同伙:"听说过那么一个地方吗?"

另外两名歹徒摇头。

被叫作"大哥"的歹徒:"徐进步,我记住你这个上海人了。看来是老天爷让我们栽在今天夜里的,所以我们恨你也没用。记住,你欠我一份人情,将来另外一个世界碰见了,你得加倍还我们。"

"小黄浦"愣愣地听着,没有明白他们的意思。

说话间,众人已经赶到近前,将三名歹徒团团围住。

被叫作"大哥"的歹徒对另外两名歹徒耸耸肩,苦笑道:"这情形,拼也没用了,是不是?咱哥仨发过誓,不能同年同月同日生,但愿同年同月同日死。就当是老天爷成全咱们吧,大哥先走一步,你俩互相解决吧。"他说罢,双手紧握匕首,朝心脏部位扎下去。鲜血流出来,他缓缓跪下,躺倒在地。

那名铁路警察双手握手枪,指着另外两名歹徒,大声喝止:"不许互相残杀!"

受伤的歹徒跪下了,镇定地:"二哥,咱们做那些事儿,早晚不得好死,快动手吧!"

另一名歹徒就将自己的匕首给了那名受伤的歹徒,接着从被叫作"大哥"的歹徒胸口拔出匕首,抚上了"大哥"的双眼。赵天亮一下子将周萍搂在怀里,不使她看到互相杀戮的场面。

铁路警察大声喝道:"都放下凶器!"他警告地朝天开一枪。

在枪声中,两名相向跪着的歹徒将匕首插向对方胸口。大家看着眼前的情景,愣住了。

这时,一边的"小黄浦"也昏倒了,幸亏被黄伟及时扶住,才没有倒下。黄伟这才发现"小黄浦"衣肩那儿,已被血湿透了一大片,自己一只手上也沾了血。

某医院的小小的单间病房里,输液瓶在滴着药液。"小黄浦"闭着双眼躺在病床上,周萍坐在病床边。

"小黄浦"缓缓睁开双眼,看到的是周萍微笑的脸。

"小黄浦":"好久没睡过这么舒服的一大觉了。这是哪儿?"

周萍:"这是铁路医院,在一个县城里。"

"小黄浦":"在一个县城里?怎么会在一个县城里?"

周萍:"你忘了昨天夜里发生的那件事了?你救了我。"

"我还以为做了一场噩梦呢。天亮和老黄呢?"

"他俩在县城公安局接受审问呢。"

"审问?"

周萍:"也不能算是审问吧,问情况,记录,按手印儿。一会儿我也得去被问。主要是因为你们带了枪支,可又没有带允许携带枪支的证明。"

"小黄浦":"没带证明,那天亮作为班长太失职了!最可气的是,他和黄伟离开,都不告诉我一声!多亏我命大,要不这会儿在阎王爷那儿了!"

"他说他见你睡得那么实,不忍心弄醒你。你原谅他吧!"

"别的事儿可以原谅,昨天夜里的事儿不能原谅!"

"看我面子……"

"小黄浦"："那，得有条件。"

周萍："什么条件我都答应你。"

"不见得吧？"

"你说，只要是我能做到的。"

"小黄浦"勾了勾手指："俯耳过来，徐某人低声相告。"

周萍就向他俯过耳去……

"小黄浦"："吻我一下，那我就原谅他。"

周萍立刻坐正了，庄严地看着"小黄浦"，显出有点儿生气的样子。

"小黄浦"："这么容易做到的条件如果你都不同意的话，那我为什么要给你一个大大的面子啊！"

他的话刚一说完，周萍已飞快地在他脸颊上吻了一下。

"小黄浦"："这不能算这不能算！也太快了嘛！简直是迅雷不及掩耳之吻，没有这么吻的！"

周萍："算！就算！有这么吻的！我得去接受审问了。"她一起身跑出了病房。

"小黄浦"在她身后大喊："哎，我可不能原谅赵天亮啊！"

县城公安局的一间审讯室里，只剩下赵天亮和黄伟二人了。

黄伟责备赵天亮："你怎么能连携枪证明都忘了带了？"

赵天亮："指导员和连长是叮嘱我千万到团部去领的，可沈力的情况，搞得我那几天六神无主的。"

黄伟："说送给人家袁师傅和司机两条烟，结果也没送成。临分手时，我心里真过意不去。"

赵天亮："我也是啊！只有回去经过哈尔滨时，对张靖严他老父亲多多表示感谢了！"

黄伟："人家调团里去了，早就不是咱们排长，也早就不是咱们七连的人了。可凡是咱们七连知青的事，只要求到人家头上了，人家哪一次都尽心尽意地帮忙。"

"是啊，最近我常想，大概，因为生活里有好人，人才不愿死吧？舍不得永远离开好人啊。比如我就是这样。沈力的事，给了我一种教育。"

"什么教育？"

赵天亮："也可以说是自己对自己的要求吧，不论遇到多么不好的事，第一不疯，第二决不自杀。因为我总体上来说是幸运的，我疯了，或者自杀了，是会使对我好的好人们难过的。一个人生总体上幸运的人，尤其不可以活得太娇气，对不对？"

黄伟："对。只纠正你一点——张靖严，他不仅仅是一个一般意义上的好人。"

赵天亮有些不解地看着黄伟。

黄伟："靖严他父亲，曾经是全国铁路系统的劳模、群英会代表，和刘少奇握过手、合过影的。'文革'一开始，造反派逼他写大字报，批判刘少奇。他成心喝醉了酒，把一个造反派头头揍了一顿，结果他自己也被关押了半年，也就没人逼他写那种大字报了。你当年擅自离开连队，跑陕北去看你哥，靖严却把责任都揽到自己身上了。咱们在黑龙江边上的那些做法，后来鹿场有人写揭发信了，也是他暗中替咱们左撑右挡。否则咱们不但不会受表彰，人人档案里还肯定被记一大过。他那么做，不是'好人'两个字能解释得了的……"

没等黄伟说完，赵天亮突然打断他："有人来了，快别说了！"

走廊里一阵脚步声后，门开了，一名公安人员站在门口，面无表情地对他俩说："你们俩，跟我来一下。"

赵天亮和黄伟跟在那名公安人员身后，走进一个挂有"物证室"牌子的房间。房间里已有另一名公安人员，桌上展放着"小黄浦"被刀划破了多处地方的被子。

那另一名公安人员指着被子问："这是你们那位受伤的同志的被子，

对不对？"

赵天亮和黄伟点头。

公安人员："这被子有问题。"

黄伟："被子会有什么问题？"

公安人员："我们认为有问题，那就肯定有问题。所以要当着你俩的面撕开看看。"

赵天亮："被罩撕破了，我们战友一路上再盖什么啊？"

公安人员："都划成这样了，换床新的吧。"他说罢，便将被罩撕开，扯下，扔在地上。桌上只剩下一堆手工制作的、一块块棉花做成的棉絮。

两名公安人员一个站在桌子这边，一个站在桌子那边，研究天外坠物似的看着棉絮。一名公安人员从棉絮的一角，轻轻将棉絮揭分为新旧两片。

赵天亮、黄伟和两名公安人员顿时都瞪大了眼睛——在底下那半层旧棉絮上，横成行竖成列，紧紧密密地别满了毛主席像章，最大的竟有小盘子那么大！

一名公安人员惊叹地："可以防弹了！"

第三十三章

一间窗明几净、不大不小的房间里，并排摆着两张床，床上铺着雪白的刚换过的床单和被罩。黄伟和周萍坐在一张床上，赵天亮坐在另一张床上。

周萍："从来也没敢想，有一天我这个资本家的女儿，会住在公安局的招待所里，而且住的还是单间，还受到热情尊敬的对待。"

黄伟："你享受的是干部待遇。在公安系统，一般县级的副局级以上干部才有资格住单间。在部队，是团以上干部，在地方，是处以上干部才有资格住单间。天亮，是这样吧？"

赵天亮："这要是接连住几天，咱们的车票钱不是白省下了？"

周萍："那咱们别住了，接着往前赶路吧。我问过医生了，医生说，'小黄浦'的伤是轻伤，他只不过受到了过度的惊吓，以后几天里，每天服消炎药和镇定药就行。"

黄伟："亏他还是男的，还不如你。看你，现在不是跟没经历过那么一件事儿似的嘛！"

周萍："不许这么说他，他昨天夜里很英勇。我已经开始对他刮目相看了！你们两个怎么不反省反省自己？离开车厢的时候连声招呼也不打,而且就让车厢门那么半开着。"

赵天亮愧疚地:"应该反省的是我,不关老黄的事儿。我急着买到两条烟,好向袁师傅和司机表达谢意,怎么也想不到会出那样的事。多亏毛主席像章保护了'小黄浦',否则,被捅了那么多刀,必死无疑。那咱们现在,也就都只有痛哭流涕的份儿了。"

黄伟:"是啊,想想都后怕。也不能说完全不关我的事儿,买两条烟谢谢袁师傅和司机,是我提出的想法。但已经那时候了还非去买,也确实太急了点儿。我没反对,是因为有私心杂念。我当时睡不着,正好趁机溜达溜达……"

他们正说着,门忽然开了,一位穿警服的维吾尔族姑娘端着托盘进入,托盘上放着切开的西瓜和哈密瓜。

屋里的三人见状立刻站起来,维吾尔族姑娘微笑着说:"请坐吧,请坐吧。我们领导嘱咐,一定要请你们尝尝我们新疆的瓜。我们领导还嘱咐,要尽量让你们吃好、睡好。总而言之,就是要让你们在我们这儿住好。"

黄伟馋涎欲滴地看着红黄两种瓜,直咽口水:"新疆这个时候怎么还有西瓜?"

维吾尔族姑娘:"在我们这儿,西瓜、哈密瓜收获以后,大的、好的要存放在窖里,一直可以吃到春节以后呢!"

赵天亮问:"你们这儿每张床铺多少钱啊?"

"你们住的这种只有两张床的房间是比较贵的,可能每张床住一夜要五六元钱吧!"

赵天亮:"请你跟你们领导说说,我们希望尽快允许我们离开。这么高规格的房间,我们是没有资格住的。拿回住宿费收据去,我们连队的会计是会大吃一惊,根本不敢违犯财务规定给我们报销。"

维吾尔族姑娘笑了:"放心,一分钱都不收你们的。因为你们是我们的贵客,而且是英雄。新疆生产建设兵团在我们新疆名气是很大的!但是我刚刚知道还有黑龙江生产建设兵团。长到这么大,也是头一次见到从咱们中国最北边来的小伙子和姑娘。能为你们服务,我觉得很开心!"

黄伟:"你是维吾尔族姑娘对吧?"

维吾尔族姑娘点点头。

黄伟:"我也是第一次见到一位维吾尔族姑娘,我也很开心。你很漂亮!"

维吾尔族姑娘指着周萍说:"她更漂亮。"

周萍不好意思地笑了。

赵天亮:"其实我们不能算是真正的东北人。我是北京知青,他是哈尔滨知青,她是上海知青。"

维吾尔族姑娘:"新疆生产建设兵团的上海姑娘可多了!我们不少维吾尔族的小伙子,都愿意娶一位上海姑娘为妻,认为她们性格温柔。"

周萍:"那你们维吾尔族姑娘不生他们的气吗?"

维吾尔族姑娘:"不生气。我们维吾尔族姑娘也不一定非得嫁给维吾尔族小伙子呀!我不打扰你们了。中午,我们领导要陪你们吃饭。"她说着就要往外走。

黄伟把她叫住:"等等!能不能,替我买一个笔记本儿?"

"没问题!"

维吾尔族姑娘刚一走出去,三个人立刻围向托盘,拿起西瓜、哈密瓜,吃得啧啧有声。

一辆中型轿车行驶在笔直的柏油路上。车内不仅坐着赵天亮等四人,还坐着尹排长。尹排长看上去清瘦了许多,面容倦怠。

黄伟在自己的笔记本上写道:

> 我们只在那个县的公安招待所住了两天。是为了等团里派人亲自给我们带来允许携带枪支的证明。那两天给我们留下的印象几乎是终生难忘的。因为此前,我们谁也没住过每天

五六元钱一张床的招待所,那对我们实在是太高级的待遇了。
我们也从没受到过那么热情周到的服务。所以周萍一高兴就
唱《新疆是个好地方》。

令我们没想到的是,团里派来的人竟是尹排长。一见到尹
排长,我们四个人就再也高兴不起来了。为了不使他看出我们
是多么因他而难过,偶尔我们也装出笑脸,或讲几句笑话。

……

天快黑了。大雪纷飞,白茫茫一片大地好干净。

赵天亮他们赶拢几百只一大群的细毛羊远远地走来。

赵天亮大声地:"排长,咱们没走错方向吧?"

尹排长也大声地:"没错,只不过雪太大,把路面盖住了。注意别丢
了羊!"

"小黄浦"焦急地向前张望:"怎么还看不到什么村子的影儿啊?"

黄伟:"那就是离着还远啊。眼睛都睁大点啊,天一黑可就容易丢
羊了!"

有几只羊懒得往前走了,雪厚得几乎没羊腿了。周萍双手握住羊角,
一只只将它们从深雪中拖出,推向前去。一头大公羊扭着脑袋一顶,将
气喘吁吁的周萍顶倒在地。周萍索性坐在地上,懒得起来。

赵天亮走过来,把她拉了起来:"后悔来了吧?"

周萍:"才没呢! 和你在一起,不带后悔的!"

几名骑者的身影和几条狗迎着他们而来。

黄伟将此刻的所见所闻都记录在了本子里:

新疆生产建设兵团像选模范一样,为我们挑选的每一只羊
都是健壮优良的。他们还为我们制定了详细的返程路线。羊
群不可以像货物一样塞满闷罐车厢,然后将门用铁丝一拧,一

直运往北大荒。它们必须经常下车,在地上走走跑跑,否则它们会中途集体病倒。新疆生产建设兵团替我们想得很周到,当我们不得不赶着羊群前行时,在什么地方住宿、吃饭,他们都预先替我们安排好了……

几名骑者和几条狗与赵天亮他们会合了。是几名维吾尔族汉子。他们跳下马,与赵天亮他们或握手,或拥抱。

雪依然下着。有了接应,尤其是有了几条狗,羊群行进的速度加快了。

天黑时分,双方的人将羊群赶入了一个小小的村子。在村口,有打着灯笼的孩子和拿着手电筒的女人迎接。羊群被赶入预先腾空的、有一部分棚盖的羊圈。

赵天亮等五人已围着桌子坐于炕上。一位头戴瓜皮帽的白须维吾尔族老人坐在他们中间。老人对面是老人的儿子,接应赵天亮他们的维吾尔族汉子之一。摆在他们面前的是一桌丰盛的维吾尔族饭食。

老人低声对儿子说了几句维吾尔语,之后端起了盛奶子酒的碗。

老人的儿子笑着对赵天亮他们说:"我们这个村是一个维吾尔族村,我老父亲汉语说得不好,他让我代表我们全家和全村,欢迎你们这几位远方的客人。让我们干了这一碗吧!"

赵天亮低声问尹排长:"排长,你能行吧?"

尹排长双手端起碗,豪爽地:"行,没问题。主人这么盛情款待我们,当然要干!"

黄伟也端起碗:"为了维吾尔族人民与汉族人民的友谊!"

于是几只碗碰在一起,大家各自一饮而尽。

老人做着手势说:"请、请……"

赵天亮他们便不再客气,大快朵颐起来。

正吃着,一名十四五岁的维吾尔族少女进了屋,向赵天亮们行维吾尔族鞠躬礼。维吾尔族汉子介绍道:"这是我的女儿。按照我们维吾尔族的习惯,家里来了远方的客人,是要有家人献歌的。我的女儿想为你们唱一首歌。我女儿唱的是,'我的歌喉虽然不够嘹亮,但是我的情谊是真的,我把我的真情献给远方来的客人;我的舞姿虽然不够优美,但是我们的家是温暖的,我用我家的温暖,消除你们路上的疲劳⋯⋯'"

少女用维吾尔语唱了起来,边唱边舞。

一曲歌罢,尹排长为自己倒满一碗酒,端举着对维吾尔族老人说:"老人家,你们对我们的情谊,把我们的心都装满了,你们的家确实是温暖的,我们已经不觉得多么疲劳了。我代表他们几个,用这碗酒祝您老人家福如东海,寿比南山!"

维吾尔族汉子向他的老父亲用维吾尔语解说。老人家高兴了,也将自己的碗里斟满了酒,并说:"你们像祝福毛主席一样祝福我,太谢谢你们了。"

这时维吾尔族汉子已为赵天亮们斟满了酒,于是大家都举起了碗。几只碗又碰在一起,大家又各自一饮而尽。

赵天亮他们已经睡在炕上了,赵天亮与尹排长紧挨着,他俩的旁边是黄伟和"小黄浦","小黄浦"已发出轻微的鼾声。

门上方有小窗,小窗透亮着外间的灯光,屋里半明半暗。

赵天亮推推尹排长,小声说:"排长,没事儿吧?"

尹排长:"什么意思?"

"我怕你喝酒了,胃里不舒服。"

尹排长:"没事儿,喝得挺高兴。我是咱们中年龄最大的,主人那么热情,我如果喝得不实在点儿,那多不带劲。"

"我不明白。"

"什么明白不明白的?"

"在连里的时候,指导员跟我讲了你的情况,为什么又偏偏派你来?七连没人了吗?"

尹排长反问:"你对他们几个讲了没有?"

"还……没讲……"

尹排长:"千万别讲。起码这一路先别讲。一讲,那还不影响咱们这一路的情绪?你怪不得连里,是我自己再三要求来的。"

赵天亮:"那我就更不明白了。"

"凭什么你想明白的事儿,别人就一定得让你明白?不明白就不明白吧,别说了,睡觉!"

赵天亮:"只怕你不说个明白,我今天晚上是睡不着了。"他睁大双眼看尹排长。

尹排长与赵天亮脸对脸地问:"真睡不着,还是假睡不着?"

"真睡不着。"

尹排长:"我是为每天八角钱的补助才坚持要来的。自从我生病以后,往家里寄钱寄得少了。我家日子过得穷,以前我每月往家寄那十几块钱,家里挺指靠的。我知道我的日子不多了,以后家里根本指靠不上了。因为生病,我这边的小家欠了不少债。债我是还得差不多了,我决不能自己死了以后,给老婆留下一屁股债。而且我还曾答应我弟,一定给他买辆自行车。哥哥答应弟弟的事,生前要尽量做到。他今年十八了,虽然我家在农村,但他希望有辆自行车的想法也不算过分,是吧?他和我老爸老妈还不知道我得了治不好的病。我呢,希望在自己活着的时候,帮我弟圆了他那个梦。我写信告诉他,一辆新自行车,我肯定是不能帮他买上了。他回信说,哥,能帮我买辆旧自行车也行啊。在我们那儿的集上,一辆最便宜的旧自行车,才三十几元。我这一趟差坚持下来,再添几个钱,那就够给我弟买辆旧自行车了。明白了?"

赵天亮低声地:"明白了。"

尹排长:"能睡着了?"

"能睡着了。"赵天亮扯被角盖住了脸。

尹排长却仰躺着了,说:"不许告诉他们三个啊,怎么也得给我这排长留点面子不是?"

"我不告诉他们。"赵天亮一翻身,背对着尹排长,"排长,你也睡吧。"说着,他便用被子蒙上了头。

躺在尹排长旁边的黄伟微闭双眼,脸上清清楚楚淌下一行泪。

另一个房间的小火炕上,周萍和那维吾尔族少女已都在梦乡之中。

睡梦中的周萍笑了。她梦到自己和赵天亮又回到了黑龙江畔,站在那木房子前。那正是夏季,木阶两边的扫帚梅开着,喇叭花也开着。

梦中的赵天亮笑着对她说:"它真的成了我们的家了,团里将它批给我了!"

周萍的脸顿时也笑成了一朵花,她兴奋地扑到赵天亮身上,双臂揽着他脖子,吊在他怀里。赵天亮将她横抱胸前,绕到了木房子一侧。在为"乌云"搭的临时马棚里,拴着一头老黄牛,在悠闲地吃草。

赵天亮在她耳边说:"它也是我们的!"

周萍微笑道:"我们太幸福了!"

"以后会更幸福。"

二人深深地亲吻着……

第二天早晨,赵天亮、黄伟和周萍将羊只从圈里赶出来。尹排长与维吾尔族父子拥抱告别。"小黄浦"将一个手绢包悄悄塞给维吾尔族少女。

维吾尔族少女好奇地问:"什么?"

"小黄浦":"我们的谢意。等我们走了再打开看。"

"我不能收你们的东西,爸爸和爷爷会训我的。"

"你放心,绝对不会的。"

赵天亮他们又赶着羊群行进在路上了。

周萍大声问"小黄浦":"徐进步,你给那维吾尔族少女的是什么呀?"

"小黄浦":"还能有什么可给的? 毛主席像章呗!"

黄伟:"怎么变得主动大方了?"

"小黄浦":"舍不得也应该奉献啊! 吃了喝了住了,搅扰了人家一番,只说几句谢谢就走了,不像话吧?"

赵天亮:"做得对。你这一路表现特好,回到连队我要让连里表扬你!"

"小黄浦":"你班长不能现在就表扬我几句啊?"

赵天亮:"我的表扬不是太没分量了嘛!"他说着,忽然发现尹排长一手拄赶羊铲,一手顶着胃部。

黄伟、"小黄浦"和周萍也看见了,大家望着尹排长都愣住了。

尹排长勉强一笑,说:"岔气儿了。别赶闷路嘛,谁唱支歌呀?"

谁也没唱,都仍愣愣地看他。

尹排长:"那我可献丑,自己唱了啊。我唱一段秦腔给你们听!"

尹排长勉强地笑了笑,高声唱了几句秦腔。

一列货车停在某小站里,三节闷罐车厢的门敞开着,门边都搭着踏板。赵天亮他们分头将羊只往车厢里赶。羊们并不情愿上踏板,于是有人站在踏板上,抓住羊角往上拖,或推着羊屁股硬将羊推入车厢里。终于,所有的羊只都被弄入车厢了,赵天亮和黄伟将两节车厢的车门拉严,用粗铁丝拧上。

一名铁路信号工吹着哨子,手持小绿旗从列车最后边走过来,看着满脸是汗的赵天亮他们说:"你们的行动还真够快的!"

尹排长:"说好了二十分钟内完事儿的嘛,说到就得做到。"

信号工:"不是我这人不好说话,开车时间不能随便耽误的。你们也都赶紧上车吧,车马上要开了"他说着,吹着哨,挥着小绿旗走了。

赵天亮他们相帮着都上了第三节闷罐车。这一节车厢里羊只不多,挤在一起,只占了车厢的一半地方,另一半地方放着他们的行李捆和东西。他们靠在各自的行李捆上,互相传递着毛巾擦汗。

列车行驶在新疆大地的雪原上,有一名骑者的身影在追赶列车。

赵天亮他们的行李已经打开了,褥子已经铺在地上。行李绳在车厢内来回拉了几道,来挡住乱窜的羊。

大家都不说话,看起来是都有些累了。也许还都在担心,下一段路途中会不会出现什么困难。

尹排长对赵天亮说:"一班长,门敞一会儿吧!"

"小黄浦":"就是。要不羊臊味儿太大了,我宁肯冷点儿。"

赵天亮:"听你们的。只是都要小心点儿,千万别掉下去一个!"他推开了车门。

"快看!"周萍忽然指着车厢外大喊。大家向车厢外望去,但见马头一闪,转眼又被列车抛在了后边。

赵天亮:"肯定是维吾尔族老乡在追赶咱们的车!"他站了起来,走到门边,将门又推开了一些。外面催马追赶这一节车厢的,果然是那维吾尔族汉子。他一手握长竿,一手高举着医药箱给车厢里的人看。

赵天亮回头狠瞪周萍:"你怎么搞的!自己负责什么东西都忘了?!"

周萍低下了头:"我……对不起……"

维吾尔族汉子已将医药箱的拎带绕在长竿上,催马与车厢并驰,试图用长竿将医药箱递送到车厢里。

赵天亮一手扳着门框,向外伸出另一只手臂。

尹排长连忙阻止:"太危险了!别那样,宁肯不要了!"

赵天亮没理他的话。

尹排长、黄伟和"小黄浦"立刻都站了起来,但是看着维吾尔族汉子在外边一心想递送成功,赵天亮也一心想接到手中,制止不是,帮又不知如何帮,都有点儿不知怎样才好。

倒是周萍反应够快,赶紧从自己被子底下拿出行李绳递给尹排长。

尹排长迅速用行李绳将赵天亮的腰一拦,四人分别拽住了绳子两端。

维吾尔族汉子再一次催马靠近车厢,再一次用长竿递送。赵天亮终于抓住了医药箱,但也将维吾尔族汉子的长竿拽脱手了,大家都倒在车厢里,也眼见维吾尔族汉子跌下马去。

等大家站起,见维吾尔族汉子已站在原地向列车招手,看上去并没摔伤。

"小黄浦"将长竿也顺到了车厢里,并说:"得,还让人家搭上了一根竿子。"

黄伟将车门又关上了一些。

尹排长坐下,用拳顶着胃部,皱着眉,看着赵天亮说:"我都说宁肯不要了,你还偏不听!都给我记住,人比任何东西都宝贵,以后谁也不许再干那么危险的事儿!为一个医药箱,万一有什么闪失,那值得吗?"

赵天亮:"别讲这些大道理!人家都骑着马追来了,我能冲人家喊'不要了'吗?"他瞪着周萍又说,"不管我和对方谁出了闪失都怨你!真想扇你一耳光,你添多大麻烦你!"

周萍眼中涌出了泪水,呆望赵天亮,忽然将双膝一拢,将脸埋了下去。

尹排长受到顶撞,默默卷一支烟。

"小黄浦":"你别对周萍大喊大叫行不行?她不是小孩子!觉得我们上海姑娘好欺负啊!"

赵天亮猛一转身:"你给我住嘴!我是为你考虑!没了医药箱,你一路都没法换药!"

"小黄浦"把头一扭,气闷地坐下,不吭声了。

黄伟劝赵天亮:"班长,你对我们谁发脾气都无所谓,但是你刚才顶撞排长我可看不过去!排长不该那么提醒大家吗?如果你再对排长那样,可别怪连我也对你急。"

赵天亮意识到自己不对了,也坐下去不吭声了。

车厢剧烈地一晃,尹排长的烟没卷成,烟丝全掉了。赵天亮掏出烟包,向尹排长丢去一支烟。尹排长捡起,头也不抬地扔还给赵天亮,重新卷。

赵天亮尴尬地捡起烟,叼在自己嘴上,正准备划火柴吸着。黄伟又说:"我提议,为了安全,还是谁也不要在车厢里吸烟为好!"

赵天亮白了黄伟一眼,将烟从嘴角拿下,塞入烟盒。

尹排长:"我赞成你的提议,但我做不到,我只能确保安全!"他起身坐到了门那儿,吸着卷好的烟。

黄伟:"那,排长例外,咱们三个互相监督。"

"小黄浦":"我才吸过几次烟。我做到不难,你俩互相监督吧。"

黄伟:"可也是。"

又一阵沉默中,周萍枕着被子躺下了。

黄伟:"我卡住了,想听听诸位的意见。"

尹排长向他转过了脸:"哦?乱吃什么了?"

黄伟:"我是说我正在写的小说,写到了我自己,却不知该怎么往下写了。"

尹排长不感兴趣地又将目光望向外边。

"小黄浦":"说来听听。"

黄伟读道:

最近几天我一直在思考毛主席的一段语录,就是那一段——"一些阶级胜利了,一些阶级失败了,这就是历史,这就是几千年来的文明史。拿这个观点解释历史的,是历史唯物主义。站在这个观点反面的,是历史唯心主义。"可是我想,哪一个阶级最终能消除自己国家贫穷落后的现象,哪一个阶级才值得为自己夺权斗争的胜利而骄傲。否则,那种胜利的意义究竟有多大呢?我想把这种疑惑写进我的小说里,可又不知我疑惑得有没有道理。

赵天亮和"小黄浦"不由得互相看着。尹排长又一次将脸转向黄伟，表情极为严肃。周萍也缓缓坐了起来。

"小黄浦"警告地："我看，你的思想离反动不远了！"

尹排长对黄伟说："把你写了的，给我看看。"

黄伟从书包里掏出新旧两本笔记本，走到尹排长身旁，坐下，双手恭敬地呈递："只带在身边这么两部分，另外几本，在连队里。我写得很有信心……"

尹排长接过去，竟看也不看就扔到车外去了。

黄伟惊呆了。赵天亮、"小黄浦"、周萍也惊呆了。

尹排长训斥地："你的思想不是离反动不远了，而是已经很反动了！如果你的话不是对我们几个说的，是对别人说的，并且还被打了密报，那有你的好吗？你以为你是谁啊，连毛主席的话你都敢质疑，你不是狗胆包天了吗？！"

黄伟终于反应过来，后悔莫及。他生气地："可……可我不是就那么说说嘛！我也没真往本上写呀！你怎么可以给我扔了呢？！"说着，黄伟如丧宝物，直用头撞车壁。

周萍起身将他拖开，小声地说："排长是为你好……"

尹排长将烟蒂也扔出车厢外，瞪着赵天亮又说："你听着，并且给我牢牢记住！回到连队以后，查看他那另外几本，凡是写到'思想'两个字的，都替他撕掉！写有'毛泽东思想'几个字的除外！胡写乱写，还想当作家！作家还剩几个不反动的？起先也许还都不反动，多数写着写着就反动了！你也想成为一个反动的人吗？沈力因为一幅画变成那样子，你想某一天也让大家替你难受啊？！"

黄伟气得语塞："你！……你岂有此理！"

赵天亮喝止地："老黄！"

尹排长又对赵天亮吼:"你给我记住没有?!"

"记住了!"赵天亮起身将车门拉严,"我看,咱们谁也别再说什么了,还是都在黑暗中睡上一觉吧。多睡点儿觉好。"

仿佛是为了回应他的话,车厢里的一只羊咩咩叫了几声。

列车又停在那个他们遭遇到歹徒的小站。车门又打开了一半。一名之前帮助赵天亮他们捉拿过歹徒的铁路警察拎着大铁壶站在车下,壶嘴冒出热气来。他问:"怎么样?顺利吗?"

赵天亮:"挺顺利的。"

铁路警察向车厢里望了望:"这闷罐车厢,够冷的吧?还扛得住吗?"

赵天亮:"扛得住。扛不住也得硬扛啊,要不咋办呢!"

铁路警察:"快把你们水壶拿下来,我都给你们灌满开水!"

周萍见尹排长、黄伟和"小黄浦"都脸朝里躺着没动,自己将几只水壶拎在一起跳下了车。然而开水却灌不到军用壶里去。

铁路警察:"不行啊,里边今天早晨都灌满了水吧?全都冻实心儿了啊!"他对周萍说,"这样,你跟我去,我们站上旧暖瓶挺多,拿一个来用着吧!"

赵天亮:"那太不好意思了!"

铁路警察:"经历了那一晚上的事儿,你们跟我们这个小站也不是一般关系了。走吧!"

赵天亮点一下头,周萍跟随铁路警察来到小站值班室。室内无人,铁路警察指着地上一溜六七只旧暖瓶说:"那些也都刚灌满开水,我们这儿,差不多一人一只暖瓶了,你随便拎去两只吧。"

周萍感激地:"太感谢了,车开前我一定送回来。"

铁路警察:"不用谢,更不用送回来,给你们了!其实,我们还应该感谢你们呢!我们小站沾了你们的光,受到了嘉奖。尤其我本人,还获了个三等功……别拎那两只太旧的嘛,说给,怎么也得半新不旧的才给得

929

出手啊!"

他替周萍挑选了两只暖瓶,将周萍送到门外又说:"车还有四十几分钟才开呢,也可以让你们那几位同志来烤烤火,暖和暖和嘛!"

周萍:"您进屋吧,我一定把您的话带到。"

周萍左手一只暖瓶,右手一只暖瓶,高高兴兴地来到他们几个人当作"家"的那节车厢前,却见赵天亮等四人已都站在雪地上。黄伟背着尹排长,尹排长一手握拳,擂打黄伟的肩,赵天亮和"小黄浦"只是在一边看着,也都束手无策。周萍愣住了。

尹排长:"放我下来!你放我下来!我咬你耳朵了啊!"他张嘴就咬黄伟的耳朵。黄伟"哎呀"叫着,不再强背尹排长了。

尹排长一脸汗,双脚落地后,指着黄伟、赵天亮和"小黄浦",恼怒地:"你们!……你们还当不当我是你们排长了?都敢强迫我了是不是?!"

"小黄浦":"癌症疼起来得打止疼针!我们能眼睁睁看你疼得满脸冷汗不管吗?想轮番背你到镇上的卫生院打止疼针有什么错!"

尹排长指点着赵天亮数落:"你骗我!你不是说没告诉他俩吗?"

赵天亮:"我只对他俩说过你的病情,别的再什么都没说过!"

尹排长:"我就不去打什么止疼针!那不是白浪费那一针的钱吗!"

赵天亮:"怎么能说是浪费钱呢!我不是向你保证了,决不花你自己一分钱吗?连里如果不给报,我们谁都为你出得起!"

尹排长:"花连里的钱是浪费,花你们的钱也是浪费!当我没打过吗?止癌疼的药贵得很!这镇上的卫生院有没有还两说着!别的止疼针根本不起作用!那我为什么要折腾你们?要是打一针能让我多活一年,那再贵的针我自己也舍得打!可是不能!不能我还非打它干什么?疼,我咬紧牙关忍着就是!我也不是忍了一天两天了!你们要是还拿我当排长,不拿我当累赘,那谁也不许再强迫我!谁强迫我我跟谁急眼!"

赵天亮等三人愣愣地看着尹排长,都说不出话来。周萍这时已将两只暖瓶放到地上,她突然大叫:"都别吵了!"

四个男人的目光望向了她。

周萍:"你们……你们四个男人,怎么都变得这样了啊!"她说着,一扭身,双手捂住脸,一跺脚,哭了起来。

尹排长默默走向车门,想上到车厢里,由于力气不支,竟没上去,坐在雪地上。赵天亮和黄伟赶紧上前扶他。"小黄浦"跃上车,三人拉的拉,托的托,总算将尹排长弄上了车厢,之后黄伟也跃上了车。

赵天亮走到周萍跟前,拎起两只暖瓶,低声对周萍说:"因为医药箱的事,我不该对你发火,别往心里去。"

周萍将身子一扭,背对他。

赵天亮凑近她,又说:"尹排长的家在甘肃农村,很穷,指靠着他每月往家里寄十几元钱,他弟弟连一辆三十几元的旧自行车都没钱买。可他的病又到晚期了……昨天夜里他和我聊到这些事以后,我一夜没睡,心情怎么也好不起来了。所以,我请你原谅我,理解我的坏心情。"

周萍的双手从脸上放下了,缓缓向赵天亮转过了身,看着他。

赵天亮:"我还要求你,一路上尽量找些有意思的,能使大家心情好的话题,引着聊聊。多点儿笑声,尹排长的疼也许会轻点儿。否则,看着他那么痛苦的样子,谁心情也好不了,是不是?"

周萍对他点了点头。

天黑了。车厢里,手电筒扭去了罩,倒吊在车壁上照亮。大家正在吃晚饭,他们的晚饭不过是开水泡馒头,碗边一些萝卜丝咸菜而已。

尹排长看着周萍在用小刀往碗里削馒头,突然说道:"小周……"

周萍停下了手里的动作:"嗯?"

"你那么削冻馒头,使我联想到了我们陕甘宁三省的人都爱吃的刀削面!"

周萍又在一块小木板上切萝卜丝咸菜,一边切成细碎的丁,一边说:"是吗？如果车厢里有炉火,再有一块大大的面板,再有油盐酱醋花椒大料什么的,给你们好好做一顿刀削面有什么难的呀!"

黄伟:"说你胖,你还喘起来了!"

"小黄浦":"你还莫如说,你想有一整节车厢,专门作为你的厨房,好让你大显身手!"

周萍:"是这么想过来着!"她将切好的咸菜丁收碗里,接着用暖瓶里的开水冲。

赵天亮只是闷头吃饭,不说话。

周萍双手将一碗泡馒头端给尹排长:"就这条件,英雄无用武之地。您尝尝,也许能咽得下几口。"

尹排长接过碗,吃了一口,啧啧称赞:"不错不错。哎,小周,想不到你这资本家的女儿,还挺会弄吃的啊。以前在家做过饭吗?"

因为由他口中说出了"资本家的女儿"六个字,气氛一时凝重。他意识到自己说了不该说的话,连忙补充一句:"别生气啊小周,我可是跟你开玩笑!"

周萍:"这我生什么气呀,我本来就是资本家的女儿嘛!我从小可爱进厨房了,最崇拜的是我家老厨师,经常仔细看他的双手,心想一双能做出那么多种好饭菜的手,真是一双宝贵的手啊!可我妈妈一发现我往厨房溜就训我,按她的想法,大家闺秀的手是不应该碰锅碗瓢勺的,只应该弹钢琴啦、拉小提琴啦,或者捧一本文学名著安安静静地看。"

她见大家都在望着自己,个个听得很认真的样子,惭愧地:"我是不是等于在宣扬资产阶级生活方式呀?"她忽然举臂高呼,"打倒资产阶级!"

四个男人都笑了。

赵天亮:"你要是自己不喊,我差点儿就忍不住要喊了!"

周萍:"我们家也是有路线斗争的,真的。我妈妈希望我将来成为越剧演员,或者昆曲演员。我爸爸主张让我的个性自由发展,不为我确定任何人生方向。我爸爸不但不反对我进厨房,还鼓励我向老厨师学几手。他常说,'女人不会做饭还是女人吗?'"

"小黄浦"用四川话音说:"对头对头,这话对头!"

黄伟问她:"那,你父亲怎么评说你母亲的呢?"

周萍:"我父亲常说,他一生最失败的事情之一,就是娶了我母亲。因为只等于娶了半个女人。可我母亲反驳他说,女人太善于烹饪,渐渐地就会被男人忽视了。因为到头来,男人关注的重点,已经不是她作为女人如何,而是她做的饭菜如何了!"

尹排长放下碗,思索地:"你母亲的话也是有些道理的。比如我那口子,就不是太善于做饭做菜,我们家的情况是,她做什么,我和儿子吃什么。她怎么做,我和儿子怎么吃,从没挑剔过。所以呢,我一直关注的是,哪一阵子她胖了点儿,哪一阵子又瘦了,头发留长点儿好看,还是剪短点儿精神……"

周萍虽然在听着,可是目光一直落在碗上,那一碗她精心炮制的"美食",尹排长没怎么吃,这让她有些不安,又有些失望。

尹排长强打精神参与话题,他用拳抵着胃又说:"我诊断出这种没法治的病以后,她心疼极了。四处淘弄偏方,还经常上山为我采药。有次她背着孩子,哭着问我——是不是我让你吃得太凑合,你才得了胃癌啊。我说,绝对不是啊,老婆,我小时候得过胃溃疡,一个农村孩子,也没好好治过。入伍后,整天吃高粱米,溃疡病又犯了多次……"

周萍忽然打断他:"排长,听说你跟排长嫂子感情可好了,给我们讲讲你们恋爱经历呗!"

尹排长摇摇头:"我们那种恋爱,有什么好讲的。从小一个村子里长大的,小学中学都是同学。我接到入伍通知后,她送我一本小小的纪念本,上边写着'亲爱的尹洪波同学留念'。我入伍后,给她写信,也称她'亲爱的蔡珍同学'。信来信往的,也记不得是谁先开始的了,'同学'两个字就省略了,接着名字也省略了,只写'亲爱的'三个字了。事情到了这

933

一步,那也就不用什么介绍人瞎掺和了。再后来,我到了北大荒,她有天就找来了。"

黄伟:"就这么简单?"

"是啊,就这么简单啊。谈恋爱找对象,又不是想当作家的人挖空心思瞎编的事儿,成心搞那么复杂干什么?"

黄伟:"话里有话!扔了我的创作,这会儿还讽刺我,那我可就非抖搂抖搂你和嫂子当年那件说不清道不明的事儿不可了!"

尹排长:"我们有什么说不清道不明的事儿?抖搂吧,如果真有,不怕你抖搂!"

黄伟:"嘴硬!敢说没有?话说咱们七连当年,只有两处可以住的地方,一处是排长他们那一批复员兵的光棍宿舍,另一处就是老连部。当年指导员还没上任,老连部左右两间屋,一间连长住,另一间……"

尹排长急了:"那事儿不许讲!那事儿太丢人!"

"小黄浦"也听出了兴趣:"哎哎哎,排长,不带这样的啊!不许讲就是压制言论自由,而压制言论自由是不对的!"

尹排长:"好好好,那也别他讲,我自己讲。这小子内心对我不满,由他的嘴一讲,肯定讲走样了!老连部另一间,我们都叫它'鸳鸯舍',是专为来探亲的媳妇和丈夫临时住几天的。你们排长嫂子,偏偏那一年来看我。当然了,我俩就住进了鸳鸯舍。她半夜起来,而我睡过去了。她回来的时候,进错了屋……不就这么一件事儿吗?你小子怎么什么事儿都知道!"

黄伟促狭地:"进错了屋意味着什么?意味着上错了炕。上错了炕意味着什么?意味着钻错了被窝!也不知过了多长时间,接下来都发生了些什么事儿……"

尹排长瞪了他一眼:"没多长时间!接下来什么事也没发生!"

赵天亮和"小黄浦"齐声怂恿:"讲!讲!"

周萍站起,走到车门那儿,将车门拉开一道缝儿,从怀里掏出一只军用水壶,再将里边的水倒于车厢外,接着将军用水壶举在耳边晃了晃,确定里边没有冰块了,然后又往军用水壶里灌满了热水。

黄伟:"话说那天晚上,连长睡前还喝了点酒。简而言之吧,一段时间以后,排长觉得,媳妇终于又回到了自己被窝。可一搂一摸,不对了,怎么遍身毛扎扎的了!诸位可想而知,当时的尹排长,一定以为宝贝媳妇被北大荒的什么怪兽给吃掉了,而那怪兽又胸有成竹地企图对他进行迷惑。于是怒从心头起,恶向胆边生,一翻身骑住'怪兽',同时用双手掐住了'怪兽'脖子。但听'怪兽'断断续续地说:'别,别误会,我是连长。我睡这边,你那屋睡去!'尹排长虽然听出了是连长的声音,但是更火了,心想这是什么话,你是连长,你也没权力霸占别人的老婆啊!"

星高地白,明月当空,行驶在黑夜中的列车中,响起了一阵笑声。

赵天亮和"小黄浦"笑得趴倒在车厢里。

黄伟问尹排长:"排长,我没添油加醋、篡改事实吧?"

尹排长假装生气:"还没添油加醋?我心里当时根本就不是那么想的。我跟连长是哥们儿,我理解媳妇不在身边的男人的苦衷。所以我小声对连长说,'老张,就算我没意见,你弟妹那也不一定情愿啊!一会儿她回来了,一入被窝,如果觉出不对劲,要是大闹起来,咱俩多没面子啊!'连长就说,'别啰唆!你再不滚那屋去,她才可能大闹起来!她进错屋,上错炕,把我当成你啦!'"

赵天亮、黄伟、"小黄浦"三人又笑得滚作一团。

"小黄浦"对黄伟道:"老黄,写到你小说里!一定要写到你小说里!要后边的版本!后边的版本更能体现出人物性格!"

尹排长也不由得笑了,自嘲地说:"那不成黄色小说了?那黄伟不成黄色作家了?"

周萍小声问他:"感觉好点儿了?"

尹排长:"好多了,不太疼了。你怎么把冰化出来的?"

"保密。"周萍一笑,转而对黄伟说,"你讲人家排长那件事,讲得绘声绘色,怎么不讲讲你自己恋爱方面的事儿?我不信你直到现在还没恋爱过。"

黄伟表情逐渐庄严,语气凝重地说:"我当然恋爱过,可是……"

赵天亮朝黄伟一指:"没什么可是不可是的,讲!要不排长会对你有看法的,是不是排长?"

尹排长:"对。拿我排长和你们排长嫂子当年那么一件事儿逗大家笑了半天,却不坦白坦白自己的恋爱经过,我排长是不会答应的!"

黄伟坐正,索性说:"好,那就讲给你们听!对人讲讲,我心里也好受些。我初一的时候,每天上学,都要经过一条坡度很长的街道……"

第三十四章

那是许多年前冬季的哈尔滨。在一条坡度很长的街道上,初一学生黄伟一只鞋上绑着滑板,一只脚蹬地,从坡道上端快速滑下来。一位围红头巾的姑娘,推着自行车,正横过坡道。

停不下来的黄伟冲她挥手大喊:"让开! 让开! "

那姑娘一抬头,这才发现从坡上冲下来的黄伟,却已躲闪不及。黄伟和那姑娘撞在一起,两人都倒下了,姑娘的自行车滑出去很远。

黄伟摔晕了头,闭着眼睛仰面倒在冰雪上,一动不动。

姑娘:"小弟弟,还能睁开眼睛吗? "

黄伟睁开了眼睛,他看到的是一张被红围巾裹着的、白皙又秀丽的脸和别在她胸前的校徽——"哈尔滨市第三中学"。

黄伟抱歉地说:"我,我不是成心的。"

姑娘:"我也没说你是成心的呀。"

眼前这个姑娘看起来比黄伟大五六岁,她将黄伟从地上扶起来,替他拍去身上的雪。

黄伟:"我没事儿,头晕劲儿过去了。"他跑向自行车,将自行车扶起来。那自行车是新的,前轮盖摔扭了,掉了一大片漆。

黄伟对走过来的姑娘惴惴不安地:"对不起,别让我赔,也千万别找我家,我爸妈会生气的。"

姑娘又笑了一下,替他戴上棉帽子,温和地说:"怎么会让你赔呢,车摔坏了可以修,你没摔伤就好。替我扶稳把。"

黄伟扶稳车把,姑娘扳正了前轮盖。

姑娘:"把前轮托起来。"

黄伟将车把举高,姑娘转动前轮。

姑娘满不在乎地:"车也没事儿,照骑。"

黄伟笑了,看着自行车羡慕地说:"'飞鸽'是名牌儿!"

姑娘看了看他,问:"上学去?"

黄伟点头。

姑娘:"上中学了吧?哪所中学?"

黄伟:"二十九中,我刚初一。不让我赔我可走了啊,我上学快迟到了!"他说罢,也不待姑娘作何表示,转身就跑,结果又摔了个腚墩儿,龇牙咧嘴。

姑娘推着自行车来到他跟前,架稳车,又将他扶起,又替他拍雪,叮嘱道:"绑着滑板,要当心点儿。"

黄伟感激地看着她:"你真好。"

姑娘笑了:"是吗?那我就好人做到底吧。我也去学校,正好路过你们二十九中门前。上车,我带你。"

黄伟坐在自行车后托架上,受宠若惊的样子。姑娘向前蹬着自行车,对他说:"搂住我的腰,搂紧。注意,我要转弯了。"

黄伟双手搂紧了姑娘的腰。

二十九中门前,姑娘和黄伟都下了车。

姑娘问黄伟:"那页纸揣好了吗?回到家里,如果觉得哪儿疼,千万按地址到我家去找我,可不能忍着。我爸爸妈妈都是市立医院的医生,他们一定会为你认真检查的,明白了?"

黄伟点点头。

"那我走了。"

黄伟看着姑娘的背影,情不自禁地说:"姐姐再见!"

姑娘刚推着自行车走了两步,听到黄伟的话,扭头朝他一笑,挥了挥手。正在这时,魏明、齐勇和几名男生走过来。黄伟向他们招呼道:"魏明!齐勇!"

魏明看了看那姑娘的背影:"和你摆手儿的是谁呀?"

黄伟支吾地:"是……我姐……"他一边说着话,一边和魏明他们往校园里走。

齐勇:"你姐?你不是你家独苗儿吗?"

黄伟:"那你就别管了,反正是我姐。"

魏明:"你表姐还是堂姐?"

黄伟:"哪个关系更亲?"

魏明:"这我可就说不好了,大概是堂姐吧。"

黄伟:"那就是我堂姐。"

齐勇终于忍不住了:"他撒谎,我越听越觉得他在撒谎!能看人家漂亮,背后就说人家是你姐吗?真不知道害臊!"

黄伟:"就是我堂姐!你才不知道害臊呢!"

黄伟扑向齐勇,二人相互拳打脚踢起来。

魏明:"别打别打,犯不着打架啊!"他上前劝阻,却不能将二人拉开。

"齐勇!"一名女教师从远处走了过来,二人这才停住了手。

女教师不高兴地说:"齐勇,又和同学打架!你怎么总是改不了爱动手的毛病啊,批评你多少次了!"

齐勇:"这次是他先动的手,不信你问魏明。偏向!"说罢,气哼哼扬长而去。

女教师问魏明:"他俩究竟谁先动的手?"

魏明吞吞吐吐地："这……我也没看清……"

女教师："魏明,你呀你呀,就会充当老好人,一点儿是非观念都没有!"

黄伟放学往家走着,走到那条坡道那里,不由自主地站住,望着自己和那位姑娘撞在一起的冰面。他听父母说,自己曾有一个姐姐,比他大五六岁,又漂亮,又懂事,人见人爱。当年哈尔滨俄国侨民挺多,有一位俄国"玛达姆"在他们那条街上卖牛奶,每次见了他姐姐,一抱起来就舍不得放下。可是,黄伟的妈妈正怀着他的那一年,姐姐病死了。所以他出生以后,并没看到过这个姐姐。家里只有一张姐姐的小小的黑白照片。那一天,被他撞倒的那个姑娘,使他有了一种她是他的姐姐的感觉。他觉得姐姐如果活着,就该是她那样的一个漂亮的大姑娘。

黄伟胡思乱想着,进了家门。母亲正在厨房往锅里贴饼子,他也不和母亲打声招呼,直入里屋,把书包往炕上一甩,从墙上摘下相框,凝视相框中姐姐那张小小的黑白照片。

照片上的五六岁的姐姐,幻化为被他撞倒过的姑娘,亲和地冲他微笑。

母亲在厨房里高声问:"小伟,你怎么了?"

"没怎么啊。"

母亲的头探入里屋:"你捧着相框傻看什么呀!"

黄伟没抬头:"看看怎么了?不许捧着看呀?"

黄家一家三口在吃晚饭时,黄伟也还是一副心不在焉的样子。他随便扒了几口饭,就放下碗筷:"爸、妈,我吃完了。我得出去一下。"说完便往外走。

黄父在他身后问:"哪儿去?"

"上同学家去。"话音落地,黄伟已经出了门。

黄母:"这孩子,今天也不知怎么了,一进屋就捧着相框傻看半天。"

黄父不由看一眼墙上的相框,若有所思地说:"我知道咱儿子的心思,他是想有个姐……"

黄母:"那可能吗?有那种心思,跟傻有什么区别?就是我再为他怀一次,那也不见得就是女孩。就算是个女孩儿,那也只能是他的一个妹妹,当不成他一个姐!"

北风呼啸,呵气成霜。

黄伟瑟缩地走着,他没戴帽子,只好用双手捂住耳朵。

这天晚上,他首先要做的事不是完成作业,而是亲自证实一下,看那个姑娘留给他的是不是真实住址。因为他总觉得,她留下的住址肯定是假的。她为什么要把自己家的真实住址留下呢?那不是明摆着对她一点儿好处也没有吗?

黄伟捂着双耳走到一幢临街的小俄式房子前,那房子的门有窄窄的木台阶,门上方有带罩的灯,窗子两边有可以对掩的俄式窗板。

黄伟从兜里掏出折起的纸,展开看,再看门旁的街号牌。

黄伟闪到窗子旁,向屋里偷窥。那是一间二十几平方米的房间,一个中年男人在看报,一位中年妇女在看书,而那个被他撞倒过的姑娘,正端坐在一张桌子前写什么。

黄伟一认出她,便忘了自己是在偷窥,将脸贴近窗子,看得呆住了。

屋里的女人一抬头,发现了窗外的黄伟,对那男人说了几句。而那姑娘也发现了窗外的黄伟,放下笔,站了起来。

黄伟这才回过神来,从窗前倒退回去。他刚欲转身跑,门开了,姑娘出现在台阶上。

姑娘叫住他:"别跑呀。"

她踏下台阶,走到他跟前,温和地问:"觉得有什么地方疼了?"

黄伟尴尬地摇头:"不,没有。哪儿也不疼,我就是想来告诉你这一点,怕你不放心……"

姑娘神情严肃起来了,凝视他片刻,由衷地说:"你这小孩儿也真好。"

黄伟有些不服气:"我不是小孩儿了。我初一,你说你高二,我只比你小五岁！"

姑娘见他耳朵冻得通红，便说："怎么不戴帽子就出来了？快进我家暖和暖和吧！"

黄伟："不了，我得回家写作业了！"说罢，一转身飞快地跑掉了。

后来，黄伟又去过一次这个姑娘家。

黄伟的母亲是街道委员会的主任。有一个星期天，她带着黄伟挨家挨户发豆腐票。发着发着，就走进了黄伟心目中那一位"姐姐"家的家门。

在姑娘的家里，姑娘从黄母手中接过几联票券。

黄母嘱咐道："点点。"

姑娘莞尔一笑："不用点，大婶儿，您点过了那就错不了。"

黄母轻轻推了推黄伟："跟伯父、伯母告辞吧。"

黄伟小绅士般彬彬有礼地："伯父再见，伯母再见。"

姑娘的母亲夸奖他："这孩子真文气。"

姑娘的父亲也笑着说："他和我女儿认识。"

黄母有些惊讶："是吗，那以后更得叫姐姐啦！"

黄伟偷偷看了姑娘一眼："姐姐再见！"

姑娘摸了他头一下："再见。"

从姑娘家出来，黄伟和母亲走在回家的路上，黄母见儿子挺兴奋，纳闷地问："怎么这么高兴？"

黄伟："高兴都不行啊！"

黄母："怎么和那家姐姐认识的？"

"偶然。"

"偶然也得有个经过！"

黄伟不耐烦了："哎呀，你别刨根问底儿了！"他撇下母亲朝前跑去，跳起来够树枝。

自那时起，替母亲分发票券，就成了黄伟乐此不疲的事。因为那样他就可以经常去那姑娘家，与她说话。后来，黄伟从母亲口中得知，她的父母不但都是医生,而且还是从北京下放到哈尔滨的"右派"。但是,这一点却无法改变黄伟对她以及她父母的好感。母亲有时也不解地说,那么好的一对夫妇,怎么就会成了"右派"呢?

转眼到了夏天,黄伟又来到姑娘家中。只有姑娘一个人在家。她穿着一件短袖的粉色连衣裙,正在擦窗子。

黄伟给了她票券,让她在几页纸上签字。

桌边地上放着一盆水,黄伟趁她不注意,成心失手,一些票券落在盆里。

黄伟大叫:"哎呀!"

姑娘:"别急!"她蹲下,替黄伟捡起被水浸湿的票券,小心地分揭开,一一摆在压着玻璃板的桌面上:"来,咱俩把桌子抬到有阳光的地方。"

二人移动了桌子以后,姑娘说:"耐心等会儿,一会儿就晒干了。"

黄伟:"等着也是等着,姐,我帮你擦窗吧。"他说完,抓起窗台上的抹布就往水盆里按。

姑娘拦住他:"等一下,别把袖子弄湿了,姐替你挽挽。"

黄伟伸出湿漉漉的双手让姑娘挽袖子。

二人在擦同一扇窗。一个擦里边,一个擦外边。姑娘发觉黄伟在目不转睛地看她,隔着玻璃弹了他一下。他不好意思地笑了。

黄伟站在三中校门口等着"姐"出现。

姑娘推着自行车与几名同学一起走出来。黄伟迎上前去:"姐!"

姑娘吃惊地看着他:"咦,你在这儿干吗?"

黄伟:"在等你。"

姑娘让同学们走后,问黄伟:"有事儿?"

黄伟表情严峻地说:"姐,你得拯救我!"

姑娘一愣:"拯救你?"

黄伟:"我说我有你这么一个姐,我的一些同学,包括我的两个好朋友都不相信。"

姑娘:"那又怎么样？那就成了一件很严重的事了？"

"当然啦！我不能老让他们认为我撒谎啊！他们对我的错误看法必须被纠正过来！"

姑娘的表情也严肃起来了:"可我能帮你做什么呢？"

黄伟:"姐，我不拿你做不到的事难为你。明天中午，你从学校回家时，在我们校门口接我一下，那我的良好名誉就恢复了。"

"这么简单？"

黄伟:"对，就这么简单。再说，再说我前天上体育课时，把脚崴了一下。"

"好吧，我答应你。"

"谢谢姐姐！"黄伟说完，转身就跑。

二十九中门口，魏明把一只走动的小闹钟捧在手中，齐勇等数名男生围着看。

魏明对黄伟说:"为了证明你没撒谎，我把家里的闹钟都偷出来了！"

齐勇:"又过去了一分钟！十二点半还不见你那个姐的影儿，我们可就不奉陪了啊！"

黄伟引颈张望，一脸焦急。

齐勇:"又快过去了一分钟！"

黄伟恼火地:"一分钟这么短吗？！"

齐勇:"我说'快过去了'！"

姑娘的声音传来:"小弟！"

他们抬头看时，姑娘已扶着自行车，站在离他们不远的地方。

姑娘满面笑容:"小弟，姐接你来了！"

黄伟大摇大摆地走过去，坐在车后的托架上，得意洋洋地仰脸望天。

姑娘对他说:"坐稳，搂住我腰。"

黄伟搂住她的腰，她轻盈地跨上自行车，骑走了。

同学们羡慕地望着他们的背影。

魏明把闹钟收起来:"事实证明,他并没撒谎。"

齐勇:"明天,我当着你们几个的面向他道歉。"

后来,黄伟升上了初二,那姑娘已经高三。黄伟考高中时,她考大学了。黄伟听母亲说,她考的分数很高,但是因为父母都是"右派",没被任何一所大学录取。那分明是她早有心理准备的事,所以她并没显得太沮丧。

一年后,黄伟和魏明、齐勇成了同班高中生,而她成了新华书店的售书员。她挺热爱那份工作,不久,开始用"文音"的笔名在报刊上发表一些介绍新书、好书的书评。差不多是因为她的原因,黄伟喜欢上了书,喜欢上了书店,喜欢上了文学。

于是,黄伟常常光顾书店。这天,背着书包的黄伟徜徉在书店中,站在告示板前,看"姐"写的书评。

有人轻轻碰了他一下。他回头一看,见是"姐",她一只手背在身后。

姑娘笑着问他:"喜欢《怎么办》?"

黄伟点头。成为高中生的他,已是兵团战士时的样子了。他有些矜持地说:"等攒够了钱再买。"

姑娘背在身后的手伸到了前边,手中拿的正是一部《怎么办》:"我替你交钱了。"

黄伟不肯接:"这可不行!"

"行。我不是已经有工资了嘛!"

车厢里,包括尹排长在内的四人,都在看着黄伟,沉浸在他的讲述之中。尹排长表情舒展了些,似乎黄伟的讲述对他起到了止疼药的作用。连挤在一起的羊们都变得安静了。

尹排长问黄伟:"她大你几岁?"

"五岁。"

尹排长:"女大三,抱金砖。五岁嘛,大得多了一点儿。"

赵天亮却老夫子般地:"我认为,五岁不应该成为什么障碍。你们那样的爱,很美好。"

"小黄浦":"老黄,我怎么听着,像是你在单恋呢?"

周萍:"别打断。"她对黄伟说,"你讲下去呀!"

黄伟继续回忆道:"我承认,当我还是初一小男生时,那是我的单恋。甚至,那都不能算是在恋爱。只不过是一个少年,希望有一位长姐的夙愿表现。可是,当我上高中后,我觉得情况在起变化。我无数次问自己,我是不是爱上她了。无数次我对自己的回答都是肯定的——我确实爱上她了。而且我看得出来,她渐渐明白我爱上她了。像她那样的姑娘,虽然家庭有政治问题,但追求者还是很多的。可她找各种各样的借口,迟迟不谈恋爱。我知道,她明明是在等我,等我再大几岁,等我成为一个成熟的男人。我呢,恨不得一年能长三岁,那两年以后,我不是就反而大她一岁了吗?我不打算考大学了,也想高中一毕业就参加工作。都参加工作了,不就有资格恋爱了吗?"

周萍:"后来呢?"

黄伟脸上现出痛苦的神色:"后来,天下大乱了。她曾经介绍过、评论过的那些书,全部成了'毒草',她也挨批、挨斗,被剪鬼头,涂黑脸,挂牌子,游街示众。有一天,我无意中在闹市区看到了她。她在一辆游街车上,一脸墨汁,头发被剪得乱七八糟的,脖子上挂着的牌子很大,看上去也很沉。她也发现了我,目光一直在盯着我。由于脸上涂了墨汁,她的眼睛显得更大,更明澈。那是我最后一次看到她。第二天,她自杀了。"

周萍一下子将额头压在膝盖上。

雪原上奔驰的列车一阵悲鸣。

车厢里的五个人都躺下了。周萍睡在最里边,她和四个男人之间挡着几条草袋子。周萍旁边是赵天亮,赵天亮旁边是尹排长,尹排长旁边是"小黄浦","小黄浦"旁边是黄伟。

穿着绒衣绒裤的"小黄浦"钻出被窝,趿着鞋,嘴里丝丝哈哈地走到门那儿,推开门撒尿。

黄伟小声道:"'小黄浦',又是你吧? 你非这么解决问题啊? 不是有尿盆吗!"

"小黄浦":"怕臊味儿熏得你们睡不着!"

黄伟用手挡住脸:"还开那么大门空儿! 哎哎哎,尿都溅我脸上了!"

尹排长:"别说了,让小周听着多不雅。"

周萍的声音从旁边传来:"排长,我都习惯了。"

门那儿却已没了"小黄浦"的身影!

风将草袋子吹得直抖。

黄伟:"这家伙,完事儿了也不关门!"他钻出被窝,将门关严,再往被窝里钻时,借着手电筒的光亮,发现"小黄浦"的被窝是空的!

黄伟大叫:"不好! 都快起来! 快! 快!"

赵天亮揉着眼睛不满地:"别一惊一乍的行不行!"

黄伟用力推着赵天亮:"天亮,'小黄浦'掉车下去了!"

四个人都立刻坐了起来。赵天亮下意识地拍"小黄浦"被窝,自然并没拍出一个"小黄浦"来。

周萍吓哭了:"他会摔死吗?"

赵天亮着急地:"不摔死也得冻死!"

黄伟已迅速穿上了棉袄、棉裤,蹬上了大头鞋。

尹排长急中生智:"快,枪! 开枪! 也许司机能听到!"

赵天亮慌慌张张打开木箱子,取出一支枪,压上子弹夹,将车门拉开一道缝,朝外开了一枪。反作用力使他往后一坐,几乎倒下,周萍及时扶住了他。

尹排长:"再开! 这关头,别舍不得子弹!"

赵天亮又朝外连开数枪。

然而列车并没减速。

赵天亮束手无策地看着尹排长他们,尹排长也已穿上了棉袄棉裤,也开始穿鞋。

黄伟戴上棉帽子,用"小黄浦"的褥子将枕头被子一卷,抱在怀里。

赵天亮睁大眼睛看着他:"你?"

黄伟坚定地:"我跳下去。"

尹排长:"是得有人跳下去,不是你,是我!"他说着,便上前争夺黄伟怀里的被褥。

黄伟自然不肯给:"你逞什么能呀你!想想清楚,是你下去顶事还是我下去顶事?!"

尹排长:"嫌我没用啦?是废物啦?我命令你给我!"

赵天亮将车门一拉,背靠车门大喊:"谁也不许下去!让我冷静想想。"

周萍:"把枪放一边,别走火!"

赵天亮弯腰放枪时,黄伟将他推到一边,趁机拉开车门,却不料被周萍伸展双臂挡住了。

黄伟焦急万分地:"你们都是怎么啦!不想救他一命了是不是!"

周萍也大叫:"别冲我嚷嚷!"

尹排长、赵天亮、黄伟一时吃惊于她的失态,呆呆看着她。

周萍:"谁也不许说话!我,我觉得车速好像慢下来了……"

列车"咣当"一声,三人都被晃得趔趄了一下。

列车果然慢慢停住了。

赵天亮:"老黄,车上的事儿交给你了!"他说完,迅速拉开车门跳了下去。

列车又动了,但不是向前开,而是缓缓朝后倒。

黄伟:"'小黄浦'有救!"他抱起被褥也跟着跳了下去。

穿着绒衣绒裤呈"大"字形躺在雪地上的"小黄浦",大睁的双眼一眨不眨地望着夜空。他身旁的雪地上有他滚过的痕迹。

"徐进步！小徐你在哪儿？"

"'小黄浦'！'小黄浦'！"

赵天亮和黄伟的身影一前一后朝"小黄浦"这儿踏着深雪奔来。

列车也向这里倒来,徐徐停住。

赵天亮发现了"小黄浦",转身朝黄伟喊:"他在这儿！"

他们几乎同时奔到"小黄浦"身边。"小黄浦"仍一动不动望着夜空。

赵天亮轻轻推了推他:"进步！进步！能说话吧？"

黄伟已迅速将被子铺在雪地上,被子上边再铺褥子,摆好了枕头。他对赵天亮说:"先别问他话了,还活着就万幸！快,先别让他躺在雪上！"

于是二人一个抬头,一个抬脚,将"小黄浦"抬起,轻轻放在被褥上。接着,像给婴儿打包似的,将"小黄浦"包得只露着脸了。

周萍也扶着尹排长奔了过来。

"小黄浦"终于开口了:"我怎么躺在雪地上？"

黄伟:"你从车上掉下来了。"

"小黄浦":"胡说。我怎么会从车上掉下来呢？"

尹排长:"你问我们,我们问谁！你小子半夜起来拉开车门撒尿,结果就掉下来了。"

"小黄浦":"噢,我的妈呀！"他拳捣脚踹,三下两下就将被子弄开了,坐起在被子上,摸胳膊摸腿,摸手摸脚,接着摸耳朵和鼻子。

周萍忍不住"扑哧"笑了。

"小黄浦"生气地:"你还笑！幸灾乐祸呀?！都快仔细看看,我被压掉了哪儿没有？"

于是大家上前围住他,一边给他抻胳膊搬腿,摸这儿按那儿,一边问:

"这儿疼吗？"

"这儿有感觉吗？"

"胳膊看来没事儿。"

"腿脚也没事儿！"

车头内的烧炉工大声喊："哎，你们在下边干什么呢！"

赵天亮大声地："我们有一个战友不小心掉下来了！"

烧炉工和司机对视一眼，也都下了车，朝他们跑来，帮他们把"小黄浦"抬上了车。

车厢里，"小黄浦"靠着别人的被子，帝王似的半坐半躺。其他四人，一边两个，给他搓手搓脚。

"小黄浦"亢奋地："我命怎么这么大！你们说我命怎么这么大！遭遇了歹徒，被捅了五六刀，可我只肩膀那儿受了点儿轻伤！从开着的火车上掉下去了，却哪儿都没事儿！我的命也太大了呀！肯定是毛主席他老人家在暗中保佑我……"

周萍打断他："是因为接连下了几天雪，路基两边雪厚！"

"小黄浦"："你说得不对，我说得对！"他拉开自己被边的拉锁，伸手被套内，拽出几枚毛主席像章给赵天亮他们，"戴上！都戴上！听我的，保证咱们以后处处顺利！"

站在一旁看着他们的司机说："哎，还不如背他到车头去，让他烤烤火呢！"

"小黄浦"："好，好，不用背！我自己就能去！"

烧炉工摆摆手，热心地说："你们都别动了。干脆，我弄盆火来，咱们有福同享，有难同当吧。"

一张大铁板上，一堆煤炭火烧得正红。

赵天亮等五人和司机、烧炉工在火车头旁边的雪地上，围着火堆烤火。

司机瞅了一眼车厢："没风的时候，你们那车厢里边和这露天地，冷劲儿其实也差不到哪儿去，还莫如大家一块儿烤火，聊聊天。"

尹排长对赵天亮说:"天亮,给两位师傅上烟!"

赵天亮:"我都忘了这茬儿了!"他掏出烟敬给司机和烧炉工。

周萍从尹排长手中接过柴油打火机一手拢着,一一为两位师傅点火。

烧炉工对大家说:"谁困了,冷了,上车头去,守着炉子眯一觉! 不困不冷的,咱们就摆它一宿龙门阵! 多咱回想起来,也觉得是种缘分!"

众人纷纷皆点头。

在这样一个夜晚,在一列火车的车头旁,在新疆大地的雪原上,炭火是那么红,人和人之间的关系是那么亲。司机在比比画画地讲着什么,大家一阵笑声接着一阵笑声……

由于接连下了两三天雪,再加上风向的原因,起码有二三十里长的一段铁轨被厚雪覆盖住了。他们被困住了,无法前进。这使他们只有两种选择,要么随列车退回原站,要么赶着羊群继续向前,到了下一站与别的货车联系。

列车在渐明的天光中倒行着。

雪原上,留下了背着行李、手持羊鞭的赵天亮等五人和羊群。他们向司机和烧炉工挥手告别后,便驱赶着羊群,沿铁路向前进发。

也许是因为全中国知青的家长和亲人太多,当赵天亮他们说自己是黑龙江生产建设兵团的战士的时候,大多数人表现出的是讶异,因为他们的样子实在不像正规军的战士。而当赵天亮他们说自己也是知青时,他们的讶异就变成了令人感动的亲切和热情。不过,赵天亮他们也真够幸运,居然联系上了一列客货双挂的列车。

赵天亮他们将羊群赶上货车车厢后,便去了客车餐厅用餐。

"小黄浦"望着桌上热气腾腾的饭菜,摩拳擦掌地:"没想到,进入甘肃省的地界,终于能吃上一顿热乎饭菜了!"

周萍用胳膊肘碰他,他这才发现,尹排长望着窗外发呆,仍用拳头顶着胃部,另一只手不停地擦窗上的霜。

赵天亮和黄伟也在看着尹排长。大家一时沉默,都没了胃口。

赵天亮低声地:"排长,想吃点什么? 你想吃什么,咱们就添什么!"

尹排长把脸转向他们:"我吃什么都行啊,这不点了不少了吗!"

周萍:"排长,我想吃面了,你陪我吃碗面吧?"

尹排长勉强一笑:"好啊,能陪咱小周吃碗面,是我莫大荣幸!"

黄伟叫住服务员:"请给上两碗精粉细面,要西红柿鸡蛋打卤!"

女服务员:"首长专列的餐厅才有精粉细面,咱这车上没有。咱这车只有'粗粮细做'的面条,也没西红柿。这是什么季节你想吃西红柿?更没有鸡蛋。"

尹排长刚要说什么,被赵天亮制止。

赵天亮和气地问:"'粗粮细做'怎么做?"

服务员一指桌上的馒头:"就像给你们上的馒头,三分之二苞谷面,三分之一白面。我们可以剁点儿咸菜做卤。"

尹排长没等她说完便说:"好好好,就上那种面条! 我爱吃那么做的。"

五人酒足饭饱,起身离开了餐厅。餐厅的桌子上,除了一只碗里还剩半碗两掺面的面条,其他饭菜被吃得精光。

五人坐在紧靠车门的六人座位上,最外边的一个座位坐着一名看上去刚入伍不久的小兵。

尹排长又用拳顶着胃部望窗外,但霜太厚,看不清楚窗外的景物。坐在他对面的赵天亮便用棉手套替他擦窗上的霜。

尹排长对赵天亮道:"天亮,过会儿,我要把窗打开。"

赵天亮哄小孩儿似的:"排长,那会往里灌风,别人该对咱们有意见了。

尹排长:"那我也要把窗打开,我家就在铁路边上,我想看到家……"

赵天亮无话可说了。

黄伟问那名小兵:"同意吗?就开一会儿。"

小兵痛快地:"那咋不同意。要是我,也想把窗打开!"

于是赵天亮和尹排长共同往上提窗,却怎么也提不上去。黄伟替换了赵天亮,还是不行。

就在大家一筹莫展的时候,小兵突然站了起来,大声说:"同志们,我有话要说!"

顿时前边站起了许多人,在这一节车厢里的,除了赵天亮他们五人,其余的乘客都是军人。

小兵对大家说:"我这儿的一位乘客,他家就在铁路边上。列车一会儿经过他的家,他要打开窗,望到家。可我们这儿的窗大概坏了,怎么也打不开。他也是当过兵的人,他转业到了东北的最北边,是生产建设兵团的排长。他说,他已经多年没回过家了!"

车厢里的其他战士顿时都明白了他的意思,纷纷尝试打开与自己相邻的车窗。顿时,车厢里一片用拳头擂窗框的声音。

突然有人喊:"这扇窗打开了!"

尹排长坐到了那个窗户打开的座位上,脸朝向打开窗子的窗口。赵天亮和一些兵站在过道,默默望着尹排长。

铁路附近,静静地坐落着一幢泥草房,门前是泥土坪,有一棵掉光了叶子的柿子树,树上还挂着几颗柿子。柿子树下,放着一辆一点儿原漆也没有了的旧自行车。在这甘肃农民的小小家园的后边,坡上坡下,也散布着一些农家院落。

一位头上包着蓝布巾的老妪迈出家门,双手拿簸箕,簸着什么。

列车的汽笛声响起,老妪循声望去。一节车厢的窗开着,探出尹排长没戴帽子的头。

车厢内的尹排长大喊:"娘!娘!娘你身体好吗?我是尹洪波!"

赵天亮他们和其他的战士们都肃然地看着这一幕。

老妪又低下头抖簸箕,显然没听到尹排长的喊声。

尹排长扭过头,脸上已淌下泪,失望地说:"我娘在家门口,她听不到……"

先前帮助过他们的那个小兵急了,扑到窗口,替尹排长大喊:"娘!娘!"

所有的人都扑到窗口,向着外面大喊:"娘!娘!我是尹洪波!"

列车将尹排长的家抛在后边,也抛下了"娘""娘"的喊声。

尹排长抹了把泪,激动地说:"我娘听到了,肯定听到了!她朝这窗口望了半天!"他想笑,可是却伏在小案桌上,呜呜哭了。

列车钻入山洞,车厢顿时一暗,尹排长边哭边说:"可我弟,他为什么不等我寄钱,就把自行车买了啊!我答应的事,我就一定能做到啊!"

周萍哼唱着信天游曲子,同赵天亮驱赶着八只羊走向坡底村。

周萍突然停住了哼唱:"天亮!"

赵天亮回头看她:"嗯?"

"我喜欢信天游,一唱起来,好像全世界都在听。"

赵天亮心事重重地:"我也喜欢。"

周萍:"知道我现在有种什么感觉?"

"什么感觉?"

"整个人要飘起来!"

赵天亮:"我也有那么一种感觉。自从开始往回返,只要是走在地上,不但要赶着羊,还一直都得背着行李,拎着东西。从前很难体会当年红军长征的艰苦,现在总算体会到一点点了。"

周萍打断他:"你这叫大言不惭!长征那是什么样的艰苦!红军当年哪有火车坐?吃的是草根、皮带、棉花团!后有追兵,前有堵截!根本不能相提并论!"

赵天亮:"所以我说体会到一点点嘛!这会儿,不用背着行李拎着东西了,每一步都变轻了。赶着羊,听你哼着唱着的,反而觉得挺浪漫的了!"

周萍忽然微微低卜头:"那,我见了你哥,该叫他什么呀?"

"当然也叫他哥啦。"

"其他人呢?"

"我怎么叫,你怎么叫。"

周萍:"那,春梅呢?"

赵天亮:"跟我一样,叫她春梅就行。"

"她好看吗?"

赵天亮:"应该说,是一个好看的姑娘。"

周萍:"跟我比呢?"

赵天亮看也不看她一眼,只管撵着羊往前走,一边敷衍地说:"跟你一样好看。"

"哼!"周萍站住了。

赵天亮没听到她那一声不满的"哼",继续往前走,待发现周萍不见了才站住,转身喊着问:"站那儿干什么? 别耽误时间,快走!"

周萍闷闷地:"我不去了。"

赵天亮:"那你就回去!"他有些不高兴,又赶着羊往前走。

周萍望着他背影愣一会儿,只好追了上来。

赵天亮知道她追上来了,仍不看她一眼,也不满地问:"小心眼儿就那么好?"

周萍:"你的话让人不高兴嘛!"

"我也不能总说让你高兴的话。一个正派的男人,回答什么问题,都应该实事求是。"

"那也要看谁问的。完全可以撒一个小谎的时候,不撒谎就是愚蠢!"

赵天亮:"诚实就是愚蠢? 那我宁愿做一个愚蠢的人。男人在自己心爱的女人面前表现得有点儿愚蠢,我觉得那种感觉也不错。"

周萍忽然丢掉赶羊鞭,双手搂住赵天亮脖子,深情而快乐地说:"再说一遍!"

赵天亮不明所以地问:"再说什么?"

"最后那句话,我爱听!"

而周萍没等到赵天亮的话。他的目光正望向远处——在一处崖畔,三坟并在,埋着韩奶奶、老支书和王大爷。有一个小女子的身影跪在那儿,分明在哭,尽管听不到她的哭声。

是春梅。

第三十五章

春梅跪在三座坟前边哭边说:"爸,三奶,支书大叔,春梅好想你们! 咱坡底村的光景越来越不济了,人心散了,大家对好日子都不抱指望了……"

赵天亮走到春梅身后轻轻地:"春梅……"

春梅止住哭泣,回头见竟是赵天亮,悲喜交集。她倏地站起,扑向赵天亮,双手搂住他脖子,哭出了声,边哭边说:"天亮哥哥,你这次一定把我带走吧,求求你啦,我在坡底村已经没脸见人了……"

屈指算来,赵天亮第一次到坡底村时,春梅是十四岁的少女。而这一年,赵天亮到北大荒已是第五个年头的年尾了,那么春梅虚岁已经十九了。

周萍完全没有想到眼前会出现这么一种情形,她转过了身。

赵天亮看一眼周萍,柔声细语地:"好春梅,别这样,我……我战友在看着呢! "

周萍背着身大声说:"我没看! "

春梅这才发现了周萍,立刻放开赵天亮,退后一步,也背过了身,害羞地双手捂脸。

赵天亮走到周萍跟前,小声说:"千万别这样,啊?"

周萍委屈地:"那我该咋样?"

"你得自然点儿,大方点儿,主动点儿,要不我找不到感觉了……"

周萍反问:"什么感觉?"

"你看你,我可真生气了啊!"

周萍不再说什么,走到春梅背后,也轻轻叫了一声:"春梅……"

春梅缓缓转过身。

"来,认识一下,我叫周萍,正如他刚才说的,是他知青战友……"她说着伸出一只手,春梅又不好意思又矜持地握周萍的手。

周萍对春梅说:"我还是他女朋友,关系不一般的那种女朋友……"

春梅反应敏感地缩回了手。

赵天亮:"对对,我们关系确实不太一般……因为,我是兵团的,叫战士;她是插队的,只能叫插队女知青,也没工资……"

周萍有些不满,冷冷地说:"而且我还是上海资本家的女儿!"

春梅不禁上下打量周萍,好像周萍忽然变了一个人,不是刚才和她握手的那个周萍了。

赵天亮对周萍语无伦次地:"我不是那个意思……我从来也没认为兵团战士就比插队知青高一等,这一点你明明知道嘛!我的意思是,只不过是想说……不一般,不一般就是与一般不太一样嘛……"

春梅听他越解释越解释不清,"扑哧"笑了。

周萍掏出手绢递给春梅,关爱地说:"快擦擦脸,别让泪水把脸皱了。"

春梅犹豫一下,接过手绢,转身擦脸。赵天亮对周萍耳语:"谢谢。"

周萍用肩头将他撞开。

春梅:"谢谢姐姐。你是我天亮哥哥不一般的朋友,那也就是我不一般的朋友!"她把手绢还给周萍,又问赵天亮,"天亮哥,这些羊子是怎么回事呀?"

"送给你们坡底村的,我俩这不是正往你们村赶嘛!"

刚才三人间的尴尬,此时已然消除。

春梅惊喜地:"白送?"

赵天亮:"不白送,还图跟你们村做桩买卖赚笔钱啊?"

春梅又像刚才那样,搂住赵天亮脖子,发出响声地亲了他一下。她接着同样亲了周萍一下,之后搂住一只只羊的脖子,边亲边说:"我们坡底村又有羊了! 又有羊了! 一定好好喂你们,决不亏待你们!"

赵天亮和周萍相视一笑。

赵天亮对春梅说:"春梅,你和你周萍姐赶着羊先走,我得到你爸他们的坟那儿,跟他们打个招呼。"

春梅点头。

赵天亮走到三座坟前,摘下帽子,垂头肃立,心里默默说:"三奶,支书大叔,王大爷,赵天亮又来坡底村了。你们对我哥那么好,我却帮不上坡底村一点儿忙,也没什么东西可谢你们的。这次,顺路给坡底村赶来了几只羊,是我和班里的两名战友节省下路费,贴上出差补助费买的……我总是担心我哥犯政治错误,希望你们保佑他,在政治上,能顺利避开那些风口浪尖的事……"

他转身时,发现周萍并没跟春梅先走,而是站在几步远处望着他。

赵天亮走到周萍跟前,周萍由衷地:"别生我气,我小心眼儿的时候你也千万别认真。女人在爱自己的男人面前表现小心眼儿的时候,那感觉有时候也挺好的……"

"同志,你千万掌握好火候,啊? 我这一路感到的压力太大了,容易发火。可我是班长,动不动就发火多不好? 如果我有时候又冲你发火了,你就担待着点儿,啊?"

周萍点头。

赵天亮又说:"其实,我最不愿意把火发在你身上,明白吗?"

周萍顿了一下,对他说:"其实,我看出来了,春梅爱上你了,你明白吗?"

赵天亮严肃地："我有多么爱你,你不明白? 你刚才那种话,在我们之间可以说,开玩笑地说,认真地说,半真半假地说,都行,但是在坡底村不可以说。我们此次来,是要带给每个坡底村人高兴和惊喜,当然也包括春梅在内。"

他停顿片刻,又强调地补充:"尤其是要让春梅高兴! 能做到不?"

周萍理解地点点头。

扫完墓,二人并肩向坡底村走去,看到春梅在等他们。

二人才到春梅跟前,春梅就问:"天亮哥哥,这一次,你除了给我们村送羊,还有别的事吗?"

赵天亮:"倒也没什么别的事了,看看我哥,看看你妈和你哥,看看马婶和翠花姐,每人说上几句话,就得赶回火车站。我们的羊都在车上呢,后半夜就发车,时间一分钟也耽误不得。"

春梅:"既然你们的时间那么宝贵,就别非到村里去了吧!"

赵天亮不由一愣。

春梅:"你肯定看不到你哥了,他在公社开会,要开几天呢!"

赵天亮:"我都走到这儿了,怎么也得进村去,看看乡亲们也好。"

春梅依然阻拦:"可你也看不到我妈和我哥,我哥陪我妈到邻村串亲戚去了。马婶回娘家去了,翠花姐也和她娘串亲戚去了。"

春梅边说边左顾右盼,尽量不看赵天亮。

赵天亮发现了春梅好像在故意躲避自己的目光:"春梅,看着我。"

春梅只得将脸转向赵天亮,但看他一眼,立刻又侧着脸,把头低下。

赵天亮有些担心:"我哥没摊上什么不好的事吧?"

"没有啊,他一切一切都挺好的呀!"

"那你妈和你哥呢? 他们也都好吗?"

"好,都好着呢。马婶一家也好,翠花姐和她娘也好。坡底村的一切一切,全都好着呢,可好啦! 你和我周萍姐快往回走吧,等天黑再往回走,不小心会掉沟里的……"

赵天亮大声制止:"别说了!"

春梅身子一抖,缄口不言。

周萍:"你嚷嚷什么呀,吓着春梅!"她说着,走到春梅身旁,搂住春梅的肩,谴责地望着赵天亮。

赵天亮:"你刚才在你爸他们的坟前,哭什么?"

"我……我想他们了呗。"

赵天亮:"你一边哭一边说,'坡底村的日子越来越不济了,人心散了'。还说你自己……你没说那些话吗?"

"我……我那是些随口一说的话,究竟说了些什么,我自己也不知道。"

"撒谎!"赵天亮瞪了春梅片刻,拔腿往前跑。

春梅扑入周萍怀里,哭道:"姐,你快叫住他。不想让他知道那些添堵的事……"

周萍望着赵天亮背影,张张嘴,没发出声。

赵天亮跑进坡底村,在村路上碰到了背着一大捆苞谷秸的李君婷。李君婷极意外,想喊住他:"天亮……"

赵天亮没理她,绕过她继续向前跑。

赵天亮跑到了知青宿舍。但见宿舍的墙上,用白灰黑墨,刷写着"坚决反击右倾翻案风""文化大革命就是好"等标语。门上和窗户上都贴着纸,纸上写着"赵曙光必须低头认罪""赵曙光不老实,就叫他灭亡""赵曙光必须老实交代问题,争取宽大处理"。

门旁,站着一名陌生的持枪民兵,见赵天亮跑来,往门口一站,把枪一横,挡住赵天亮。

赵天亮吼:"你滚开!"

民兵也瞪着眼睛吼:"你滚开!"

"我是赵曙光的弟弟,我要见我哥!"

"他正反省,任何人不许见他!"

宿舍内的赵曙光坐在桌边看一册学习批判材料,听到外面的说话声,放下小册子站起来。那白皮小册子的封面只印一行黑体字"反击右倾翻案风材料汇编"。

"哥!哥!我是天亮!"

听到赵天亮的喊声,赵曙光大为惊诧,想向外走。

"你别动!"宿舍的一个角落里,竟还站着一名持枪民兵。而这名民兵正是先前赵天亮陪父亲来坡底村那次遇到的那个民兵。

他对赵曙光说:"你坐下,我替你看看究竟是不是你那个弟弟,如果是,我能认出他。"

赵曙光:"肯定是我弟弟!我弟弟的声音我还听不出来吗?"他也朝窗外喊,"天亮,别乱来!乱来咱俩更见不上面了!"

这时,宿舍外的赵天亮已操起一根粗木棍,双手握着,与另一民兵互相瞪着。听到哥哥的喊声,他迟疑了一下,将举得半高的木棍垂下了。

门一开,屋里的民兵走了出来,只朝赵天亮看一眼,立刻便认出了赵天亮。

从屋里走出来的民兵低声对站在门口的民兵警告道:"你可别来你以往那套啊,我见过他,他可确实是赵曙光的弟弟,而且是东北特种兵团的一名班长,咱俩和他可是人民内部矛盾。人民内部矛盾,那就得按毛主席的教导,用解决人民内部矛盾的方式方法来解决问题……"

门外那家伙恼火地:"他硬要往里闯嘛!"

从屋里走出那民兵解释:"大老远从东北来到陕北,人家为啥?还不是为了见他哥一面!将心比心,这也是可以理解的。"说罢,将枪交给另一个,朝赵天亮举了一下双手,向赵天亮走过去。

赵天亮也将棍子扔到柴草堆上。

那民兵走到赵天亮跟前,将赵天亮带到远处,竟主动掏出烟盒,抽出一支递向赵天亮,语气尽量平和地:"来,先吸支烟,压压火儿。那小子二虎巴唧的,就那种政策水平,其实根本没资格当民兵。可他姐夫是公社'革委会'的副头儿,他非当不可,什么人能不许他当?是吧?"

赵天亮犹豫一下,接过了烟。

他掏出火柴,替赵天亮燃着烟,自己也吸上一支:"我们执行看管任务的,也有我们的难处。我们是工具嘛,'无产阶级专政'的辅助工具,那也还是工具。是工具就得像工具的样子。像工具的样子,那首要一条,就得绝对服从指示……"

赵天亮:"难道我哥的问题,已经是敌我矛盾的性质了?就算是敌我矛盾了,就算是已经把这儿当成关押他的监狱了,那也得允许亲人探监吧?"

那民兵安抚道:"放心,你哥的问题,现在肯定还不是敌我矛盾的性质。但是他目前不肯检讨,以后性质会不会变,我也不敢瞎说。本来按他的问题,应该到公社去进学习班。自己学习一段时间,被批判几次,性子再拧的人,十有八九也就转弯子了。可是县'革委会'有人生气他在坡底村的威望高,偏要让我俩在这里看守着他反省,为的是灭灭他在群众中的威望……"

"你别说了!我是出差路过这个县,"赵天亮看一眼手表,"最多再过一个小时,我就得赶回火车站去。谁阻挡我见我哥,不让我跟我哥说上几句话,我今天就跟谁鱼死网破!我也是那种政策水平不高的人,有时候我也二虎巴唧的,你俩掂量着办吧!"

说罢,他将烟往地上一扔,狠踩一脚。

那民兵:"我没说偏不许你见你哥。见,那得有个允许见的好理由。好理由就是那种不管谁听了都没话可说的理由。别急,你好好想想,也许能想出这种理由来。我也帮你想。别急,千万别急……"

赵天亮望着宿舍,急得走来走去。

武红兵、李君婷、王大娘、马婶及马平阳、翠花……老老少少的乡亲们来了。

王大娘喊："天亮……"

"大娘！"赵天亮走向王大娘。王大娘攥住他一只手，二人都流下泪来。

王大娘内疚地说："天亮，真不愿你看到这种情形。坡底村的人太对不起你哥了，可乡亲们也没办法啊！"

赵天亮屈辱地："我只不过想见上我哥一面，说上几句话，他们都不许！"

"羊！羊！"

"坡底村又有羊子啦！"

"都来看羊啊！"

随着孩子们的喊声，周萍和春梅赶着羊只也来到了宿舍前。周萍望着标语，呆住。

春梅走到母亲跟前说："妈，我天亮哥是从新疆那边过来的，他和他战友用他们自己省下的钱，为咱们坡底村买了这些羊……我想让天亮哥别来了，可是我拦不住他……"

人们的目光，有的被羊群吸引，有的亲切地望着赵天亮，有的憎恨地瞪着两名民兵。无忧无虑的孩子们不解大人的心情，都围着羊群，欢喜得不行。

宿舍里传出赵曙光的声音，他平静地对屋外的赵天亮说："天亮，如果非不许你进来，你就别进来了，何必让别人为难呢！我的事自己能处理好，没什么大不了的。不过，你要是路过北京，回到家里，千万别告诉爸妈，免得他们着急上火……"

赵天亮隔着窗说："哥，我可能没时间回家看了……我给坡底村赶来了八只羊！"

武红兵却已在搂着那较好说话的民兵的肩，跟他在说什么了，而对方一个劲儿点头。

赵曙光："你们在外边说的话我都听到了，谢谢你啊，天亮……"

赵天亮:"哥,我赶来的是四只公羊,四只母羊,都是品种优良的细毛羊! 只要你们养得好,几年后能繁殖一大群……"

在兄弟二人的对话声中,武红兵又走到李君婷跟前小声说什么。而李君婷从兜里掏出崭新的、开本很小的《毛主席语录》给了武红兵。

武红兵拿着《毛主席语录》走到赵天亮跟前:"天亮,拿着。"

赵天亮烦躁地:"这会儿我不想学毛主席语录!"

"叫你拿着你就拿着,拿着才能见到你哥!"

赵天亮只好接了过去。

武红兵握住赵天亮腕子,将赵天亮拖到门口,扭头朝那二虎巴唧的民兵喊:"你也过来!"

那家伙也走到了门口。

武红兵一脸严肃,大声地:"他手里拿的什么,你们一看都知道吧? 这可不是常见的那种语录。这是最新的一本儿,里面印的都是'文革'以来毛主席的最高指示,也包括关于'反击右倾翻案风'的最高指示。赵曙光犯的是什么错误呢? 是紧密配合'右倾翻案风'的错误。所以,他最需要好好学习这一本语录……"

那家伙看看他俩,一本正经地:"语录可以送给赵曙光,但人不能进。上一次头头来检查,发现你们坡底村有人在屋里,把我俩好一顿训! 我俩挨训你们知道的!"

武红兵:"上次是上次,这次是这次。"他一指赵天亮,"黑龙江生产建设兵团那是毛主席批准组建的生产建设兵团! 他不但是黑龙江生产建设兵团的一名班长,还是全兵团学习毛主席著作的积极分子!"武红兵从赵天亮手中夺去《毛主席语录》,翻开语录皮儿在那家伙面前一晃,"看到了吗? 印着奖励的红字! 对于'反击右倾翻案风',他有好多深刻的学习体会! 让是学习毛著积极分子的弟弟教育哥哥,最有利于赵曙光的思想转变! 你如果非加以阻拦的话,你倒是什么居心?"

好说话那个连连点头:"就是就是,这咱们加以阻拦就不对了。如果往纲上线上说,不成了对革命大方向的态度问题了?"

二虎巴唧那个犹豫不决。

马婶的丈夫马平阳早已按捺不住,挣脱马婶的拉扯,几步跨将过来,指着那家伙的鼻子吼斥:"你小子还不让开,我扇扁了你!别忘了你爸姓马我也姓马!按五服内的家谱排,你得管我叫四大爷!滚开!要不你四大爷给你好看!"

说罢,他高高举起了大巴掌。

"四大爷别发火,先别发火嘛!"那家伙终于拎着两支枪从门口闪开了。

虽然是挺好笑的一幕,但是看着那一幕的男人和女人、老人和孩子,却没有一个发笑的。他们的表情都异常忧郁和凝重。

一个五六岁的小女孩儿不知何时走到了门口,双手往门内推赵天亮:"叔叔,快进去快进去吧,一会儿又该不让你进了!"

武红兵替赵天亮将门推开,赵天亮迫不及待地一步迈了进去。武红兵随即将门带严,望着乡亲们,长舒了一口气。他将马平阳扯到一旁,望着羊说:"得先把羊藏起来,你说呢?"

那些羊已经各有了"主人"。孩子们过起了"家家"。几个女孩还将头巾扎到了羊脖子上。

孩子们互相嚷嚷着:

"我家的羊妹妹已经和他家的羊哥哥定了亲了,不能再接你家的彩礼了!"

"不是我家先求媒人上你家说好的吗?你家怎么临时又变卦了呢?真是的!"

"唉,我不是当不了家主不了事儿嘛!"

"闹半天你怕老婆呀?!"

于是些个男孩子指着一个男孩子起哄:

"噢!噢!他怕老婆哟!"

"大公鸡,喔喔喔,谁家男人怕老婆? 他家! 他家!"

孩子们的快乐,与大人们脸上的阴云密布,形成鲜明对比。

马平阳对武红兵点点头:"我同意。要不,公社那帮坏东西发现了,又成咱坡底村一项罪名,天亮的一番心思那也就白搭了……"

宿舍内的赵氏兄弟已紧紧拥抱在一起。

赵天亮噙泪说:"哥,我好想你! 有时,想你超过了想爸爸妈妈……"

赵曙光双手扳着弟弟的肩,摇头笑道:"那可不对。"

"真的。"

赵曙光拍了弟弟的脸颊一下,亲情浓浓地:"我也想你。但是,无论我多么想你,你多么想我,肯定都比不上爸妈想我们想得厉害。老话说——儿想父母扁担长,爹娘想儿想女比长城长啊!……"

赵氏兄弟彼此倾诉过了思念,便面对面坐在桌子两旁,说起现状来。

赵天亮问:"哥,怎么会这样?"

赵曙光竟无所谓地说:"这种事儿你见的还少? 当成严肃的闹剧就是了。"

"你是我哥! 以前是摊在别人身上,现在是摊在你身上了! 哥快抓紧时间说!"

赵曙光苦笑道:"全国农业学大寨会议以后,农村基层干部都很兴奋,以为终于盼到了农民可以在土地上自由耕种的一天了。当然,我也很兴奋,坡底村人也很兴奋。我就根据自己对会议精神的领会,把队上些边边角角的零散地按人口分给了各家各户,为的是扩大他们的自留地,让他们多点儿个人收益,日子过得好点儿。我又把整地划了片儿,包干给种庄稼经验丰富的人,把女人们组织在一起,提倡多养猪、养鸡。并且保证,在不是灾年的前提下交的公粮只多不少。我这么做,是向公社、县里打过正式报告的,原则上,他们也没意见。可谁能想到,这么快就搞起了'反击右倾翻案风'。公社、县里那些头头脑脑都赶紧撇清,当然,我就成了'走资本主义回头路'的急先锋喽！"

赵天亮想起水井的事："村里的井打上没有？"

赵曙光："我插队在坡底村六年，唯一觉得安慰的是，为坡底村打出了两口机井。否则，即使哪一天我离开这里，走出村都会不忍心回头看一眼……"赵曙光说着站起，绕到桌子这边，也将弟弟拉起，牵着弟弟的手走到水缸前，掀开缸盖，但见几乎满满一缸清水。他拿起瓢，舀了半瓢水，递给弟弟。

赵天亮先喝一小口，接着咕嘟咕嘟一饮而尽。

"好喝不？"

赵天亮由衷地说："这水，甜。"

赵曙光："起初我不放心，怕水里有什么不好的物质，求省化验所给化验了一下，结果是优质饮用水。现在，别村的人，办红白喜事的时候，有赶着毛驴拉着水车到坡底村来的，请求让他们接一车水。乡亲们一开始觉得吃亏，主张收费，我反复做了些工作，大家也就都听我的劝了，来者不拒，分文不取……"

"哪儿来的钱？"

赵曙光："每到冬闲，全村男人女人，都偷偷出去打短工，能挣钱的挣钱，挣不着钱的，换回东西也行。平阳叔带着些青壮年，连续两个冬天帮省打井队盖家属宿舍，任劳任怨，第一年不给工钱，第二年照去，终于把他们感动了。爸爸妈妈也给寄了一千二百元钱来，他们肯定借了不少。我给打回去一张借条，妈来信生气了，说爸把借条撕了……"

兄弟二人又回到桌子那儿坐下。赵曙光若无其事地说："讲点儿高兴的事儿，见着武红兵和李君婷了吧？"

赵天亮点头。

赵曙光："他俩相爱了，想不到吧？自从君婷她父亲也被划到'黑线'上以后，她又变回到'文革'前的样子了。武红兵不是被抓起来了一段日子吗？我替他四处奔走也没能把他保释出来。不管押着哪些人，另外就有些人吃饭不香,睡觉不实。君婷她父亲冒着政治风险,通过在位的和不在位的老同志的关系,以武红兵的事儿为例,向中央反映了些知青的命运,武红兵这才被放了,县里公社还煞有介事地处理了几个人。"

赵天亮向炕上望一眼,见只有一个被褥卷,又问:"其他知青呢?我怎么没看到刘江?"

赵曙光:"你不问,我不愿告诉你。既然你问了,那我就实话实说——上个月县文工团招人,春梅去报考,凭着好嗓子,前两关都通过了。过第三关之前,主考的人要亲自对她面试,一关上门,就动手动脚,警告说如果春梅不从,那就别想成为剧团的人。春梅咬了他的手才算逃离虎口,连衣服都被那混蛋撕破了。囤子那脾气,听了妹妹的哭诉,怎么能忍气吞声?拔腿就到县城去了,刘江他们怕他吃亏,也追去了。当时我不在村里,红兵也不在村里。红兵如果在村里,也跟去了,那后果不知会怎样。"

赵天亮着急地问:"他们把那王八蛋揍了一顿?"

赵曙光:"听说打得不轻。"他掏出了卷烟包。

赵天亮这才忽然想起地掏兜,左兜掏出三盒烟,右兜掏出两盒烟,四盒往哥哥面前一推,打开了手中的一盒。

赵曙光吸着烟以后,赵天亮问:"所以囤子哥和刘江他们就都被抓起来了?"

赵曙光一笑:"我让他们连夜回北京了,他们也把囤子带去了北京。那混蛋也是个造反派,认识县里很多曾是造反头头的干部。第二天公安局来抓人,我说,他们都是长腿的,我也不知他们都躲哪儿去了。"

赵天亮也笑了。

门一开,那二虎巴唧的民兵探进头来,大声说:"还有什么思想抓紧交流啊,说的工夫不短了!"

门一关上,赵天亮的笑容顿时消失,表情忧郁地问:"哥,那你以后有什么打算?总待在坡底村不挪地方了?"

赵曙光:"怎么挪? 往哪儿挪啊?"

赵天亮:"让嫂子替你想想办法啊,她父亲现在应该有这个能力了呀。嫂子在西藏,你在陕北,总分开两地,那也不是长久的事啊! 就不能她离开西藏,你离开陕北,调到同一个地方?"

赵曙光吐一口烟,又笑了:"那当然好啊,做梦都想那样! 可你嫂子将要去西藏之前说,怎么也得在西藏工作三至五年再考虑调动问题。到了西藏在写给我的信中说,西藏太需要医生了,部队将她培养为军医,她也要对得起部队,决定十至十五年之后再考虑调动问题。"

赵天亮愣了一下,忧虑地:"你俩的关系有裂痕了?"

"没有啊!"

"那你俩就不打算在某个地方有家了?"

"十至十五年间,坡底村就应该是我们的家啊。"

"哥,人生有几个十至十五年啊? 再过那么长时间,你都多大岁数了? 你怎么能对自己的人生这么不负责任?!"

赵曙光:"什么意思?"

赵天亮:"你是老高三! 你曾是北京重点中学的老高三! 你本来应该是清华北大的大学生! 我不愿十几年后再见到你时,你已满面沧桑,变成了陕北一个贫穷小村的老农! 这里的人才四十几岁就被贫穷榨干巴了,你没看到啊? 而且你继续留在这里无论对这里还是对你自己都毫无意义!"

赵曙光沉默了一会儿,问:"天亮,那你呢?"

"我和你不一样! 我是兵团的人! 我们有工资,我们的工资以后还会涨! 我们工资最高的老职工老战士,每月可以开到七八十元,相当于城市里六七级技工的工资! 我们看病,各连有卫生所,各团有医院,各师的医院差不多都是楼房,医生的水平都是正式军医的水平! 我们全兵团拉出一支文艺演出队,可以和各省歌舞团的水平一比高下……"

赵曙光打断他:"别说啦! 你好不容易来看我一次,就为的跟我说这些？兵团再好，我不是已经在坡底村插队多年了吗？"

赵天亮："所以，你做的一切，对得起这地方和这地方的人了！这里根本不是你久留之地！你看你现在的处境，让我当弟弟的心里什么滋味？爸妈如果知道了，他们心里又会是什么滋味？我们连长指导员，我们团长对我印象都不错，我回去要请求他们把你招到兵团去，兵团有这方面的先例……"

此时，屋外除了两名民兵，已经只剩下周萍和李君婷了。周萍在帮李君婷往公羊脖子上拴草绳，羊将李君婷顶倒，跑开了。

周萍赶紧将李君婷扶起，关心地问："顶疼哪儿没有？"

两名民兵望着她俩嘿嘿地笑。

李君婷："羊不都很老实吗？它怎么这么不乖？"

周萍："它是只头羊，从没被牵过，再说你对它是生人……"

李君婷："你别管了，我就不信，我不能把它赶到王大娘家去！"说罢，追羊去了。

"她俩哪个好看？"

"都好看。"

"让你挑一个当老婆，你挑哪个？"

"都想要。可咱没有那福气呀！"

两名民兵正说些不三不四的话，宿舍里忽然传出赵曙光的声音："不听了，天亮，再说刚才那种话，你给我走！"

周萍一愣，不安地望着宿舍。两名民兵也互看一眼。

宿舍里，兄弟俩谈得不太愉快，他们正互相对视着。

赵曙光被弟弟气红了脸："你，你简直一派胡言！红兵他们当年都是跟我来的，这么多年了，他们是跟我一块挺过来的！红兵有被招工的机会，他放弃了！刘江有参军的机会，他也放弃了！我能把他们撇这儿，自己说走就走？乡亲们待我天高地厚，我还没为他们做出过什么回报！你哥是人，是感情动物！"

赵天亮站了起来,冷冷地说:"听你这话,好像我就不是人了!"他狠狠瞪了哥哥一眼,转身便往外走。

赵曙光生气地:"站住!"

正在这时,门开了。一民兵探进头,看着赵曙光训斥道:"赵曙光,你不许高声大嗓的!你要端正态度,虚心接受你弟正确思想的引导!"

门关上后,赵曙光低声而严厉地:"你给我坐下!"

赵天亮又悻悻地坐下。

赵曙光拉开抽屉,取出硬皮笔记本,从里面抽出一张黑白照片递给弟弟。

赵天亮接过看,那是一张放大成六寸的照片,一张在夏季里拍摄的照片,照片上的冯晓兰穿着一身军装,与赵曙光坐在宿舍门槛上。

赵曙光解释:"你嫂子利用假期来看过我。她说,我在哪儿,我们未来的家就在哪儿……"

赵天亮无言地将照片还给哥哥。赵曙光往笔记本里夹照片时,赵天亮再次起身,走到门口,推开门喊:"周萍,进来一下!"

周萍犹犹豫豫地走到门口,好说话的民兵拦住她,不悦地:"你看你们,怎么能连她也进去?"

赵天亮从自己兜里掏出那包打开的烟,往他兜里一塞,接着将周萍一把拽入屋里。

赵曙光也已经站了起来,目光亲热地望着羞怯的周萍。

"哥,她就是周萍。"

赵曙光看了弟弟一眼,温和地问周萍:"天亮对你好吗?"

周萍点头。

"如果他对你不好了,你要写信告诉我,我会亲自赶到北大荒去,当面批评他。"

周萍点头。

赵曙光:"你替我担心?"

周萍仍旧只是点头。

赵天亮催促周萍："别只点头,也说句话!"

"哥……"周萍侧转身,无声地哭了。

赵天亮被周萍的举动搞得莫名其妙："你哭什么嘛!"

赵曙光瞪了弟弟一眼,挖苦道："你爱的姑娘,应该是从不流泪的吗?"说罢,走到周萍跟前,将一只手轻放她肩上。

周萍擦了擦眼泪,问赵曙光："哥,他们以后还会对你怎么样?"

"你也不要为我担心。最严重的结果,无非就是再开除我出党,不让我当坡底村的支书。不过就是那样,还敢把我怎么样?这一次,我是铁了心不再写检查了。我可以说一些假话,但我不愿总说假话,更不愿总说假话还彻底丧失了人格羞耻感……"

赵天亮对哥哥说："你跟她说那些,她不懂的!"

周萍生气地瞥了他一眼："我懂!"

"好好好,你懂,你懂!"赵天亮看一眼手表,又说,"哥,我们得走了……"

赵曙光走到弟弟跟前,凝视着弟弟,缓缓张开了双臂。

赵天亮却视而不见似的,走到周萍跟前,拉着周萍的手往外便走。周萍回头望赵曙光。

"等等……"

赵天亮站住,然而既没转身,也没回头。

赵曙光："天亮,不要再给我寄钱。我不缺钱,你嫂子经常给我寄。你的工资能攒就攒下点儿,你们将来会需要的……"

赵天亮："还有话吗?"

"你们要好好相爱。人生只有少数几件事是值得珍惜的——生命、自由、思想的权利。还有,那就是亲情、友情和真挚的爱情……"

赵天亮打断他："教诲完了吗?"

赵曙光突然大发脾气："走吧!快走!再也不要来看我这个哥啦!"

赵天亮拉着周萍几步走出门去。

　　王大娘在自家屋里寻找春梅,她从一间屋走到另一间屋,没找到。

　　她走到院子里,叫:"春梅! 春梅! "

　　春梅没找到,却看到赵天亮拉着周萍的手走来。赵天亮对她说:"大娘,我们要走了,来跟您打声招呼。"

　　王大娘双手拉着赵天亮的手,依依不舍地:"天亮啊,要是但凡能挤出时间,今晚就住下吧,这天都快黑了。大老远赶来些羊,人人心里都挺感激,哪家都想招待招待你俩呢! "

　　赵天亮摇摇头:"大娘,不行啊,我们包的车皮后半夜就发车。"

　　王大娘看着周萍又说:"闺女,天亮跟他哥一样,那可是个好后生,你命好啊! 以后他要来,你就跟上一块儿来,啊? "

　　周萍不好意思地点头。

　　赵天亮四下看了看,没见到春梅的影子:"春梅呢? "

　　"这丫头,刚才我也在找她呢。我明明见她赶着只羊回来了,一转身又不见影了。"王大娘说完,朝村子里喊,"春梅! 春梅! "

　　赵天亮:"大娘,别喊她了。她回来您告诉她,我俩来您家告别过了! "

　　王大娘将赵天亮和周萍送出院,回来时,见春梅正从院子角落的菜窖里往上爬。王大娘嗔怪道:"你这丫头,下菜窖干什么? "

　　春梅拍了拍身上的尘土:"我往菜窖里铺了厚厚的草,把羊子藏窖里了! "

　　"菜窖能是久藏着一只羊的地方吗? "

　　"那往哪儿藏? 让那些坏东西发现,还不给牵走啊? 以前我爹养那些羊子,不都被他们牵走了吗? "

　　"我刚才喊你没听到? 我和你天亮哥说话你也没听到? "

　　春梅一边拍身上的土一边说:"听到了。"

　　"听到了你不应一声?! "

春梅却不再说什么,一低头跑入屋里去了。

王大娘跟她进了屋,数落坐在炕边的春梅:"你说你,越大越不听话了! 你忽然心生一出,考的什么剧团呢? 害得你自己受欺辱,害得你哥有家不能回!"

春梅泪如泉涌了,起身跑出去。

村路上——赵天亮仍拉着周萍的手,在往马婶家走,前后左右跟着些孩子。

赵天亮看上去更加心事重重了,周萍也一脸忧郁。

一个男孩,就是那个被别的男孩起哄说"怕老婆"的男孩,以大人般的口气问:"天亮叔叔,她是你老婆吗?"

赵天亮无心回答。

一个女孩接过话头:"还用问? 不是老婆,男人能牵女人的手?"

那男孩又说:"天亮叔叔,你老婆挺好看的,等我长大了,也要讨一个她那么好看的老婆!"

女孩:"就你? 你有那福气吗!"

男孩:"就有!"

周萍冲男孩笑笑,想抽出自己的手。赵天亮反而将她的手握得更紧了。

周萍小声说:"放开我手。"

赵天亮:"快走! 跟马婶和翠花姐她们打声招呼,咱俩就得往回返!"

"我叫你放开我手!"周萍挣脱了赵天亮的手,站住了,"有必要非得手拉手吗?!"

赵天亮却二话不说,搂住她就亲。

一旁的孩子们看得目瞪口呆。

一个男孩忽然带头起哄:

"噢！噢！亲嘴喽！亲嘴喽！"

"看，这才叫不怕老婆！"

"天亮叔叔，再来一次！天亮叔叔，再来一次！"

周萍使劲推开赵天亮，赵天亮却重新抓住她手，几乎是大步腾腾地拖着她往前走。

一公一母两只羊拉着马婶家的旧摇篮，马婶最小的孩子坐在摇篮里。李君婷赶着两只羊绕着门前的平场走。马婶和丈夫马平阳、翠花和武红兵则坐在门槛周围在说话。

翠花抬头望了望："天亮来了。"

于是四人都站起来，李君婷也停止赶羊。

赵天亮仍紧握周萍的手不放，对翠花说："翠花姐也在呀。"

翠花："我们几个正商议，怎么样能把羊喂得好，又藏得好。"

马婶对武红兵说："你看人家两个，从宿舍走到这儿都手牵着手！这才叫甜蜜的爱！就从没见你和君婷这么黏过，学着点儿！"

李君婷不好意思地低下头。

武红兵反问："那您和平阳叔，当年也走到哪儿都手拉着手吗？"

马平阳："当年我倒也想那样，她不许。现在她倒愿意了，我没那情绪了。"

翠花、马婶、武红兵和李君婷都笑了。

赵天亮放开周萍的手，无奈地："马婶、平阳叔、翠花姐，我俩来打声招呼，这就得走了，一会儿也不能耽误了。"

大家静默了，用留恋的目光望着赵天亮和周萍。

马婶他们将赵天亮和周萍送到村口的时候，暮色已降，武红兵手中拎根棍子，与李君婷继续陪赵天亮和周萍往前走。

赵天亮回望身后熟悉的崖畔，那崖畔伫立着的熟悉身影，分明是春梅。然而，他却没有听到熟悉的信天游。天地间似乎由于夜幕的降临而显得格外寂静。

武红兵无不内疚地对赵天亮说:"天亮,你哥现在的处境,多少也是因为受我牵连。因为我的事,他四处写信替我申诉,结果公社、县里都有人受了处分,有的还一撸到底。和他们势力一致的人当然怀恨在心,所以抓住个机会就对他进行报复。不过你放心,你哥那人乐观,想得开。那两个民兵只不过在你们面前装装样子,其实已经和我们处得不错了。有的晚上,还和我一起陪你哥打打扑克呢!"

赵天亮淡淡地:"那就好。"

武红兵:"我、刘江、我们哥儿几个,还有君婷,我们互相都发过誓了,只要你哥在坡底村一天,我们谁也不离开坡底村!既然摊上了眼下这么个时代,我们成了'插兄插妹'的关系,那我们也就都愿对得起这种天定的缘分!"

赵天亮站住了,看着武红兵和李君婷说:"红兵,君婷,你们俩,也一定要好好相爱啊!如果我们连真爱都没了,我们这一代人的青春,那还能剩下多少真实的东西呢?"

武红兵和李君婷微微点头。

崖畔上,春梅的身影还伫立在那儿……

第三十六章

天已经黑了,两对青年的身影在通往县城的路上慢慢走着。他们已经能看到些县城的灯光了,远处隐约传来了几声列车的汽笛。

赵天亮站住,对武红兵说:"路上讲好的,最远送到这儿。你俩再往前送,我和周萍不走了。"

周萍也对李君婷说:"回去吧,这一送,都送出两个多小时的路了!"

"好,不往前送了。"武红兵将棍子朝赵天亮一递,"拿着。"

赵天亮却不肯收:"还是你拿着吧。你们回去的路,比我俩远多了。"

"真不需要?"

"真不需要,我俩再有半个多小时就走到地方了。"

武红兵对李君婷说:"那我们走吧。"

李君婷对赵天亮和周萍摆了摆手:"天亮,周萍,再见了。"

没有依依不舍的拥抱,没有热血衷肠的话语,就这么淡淡的,两对青年分手了。

赵天亮和周萍望着武红兵和李君婷走远,又想拉住周萍的手,周萍把手一甩,径自快步往前走。

赵天亮愣了愣,追上周萍,非拉住她手不可。周萍甩了几次手,见赵天亮不达目的不罢休,一时火起,猛推了赵天亮一下。赵天亮退后两步,愣愣地瞪着周萍。

周萍生气地说:"你凭什么那么不尊重我?"

赵天亮:"我怎么不尊重你了?"

"不管在什么地方,什么场合,当着些什么人,你要拉着我的手,我就得高高兴兴让你拉着吗?"

"那就是不尊重你了?"

"你凭什么不管我心情好不好,大白天,在村路上,被些孩子们看着,就那么不管三七二十一地吻我?"

"你心情不好,我心情就好了吗?!"

周萍又委屈又愤怒:"正因为你心情不好,你那不是吻我,你那等于是在拿我发泄!等于是在羞辱我!"

赵天亮:"有你说得那么严重嘛!"

"就因为你和你哥谈得不高兴了,你就连我和他说几句话的工夫都不给!想让我进屋,一把就把我拖进屋。自己想立刻离开,拽着我就走!我是人!不是一只羊!"

赵天亮烦躁地:"越说越不着调了,警告你,别跟我耍资本家小姐的脾气啊!把我的脾气惹上来,你的脾气可就不算脾气了!"

周萍:"警告我?你凭什么警告我?在你看来,我终究还是一个资本家的女儿,政治上永远低你一等,所以就该特别自觉地对你百依百顺是不是?!"

"你……"赵天亮举起了巴掌。

"你敢!"此时的周萍,判若两人,表情、目光,都显得凛然不可侵犯。

赵天亮只好垂下了手。

周萍猛一转身,又径自向前走。

赵天亮呆呆地望着她背影。此时的赵天亮,是那么郁闷,那么孤独,那么沮丧,那么无助,那么可怜。

而周萍却头也不回。

赵天亮追上了周萍,拦住她,低声地:"我认错,行了吧?"

周萍的眼泪流了下来:"我问你,和你们在一起的过程中,我表现得怎么样?你们都是有工资的,我只不过记一般工分,每天才合三角多钱!你们都有补助,我有吗?你们吃的苦,我都吃了!就我一个女的,一天二十四小时和你们四个男的形影不离,你知道我有多不方便吗?你们有尿了,走远几步,一转身,也不管我看得见看不见,哗哗哗就尿上了!我能那样吗?有时候我憋尿憋得都迈不开腿了,有几次都快尿裤子了!我现在来例假了你知道吗?"

赵天亮:"你又没告诉我,我怎么能知道?"

周萍:"对,我不说,你当然不知道。可我为什么不说?我怕,怕你这带队的把我看得太娇气了!我是资本家的女儿嘛,是你赵天亮爱的人嘛,显得太娇气了,那不是给你赵天亮丢脸了吗?而且我料到,即使说了,你也不会太当回事儿。我也体恤你的压力大,所以我不说。所以我得强装笑脸,腰酸、肚子疼,还生怕你们看出来。你让我为大家唱歌,我得照唱。你让我跟你一块儿把羊赶到坡底村去,我行动稍微慢了一点儿你就不高兴,脸不是脸鼻子不是鼻子地训'到底去不去'。最让我暗自伤心的是,发生了遭遇歹徒那么凶险的事之后,你都没背着人偷偷安抚我几句!歹徒把冰凉的刀刃压在我喉咙上时,我在担心的是'小黄浦'的安危!我心里对自己说的话是——'天亮,可能我们要永别了,我爱你!愿你以后再遇到一个比我更好的姑娘,尽快把我周萍忘了吧!'……"

"别说了!"赵天亮打断周萍,也流泪了,"没有了,周萍,没有比你更好的姑娘了!我早看出来你想听到些什么话了,我也知道我应该对你说些那样的话,可那也得有咱俩单独在一起的机会啊!除了今天,十几天里我有过一次那样的机会吗?"

"白天咱俩赶着羊到坡底村的路上你就可以对我说!"

"可我一路上都在想别的事!我在想,排长一天接一天吃不下饭,天越来越冷,前边不知还会遇到什么困难,排长他能活着回到连队吗? 我在想,羊群经常闷在车厢里,万一发生了什么传染病怎么办? 我们经常和羊一块儿闷在车厢里,万一我们中哪一个突然病了怎么办? 我在想,让你陪着我到坡底村,究竟是对还是错? 我想让我哥见到你,可又不想让春梅见到你! 我不是傻瓜,上一次我陪着我父亲到坡底村,就看出春梅对我的感情是怎么回事了,让我怎么办? 我非拉着你的手在村里走,我当着些孩子的面吻你,那都是想让春梅间接明白,我已经有了你这个所爱的人了! 我看到我哥的处境心里多不是滋味儿那还用我说吗? 当时我心里已经只剩下了想法完全没有了温情! 我……我实在没有能力把每件事情都考虑周到同时做得让人人满意啊!”

二人流着泪,互相望着。

赵天亮轻轻地:“过来。”

周萍走到了赵天亮跟前。

赵天亮:“对我说,你原谅我了……”

周萍扑入赵天亮怀中,搂着他哭了:“天亮,原谅我……”

“我从来也没有像现在这样,觉得我这个班长当得责任好大,觉得我这个弟弟当得好操心,觉得我这个爱你的人,都顾不上多关心你了!”赵天亮像个孩子似的,呜呜哭出了声。

周萍也哄小孩儿似的:“好天亮,不哭了,不哭了,都把话说开了,心里就都痛快了,我保证再也不对你发资本家小姐的坏脾气了。”

这时,一阵咳嗽声突然传来。二人吓了一跳,顿时分开。赵天亮下意识地挡在周萍前边,但见两步远的地方,站着一个背枪的人影。

那人影尴尬地说:“是我,黄伟。”

赵天亮和周萍的神经这才放松下来。

黄伟:“不得不打断你们啊,排长不放心了,‘小黄浦’急得骂娘了,所以,我来迎迎你俩,离发车的时间已经很近了!”

赵天亮和周萍都擦了擦眼泪,与黄伟大步腾腾往前走。

"周萍……"黄伟朝周萍竖起大拇指。

周萍："别假模假样的！"

黄伟表白地："你看，怎么是假模假样的呢，明明是发自内心的嘛！"

赵天亮提醒黄伟："你别什么都往你那破小说里写啊！"

黄伟一笑："我写什么，不写什么，那可不是你班长管得了的啦！"

周萍："某一天如果能出版了，出版之前先给我看看，我希望你哪里改改，怎么改，你就虚心接受我的意见那么改改，行吧？"

黄伟："这我可以考虑。二位，给你们讲讲，我的写作天才是如何被伯乐发现的啊——我这人，作文马虎，写完了既不看，也不改，错别字那是满篇都是啊！初一的时候，老师让我在课堂上读我的作文，主题是《国庆游行》。我觉得受宠若惊啊，以为自己的作文被当成了范文呢！作文中有一句话是——'游行队伍中走来了穿花衣服的姑娘们。'可是呢，我少写了那个'花'字，当然就大声念成'游行队伍中走来了穿衣服的姑娘们'，我听到有同学'扑哧'笑出了声，自己还纳闷，不明白人家笑什么。老师说，把那句再读一遍！我更纳闷了，这一句也没什么用词出彩之处啊，于是又读了一遍。笑的同学更多了！老师严肃地说，黄伟同学，请读第三遍！我就瞪大了双眼，一字一顿，大声地读'游行队伍中，走来了，穿衣服的姑娘们'，全班同学笑得前仰后合……"

周萍伸出脚去踢黄伟："老黄你坏死了！"黄伟向旁边一躲，周萍没踢着。

赵天亮假装严肃地："如果往纲上线上说，你这犯的也是政治错误！是对我们伟大祖国的妇女们的严重侮辱！难道我们的姑娘们，只有在国庆游行的时候才穿衣服吗？"

黄伟："是啊。等同学们笑够了，老师板着脸说：'什么叫一字之差，谬之千里呢？这就是一例！'接着，就开始像你那么上纲上线地批评我了。我这才明白，敢情是拿我的作文当反面教材啊，下课后，我跑到一个没人的角落蹲下，抱着头一通哭。我正哭着，听到有人说，别哭了，站起来,擦擦眼泪。我觉得那声音好温柔好熟悉啊,抬头一看,猜是谁?"

赵天亮:"你初一时候的事,我生在北京长在北京的人,那怎么能猜到?"

周萍敏感地猜到:"你那个……姐?"

黄伟站住了,又向周萍竖起大拇指。

"她猜对了?"赵天亮有些吃惊。

黄伟点头。

赵天亮看周萍:"你怎么能猜到的?"

周萍:"不是猜到的,是心里边,一下子就感觉到了。"

赵天亮纳闷道:"怎么会,是你那个姐?"

黄伟边走边对他俩解释:"我们班的语文老师,女的,是从三中高中毕业以后,直接就被选到我们中学去了。而且,很快就成了一位优秀教师。所以,三中想当中学老师的学生,不论男生女生,经常有到我们学校听她课的。平心而论,她的语文课讲得还真好。而我那个姐,那堂课偏巧坐在最后一排,我进教室的时候没注意到。她对我说,依她听来,我的作文的开头还是不错的。她让我晚上带着作文到她家去。从那一天起,她成了我的作文辅导老师。她也曾想高中毕业之后当老师,哪怕当小学老师都心满意足,可是,她的父母是那样的人,又怎么能让她给学生上课呢?我是她唯一教过的学生……"

三人已经走入火车站里了,正向一列货车走去。

列车呜咽般的长鸣声划破夜空。

武红兵和李君婷也并肩走在路上,武红兵肩扛木棍,一脸沉思,走得像武士。

李君婷偷看他一眼,怯怯地:"你在想什么?"

武红兵也不看她,直视前方说:"我在想马婶说过的话。"

"什么话?"

"就是赵天亮和周萍去马婶家告别时,马婶看着他俩对我说的那句话——你当时不好意思了,证明你也听到了,是吧?"

李君婷声音极小地:"是……"

"那,你把马婶的话说一遍。"

"我不……"

武红兵:"那我说。马婶这么说的——你看人家两个,从宿舍走到这儿都手牵着手!这才叫甜蜜的爱!就从没见你跟君婷这么黏过,学着点儿。马婶是这么说的,对吧?"他站住,看着李君婷。

李君婷点点头,随即将头低下。

武红兵:"我觉得马婶说得对,我们爱得不甜蜜。"

"我都给你写过六封信了,还怎么甜蜜啊?"

"信里没有我要的东西。"他向李君婷伸出一只手。

李君婷:"那你要什么?"

"现在,我要你的手。"

李君婷迟疑地将一只手伸给他——不是人们正常握手的那一种伸法,而是手心朝下地伸出,即使武红兵站着不动,尽量把胳膊伸长,那也是够不着她的手的。

武红兵上前一步,抓住了她的手。那一瞬间,李君婷的身子竟像受到电击似的抖了一下——在那个年代,渴望爱情而又初次被恋爱对象抓住手的姑娘,十之八九会有那么一种本能的反应。

武红兵将自己那只手也将李君婷那只手揣入了棉衣兜里小声说:"走吧。"

于是他们又向前走。远远看去,仿佛武红兵是便衣警察,李君婷是女罪犯,他们的手铐在了一起,隐藏在他兜里似的。

武红兵问低头不语的李君婷:"不愿意?说话呀。"

李君婷娇羞地小声说:"不说嘛……"

"靠近我。"

李君婷却抽出了手,武红兵不解地看她。

李君婷将手从武红兵的胳膊底下交叉过去,重新伸入他衣兜。这样,她就可以挽着他的手臂走了。

武红兵笑了:"这才对嘛!"

二人又向前走时,武红兵说:"小手冻得冰凉,刚才为什么不揣自己的兜里?"

"忘了……"

武红兵又一笑:"'忘了',好幽默的回答。你手指根磨出茧子来了,食指根的茧子最厚——大拇指甲劈了,怎么搞的?"

"帮马婶搓苞米的时候,不小心搓着了。"

"要再剪剪,不然还会往里劈,啊?"

"嗯。"

武红兵:"这样,我们才像一对恋爱中的人,才有点儿甜蜜的意思了。在东三省的城市里,这叫压马路;在上海,这叫轧马路;有的城市也叫转街角,在咱们北京……"

"老北京人叫逛胡同。"李君婷一说完,自己也忍不住笑了。

"而在西北,叫'走感情'。比起来,数西北人的说法意味深长。听说,在四川,谈恋爱又叫耍朋友。"说到这里,武红兵唱了起来,"耍啊耍啊耍朋友,耍到一个好朋友,亲个嘴,握握手,你是我的好朋友……"

李君婷吃吃地笑。像她这样的姑娘,当年很多虽然被极左政治洗脑过,自认为也算是半个政治活动家,但在爱和性方面,仍单纯得如白纸一般。

武红兵唱得来了情绪,引吭高歌:

    我们轧在大路上,手拉手儿爱情荡漾,我来指引幸福的方
向,姑娘快乐我也快乐……

李君婷笑罢，请求道："给我唱段信天游吧。"

"好啊，想听大声唱的，还是小声唱的？"

"就唱给我一个人听，小声就行。"

武红兵边走边唱：

> 山丹丹的那个开花儿哟，
>
> 红艳艳。
>
> 小妹子的那个俏模样，
>
> 赛过那红牡丹。
>
> 一眨眨的那个大眼睛，
>
> 迷住了哥的心。
>
> 两片片的那个红唇唇，
>
> 咋就，咋就亲起来没够够。
>
> 哎呀小妹子那个听哥说，
>
> 你是，你是哥的心肝肝。
>
> ……

在武红兵的歌声中，李君婷依偎着武红兵一直走至村口。天光已现微明。

武红兵："我把你送到春梅家门口？"

李君婷低着头不说话，也不抽出自己的手。

"不想这时候回去？"

李君婷低声道："怕搅了春梅的觉……"

武红兵明白了她是不愿意和他就这么分开，也低声说："走……"

二人走在沟壑间，走到了一孔荒弃的窑洞前。正是赵曙光和冯晓兰曾度过亲密时光的那孔窑洞。武红兵拉着李君婷的手，李君婷有些犹豫，又有些害羞地跟着他走了进去。

窑洞的地上垛着厚厚的稻草,武红兵指着稻草对李君婷说:"这些草,是我一次次偷偷抱来的。自从我们之间开始通信了,我就总在想,有一天我一定把你带到这儿来,尽情地吻你。"

李君婷先是讶异地看着他,而后又害羞地低下了头。

"君婷……"

李君婷刚一抬头,武红兵已紧紧地将她搂抱住,凝视她。她垂下目光,继而又撩起目光,动情地迎视武红兵的凝视。

两人久久地吻在了一起。李君婷闭着眼睛,像是被吻晕了,被吻软了。

他们坐在了草堆上。李君婷坐得稍靠后些,双手重叠放在武红兵肩头,下颏也担在他肩头。她的眼睛亮晶晶的,那是被初吻"擦"亮的。武红兵从兜里揣出几页折起的纸,慢慢撕着。

李君婷惊讶地看着武红兵:"你撕的什么?"

"写给你的第六封信。"

"为什么不给我看,反而撕了?"

"不用给你看了。我在纸上大发牢骚,抱怨我们没拥抱过,没亲吻过,甚至连手都没拉过。现在,我心里已经没有那种抱怨了。我刚才在路上怎么说的?我说,自从我们开始通信以后,对吧?"

"对。"

"多可笑啊,都是北京知青,在同一个农村插队,只不过住在两户不同的人家里,用老百姓话说,每天低头不见抬头见的,却要用笔和纸,通过些个孩子传递感情。"

李君婷满足地:"也挺浪漫啊,外国小说里,恋人之间都是通过情书表达爱情的。"

武红兵:"还浪漫?你写给我的,那都不叫情书,只能当成一封又一封的检讨书来看。因为你满纸写的是检讨话语,我满纸写的也只能是对你的思想点评。我们不禁要问一句——爱情哪里去了?长此以往,爱将无地可容,有情将变无情! 这难道是我们能够答应的吗? 不能! 不能! 绝对不能! ”

李君婷推了他肩头一下:"贫劲儿的! ”

武红兵:"当然,继续保持通信的方式那也是可以的。但是爱情不是仅仅在纸上就足以进行的事情,而要靠实际行动促进! 以行动为主,以通信为辅。李君婷同志啊,让我们赶快行动起来吧! 一万年太久,只争朝夕! 今年都是我们插队的第五个年头了! 过了年,我都二十七周岁了。”

李君婷:"我也二十三岁了。刚来那年,我还不满十八岁。”

"以后你如果要给我写信,绝对不许写以前那些内容了。可以写你累了,你想家了,你哪天躺在被窝里不愿意起来,不打算出工了。如果你心情不好,有发愁的事或伤心的事了,让我及时知道为什么,啊? ”

"嗯……一个男人,真的会爱上一个伤害过他的女人吗? ”

武红兵一扭身子,将李君婷搂抱在怀里了:"听我给你讲讲我父亲和我母亲的事——我母亲比我父亲小七八岁,她为了证明自己思想进步,把我父亲和她在家里讨论时事时说的一些话,在政治运动学习班上说了。结果我父亲成了'右派'。为了我和我妹以后的前途着想,他们离婚了。而我母亲,忏悔了一个时期之后,经不住有人追求,又和别人结婚了。可我每次偷偷跑去看我父亲,几句话之后,他必然问我:'你妈妈还好吗? 她快乐吗? ' 下乡前,我去跟我父亲告别,忍不住问他:'爸,你恨我妈吗? ' 他发了一会儿呆,叹口气说:'一回忆我们曾那么相爱过,就不忍恨她了。' 你对我那点儿小伤害,比我母亲对我父亲的伤害轻多了。”

李君婷听着,眼角不禁淌下泪来。她抓起武红兵一只手,亲了一下,信誓旦旦地说:"以后,谁把刀架在我脖子上,我也不会再伤害你了! ”

武红兵也低头亲了她的额一下。

李君婷天真地问:"中国以后会怎么样? ”

"不知道。”

"我们以后会怎么样？"

"也不知道。"

"有时候，我心里好怕。总担心还会有什么不好的事情忽然降临在我们头上。"

武红兵不禁将她搂紧，安慰道："不要总担心。现在的我们，是在民间，是在和土地密不可分的民间。这样的民间，是人性最纯朴的民间。你看王大爷、王大娘一家，你看马婶和平阳叔，你看翠花姐一家，都是多么善良的人啊！我们在这样的民间，是幸运的，也是比较安全的。何况，从今往后，我有了你，你有了我……"

李君婷："你也不在乎……我曾经暗恋过赵曙光？"

武红兵坦白地说："我也暗恋过冯晓兰啊！"

"我真后悔，为什么当初不就爱上你，还要伤害你这么好的人呢？"

武红兵一笑："当初我也没有现在这么多情嘛！"

李君婷也笑了。

他们再次深深地亲吻。

王大娘和春梅正在家里吃早饭，李君婷进了屋。

王大娘见她回来，连忙放下碗筷问："闺女，怎么这时候才回来？我和春梅都担心得一宿没睡着。"

李君婷敷衍："一直把他俩送到了火车站，接着又帮忙干了不少活儿。"

王大娘："趁粥还热，先坐下把饭吃了吧。"

李君婷在桌旁坐下，抓起窝头就吃。

王大娘笑了："这闺女，饿成这样！干活了，还是得把手洗洗。"

李君婷一笑，走到水盆那儿，舀水洗手。

王大娘自言自语："要是在以前，我还不敢说刚才那话。如果干点儿活就洗一次手，可心疼水啦。现在变了，连我自己也是，一从外边回来，第一件事就是想洗手。春梅也变了,动不动就舀半盆水,弄湿块抹布擦这儿擦那儿。衣服没穿两天就洗!"说罢,她又对春梅说,"以后衣服不许洗得那么勤,水不稀罕了那也得节省着用。"

春梅却望着君婷的背影说:"君婷姐,你头发后边衣服后边粘了些草。"

李君婷掩饰:"是吗?帮着你天亮哥他们往火车上抱草来的,有就有吧,反正不影响吃饭!"

她再次在桌旁坐下,抓起窝头吃着。

春梅:"今天,又得挨过一个晦气的上午。"

李君婷一愣。

王大娘:"昨天,你和红兵送天亮他俩刚走,公社来人了,通知今天上午开会,听曙光自我批判,还说,也要求邻村来人听。大伙有意见,说会开得太勤了。他们说,农闲农闲,不经常召集你们开开会,都把你们头脑闲空了。政治觉悟不是天上掉下来的,是开会开出来的。有啥法?"

春梅愤愤地:"讨厌死他们了!"

王大娘:"这话不许当着他们面说!想听听,就去。不想听,在家补补觉。"

春梅:"听他们批判我曙光哥?我才不去给他们捧人气!"

王大娘对李君婷说:"君婷,会前你得抽空去嘱咐红兵,叫他别乱放炮。如果他们不过分,曙光就当是对自己的修炼吧。乡亲们呢,场面上应付应付,应付得他们没意思了,他们也就会早早走了。如果他们对曙光太过分了,我、马婶两口子,还有你翠花姐,我们也不会答应。"

李君婷点头。

乡亲们三三两两地走在村路上。

马婶扯着嗓子喊:"开会喽!都到知青宿舍开会喽!出门前,可把羊子安顿好啊,小心被狼窜来叼了去!"

从马婶身旁走过的人,都"别有用心"地笑。马婶有点儿被笑糊涂了,又大声地:"都笑什么笑?! 不明白我的话啊!"

王大娘也走过来,冲马婶使眼色,小声说:"别喊了,路边有人瞪你呢!"

马婶一转身,见几步远的路边,站着披了件棉军大衣的县"革委"副主任,他身后是公社"革委会"照例挟黑皮包的年轻干部。

县"革委"的副主任:"我们来了,你喊狼来了,什么意思啊?"

年轻干部小声地:"还喊把羊子安顿好了。"

县"革委"的副主任:"对,把羊子安顿好了,又是什么意思啊?"

马婶一笑:"您听差了吧? 我喊的是把孩子安顿好了。这几天,咱村人经常听到狼嚎,怕是要闹狼,那当然咱们就担心孩子!"

年轻干部:"别咱们咱们的! 尤主任是县'革委'第二把手,怎么就跟你成了咱们?"

马婶:"滚一边去! 我跟尤主任说话,你搭的什么腔! 哎呀,尤主任,你又胖了哎,脸色也好得没比,红扑扑的,油亮油亮的,比刚刷完漆的红棺材还耐看……"

尤主任一时被"夸"得乐也不是,恼也不是。马婶却将目光一收,扶着王大娘扬长而去。

年轻干部小心翼翼地提示:"主任,她那是要笑你呢!"

尤主任生气地说:"我自己听不出来啊? 还用你说吗?!"

年轻干部喏喏地低下头去。

尤主任恶狠狠地说:"这娘们儿!"

知青宿舍坐满了人,赵曙光坐在桌旁,尤主任站他对面。

尤主任看看屋里的乡亲,哼了一声:"有的人嘛,对我们的到来心怀不满,站在路当间喊那种含沙射影的话……"

翠花装糊涂:"不明白! 尤主任,我们坡底村人听不明白你的话! 谁含口沙子干吗？又射什么的影了？"

乡亲们纷纷应和翠花：

"对对，是不明白！"

"你县'革委'的干部，要句句说我们贫下中农能听明白的话！"

"不明白不能就那么糊涂着，给解释解释！"

尤主任一个劲儿地眨巴眼睛，他根本不知"含沙射影"的出处。

马婶挤到尤主任对面，指着尤主任不依了："哎哎哎，尤主任，你方才那是不点名地说我呢吧？你问问大伙儿，我多咱有过那往嘴里含沙子的毛病？我在路上含口沙子喷你的影了？今儿大阴天，又要下雪，走走走，咱俩都到外边站着去，看你尤主任有人影还是没人影？！"说罢，隔着桌子拉扯尤主任，尤主任又羞又恼，直往后躲闪。

赵曙光："马婶儿，不要这样，这多不好……"

武红兵也挤到桌前劝阻："马婶儿，尤主任是干部，贫下中农对县里的干部要有礼貌嘛！"说着，将马婶儿推开，拍拍手，大声说，"安静！大伙请安静！人家尤主任既然说了那么四个字，人家当然就知道是什么意思。人家不解释，那是人家谦虚。大伙非要明白是什么意思，那我就替尤主任解释解释。我是知识青年嘛，这种场合，有这份义务。当然啦，我的知识不多。虽然不多，总归也是有一点儿的啦。含沙射影是什么意思呢？是说古时候，那种看去就挺不祥的水里，隐藏着一类怪物，说是鱼吧，它不是鱼，说是兽吧，它又不是兽。总而言之，那是个邪性的东西。据古时候的书里说，人影要是映在水面，它就含了沙子专射人影。谁的人影要是被它射中了，谁呢，轻则大病一场，重则一命呜呼……"

人们听得一片肃静，渐渐地，都将目光集中在马婶身上。

马婶真的恼了，又冲尤主任发威："哎，我说姓尤的，你可真不是玩意儿！我路上还夸你脸色好，你却把我比成那么邪性的东西！本村外村的人都在，你问问，我有那么邪性吗？我，我今天非扇你大嘴巴子不可！"

赵曙光起身挡住了她："马婶，这就更不好了，一句话半句话的，何必那么认真呢？"

马平阳却拦住了赵曙光："赵曙光，你这个想拽我们走资本主义回头路的人，你没资格挡横！那么贬损我女人，她依我还不依呢！"

翠花也大声地："我们都不依！这也是对我们全体坡底村贫下中农的污蔑！"

屋里一片附和声：

"我们外村的也不依！"

"尤主任必须检讨！"

"太不像话了，哪儿有那么贬损贫下中农的！"

尤主任一指武红兵："不是我说的，是他那么说的！"

武红兵："怎么，我好心好意帮你下台阶，你拿我当替罪羊啊？"

李君婷强忍着笑低下头去。

赵曙光见他们闹得有些过分了，便对大家挥了挥手："乡亲们，尤主任是来听我当众检讨的。我经过许多天的学习、反省，确实有了一些思想认识。我替尤主任给大家鞠个躬，大家呢，请给我个机会，让我把我的检讨当众说说行不行？"

说罢，他真的向四面鞠起躬来。人们看着他，屋里顿时安静了下来。

赵曙光见大家安静下来，赶紧接着说："通过学习、反省，我又一次认识到资本主义道路肯定是有的！如果有一条道路明明就在眼前，走上那样一条道路，明明能使我们贫下中农的日子好过一些，而谁们偏偏不许我们往那一条路上走，那毫无疑问，就是要把我们往'解放'前的穷苦道路上逼！"

人们都用力地鼓起掌来。掌声中，尤主任的表情难看极了。

公社那名年轻干部进了屋，挤到尤主任跟前，伸出一只手。只见他手中攥着烟盒纸，烟盒纸白色的一面上，有几个黑球球。

尤主任皱眉看着年轻干部手里的东西，问："这是什么？"

"羊粪球儿。"年轻干部诡秘地对他耳语。

"让我看它干什么!"尤主任嫌恶地看了他一眼。

年轻干部仿佛得了重大发现似的:"在宿舍外边的地上发现的,村路上也有。发现了羊粪球,证明村子里有羊!"

尤主任这才反应过来:"放桌上!"

年轻干部将纸放桌上,立了大功似的退到一旁。

尤主任对赵曙光说:"你先坐下吧。你的检讨,以后再说。你们坡底村啊,真是庙小……"话说了一半,他犹豫了一下,下半句没敢说出口。

年轻干部:"庙小妖风大,水浅……"

尤主任喝住他:"你给我住嘴!"

坡底村人恨恨地瞪着年轻干部,眼里却又露出不安。

尤主任一指桌上的羊粪球:"大家说,这是什么?"

武红兵凑上前,弯腰细看,还闻了闻,摇着头说:"是啊,这是什么呢? 有股草味儿——中草药丸?"

尤主任:"不认识就闪一边去,你,过来看看,然后大声说它是什么?!"他指了一个青年,叫他过来看,"你本村的还是外村的?"

"外村的。"被指的青年走上前,装模作样细看。

尤主任满意地:"我就是要听你这外村的怎么说。别有什么顾虑,大胆说吧!"

青年农民眼瞧着羊粪球:"我祖上十八代都是贫下中农,在您'尤革主'面前……"

尤主任:"我名不叫'尤革主',别瞎叫。"

青年农民一本正经地:"我没叫错您。您姓尤的'革命委员会'副主任,叫您'尤革主'叫错您啦? 那几个东西嘛,我看着是很眼熟的,太眼熟了,以前再熟悉不过的东西了,可怎么一时就想不起来它是什么了呢?"

尤主任:"撒谎! 羊粪球你都看不出来?!"

"羊粪球?"青年农民又细看了一番,连声说,"对对,想起来了,羊粪球嘛！哎呀，我这个从小天天放羊的人，可有年头没见着过羊子了，你们'尤革主'们不许养了嘛，自然就有点儿忘了羊粪球什么样啦。可我倒奇怪了，既然你'尤革主'一眼就看出了是羊粪球，直接说就是了嘛，还考我们干什么呢？要显得您比我们贫下中农更是农民啊？"

尤主任生气地："一边去！"

青年农民："这人，耍弄人呢嘛这不是……"

尤主任环指着屋里的人，脸上露出一副忧患万分、痛心疾首的模样："你们，你们这是串通一气，成心出我的洋相。可是呢，我不怕。我们费了那么多时间、精力、人力，一遍又一遍地要把资本主义的尾巴也从农村连根铲除！又是思想教育，又是突击搜查，怕的就是前脚铲除了，随后立刻就生出来了！果不其然，果不其然啊！社会主义的千秋大业，一定得有人来保住它！"

他激愤地拍了一下桌子。

年轻干部立刻凑上前，忠心耿耿地："主任，该怎么办，您就发话吧。"

尤主任："我是实在不想那么办，可是两条道路的明争暗斗摆在眼前了，树欲静而风不止啊，有什么办法，有什么办法啊！传我的话，让咱们来的那些人，给我挨家挨户地搜！"

尤主任、年轻干部、两民兵在前边大步走着，马婶、马平阳、王大娘、翠花、春梅、武红兵和李君婷等在后边默默跟着。

前后两伙人路过马婶家时，马婶家屋里传出"咩咩"的羊叫。

尤主任站住，转身向："这谁家？"

马平阳应道："我家。"

尤主任上下打量着他："你叫马平阳，对吧？"

马平阳点头，马婶则快步进了屋。

"你们是两口子。我耳朵不聋，刚才从你家传出羊叫声了。你看我怎么拿你们两口子当反面典型来批！"尤主任大步向马婶家走去，年轻干部和两个民兵紧紧跟在后面。

等众人走进马婶家,马婶已盘着一条腿,稳稳地坐在一只黑色大木箱的箱盖上了。她见尤主任们进来,强硬地喝问:"你们想干啥!"

尤主任冷冷哼了一声:"难怪你会前喊,把羊子安顿好了,现在还说不说我听差了?"

木箱子里发出"咩咩"声,箱盖还一拱一拱的,差点儿把马婶拱下去。

尤主任转脸对马平阳说:"马平阳,我了解过,知道你们两口子确实都是贫下中农。我不愿发话对你女人动粗,那多不成体统?你劝她下去,就算给我个面子。"

马平阳无奈地走到马婶跟前,劝道:"别胡闹了,下去吧。"

马婶无奈地望了翠花她们一眼,不再发威,满脸悲怆,默默起身走开了。

尤主任吩咐两民兵:"把羊弄出来。"

两民兵上前打开箱盖,箱中蹦出的却是马婶的老大老二两个孩子。

"上当喽!上当喽!骗你们玩的哟!"两个孩子欢呼着跑了出去。

尤主任跨前一步,亲自朝箱子里看,但见除了几件破衣服,别无他物。

一个跟随者赶来汇报:"主任,我没搜出羊来。"

另一个跟随者也赶来,冲尤主任摇头。

赵曙光走进来,对尤主任解释道:"主任,我也了解了一下,是这么回事——我弟负责替他们黑龙江生产建设兵团往回运羊,他们从新疆买的,路过陕北,昨天来看我,也赶了两只羊来,为的是给村里的孩子添点高兴。人家买的羊是有数的,又赶回去了,哪能留下呢。"

尤主任顿觉尴尬,强争面子地:"那什么,你的检讨还行。不要背包袱,支书你还得当着,村里的事儿,还是要管起来!"说罢,头也不回地走了。

大家都长长地舒了口气。

赵天亮送来的八只羊都到哪里去了呢？原来，乡亲们把羊藏在村外的那孔破窑洞里了，让村里的孩子们在那里守着。可是，以后这些羊该怎么办呢？大家没了主意，聚在马婶家商议对策。

马婶发愁地："以后怎么办啊！躲过了初一，也躲不过十五啊！"

李君婷问马平阳："平阳叔，你说要是今天被他们把羊搜出来了，他们敢回去杀了吃肉吗？"

马平阳叹口气："怎么不敢？些个造反上来的干部，什么事都做得出来！"

赵曙光："咱们还是把羊分了吧。八只，咱们自己留下一对。另外三对，分给别的村吧。一个村只秘密地养两只，容易蒙过他们的眼。即使都繁殖多了，都被发现了，那也是法不责众的事。兴许几个村联合起来，一坚持，他们那极左的政策，也会让步些。"

王大娘："我赞成。什么事儿都有变的一天，什么人也有听得进点儿道理的时候。我看今天那尤主任，表现得还不太浑。你们那么要笑他，他不是忍了？你们当他就真信了曙光的话了？我看他才没信呢。只不过，他不想像以前那么凶了，这也是变啊！"

武红兵："我赞成曙光的主张。"

马平阳双手一摊："我更没意见。曙光，你怎么说，咱们怎么做。"

马婶、翠花、李君婷她们也都纷纷点头……

第三十七章

列车在西北大地上奔驰。

赵天亮他们又和羊群待在同一节闷罐车厢里,都还盖了被子。

"小黄浦"醒了,从枕下摸出表看一眼,推推身旁的赵天亮:"班长,天亮了。"

"知道。"赵天亮翻了个身,背对着"小黄浦"。

"小黄浦"也在被窝里扭了扭身子:"怎么睡在木板上好像睡在冰上啊,睡得我腰酸腿疼的。真想咱们连队的大火炕了。"

黄伟也醒了:"列车一开,寒风飕飕地从车底下过,当然像睡在冰上了。咱们也真是的,出发前怎么谁也没想到互相提醒提醒,都带张狍皮。"

"小黄浦":"就是!也没有谁想到在褥子底下铺层厚草,那也挺顶事儿啊!"

赵天亮背着身说:"我想是想到了,可羊们一路还挺能吃,草越来越少,就打消那想法了。"

尹排长听到他们的说话声,醒过来:"天亮,咱们肯定已经进入山西界内了。"

周萍也醒了,问:"徐进步,伤口还疼不疼了?要不要再换一次药?"

"小黄浦"嘿嘿笑道："不用了,结痂了,就是开始痒了。多谢你这位护理医生一路为我换药啊!"

周萍也笑了笑:"应该的。痒可忍着点啊,千万不能挠。弄破了痂,感染了,再得破伤风,那可不是闹着玩儿的。"

尹排长故作严肃地问"小黄浦":"记住周萍的话没有?"

"小黄浦"拖长音调说:"记住了!"

大家就这样在被窝里聊着天,谁也不愿先起来。即使这样,也都感觉到侵骨的冷气,一个个翻过来转过去的,尽量把被子裹紧,把身子蜷得像只虾。

列车缓缓停住了。

黄伟站了起来,说:"我开一下车门,透透新鲜空气。"

"小黄浦"大声反对:"别开! 想冻死我们啊!"

黄伟:"冻死比熏死强! 一夜的羊粪尿味儿,熏得我脑仁儿都疼了!"他将车门拉开,不料车下站着十几个人,一看便知都是男女插队知青。

车上车下,双方愣愣地彼此看着。

黄伟刚想将车门拉上,一名戴"坦克帽"的男知青已在别人的托举下跃进了车厢,将黄伟一推。黄伟倒在地上。

赵天亮们吃惊地坐了起来。

"我们是插队知青,都要回北京过春节。几次都没挤上客车,只得上你们这种车厢了!""坦克帽"解释了几句,便冲车下喊,"快! 快! 都上来!"

于是车下的知青一个个都上了车。

赵天亮一跃而起:"我们这是执行押运任务的车!"

"坦克帽"都不再看他一眼:"那就连我们一块儿押运了吧!"

黄伟、"小黄浦"一起将"入侵者"们往车厢下面推。

周萍拥着被子坐起来,吃惊地看着眼前的变故。

尹排长大声喝止:"不许来硬的!双方都要冷静!"

列车又开动了,刚才车下面的知青全都挤了上来。车厢里,由于一下子多了十几个人,顿时变得拥挤了,连坐的地方都没有了。周萍和一个姑娘面对面、胸贴胸地站着。

姑娘满怀歉意:"对不起……"

周萍微微苦笑。

姑娘看着周萍上衣的扣子:"你扣子扣错了。"

周萍低头一看,果然有一枚扣子进错了扣眼。她想重扣,双臂却因为被挤住了,动弹不得。

姑娘默默替她将扣子重扣一遍:"坐客车我们也没钱买票啊!我们怎么能和你们兵团的比?你们每月有工资!"

周萍:"我也是插队的。"

姑娘:"那你就别讨厌我们了,啊?"

周萍点点头。

车厢的另一边,赵天亮、黄伟、"小黄浦"和尹排长都在穿裤子,穿袄。

"小黄浦"不安地东张西望:"我的鞋!都他妈因为你们!把我一只鞋搞没了!"

"在这儿!"一只大头鞋从人们头顶上被一只只手传到了"小黄浦"手里。

"都这么挤着我怎么穿鞋?往后去往后去!""小黄浦"推开挡在他前面的人,往后退着,一不留神,跌坐到羊群中去了。

赵天亮在勒皮带,用力过猛,皮带竟然断了。赵天亮抽下断为两截的皮带,看了一眼,抬头瞪着"坦克帽",恼火地:"春节还早呢!晚几天回北京,你们就都会死啊!"

"坦克帽"揉了一下鼻子:"大家都想家了嘛!冬天队上没活,待在农村也是个无聊。无聊就有可能干些偷鸡摸狗的事儿。与其让老乡嫌恶我们,还莫如早点儿回北京!"

"坦克帽"一边说,一边从腰间抽下自己的皮带,递给赵天亮:"扎着吧,我的裤腰有松紧。"

天黑了,赵天亮的父母坐在沙发上,他们面前的茶几上摆着"半导体"收音机,正传出男播音员极具战斗性的话语:"是否坚决反击目前这一场'右倾翻案风',是关系到能否将'文化大革命'进行到底的重大问题!'文化大革命'的成果一旦付诸东流……"

门忽然一响,有人进了屋,是赵家所在的部队大院传达室的老大爷。

赵母关上了收音机,问:"大爷,有事?"

传达室的老大爷:"敲了几下门,你们肯定没听到。天亮在永定门火车站,把电话打到了传达室。"

赵父吃惊地:"他……他怎么会在永定门火车站?"

传达室的老大爷:"他说,他是为他们兵团从新疆往北大荒运一批羊,说他和班里的几个人,还有羊,都等着换车皮,不能离开,更不能回家。"

老大爷看着赵母又说:"天亮叫你赶快到医院门口去,说会有人到那儿去找你,有紧急的事希望你务必办到……"

医院门口,"坦克帽"扶一辆自行车引颈张望,见赵母骑自行车过来,迎上前去:"是赵阿姨吧?"

赵母下了自行车问他:"是天亮的战友?"

"坦克帽":"不是,我在山西插队。我们十几个人硬挤上天亮他们的闷罐车厢才回到北京的。我还没往家里去,借了辆自行车就赶来了,生怕误了他托付的事儿。他有纸条带给您。"

赵母锁好自行车,一边和"塔克帽"往医院里走,一边看那张纸条。

纸条上是赵天亮的笔迹:

妈：

和我们一起执行任务的我们的排长患了晚期胃癌，又没带任何止疼药。我们前边的路途还很远，不能眼看着他天天受病痛的折磨。他说他曾打过一种叫"杜冷丁"的止痛药。妈，儿子请求你务必给搞到几支，还有针头针管什么的，交给去找你的人。十万火急，务必务必。

……

赵母看着赵天亮的字条，皱起了眉头："'杜冷丁'这种药医生是不能随便开的。这是只限于为住院患者使用的药，医生更不能随便从药房领出来交给与患者不相干的人……"

"坦克帽"见赵母在为难，便说："阿姨，天亮是为他们排长，我是受天亮他们重托，也不能说与患者毫不相干啊！天亮的一个战友悄悄告诉我，夜里，曾经发现他们排长疼得实在受不了，就偷偷吸着一支烟，用烟头烫自己胳膊、胸膛……"

赵母听得吃惊，犹豫了一下，毅然地："你等这儿，我不来千万别离开！"说罢，转身匆匆向药房走去。

一名是现役军人的年轻女护士伏在药房里的桌子上睡觉。赵母走到小窗口前，敲了敲玻璃。

女护士抬起头，见是赵母，起身给她打开门："宋大夫，有事？"

赵母走进药房，问女护士："小曲，咱们有'杜冷丁'吧？"

"有啊，必备药嘛，不能缺的啊。"

"有多少？"

"不少，一箱多。"

"我得拿走十几支，明天交钱，还要拿走些针头、针管、碘酒什么的……"

女护士："可，不是有规定，'杜冷丁'得院领导们批吗？"

赵母："顾不上先找他们批了。这样，你给我预备个空盒，我自己拿，你别拦我。告诉我在哪儿？"

女护士看着她不说话。

赵母急了："说话呀！"

女护士扬手向旁边的架子上指了指："在最后一排药架上有小盒的。"

赵母立刻向女护士所指的药品架走去，边找药边解释："有一名晚期胃癌患者急需。你也知道，那要疼起来，再坚强的人也难以忍受……"

赵母从药架后闪了出来，怀里捧着些药品。女护士默默地拿出一个空纸盒放桌上。赵母将药品放入盒中，拿起往外便走。

女护士在她身后说："宋大夫，也许你会受处分的。"

赵母在门前停了一下，还是头也不回地走出去了。

赵母匆匆走到"坦克帽"跟前，将药盒交给他。"坦克帽"接过药盒，却双眼直勾勾地发呆："阿姨，我忘锁车了，自行车丢了。"

赵母从兜里掏出了自行车钥匙："阿姨替你赔，骑我的。把药盒放车筐里。"

"坦克帽"骑上自行车，对赵母说："有个叫周萍的姑娘让我代她问您好！"

"请你也代我问她好！"赵母目送着"坦克帽"离去。月光下，赵母眼中有泪光在闪动。

永定门火车站的货车停车场，赵天亮他们在将羊群赶上车厢。第一节至第三节车厢的门被依次关好，只有第四节车厢的门还敞开着。

赵天亮站在第一节车厢下望着某个方向发呆，一只手突然拍他肩上，他回头一看，是黄伟。

黄伟问他："你母亲他们医院肯定有那种药？"

"肯定有。我听我母亲讲过，不少晚期癌症患者经常到他们医院打

'杜冷丁'。"

"那,你母亲肯定会认真对待你的要求?"

"应该会吧。我纸上写的是'请求'。"

"就算你妈认真对待了,那小子会把咱们托嘱他的事当件事办吗?"

赵天亮:"不知道,那就全在他说话算不算话了。"

一阵哨声响起,火车要开了。"小黄浦"站在第四节车厢上大喊:"班长,马上要开车了!别抱希望了!"

赵天亮失望地转过身,与黄伟往第四节车厢走。两人刚走几步,忽听有人喊:"赵天亮!我来了!"

二人回头,见"坦克帽"跨着一道道铁轨跑来。

赵天亮也几步跨上前去,与"坦克帽"跑到了一起。

"坦克帽"将纸盒朝赵天亮一递,气喘吁吁地说:"你所要的……全在里边了。"

赵天亮刚接过盒子,就听黄伟在身后喊:"天亮!车开了!"

赵天亮回头一看,列车果然已经缓缓开动。他又回头看"坦克帽",分明想说一句感激的话,却不知说什么好。

"坦克帽"推他一把:"看我干什么呀,快追火车呀!"

赵天亮拔腿向火车的方向跑去。

站在车厢门边接应他的黄伟和"小黄浦"各伸出一只手,将他拽上车去。

"坦克帽"在远处与列车并行着跑,大喊:"赵天亮!你妈让我代问周萍好!"

墙上的圆形悬钟滴答地走着,时针指着下午两点半。张靖严的父亲张师傅定定地望着那只钟。

"小地包"的父亲:"张师傅,我们到了。"

他们身边还站着另外两个人。一个穿着机械工人的工作服,一个文质彬彬,看去像是知识分子。

"小地包"的父亲向张父介绍:"这是魏明他爸,'哈一机'的。这是黄伟他爸,在报社当过高级记者呢!"

黄伟的父亲不卑不亢地:"不提从前的事儿,现在我在魏师傅手底下改造。"

魏明的父亲微笑着说:"你看你,这么说不就让张师傅误会了? 你明明是我的重点保护对象嘛!"

张父:"你俩说的不一样,我还真犯疑惑了!"

魏父:"他归我管不假,说来都好几年了。当时我收到魏明一封信,说他高中的同班同学也是兵团同班战友的父亲在'哈一机'改造,叫黄启明,让我暗中多加关照。他儿子我是认识的,我儿子信中也没提他儿子的名字,我也就没往一块儿想。但儿子写信求我的事儿,那也等于是领导指示啊! 儿子每两个月往家寄三十元钱呢,不重视不好啊! 我们厂也大,今天这派掌权,明天那派夺权的。我就四处找人问,几天后就见着他了。我说,'我们班组缺人,这个臭老九,我要了'。造反派头头问我,'魏师傅,这臭老九特笨,什么活都干不好,为什么单要他呀'。猜我怎么回答? 我说,'我聪明啊,所以我要是把笨人都调教聪明了,那不是证明我更聪明啦'。"

四位哈尔滨知青的父亲都笑了起来。

说笑了一阵,四位哈尔滨知青的父亲来到铁轨旁,往同一个方向眺望着。

张父:"我打听清楚了,肯定会停在这条道线上。如果正点,快到达了。"

孙父:"魏师傅,刚才的话说了一半啊! 怪有意思的,接着说。"

魏父:"接着我就没什么可说的了,问他吧。"他说着,指了指黄父。

黄父:"我到了魏师傅班组以后,心里又纳闷又害怕呀,心想这人怎么单单就看着我不顺眼呢,我的命运是不是雪上加霜了呀! 跟他走在半道,他掏出魏明的信给我看了,我当时心里那个热乎! 想不到通过孩子们的关系,我们父亲和父亲之间,还建立起了特殊的感情。从那以后,再有人要批斗我,魏师傅就说,'我还有活让他干呢',一句话就给挡回去了。他在厂里人缘好,不少造反派头头是他徒弟,给他面子,所以还真能保护得了我! "

张父真诚地:"既然咱们孩子之间的关系处得那么好,亲兄乃弟似的,那咱们当父亲的,以后就是知近的人了。这叫缘分。咱们都得看重这种缘分,要不,不是对不起孩子们那种关系了?"

另外三位父亲频频点头。这时,列车的汽笛声从远处传来。四位父亲同时望去,车头已经出现在大家的视线里了。

张父对大家挥了挥胳膊:"还真准时。都靠后,都靠后。"

四位父亲像迎接专列似的,伫立铁道旁。

列车从他们面前经过,站在车门口的黄伟向车下大声喊道:"爸! "

列车停住,黄伟第一个从车上跳下来,赵天亮他们也都跳下来。四位父亲都跑了过去。

魏父拍了黄伟的后脑勺一下:"你看你这小子,怎么搞的,胡子拉碴的! 你看你爸那张脸,人家弄得多清楚! "

黄伟走到父亲跟前:"路上连口热水都喝不上,哪儿还顾得上脸啊! 爸,一切还好吧?"

黄父:"有你魏叔关照,还好,还好。"

"小地包"的父亲:"孩子们,我给你们介绍一下啊。他不用介绍了,黄伟都叫爸了嘛。这是魏明他爸,这是张靖严他爸,我是孙敬文和孙曼玲姐弟俩的爸。"

黄伟:"爸,你还真能耐,另外调遣了三位爸来! "

"我哪有那权威啊! 接到你的信,我也不知道自己该帮些什么啊,就跟你魏叔说了。你魏叔就出面找了你张叔和你孙叔。"

黄伟对家长们说:"我来介绍介绍我方人员啊! 这是我们尹排长,这是我们班长赵天亮,北京知青。这是我的同班战友徐进步,上海知青。这漂亮姑娘叫周萍,也是上海知青。"

"孩子们,现在听我说啊。一会儿就让黄伟带你们离开,什么都不用管了,都交给我们了。这车明天早上换了车头才继续往前开,这一段时间里,你们只管好好休息。"张父说着,从兜里掏出工作证,将夹着的票券一一分给赵天亮他们,"这是澡票,黄伟可以带你们到铁路职工浴堂洗澡,一人一张,自己拿好。"

分到尹排长时,张父仔细打量了他一番:"听靖严说起过您,您脸色可太不好了,尤其要好好休息一下。有我们在,您只管放心。"

尹排长笑着点头:"放心,放心。"

张父又把一些票券交给黄伟:"这是我们铁路小食堂的饭票,二十四小时营业,你先要带他们饱饱地去吃上一顿。饱不剃头,饿不洗澡嘛!"

浴室中,赵天亮和尹排长泡在水中。赵天亮见尹排长气色恢复了许多,便问:"排长,那药还起点儿作用?"

尹排长:"那是。天亮,吃饭后,找个地方,还得让周萍给我来一针。今晚不知睡谁家,万一哼出声来,怕让人家着急。"

黄伟和"小黄浦"趴在长凳上,两位搓澡师傅分别给他俩搓澡。

给"小黄浦"搓澡的师傅一抖毛巾:"这小伙子,个头不大,身上干货不少。好嘞,冲冲去吧!"

"小黄浦"却仍然趴在长凳上,一动不动,搓澡师傅不安地看了看他。"小黄浦"忽然发出一声猪般的响鼾,搓澡师傅这才一笑:"我以为我今天还搓出人命来了!"

另一位搓澡师傅也看着"小黄浦"说:"都睡出哈拉子了!"

黄伟:"甭管他,让他睡会儿吧。"

大家洗完澡,回到列车站内。尹排长坐在车站一个僻静的角落里,一手掐着自己胳膊上方,周萍在给他注射"杜冷丁"。而赵天亮、"小黄浦"、黄伟并肩挡成人墙。

周萍拔出针头:"排长,夹住棉球……"

有人的手在黄伟肩上拍了一下,黄伟回头看去,拍他的人是名铁路警察。

铁路警察探头看了看:"干什么呢?"

黄伟解释道:"我们是兵团的,在给我们排长打止疼针。"

周萍扶尹排长站起。

铁路警察看看脸色苍白的尹排长,又看看地上的医药箱,热心地问:"有没有事儿? 要不要帮他找个地方躺躺?"

尹排长:"不用不用,不是什么大病,只不过有时疼得厉害……"

火车站里,魏父从最后一节车厢里叉起草,举给站在另一节车厢门口的黄父,而黄父将草分散给羊只。张父和孙父在清扫赵天亮他们住过的那一节车厢。黄父突然喊道:"羊跑了! 羊跑了!"

张父和孙父急到车厢门口看,见一只羊正跑过来,黄父跳下车厢边追边喊:"不许乱跑,站住! 站住!"

孙父也跳下车厢,拦住他:"别追! 你别追它!"

黄父站住了,羊又跑了几步,也站住了,正好站在孙父眼前。孙父将羊扑住。羊一挣,又跑脱了,但随即被拦住它的人握住了双角。

孙父再一次从后抱住了羊,连说:"多谢多谢……"

二人四目相对时,都愣住了——握住羊角的人正是齐勇的父亲。

魏父赶上来,对齐父说:"以为你有事儿不来了呢!" 他转头又对黄父说,"'老九'让开吧。学着点儿,看我们的吧!"

魏父于是和齐父一个抱前,一个抱后,将那只羊举到了车上。

齐父对魏父说:"魏明他妈通知了齐勇他妈,那我就当然得来。来了,证明我把孩子们的事当成回事了。可我现在又后悔来了。"

齐父说罢,转身离去,留下魏父和孙父怔怔地看他的背影。

魏父叫他:"齐勇他爸,你把话说明白!"

齐父转身,指着孙父说:"他来了,我不得不走。我见不得他孙家的每一个人!"说罢,又转身大步往前走。

魏父看着孙父问:"他,他不等于说恨你们孙家的人吗?"

孙父:"唉,我们两家的事,一言难尽啊。"

张父在车上大声说:"来都来了,走什么啊!我就差和齐勇他爸还不熟了,谁去把他拽回来?"

"我试试吧。"黄父朝齐父追去。

黄父追上齐父的时候,两人已经到了车站外一条僻静的小街上。黄父在齐父面前倒退着走,边走边说:"你不回去,不仅是不给我面子的问题,也等于不给魏明他爸面子,不给张靖严他爸面子。孩子们可都是自小一块儿长大的,现在是亲如兄弟的关系……"他只顾说话,没留心路面,脚下一滑,仰面摔倒。

齐父将他拉起,替他拍抚身上的雪:"冲孩子们的关系,我是不应该转身就走……"

黄父挣扎着站起来:"就是嘛!"

"可我们齐家和他们孙家,是有人命冤结的,那事儿你肯定不知道,我也不愿跟别人说。但冤结就是冤结,淤在这儿,"齐父指了指心窝,"化解不开了!"

黄父一脸了解:"你们两家的事儿我不仅知道,还一清二楚。"

齐父:"你知道?怎么知道的?"

"黄伟告诉我的。我问你啊,老孙家的小儿子也在兵团,和我儿子、你儿子,还有魏明是一个班的,这情况你知道吗?"

齐父:"也不能因为他儿子和我儿子偏偏在一个班,我心里的冤结就不是冤结了。那是那么容易的事吗!"

黄父:"老孙家的小儿子叫孙敬文,和齐勇有过要么同生、要么共死的经历,齐勇现在把孙敬文当成一个弟弟那么爱护着,这情况你也知道吗?"

齐父没听齐勇说过,他愣愣地看着黄父。

黄父:"老孙家还有个女儿叫孙曼玲,也和齐勇他们一个连,是女班班长,各方面都很不错的个姑娘,齐勇和她正恋爱呢,这情况你更不知道吧?"

齐父简直不敢相信自己的耳朵:"不可能!根本不可能!"

黄父对齐父的表现并不吃惊:"齐勇探家刚回去,对吧?"

齐父点头。

黄父继续说:"孙曼玲和他一块儿探的家。他俩双双到我家去看过我们两口子,还在我家吃了一顿饭,我觉得他俩爱得挺幸福。"

"当真?"齐父瞪大眼睛看着黄父。

"你们齐勇,已经到人家孙家去过两次了,人家孙曼玲的爸妈对你们齐勇可满意了。每次他去,人家老孙都陪他喝两盅,拿他当事实上的女婿一样看待了……"

齐父:"走,回去!"

黄父笑了:"这才对嘛!"

张父、孙父、魏父在赵天亮他们住的那节车厢里忙碌着,他们往地上铺了三层草袋子,又将褥子整整齐齐地铺下。

张父边铺褥子边对孙父说:"你们两家那事儿,说到底,是意外造成的不幸啊!"

魏父:"以后找机会,我和张师傅替你们两家说和说和。"

孙父:"估计很难说和得了啊。我们两口子也能理解人家齐勇父母的心情。虽说我们老大至今还在以刑抵过,但毕竟有刑满回家那一天。人家的小儿子,可是再也回不了家了。所以呢,不说和也罢,两家人避免见到最好……"

正说着,车下响起咳嗽声。三人扭头一看,见黄父已经站在车下了。

黄父:"我把齐勇他父亲劝回来了!"他对孙父招招手,"你下来,他有话单独跟你说。"

孙父犹豫了一下。

魏父轻轻推他一下："快下去吧，也是个和好的机会啊！"

孙父这才跳下了车。

张父坐在褥子上感叹道："'老九'还真有点儿说服能力。"

魏父不无自豪地说："经我这工人师傅调教过的嘛！"

齐父背着身，站在离车门口挺远的地方。刚下车的孙父犹豫地看黄父。

黄父低声说："主动过去啊！"

孙父走到齐父背后，也低声说："齐勇他爸……"

齐父转过了身，一把从头上扯下了帽子。

"你想让我们孙家怎么做，你们才能原谅我们孙家的孩子，你只管说……"

没等孙父说完，齐父突然挥舞帽子抽打起孙父来，而孙父双手抱头挨着。

黄父冲车上大叫："不好了，打起来了！"说罢，跑过去，挡在齐父和孙父中间。齐父猛地一推，将他推倒在地。

张父和魏父也都跳下车，跑了过来。

魏父扶起黄父，张父挡在了齐父跟前："齐师傅，大家可都是为了孩子们的事才来的，谁家和谁家即使有再大的冤结，动手就打总是不对的吧！"

齐父气愤地一指孙父："他欺人太甚！我总共两个儿子，小儿子已经因为他们家的儿子死了，他现在又让他女儿勾引我大儿子，我们齐勇都快成了他们家的女婿了！每次齐勇去他们家，他还有脸陪着齐勇喝酒！现在我想起来了，齐勇第一次探家，有天晚上回家时醉醺醺的，那肯定就是让他灌的！可我和齐勇他妈至今蒙在鼓里！他也太不拿我们两口子当回事儿了吧！"

魏父低声埋怨黄父："你倒是怎么劝的嘛！真是成事不足，败事有余！"

张父回头看孙父，孙父却平静地："齐勇他爸，你那可纯粹是胡说八道啊！我女儿在兵团谈恋爱了不假，但是我女儿看上的小伙子人家叫于英！至于你们齐勇，我从没见过！你放心，即使我女儿的恋爱不成功，即使全中国只剩下了你们家齐勇一个小伙子，我也不许我女儿爱他！"

他又对张父他们说："让你们三位父亲见笑了，我觉得，我还是走吧。"说完，便转身走了。

齐父却迁怒于黄父："我说的可都是你刚才告诉我的！如果我打错了，那我也不跟他认错！你跟他认错好了！你还得跟我认错！"他说完，也转身走了。

魏父两边看看两位父亲的背影，不知如何是好："这……这……"

张父："让他俩都走吧，哪一个也甭往回叫。该干的活都干完了，接下来就只剩下守着车了，用不着五个人。"

魏父又埋怨黄父："你也是，瞎逞能，劝不回来就算了，编出那些没影儿的事儿干什么啊！"

黄父双手一摊："我……我也没编啊！我说的都是齐勇亲口告诉我的呀。"

张父："得啦，你也甭解释了。我现在也想起来了，我第一次接站时，是见过那么一个叫于英的小伙子，也确实是个不错的小伙子，给我留下的印象还挺深，肯定是你张冠李戴了。"他也转身回到车上去了。

魏父不满地看一眼黄父，跟着张父回到了车上。

黄父独自站在那儿发愣，喃喃地说："我冤枉，我冤枉……"

黄父在铁路职工浴池门口，看着写有"男浴"二字的布帘，踱来踱去。坐在对面两张长椅上的男人和女人纳闷地看他。

女售票员："你看你这个人，要洗，就买票。早排着，早洗上。不洗就出去，别在我眼前走来走去的，晃得我眼乱。"

黄父："我不洗,我想进去找个人。"

女售票员："叫什么名字,说。我通知里边,让他出来。"

黄父："那倒不必。我只不过想进去,跟他聊一会儿。"

女售票员："那你就得买票了。"她低下头不再理他。

浴池内的堂倌喊道:"下一位!"

黄父应声而入。

堂倌手往前一伸:"里边请,二十八床。"

黄父对他笑了一下:"我不洗,你再叫一位进来吧。我只想找个好久没见的朋友,跟他说几句话。"

"那……"堂倌挠了挠头,又朝外喊,"再下一位!"

黄父在浴床与浴床之间寻找着,他终于看到了赵天亮和尹排长,他的儿子黄伟和"小黄浦"趴在对面浴床上。四个人全都睡着了,而且睡得那么香。

黄父缓缓坐在了床边,双手拿着棉帽子,深情地看着儿子。他伸手欲摸儿子脸上的胡茬,却又缩回了手。他发现儿子的一只手上,有两个指甲都青了,他俯下头细细察看儿子受伤的手指。心疼和无奈交织在他心里。也许因为心情太复杂,他脸上的表情反而看起来很平静,只有他柔情似水的目光透露了他的心事。

黄父走出浴堂的时候,天已黑透,街道两旁的路灯亮了起来。

按照浴堂的规定,只要多交两元钱,便可以在那里过夜。因为浴堂离车站近,大家就一致决定住在那里了。

第二天一早,赵天亮他们就上了车,只黄伟一个人还站在地上,跟父亲说话。

黄伟愧疚地:"爸,对不起,昨天大家不想给别人添麻烦,就一致决定住在那儿了。我怕我一回家住,他们都人生地不熟的,有什么急事儿找不到我。"

黄父："那有什么对不起的,个人服从集体,是正确的。"

"我妈还好吗?"

"还好。她挺想你的,非要跟来,我没让她来。啊,对了,告诉你个喜讯,你妈从干校抽回报社了,还没让她当编辑,暂时在校对室做校对……"

魏父催促道:"摇绿旗了,黄伟,快上车吧!"

黄伟依依不舍地上了车,黄父仰视着他又说:"劳动中小心点儿,啊!"

车厢从三位父亲面前缓缓向前移动,三位父亲目送着列车远去。

列车走远了,张父告辞先走了。

魏父对黄父说:"'老九',咱俩最好不一块儿进厂,我先走,十分钟后你再走。"

黄父点头同意。

魏父也转身匆匆走了,原地只留下了黄父。他摘掉棉帽子,望着列车消失的方向,伏在雪地上,将耳朵贴在铁轨上……

晃动的车厢中,大家都坐在各自的褥子上,若有所思。

尹排长按按褥子,批评赵天亮:"一班长,就这么简单,大家睡着就不那么凉了,可你当班长的硬是想不到。"

赵天亮无奈地辩解:"后来想到了,不过想到也晚了。一路上哪里也搞不到草袋子了。"

"小黄浦"拍着松软的褥子:"人不管多大,还是有父母好啊!"

一挂鞭炮在炸响,一双双鼓槌敲在大鼓上。拉在两树之间的横幅上写着:"热烈欢迎战友长征归来!"

团部的人夹道欢迎赵天亮他们的归来。羊群已经载在卡车上了,十来辆卡车从两旁的人墙间缓缓通过,每辆卡车都披红挂花,赵天亮等人也都披红挂花,坐在第一辆卡车的驾驶室里。

第一辆卡车停住,团长、曲干事和另一位中年军人走上前。

赵天亮他们从卡车上跳下来,黄伟和"小黄浦"快步走到赵天亮身边,自然而然地站成一排。

赵天亮腰板一挺:"报告团长,我们顺利完成任务,羊一只不少!"

团长:"我还以为损失惨重呢!你们辛苦了,我代表团里谢谢你们!向你们介绍一下,咱们团终于有政委了,这是田政委。"

赵天亮等三人又向田政委敬礼。田政委还礼之后,指着周萍问:"那是谁?"

周萍站在一辆卡车的车头旁,没披红,也没挂花。

团长:"嘿,把她给忘了。"他对政委小声说,"就是我跟你说的那姑娘。"

他朝周萍招手:"过来,握握手。"

周萍怯怯地走过去,伸出手与团长、政委握手:"团长好,政委好。"

政委看着赵天亮他们,说:"怎么你们又是披红又是挂花的,人家没有?"

赵天亮解释:"别人给我们弄身上的,一听说她不是兵团的,就没往她身上弄……"

团长严肃地:"谁负责这事儿的?怎么这么小心眼儿?曲干事,过后你给我查出那个人来!"

周萍:"团长,政委,别查了,我都习惯了。看他们披红挂花的,我也挺高兴啊!"

团长、政委相视一笑。

政委问周萍:"小周,听说你唱歌唱得好啊?"

"小黄浦"插嘴道:"不是一般好,是非常好。"

周萍害羞地低下了头:"没他夸得那么好。"

政委笑着对曲干事说:"曲干事,记着,替我和团长专门听她唱唱,然后汇报一下印象。"

"明白！"曲干事转而问赵天亮，"尹排长呢？"

赵天亮向四周张望着："他……还在车上吧？"

团长嗔怪道："你看你这班长当得，一回到家，就把排长撇下不管了！"

赵天亮向一辆卡车的驾驶室跑去。披红挂花的尹排长低垂着头仍坐在驾驶室里。

赵天亮拉开车门，轻推尹排长："排长，排长……"

尹排长向一旁倒下去。

团长、政委、曲干事及黄伟他们见状围拢过来。

曲干事摸尹排长手腕，对团长和政委摇头："没脉搏了……"

"排长！"赵天亮的喊声划破晴空。

第三十八章

在一班的新宿舍,"小黄浦"把一枚漂在水里的邮票捞起来,按在一张白纸上。"小黄浦"的手缓缓移开,白纸上留下他的湿手印和那张邮票。魏明手持电烙铁在修理"半导体"收音机。"小地包"在擦穿在脚上的半高腰靴子,吹着口哨。赵天亮往棉袄外套一件绿军衣。而黄伟却站在盆边,用梳子蘸着水梳头发。

齐勇进来,大声地:"弟兄们,磨蹭什么啊!"

他也穿了一双半高腰靴子,上身没穿棉袄,穿了一件黑色的高领厚毛衣,外穿棉大衣,不扣扣子,头戴羊剪绒军帽。

"小地包"继续擦着靴子:"半年多才看一场电影,总得认真对待嘛!"

黄伟一手抚弄头发,另一只手继续梳着,同时打量着齐勇:"什么时候有了这么一件漂亮的毛衣?"

齐勇:"某人他姐给织的。"

赵天亮:"敬文,不嫉妒啊?"

"小地包":"嫉妒也没用啊,但总的来看对我还是利大于弊。第一,我姐现在粘某人了,不太用关怀的方式折磨我了。第二,某人也比较懂得'来而无往非礼也'的规矩,人家给自己买靴子的时候,没忘了给我也

1017

买一双。"

赵天亮、黄伟,包括齐勇自己都笑了。

齐勇:"这小舅子,跟姐夫没大没小的!"他拍了"小地包"的屁股一下,走到"小黄浦"那儿,看着"小黄浦"用火柴烤纸上的邮票,问:"听说你从新疆回来的路上损失惨重?"

"小黄浦":"那是啊。需要感谢什么人了,班长就说,'进步,贡献几枚毛主席像章',数量上损失了一大半。但精品珍品我还是保留下来了!"

齐勇:"又藏被套里了?"

"小黄浦"白了他一眼:"我傻啊! 等着某些贼偷啊!"

"棉袄里?"

"不告诉你。"

齐勇看了看那张邮票:"这张邮票很珍贵?"

"小黄浦":"算不上珍贵,但毕竟是一九七六年我收集的第一张邮票。""小黄浦"边跟齐勇说话,边将邮票往邮册中夹。他合上邮册,双手合十,闭上了眼睛,念念有词:"财神爷,关圣帝,恳请将来赐我好运,让我的收集价值连城。"

齐勇看着他哑然失笑。

"小地包":"我们收到信了都把邮票揭下来给他,他说算我们投资。"

齐勇:"唉,这长在心上的'资本主义尾巴',谁有办法把他割掉呢?我真同情那些虔诚无比的共产主义信徒啊!"说着,又走到魏明旁边问,"这次是给谁家修的?"

魏明没抬头:"尹排长家。"

大家都不说话,气氛凝重起来。

齐勇:"大家凑那笔钱寄走了没有?"

赵天亮:"我亲自寄的,元旦前我就寄走了。"

魏明依旧没抬头,只是说:"你们几个先去,给我占个地儿,我一会儿就修好!"

在新来的政委、团长和老红军站长杨秉奎的共同努力下,周萍终于被以"需要特殊文艺人才"为理由正式调到了七连。然而,赵天亮和周萍接触的机会并没增加多少,更多的时候是知你眼中含甚意、遥遥相望锁唇舌。

赵天亮、齐勇、黄伟、"小地包"和"小黄浦"往食堂走去。他们走到大食堂门口,恰遇孙曼玲带领女一班的姑娘们走来。周萍与赵天亮的目光一对,立刻低下了头。

孙曼玲对身后的姑娘们说:"你们先进去,我和赵天亮说几句话。"

齐勇看看她:"不跟我说几句话?"

孙曼玲:"你以为我跟你有说不完的话啊?太自作多情了吧!"

齐勇:"嘿,这面子卷得。"他说着,只好与黄伟、"小地包"和"小黄浦"先进了食堂。

孙曼玲将一个纸条递给了赵天亮,低声说:"让你高兴的事。她嘱咐你先不要到处说!"说罢,转身进了食堂。

赵天亮站在食堂门旁,展开了纸条。纸条上是周萍的字迹:

天亮:

　　我父亲给周总理写了一封信,历经两年多的时间,据说已经转到周总理手中了。又据冒险帮助我父亲的人说,总理看后说知道我父亲这个人,还说在上海解放前后我父亲为共产党做了不少有益的事,应该按照党的政策给予一些关照。

　　……

"嘿!"赵天亮用拳连擂食堂的土坯墙,然后将头抵在墙上,一动不动,以平复自己心中的兴奋。

"一班长,这是干什么? 想把食堂拱倒啊?"赵天亮一转身,见连长和指导员站在跟前。

赵天亮:"是那么想的,没那么大劲。"他笑着走进了食堂。

连长:"这小子,发什么神经!"

指导员:"爱情是一种病嘛!"

窗口的草帘子已经放下了,食堂里的光线很暗,电影开始放映。当银幕上出现《海港》片头时,"小地包"对"小黄浦"耳语:"不是两部吗?"

"小黄浦"低声地:"另一部是阿尔巴尼亚的《宁死不屈》。"

"小地包":"都没看过。鼓掌!"

"那也用不着现在啊。"

"叫你鼓你就鼓! 我先,你跟着。"

于是"小地包"用力地鼓起掌来,"小黄浦"虽然有些莫名其妙,但还是跟着鼓了掌。

其他知青也都跟着鼓起掌来,还有不少人跺脚。二班长将手指放入口中,吹了一串尖厉的口哨。

放映机停转了,不知谁将灯拉亮。放映员交抱双臂,望着连长和指导员说:"看这意思,是要撵我走啊?"

指导员的鞋碰碰连长的鞋,连长起身走到了放映员跟前。

放映员有些不高兴:"我怎么得罪你们七连了? 这么不欢迎我?"

连长连声解释:"误会了误会了,哪个连队敢不欢迎你啊! 他们是想……让你先放《宁死不屈》……"

放映员:"我在哪个连队都是先放样板戏的,这是原则问题。"

"我知道是原则问题。但是太原则了,不就成教条主义了? 照顾一下大家的情绪,我晚上陪你喝两盅!"

"韩指导员也得陪!"

"那没问题,他巴不得的!"

魏明也不穿棉袄,手举"半导体"收音机冲出了宿舍。一出门就滑了跤,"半导体"从手中飞出,幸而落在雪堆上,在雪堆中发出音量轻微的哀乐。他顾不得拍掉身上的雪,捡起"半导体"冲向食堂。

大家正安静地看《宁死不屈》,银幕上,老大喝醉了,回到家里对父母和弟弟发脾气。

门突然开了,魏明大叫:"停止!"

灯亮了,所有人的目光都望着魏明。

魏明颤抖着声音说:"周总理……逝世了……"

人们像是都没听明白他的话。

"周总理逝世了!"魏明大喊着,高高举起了手中的"半导体",像高尔基小说中的丹柯高举着自己的心。然而"半导体"却不发声了。

指导员站了起来,表情和语调都尽量平静地说:"一班长,陪魏明回宿舍去。"

赵天亮刚要往起站,被齐勇一下子按住了肩。魏明用力地拍着手中的"半导体",由于悲痛和着急,他已经流下了眼泪。

齐勇走到魏明跟前,低声却严厉地:"你也疯了?! 跟我走!"

魏明:"滚开!"他向"半导体"砸了一拳。这一砸,"半导体"反而出声了。哀乐声从"半导体"里传出来。魏明将音量调到最大,又像刚才那样高举起了"半导体"。人们都仰起脸望着他手中的"半导体",哀乐声响彻食堂。

哀乐声后,是男播音员悲痛沉重的声音:"中华人民共和国,中央人民广播电台,现在向全中国人民发布讣告。我们以万分悲痛的心情告知全国人民,我们敬爱的周恩来总理,于昨日夜里,在北京医院不幸逝世……"

周萍猛地站起冲出了食堂。

放映员的身子摇晃一下,昏倒在地,食堂里一片混乱。

食堂外,连长的儿子和尹排长的儿子相互望着,听着食堂里传出的集体哭声。

周萍伏在宿舍的铺位上，头钻在被卷上下之间，被卷中传出难以抑制的、听来令人揪心的哭声。周萍痛哭了一阵，坐起身来，两眼红肿，手中拿着毛巾。

门开了，孙曼玲和一班的其他姑娘走了进来，每个人的脸上都流着泪。大家都默默坐在自己的铺位上。孙曼玲却走到了周萍跟前，看着周萍。孙曼玲眼中除了悲痛还有担忧——周萍父亲给周总理写的那封信，会不会给周萍也给周萍的父母带来什么命运的灾难？

周萍抬起头对她说："班长，我哭过了。"

孙曼玲不禁与周萍搂抱在一起，周萍又忍不住放声大哭。

孙曼玲喃喃地："我们都这么哭过了。别怕，别怕，我们都年轻，什么事儿都会过去的……"

男一班的小伙子们和女一班的姑娘们在山上采石，姑娘们握钎，小伙子们抡锤。"小黄浦"和周萍一组，"小黄浦"抡圆大锤，接连几锤，一块大石裂下。

"小黄浦"赞赏地说："以为你握不稳，还行。"

周萍冲他笑笑，然而眼中有泪光。

"小黄浦"见周萍这样，不禁道："不管多大的心事，这时候都不能去想，精力一定得集中，要不会出事故的。"

周萍郑重地点点头。

休息的时候，赵天亮用目光怜爱地望着周萍。周萍却悲情地一笑，将脸转向别处。

"小黄浦"将这一幕看在眼里，起身走到周萍跟前说："跟我来一下，我有话对你说。"

周萍犹豫地站起，望一眼赵天亮，跟"小黄浦"走了。

大家都纳闷地望着他俩离开的背影。"小地包"挠了挠头:"这小子,搞什么名堂?"

"小黄浦"走到远点儿的地方站住,对周萍说:"求你件事儿,希望你一定帮忙。"

周萍有些吃惊:"求我? 什么事儿?"

"你先说你帮不帮。"

"一定帮,只要我能做到的。"

"小黄浦":"我的探亲假批下来了。可我改变主意了,不想这种不冷不热的时候回上海了。但如果我不回去,就等于自动放弃了。你要是能替我享受这一次探亲假,那可就等于成全了我。"

周萍凝视着他,流下泪来:"你骗我……"

"小黄浦"笑了笑:"求你帮一次忙,你哭什么嘛! 方大姐也回上海探家,她希望一路有个伴儿。你不愿和她一块儿回上海?"

周萍忽然抱住"小黄浦",飞快地在他脸颊上亲了一下,转身跑掉了。

赵天亮家里,戴黑眼镜、缠黑纱的赵父大发脾气。他"啪"的一声将一只杯子蹾在茶几上,杯子顿时碎成几块,茶几的玻璃板也裂纹四射。

赵母:"你看你! 不告诉你吧,我辜负了领导的叮嘱;告诉你吧,你又这样!"一边说,一边将杯子碎片收入纸篓,用抹布擦茶几上的茶叶和水。

赵父气得浑身颤抖:"我戴黑纱怎么了! 他们凭什么到部队来调查我!"

赵母:"总理逝世两个月了,你还戴着黑纱,逢人一问,还非说是为总理戴的。传到他们那儿,能不来部队调查吗?"

赵父:"你住口! 不许你在思想上跟着他们走!"他指着赵母,手上的血滴在茶几上。

赵母默默取来药布,为赵父包扎手上的伤口。

赵父:"他们不会有好下场的!"他虽然依旧愤怒,但是却比刚才顺从多了。

赵母为赵父包扎好手。赵父说:"把周总理像给我。"

赵母扭头朝墙上望了望,挂在毛主席像旁边的周恩来遗像被黑色的挽花、挽布装饰着。

赵母默默起身,从墙上摘下周恩来像,默默递在赵父手中。

赵父摸到了布,放心了,把遗像递给赵母:"挂回去吧。"

赵母往墙上挂时,赵父说:"没有我同意,不管谁说什么,都不许把黑布去了!"

正在这时,一阵敲门声传入。赵母愣了愣,去开了门,只见周萍站在门外。

赵母惊讶地看着她:"萍萍!"

周萍微笑道:"阿姨好!"

赵母将周萍拉进门,刚一关上门,就将周萍搂入怀中,低声哭了起来。

赵父闻声赶过来:"是周萍吗?"

周萍沙哑着嗓子说:"叔叔,是我。"

赵父冲着门的方向招手:"快进来!怎么一进门就哭啊?"

赵母忙替周萍解释:"她没哭,是我哭!"

赵父:"你哭是错误的,无缘无故哭什么嘛!"

赵母拉着周萍坐在沙发上,瞪着赵父说:"错误的?无缘无故?你整天欺负我,还不许我哭啊?太专制了吧!"

"你这么说更是错误的!因为会给周萍错误的印象!周萍,过来,坐我旁边。"赵父拍了拍身边的椅子。

周萍刚一起身,被赵母扯了一下,又坐下了。

赵母:"就坐阿姨旁边,不坐他那儿。看手冻得这个凉!"她用自己的双手焐周萍的手。

周萍笑了一下："我以为北京的天气已经暖和了呢。"

赵父："刚暖和了几天，又开始了倒春寒。"

赵母将身子一背："周萍没跟你说！萍萍，你跟天亮的关系……你们……一直还好着吧？"

赵父不服气地："我怎么听着，你说的不是没头没脑的气话就是完全多余的废话呢。不好的话，她能来看咱们吗！"

周萍脸上露出甜蜜的笑："叔叔，阿姨，天亮一直很爱我，我也一直很爱他……我享受兵团战士的第一次探亲假了。这套兵团服还是连里补发给我的呢，离开连队那天才穿身上，好让我爸妈看着高兴，也让叔叔阿姨看着高兴。"

"那你更得坐叔叔这儿了，我看不见，双手摸，也能摸出你穿兵团服的样子有多精神嘛！"赵父说着，又拍了拍身边的椅子。

周萍又一起身，再次被赵母扯得坐了下去。她对赵父大声说："你等会儿行不行?！"

"好，那我就进屋去，那我就耐心等！等你说够了我再出来……"赵父起身用手杖点着地面，走向屋门。周萍赶紧也起身，将他扶入屋内。

"把门关上！"赵母说，"听我的，要不他总打断咱们！"

周萍笑着将门关上。

屋里传出赵父抗议的声音："你这才叫欺负人！你这才叫专制！……"

赵母也不由得笑了："哪里有压迫，哪里就有反抗！"她又握住周萍的手，急切地："天亮一个多月没来信了，他那班长当得还好吧？"

周萍："他们男一班人不多了。有一个因公牺牲了。有一个病退回北京了。有一个喜欢马的当马倌了。有一个精神受了些刺激，回北京疗养来了，他父亲在外地的干校，他母亲有心脏病，连里就派男一班另一名北京知青在北京照顾他。现在男一班就五个人了，他们五个人之间的关系可铁了。估计这一冬天，他们男一班的主要任务就是上山采石头，为团里修公路备料……"

赵母："采石头,那不是挺危险的活吗?"

周萍："是挺危险的。除了用钢钎、大锤,每天还要炸十几次。出现了哑炮的情况,天亮总是争着去排除险情……"

赵母将脸一扭,眼泪又流了下来。

周萍："阿姨,别担心,我们女班也和他们男班一起上山采过石头。我们都不是孩子了,都有一些在劳动中处理危险情况的教训和经验了。当初,我们有的知青,由于想家心切,带上干粮和水,偷偷爬上拉木材的火车,结果被活活冻硬了;有的因为苦闷,饮酒过量醉死了;有的因为大意,麦收时睡着在麦堆中,被拖拉机碾死了;有的伐木时被砸死了;有的在救山火时被烧死了;还有的,为了达到返城目的不惜自残,结果也死了……可是阿姨,我们现在真的都不再是孩子了,我们都理解生命是宝贵的这句话了,从前那样一些不幸的事已经很少很少发生了。阿姨,您放心吧!"

周萍的话说得干净而又成熟。赵母凝视着她,不禁理了理她的鬓发,摸了摸她的脸颊:"萍萍,阿姨和你叔叔,我们都已经在内心里把你当成我们的儿媳妇了。天亮,他也没有看错你。现在你也是兵团战士了,如果你们以后决定在北大荒扎根落户,阿姨和你叔叔,我们也没什么意见。"

周萍微微一笑,笑得既欣慰又苦涩:"天亮本来想写一封信,让我捎回来。可直到我离开连队时,他的信刚开了个头儿。他让我一定到家来,当面汇报个平安无事。现在,我得走了。"说罢,她便站了起来。

赵母也站了起来,愕然地:"这就走?"

周萍:"我们女排排长也是上海人,这次我和她一块探家,再不走就误了开往上海的列车了,我怕排长等着急了。"

屋门开了,赵父从里屋出来,埋怨道:"你看你!把我禁闭在屋里,到现在我还没跟周萍说上几句话!"

周萍笑了:"叔叔,就算阿姨代表您了吧! 我可以给您提个意见吗?"

赵父:"当然能了,提吧提吧!"

周萍:"以后,您不许再惹阿姨伤心了。"

"别听她的不实之词!"赵父不耐烦道,"哎,你可千万别把她的话当真啊!她有时候掉几滴眼泪,那纯粹是跟我撒娇!回到连队你要这么告诉天亮,就说我整天像谈恋爱的时候那样爱着他妈!"

赵母:"你这就叫实事求是的话啦?"她又对周萍说,"不敢多耽误你工夫了,阿姨送送你!"

赵母把周萍送出军队大院的大门,来到北京的大街上,在路灯的银辉下走着。

周萍站住:"阿姨,别往前送了。"

赵母也站住,依依不舍地拉着她的手:"萍萍,上海不比别的地方,时时处处说话要当心,啊?"

周萍点头,又说:"阿姨,如果……如果有一天我和天亮分开了,那您一定要明白,绝不是因为我不爱天亮了,也绝不是因为我对您和叔叔有什么不满……"

赵母一愕。

周萍:"阿姨,您和叔叔保重!"

"周萍!"周萍身后传来赵母的呼唤声。

方婉之坐在北京站的长椅上,朝候车室入口的方向张望。周萍的身影忽入她的眼帘,她连忙向周萍招手:"周萍!"

周萍匆匆走到方婉之跟前,问:"排长,等急了吧?"

方婉之:"没急,我知道你会及时赶回来的。你坐这儿别动,我去买样东西。"

周萍猜到她指的是什么:"烟?"

方婉之点点头。

周萍一笑："回来的路上,我替你买了一盒。"

方婉之也笑了,坐到周萍身边,认真地说："不许对你们女知青说我吸烟啊。"

"她们都知道。"

方婉之有些吃惊："她们发现过?"

周萍："我们班长第一个发现的。她大惊小怪地一说,后来就都留意了,也就都发现了。"

"这小孙,我回去要找她算账!"

"可我们都觉得你吸烟的样子特迷我们。"

"还'特迷'? 你们……"方婉之无奈地看了她一眼。

周萍："像苏联电影《保尔·柯察金》里的州团委书记丽达。排长,你年轻的时候是不是那样式的啊?"

方婉之："哪样式的?"

周萍腾出一只手,手心朝上高高一举："共青团员同志们! ……"一些人扭头看她。她赶紧放下了手,不好意思地吐了一下舌头。

方婉之自嘲地笑了一下："那是你们联想太丰富了。我到北大荒的时候,很像几年前的你,纤纤弱弱的,在陌生人面前羞羞答答的。第一天上厕所,见只有两块板,生怕掉下去,吓哭了。以后接连几天都不敢上厕所,宁肯远远地跑到野地里去。我什么时候有过丽达那种革命风度啊!"

正说着,广播声响起："旅客同志们请注意,旅客同志们请注意,从北京开往上海的客车,已经开始检票了……"

深夜,方婉之和周萍在上海的街道上走着。整条街寂静无人。

她们在一处院子的铁栅门外停下。院中有幢小小的二层楼房,二楼的几扇窗子亮着灯。

周萍吃惊地看着眼前的楼房："你家?"

方婉之："是过。也不是过。不知为什么,现在居然又是了。"她望着二楼的窗子又说,"幸亏列车还算准时,否则我老父亲会一直等到天亮的。我想先吸一支烟。"

周萍点点头。

方婉之放下拎包,掏出了烟。她特男人地叼上烟,特男人地按着像块旧铁似的打火机,特男人地吸了一大口,吐出之后自言自语:"见着我老父亲就不能吸了,他不知道他女儿已经变成一个吸烟的女人了。"

周萍呆呆地看着方婉之,不无崇拜地说:"我多想也变成你这样的女人……"

方婉之收回目光,看着周萍苦笑:"不许学我啊,我已经是一个粗粗拉拉的女人了。"

周萍赶紧摇头:"排长,你不是一个粗粗拉拉的女人。"

"其实我吸烟很有限。已经三年多没见到老父亲了,而且又是回到了从前的家,有点儿激动。"

方家二楼的客厅里,一位七十五六岁的老人坐在罩着白布罩的简易沙发上,身穿灰色"的卡"中山装,脚着布鞋。他就是方父。一对和他年纪差不多的美国老夫妇坐在他旁边的双人沙发上。美国老夫妇的对面,一对和方婉之年龄差不多的男女坐在椅子上。茶几上摆着茶杯、糖、瓜子和一盒"中华"烟。

方父望一眼大立钟,已经九点过五分了。他对那一男一女说:"要不,就别让史密斯先生和夫人再等下去了?"

男人:"叔父,等到九点半再说吧。"

方父有些犹豫:"我是考虑,史密斯先生和夫人在上海的访问活动安排得挺满的,怕他们感到倦了。所以,应该早点送他们回宾馆休息……"

女人:"叔父,还是再等会儿吧,我们知道什么时候还可以等,什么时候没必要等了。"

方父便不说什么了,望着史密斯歉意地笑着。

史密斯用半生不熟的中国话说:"方,没关系!我想看到,我当年在美国抱过的小女孩儿,现在成为什么样的女人了。我对北大……什么来着?"

方父:"北大荒。"

史密斯:"啊,北大荒,我感兴趣!我的夫人,同样很感兴趣。"

史密斯夫人也微笑着点头。外面的楼梯上传来脚步声。

沙发上的男人:"堂妹回来了!"他起身拉开客厅的门,门外站的正是方婉之和周萍。

男人:"婉之,你可回来了,这是你堂嫂!"他向方婉之介绍随后出现在他身边的女人。

方婉之愣愣地看着他俩,对男人的热情一时没有任何反应。因为她根本没有什么堂兄,自然也就没有什么堂嫂。

方父与史密斯夫妇也走到了客厅门口,方父走到女儿面前:"婉之……"

"爸爸……"

父女二人拥抱在一起,确切地说,应该是方婉之搂抱住了父亲。年逾七旬的父亲身材变得矮小了,而方婉之却身材颀长,再加上戴着帽耳系起的貂皮帽子,更是显得比父亲高出半头。

史密斯夫妇和自称是堂兄堂嫂的那对男女,都用温暖的目光看着父女二人重逢的感人场景。史密斯突然想到了什么,举起了挂在胸前的照相机,想要拍下这一幕。他的夫人却朝他摇了摇头。他理解了她的意思,放下了照相机。

方婉之也放开了父亲。

方父笑道:"婉之,我给你介绍一下。这位是史密斯先生,这位是他的夫人。他们都是我当年在哈佛的同学。"

方婉之热情大方地与史密斯夫妇握手,然后转身介绍周萍:"她是我们连女知青排的战士周萍。"

史密斯夫妇都对周萍友好地微笑点头。

"堂嫂"对方父说："叔父，我先带婉之和小周到她俩睡的房间去。"说罢，不待方父有所反应，就转身对方婉之和周萍说，"跟我来。"

方婉之疑惑地看了看父亲，方父竟然对她点了点头。

于是方婉之拎起了地上的拎包，和周萍一道，跟着"堂嫂"走出房间。她们穿过走廊，"堂嫂"推开一扇门，里边两张床，床具整齐。方婉之和周萍跟了进去。二人放下拎包，各坐在一张床上，互相望望，又都将目光移向"堂嫂"。

方婉之对"堂嫂"说："我听我父亲讲起过史密斯夫妇。"

"堂嫂"笑着说："你父亲是他们到中国来特别想见的人之一。"

"可我没有伯父，所以也就没有什么堂兄和堂嫂。"

"规定是堂兄堂嫂了，不能改称别的关系了。你也是共产党员，在这种特殊的情况下，要顾全大局。"

方婉之冷冷地说："你以为，只有你们这样的人才爱我们中国吗？"

"堂嫂"并没正面回应她，只是说："这里曾是你自己的家，你应该比我更熟悉。赶快去洗漱一下，回到客厅去。史密斯夫妇都那么大年纪的人了，确实应该早点送他们回宾馆休息。"

洗漱过的方婉之回到客厅，与史密斯夫人并坐在长沙发上。史密斯则和方父各坐一张单人沙发，那个身份不明的男人仍坐椅子上。

史密斯微笑着回忆道："当年，在哈佛，我攻读中国古典文学研究，你的父亲给了我很大的帮助，使我的博士论文非常顺利地通过了。如果不是那样，我也许不能成为教授，我也许就错过了认识我夫人的机会。那对我就比较遗憾。所以，你父亲是我经常怀念的人。"

方父对方婉之说："婉之，当年爸爸还在史密斯先生家中住过。史密斯先生夫妇见证了我和你妈妈的婚礼。你小的时候，史密斯先生还抱过你。"

方婉之："史密斯先生，尊敬的夫人，如果你们愿意的话，就请把我当成你们的女儿一样看待吧。我高兴回答你们关于北大荒的任何问题。"

史密斯问起周萍来："为什么,对刚才那位漂亮的小姐,你又叫她女知青,又叫她战士?"

方婉之:"因为,她们虽然也是女知青,却叫我排长。我虽然没有军衔,却有责任像要求战士一样要求他们……"

史密斯夫人在记录本上飞快地记录着他们的谈话。

史密斯:"你后悔过吗?"

方婉之沉默片刻,诚实地:"后悔过。"

"为什么?"

"那里,冬季太漫长了,太冷了,作为上海人,我至今仍不习惯。而且,麦收的时候,人人都得手握镰刀、钐刀,配合收割机抢收。那时候,我们每一个人都成了马拉松运动员,跟季节赛跑。我们的收获,好比在规定时间里让你取走你用汗水换来的东西。时间一过,麦粒脱穗无法收获,人就只能看着麦子唉声叹气了。而建立一个新连队的时候,我们的拓荒队员过的又差不多是野人的生活……"

方父心疼地望着方婉之,静静地听着。

这时,一直坐在旁边没说话的"堂兄"说:"史密斯先生、夫人,时间太晚了,考虑到你们这几天太辛苦了,我们是不是今天就谈到这儿?"

史密斯先生和夫人望一眼大立钟,已经十点半了。

史密斯抱歉地说:"对不起,我们太自私了,你刚刚回到家里……"

史密斯夫人却面带遗憾:"女儿,我还是希望听到你为我们弹钢琴。"

方婉之坐到了钢琴前,翻开乐谱弹奏起来。方父、史密斯夫妇、"堂兄"都站在她身后,望着她背影倾听。琴键上,缠着黑白胶布的十指轻巧地弹跃着,速度随着乐章节奏而变换。

周萍站在浴室的老式喷头下沐浴着。客厅里传来的钢琴声依稀可闻。周萍闭上眼睛,仰起了脸,仿佛站在北大荒冰冷的雨中,同七连战士们一起,在大雨中抢收。

而这时的方婉之,则想起了那个荒原上的雨夜。两台拖拉机的四束灯光,照在了少女时期的、穿白连衣裙的方婉之身上。她全身已被淋湿,用手臂遮挡刺眼的光束。一台拖拉机上跳下后来成为她丈夫的郭振毅。他跑向她,她昏倒在他臂弯中……

一处闪着刺眼白光的雪丘上,雪下伸出郭振毅的手。郭振毅艰难地从雪中爬出,接着从雪中拖出了穿一件高领红色毛衣的方婉之。两人一起奋力地扒雪,雪下显现出了贴着大红喜字的窗子。而当年的战士、现在的张连长也跑了过来,帮二人扒着厚厚的积雪,扒出了同样贴着大红喜字的家门。三人相视而笑……

张连长与郭振毅在往连队拉一爬犁木柴,爬犁却陷住了。方婉之挥着手跑过来,三人合力将爬犁拽出雪坑,由于用力过猛,三人都仰倒在地……

在北大荒的家里,张连长与郭振毅坐在炕上喝酒、划拳。方婉之反坐在炕前一把自制的椅子上,双臂重叠在椅背上,下颏担在手臂上,幸福地看着两个男人……

周萍在卧室睡着了。客厅里只剩下了方婉之和父亲。父亲坐在一张沙发上,方婉之曲腿坐在地上,双手放在父亲膝上。父女二人一个俯视对方,一个仰视对方。

方婉之:"爸爸,能让我们在这儿住几天?"

方父苦笑着摇头:"不知道。接待的事已经结束了,我想,咱们明天就应该离开。"

方婉之点头。

方父:"以前,我们家的生活,确实也离老百姓太远了。现在,知道还有许多上海人家三代几口挤住在一起,回到这里,内心反而生出不安来了。我和你妈妈,在乡下的老屋里住得也挺习惯了……"

方婉之:"爸爸,这次我一定陪您和妈妈在乡下多住些日子。"

方父声音颤抖着说:"女儿,如果……如果你真的后悔了,就……就回到爸爸妈妈身边吧！我和你妈妈,总想你啊！统战部门的一些老朋友,会帮助你办手续的。"

方父流下了泪。

"爸,我也想过回来。可我小姨、我丈夫的尸骨都埋在了北大荒。我对那儿的感情,不是一般那种一个人和一个地方的感情啊！"方婉之也流下了泪,"爸,您和妈妈,一定要健康长寿地活下去……等再过几年,我也快老了,对北大荒没什么大用了,我一定回到乡下,尽心尽意地服侍你们二老……"

她伏在父亲膝上哭了。父亲的一只老手,轻轻抚摸着她的头发……

第三十九章

　　周萍在方家小卧室里正睡得香,方婉之用手轻轻地推她。周萍扬了扬手:"天亮,别闹,别闹嘛!"

　　方婉之无声地笑了。她"哗"地一下拉开窗帘,双手叉腰看着周萍。天已大亮,窗外明媚的阳光骤然照进来。周萍一下坐起来,揉揉眼,懵懂地望着方婉之:"排长,咱们这是在哪儿?"

　　方婉之:"在上海,在我以前的家。快起来,吃点儿东西,该离开了。"

　　方婉之、方父和周萍三人走到院门口,传达室里走出一个三十几岁的瘦男人拦住了他们:"你们哪儿去?"

　　方婉之:"我和我父亲回宝山。"她看一眼周萍又说,"她回川沙。"

　　瘦男人并没有让开的意思:"我们处长指示,先不能让你们走,得等她来了再说。"

　　方婉之有些生气:"怎么,我们被软禁了吗?"

　　瘦男人:"别急,等等,等等。坐那儿等会儿。"他指了指院中的石桌石椅。

　　周萍也急了:"可我们要赶开往郊县的汽车。"

　　瘦男人:"那也得等等。跟我说这些没用。"

方婉之："岂有此理！"

方父轻轻拍拍她的肩膀："婉之，顺其自然，服从吧。"

方婉之还要再说什么生气的话，周萍扯了扯她的衣服。只见栅栏外，昨天晚上那个自称"堂嫂"的女干部匆匆朝院门走来。

女干部进了院门，问方婉之："要走？"

方婉之冷冷地反问："不可以吗？"

女干部："何必呢！"

方婉之等三人不禁面面相觑。

方父："您……什么意思？"

女干部："她过来一下。"她对方婉之示意了一下，径自走到一旁去。方婉之犹豫一下，只好跟过去。

女干部："我替你们父女争取了一下，你和你父亲可以在这里再住十天半个月的。"

方婉之不卑不亢地："领导同意了？"

女干部："对。我那么做，倒并不是想图你们父女的感激。我原先对你的经历掌握得不怎么全面，昨天又看了一遍关于你的材料，感到你虽然出身于剥削阶级家庭，但是你对人生道路的选择，你坚持下去的精神，那还是使我多少受到了些感动的。"

方婉之："说完了？"

女干部："希望你正确理解我的良苦用心。"

"谢谢。可，虽然你和你的领导同意了，我和我父亲并没同意。我们还是要回宝山去，因为我母亲在宝山县，肯定正盼着见到我呢。"

"你可以把你母亲也接来呀。还有那名姓周的女知青，她如果愿意，也可以住在这儿的。"

方婉之："我想，她不会愿意的。她肯定也急于见到她的父母。"她环视院子，望着小楼说，"这儿虽好，可我们千里迢迢从北大荒回来，都不是为了要在这么一个地方享几天福。对于我们，父母在哪里，哪里才是家。

我们探的是家。"

方婉之、方父、周萍三人走在人行道上。

方父语重心长地对方婉之说:"人与人,要以诚相待。你敬我一尺,我敬你一丈,这叫知礼。否则便是无礼。人家那是好心好意,而你那么冷言冷语地,你不对。"

方婉之拖长音调说:"好好好,我认错。本人正式向您承认,我那一种表现,是完全错误的!"她故意将最后六个字说出大首长批评别人的腔调。

方父对周萍说:"你听,她这是认错呢,还是在演话剧呢?"

周萍:"伯父,您就别要求太高了。给我个面子,快走吧。"

"给你个面子行。但是我有言在先,保留对她继续批评的权力。"方父瞥了女儿一眼,边走边说,"人类的祖先,都是原始人嘛。原始人就像孩子,难言其好,也难言其坏。但是孩子有本能,要吃,要喝,要人抱,谁尽量满足他,他就有一种好感觉。自从始祖们开始需要这种好感觉,他们就满世界地去寻找。寻来觅去,发现原来是在大家的内心里。于是呢,善的观念就产生了。善又分为大善和小善。大善造福于百千万人,小善也很重要,人对人的好意使人心温暖嘛。所以先贤说,'勿以善小而不为'。人家那位女同志对我们表达的完全是一番好意,所以我不像你们两个,我这会儿内心里挺温暖。"

周萍:"伯父,我内心里也挺温暖啊!"

方父:"这就对了!我这一生,可以说经历过各种各样的时代了。我对于我们这个国家的希望那就在于,看民间还有没有善的种子。若有,不好的时代终究就会过去。若少,就应该加以珍惜,使它多起来。若无,那才是最令人悲哀的,那就连神仙也拿一个国家没办法了……"

方婉之:"爸,不兴逮着一个批评别人的机会就批评起来没完啊!"

方父又拄杖站住了,正色道:"咱们各走各的吧,我不与不知悔改的人为伍。"

周萍给方婉之使了个眼色:"排长,你不接话不行啊!"

方婉之:"好好好,我再说一遍,我错了,不该对人家那样!行了吧?"

上海早春的阳光洒在三个人的后背上,温暖的光辉将他们笼罩。

阳光照耀在河面,岸边柳树已经发出青翠的嫩芽了。河两岸都是破败老旧的木房子。周萍沿河边走来,左顾右盼,寻寻觅觅。在她前方,有一座小拱桥,桥端有位老者在打太极拳。老者微闭双眼,戴无沿毛线软帽,穿中式薄袄,外罩灰布衣,一招一式,从容不迫。

从老者身旁走过的周萍忽然站住,转身看那老者:"爸爸!"

老者收住招式,睁开眼睛,惊喜地:"萍萍!"

久别的父女紧紧拥抱在一起。

周父激动地看着周萍:"萍萍,是你吗?真的是你吗?我不是在做梦吧?"

周萍:"爸爸,真的是我。很意外的一次探家机会,所以离开连队之前没来得及给您和妈妈写信。您和妈妈怎么又换地方住了?"

周父:"是和你姐姐一块儿插队的些个知青们,非让我和你妈妈住到这儿来不可。这儿是县城边上,离你姐插队那个村子很近。"

周萍:"都不再是红卫兵了,是下乡知识青年了,他们还不肯放过您和妈妈呀?有完没完啊!"

周父:"也不是你说的那么回事。走,咱们回家去!"说着,牵女儿手走过小桥。

父女二人走到一幢歪斜的二层老木房前,门旁贴着一张大红纸,上面写着几行字:"住在这里的'老黑'们,归朝霞村插队知青大批判小组监督,未经许可,不得擅自揪斗。"

周萍看着那些字,咬牙切齿道:"真想撕了它!"

周父却笑了,风趣地说:"对于我和你妈,这可等于是御匾圣书啊!"

他推开对扇门,拉着周萍的手进了屋。屋子面积还不小,有三十几平方米。然而除了一张旧双人床、一张方桌、几把竹椅,再就没什么东西了。床上的蚊帐也已被烟熏黑了。

周萍打量着屋子,在一把竹椅上坐下,问:"爸,你和我妈在哪儿做饭啊?"

周父向旁边一指:"那儿不有个煤球炉子嘛,做饭前搬到外边去生火,煤球烧红了再搬屋里来。反正两个人的饭,省事儿,凑合凑合就是一顿。哎,萍萍啊,你爸爸长劲儿了。就那煤球炉子,搬进搬出地,对我来说轻而易举了。不信我搬给你看!"

由于见到了女儿,周父特别兴奋,一边说一边走到煤球炉子那儿,捋胳膊挽袖子,跃跃欲试。

"爸爸,我信我信。"周萍边说边起身走到父亲跟前,将父亲扶坐到椅上。

"萍萍,把椅子搬过来,坐我跟前!"

周萍将椅子搬到父亲跟前,与父亲各坐一个桌角左右。

周父不无自豪地说:"萍萍,听爸爸汇报汇报啊。现在你的爸爸,那是今非昔比啦!我不但长劲了,生活能力也大有进步啊!我现在都快成煤球专家了!你说,一百斤煤,掺几分之几的泥,做出来的煤球那才好烧?你没有实践经验,你肯定不知道!多几锹煤,少几锹煤,那做出来的煤球差别可就大了!有的火硬,有的火软!你爸爸做出来的煤球,经烧!所以呢,这一片儿的人家要做煤球了,常找我去给看看泥多泥少,和得干和得稀……"

周萍:"爸,咱先不说煤球的事好不?我妈妈呢?"

周父:"你妈妈呀,今天是星期日,县里各处地方都有'黑集',就是被认为非法的那一种。你妈揣上十来元钱,逛'黑集'去了,希望能买到点儿什么平时见不着的东西。"

周萍："爸,你说门旁贴那张红纸,似乎还对你和妈妈有好处,真的?"

周父朝女儿俯过头去,神秘兮兮地说:"当然真的! 没那张红纸的时候,我和你妈的日子难得消停几天。自从有了那张红纸,情况大不一样了。别人再想来揪啊斗啊,面对那张红纸,就得犹豫犹豫了。你姐他们村里那些知青组成的大批判小组,在县里还挺有权威的。他们实际上是用那么一张红纸在暗中保护我和你妈。纸被风刮破了,字被雨淋模糊了,他们就及时换一张新的。为了不使别人看出什么不对劲儿来,隔两三个月,就像模像样地将我和你妈批斗一次。我和你妈呢,理解他们那是不得已,都好好地配合。戏一演完,他们有时候就在这儿打扑克、下棋,或者一块儿弄点儿好吃的解解馋。还有的时候,男女一对儿没什么更理想的地方谈情说爱,就把咱们这个家当成他们幽会的地方。有意思吧?"

周父孩子般地笑了,一副生活得称心如意、自得其乐的样子。

周萍忧伤地看着父亲的手,轻轻地抚摸着:"爸,您手上的老人斑多了。"

周父:"都什么年龄了嘛,手背上还能没几处老人斑? 这就更应该想开点儿了! 是不?"

周萍望着父亲的脸:"爸,您瘦了。"

周父:"我瘦了你应该高兴呀,女儿! 有钱难买老来瘦嘛! 瘦没什么,健康就好。"他拍了几下胸脯,"我现在这身板,好着呢!"

他无意中往窗外望了一眼,表情顿时一变:"快起来,蹲那儿! 我不咳嗽,你别出声。我不发话,你不许往起站!"

周萍不明所以,但还是犹犹豫豫地站起来,不安地蹲到了父亲身旁。

周母旋即跨入家门。她年龄在五十四五岁左右,面色白皙,慈眉善目,空着双手,除了一双旧皮鞋,全身的穿戴与农妇已无两样。那气质看去却仍是一个"资产阶级气味十足"的女性。

周父见她空着手,问:"怎么,一无所获?"

"还没逛多一会儿呢,纠查队来了,买的卖的,就都作鸟兽散了。不过,我也不能算白去一趟。"周母说着,从兜里掏出一块香皂放在桌上,"看,檀香皂。"

"你呀,资产阶级的本性就是难改。没香皂用就不行?"

"也不是不行。可连工农大众一年都发给几张香皂票,偏偏我们这种人连用香皂的权利也给剥夺了,我心理不平衡。"周母一边说,一边打开了包装,将香皂拿在鼻子底下闻。

周父见状摇摇头:"唉,对于你,脱胎换骨可真难啊。"

周母不服气地:"对你就容易了? 谁说做梦喝鸡汤了? 工农大众一向才不做你那种梦!"

"你看你,不谦虚吧? 我批评了你一句,你就非得反过来批评我一句不可吗?"

周母:"那当然! 要不我心里更不平衡了!"她重新将香皂包上。

周父诡秘一笑:"你先放下那块香皂。我问你,如果我把萍萍变在你眼前了,你怎么谢我?"

不待周父说完,周母已经呆呆地望着周父的身后。周父扭头一看,周萍不知何时站了起来。

周父:"你这孩子,真不听话! 你这么一来,不是就一点儿意思都没有了嘛!"

周母不敢相信地:"萍萍,是你吗?"

周萍:"妈妈,是我回来探家了!"

周母上前一步,将女儿紧紧搂在怀里,泪潸潸下:"萍萍,妈妈好想你……"

周萍在母亲怀里泣道:"妈妈,我也好想你!"

周父摇头叹气:"看,看,明明应该是喜剧性的见面嘛,却偏偏搞成了悲剧性的! 你们母女呀,怎么都变得一点儿幽默感也没有了!"

母女俩却谁也没在听他的话。周母坐在椅子上,双手拉着周萍的双手,上下打量着周萍说:"让我好好看看我小女儿。我小女儿胖了。萍萍,这一身就是你们的兵团服?"

周萍脸上露出笑容:"是的,妈妈。我们连队的仓库里还剩几套,补发给了我一套。"

周母赞赏地:"我小女儿穿上兵团服真精神。可,在咱们南方,穿这一套棉的,太热了……"

"我想到了。就为的是让爸爸妈妈看看我精神的样子,心里边高兴高兴!"

周父把手伸向周萍:"萍萍,把帽子给我。"

周萍摘下帽子,递给父亲。周父接过帽子,戴在头上,问:"你们看我,像杨子荣不?"

周母白了他一眼:"大言不惭!人家杨子荣牺牲时才三十几岁!"

周父:"我指的是那么一种精气神儿!"

周萍鼓掌道:"爸爸戴着比我戴着还精神!"

周父:"这话我爱听。还是我小女儿会哄我!"他转脸看看周母,"夫人,你要虚心学着点儿!"

周母娇嗔地:"我还需要哄呢,谁哄我啊?"

周父:"我嘛!如果别人想哄你,我会跟他决斗的!为了用实际行动证明我是多么善于哄你,夫人,我现在就给你唱一段《打虎上山》……"他说着站起来,走到屋中央,背对妻子和女儿,猛转身,一个要彩儿的亮相。

周萍开心地笑起来:"从不知道爸爸还有这一手儿!"

周母笑道:"你爸,那也算是上海有名的票友之一。"

周父声情并茂,动作几近专业地唱了起来:

穿林海,跨雪原,气冲霄汉!

抒豪情,寄壮志,面对群山。

愿红旗五洲四海齐招展，

哪怕是火海刀山也扑上前！

我恨不得，

急令飞雪化春水，

迎来春色换人间！

……

周母的手在桌上轻轻打着拍子。周萍拍手："好！"

然而最后的高音，周父竭力想要唱上去，却怎么也唱不上去了。周萍和母亲笑得特别开心。

周父以京剧道白的腔调说："老了，老了，献丑，献丑！……"

那一刻小木屋里其乐融融的气氛，对于那样的时代，对于他们这个家庭的命运，具有精神抵抗的意味儿。

气氛恢复了平静，周父和周母坐在凳子上。周萍背着双手站在父亲跟前："爸，您还吸烟吗？"

周父："这个坏毛病，恐怕一辈子戒不掉喽！"

"能答应我少吸吗？"

"我现在是吸得很少啊！不信你问你妈妈。"

周母："这倒是真的，你爸爸现在一天也就吸五六支。我也不要求他咔嚓一下就戒了，那岂不是等于虐待他了？"

周萍将一条烟放在桌上："爸，这是我在哈尔滨特意给您买的。听哈尔滨知青说，这种牌子的烟在哈尔滨算是不错的了……"

周父大动感情地看着女儿，眼眶湿润了起来。

周母轻轻推了推他："你看你，那么呆呆地瞪着女儿干什么呀！女儿一番心意，你怎么连句话都不说呢？"

周父喃喃地说："说什么，你叫我可是说什么？"他撕开外包装，将一盒"哈尔滨"烟拿在手中，取出一支，细细地闻了闻，看着女儿问，"多少钱一盒？"

"三角二一盒。爸,烟味还行吗？"

"不错,不错。萍萍,你记住,再也不要给爸爸买烟了。爸爸想象得到,你每月那份工资,来之不易,来之不易啊！"周父说着,眼泪流了出来。

周萍:"爸爸,尽管我们兵团知青的劳动强度比插队知青大多了,但我们毕竟月月发工资,所以比插队知青们的境况好得多。自从成为兵团战士以后,我觉得自己是个很幸运的人。再说,爸爸从小爱我疼我,我为爸爸买条烟吸,心里高兴。"

"爸爸也高兴,高兴！"周父从兜里掏出了火柴盒。

周萍讨过去火柴盒,替父亲划着一支火柴。

周父看着燃烧的火柴,摇了一下头,将火柴吹灭。他站了起来,用目光四下寻找。

周母指着说:"在门旁边呢。"

周父走过去,从门旁边拿起了一根长竿。

周萍不解地问母亲:"爸爸要干什么？"

"要请一位客人来。"

周父双手举着竹竿,捅屋顶,捅出有节奏的声音:

"咚咚,咚咚,咚咚咚……"

周父将竹竿放回原处,对周萍说:"萍萍,把帽子再戴上。"

周母提醒道:"帽子在你头上呢。"

"惭愧,惭愧。"周父从头上摘下帽子,替周萍戴在头上。他拉着周萍一只手,将周萍拉到了门门口:"萍萍啊,一会儿会有一位朋友来。他的年龄和父亲差不多,所以,你是要叫他伯伯的。你给爸爸买的烟,爸爸分给他一半,你同意吗？"

周萍:"那他肯定是爸爸的老朋友,我当然同意。"

周母:"倒也不是什么老朋友,是位复旦大学教哲学的老教授,在美国留过学的,还是什么杜鲁门的弟子,那当然就被看成不可救药了！搬到这里才认识的。"

周萍惊讶地看着母亲:"杜鲁门?"

周母:"啊,不对不对,我记错了。我这人的头脑里装不进一点儿政治去,怎么办啊!"她又问周父,"是杜什么来着?杜鲁斯吧?"

周父笑道:"既不是杜鲁门,也不是什么杜鲁斯。如果和杜鲁门有关系,即使德行再好,我也只能避而远之。人家的老师叫杜威,在美国那是没有任何政治色彩、纯而又纯的哲学动物……"

正说着,门外传入咳嗽声。周父对门外的人说:"严先生,甭咳嗽,进来吧。"

一位胖墩墩的老者走进了屋子:"老周头,向我发出见面暗号,所为何事?"

周父笑道:"当然有事喽!首先我得向你介绍一下,这是我的小女儿周萍,黑龙江生产建设兵团的战士!也就是中国人民解放军的准战士!萍萍,给严伯伯敬个军礼!"

周萍"啪"地敬了一个标准的军礼:"严伯伯好!"

严教授:"免礼免礼!明白了,你老周头,这是要迫不及待地向我炫耀女儿呀!"严教授打量周萍,"经常听你爸妈夸你,我耳朵都快起茧子啦!今日一见,真个是秀气与英气俱在,精神与容貌皆佳,果然是一品女儿,值得炫耀,值得炫耀!"

周萍拉过一张椅子:"严伯伯,请坐。"

严教授坐下后,周萍看着他,一转身"扑哧"笑了。

周母责怪地看了她一眼:"这孩子,真不经夸!笑什么呀?"

周萍却忍俊不禁,笑出了声。

周父:"萍萍,你这种表现可不好啊!与严伯伯初次相见,要庄重。"

周萍却笑着对严教授说:"严伯伯,有一句话,如果我说了,您可别生气啊!"

周父:"萍萍,不许说任何对严伯伯不敬的话啊。严伯伯现在是我的患难之交。用民间的话说,那是'过心'的朋友。如果你说的是对他不敬的话,即使他不生气,我也会生气的。"

严教授已经猜到了周萍心里的想法:"萍萍,让严伯伯来替你说吧。你想说的是,你严伯伯的样子,怎么看起来一点儿都不像一位哲学教授啊!对不对?"

周萍笑着点头,心里暗暗佩服严教授猜得准。

严教授微笑着说:"相貌天定,这是没法子的事啊。其实呢,我的父亲是位风流倜傥的儒雅之士,我的母亲,那是很具有中国古典美的女性。上帝老儿不知犯了什么粗枝大叶的错误,把我设计成了这么其貌不扬的一个人。'文革'一开始,各大学的'反动学术权威'集体挨斗,有一派的红卫兵头头指着我呵斥,'你这副德性,充的什么权威,滚下台去'。这正中老夫下怀啊。我连说'我滚我滚',刚要往台下蹦,另一派的红卫兵头头不干了,呵斥我,'休想逃避批斗!典型的"反动学术权威"正应该是你这样的'。结果呢,一派坚持我必须滚下台去,说我像相声演员马季,如果让我也站在'反动学术权威'们之间,势必冲淡批斗会的严肃性。另一派却坚持,我不但要在台上,而且要站在第一排正中显眼的位置,说那样能使革命群众认清所谓权威其实都是冒牌货。结果呢,两派争来论去,打了起来。事后,那些'臭老九'都感激我,因为我的样子使大家免遭了一次规模很大的批斗……"

严教授讲得声情并茂,如同是在讲一段自己的逸事。而周萍和她的父母都默默听着,谁也笑不起来。

严教授见气氛凝重,问道:"怎么,我讲得没意思吗?不是我瞎编的,是百分之百的真事啊!"

周萍和父母这才都微微笑了一下。

周父:"严先生,劳驾您下来一次,不但是要您见见我小女儿,还要和您平分我小女儿给我买的一条烟。'哈尔滨'烟,您肯定没吸过。"说着,将一条烟一折为二,递了一半给严教授。

严教授却把烟挡了回去："哎呀,这我不能收!萍萍千里迢迢给您带回来一条烟,您留着自己慢慢吸嘛!"

周父硬是把烟塞给他："拿着拿着,烟酒不分家。再说咱们两家,屋里搭个梯子,楼上楼下的,那还不跟一家人一样!"

周母站起来："你们先聊着,我找几件衣服,让萍萍换下她那身棉的。"

严教授建议："那你就带萍萍到我家去换,正好也让我老伴见见萍萍。"

于是周母走到床边,打开床边的旧皮箱为周萍翻找衣服。

严教授又对周萍说："萍萍,我和你伯母,真是沾了你爸妈的大光了。自从被勒令住到你家上面的阁楼上,日子平静多了!"

周萍真诚地看着严教授："伯父,愿我爸爸妈妈、您和伯母,以后能一直平平静静地过日子。"

严教授笑着对周父说："但愿萍萍的吉言会成为现实,那咱们就算是老来得福了,对吧?"

"对对。来来来,咱俩先吸上一支。"周父从烟盒里拿出两支烟来。

二人吸着烟后,严教授享受地吞吐着烟雾："好烟,好烟。从哲学的观点来讲,任何一个时代,都好比咱俩手中的烟。点着之时,即一个时代的开始,吸的过程,即一个时代行将结束的过程。这世界上没有一支烟是越吸越长的,是吧?"

周父应和道："那是那是,烟怎么会越吸越长呢!"

严教授苦笑一下："如果隔墙有耳,我的话,又成了反动言论了。"

周萍认真地问他们："那,要我到门外去看看吗?"

两位老人望着周萍,忽然哈哈大笑起来。周萍自己也笑了。

落霞满天。

洗得雪白的蚊帐晾在周萍家门对面的两棵树之间。周萍正在擦自家的窗。

周父走到窗前,对周萍说:"我已经求人捎话给你姐了。她明天晚上偷偷回来,咱们全家吃顿团圆饭。"

周母腰扎围裙,从窗口向外探出身来,手拿一把青菜:"那我明天一早还得到'黑集'上去买点儿东西。"

周萍自告奋勇:"妈,明天我去。"

周母有些顾虑:"你去不好。要是让纠查抓住了,没收了买的东西是小事,玷污了你兵团战士的光荣是大事。"

周萍调皮地一笑:"我机灵着呢,那还能让他们抓着!"

周父周母都笑了。

夜深了,月光碎银般从窗口洒进来。周父周母都睡了,周萍独自坐在桌前写信:

亲爱的天亮:

这是我第一次在信中称呼你"亲爱的"。我们之间,以前只在信中写过"我爱你"三个字是吧?当面就更没说过"亲爱的"了。不知为什么,我现在写下这三个字的时候,觉得自己好酸、好嗲,资产阶级味道好浓!可是,为什么我们彼此间说了那么多"我爱你",就不可以再进一步相互叫"亲爱的"呢?爱得深,不就亲了吗?本来,我暗下决心,回到连队之后,要坚决地和你断绝关系。因为我预感,我父亲写给周总理那一封信,将会使我们全家人面临更严峻的政治风暴。父亲告诉我,那一封信,总理看过后,当时就还给了转信人,已被转信人烧掉了。这会儿,我心里的一块石头也落了地。我的父母他们生活得都很乐观,他们好像已经对于自己的处境习以为常了,这使我感到特别的欣慰。而且,我还要向他们学习呢!我的亲亲爱爱的爱人啊,我是不会把这一封信寄出去的。因为,你还没收到信,我可能已经出现在你面前了。但我还是忍不住半夜爬起来,把我满心怀的幸福感倾诉纸上!我们如此相爱,这使我的人生阳光明媚!爱情万岁!

……

川沙县早市上人头攒动。买东西的人和卖东西的人,一边谈斤论价,一边东张西望,随时准备四散而逃。

周萍混在他们中间,小声地问卖主们:"有没有鸡?有没有鸡?"

被问的人皆摇头。她问了半天,终于有一个被问的人机警地反问:"真要?真要明天这时候来找我,保证给你带一只鸡来。童子鸡,为你褪好了……"

周萍摇摇头:"明天可不行。"

周萍继续向前走,有人悄悄跟上来,低声问:"想买鸡是吧?"

周萍点头。

那人警惕地向四周看了看:"跟我来。"

周萍跟在他身后。

那人边走边说:"准备好六元钱。"

周萍一听,吃惊地:"这么贵,能买两只了!"

"就是两只。一手钱一手货。当时别看,路上也别看。用草绳编在篮子里了,你要拿上哪儿也别去,一路往家走。万一咱俩同时让纠查发现,你的钱也没了,我的鸡也没了!"

周萍叹息:"为什么连鸡也不许卖呢?"

那人愤恨地说:"以前还是可以的。自从张春桥、姚文元两个狗头军师发表了两篇什么狗屁文章,鸡鸭鱼蟹,尤其是猪肉,都不许买卖了。谁买卖谁是'挖社会主义墙角'。那罪名是闹着玩儿的?"

二人走到一处僻静无人的河边,河中有条傍岸的小船,船上坐一名农妇。

那人对农妇说:"递给我。"

农妇将篮子递给他,篮子果然用细草绳横竖拦了几道。

周萍看看篮子,又看看那人:"你不会骗我吧?"

"拎回家去你就会知道,我要的钱不多,吃亏的是我,占大便宜的是你。"

那人把篮子塞给周萍,跳上小船划走了。

周萍扒开草绳看,只看到些青菜而已,她掂了掂篮子,分量是够的,便也转身走了。

周萍拎着篮子,顺河边匆匆走着,不时回头望一眼身后,害怕有人盯梢。走到了家门前,左顾右盼一番,才跨进家门,随即将门掩上。

屋里的周父周母正用木板和凳子加宽床的面积。

周萍得意地扬了扬手中的篮子:"爸,妈,我买到鸡了,两只!"

周父周母对视一眼,一个去插门,一个拉上了窗帘。周萍用剪刀剪断篮子上的细草绳,将青菜扒开。出乎意料的是,青菜下边不是鸡,而是一个收拾得相当干净的大猪头。

周萍生气地跺脚:"那人骗了我!"

周父周母走过去看篮子,也都惊讶万分。

周萍嘟着嘴,气恼地:"他跟我说的是六元钱买他两只鸡,不是一个猪头!"

周母扯了扯她的衣服:"小声点儿! 这些人胆子也忒大了,私宰私卖一头猪可是犯法的!"

周父翻了翻那只猪头:"收拾得倒真干净。女儿,也别生气,这猪头应该值七八元钱,他还吃了点儿亏呢!"

周母望着猪头发愁:"这下可有事儿干了,怎么弄啊,我可不会弄。"

周萍也无可奈何地说:"我也不会。"

周父对一筹莫展的娘俩说:"有我呢。一会儿烧一炉子好火,把炉子搬屋来,整个儿炖上它!"

周萍:"爸,妈,要是香味飘出去,会不会惹来什么麻烦啊?"

"可也是……"周父想了想,"这样,待会儿我拎楼上去,让严先生家给炖上。他家在二楼,香味儿往上飘,散开在空中,街面上的人就不容易闻到了。"

周萍郁闷地问父亲:"爸,说是晚上会吃炖鸡,结果变成了炖猪头,您没失望吧?"

周父和蔼地笑着:"我怎么会失望呢! 你严伯伯家还有半瓶老米酒,我俩今晚得喝两盅,美死了!"

周萍笑了。

第四十章

夜幕降临,周萍站在窗口拉窗帘,但她却无法将左右两边的窗帘拉严,两块窗帘中间有一寸多宽的缝隙。

周萍大声问:"妈,窗帘洗过吧?"

周母的声音传来:"洗过好几次了。"

"缩水了,拉不严,没事儿吧?"

周母的声音里带着担忧:"还是拉严的好。要不,非年非节的,晚上八点多了,咱们'黑帮'人物的一家在吃猪头肉,有人认真起来就是个事儿。"

周父:"有办法了,我记得一只枕头上别了一排别针……"

周父抱着一只枕头来到窗前。

周萍又用力一拉,一边的窗帘被扯下了一半。周萍吐了一下舌头:"爸,这咋办?"

"放心,不会让你赔的。搬来后,你妈撕一条旧床单做成了两扇窗的窗帘,早该淘汰了!"

周母也走了过来,反对道:"淘汰?说得轻巧!我也知道用新布做窗帘结实,可一年每人十几尺布票,用谁的?"

周父一边从枕上往下取别针,一边说:"用我的,用我的,怎么能用你的呢!"

"用你的我也舍不得!"周母说着,从周父手中接过别针,"你真是的,还连枕头也抱过来了!一边去,别在这儿碍事!"

周父退开。周萍笑问:"爸,妈妈数落你,你是不是心里其实挺幸福的呀?"

周父也笑道:"那是!成了'黑帮'人物以后,被批来斗去的,那可都是厉声厉色地对待。所以呢,在家里听你妈的数落,怎么听怎么都是亲爱的意味儿,你说心里能不幸福吗?"

周萍和母亲别好了窗帘,周母转身笑道:"你就当着萍萍的面贫吧你!还抱着枕头干什么啊,放床上呀!"

周父转身往床边走去时,周萍忽然问母亲:"妈,我姐要是回不来了呢?"

周母放心地说:"捎去话儿了,就准能回来。他们插队知青管得松。"

三人坐到桌旁后,周父对周母说:"报报。"

周母纳闷道:"报什么啊?"

周父:"你和萍萍忙了小半天,先汇报汇报成果嘛!"

"有什么好汇报的,还能做出七盘子八碗一大桌席来呀!"

"爸,我汇报给您听。"周萍凑到父亲跟前,"那大猪头还真出肉,剔下来满满一小盆儿!一会儿蘸酱油吃,肯定香极了。严伯伯送下来六个鸡蛋,炒了一大盘子!还有米饭和青菜豆腐汤。够丰盛的吧?"

周父满意地连连点头:"丰盛!太丰盛了!你姐也好几个月没吃过肉了,这下能解次馋了!猪舌头归我,一会儿单独给我切一盘……"

门开了,周萍的姐姐周梅进了屋。

"姐!"周萍起身迎过去,抱住姐姐,却又忽地推开姐姐,娇嗔地对周母说,"妈,姐咬我耳朵!"

周梅："当然要咬你！我写信让你把那个赵天亮的照片寄给我看看，你为什么不理我的茬？"

周母惊诧地看着周萍："赵天亮？赵天亮是谁？"

周父也敏感地问："萍萍，你处朋友了？"

周梅拍了妹妹一下："你连爸爸妈妈都瞒着，该当何罪？"

周萍："又吹了嘛！"

周母："怎么……唉，你怎么终身大事都不跟爸爸妈妈商量啊！"

周萍："骗你们呢！"她走到母亲身后，搂着母亲说，"我俩好着呢。我把他的照片带回来了！"

周父催促她："快拿来看！"

几下敲窗声使周萍和父亲母亲紧张起来，向窗外望去。

周梅："爸，妈，我不是自己回来的。也没经你们同意，就带了几个一块儿插队的知青朋友……"

周父不待她解释完便说："那快让大家进来呀！"

周梅将门推开一条缝，知青们一个个鱼贯而入。转眼，屋里已多了六七人。

周萍和父亲母亲看得发呆。

周梅调皮地一笑："还有两个，马上就到。"

一名男知青问："伯父，伯母，能叫出我名字了吧？"

周父认出了他："咱们一家子，你叫周海涛嘛！你写的批判稿，相当有水平！"

周海涛有些尴尬："伯父这是讽刺我吧？"

周父拍了拍他的肩膀："哎，我可不是讽刺你。你写的批判稿，那套革命大道理能不能讲得通是另外一回事，但措词很有气势。能从气势上把人唬住，那也算是一种水平嘛！"

知青们都笑了起来。

周母招呼道："大家都别站着了，哪儿能坐，都找地方坐吧。"

另一名男知青:"坐不坐的无所谓了。周梅对我们说,凡是跟她来的,都能打打牙祭。"

周父:"啊,是啊是啊,是她说的那样。"

周梅催促周萍:"萍萍,别愣着啊。有什么好吃的,快往桌上端吧!"

周母起身离开桌子:"萍萍,你陪大家说话,我去端。"

周父:"我也得替你们服务服务!"说着也起身离开了桌子。

周梅忽然想起什么,对知青们说:"忘了介绍了,这是我妹妹周萍!"

大家的目光集中在周萍身上,周萍不自然地对大家微笑。

一名女知青问周萍:"听说你们兵团不许谈恋爱,被揭发了要批判,真的?"

周萍:"起初有的连队有过那样的事,那也是知青们自己非那样。现在,谈恋爱的挺多了……"

周海涛将周梅扯到一边,悄声问:"哎,你妹有对象没有? 要是没有,我可以让家里托托关系,把她办到上海近郊来!"

周梅:"你想什么你! 我妹好不容易才由插队知青转成了兵团战士! 她是准革命军人,是我们全家的光荣!"她将周海涛一把推开。

大家又是一阵哄笑。

周父和周母将一小盆猪头肉和一盘炒鸡蛋摆到了桌上。

笑声戛然而止,知青们看着桌上的菜肴,眼睛都直了。

周母对大家说:"东西不多,别见外,每人摊上几口算几口吧……"

周海涛咽了口唾沫,说:"不少不少,一人能摊上好几口呢! 哎,大家都别急啊,这种时候都应该体现出点儿革命的绅士风度。我先替大家尝尝炖得烂不烂。"他走到桌前,抓起块肉便往嘴里塞。

另一名男知青也凑到桌边:"我也替大家尝尝。"

于是男知青们都拥到了桌前,一个个抓起肉便吃。

一名女知青急了:"周梅,你看他们!"

周梅:"哎哎哎,没你们这样的啊! 这算哪门子风度啊!"她将男知青们推开。可是他们人太多,刚推开了这个,那个又凑了上来。

一名女知青大叫:"姐妹们,咱们各自为战吧!"于是女知青们也一拥而上。

周萍姐妹和周父周母闪在一旁,看着如狼似虎的知青们,面面相觑,对视苦笑。

客人们离去了,周家安静下来。桌上的盘子和碗都空了,只剩下一些零星的碎骨。姐妹俩和周父周母呆望着桌面。

周母叹息:"这些孩子,这些孩子……"

周梅:"爸,妈,对不起,我没想到会这样。"她说着,突然忍不住笑了。

周萍瞥了她一眼:"你笑什么啊你!"

周父也对周梅说:"是啊,你笑什么啊你?'对不起'三个字,你不应该对我们说,回去后要对他们说。因为,按他们的战斗力来看,能解决掉一整头猪,而不仅仅是一个猪头。太对不起他们了,太对不起他们了!"

周梅听了父亲的话,更加笑得弯下腰去。

周萍挥拳打姐姐:"都怨你!爸爸一心想吃的猪舌头,连看都没看上一眼!"

周梅边躲边说:"我也料不到他们一见着肉都变成了狼啊!不过你们也得这么想,有一失必有一得。起码一个月内,他们人人都会对我心存感激。所以,贡献一个猪头那也是值得的!"

楼上传下咳嗽声,接着是严教授的声音:"能下来吗?"

周梅止住笑,礼貌地说:"严伯伯请下来吧。"

严教授在楼上已经听到了刚才发生的事,下楼后说:"一顿好饭,你们自己都没吃上一口吧?都到楼上去吧。我一听你们下边这么热闹,做好的饭菜就没动筷子。猪耳朵猪鼻子都送我那儿去了不是?我那儿稀的有粥,干的有烧饼,还有梅干菜。走,走!"

周母:"太晚了,就不了吧。"

严教授却坚持:"可你们明摆着都没吃上晚饭啊。走吧,走吧,咱们两家还客气什么呢!"

周父见盛情难却,便说:"那,听你们严伯伯的,都上去吧。"

周梅:"我就不去了。我胡乱中抢到了几口吃的。我收拾桌子,萍萍你陪爸爸妈妈上楼去吧!"说着,推了推周萍。

周萍余气未消:"我也吃不下饭了,气都气饱了!"

周梅对父母说:"那,爸妈就你俩去吧。严伯伯家有两张床,干脆你们吃完饭也别下来了,今晚就睡严伯伯家吧。我呢,要跟萍萍好好聊一宿!"

周萍:"才不跟你聊呢!"转身走到床边坐下。

严教授对周父周母笑道:"你们二位听到了吧,周梅可从没把我这伯伯当外人啊,请吧!"

周父周母互相看看,彼此挽着胳膊上楼了。

周母走到门口,停了下来,回头说:"梅梅,问问你妹那事儿啊!"

周梅一边收拾桌子一边反问:"哪事儿啊?"

周父认真地:"别装糊涂,还有哪事儿?"

周梅笑嘻嘻地说:"明白了明白了!爸妈放心,我一定替你们审个水落石出,过后如实向你们汇报!"

待屋里只剩姐妹俩了,周梅对妹妹说:"听到了吧?"

周萍一扭身子:"哼!"

生气归生气,没过多久,姐妹俩就又亲热起来。她们仰躺床上,聊私密话。

周梅对妹妹说:"他的家庭情况就不必说了,拿照片来让姐看看吧。"

"你火眼金睛呀!灯光这么暗,看得清吗!"

周梅探手枕下,摸出一只手电筒,握在手中一晃:"有这个。"

周萍从枕头底下摸出一个笔记本,却没马上给姐姐:"也把你那位的给我看!"

周梅理直气壮地说:"别讲条件,爸妈的话你也听到了,要不我抢了！"

周萍坚持："同时交换，要不没门儿。"

周梅坐起来，从盖在被上的衣兜里掏出一个小纸包，交换了周萍手中的二寸照片。

她端详着照片上的赵天亮，笑着说："二寸的还怕我看不清呀？挺帅气的。"

周萍："他特意为我放大成二寸的。"她打开纸包，里边是张一寸的照片，也坐起端详。

周梅问妹妹："他家是革命军人，他爸妈同意吗？"

"现在看，是同意的。姐，可我自己，有时候有种罪过感，认为自己不顾成分的差别，那就是爱得太自私了……"

周梅："咱家是黑色的，他家是红色的。本应该黑找黑，红找红，你俩偏反着爱。唉，但愿老天成全你们吧！"

周萍："天亮常说，我俩应该反潮流，誓将我们的'红与黑'之恋，进行到底……给我手电筒。"

周梅却把手电筒往旁边一藏："得啦！你的给你，我的还我，睡觉！"

"那不行，我也得看清楚！"

于是姐妹二人抢起手电筒来。周萍趁姐姐不备，将手电筒一把夺过来，缩在墙角，照着照片仔细端详。而周梅把赵天亮的照片往周萍脚旁一拍："收好。"说罢，便又仰躺了下去。

周萍瞪大眼睛盯着照片："姐，你开什么玩笑！"

"没开玩笑。"周梅平静地说。

"你搞错了。"

"没错。"

"错了！"

周梅："我说没错就没错。"

周萍把照片往姐姐面前一伸："你自己看，明明是女的！"

周梅再次坐起来,一把夺过照片,重新用纸包好,揣入衣兜。

姐妹二人对视良久。周梅又缓缓地仰躺了下去,而周萍仍呆呆地坐在床角。

周萍声音有些颤抖:"姐,跟我说,你是在开玩笑。"

周梅严肃地:"我刚才说过了,没开玩笑。"

周萍情绪激动起来:"可,可你怎么能那样!"

周梅一翻身下了地,趿着鞋走到桌前,焦躁地拉开一个个抽屉翻找。找到烟,叼上一支,一手拿着火柴和烟包,一手端着烟灰缸。她放下烟灰缸,坐在妹妹对面。

周萍难以置信地望着姐姐:"你,你还吸烟?!"

周梅"嚓"地划着火柴,深吸一大口,老烟民似的缓缓吐出一缕青烟。

周萍:"你们那样是不正常的!"

周梅:"我也没说是正常的。"

周萍:"你还这么玩世不恭地回答我!"

周梅却笑了:"玩世不恭也是一种生存方式。"

"你堕落了!"

"我认为没有。我认为我成熟多了,也更善良了。"

周萍扬起手,"啪"地扇了姐姐一记耳光。

周梅看看气得发抖的妹妹,苦笑地:"不问青红皂白地打人,你这是还不成熟的表现。"

周萍赌气要躺下,周梅抢先将周萍的枕头拖过去,抱在怀里,命令道:"坐那儿别动,听姐说。不跟你说说,姐快疯了……"

周萍捂住耳朵大叫:"我不听!"

周梅:"必须听!因为你是我妹!"她大叫着按灭手中的烟,接着又吸着一支。

周萍呆呆地瞪着姐姐,不禁流下泪来。

周梅缓吐一口烟:"你是妹妹,从小全家都宠着你,娇惯着你。你想远走高飞,不顾父母的反对,说走就走了。可我是姐,我不能像你那么任性。虽然只比你大一岁多点儿,可我也毕竟是姐。所以呢,为了能经常照顾到爸爸妈妈,我才决定插队在川沙县的农村。在上海的时候,有名同济大学的大学生爱上了我,我也爱上了他。他是学建筑的,分配到四川去了,流着泪求我跟他到四川去。可是考虑到爸爸妈妈,我坚决地拒绝了他,一线希望都不留给他。我刚插队的时候,听到哪一个知青说了句脏话都脸红,刷牙洗脚被男知青看到了都不好意思。结果呢,一年后在知青中还没一个知心朋友。后来我想我得变变。一变就变得敢说脏话了,敢叉着腰和别人对骂了,敢用洗脚水泼男知青了,敢因为我们女知青的工分被评得低了,振臂一呼,闯到生产队长的家里去大闹一场了……这么一变,不但没人再敢欺负我了,知青们也都愿意跟我交心了。连贫下中农都喜欢我了,经常夸我是村里的李双双。电影《李双双》咱俩一块儿看的,记得不?”

周萍泪流满面地点点头。

周梅:“现在你姐比李双双还泼辣。你从前那个淑女型的姐姐自然消亡了。”她又从烟包里抽出了一支烟。

周萍哀求道:“姐,别吸了,都第三支了!”

周梅漫不经心地看了看烟包:“‘哈尔滨’烟?我没吸过。你给爸买的?”

周萍讷讷地点头。

周梅:“那我得带走两包……最后一支。”她又点着了一支烟,接着说,“照片上的女知青叫赵晓楠,插队时才十五岁。父亲是上海公安系统的一名老干部,不知怎么被安上了一个‘特务’的罪名,‘文革’一开始就从家里被带走了,下落不明。母亲自杀了,两个哥哥一个姐姐,到现在东一个西一个的。大家都看出她精神上是有毛病了。她先是要认我姐,我说行啊,就叫她小妹了。这一姐妹相称,问题接着就来了。我俩每天晚上枕头挨着枕头睡,她还经常给我写信。一封又一封的,后来的信,就有情书的味道了。再后来,我跟哪个男知青多说几句话,她就会偷偷哭一场。我能怎么办?我还敢处男朋友吗?知青们都认为,如果哪天她知道我有男朋友了,她会自杀的⋯⋯"

周萍小心翼翼地问:"爸爸妈妈知道你和她的事吗?"

"不敢让妈妈知道,只告诉了爸爸。"

"爸爸怎么说?"

"爸爸说,'女儿啊,那你就晚几年再考虑个人问题吧,事关一命,儿戏不得。就当你是戏里的一个角儿,情愿不情愿的,暂且演几年再说吧'。"

周萍:"像爸爸说的话。"

"不是'像',爸爸就这么说的。"

"那,你怎么打算?"

"我能有什么打算?没打算。我觉得爸爸的话有道理,我要好好爱护她这个精神有毛病的小可怜⋯⋯"周梅话淡淡的,她将烟蒂拧灭在烟灰缸里。

一阵敲窗声打断了姐妹俩的对话。

周海涛在窗外叫:"周梅,周梅你出来一下!"

姐妹俩对视一眼,周梅大声地斥道:"周海涛你别找骂啊!"

周海涛焦急地说:"快开一下门,村里出了不好的事。"

周梅拿着烟灰缸下了地,趿着鞋去开门。

门外的周海涛已经等不及了:"赵晓楠投河了,大家正在抢救她!"

周梅一愣:"这⋯⋯为什么?!"

周海涛急道:"咱们都来你家的时候,她可能以为咱们成心不告诉她,成心孤立她,心里起疑了,就想不开了⋯⋯"

烟灰缸掉在地上,摔了个粉碎。

周梅、周萍和周海涛三人一口气跑到了知青宿舍前。

村长愤怒地点指着周梅:"都是你惹出来的事!你说你把大家偷偷带你爸妈那儿去干什么呢?!宁落一屯,不落一人,这么个道理你都不懂啊!"

周梅后悔万分:"我……我们不是成心……我们当时没找到她……"

一名女知青搂抱住周梅哭了。

一名男知青哽咽着说:"发现得太晚了……大家轮番做了半天人工呼吸……"

周梅推开搂着自己哭的女知青,表情僵硬地走入知青宿舍。

宿舍里传出周梅悲痛的哭声:"晓楠,晓楠,你怎么这样啊!我没告诉你也不是成心的啊,我当时也没想那么多啊!晓楠,你这不是惩罚我嘛!……"

周海涛对周萍小声说:"人死不能复活。也只有你进去劝劝你姐了。"

周萍走进了宿舍,看见两张桌子对在一起,上面放着赵晓楠的尸体,尸体上罩着花褥单,周梅伏尸恸哭不已。

周萍的目光落在褥单外的一双脚上,一只脚上湿漉漉的袜子仍在滴水,另一只脚上没有鞋袜,脚白而秀小。

周萍忽然一掩面,跑了出去。

周海涛向另一名男知青使了个眼色,二人默默走入宿舍,将周梅搀架了出来。

周萍哭叫:"姐!"

周梅甩开两名搀架她的男知青,走到妹妹跟前,指着她喊:"也是你害死了她!你不回来,今天就没有这种事发生!你为了能穿上一套兵团服,不管父母,把父母撇给我一个人来照顾,你自私!我不想再见到你!你走!"

周萍愣了片刻,一转身跑了。她跑过田地,跑过小桥,跑到了河边,筋疲力尽地坐在河边一块洗衣石上,放声痛哭。

"别哭了……你姐让我来跟你说,别生她的气……"一个男声在身后说。

周萍止住哭,站起来转过身,见是周海涛。

周海涛:"你姐还让我告诉你,赵晓楠的事,先不要对你爸爸说……我陪你到你家门口吧……"

周海涛将周萍送到家门口,对她说:"也算赵晓楠把你姐姐解放了吧。她精神不太正常,觉得人人都在监视她的每一言每一行,你姐是唯一使她感到温暖的人,也是她唯一信赖的人。可是,像以前那样长期下去,也不是个事啊……"

他说着,替周萍推开了家门。

第二天,周萍独自坐在家中写信。她抬起头,凝思地望着窗外。春雨潇潇,河边的一棵柳树已经发出了翠绿的新芽。

她低下头,在信纸上写起来:

亲爱的:

　　七天以后,我和方排长就该一同返回北大荒了。短短的几天里,南方的树已经绿了。方排长到我家来过一次,当着我爸爸妈妈的面,大大地将我表扬了一番。那时我爸爸妈妈笑得像孩子一样。我觉得,我确实带给了他们一份光荣,这是我最大的欣慰。今天一早,他们被带到什么地方去了,说是要对他们集体训话,无非是不许他们乱说乱动那一套。我真不明白,他们都是一些老人了,一个国家有什么必要非将一些老人当成可怕的敌人呢?

　　……

隐隐的雷声从窗外传来。

周萍拿笔在横格信纸上划着,一下下将最后几行字涂黑。

笔将信纸划破了。周萍烦躁地干脆将那页纸扯下来,揉成一团。

北大荒广袤辽阔的黑土地上,几台拖拉机在播种。黑土地上,依稀还可以看到残雪的痕迹。

两台拖拉机在交错之际停了下来。赵天亮从一台拖拉机里跳下来,大声问另一台拖拉机里的"小黄浦":"你那儿还有种子吗?"

"小黄浦"也跳下了拖拉机:"快没了。"

两人都带着单帽,竖着衣领,腰里扎着细麻绳。他们的脸已经变成了土色,他们身上的土,更是厚得可以称斤论两了。他们摘下单帽,用单帽互相拍打对方身上的土。

远处传来喊声:"天亮!天亮!"

他们循声望去,只见"乌云"拉着一辆马车奔驰而来。

"小黄浦":"是老魏送种子来了!"

马车跑到近前,魏明勒住"乌云"。赵天亮和"小黄浦"这才发现,马车上空无一物。

赵天亮奇怪地看了看马车:"你怎么赶来辆空车?"

魏明满脸的焦急和不安:"我不是送种子来的。靖严出事了!"

赵天亮和"小黄浦"都吃了一惊:"受伤了?!"

"小黄浦"急道:"快说明白呀!"

黄伟远远地看见魏明,也走了过来:"你怎么不拉种子来?"

魏明一口气把事情的经过说了出来:"靖严正在和我还有二班的几个人装种子,忽然走来两名公安,一句话也不说,掏出铐子就往他手上铐。大家当然不依,差点儿和两名公安人员厮打起来。他们这才不得不说明理由,是因为靖严写了几首悼念周总理的诗,不知怎么一流传,被几名探家的北京知青抄回北京了。结果,就在天安门广场悼念周总理的集会上出现了……"

赵天亮、"小黄浦"、黄伟三人你看我,我看你,一时都愣怔不已。

魏明:"一会儿公安的吉普车肯定会经过这里,我提前来报个信儿,咱们怎么也得和靖严告个别对不对?要不,再见他一面可就难了……"

黄伟:"他……他可是团春播督察小组的成员啊!"他一时不知该说什么好。

魏明愤愤地:"他们公安公事公办,才不管那些!"

赵天亮骂道:"妈的!"

"小黄浦"眼尖,指着远方路上泛起的尘土说:"看,来了!"

大家向他所指的方向看去,果然,一辆公安吉普卷土驶来。

赵天亮和"小黄浦"把两台拖拉机开来挡在路中央,拦住了吉普车的去路。两名公安人员下了车,不满地看着赵天亮、"小黄浦"、魏明和黄伟。

赵天亮上前一步:"张靖严当过我们排长,我们要和他告别。"

两名公安交换了一下眼色,其中一名打开车门,摆了一下头。

张靖严跳下车,望着战友们苦笑。

魏明对另一名公安人员说:"行个方便,把他铐子去了,给我们十几分钟时间,让我们陪他吸支烟,说会儿话,求求您啦。"

那名公安犹豫了一下,其中一个掏出钥匙,为张靖严开了手铐。大家簇拥着张靖严往路边走。

一名公安严厉地喝住他们:"哪儿去?!"

"小黄浦"急忙解释:"不走远。我们到马车那儿去。"

另一名公安小声地对同伴说:"给他们个方便吧。"

大家来到马车前,张靖严拍拍"乌云"的脖子问:"齐勇和'小地包'快回来了吧?"

赵天亮看着他:"快了。有人捎信儿说,他俩在内蒙古认了一位蒙古族干妈,骑马和套马都被训练得很有水平了。"

张靖严:"等他们赶着几百匹马回来,咱们团就有马场了。"

黄伟难过地说:"是啊,鹿场、马场、貂场、细毛羊,都是咱们来了之后才有的……"

"别说那些了!"魏明从兜里掏出几盒烟塞入张靖严兜里。

赵天亮问张靖严:"排长,有什么需要我们替你办的事儿没有?"

张靖严:"替我互相告诉一下,哈尔滨的、探家路过哈尔滨的,如果到我家去,就跟我爸妈说我一切都好,千万别跟他们说实话……"

赵天亮流泪了,拥抱张靖严。黄伟、魏明、"小黄浦"也都拥抱张靖严。

赵天亮和"小黄浦"把拖拉机从路中央移开,吉普车载着张靖严向前驶去。站在路上的四人,默默地目送着越驶越远的吉普车。

全体知青被召集在七连食堂里,每个人的脸上都挂着肃穆的表情。

连长板着脸说:"指导员到团里开会去了,由我来向你们宣布几条纪律。近两个月,小道消息很多,谣言也很多。关于张靖严,有一种说法就是——他被三个神秘之人劫持到深山老林去了……"

赵天亮:"我们听到的说法,不是劫持,是解救……"

连长勃然大怒:"你不插言行不行!没人要把你当哑巴卖了!总而言之,不许传谣!不许信谣!听到谣言,应及时汇报。散会!"

大家都往食堂外走时,连长把赵天亮叫住了。食堂里只剩下赵天亮和连长两个人眈眈对视着。

连长怒气冲冲地:"你不用那么瞪着我!我知道你们晚上在宿舍里都叽叽咕咕议论些什么!不议论那些会生病吗?!"

赵天亮冷冷地:"我们议论什么了?"

连长:"你们……不许跟我顶嘴!我说话时你给我老老实实听着!不许议论张靖严的事!更不许议论北京发生的事!"

有人在食堂外大声地:"报告!"

连长也大声地:"进来!"

杨一凡进入,见连长和赵天亮表情不太寻常,一愣。

赵天亮:"莫名其妙!"他嘟哝着往外走,与杨一凡擦肩而过时,在他的肩上拍了一下,"回头聊。"

看着赵天亮走出,连长的目光转向杨一凡:"刚回来?"

杨一凡:"东西一放在宿舍,就来向您报到。"

"好。表扬你。坐下。"

两人间隔着吃饭的条案,面对面坐下。连长对杨一凡说:"在这里,我刚刚向全连知青宣布了一条纪律,不许传谣,不许信谣,明白?"

杨一凡:"连长,老实说我不太明白。连里起什么谣言了?"

连长:"连里本身能起什么谣言?还不是你们知青从南南北北带回来一些小道消息!小道消息就是谣言!别的连,因为传谣抓走好几个了。追来查去,你们北京知青带回来的谣言最多。你不愿意也被抓走吧?"

"那当然。"

连长:"不管谁,也不管怎么问你,只要和政治沾一点儿边的事,你都要给我回答'不知道'。记住了?"

杨一凡:"记住了。可是……"

"'可是'什么?!"

杨一凡:"回答'不清楚''不了解''没听说',也行吗?"

连长一拍案子:"'不清楚'就等于说你还是知道一点儿什么的!'不了解'就说明你还是了解一点儿什么的!不行!'没听说'可以。最好说'不知道'!"

杨一凡见连长有些动气,忙说:"连长放心,我听您的。"

"沈力的情况怎么样?"

"他的情况好多了。他想连队了,让我问问连里,他可不可以回来。"

"当然可以!随时可以!写信告诉他,七连永远欢迎他回来!"

连长走到窗前,推开一扇窗朝外望了望,又关上了窗,重新坐回到杨一凡对面,小声问:"四月五号那天,究竟怎么回事?"

杨一凡一本正经地:"不知道。"

连长不甘心,又问:"听说花圈像海洋一样?"

"不知道。"

"还整天有人朗诵悼念诗?"

"不知道。"

"你……你怎么一问三不知呢!"连长有些气恼。

"不知道就是不知道。"杨一凡神态自若。

两人对视了一会儿,连长见他不肯说,只好挥挥手:"去吧去吧!"

连长看着杨一凡离去的背影,自言自语:"不知道?撒谎!"

晚上,赵天亮、黄伟、魏明、"小黄浦"、杨一凡五人趴在被窝里交谈。

魏明回忆道:"我、齐勇、黄伟、张靖严,我们四个到北大荒的第一年冬天,和尹排长等几名老战士进山伐木。十几天后,尹排长他们被连里抽回来进行机械维修,我们四个继续留在山上。有天傍晚,我们听到狗叫声,叫声很惨。靖严说,'不好,肯定有人出事了,咱们得出去看看'。于是我们四个钻出了帐篷。齐勇最后一个,他倒想得周到,随手拎上了大斧……"

黄伟:"哎哎哎,记错了吧?"

魏明:"我记错了?你记得清楚,那你说。"

黄伟:"我说就我说,你当然记错了。最后一个离开帐篷的不是老齐,是我老黄。想得周到、随手拎上了大斧的也是我老黄。狗叫声是从帐篷后传来的。哥儿几个绕到帐篷后,一个个都呆了——首先看到的是一匹鄂伦春猎马。那马呢,像头猪一样坐在地上,两条前腿蹬得笔直,看样子是想往起站,却怎么也站不起来……"

魏明对黄伟说:"你先省省,大家关心的是和靖严有关的事儿。简洁地说,是一名鄂伦春猎人遇到了一只大黑熊。那熊太大了,估计有七八百斤,肥肥实实的。那马肯定挨了黑熊一掌,后腰哪节骨头断了。鄂伦春猎人脸朝下趴在地上,黑瞎子在拨拉他,意思是要把他翻过来。

他穿的狍皮袄已被撕得稀巴烂。那狗真好,个儿不大,绕着黑瞎子又转又叫。显然也挨了一掌,身上不知哪儿滴滴答答地往下掉血珠子。伤得那么重还尽力救主人呢,得机会就咬黑瞎子一口。哥儿几个全看傻了,靖严第一个反应过来,冲我们三个说……"

黄伟默契地:"他说,快去取枪!"

魏明:"老齐转身就往帐篷里跑。靖严呢,见老黄手里拎着大斧,就夺斧子。可我们这位伟大的小说家呢,握着斧子不松手。"

黄伟:"我当时吓傻了,真吓傻了。"

魏明继续讲:"靖严给了他一拳,这才把大斧夺了过去。他握着大斧,一步一步向那熊走去。熊呢,站了起来,冲他龇牙咧嘴,吼。他站住一会儿,等熊前爪刚一落地,又往前走。就那么走走停停,走到了离熊几步远的地方,又站住,看着熊。熊也又站立起来,怒吼。这时老齐拎着枪跑出来了,却着急地说,没找着子弹。我想这下坏了,靖严的命悬乎了。老齐说,都别傻看着了,一块儿上,拼吧! 忽然那熊前掌一落地,掉头跑了。就这么着,我们把那鄂伦春猎人救回了帐篷。他有经验,趴着装死。倒也没受什么重伤,不过看着他的马,搂着他的狗,掉了泪……"

一阵沉默后,"小黄浦"突然发问:"黑瞎子冬天里不是冬眠吗?"

黄伟:"是啊。伐木队惊醒了它,所以它生气。正巧碰到了那个没防备的鄂伦春猎人,就拿他出气。"

"那马呢?"

黄伟:"确实是后腰骨断了,没救了。鄂伦春猎人含着泪,用猎枪将马打死了。当晚他只得在我们帐篷里住下了。他对靖严说,'你救了我一条命,还救了我的狗一条命,我非和你拜兄弟不可'。又指着我、老魏和老齐说,'你们三个得作证'。人家马鞍上拴着个装酒的皮酒囊子,于是呢,我们三个就看着他和靖严跪在帐篷口,对月盟誓,豪饮起来。他在我们的帐篷里住了五六天呢。"

魏明:"六天。第六天,狗的伤养好了。鄂伦春猎队找来了,他才依依不舍地走了。也多亏他走得早,要不我们的面不够吃了。他那才叫饭量大,一眨眼三四个馒头下肚了,再给他一个,他还吃。"

杨一凡问:"他叫什么名字?"

魏明被问得一愣:"你问名字干什么?"

"随口一问嘛。"

"不知道。"

杨一凡将头扭向黄伟,黄伟避开他的目光:"别看我,我也不知道。"

杨一凡:"怎么可能!"

魏明:"几年前的事儿了,忘了。"

黄伟:"对。忘了。"

"小黄浦"想了想,问:"你俩的意思是,靖严现在和当年那个鄂伦春猎人在一起?"

魏明:"别胡说八道啊!天亮,你是班长,你得作证,我有这个意思吗?"

黄伟也郑重地:"我也没有那个意思啊!你们三个刚才瞎猜,才引得我和老魏讲起来的!"

赵天亮:"你俩怎么以前一直没讲过?"

黄伟反问:"齐勇就讲过吗?也没讲过啊!当年团报道组要采访和报道那件事儿,我们都拒绝了。靖严和我们约法三章,不许我们宣扬那件事儿。他是我们哥们儿,后来又是咱们排长,我们当然听他的。"

赵天亮:"哪说哪了,那你俩以后也别讲了。"他问杨一凡,"一凡,你说实话,在北京,你参与了没有?"

杨一凡假装不明白他的意思:"参与了什么没有?"

赵天亮:"别揣着明白装糊涂。"

杨一凡沉吟片刻,坦率地说:"参与了。"

"交代,参与到什么程度?"

"我今天可刚回连队,连里都不审我,你班长审我?"

赵天亮:"别废话。不是审你,是为你好。万一哪天来人也要把你带走,我们有点儿替你解脱的思想准备。"

杨一凡:"不用你们担心,沈力已经替我解脱了。其实我也没做什么出格的事儿,只不过连续几天抄诗来着,最后那天被搂进去了,但第二天中午前就把我给放出来了。沈力在外边接的我,他说他叫杨一凡,我叫沈力。我有精神病,他是连里派回北京照顾我的,还给对方们看街道的证明信。对方们一时也搞不清我俩究竟谁是杨一凡、谁是沈力,嘱咐了他几句要认真负起看管责任的话以后,就让我走了。我呢,当时不得不装精神有毛病的样子。而沈力看去,精神正常得不能再正常。他对我说,'你回连队吧'。我说,'我走了你怎么办'。他说,'我已经能照顾好自己了,但是你在北京让我太不放心了'。第二天他替我买好了一张车票,第三天他把我送上了车。"

赵天亮:"你的事儿也哪说哪了吧。如果连长和指导员让你汇报在北京的情况,没必要说刚才那些多余的。"

杨一凡点点头。

忽然,外边响起一阵骚动,马群从连队的路上奔驰而过。百蹄擂地,宿舍里都引起了震动,盆架上的脸盆发出轻微的震荡声。

马嘶声、吆喝声响过后,一切归于平静。

"小黄浦"往窗外望了望:"闹的什么鬼?"

黄伟:"我想是齐勇和'小地包'回来了。"

门外又传入有人绊倒在地的声音。

赵天亮拉灭了灯。

门开了。齐勇和"小地包"的身影一前一后走了进来。他俩一个手里拿着条凳,一个手里拿着脸盆。

齐勇大声地:"开灯!关灯干什么?不愿意我俩回来呀?"

赵天亮将灯拉亮。

齐勇将条凳放在地上,"小地包"将脸盆放在盆架上。他俩各穿了一身蒙古族服装,享受着大家惊奇的目光。

"小地包"抱怨:"为什么在门外设机关?"

"小黄浦"嘻嘻一笑:"不是对付你俩的。哥儿几个想聊点儿特殊话题,怕连长或指导员偷听。"

齐勇看了他一眼:"特殊话题? 这年头有什么特殊话题?"

赵天亮打岔道:"看起来,你俩的任务完成了?"

齐勇:"没听到马群过去? 本来想在团里住一宿的,可团里没地方圈二百匹马,我俩呢,归心似箭,和马场连那几个哥们儿一合计,干脆走吧! 他们赶着马群回马场了,我俩迫不及待地回宿舍来了。"

他突然觉得有些不对劲:"咦,靖严呢? 他不是团里派到咱们连的什么员吗?"

"小黄浦"提示:"春播工作督察员。"

"那他怎么不睡在这儿?"

大家被齐勇问得一时不知该说什么好,互相看着。

黄伟编了一个理由:"他……今晚睡二班那边去了。"

"我找他去!"齐勇一转身就要往外走。

赵天亮光着脚跳下了地,挡在门口:"太晚了,别到二班去折腾了。"

齐勇:"不折腾他们了? 听你的!"

赵天亮上炕后,齐勇问他:"我俩的蒙古族服装怎么样?"

大家都点头表示欣赏。

"小黄浦"伸手摸着蒙古族服:"蒙古朋友给你们的?"

"给也不能要啊! 这么上下一整套,不少钱呢!""小地包"拍了拍蒙古族服,"我俩一咬牙一跺脚,买的。老齐还为靖严买了把蒙古刀!"

齐勇从腰间取下蒙古刀递给赵天亮:"我俩的钱都花光了,要不给你们一人买一把!"

魏明怕齐勇再提起张靖严,连忙打岔:"哎,你俩眼睛长脑瓜顶了? 人家一凡也回来了没看见呀?"

"小地包":"一凡？哪儿呢？哪儿呢？嗨,这小子,你怎么蔫了吧唧地一声不吭啊!"

杨一凡:"你俩心里哪儿有我啊!"

齐勇走到杨一凡跟前说:"挑理了？你把沈力照顾得怎么样啊？"

杨一凡自豪地:"看不出有什么不正常的了。"

齐勇向"小地包"使个眼色,两人突然掀开杨一凡的被子,四只手在他身上乱摸。

齐勇笑闹道:"按住按住! 今天我非摸他老二一下不可,看他还挑理不挑理!"

杨一凡在床上左躲右闪:"下流!"

齐勇得逞地笑着:"哈哈,摸着了!"

赵天亮见杨一凡被他们折腾得招架不住,大声地:"你俩别欺负老实人! 赶快睡吧。"

齐勇正在兴头上:"睡？不许到二班去折腾,那就得折腾你们一宿! 我俩要给你们唱蒙古长调!"

黄伟打个哈欠:"哎哎哎,忍着点儿,明天吧!"

"小地包"亢奋地:"明天没这会儿的情绪了!"说着,推了齐勇一下,"姐夫,先露一手。"

于是齐勇煞有介事地唱起了蒙古长调,"小地包"跳起了蒙古族鹰舞。

蒙古长调飞出宿舍,飘荡在静静的夜间……

第四十一章

清晨,赵天亮等还在梦乡之中,齐勇已把蒙古族服装穿在身上,从枕旁拿起蒙古刀插在腰间了。他走到"小黄浦"铺位前转了转,终于在小箱盖上发现了一面小镜子。他拿起左照右看,抻抻衣领,正正帽子,放下,脚步轻轻地离开宿舍。

连队里静悄悄的,知青们还都没起来。

他来到马棚,见老耿头也还没起来,便走到"乌云"那儿,冲"乌云"耳边说话:"'乌云',认出是我了吗?我穿这身怎么样?有蒙古汉子那种彪悍劲儿没有?过几天我带你到马场去,看你能不能相中一个对象。回来了嘛,先跟你打个招呼,接着我得去看一个好哥们儿⋯⋯"

他又走到老白马那儿,跟老白马说话:"白大爷,牙口还好不?还能嚼得动草料吧?"

他蹲下查看地上的马粪,用小棍拨拉了几下:"看你这粪还成形,那就证明消化可以。牙口好,消化可以,身体就好。"站起,拍拍马脖子,"你是有功之臣,为北大荒劳苦一辈子了,我一定会好好照顾你。你呢,也要好好活⋯⋯"

看完马匹,他离开马棚,来到男二班宿舍门前,轻轻推开门,闪身进入。

男二班的知青们也都在酣睡,他从两排炕铺的炕头走到炕尾。有的人用被子蒙住头,他就轻轻掀开一点被角,使人家的头露出来。有的人侧身睡,他就弯下腰,偏着头看人家的脸。

他在找张靖严。自然,他不会找到。

他觉得纳闷,推睡得正香的二班长:"醒醒,醒醒……"

二班长:"谁呀,真讨厌,别烦我!"

齐勇用手指捏住了二班长鼻子,把二班长给憋醒了。

二班长坐起来生气地骂:"你哪个王八蛋啊!"他揉了揉眼睛,认出了齐勇,惊讶地,"你小子啊!啥时候回来的?"

齐勇:"昨天半夜。没听到马群从连里过?"

二班长:"昨天半夜我们班都在跟播种机。"他打个哈欠又躺下了,嘟哝,"大清早的,你不折腾一班,来我们二班折腾我干什么?"

齐勇俯身问:"张靖严呢?"

"张靖严"三字使二班长睁大了眼睛,仰瞪着他,一时不知怎么回答才好。

齐勇:"问你话呢!"

二班长只好说:"你回一班问去!"

"他们说睡在你们二班!"

"胡扯!他……你还是问天亮他们去吧!"

齐勇:"他怎么了?!"

"你缠着我干什么呀!我不是说了嘛,问天亮他们去!"二班长翻过身去,不看他。

齐勇将他被子一掀,大声地:"我偏问你!张靖严怎么了?快说!"

二班长猛地坐了起来,恼火地:"他被带走了!实话告诉你了,行了吧?!"

二班长这一喊,其他知青也醒了,纷纷坐起来,愣愣地看他们。

齐勇转身冲到了另一名知青跟前,一手拽住人家一只脚,一手指着人家鼻子:"你替你们班长回答!谁把张靖严带走了?到底怎么回事?不说话我把你拖地上!"

被齐勇捉住的知青挣扎着:"老齐别别,我说我说。他被公安带走了,因为写了几首反诗,说是……和'四·五'有关系……"

齐勇放开了对方的脚,大叫:"反诗?他反谁?反谁?!他曾是七连唯一的一名党员知青!他曾是全团最早的知青排长!他是团里重点培养的干部苗子!"

二班长见齐勇这样,更加恼火:"你冲我们瞎嚷嚷什么呀!他当时正跟我们一块儿播种子,还跟我开玩笑来着!"

齐勇指着二班的人:"你们……你们一个个眼看着他被带走的,是不是?!"

二班长翻了脸:"我们有什么办法!滚!滚出去!别搅我们的觉!"

齐勇将盆架扳倒,悻悻而去。

齐勇怒气冲冲地回到一班宿舍,一脚把门踹开,大家仍在熟睡。他几步跨到盆架前,拿起一只铝盆,又随手拿起一只鞋,敲了起来。赵天亮们从梦中惊醒,吃惊地瞪着他。

齐勇指着赵天亮说:"你昨晚骗我!为什么骗我?为什么昨晚没一个人跟我说实话?!"

赵天亮也大声喊起来:"因为不愿意昨晚就看到你这种样子!你以为我们心里就好受吗?!"

黄伟也小声说:"你回来前,我们一直在说靖严的事儿。"

魏明:"你以为我们是谁?都应该充当绿林好汉?能那么做吗?那么做是爱他还是害他?!"

"小地包"下了炕,趿着鞋,走到齐勇跟前:"冷静点儿,冷静点儿。"

齐勇将盆扔地上,抬起脚用力地踏着。

"小黄浦"心疼地看着地上的盆:"那是我的盆。"

"小地包"拉了拉齐勇："炕边坐会儿,炕边坐会儿。"

齐勇猛一推,将"小地包"推得倒退数步,跌坐地上。

连长正在连部里吃早饭,门"嘭"的一声被踹开了,连长吓了一大跳。身上还穿着那身蒙古族服装的齐勇怒气冲冲,倒背一只手大步迈入。

连长上下打量着他："倒是没白去一趟内蒙古,搞了这么一身,挺有派头的。明明有宽敞的公路,昨晚非在连里搞出那么大动静干吗?"

齐勇瞪着连长不说话。

连长："脸怎么那么红?"他吸吸鼻子,"一大早就喝酒了?"

齐勇把背着的手拿到了前边,手握一瓶白酒,举起,猛灌了一大口。

连长脸色一沉："别喝了!这是连部,我是连长,立了点儿功也不许这么放肆!"

齐勇冷笑一声："你眼看着张靖严被带走的?"

连长一拍桌子："把酒瓶子放下!"

齐勇倒也听话,把酒瓶子放在了桌上。

连长："不想让我吃成这顿早饭是不是!"他放下筷子,将饭盒一推,拿起酒瓶子喝了一口。

齐勇瞪着眼睛："我只问你刚才那一句话!"

连长又一拍桌子："我现在不想回答你!"

"那你就是承认了!"

连长猛地站了起来,一指门："给我出去!"

"张靖严是什么样的人你还不了解吗!"

连长大吼："出去!"

二人互相瞪了一会儿,齐勇猛转身走了出去。

连长也喝一大口酒,缓缓坐下,屁股刚一沾凳子,就看见齐勇还站在窗外瞪他。

连长又一下子站了起来,将窗推开半扇,喝问："你想干什么你!"

"我能干什么我？我敢干什么我？"齐勇冷笑了两声，从窗口退开。他看见窗旁有一把没修完的旧椅子，顺手抓了起来，朝窗砸去。

齐勇一转身，见几步外站着团长、指导员、曲干事，还有一名警卫员。他们看着齐勇的举动，都呆住了。

团长等四人走到了齐勇跟前。

团长问指导员："这不是齐勇吗？"

指导员点头："对，是他。"

团长对曲干事说："去问问张连长，出了什么事。"

连长呆呆地看着曲干事朝连部走来。

团长绕着齐勇走，自言自语："浑身酒气，你可真没出息！我正打算发给你奖状，你却要酒疯。"

齐勇冷静地："我没耍酒疯。"

指导员瞪他一眼："还有话说！快向团长认错！"

齐勇："我没错！"他一梗脖子，忽然弯下腰，一副要呕吐的样子。团长和指导员赶紧向后退，而齐勇却什么也没吐出来。

团长见齐勇欲吐又止的样子，摇头道："他没错，那就是咱们错了嘛！谁叫咱们来的不是时候，偏巧碰上了呢？"

曲干事走了回来，对团长小声说："因为张靖严的事。他跟小张关系亲密……"

团长挥挥手："把奖状给他看。"

曲干事从文件包里取出卷成卷的奖状，将文件包递给指导员，展开奖状给齐勇看。

指导员对齐勇说："因为你们引进马群的任务完成得好，团长建议要在全连大会上表扬你和孙敬文。"

齐勇将头一扭。

团长见齐勇这样，生气地对曲干事说："撕了吧。"

曲干事犹豫了一下。

团长见曲干事没动,生气了:"没听明白?"

曲干事只得将奖状撕了。

团长问指导员:"连里有没有什么空闲的屋子?"

指导员想了想回答:"猪号旁有个小破屋。"

团长转身吩咐曲干事:"把他捆上,押猪号旁那小破屋去关禁闭。没我的话,不许放他出来。"

指导员将团长扯到一旁,小声说:"团长,兵团总部下发过文件,不得对知青擅自进行体罚或者关禁闭。"

团长:"是吗?你记忆倒不错,但是我想不起来了。"说罢,往连部走去。

指导员看了曲干事和齐勇一眼,跟在团长后面走去。

曲干事叫住团长:"团长!没绳子。"

团长:"那我不管。实在找不着绳子,用你鞋带。"他头也没回,继续往前走。

曲干事问齐勇:"你看这事儿怎么办吧!你要是不跑,那我就得解鞋带了。"

齐勇:"我跑什么啊!再说又能往哪儿跑!"

曲干事:"那好,你带路,去猪号。"

连长坐在连部里吸着烟,团长和指导员走了进来。指导员拿起笤帚清扫房间里的碎玻璃。

指导员给团长让了座。团长坐下,对连长不满地说:"五八年转业的老兵了,当连长也有年头了,一名战士敢当着你面砸窗子,你权威哪儿去了?"

连长:"那你把我撤了。"

指导员:"老张,别这么跟团长说话!"

连长:"我该怎么说?张靖严触犯了什么国法?不就是写了几首悼

念周总理的诗吗？你团长都不替他说句公道话,使他被铐上手铐,当着我的面被带走,我怎么保持权威？"他不耐烦地弹着烟灰。

指导员拍了一下桌子:"你怎么知道团长没替小张说话!"

"别打断他,让他把怨气发泄出来吧。"团长也掏出烟来,递给指导员一支。

三人沉默下来,静静地吸着烟。

而此时,齐勇已经带着曲干事和警卫员走进了猪号,猪号里只有一名老职工在喂猪。

齐勇走到他身边对他说:"老关,把放饲料那小屋的钥匙给他们。"

老职工看了看他,问:"干吗？"

齐勇:"叫你给他们就给他们。"

老职工从腰间取下钥匙递给曲干事。

齐勇带曲干事和警卫员走到小破屋前,翘翘下巴:"就这儿。"

曲干事用那钥匙开锁,却没打开。

老职工:"得用寸劲儿。"他接过钥匙,轻巧地打开了锁。

他们身后传来孙曼玲的声音:"齐勇!"

他们回头看去,见孙曼玲和上海女知青谢菲站在跟前。

孙曼玲:"曲干事好。"

曲干事:"小孙啊,我陪团长视察各连的春播工作……"他主动伸出手和孙曼玲握了握。

谢菲看着齐勇笑道:"你是不是又爱上了一个蒙古族姑娘啊？要不回连了还穿这么一身？"

齐勇看着孙曼玲微微一笑:"穿给她看的。"此时,他的酒意已经退了一些,打了个嗝。

谢菲扇着手后退一步:"班长,他喝酒了!"

孙曼玲没好气地:"你怎么这么没记性？批评你多少次了,平常日子不许喝酒!"

齐勇没搭茬，只是问："你俩来干什么？"

孙曼玲："老关一个人忙不过来了，我俩来帮了好几天了。你们来干什么？"

齐勇无所谓地："他俩要关我禁闭。"

孙曼玲瞪他一眼："别开玩笑。"

"没开玩笑，真的。"

孙曼玲和谢菲不由得诧异地看曲干事和警卫员。

曲干事："他把连部窗子砸了，团长、指导员和我，我们正巧看见了。"

孙曼玲冲齐勇犯急："你！你那不是耍酒疯嘛！"

齐勇："也可以这么说。"

警卫员打开了小破屋的门，对齐勇一摆手，示意让他进去。齐勇刚进去，又退出来了。小破屋里到处堆放着麻袋，几头半大小猪惊慌地往角落里缩。

老职工见状对齐勇说："哎，齐勇，你进去可不行。那几头小猪胆儿小，怕生人。"

齐勇往身后指了指："这话你得跟他俩说。"

老职工面露难色："曲干事，你看这……那几头小猪太淘，我这是关它们禁闭呢，板板它们的性子。齐勇要是进去了，怕吓着它们。一吓着了，那可就会生病的。"

曲干事："是团长的命令，我们也没办法。"

齐勇脱下蒙古袍："把我送这么个脏地方，别弄脏了我这件袍子。"

曲干事："齐勇，快点儿，我怕团长又有什么事儿吩咐我。"

齐勇托着蒙古袍、蒙古帽、蒙古刀朝孙曼玲一递："替我保管着。"

孙曼玲："去你的！懒得理你。"她不但没接，反而一转身赌气走掉了。

"那求你交给赵天亮，孙敬文也行，让他们替我保管着。"齐勇只好把衣服递给谢菲，谢菲刚接过，齐勇便进了小屋。

警卫员把门锁上,将钥匙还给老职工。老职工却不肯接:"这……万一我一开门喂猪,他跑了,谁的责任?"

齐勇在屋里听到了他们的谈话:"老关放心,我不跑。"

老职工不太信任地看着他:"你这会儿是不想跑,说不定关上一天就想跑了。"

谢菲对警卫员说:"那把钥匙给我吧。"

警卫员有些犹豫,曲干事将钥匙夺过来,交给谢菲,推着警卫员说:"走,走,咱俩的任务完成了,有些事儿别太认真。"

男一班的知青听说了齐勇被关禁闭的事,全来到小破屋前。谢菲将齐勇的衣物交给赵天亮:"他让你们好好替他保管着。"

"小地包"脱下棉袄,登高够到小窗口,把棉袄塞了进去。

魏明问"小地包":"他在里边干吗呢?"

"在面壁,像和尚打坐。"

赵天亮:"哎,还要什么不?"

齐勇的声音从里面传出:"烟。"

黄伟掏出了两盒烟:"替你想到了!"

黄伟刚想把烟扔给"小地包",孙曼玲挡在了他面前:"敢给他烟!谁给他烟我跟谁急!关禁闭还想吸烟,美得他!"

"小地包"一咧嘴,恳求地:"姐……"

孙曼玲:"滚一边儿去!他现在还不是你姐夫呢,你心疼的哪门子?!"

"小地包":"你看你,这什么话啊!"

赵天亮将孙曼玲扯到一旁,魏明趁机从黄伟手中夺去烟,塞给了"小地包"。

赵天亮对孙曼玲说:"你也别太生他的气,他是因为张靖严的事窝了股火。"

孙曼玲:"那件事谁都有看法,难道人人都该去买酒吗?都该喝醉了耍酒疯吗?"

大家默默望着他俩,只见赵天亮又将孙曼玲扯远几步,对她耳语了些什么,说得孙曼玲连连点头。

赵天亮走回到"小地包"们跟前,对大家说:"走,都干活去吧。"

小破屋里传出齐勇的声音:"哎,等等,一班现在干什么活?"

魏明大声冲里面喊:"播种!"

"差多少啦?"

"再有两天播完了。"

大家离开小破屋,"小地包"问赵天亮:"你后来跟我姐又说什么了?"

赵天亮一笑:"我说咱们都觉得齐勇的精神也有点儿不正常了,这时候你姐对他的爱护显得格外重要。"

杨一凡:"这么说好。对老齐有好处,对咱们也有好处。起码老齐被关禁闭这几天,你姐会替咱们多操心点儿。"

黄伟瞪大眼睛:"几天?"

魏明对黄伟解释:"听说,团长命令关他五天。"

"小地包":"不好,对我姐不好。我姐会着急上火的!"他强烈抗议,可惜已没人再理会他的话,大家都往前走远了,只剩下他一个人留在原地。

拖拉机牵引着播种机在广袤的黑土地上播种,牵引着石碾子在碾压。北大荒春季的风从袒裸而松软的黑土地上扫过,形成了一阵迷漫的黑雾。

魏明赶着"乌云"驾驶的马车出现在地边,赵天亮和几个人逆着风,侧着身向马车走去。他们就这样在风沙漫天的黑土地上劳动着。等到吃饭时分,一个个都成了土人。知青们在一台拖拉机旁铺了两条麻袋,摆上饭菜。一阵风过后,菜和汤里都覆上了一层土。大家傻了眼。

"小地包"骂道:"真他妈邪门儿,这风怎么成心似的!"

杨一凡端起汤碗,吹了吹,眼一闭,喝了下去。

夕阳西下时分,拖拉机继续在地里作业。远远看去,广袤的黑土地上的几台拖拉机显得那么小。蓝天、黑土、浴血夕阳组成了一幅庄严而凝重的景象。连队的方向,隐隐传来悠长的号声。

孙曼玲和谢菲在清理猪圈,老关走来说:"小孙,别干了。食堂开饭了,你俩走吧。"

孙曼玲却说:"老关,你先走。谢菲,你也走,我把这点儿活干完。"

老关:"你俩不走,我怎么好意思走啊。"

孙曼玲:"叫你们走,你们就走!"

谢菲对老关使了个眼色,二人默默离开了。

孙曼玲认真地清理着猪圈,又是用铁锨刮,又是用笤帚扫,把猪圈清理得特别干净。二班长端着一份儿饭出现在猪圈外,咳嗽一声,孙曼玲抬起了头。

二班长走近她说:"一班的人都在地里呢,连长嘱咐我给齐勇送饭来……"

孙曼玲朝小破屋指指,二班长走到小破屋跟前,又咳嗽了几声。

齐勇的声音从里面传出:"谁?"

"我,二班长。连长让我给你送饭。"

"我还真饿了。给我开门。"

二班长:"你等会儿。"他问孙曼玲,"钥匙在谁那儿?"

孙曼玲小声地:"在我这儿,不能给他开门。"

二班长也压低了声音:"既然在你这儿,给他开一下门有什么呢!"

"赵天亮说,他精神也有点儿不好似的。"

二班长吃惊道:"不会吧?"

孙曼玲:"他还说,他们一班全都这么觉得。"她一脸忧郁,眼泪在眼眶里打转。

二班长想起早上的事,说:"可也是的,想想他今天一大早到我们二班去折腾我们的样子,是有点儿反常。"

孙曼玲忧伤地:"如果我开了门,他胡闹起来呢? 他倒不会对我怎么样,就怕对你怎么样……"

"可,那也得让他吃饭啊。"

"从门上方的小窗口给他送进去吧。"

二班长又回到门前,登高够到小窗口,望着里边说:"抱歉啊,钥匙老关带走了,只得从这儿把饭送给你了。"

小窗口出现了齐勇的脸,他笑了一下,二班长也赶紧笑了一下。

齐勇含酸带刺地问:"你是不是挺解气的呀?"

二班长:"没有没有,千万别这么想,哪能呢! "他将饭盒和用筷子串着的两个馒头递了进去,从高处下来,隔着门问,"两个馒头够不够? 不够现在就说,我再给你去买。"

齐勇:"谢谢。不干活,吃两个够了。"

二班长:"那我走了啊。"说着,从门口退开。他见孙曼玲从猪圈里出来,将她扯到一旁,小声说:"他刚才冲我笑,那种笑就不太对劲儿。"

孙曼玲一脸难过:"赵天亮是严肃的人,他不会骗我的。"

二班长嘱咐地:"他吃完了,你让他从小窗口把饭盒递出来。接饭盒时,别把手伸进窗口,头要闪在窗口旁边。如果他让你给他开一下门,千万别听他的。无论他怎么央求都不能给他开门,啊? "

孙曼玲:"明白。你先走吧。"

二班长还是有些担心:"你肯定,你一个人留在这儿是安全的? "

"没事儿,走吧,我收拾收拾也走。"

二班长一步三回头地走了。孙曼玲扫猪圈外边的地,听到小破屋里齐勇喝汤呛着的声音,朝门望了一眼。

她擦了脸,洗了手,悄悄走到小破屋门前,从门缝向屋里窥望。齐勇已经吃完了饭,空饭盒放在一旁,坐着一袋子饲料,靠着一袋子饲料,怀抱一头小猪,给小猪挠痒痒。小猪舒服地闭着眼睛,他也闭着眼睛。

孙曼玲想了想,轻轻咳嗽一声。

齐勇睁开眼睛:"甭咳嗽,我知道外边就剩你自己了。"

"吃完了把饭盒递出来。"

齐勇把饭盒和筷子从小窗口里递了出来,孙曼玲登高将饭盒、筷子接了过去。齐勇透过小窗对孙曼玲苦笑,孙曼玲也苦笑,从高处蹦下,在门旁木墩上坐下。

齐勇从小窗口看下去,见孙曼玲还没走,问:"你怎么不去吃饭?"

孙曼玲:"不饿。"

"干了一天活不饿?"

"饿也不想吃,班里她们会给我打了留着。"

"想我没有?"

"想了。夜里一听到马群从连里过,我就猜到你回来了。"

齐勇:"我在内蒙古也经常想你,不信你可以问敬文。我一想你,就跟敬文念叨你……"

孙曼玲:"你要是真想我,今天早上就应该在食堂门口等着见到我,而不是喝醉了去砸连部的窗子!"

齐勇满怀歉疚:"对不起,丢你的人了。家里来信说,我母亲住院了,是人家张靖严他父母,还有他弟弟,一有空就去医院帮着照顾我母亲,否则我父亲也得累病了。要是我弟弟在那还好点儿,可惜我弟弟不在了……"

孙曼玲打断他:"咱俩不是互相发过誓,谁也不再提当年那件事了吗?"

"我忘了,说点别的吧。"齐勇赶紧岔开话题,"哎,我给你唱蒙古族长调吧,连蒙古族人都说我学得不错……"

齐勇在小破屋里唱起歌来,孙曼玲坐在外边默默地流泪。齐勇唱罢,灵机一动道:"哎,你把手从门缝伸进来。"

孙曼玲:"干什么?"

"我看看你的手相。"

"不让你看,我不迷信。"

齐勇:"看着玩儿嘛!你坐门外边不回宿舍去,还不是为了怕我寂寞,陪陪我?你陪我,我也要尽量让你陪得开心嘛!"

"你自作多情!我坐这儿不是为你!"

齐勇佯装生气:"别嘴硬!我落这么个地步,你不心疼我是不对的。快把手伸进来,要不我可生气了啊!"

孙曼玲迟疑着站起来,将门推开一道缝,犹犹豫豫把一只手伸了进去。

齐勇看着孙曼玲小心翼翼伸进来的半只手说:"我是狼啊?还能把你手一口吃了啊?不情愿就算了!"

孙曼玲只好将手全伸了进去。

齐勇:"这还差不多!"他一只手握住孙曼玲腕子,另一只手攥住她手指,煞有介事地看她掌心纹,接着又把她的手翻过来看手背和手指。

孙曼玲:"看手相有看手背的吗?"

"蒙古族看法。我跟他们学的。"

"胡扯!"

孙曼玲欲把手缩回去,却被齐勇用力拉住:"别动,刚看出点儿门道……大拇指甲怎么劈了?"

"干活弄的。"

齐勇:"也不小心点儿。嘱咐过你多少次了,只要是干拿工具的活儿,那就应该戴手套!要养成习惯!女人的手是女人的第二副面容,也最能体现女人对男人的吸引力。所以女人不但要为自己,也要为爱她的男人善于保护自己的手别受伤,更别留下疤痕……"

孙曼玲:"只有资产阶级的女人才有那种臭毛病!只有资产阶级的男人才有你那种臭思想!人长一双手就是为了劳动的!劳动者光荣!

因为劳动而受伤的手,留下疤痕的手,是劳动者的骄傲!手上的疤痕是劳动者的奖章!"

齐勇:"咱不要那样的奖章!奖章还是能别在胸前的好。"他忽然俯下头吻孙曼玲的手。

孙曼玲的身子一颤,想把手抽回去,却被齐勇攥得更紧。

齐勇忘情地吻孙曼玲的手心、手背、手腕、手指尖儿,并使她的手贴在自己脸上。

孙曼玲挣扎着,想摆脱齐勇:"你干什么呀你!"

"好想你的小手,终于又握住了。"

"放开我手!"

齐勇轻轻笑道:"亲够了就放开了。"

"你疯了?!"

孙曼玲用力把手抽了出来,只听哧啦一声,她的袖子被划破了。

"你可耻!"孙曼玲气哭了,一扭身从小破屋门口跑开了。

孙曼玲跑到猪圈旁一棵大树下站住,抽泣。扛着行李卷的"小地包"远远看见姐姐,走了过来。

"小地包"奇怪地问:"姐,你站这儿哭什么?"

孙曼玲抹抹泪,反问:"谁让你送来的?"

"小地包":"这还用谁让啊?曾经一个班的嘛,我们都想到了。老关说钥匙在你这儿,给我。"他向她伸出手。

孙曼玲嘟着嘴:"不给!从小窗口塞进去!"

"小地包"有些为难地看了看行李卷:"那么小的窗口,能塞进去吗!"

孙曼玲这才不情愿地将钥匙给了弟弟,问:"他怎么了?"

"小地包":"你说他怎么了?不就是因为张靖严的事儿一时想不通,喝酒了,砸了连部窗子吗?"

"他离开连队的时候好好的,怎么就像沈力一样,精神变得不正常了?"

"小地包"："嗨！你别信天亮的。他那是骗你！当然他也是好意,想通过你散布一种假相,使我姐夫的行为变得性质单纯点儿。"

孙曼玲凶巴巴地："别'姐夫姐夫'的！我再说一遍,我和他没结婚前,不许你傻了巴唧地叫他姐夫！赵天亮从不编瞎话骗人,更不会骗我！快告诉我实情,姐扛得住。"

"小地包"："我还告诉你什么实情呀我！我倒是觉得你有点儿不正常了,怎么分不清真假话了呢！"

孙曼玲愣愣地瞪了弟弟片刻,将他一推,转身跑了。

"小地包"走到小破屋门前,问："在里边呢？"

齐勇的声音里带着怨气："废话,我还能变成只苍蝇飞出去呀！"

"小地包"拍拍被褥："我来给你送被褥。"

"我以为你们把我忘了呢。"

"小地包"开锁进屋,问齐勇："你打算怎么睡？"

齐勇摆平装饲料的麻袋,说："放这儿吧。"

"小地包"放下行李卷,又问："你把我姐怎么了？"

齐勇："这话问得！"他指着门说,"隔着一扇门,门上锁着锁,我就是想把她怎么样,又能把她怎么样？"

"小地包"一脸不相信："那她哭了？你还是老实交代的好。"

齐勇："我只不过亲了亲她的手嘛！"他拍拍饲料袋,意思是让"小地包"也坐下。

"小地包"瞪大眼睛："隔着门?!"

"我骗她,让她把手伸进来,说要为她看手相……"

"打住。""小地包"明白是怎么回事了,"往下我就明白了,那我姐更加相信了……"

齐勇："更加相信了？相信什么？"

"天亮跟她说,你也像沈力一样,精神有点儿不正常了。"

齐勇急了,一下子站了起来："这小子！他这不是破坏我和你姐的关系嘛！我找他算账去！"

他欲往外走，被"小地包"拦在了门口："哎哎哎，团长他们还在连里呢！如果哪个多事的王八蛋看见了你，汇报给团长，大家面子上不是都不好看了嘛！"

齐勇又郁闷地坐了下去。

"小地包"看了看他："你再没什么事儿我走了。"

齐勇却拽住他："坐下，陪我聊会儿！"

"关禁闭是为了促使你反省，你还是好好反省吧！"

"连你也认为我应该反省？"

"小地包"："那当然！哥儿几个都劝你要冷静，要理智，你偏不听，就这一点你还不应该反省啊？"他挣脱了他，走了出去，把门关上，并且上了锁。

齐勇拍着门对"小地包"说："那把钥匙给我！"

"钥匙怎么能给你呢？"

"不给我，让我在里边屙，在里边尿啊？"

"小地包"犹豫了一下，决定道："给你就给你！可要自觉啊，不许半夜三更地打开门，鬼似的到处乱逛，再弄到了点儿酒，再喝醉了，再惹是生非的！"说着，便将钥匙从门缝递了进去。

齐勇隔门保证："姐夫不害小舅子担责任。"

"记着，明天我姐来了，主动把钥匙交给她！""小地包"说完就走了。

赵天亮和黄伟在男一班宿舍门外刷牙。"小地包"走来，二话不说，一个绊子将赵天亮绊倒在地。倒在地上的赵天亮和满嘴牙膏沫的黄伟愣愣地瞪着"小地包"。

"小地包"叉腰对赵天亮吼："我老姐相信了你的话，你说怎么办吧！"

黄伟抹抹嘴，劝道："别生气别生气，何必动这么大肝火呢！刚才我和天亮还在讨论，他当时那么对你老姐说，究竟是利大于弊还是弊大于利？我俩都觉得，即使你老姐暂时相信了，从长远看，放出那么一种烟雾弹那也是有必要的……"

"小地包"愤愤地:"我老姐都哭了！她一哭,我心疼！"

黄伟:"你老姐又不是以前没哭过。"

赵天亮这时已经站了起来,拍拍"小地包"肩:"你的心情我理解……"

"小地包"将他一推:"你理解个屁！"说罢,便转身进了宿舍。

赵天亮看着黄伟:"你还认为利大于弊吗？"

黄伟:"我从不轻易改变看法。"

寂静的连队的夜晚。

齐勇盖被卷躺在小破屋子里,两只半大小猪居然也上了饲料袋,睡在他旁边。

外面突然传来一阵喊声:"来人啊！狼群进攻马棚啦！操家伙打狼啊！……"

"乌云！"齐勇一掀被子坐了起来。两只小猪掉在地上,吱哇叫着跑向角落。他急忙穿好衣服鞋子,伸手在兜里翻门钥匙。钥匙却不知哪儿去了！

屋外的喊声继续。齐勇用肩头将门撞开,向马棚跑去。

半路上,齐勇与光着上身的老耿头相撞。老耿头抬头见是齐勇,着急地:"大事不好,五六只狼扑进了马棚,我去连里,让吹号……"

齐勇:"你晕头了,连部在那边！"他将老耿头往连部的方向一推,继续往马棚跑。

夜幕中的马棚传出马匹的嘶叫声。

齐勇操起门旁的一把叉子,冲进马棚。一只狼朝他扑来,他向旁边一闪,躲过了那一扑。他见狼已落地,大叫一声,一叉子叉下去。他一转身,见几只狼正在进攻老白马,而老白马已躺倒地上。"乌云"惊恐地嘶叫,企图挣开缰绳。

齐勇举叉在手中,大叫着向群狼冲过去……

外面，紧急集合号声响起，人们从四面八方跑向马棚。

狼或被打死，或逃跑了。

马棚外伫立着不少人，老职工、老战士、男知青、女知青。赵天亮、孙曼玲和二班长也站在人群中。

老耿头不知披着谁的袄，蹲在地上悲痛不已地哭着："我对不起老白马，对不起老白马！它是北大荒的有功之臣，它不应该死得这么惨啊！"

指导员也蹲下，拍拍他肩："耿大爷，不是你的错……"

杨一凡："好几年没闹狼了，怎么忽然来了五六只？"

"小地包"："我想，是我们从内蒙古引过来的，一路都有一拨又一拨的狼群尾随着我们的马群。因为我们保护得上心，狼群才没得逞。"

连长生气地质问："怎么不汇报？！"

"小地包"："我怎么知道那也应该汇报！"

团长和曲干事也匆匆走来了，团长问连长："损失大不大？"

连长指了指地上："咬死了一匹，有几匹受伤了，我们最好的马受了最重的伤……"

齐勇从马棚内走出来，身上的衣服因打斗碎得一条一条的。团长上下打量着他，大家目光也都望向他。

孙曼玲想走到他身边，却被他伸出一掌制止住，孙曼玲只得站住。齐勇收回那只伸出的手，抹一把泪，突然大叫："都看我干什么啊！找兽医！"

团长对曲干事说："快，开车去九连，把兽医所的医生都给我拉来！"

清晨，男女知青分成两个方阵，在赵天亮和孙曼玲的带领下跑步。团长、曲干事、连长和指导员走来。赵天亮、孙曼玲发布口令后，男女知青的队列面向团长他们站住。

指导员对大家说："宣布一项任命：根据工作需要，从今天起，任命齐勇为男知青排排长，任命魏明为司务长。宣布完毕。下面，请团长讲话。"

团长清了清嗓子:"我不是一个情绪化的人。当然,有时候也比较情绪化。要不,官儿比现在还大些。我的意思是,指导员刚才宣布的任命,与我无关。那是你们七连党支部几天以前就决定了的事。我只不过尊重他们的决定,不予以反对。今年是一九七六年了。你们中下乡最早的,已经来到北大荒八年了,和抗日战争的时间一样长了。你们都知道的,全中国的城里人,吃饭那都是有口粮定量的。如果北大荒多向国家交一些粮食,有些城市里的人,粮本上的口粮定量也许就会多几斤!所以,我不愿意任何事情干扰我们种粮食,收粮食!干扰了,我就会生气!……"

团长激动地说完之后,取消了对齐勇的禁闭。团宣传队来到连里演出了一场,团放映队也为连里放了两部电影。然而,知青们的心里,却似乎再也不能产生以前曾有过的种种真快乐了,似乎每一个人的精神年龄,都一下子变老了许多。

灰头土脸的男一班知青正往宿舍走,谢菲跑了过来,对他们说:"方大姐和周萍回来了!赵天亮,周萍让我来找你,叫你快去看看你们儿子!"她说完就转身跑掉了。

大家面面相觑,不知道她所说的"儿子"是指谁,皆向女一班宿舍匆匆走去。

齐勇边走边问赵天亮:"天亮,怎么回事?"

赵天亮也丈二和尚摸不着头脑:"我怎么知道!"

杨一凡窃笑:"天亮,这你可就做得欠妥了点儿吧?"

赵天亮:"我抽你!"

大家来到女一班宿舍,孙曼玲闻声而出,一只手撑着门笑道:"哈,不但当爸的来了,当叔叔的当伯伯的也来了!都进来吧!"

宿舍里,坐在床上的余莎莎抱着孩子,女知青们在逗孩子笑,周萍则在一旁洗脸。她们见赵天亮他们来了,一时安静。

谢菲对孩子拍拍手："宝贝儿，来，阿姨抱累了，让妈妈抱抱吧！"

余莎莎推她一把："别大言不惭啊，人家周萍才是孩子妈，你算老几！"

谢菲："算老几？冲我和周萍的姐妹们关系，当干妈总是有资格的吧？"她把孩子抱过来，发现了门口的赵天亮，笑道，"还在门口站着干什么呀，快进来逗逗儿子呀！"

女知青们笑作一团。赵天亮大窘，站在门外进也不是，退也不是。

齐勇犹豫地问孙曼玲："我们进去不太方便吧？"

孙曼玲白他一眼："要进快进，不进就滚。"

于是男知青们一拥而入。

周萍挂了毛巾，看到赵天亮，不好意思地说："我刚进宿舍。"

谢菲抱着孩子走到赵天亮跟前，问："看，像你不？"

杨一凡在一旁嬉笑地附和："像，哪儿都像！"

"像你！"赵天亮不满地瞥了杨一凡一眼，转而问周萍，"哪来的？"

周萍反问："你说呢？"

孙曼玲："问得好！"

女知青们又嘎嘎地笑起来。

赵天亮："我在严肃地问！"

周萍："孩子都是女人生的，还能是哪儿来的？你不是明知故问吗，明知故问就严肃啦？"

面对大家的哄笑，赵天亮有些不知所措："我是清白的。当着你们班的人，当着我们班的人，你得还我清白。"

孙曼玲："嚯，嚯，你原先哪儿清了？哪儿白了？现在怎么就不清不白了？"

"小孙，别那么厉害！"大家一转身，方婉之走到了孩子跟前，从怀里拿出奶瓶递给周萍。

周萍接过奶瓶，抱过孩子，坐炕沿上喂孩子喝奶。

赵天亮如逢救星："大姐,这孩子和我无关!"

方婉之愣了愣,恍然大悟,指着孙曼玲说:"你们呀,贫死了!"

孙曼玲:"我报一箭之仇! 谁叫他骗我,说齐勇精神有毛病来着!"

齐勇无奈地:"怎么又把我扯上了!"

余莎莎:"赵天亮你认的什么真啊! 有没有点儿幽默感啊! 小周,冲他这样,跟他吹!"

女知青们齐嚷:"吹! 吹!"

赵天亮更尴尬了。

魏明扎着围裙,用块板端碗面条进入,放周萍旁边,说:"我亲自做的。"

他转身看见呆呆站在那里的赵天亮,问:"抱过儿子了?"

女知青们又一阵嘎嘎大笑。

周萍对窘迫的赵天亮解释:"我和排长路上捡回来的孩子。一名插队的上海女知青让排长替她抱会儿,可一走就再见不着影了。"

赵天亮不由得从周萍怀中抱过去孩子,心情复杂地看着。其他男知青纷纷围拢。

"小黄浦":"可惜我还没老婆。要有,我养着了⋯⋯"

第四十二章

傍晚,"小黄浦"在马棚里给"乌云"换药。可是无论他怎么安抚,"乌云"都不肯安静下来,情绪非常焦躁。这时,齐勇走来,见状轻轻地抚摸着"乌云",跟它说话,"乌云"渐渐安静。

"小黄浦"一边换药,一边不痛快地说:"你和老魏都当官了,却把我调到了马号!"

齐勇:"别发牢骚,我向连里推荐你的。不久连里会送你去学兽医。"

"小黄浦":"我没想过要当兽医!"

"真不识好歹!学兽医要进大学的。"

"一进大学我就要求改学别的。"

"改不改得成,那就看你的造化了。"

"小黄浦"为"乌云"涂罢药,问齐勇:"都当官了,还来这儿干什么?"

齐勇抚摸着"乌云"的鬃毛:"排长就是官儿了?比你多挣一分钱吗?我放心不下'乌云',身不由己地就来了。"

"小黄浦":"三连最权威的兽医说,'乌云'身上的伤容易好,精神上的伤却较难好,也许根本就好不了。那就只能把它处理了,否则它很危险。"

齐勇瞪着"小黄浦"问:"什么意思?"

"小黄浦"以手作枪,瞄准"乌云"脑门,口中发出"啪"的一声,说道:"使它毫无痛苦。"

齐勇:"谁敢那么做,除非先把我处理了。"

他继续抚摸着"乌云"脖子,内疚地:"'乌云','乌云',也许我根本就不该把你和老白马单独拴在这儿,眼看着老白马死得那么惨,你又怎么能不受惊呢? 对不起,别怪我……"

"小黄浦"送齐勇走出马棚,经过老白马的坟,坟前有块木牌,上写"白马之墓",木牌上还套着马脖圈。

二人不禁站住。

"小黄浦"对齐勇说:"指导员亲笔写的这四个字。"

齐勇将马脖圈拿在手中:"别套着这个,烧了。它当了一辈子劳役马,还它自由,让它托生为野马吧。"

"那就不能烧。按咱们人世间的说法,烧了反而等于又给它套上了。"

齐勇:"那就拆了,拜托。"他将脖圈交给"小黄浦",拍拍他肩膀,走了。

四季更迭,时节替换,黑土地变成了一望无边的绿毯,菜地里的秧苗也长了起来。

一天,男女知青们在黑土地上劳作。

周萍:"班长,我到连长家去看看孩子!"说罢,朝连长家跑去。

孙曼玲:"等等! 今天不在连长家,应该轮到尹排长家了!"

谢菲:"那都去吧! 好几天没看见了,也想他了。"

"小地包"对赵天亮说:"我也想大侄子啦。"

齐勇看了赵天亮一眼,对"小地包"说:"走,看咱们侄子去。"

于是,男知青跟着女知青,向尹排长家走去。

赵天亮他们站在尹排长家窗外朝屋里看着。而女知青们已经全在屋里了,周萍举着孩子给外边的男知青看。尹排长的妻子将一奶瓶水递给周萍,周萍喂孩子喝水。

外边,齐勇碰碰赵天亮:"叫过你'爸'没有?"

赵天亮:"叫也不能让你们听到啊。"

"小地包"冲赵天亮挤挤眼:"那是,只能教儿子叫给周萍听。"

黄伟:"天亮,你没结婚就开始享受天伦之乐了,没几个人有这等福气,你知足吧你。"

赵天亮:"我也没说有什么不知足的啊!"

"小黄浦"匆匆跑来,对齐勇说:"老齐,我到处找你,急死我了!'乌云'挣断缰绳跑出马棚一次,在连里横冲直撞,差点儿踏着连里的几个孩子,连长拎把猎枪到马棚去了!"

齐勇拔腿便跑,赵天亮们追他而去。

"乌云"被拴在马棚外的马桩上,连长站在几步外,举枪瞄准。此时的"乌云"反而镇静,一副从容就义的样子。连长见它这副样子,不忍地放下了枪,听到脚步声,转身,看见赵天亮们跑了过来。

黄伟拉住连长的手,哀求:"连长,求求你饶它一次,许多马都有过它那种时候……"

赵天亮上前几步,将枪从连长手中夺了过去。

连长看见齐勇默默地站在后面,对他说:"那你自己来。兽医说,它是定时炸弹……"

齐勇一言不发走到马桩边,拍拍"乌云"脖子,解开缰绳,牵着它走了。

天渐渐黑下来,齐勇依然坐在河边发呆,"乌云"在他旁边安闲地吃草。

赵天亮他们走了过来。

赵天亮:"老齐,在咱们班宿舍旁边,哥儿几个为'乌云'搭了个临时马棚,就像咱们在黑龙江边那样的马棚。"

齐勇眼睛依然望着前面:"如果可能,我真想连探家都牵着它回哈尔滨……"

正说着,远处的天边传来了滚滚的雷声。

黄伟望了望阴沉沉的天空:"别说那种不着边际的话了。没听见雷声啊?快走!"

杨一凡拉起了坐在地上的齐勇。

大雨说下就下。众人冒着雨,在男一班宿舍旁忙活着,有人往临时马棚上苫草,有人用木板将马棚四周钉严。好容易把临时马棚整理好,大家跑入宿舍,一个个落汤鸡似的,哆哆嗦嗦地脱衣服。

"小地包"脱得赤条条的蹦上炕,钻进被窝。

杨一凡只着裤衩,一边用干毛巾擦身一边说:"这第一场春雨真他妈凉!"

"小黄浦"打了个大喷嚏。

齐勇看大家冻成这样,感激地:"哥儿几个,多谢了啊!"

黄伟拧着衣服上的水说:"'乌云'的伤还没完全愈合,如果再让雨淋了,感染了,那对它可就是雪上加霜了。"

魏明穿着雨衣拎着空桶进入,对赵天亮说:"你们那马棚搭得不错。"

赵天亮问他:"食堂完事儿了?"

"完事了。正好有半桶热米汤,我拎过来,喂'乌云'喝了……"

一声霹雳,大家都朝窗外看去。

杨一凡:"按迷信的说法,春雷是闷雷,夏天才有惊雷。这霹雳打得让人发毛。"

杨一凡话音未落,紧接着,又是几声霹雳。大雨哗哗地下起来,知青们伴着雨声进入梦乡。

经过了一夜的狂风暴雨,第二天早晨,黑土地上草木青翠,处处新绿。

　　男一班和女一班又出现在半山腰的采石场地。石壁、石头皆湿漉漉的。齐勇和赵天亮手拿钢钎、铁锹，这里捅捅，那里捅捅，仔细查看情况。

　　齐勇问赵天亮："还安全吧？"

　　赵天亮："我看先打一个炮眼，放一炮，震一家伙，松动的地方都震下来了，才更安全。"

　　齐勇："有道理。"

　　他对远处的人喊："都别过来，我和天亮打个炮眼，先放一炮！"

　　赵天亮扶钎，齐勇抡圆了大锤，一锤一锤地砸下去。

　　其他知青在离他们挺远的地方闲聊。

　　"小地包"对周萍说："你和天亮都是板上钉钉的关系了，还坚持个什么劲儿呀，干脆把事儿办了吧！你俩带头，我老姐和齐勇紧接着办。那我姐夫也有了，嫂子也有了，侄子也有了，也算是上山下乡的一大个人收获！"

　　周萍："这话你得对天亮说啊，我没意见呀！"

　　杨一凡捅捅"小地包"："敬文，你的话好有一比，叫作住持不急和尚急。"

　　周萍："谁说我不急啦？我心里猴急猴急的，谁急谁知道！"

　　谢菲："哎哎哎，周萍，话要说明白，光承认急不行，还得承认急什么！"

　　周萍："急着做赵天亮的老婆呗！扎根落户，不就是要结婚生孩子吗？从此更有人疼爱了，晚上睡觉也有人搂着了，想一想都挺美的，我可愿意带这个头啦！"

　　余莎莎："哎呀妈呀，哎呀妈呀，周萍，你怎么变得什么话都敢拿过来就说了呀！"

　　周萍："以前活得太压抑了，以后我要做咱们七连的李双双！"

　　薛艳向男知青们笑道："你们男一班的都听到了吧？你们可要赶快敦促赵大亮和我们萍萍结婚！要不，萍萍哪天等不及，也许就嫁给别人了！"

大家都笑了起来。确实，大家都感觉到了周萍的变化。自从探家回来，她好像变了个人似的，活泼多了，也爱开玩笑了。

"小地包"走到黄伟跟前，要了支烟，点上吸了一口，望着山顶说："再过半个多月，又可以上山采鲜蘑了。"他的目光注意到了山顶上的几块大石头。

齐勇还在和赵天亮在原处打炮眼。

赵天亮看着炮眼问："够深了吧？"

齐勇："再深点儿，多塞些药。"说着，又抡起了大锤。

"小地包"向他俩大喊："老齐，你俩停会儿！"

齐勇听见了他的喊声，对他摆摆手："耐心点儿，一会儿就可以放炮了！"

"小地包"没有理他，拔腿向他俩跑去，边跑边喊："危险！快闪开！"

碎小的石块从齐勇和赵天亮头上掉下来，齐勇抬头向上望去，并没觉得异常。

赵天亮也仰望着石壁说："也没什么问题啊。"

说时迟，那时快，"小地包"冲到他前面，用力一推，将赵天亮推下石堆去，接着又用力将齐勇也推下石堆。

远处的知青目瞪口呆地望着，几块大石滚落下来，其中一块砸倒了"小地包"。

男女知青们呼喊着奔向倒在血泊里的"小地包"。

谁也没想到，下了一整夜的雨，山上的泥土完全松软了，山上的几块巨大的石头会从山顶滚落下来。

知青们扑到了"小地包"跟前，"小地包"的下半身被磨盘般大的石块压住，齐勇用自己的腿垫住"小地包"的头。赵天亮、黄伟、杨一凡齐心协力撬着、搬着、推着压住"小地包"的石块。女知青们则跪在"小地包"周围放声大哭。

齐勇抱着"小地包"的头哭道:"敬文,敬文,别怕,撑住,一定要撑住啊!"

"小地包":"你看我……像怕了吗?……"他虚弱地笑了一下,鲜血从他的口中涌出来。

周萍哭泣着用手绢擦"小地包"嘴边的血。

赵天亮们将石头从"小地包"身上推下去。黄伟对赵天亮说:"我回连队去套车!不要轻易挪动他,等我把马车赶来。一凡,这里离三连近,你快去三连找他们的医生!"说罢拔腿向连队跑去。

杨一凡也朝另一个方向跑。赵天亮跪在了"小地包"身旁,他和周萍各在"小地包"的身体左右。

齐勇完全乱了方寸,哭道:"天亮,怎么办啊,怎么办啊!不能让敬文这么硬撑着啊!"

赵天亮倒显得异常镇定,他用自己的双手握住"小地包"的一只手,低俯下头,看着"小地包"的眼睛对他说:"老黄说,这会儿不能乱动你,他跑回连去了,他很快就会把马车赶来的。一凡去三连找医生去了,他们那位医生是哈医大的……"

"小地包"额上冒出冷汗珠。赵天亮腾出一只手,擦"小地包"额上的汗,继续说:"我们敬文是好样的,从来都是好样的,你能撑住的,是不是?"

"没……问题……""小地包"虚弱地抓住了周萍的一只手,把周萍的手和赵天亮的手放在一起。他看看周萍,看看赵天亮,又说:"你俩结婚吧!都下乡八年了,二十六七岁了,等到哪一天是个头呢?中国人死都不怕,还怕结婚吗?你俩一带头,老齐和我老姐,那也就不好意思,再等着了……"

周萍流着泪点头。

赵天亮也红着眼圈说:"我答应你。你说'五一'就'五一',你说'十一'就'十一',到时候由你来主持……"

"小地包"仰望着齐勇说:"老齐,给哥们儿……来段蒙古长调吧!你来一段,他们就不哭了……我最难忘的时期……有三个阶段——在哈尔滨度过的童年,在北大荒这八年,还有到内蒙古去接马群的……经历……马群奔驰起来真壮观啊,蒙古长调真好听啊!穿蒙古袍的小孩子……真可爱啊……"

齐勇:"别说了,我唱给你听……"他流着泪哼唱起了蒙古长调。

在蒙古长调声中,"小地包"仿佛又回到了内蒙古大草原。

他仿佛看到了蒙古包上方飘着炊烟,大狗和小狗在嬉闹。两个蒙古族男孩在蒙古包前摔跤。一名蒙古族汉子在拉马头琴,齐勇和自己静静地坐在蒙古族汉子对面倾听。在他俩目光的前方,一位蒙古族姑娘骑在马上,牧放着羊群。蒙古族老额吉和蒙古族少女各端一碗奶茶走出帐篷,递给齐勇和"小地包"。

他仿佛看到了几名蒙古族汉子和齐勇、也和他自己骑在马上,在马啸声中奔驰,赶着马群冲下一处高坡。他摔下了马,马跑掉了,齐勇策马朝那匹马追去,蒙古族汉子们望着躺在地上的他爽朗地笑。

他仿佛看到了日落时分,穿蒙古袍的齐勇、他自己以及几名兵团知青与蒙古族汉子们告别的场景,那名拉过马头琴的汉子用蒙语喊了句"一路平安",他们便策马奔驰而去。齐勇和他自己齐声喊着:"哦嗬!上路喽!回家喽!……"

他俩与那几名兵团战士撵着马群在大草原上疾驰,辽阔的旷野上响起悠长的马头琴声,奔驰的马群在茫茫的绿海中渐渐模糊……

"小地包"闭上了眼睛。

路上停着马车和拖拉机,医生的手从"小地包"腕上放了下来,连长、指导员、孙曼玲都来了,大家站在"小地包"周围。医生也站了起来,向连长和指导员轻轻摇头。

孙曼玲浑身一软,跪倒在地,伏在"小地包"身上放声大哭。

赵天亮拎起大锤,走到那块砸死"小地包"的大石前,狠狠地瞪着它,突然抡起大锤朝石块砸去。黄伟从背后搂住了他。

"啊!"赵天亮仰天大叫。

黄伟搂紧他,流泪不止。

女一班宿舍里,只有孙曼玲和齐勇两个人。孙曼玲坐在炕沿,齐勇站在她跟前。

齐勇内疚地:"说到底还是怨我,我是排长,我怎么就忘了观察观察山顶上的情况⋯⋯"

孙曼玲:"不是你的错。老白马被狼咬死那天,我听到指导员对耿大爷说——'不是你的错'。有些事,谁也想不到的。我弟他,也算替我们孙家,偿还了你们齐家一命⋯⋯"说着,又哭了起来。

齐勇不由得搂住她,也又流下泪来,悲痛地:"你怎么这么说? 你这么说,不等于用刀子扎我的心嘛!"

此时的男一班宿舍也是愁云惨雾。黄伟、魏明、"小黄浦"和杨一凡默默站在宿舍外,谁也不看谁,谁也不跟谁说话。

宿舍里只有赵天亮和周萍二人,他俩面对面地站着。

赵天亮平静地:"想到为什么让老黄把你找来了吗?"

周萍茫然地望着他,摇摇头。

"萍萍,咱们结婚吧! 行吗?"

周萍平静地点头。

赵天亮:"那,一会儿,咱俩一块儿跟连里说去。"说着,脸上流下泪来,"我⋯⋯我⋯⋯"

周萍流着泪轻轻点头:"什么都别说了,我听你的。"

连长、指导员和方婉之在连部里商议着什么事。

指导员低头叹道:"不让当父母的最后看一眼他们的儿子,我们会落埋怨的。"

方婉之吸了吸鼻子:"小孙的想法是,暂时瞒她爸爸妈妈一段时间。怕立刻就通知了,她爸爸妈妈受不了。"

连长问她:"小孙怎么样?"

方婉之:"她表现得很让人尊敬。"

他们正说着,门突然开了,赵天亮和周萍走进来,屋里的三人站了起来。赵天亮将一页折着的纸交给指导员,说:"我俩要结婚,这是我们的申请。"

门又开了,齐勇和孙曼玲也走了进来。

孙曼玲的眼睛还肿着,但是脸上的表情很镇定:"连长、指导员、方大姐,请连里,批准我和齐勇结婚。"

指导员对他们说:"小赵和小周也来申请结婚,你们四个可都想好了……"

两对恋人互相看看。

赵天亮坚定地:"反正我俩想好了。"

孙曼玲说:"我俩更想好了。"

连长看了看指导员和方婉之,语调沉郁地:"批准。什么时候要求连里出具证明都可以。"

指导员想了想,说:"连长的话代表支部。可是呢,结婚那就得有房了住。我们连现在抢修的这一段公路,关系到十几个连队今年的麦收成果能不能顺利地运出去。估计,到时候将会有几十辆卡车、近百辆马车,日夜不停地从各连队往外运粮食,没有一条好路那是不行的。等修好路了,第一件事就是为你们盖房子。而且,要为你们选好的房址……"

接下来的日子,七连的知青们开始了艰苦的修路工程。他们砸石头、挑土、扬沙,轰隆隆的拖拉机拉着石碾子从路上压过。

收工后,孙曼玲、周萍和谢菲等女知青们分散在野地里采花。"小地包"的坟就在山坡上,从那儿可以望到连队的全貌。知青们将采来的一束束鲜花放在他的坟前,默默悼念他。

孙曼玲依偎着齐勇说:"小弟的二十几年,也只有他说的那三个阶段……"

齐勇望着墓碑:"他以前总是想再救我一命,现在他如愿以偿了……"

山下的麦地里,麦子已经长得很高了,碧绿碧绿的一直连到天边,而一条很长很长的公路上,已经有行驶着的卡车了。

知青们在连队里建起了一幢两户连体的房子。赵天亮和周萍、齐勇和孙曼玲两对新人的婚礼定在"八一"建军节那一天,这既是为了纪念朱德委员长,也因为他们都把自己当作准战士。

月圆更静。

新房里点着蜡烛。屋里的家具无非是一张桌子、两把椅子、两只箱子而已,都是新做的,还没上漆。炕上放着新被子和新枕头。桌上有一只带"喜"字的暖瓶。

周萍低头坐在炕沿,赵天亮背朝周萍面朝窗,摸了摸窗边——窗四边抹了光滑的水泥。

周萍:"天亮……"

赵天亮转身看周萍。周萍穿一件洗得发白的黄上衣,胸前的毛主席像章非常显眼。她微微一笑:"我们终于是夫妻了……"

赵天亮默默走到她身旁,也坐在炕沿,一只手臂轻搂着周萍。他俩打量新房。

周萍:"全连只有我们两家的窗台、窗边是抹了水泥的,连长说以后盖房子都要这样。指导员说,家具不要钱。以后知青结婚,都要送这么一套家具。因为不知道咱们喜欢什么颜色,就没刷油……"

赵天亮问她:"新被子和新褥子,还有枕套、床单,都是谁出的布票,你心里有数吗?"

周萍点点头。

"以后要尽量还人家,你说呢?"

周萍又点点头,开始铺被褥。她只铺了一套被褥,并摆下两只枕头,然后就默默走到了外屋也就是厨房。赵天亮站了起来,望着床上的被褥和枕头。

周萍端一盆热水进入,放下后问:"咱俩用一盆洗脚水吧。你先洗我先洗?"

赵天亮轻轻将她拉入怀里,温柔地说:"以后,这件事要由我来做,啊?"

周萍将头一侧,羞涩地笑着点头。

赵天亮双手捧住她脸,凝视着:"我爱你。我是那么爱你!我一直在盼着这一天……"

周萍微笑:"我知道,我也一直在盼着这一天……"

赵天亮深情地吻她,周萍轻轻把他推开:"听话,你先洗吧,一会儿水凉了……"

"你先洗……"赵天亮说着,将周萍轻轻按坐在炕沿,蹲下,替她脱鞋。

"别,我自己……"

赵天亮却已将她的鞋脱掉,将她的一双小脚按入水中洗起来。

周萍抚弄着他头发说:"你呀,真要把我当资产阶级小姐宠惯着呀?"

赵天亮在擦周萍的脚,忽然搂住她的腰,将头伏在她膝上,哭了。

周萍奇怪地:"天亮,怎么了?"

赵天亮仰起了脸,问:"你说,敬文的死,我该担几分责任?"

周萍也伤感起来,低声地:"我不知道,我真的说不好……"

赵天亮站了起来,内疚地:"齐勇才当排长没几天,而我带着大家采石头的时间最长。头一天夜里下那么大的雨,我应该也到山上去察看一下情况……"

周萍摇头："不要总这样想。即使你有天大的责任,敬文不是也没埋怨你吗?"

"可他死了……可我,我们……萍萍,我不能……不能……"

"不能什么?"

赵天亮往门口那儿退,站在了门口,语无伦次地说："我还想回宿舍去睡……我……时间,再给我些时间……总会过去的,行吗?"

周萍点头,也流下泪来。

赵天亮一转身,推门而出……

男一班宿舍里只剩下了黄伟、魏明、"小黄浦"和杨一凡。四个人睡对面炕,宿舍里显得空荡荡的。

黄伟伏在小箱上写他的小说,魏明盘腿坐在炕上,拨拉着置于膝上的算盘,旁边放着翻开的账册。"小黄浦"趴在被窝里在扳手指。

杨一凡趴在被窝里看着对面的"小黄浦"："你干什么呢?"

"小黄浦"："想当年,咱们可是十兄弟。傅正和敬文离开我们了,少了两个。王凯那小子返回北京了,沈力能不能回来还两说着,又少了两个。现在,天亮和老齐当丈夫了,有了自己的小家了。"

魏明头也不抬地："过几天我也要搬到食堂旁边的小屋去住。"

大家不由得看着他。

黄伟半真半假地："老魏,不许啊。如果只剩下了哥儿仨,更寂寞了,打扑克都缺一个了。"

魏明："那你们玩'争上游'的,或者玩'俩打一',三个人的玩法多了,两个人还能玩儿呢。"

"我跟你说认真的!"

"我也在说认真的啊!连里又不给我配保险柜,我得对我掌管的现金和饭票负起司务长的责任来。"

正说着,门开了,赵天亮走进来。包括魏明在内,四人都奇怪地看他。

赵天亮朝两边炕上看看,问："哪两个愿意和我挤挤睡?"

黄伟吃惊地:"你什么意思?"

赵天亮将黄伟的被窝拖近杨一凡的被窝,自说自话地:"我就挤这儿了。"

魏明放下算盘,合上账本,穿起鞋来。赵天亮却已坐在炕沿,开始解鞋带。

魏明:"慢。"他站到了赵天亮跟前,赵天亮垂下解开了鞋带的一只脚,看着魏明。

魏明蹲下,替他系上鞋带,直起腰又对黄伟说:"老黄,你也穿鞋,下地。"

黄伟默默穿上鞋,站到魏明身旁。

赵天亮纳闷地看着他们,不知他们葫芦里卖的什么药:"老魏,什么意思?"

魏明:"老黄先这么问你的,你先回答他。"

赵天亮:"我还想在宿舍里睡几天……"

魏明:"以后行,今天晚上不行。"

赵天亮:"周萍同意了。"

魏明:"我不同意。"他又问黄伟,"你呢?"

黄伟摇头,问"小黄浦"和杨一凡:"你俩呢?"

"小黄浦"一本正经地摇头:"不同意。"

杨一凡:"当然不同意。这算什么事?"

魏明看着赵天亮:"听到了?那请回吧。"

赵天亮:"你们不能这样……"

魏明:"你才不能这样!"他对黄伟说,"把他弄出去。"

于是魏明、黄伟一人拽赵天亮一条胳膊,把他往外拖。

赵天亮使劲儿往后仰身子:"你们听我说……"

魏明哪管他那一套:"不听!你一进屋,心里怎么想的,我就从你脸上看出来了,不用再听你说。"

黄伟："我也看出来了。想法可以理解，做法完全错误！"

杨一凡爬起来，从后面推赵天亮："有你这样的吗！滚！滚！"

魏明和黄伟硬是将赵天亮拖出了宿舍。他俩返身进入宿舍后，赵天亮从外拉门。魏明也从里边双手拉严门，对黄伟说："快，找东西把门别上！"

黄伟随身拿起门旁的钢钎，迅速将门别上。

门外赵天亮拍着门大声喊："让我进去！"

魏明在屋里抵着门："你应该回去向周萍认错！"

"我有什么错啊我？"

魏明对黄伟说："我现在满脑子的数字在打架，一时说不清楚，你告诉他他有什么错。"

黄伟："就你的心情是心情啊？别人的心情会怎么样就可以不管不顾啦？掰开了揉碎了说，你这是另一种自私！另一种大男子主义的表现！你和老齐都有这臭毛病！你俩要从做丈夫的第一天就开始改改！"

"小黄浦"举臂高呼："打倒大男子主义！"

而此时，齐勇和孙曼玲正在他们的新房里，他们屋里的家具与赵天亮和周萍新房里的几乎一模一样。

齐勇坐在炕沿上望着孙曼玲，孙曼玲双手背在身后，靠墙站着，严肃地对齐勇说："我最反感大男子主义。"

齐勇指指自己："我身上有吗？"

孙曼玲："不但有，还极严重。所以，以后你如果在我面前表现出大男子主义，我就会及时批评你。我批评你时，你要虚心接受，能做到吗？"

齐勇老老实实地回答："能。"

"以后不许吸那么多烟，我要对你进行限制供给，不但省钱，对身体也有好处。"

"服从。"

孙曼玲："怎么不生气？"她对他顺从的态度感到惊讶。

齐勇："你说的都对,我生什么气啊!提个建议行吗?"

"提吧。只要你说的对,我也无条件服从。"

"咱俩是不是应该过那边看看去? 我觉得,你应该把那句话对天亮也当面说一次……"

孙曼玲猜到了他指的是哪一句——"不是你的错"。

齐勇默契地点头。

孙曼玲向他伸出了一只手,温柔地说:"走。"

周萍独自坐在新房里,她正往相框里镶"小地包"的黑白照片,那是一张放到书本那么大的照片。敲窗声传入,周萍将镶入相框里的照片摆在桌上,开了门,齐勇和孙曼玲手拉着手迈了进来。

齐勇向四周打量着:"天亮呢?"

周萍支支吾吾地:"他……他说他还想在宿舍住几天……"她见齐勇皱眉,赶紧补充道,"我同意了的……"

孙曼玲发现了桌上的照片,问周萍:"哪来的?"

周萍:"敬文生前给天亮的,天亮求人在县城放大了。"

那是一张"小地包"穿蒙古袍、手持套马竿骑在马上的照片。孙曼玲轻轻抚摸着照片上弟弟的笑脸,脸上满是哀伤:"我还没有他这么一张照片……"

周萍立刻说:"那,你拿过去吧。"

孙曼玲将相框捧在胸前,平静地:"我倒不是非想要这么一张照片,而是……你们过些日子再摆吧。跟天亮说,我先替你们保存着。"

周萍点头同意。

孙曼玲对齐勇说:"你去把天亮找回来。"

周萍阻拦道:"别,我能理解他的心情……"

孙曼玲对周萍说:"我也能理解。能理解他,并不说明他的做法就是对的。"

齐勇转身刚要出门,赵天亮进来了。

齐勇对赵天亮说:"我正要去找你。"

赵天亮无奈地:"他们不留我。老魏和老黄,硬把我拖了出去……"

孙曼玲:"那他们做对了。这照片,我先替你们保存着,以后再还你们。"她拿起相框,对齐勇说,"走吧。"

齐勇:"你还没说那句话。"

孙曼玲:"啊,差点儿忘了。"她庄重地注视着赵天亮,"敬文的事,那不是你的错。也不是齐勇的错。总之不是你俩哪一个的错。那是我小弟自己的选择。你俩都是他的好朋友,你俩也应该最理解他的选择。所以,我不希望你俩再在自己身上找原因。还记得马棚里出事那一天的情形吗?耿大爷因为老白马的死,哭得多伤心啊。全连谁都知道,耿大爷是非常爱护老白马的。指导员当时怎么说的?指导员说,'耿大爷,不是你的错'。有些话是值得咱们记一辈子的,也是应该在必要的时候对别人说的。我觉得指导员的话就是这样的话。还没给咱们两家接上电线,却也正应了'洞房花烛夜'的说法。早点睡,啊!"

说罢,她拉着齐勇的手走了出去。

赵天亮仍呆立在原地。周萍依偎在他胸前,赵天亮情不自禁地抱住她:"他们让我,向你承认错误。"

周萍微微一笑:"别,我理解你。"

烛苗晃了几晃,燃灭了。

赵天亮和周萍面对面躺在同一个被窝里,赵天亮轻轻理了理她的鬓发,手指顺着她美丽的脸颊滑动。

周萍:"一晃似的,八年过去了。再不做你的妻子,只怕就一年年老了。"

赵天亮一翻身,伏在周萍身上,凝视着她:"记不清有多少次了,我梦到过,我们这样的情形。"

周萍:"我也梦到过我们这样的情形……我感觉到你的心跳了……"

赵天亮将一只手臂伸到周萍颈下,另一只手抚摸着她的头发,如饥似渴地吻她……

　　菜园子被侍弄得井井有条,茄子、豆角、黄瓜、辣椒、西红柿,果实丰硕喜人。黄伟站在黄瓜架前,选中一根黄瓜,拧了下来。

　　周萍:"老黄!"

　　黄伟一转身,见周萍挎着小篮站在后面。

　　黄伟一笑:"以为你家没人呢,溜进来摘根黄瓜吃。"

　　"刚才是没人……"

　　黄伟把黄瓜在衣服上擦了擦,问:"你们今天干什么活?"

　　周萍:"班长带我们到三连去了,三连的菜地闹虫灾了,帮他们灭虫去了。"她将篮子朝黄伟一递,又说,"'小黄浦'和杨一凡他俩想吃生黄瓜生辣椒了,正好你给他俩捎回去一筐子。告诉他俩,柿子还不太熟。过几天熟了让天亮给他俩送去。"

　　黄伟一边摘黄瓜和辣椒,一边问:"天亮哪天回来?"

　　周萍:"后天晚上就能回来。也不知团里办这次机械改造研讨班,在今年麦收前能不能拿出点儿成果来。"

　　黄伟:"我想能吧。如果又遇到了雨季,咱们连那种改造拖拉机双履带的方法,也许就能起作用。尹排长在世的时候,为那一方法花费了不少心血。天亮在那基础上又动了番脑筋,我和老魏老齐也都参与了意见,我们认为在没有更好方法的情况下,那不失为一种可行的方法……"

　　周萍打断他:"老黄,我遇到为难的事儿了。"

　　黄伟不由得看着周萍。

　　周萍脸色陡变:"很不好的事儿,太惨了……"

　　"嗯?"

　　周萍从兜里掏出一封信递给他。信封已经破损不堪,上写着"赵天亮亲收"五个字。黄伟疑惑地接过了信。

　　周萍:"别人给我时就这样了。所以,我忍不住看了。看了就两夜没合眼,不知道该不该给天亮看这封信。你们都知道的,敬文的死,对他打击很大。你帮我拿下主意。"

黄伟放下篮子,抽出信纸看,表情渐渐变得凝重:"不能给他看这封信!"

周萍担心地问:"如果我瞒着他,对吗?"

"马上就要开始麦收了,等麦收后再给他看吧。"

周萍有些不知所措:"可,我不知该把这封信藏哪儿。"

黄伟:"信任我不?"

周萍点点头。

"那先放我这儿! 怎么也得等麦收之后再给他看。到时候如果他生气,我来承担!"

周萍点头同意。

黄伟走到了山上,在"小地包"的坟旁坐下,从口袋里掏出烟盒,抽出两支烟,一支吸着,另一支放坟前。中午的阳光照耀在他身上,远处的麦海翻涌着金色的波浪。

黄伟在心里默默地说:"敬文,因为一封写给天亮的信,我今天中午睡不着了,到这儿来陪陪你。"

他从兜里掏出周萍给他的那封信,抽出信纸,又一次认真看起来。那封信是春梅寄来的:

　　天亮哥哥:

　　　　我们坡底村遭遇了大不幸。全村大部分人都没家了! 武红兵和李君婷姐姐惨死了! 曙光哥哥这一次真被打成了"反革命",而且是"现行"的。那些坏人昧着良心各村游斗他。他们是想把责任推在曙光哥哥身上。那些坏人不许我们坡底村人把真相说出去,但是我想,我起码可以写信告诉你。

　　　　……

春梅的信,写在这些事情发生之后——

沟壑纵横、坡坎重叠的陕北高原上空乌云密布。赵曙光和武红兵站在一处崖畔,将裤腿挽至膝部。赵曙光穿着军用雨衣,武红兵披着麻袋,头戴一顶旧草帽。从他们脚下的崖边望下去,可以看到湍急的河流,还有在沟壑间从高往低流淌的雨水。

雨不徐不疾地下着。

赵曙光望了一眼天,问武红兵:"你有什么看法?"

武红兵:"不祥。"

"是啊,这两天不祥的感觉一直笼罩在我心头。可是,公社'革委会'和县'革委会'那些人,根本不听我的汇报和主张。"

武红兵摇头苦笑:"我早把那帮家伙看透了,他们是些只顾自己当官、掌权、作威作福,根本不顾老百姓死活的人。曙光,我支持你的决定,就那么开会吧。宜早不宜迟,万一夜里再来一场大雨,那情况怎么样可真难说了。"

赵曙光向武红兵转过了身:"全村一行动起来,消息就会传到那些人耳中。他们在邻村布置了人,监视咱们坡底村的动静。那我很快就会被带走。"

"放心,你被带走了还有我,还有平阳叔和刘江他们。"

赵曙光拍拍武红兵的肩:"回去开会!"

赵曙光和武红兵一步一滑地走在回坡底村的路上。二人经过老支书、韩奶奶、王大爷的坟,不约而同地站住。

赵曙光:"当年下乡的时候,我怎么也没想到,自己会成为中国一个又穷又小的农村的党支部书记。更想不到,有一天要由咱们两个知青为一百几十口人的生命负起责任来。"

"不负起这种责任,我们对不起躺在这里的三位老人,他们都是对我们那么好的人。"

二人说罢，又继续往前走。一阵刹车声让二人急忙站住。溅满了泥点子的吉普车停在二人前方，车门一开，年轻的公社"革委会"副主任探出头来。

副主任对赵曙光不阴不阳地说："赵支书，正巧遇到你了，快上车。"

赵曙光冷冷问："哪去？"

"公社让我接你去开紧急会议。"

"什么紧急会议？"

"我也不太清楚。反正交代我务必亲自把你接到公社去。"

武红兵："你是'革委会'副主任，你不知道开什么紧急会议？"

副主任："可能是跟秋收有关的会吧，是县'革委'领导要主持的。你到底上不上车？！"

赵曙光对武红兵小声说："我想起来了，今天是有这么个会，我给忘了。"他转而又对副主任大声说，"总得让我回村带上毛巾什么的吧？"

副主任："就开半天会，你带毛巾干什么？快上车！"

赵曙光对武红兵小声地："照咱们说的做。"说完他便脱了雨衣，搭在臂弯，上了吉普车。

武红兵望着吉普车开走，在路上留下两道深深的轮沟。

吉普车在公社院子里停住。赵曙光跳下车，大步走进会议室。牛主任正在对着麦克风讲话。他背后的会标上写着"秋收紧急动员大会"。

牛主任见赵曙光来了，不满地："说曹操，曹操到。你快坐下。我刚才正点名批判你！这雨一下就是十几天，到今天还没个转晴的意思。二三十年没遇到这种情况了，粮食都还竖在地里，只能冒雨抢收了。霉在家里总比烂在地里好！霉在家里还有口发霉的粮食吃，总比向国家伸手要救济粮好！要救济粮是可耻的！可你！身为一村支书，却偏偏在这时候危言耸听，要求让你们坡底村迁村！往哪迁，啊？往哪儿迁！"

赵曙光冷静地："从坡沟里迁到坡上边，在我们坡底村的地里重新建村。"

牛主任一拍桌子："胡说！这时候迁村，那你们不抢收了？！"

"如果你认为吃救济粮是可耻的，我们坡底村人宁肯做可耻的人。"

赵曙光身后一片哗然。

牛主任又一拍桌子："你们村的土地本来就不多，那得占多少农耕地？！"

赵曙光："三分之一。我们可以建得集中一些……"

"那也不允许！占了三分之一的耕地，每年少收多少粮食你计算过吗？！"

赵曙光冷冷地："人的生命比粮食宝贵，比土地也宝贵。"

牛主任："赵曙光！你别以为你是老高三，读了点书，就有什么了不起！更别在这儿贩卖你那套资产阶级人道主义！大学生、教授，那也得服从无产阶级的革命思想！人死了，人还可以生出人来！哪种人能生出粮食？唵？哪种人又能生出土地？唵？"

赵曙光站起来，走到牛主任对面，瞪着牛主任，突然抓起话筒砸他："去你妈的！王八蛋！我结果了你！"

牛主任抱头大叫："来人！来人！"

从外面冲进来几个人，将赵曙光拖开……

第四十三章

雨无休无止地下着,赵曙光在泥泞的小路上三步一滑地往坡底村走。他走得很急,脸上聚满愤怒。

有人在他背后大喝:"站住!"

赵曙光回头,见两名扛着枪的民兵朝他追来。他迈开步子向前奔跑。

后面的人大声喊道:"站住!再不站住开枪了!"

赵曙光没有停止奔跑。

"啪"的一声,赵曙光身后传来枪响。他站住了,脸上的表情更加愤怒,双拳紧紧握了起来。

听到背后脚步声近了,他猛地转过身。跟在他身后那两名提着枪的民兵也气喘吁吁地站住,其中民兵甲浑身是泥,在追赶时摔倒过。这两名民兵就是之前曾经和赵曙光打过交道的那两名民兵。

赵曙光向前跨了一步,喝问:"谁开的枪?谁朝我开的枪!"

民兵乙不无歉意地说:"没……赵支书……我们哪能朝你开枪呢!"

赵曙光:"当我耳朵聋吗?!"他狠狠扇了民兵乙一记耳光。这一耳光扇得很重,民兵乙身子一晃,脚下一滑,竟跌倒在地,枪也落进烂泥里。

赵曙光捡起枪,拉开枪栓看,见枪膛里的子弹并没少。民兵乙这时爬起,赵曙光将枪还给他。

赵曙光又喝问民兵甲:"那么是你啦?再开枪呀!一枪打死我呀!"

民兵甲神色慌乱:"没……"

赵曙光:"你敢说你没开枪!"

民兵甲结结巴巴地:"你……你不站住嘛……"

赵曙光怒不可遏,又挥起了拳头:"你混蛋!你不是人,是条狗吗?!"

民兵乙上前劝解:"赵支书,别生气,千万别生气!你扇了我一大耳光我都不生气,希望你也能听我俩解释几句……"

民兵甲也生气地大喊:"派我俩把你押回去,我俩不执行命令能行吗?!"

民兵乙替同伴分辩:"是啊,那能行吗?他真不是朝你开枪。你看他一身泥,他是滑倒了,枪走火了。"

民兵甲瞪着赵曙光:"谁都只有一条命,粮食可以年年种,年年收。什么宝贵,这还用争吗?但你也得跟我俩回去啊!"

民兵乙语气也软下来:"赵支书,你是明白人,跟我们回去吧,你不能不给我俩面子啊!"

天黑之后,雨更大了。公社的院子里,灯光全都熄灭了。民兵甲和民兵乙披着雨衣查看门窗。

民兵甲对同伴说:"都关严了,走吧。"

民兵乙满腹委屈:"我大槽牙都被他扇松动了,冤死了!"

二人说着,朝公社大门走去。

赵曙光的声音从他们的身后传来:"别走!放我出去!"

他被关在一间小屋里,小屋的外墙上依稀可见白粉刷着:"坦白从宽,抗拒从严;顽固到底,死路一条!"这间小屋子经常关人。它有窗口,却没窗扇。窗口插着几根铁条,很像监牢的窗户。

赵曙光的脸出现在铁条后,他衰求地:"求求你俩,放我出去! 全村人等着我回去拿主意呢! 人命关天的事,你俩要积德!"

民兵甲小声地说:"别听他的,心软不得。"

民兵乙犹豫地望望窗口。

民兵甲见他犹豫,提醒地:"我可警告你,谁心软谁犯错误! 犯了错误,吃不了兜着走! 你刚才还说,他把你后槽牙都扇松动了。"

民兵乙:"他这人不错。我给他几支烟。"他大步向小屋走去。

民兵乙走到窗口前,低声说:"别喊。什么也别说,先听我说。"他从兜里掏出烟和火柴送在铁条内,"没几支了,拿着。"

赵曙光默默将烟和火柴接了过去。

民兵乙:"这几根铁条结实着呢,你就根本别打窗口的主意了。但也不是完全没法子出去,有人就出去过。你是聪明人,动动脑筋,啊?"说完,转身走了。

赵曙光离开小屋的窗口,退到床边。那是一张光板床。小屋里除了那一张床,再没有别的东西。他闷闷地仰躺在床上,大口大口吸烟。

窗外电闪雷鸣,大雨倾盆而下。

赵曙光忽然想到了什么,猛地从床上坐起来,把烟扔在地上,一脚踏灭。他望了望窗口,又看了看门,步量了一下从床到门的距离。然后拖动那床,将床竖摆着。他站在床的一端,将床缓缓推到门口。床比门宽,被门框挡住了。他寻思一番,将床侧立起来,这样,床可以撞到门了。他将床向后拖,接着猛地推向门。床撞到了门上。这样撞了几次以后,门朝外倒下了。赵曙光从小屋里逃了出来。

赵曙光冒着大雨,跑回坡底村。他一回村,便在村中大喊:"有人吗? 村里还有人吗?"

马平阳从某窑屋出来,手中拎个书包。见了赵曙光,他非常吃惊:"曙光,你怎么才回来!"

赵曙光:"一言难尽,以后再说。咱村人呢?"

马平阳："雨下得这么大,咱村四周轰隆轰隆地往下塌泥土,前后两条沟里一阵阵过泥浆,有几户的窑已经坍倒了!"

赵曙光着急地问:"伤着人没有?"

马平阳："我和红兵动员得及时,大人孩子都转移到坡顶上去了,没伤着的。红兵和君婷在坡顶上安抚着大家呢,我不放心,正挨家挨户查看有没有落下的人。"

赵曙光:"我也是挨家挨户从那头查看过来的。咱俩快上坡顶去吧。"

一只小狗不知从何处跑来,他们认出那是侯三的狗。赵曙光抱起小狗,二人顺着一条小路向坡顶上走。

坡底村的人们聚在一处黄土高坡顶上,女人们三三五五地搂抱在一起。大雨淋浇着每一个人,孩子的哭泣隐隐地从雨中传来。

赵曙光和马平阳匆匆走来。男人们见赵曙光回来了,纷纷将他围住。

赵曙光没看到孩子们,问:"孩子们呢?!"

搂抱一处的女人们分开。她们搂抱在一起,是为了能用衣襟为孩子们挡挡雨。

马平阳在人群中张望着:"侯三哥呢?"

翠花:"他回村找狗去了。"她从赵曙光怀中把小狗抱过去,交给一个孩子抱着。

马平阳生气地跺脚:"嗨,你们!怎么就没谁拦他!"

王大娘:"别埋怨了,都拦了,谁也拦不住啊!"

马婶同情地:"那小狗就好比他小媳妇,他说找不着狗他也不活了。"

赵曙光没看见武红兵和李君婷,问:"红兵和君婷呢?"

马平阳问妻子:"咱们老大呢?"

马婶后悔道:"咱家老大忽然想起羊还在地窖里关着,我一把没扯住,老大回村找羊去了。君婷听说了,回村找咱们老大去了。红兵知道后,又回村找他俩……"

马平阳:"你真没用,以后再跟你算账!"他脱下衣服,光着上身,将衣服披在一个哭泣着的孩子头上,转身就跑。

赵曙光拽住了他:"平阳叔,让大家这样淋着可不行! 你带男人们到公社去,找间空屋子挨过这一晚。马婶,翠花姐,你俩带女人和孩子们到坡后村去,找他们村支书,让他们安排你们住,再动员他们的人贡献些干衣服。你们老大包在我身上了,我现在就回村找他们三个去!"赵曙光说罢,跃下高处。

赵曙光刚跑到进村的那条小路的路口,可怕的事在他面前发生了。泥洪骤现,由他所面对的方向汹涌而下,转眼间将一排排窑屋摧垮。

赵曙光惊呆,身不由己地跪在泥泞中。片刻后,他连双手也撑在泥泞中,望着眼前可怕的情形大喊:"红兵! 君婷! 胖墩! ……"

胖墩哭喊:"曙光叔叔,我在这儿!"

赵曙光一扭头,见胖墩就在身旁。他双手抓住胖墩双肩,急问:"你红兵叔叔呢? 你君婷阿姨呢?"

胖墩哭着说:"红兵叔叔下我家地窖时,腿摔坏了。他帮我和君婷阿姨上来,自己怎么也上不来了,就催君婷阿姨带着我快走,说别管他了。君婷阿姨把我送到安全的地方,又跑回我家去了。后来……后来我迷路了……"

赵曙光一下子紧紧搂抱住胖墩,哭了起来。他的哭声听来更像是呻吟。

"曙光叔叔,你打我吧。都是我不好,我不该回家去找羊……"胖墩也哭了。

七连附近那座山坡上,黄伟仍坐在"小地包"坟旁,手中仍拿着春梅写给赵天亮那封信。中午的阳光那么明媚,鸟儿在远远近近一声应和一声地叫着,而黄伟放在"小地包"坟前那支烟已快燃尽。他继续看着那封信:

天亮哥哥,我们是在三天后才找到红兵哥和君婷姐的尸体的。他俩都变成了泥人,紧紧搂在一起。公社和县"革委会"那些掌权的人却宣布,他俩是因为"资本主义复辟"而死的,你和周萍姐赶到我们村那几头羊,就是"资本主义复辟"的活证。我们坡底村,成了"资本主义复辟"的典型。曙光哥哥成了"还在走"的农村"走资派"。他们说红兵哥哥和君婷姐姐,也等于是被他这个"走资派"害死的。他已经被这村那村地游斗过好几次了。还说,要上报省里,争取把曙光哥哥给枪毙了。说只有那样,才能更好地教育农民不走资本主义道路。平阳叔两口子和翠花姐差不多每次都得陪斗。我妈气得病倒了,她已经几天不开口说话了。

……

黄伟将信折起,揣入兜里。他看着孙敬文的墓碑,心里默默地说:"敬文,这封信能给天亮看吗?别说周萍不知怎么办才好,连我也是啊!如果你也同意先不给天亮看,那,你就招来一阵风,让咱俩眼前这株野百合晃几晃吧!"

黄伟的目光注视着绿草丛中一株紫红的野百合。野百合纹丝未动。

连队的方向传来号声。黄伟站了起来,自言自语:"你也没了主意,是吧?那这事儿,咱们明天再说。"

他正要走,山坡上却忽然平地生风,将他的帽子吹落在地。他捡起帽子,不禁再看那株野百合,但见它在草丛中摇摆不止。

傍晚,周萍正在家中写信,孙曼玲推门而入,问:"给谁写信?"

周萍本能地将信纸一扣,谎说道:"给爸妈。"

"吃了没有?"

"还没生火呢,不太饿。班长,坐。"

孙曼玲摇头："不坐了。你别生火，到我家吃去吧。"

周萍："班长，不了，我真的不太饿。"

孙曼玲："现在不饿，过会儿还能不饿？走吧，我家那边儿都摆好了。"她将周萍拖到了自己家吃饭。

便饭过后，三人都放下了筷子。

孙曼玲问周萍："饱了？"

"饱了。班长，你做的茄子炖土豆真好吃。"

孙曼玲笑着指指齐勇："不是我，是他。他爱做饭，总和我抢着做。"

齐勇得意地一笑："倒也不是多么爱做饭，是为了用事实证明，你嫁给我是会获得幸福的。"

孙曼玲："丈夫抢着做饭妻子就幸福啦？我对幸福的要求就那么低呀！"她一边说，一边收拾碗筷。

周萍也站起来："班长，我来。"

孙曼玲："你坐着别动，他有话问你。"她擦擦桌子，端着碗筷到厨房去了。

周萍猜测地，默默地看着齐勇。

齐勇对周萍说："下午我们修麦场的时候，黄伟一副心事重重的样子。我看出来了，问他有什么心事，他说根本没心事。我不信，把他扯到没人的地方再三追问，他却说，他的心事也是你的心事。他已经向你发誓了，不告诉任何人。如果我非想知道不可，那只有当面问你。"

孙曼玲进了屋，一边在围裙上擦手，一边坐在小凳上，看着周萍问："周萍，我可是你班长，齐勇跟天亮的关系非同一般。现在，咱们又成了仅隔一堵墙的邻居。什么事儿不能先跟我俩说，却让黄伟替你愁眉不展的？"

周萍支吾道："班长，别怪我……"

孙曼玲看出分明有事："我不是怪你。他纳闷。回家跟我一说，我也纳闷。我俩怕你和天亮遇到了什么难事，只跟黄伟 个人说，而他又根本帮不上忙。"

齐勇真诚地说:"小周,千万别误会啊。我俩可不是在审你。你觉得也可以跟我俩说,那就说说。说出来总比憋闷在心里好,也许我俩比老黄更能替你和天亮排忧解难。"

周萍沉吟了一会儿,讷讷地:"那,我就说。班长,我没首先告诉你俩,不是因为别的,而是因为……因为咱们两家的人太亲密了,怕天亮从你们脸上看出什么来……"

赵天亮从团里回到了家里。他肩上像搭着钱褡子似的,前后搭着两串大大小小的拖拉机零部件。他将拖拉机零部件放在家门口,撩衣襟擦擦汗,进了家门,在厨房拿起一只大碗,掀开水缸盖,舀一碗水,咕嘟咕嘟一饮而尽。他走入里屋,发现桌上反扣着的信纸,拿起,坐在炕沿看。信纸上是周萍的字:

春梅妹妹:

你的来信收到了。亲爱的小妹,我左思右想,决定……

赵天亮看着那几行字沉吟起来。这时,他看见周萍从窗外走过。他照原样将信纸反扣桌上,起身闪在里屋门旁。

周萍走进里屋,赵天亮从后轻轻将她抱住。周萍吃了一惊,但一看到是赵天亮的双手,立刻变得温软了,将头朝后靠在赵天亮肩上:"不是后天晚上才回来吗?"

赵天亮:"想你了,等不及结束了。"

"真的呀?那可不对。就不怕团里通报批评啊?"

赵天亮将周萍的身子一转,使她面对自己,注视着她说:"骗你呢!那么难得的学习机会,隔天吃一顿猪肉炖粉条,全团最优秀的几位机务排长给上课,我要是偷偷溜回来,那也太不识抬举了吧!是提前两天结束了。"

周萍轻轻挣扎："放开我,我给你弄点儿吃的。"

赵天亮："放开还行? 先得解解馋! "他揽住周萍脖子,深情又贪婪地吻她……

赵天亮在小院里光着上身洗脸、洗头,周萍在用水瓢往他头上浇水。

周萍惊讶地看着他的脊背："怎么搞的? 肩上勒出一道血印子! "

赵天亮："我把连里缺的一些机车部件给捎回来了,省得再派人去领了。"他一边说,一边擦身。

周萍用手指抚摸她肩上的血印子,心疼地问："疼不? "

赵天亮："当然疼。现在好了,你一摸,不疼了。"他左右看看,见没人,又在周萍脸上亲了一下。

周萍推他一把："你庄重点儿! "

"亲自己老婆一下能说不庄重吗? "

"这是在外边! "

"我不怕让人看见。幸福的感觉有时候需要让别人发现,那才更幸福! "

周萍轻轻打了他一下："贫! 我去给你找件干净衣服。"说完,转身进屋去了。

赵天亮用盆里的水浇小院里的花、树苗,同时大喊："老齐! 老齐! 嫂子! "

孙曼玲从她家走出,大声说："喊什么喊! 显你嗓门大呀? 老齐到马号去了,你过来吃吧! "

赵天亮笑道："周萍没生火,我也是这么想的,马上过去……"

周萍坐在自家里屋的炕沿上发呆,桌上的信纸已不见了。赵天亮走进来,周萍从身旁拿起叠着的一套衣服默默递给他。

赵天亮一边穿一边说："有老婆真好啊! "

周萍默默一笑,笑得有几分勉强。

赵天亮问她:"春梅来信了?"

周萍佯装不知:"没有呀。"

"那我看你桌上的信纸上,写着收到了她的来信。"

周萍搪塞道:"那是指她几个月前给咱们的来信……"

赵天亮:"当时我不是回信了吗? 以咱们两个人的名义回的信呀,封上前给你看过的嘛!"

"是吗? 我倒忘了……所以,想给她写一封信。刚写了两行,不知往下写什么好了……"

赵天亮:"什么事儿还让你左思右想的? 你又打算决定什么呢?"

周萍:"哎呀,你怎么刨根问底的! 我给你做饭去了。"

周萍起身往屋外走,赵天亮却拽住了她:"别弄了,我过那边吃去!"

外边传来孙曼玲的喊声:"天亮,你到底过不过来呀? 不过来我可到我班里去了啊!"

赵天亮推开一扇窗,也冲外边喊:"这就过去,给我热上吧!"

周萍小声说:"我刚才也是在那边吃的,别又麻烦我班长了!"

赵天亮:"蹭顿饭吃麻烦她什么,谁跟谁嘛!"他转身往外走。到了门口,一脚门里一脚门外,又跨回周萍跟前,双手捧着她脸,凝视着她问,"萍萍,真的没有什么事瞒着我吧?"

周萍轻轻推他:"真的没有! 催你了,快去吧。"

待赵天亮走出家门,周萍又坐在炕沿发呆。她忽然往起一站,走到厨房,蹲在灶口,掏出那几页信纸,划火柴将信纸烧了。

齐勇、黄伟、魏明、"小黄浦"、杨一凡五人在小河边或坐或站。"乌云"在一旁安闲地吃草,它脖子上、背上的伤口已痊愈,但留下了明显的疤痕。

魏明在看春梅写给赵天亮那一封信,他高挽着袖子,双手和胳膊上都是面粉。魏明将信还给黄伟。人人脸上都是一副凝重的表情。

齐勇问他们："都看过了吧？"

魏明、杨一凡、"小黄浦"三个默默点头。魏明走到河边，洗手，洗胳膊。

齐勇："周萍同意咱们几个看这封信。她不知该不该给天亮看，黄伟当时说不给天亮看，现在又怕受到天亮的谴责。老实说，我也不知如何是好。所以紧急把哥儿几个召集到这儿，大家一块儿替周萍商议商议，看究竟该怎么办。"

魏明问齐勇："除了周萍和咱们几个，还有谁看过信？"

"再就只有曼玲看过。"

魏明拍齐勇的肩："你得嘱咐她，不能跟任何人说。"

齐勇："放心，她嘴严实。"

魏明："我的态度非常明确，现在绝不能给天亮看。东北西北，两地遥遥，给他看了，他又能怎么样？老黄，你不要有什么顾虑。如果大家都同意我的态度，那就是哥儿几个的共同决定。以后天亮知道了，恼火了，那也不是生你一个人的气，是生大家的气。咱们是怕他莽撞行事，为他好，别在乎他生气不生气。"

齐勇："我同意老魏的意见。你们三个，同意的举手。"

黄伟、杨一凡、"小黄浦"都举起了手。

事情就这么决定了。讨论完后，杨一凡和"小黄浦"先走了，只留下魏明、齐勇和黄伟。

魏明问他俩："《南京之歌》，你俩都知道吧？"

齐勇和黄伟点头。

魏明："我很负责任地告诉你俩，那南京知青不久就被关进了监狱，判的是死刑。"

齐勇、黄伟对视无言。

魏明："手抄本《第二次握手》，你俩也知道吧？写那手抄本的湖南知青是一名老高三，也被关进了监狱，判的是无期。到今年，我们已经下乡八年了。这八年中,仅我们这个团,已经有三四个知青被打成'现行反革命'了吧?"

黄伟补充道:"我听说有一个后来自杀了。"

齐勇警告黄伟:"所以我反对你写什么狗屁小说,警告你不要再往下写了,你还总不听!"

魏明对黄伟说:"烧了!"

齐勇推推他:"你听到没有?!"

黄伟情绪低落下来:"行,听你俩的。"

魏明:"靖严的例子就不说了,估计全国打成'现行反革命'的知青为数不少。所以,从春梅那封信的内容来看,天亮他哥哥的命运,实在是太让人担心了。咱们不能只瞒着他,不替他做点儿什么。"

齐勇:"做点儿什么? 我们又能做什么!"

黄伟:"是啊。不是不想做,是什么都做不了。"

魏明:"起码有一件事我们可以做。咱们三个人中,得有一个人替天亮到陕北去一次,尽量打听清楚,他哥哥的情况到底会是一个什么结果。必要的时候,可以把了解到的情况写成一封信,想办法反映到北京去。"

齐勇:"周总理逝世了,朱老总也逝世了,毛主席肯定在病中,邓大人又被打倒了……"

魏明建议道:"给叶剑英等老帅写信。不仅为天亮的哥哥,也为许许多多受政治迫害的知青。这是一件冒政治风险的事,所以我把一凡和进步支开,免得日后牵连他俩。"

齐勇自告奋勇:"那我去一次陕北。"

魏明:"马上就要开始麦收了,你是排长,一般理由连里不会准假。我是事务长,连里肯定也不会准我假。"

黄伟:"你的意思是……我?"

魏明:"只有你。你比老齐稳。老齐容易冲动,你遇事冷静。如果你替天亮去陕北一次,我一百个放心。"

黄伟义无反顾地:"那我明天向连里请假,正好今年我该有假。"

魏明:"你先不要交请假条,我明天要到县里去为食堂采购,趁机会给我父亲挂一次长途。他是车间主任,他们车间有电话,找他一找一个准。你父亲在我父亲那个车间接受改造,让你父亲装病,让我父亲证明你父亲是真病。等你收到医院诊断和我父亲那个车间的证明,再连同请假条一并交给连里。老齐,那时候就看你的了,你要催着连里,使黄伟的假早点儿批下来。"

齐勇:"包我身上了。"

黄伟:"可我父亲那种人,他也不会装病啊! 他从来也没装过病,再说,有没有病,什么病,光装也不行啊!"

魏明:"我姐夫是市立医院的医生,让我父亲带着你父亲,找我姐夫去看病。心照不宣的事儿,让我姐夫成心误诊一次就是了。"

齐勇笑道:"不知道将来的人们如何评说我们策划的这件事,哥们儿义气?"

魏明:"将来的事儿我们就不去管它了吧。眼前我们这么做了,起码天亮指责我们隐瞒他的时候,哥儿几个那也有的说的。否则,我们将被指责得哑口无言。因为不论周萍还是我们,从道理上讲,隐瞒着他那都是不对的。不多说了,食堂里忙着呢,我先走了。"说完,匆匆离开。

黄伟望着他的背影,坚定地说:"就照老魏说的办吧。但为情义共喜悲,管它将来是与非。"

夜幕降临,周萍和赵天亮小两口已经躺在炕上了。周萍的背靠着赵天亮的胸,赵天亮的手搭在她身上。

赵天亮轻抚着她:"有一件事,我还从没跟任何人说过,包括我的父母。现在,你已经是我亲爱的妻子了,我觉得不能连你也瞒着。我必须告诉你了,你应该和我一样,有充分的心理准备。你知道我当年是因为什么受处分的,对不对?"

周萍点头。

赵天亮:"当年从陕北回来,我哥让我捎回一封信,嘱咐我要亲手交给一个人。那个人和我哥哥一样,也是'文革'前在学校就入了党的老高三,他是我哥最好的朋友。我回到连队没几天,得知那个人牺牲在北大荒了。而我呢,就看了我哥写给他的那一封信。一看之下,我出了一身冷汗……"

周萍敏感地问:"反动?"

"不但反动,而且反动透顶。当时我是这么认为的。白纸黑字,我哥在信中说——中国病了……"

周萍回忆道:"契诃夫的小说《第六病房》中,也有类似的话。'文革'前,我家的俄国名著很多,我几乎都读过。列宁特别喜欢《第六病房》……"

赵天亮打断她,继续说:"'文革'前我是没看过几本小说的,现在想看也看不到了。正像你说的,我哥在信中也提到了《第六病房》。他不但认为中国病了,还认为整个中国就如同契诃夫笔下的《第六病房》,思想正常的人成了病人或反动的人,形形色色的野心家倒成了医生或最革命的人。没有比发现自己的亲人思想反动更痛苦的事了。何况我对我哥哥的感情,其实超过我对父母的感情。我从小就把我哥哥当成一个有思想的人来敬爱着,万万没有想到,他头脑里装着那么反动的思想。我当时的确就是这么认为的。按理说,我应该把那封信偷偷烧掉。可是我却没有。我把那封信缝在枕头里了。"

周萍:"为什么?"

赵天亮:"我当时的想法是,探家时应该把那封反动透顶的信带回去,让我妈妈读给我爸爸听。我毕竟只不过是弟弟,父母都是忠诚的共产党员,他们肯定更具有对我哥哥进行严厉教育的责任和政治水平。可是,万万没想到,枕头被别的连进山伐木的知青带上山了,而且丢了。为找回我的枕头,王凯被大树砸断了腿……从那以后,我多次做梦,梦到我发现了自己的枕头。也多次梦到我的枕头以及那一封信落在了别人手中。咱俩结婚前,我常梦到警车开到了我们男一班宿舍门口。咱俩结婚后,梦到警车开到了咱们的家门口。或者,梦到我哥哥在陕北那边,被当成'反革命'逮捕了。后来,有好长时间终于不做那样的梦了。但自从老排长张靖严出事以后,我又经常做那样的梦了……”

周萍捧住了赵天亮的脸,吻他,不让他说下去:“没事儿的,没事儿的,都好几年平安无事地过去了,那只枕头、那封信,肯定早就腐烂在山林中的某个地方了。”

赵天亮:“问题是,连我现在也觉得,中国确确实实是病了。我不愿自己的头脑中也有这种思想。可是,却已经不知不觉地就有了。要不是敬文他临死前拉着咱俩的手,口中吐着血沫跟咱俩说希望咱俩结婚,我是不会和你结婚的。你怕因为你的家庭成分牵连了我,我也怕因为那封信、因为我头脑里的思想牵连了你啊!其实,我曾暗下决心,要做一个一辈子不结婚的男人。那样,如果哪一天我的哥哥出了问题,不管他的命运有多么糟糕,我都去陪他。什么兵团战士,什么四十一元多的工资,我都可以不在乎。可是现在……”赵天亮流泪了,说不下去了。

周萍将他的头搂抱在怀里:“天亮,天亮,亲爱的人,不会发生那么不好的事的。你听我说,咱们中国,好比咱们北大荒的土地。即使有几年荒了,野蒿丛生了,那也只不过是表面现象啊!三尺以下,还是沃土啊!哪怕发生了你说的那种事,我也不会成为你的累赘。咱俩一块儿去陪曙光哥哥,不是比你一个人去陪更好吗?”

周萍也流泪了。

而此时,男一班宿舍里,“小黄浦”正在和杨一凡下棋。

杨一凡发现“小黄浦”心不在焉,精神根本没集中:“你怎么了?能不能用点儿心思下完这一盘啊?”

“小黄浦”摸着手里的棋子:“老实说,不太能。”

“认输就干脆点儿啊!”

"小黄浦"："行,算我输。"他将棋盘一抹,枕双手躺下了。

杨一凡不满地瞥他一眼："这人,真没劲!"

"小黄浦"眼睛直勾勾地望着房梁："过几天就麦收了,我一想到一望无际的麦海,心里就发毛。"

杨一凡一边整理棋子一边说："这话可反动啊!迎来了一个大丰收,你却说你心里发毛,什么意思啊!"

"小黄浦"："没什么不好的意思。我想,我大概是得了麦收恐惧症了吧。'一望无际'是个好词儿,可如果收割一望无际的麦海,那就太惨了点吧?相比起来,我宁可掏一个月厕所,不割两个多月麦子。"

二人正说着,门开了,黄伟拿着一盒彩色粉笔走了进来。杨一凡问他："板报出完了?"

黄伟把粉笔盒往桌上一放："都是口号,快。"

"小黄浦"坐了起来,问："听说没有?今年怎么个收法?"

黄伟："今年不提小镰刀战胜机械化了……"

"小黄浦"一拍腿："嘿,这我放心了!"

黄伟苦笑："今年的口号是——小镰刀配合机械化。"

"小黄浦"刚刚露出的笑容僵在脸上："那……那不还是得人下地吗?"

黄伟："大丰收嘛,不那么样怎么办?连长说,初步估算,今年的总产量将比去年增加三成。"

"小黄浦"遭到严重的心理打击似的,直挺挺地又躺在床上。

远处传来凄厉的猪叫声。

黄伟对他俩说："食堂今晚要杀两口猪。"

杨一凡倒是挺高兴："那从明天起,两个月里天天有肉吃了?"

黄伟："老魏说,麦收期间,食堂保证三天一顿红烧肉!"

"小黄浦"一扯被子,蒙住了头。

外边大喇叭又响了起来,一名女知青热情奔放的声音："喜看稻菽千层浪,遍地英雄下夕烟! 铁牛奋力战麦海,银镰翻飞比高低! 亲爱的同志们,兵团战友们,一年一次的麦收大会战,从今天起正式开始了!听……"

广播声戛然而止。

"小黄浦"一掀被子又坐了起来,激动地说:"有这样的吗? 都快半夜了,预先也没打招呼,镰刀也没磨快,能说开始就开始吗? 我不去! 我抗议!"

黄伟笑了:"你激歪个什么劲儿啊! 人家广播员在试喇叭,团里要求,麦收期间,每个连队都要保证天天能收到团里的广播。"

"小黄浦"这才又直挺挺躺下了。

"听……"

"喜看稻菽……"

"遍地英雄……"

广播声又响三次,每次都戛然而止。可没过多会儿,广播里传出了这样的话:"电工同志,电工同志,请马上……"接着是一阵刺耳的噪音。

"小黄浦"又用被子蒙上了头。

黄伟见"小黄浦"情绪不对,问杨一凡:"你惹他了?"

杨一凡:"我没事儿惹他干什么呀! 宿舍里就剩咱们哥儿三个了,我整天哄他还怕他不高兴呢! 来来来,老黄,咱俩杀一盘。"他又摆开了棋盘。

骄阳当空,麦海无边,拖拉机牵引着收割机在麦海中移动。

"小黄浦"将镰刀往地上一砍,双手撑着膝盖,缓慢而艰难地直起了腰。他与割在前边的人之间,拉开了很远很远的距离。他低头看看右手,手心已经磨起了水泡。他龇着牙咬碎那个水泡,吮了几下,唪出血水,掏出手绢缠手心。

"小黄浦!""小黄浦"听到有人叫他,回头看,见是割在最后的谢菲。

谢菲:"我……我……头晕……"她身子一晃倒在麦地里。

"小黄浦"奔过去,把她扶起来,大叫:"来人啊!卫生员!有人昏倒了!"

可是无人回应,麦场上寂静无声,只有被风吹拂着的麦海在翻涌。

"小黄浦"背起谢菲朝前跑,仍喊:"卫生员!卫生员!"

孙曼玲挎着医药箱跑过来,镇定地说:"卫生员也晕倒了,我现在就是卫生员。先把她放地上,轻点儿。"

孙曼玲帮"小黄浦"扶谢菲靠麦垛坐下,用军壶喂谢菲水喝。

孙曼玲看了看面色苍白的谢菲:"她低血糖,这壶里是加了蜂蜜的葡萄糖水。指导员的先见之明。"

谢菲睁开了眼睛,不好意思地:"班长,我可不是装的。刚才一直腰,天旋地转的……"

孙曼玲:"谁敢说你装的我扇他。别猛地就往起直腰,累了先坐下歇会儿,然后再慢慢往起站。"

谢菲虚弱地:"当然也明白这些,可一落后,心急……"

孙曼玲:"甭急。急也没用。"她转而对"小黄浦"说,"你一边割一边照顾她点儿,该歇会儿就歇会儿。"

"小黄浦"烦躁地:"我心里也急啊!"

孙曼玲:"那你他妈就别急了啊!"

"小黄浦"被孙曼玲带粗口的话说得愣住了。恰在这时,齐勇走过来,右手攥着左手大拇指。

孙曼玲:"怎么了?"

齐勇:"割手了。"

孙曼玲白了他一眼:"你也添乱。刚下乡啊?!"

"小黄浦":"别数落了,快给处理处理吧!"

孙曼玲从医药箱中取出一瓶药水,拧开盖,对齐勇说:"得先消消毒。这是碘酒,你干脆把拇指伸里头泡一会儿。"

齐勇将拇指伸入药瓶，钻心的疼痛使他龇牙咧嘴。

孙曼玲："也不小心点儿！"

"小黄浦"对她眨眨眼："心疼了吧？"

"滚一边去！"孙曼玲替齐勇包扎拇指，"今天起，我做饭。"

"还做什么饭啊，咱俩都在食堂吃算了！"

"自己做，咱俩每月能省十几元。"

"小黄浦"对谢菲说："听到没有？多会过。学着点儿！当老婆就得这么个当法。"

谢菲："等你有了老婆，跟自己老婆这么说去！"

远处响起了休息的哨声。

"咱俩找个地方躺会儿去。"孙曼玲扶着谢菲走到一堆麦秸边，将麦秸踢散，和谢菲并排躺下了，两人都用单帽盖着脸。

谢菲问孙曼玲："班长，结婚什么感觉？"

孙曼玲："除了要忍受老齐打呼噜，其他感觉都不错。"

"那我以后要找个不打呼噜的。"

孙曼玲悄声说："我告诉你个秘密——凡是那脖子短粗，喉结不明显的男人，不分年龄，累点儿就打呼噜。尹排长家属跟我说的，可惜说晚了。"

谢菲："你家老齐脖子也不短也不粗啊。"

"可他喉结不明显。"

"这倒没注意过。"谢菲有些迟疑地问，"'小黄浦'喉结明不明显？"

孙曼玲从脸上抓下单帽，兴奋地坐起来："你对他有意思了？要不要我过个话儿？"

谢菲连忙阻止："别别，我对他那点儿意思还不成熟……"

另一边，黄伟走过来对齐勇说："刚才连里告诉我，我的假批下来了。我干脆下午搭运粮的车走吧？"

齐勇："对。事不宜迟，早一天是一天。"

"小黄浦"："哎，排长，不是麦收期间不批假吗？"

"老黄他父亲病了。连里特殊情况特殊对待。"

"小黄浦"："老黄，弄虚作假，逃避麦收会战，对吧？"

赵天亮："哥儿几个说什么呢？"赵天亮和杨一凡也走过来。

"小黄浦"一指黄伟："老黄蔫了巴唧地把探亲假请下来了！班长，那我也要请探亲假，让家里拍封电报来就是理由嘛！"

赵天亮诧异："老黄，你可没跟我说过你要请探亲假。"

黄伟故作不知："是吗？我记得我好像说过的。"

"肯定没有。"

齐勇训斥"小黄浦"："不许你跟着瞎搅和！"然后，搂着赵天亮肩膀走到一旁，小声说，"别挑老黄的理，啊？"

赵天亮："这话说得，我是爱挑理的人吗？"

齐勇："那就好。他一会儿就走。"

赵天亮扭头大声说："老黄，缺钱不？要是缺，哥儿几个帮你凑凑！"

黄伟默默地摇了摇头。

夜晚，男一班宿舍里，"小黄浦"和杨一凡各自睡在对面炕上。杨一凡重重地打着呼噜，他的褥子旁是一盘没下完的棋。

"小黄浦"一翻身，轻轻叫他："一凡，一凡……"

杨一凡没反应。"小黄浦"悄悄坐起来，穿上衣服，拿起镰刀试了试刀锋，朝杨一凡望一眼，轻轻推开门闪了出去。

夜幕笼罩着的麦地里，有一个人影在割麦子。那不是别人，正是谢菲。她机械般地只管往前割着，过了一会儿，就双手撑膝，慢慢直起腰，拿起背在身上的军壶，咕嘟咕嘟地喝几口水。

忽然，她听到背后有声响，猛转身惊问："谁？！"

离她几步远的地方，有一个手握镰刀割麦子的人，正是"小黄浦"。

谢菲手抚胸口："吓我一跳！"

"小黄浦"一笑："想不到你也来了，我有伴儿了。"

谢菲问："带磨石没有？我镰刀钝了。"

"小黄浦"："那还能不带？愿意效劳。"

谢菲从地上拿起镰刀递给"小黄浦"。"小黄浦"从腰间解下磨石，替谢菲磨镰刀。

正磨着，"小黄浦"听到哭声，他抬起头，温柔地问双手捂面的谢菲："哭什么？"

谢菲边哭边说："每年一到麦收，我心里就发毛。"

"小黄浦"笑了："我也是，连说的话都跟你一样。"

"那怎么办？"

"你得这么想——咱们在北大荒辛苦点儿，全上海人的购粮本上，每家的口粮都会增加点儿……"

谢菲打断他："胡说！八年了，我家粮本上一两口粮也没增加过！去年我爸妈都从纱厂退休了，口粮反而减少了！再说咱们上海吃不到北大荒种的粮食，吃的是郊区收的大米。"

"你看你！你要是这么想，那不就只有哭了？"

谢菲提醒道："不许跟别人说这事啊！"

"小黄浦"将镰刀递给她，庄重地："这事儿也没什么好说的啊！"

谢菲破涕为笑。

夜幕笼罩之下的麦地里，"小黄浦"和谢菲的身影又向前割去……

第四十四章

天边微微露出曙光,"小黄浦"和谢菲睡在一堆麦秸间。联合收割机收割过的麦地里,到处是一大堆一大堆脱了粒的麦秸。在北大荒,那基本是没用的东西,麦收一完,便会放火烧掉。几乎可以说,"小黄浦"和谢菲是钻在其中,只露出头和脸。

谢菲动了动,从麦秸堆里伸出一只手,手里抓着什么东西。但见一条长长的尾巴垂下,竟然是一只老鼠。她缓缓睁开眼睛,怪叫一声,扔掉手中的老鼠,紧紧搂抱住"小黄浦"。

"小黄浦"惊醒,急问:"怎么了? 别怕,别怕……"

谢菲:"老鼠刚才咬我了……"

说到这儿,二人忽然都愣住了,他们跟前已经站了一圈人。连长居中,一边是齐勇、赵天亮、杨一凡、二班长等男知青,另一边是孙曼玲、周萍等女知青。

"小黄浦"和谢菲不由得从麦秸堆里站起来。

连长转身对齐勇生气地说:"再有人半夜三更到地里来,唯你是问!"

齐勇:"即使不表扬,也不至于发这么大火吧?"

连长:"表扬? 表扬个屁!"

谢菲大声说:"我抗议!"

连长:"不许抗议!"

他转身训斥孙曼玲:"把你班里的人管严点儿!麦收期间,你给我睡到班里去!"接着又训斥赵天亮,"还有你,也给我睡到班里去,要不都别当班长了!"说完,便气呼呼地走了。

"小黄浦"看着连长的背影,不服气地:"他发什么神经啊!"

孙曼玲埋怨他们:"你俩也真是!争的什么强,好的什么胜啊!让大家好一阵担心,到处找你们。后来发现你俩镰刀不在,才找到地里来。"

杨一凡拍"小黄浦"的肩:"怪我。我后半夜醒来,见对面炕上没了你,左等不见你回来,右等也不见你回来,就向连里汇报了。"

"小黄浦"生气地将杨一凡的手一拨拉:"你贱不贱啊!我能跑到苏联那边去啊?!"

赵天亮:"行啦行啦,既然都带着镰刀来了,那就开始割吧!"

于是大家各自散开。

"小黄浦"问谢菲:"没受表扬,反而挨了顿批评,后悔不?"

谢菲微笑道:"那也不后悔!根本就没图表扬,图的是感觉!"

"小黄浦"望着一名往回走的知青背影说:"能把最后边的落出二里地去,估计今天是没谁能超在咱俩前边了。"

谢菲满足地:"这感觉就是好!"

太阳升起来了。一把把飞快收割着的镰刀在金黄的麦地里闪着耀眼的光。联合收割机在麦海中行驶,吐粒筒不断向卡车上吐着麦粒。一辆接一辆的运粮卡车行驶在七连战士们修筑的公路上。

"小黄浦"直起腰向前望了望,见已离地头不远了,便又弯下腰去,用更快的速度割起来。他缓慢割倒地头的最后一片麦子,累得趴倒在地边。他趴着看手中的镰刀把,缠了白布条的镰刀把和包扎着手绢的手心都染上了血。他撑着双膝站起,突然高举镰刀仰天大叫:"老子割到头了!老子第一个割到头了！徐进步万岁！万万岁！"

谢菲直起腰，望着他笑。见他开始接应自己，立刻又弯下腰飞快地割。二人割到一起，都撑着膝盖，相视而笑。

谢菲捶了捶腰："腰酸腿疼……"

"小黄浦"接过她手中的镰刀："坐地头去歇着。"

"一步也不想走……"

"小黄浦"一笑："抱你？"

谢菲："你还有那劲儿？"

"小黄浦"："试试呗。"他还真将谢菲横抱了起来，谢菲笑盈盈地瞧着他。

"小黄浦"在地头将谢菲放下，二人并肩而坐，望着远处、更远处收割着的人影。

谢菲："下乡八年了，第一次第一个割到了地头……"

"小黄浦"："这块地咱们割几天了？"

"好像是，四天半了吧？"

"今天九月几号了？"

"好像是……九号了吧？"

"如果割下一块地又落后了，还半夜割不？"

谢菲手里搓弄着一节麦秸："当然得半夜超到前边！要不，哪有这会儿的好心情？"

"小黄浦"："那我陪你。反正有了这一次，第二次别人就不会找咱们了！"

谢菲伸出手指："拉钩。""小黄浦"也伸出手指，钩住了她的手指。

"小黄浦"拽谢菲起来："接接别人，一直坐这儿不好。"

谢菲赖着不起："再歇会儿嘛，也该让别人体会体会落在最后边的急劲儿了！"

"乌云"驾着的马车来到麦地里，车上坐着一男一女两名炊事员知青。男知青勒住马,喊:"开饭喽!中午吃大肉包子喽!猪肉白菜馅的大包子啊!"

男女知青的身影从四面八方走向马车。

知青们或单独、或三三两两吃饭。女炊事员知青分发信件,她将一封信交给正与齐勇、杨一凡、"小黄浦"在一起的赵天亮。赵天亮看信是从北京寄出的,便叼着包子走到一堆麦秸后。

赵天亮重新坐下,将包子三口两口吞下,撕开信封,抽出信纸看起来:

> 赵天亮:
>
> 我是和你哥哥赵曙光一起在坡底村插队的北京知青刘江。你第一次来到坡底村的时候,我们见过。请你相信,这封信的内容是完全真实的。坡底村出了大事件,听说春梅已经给你写过信了,我们怕那一封信你没收到,所以我代表几个在坡底村插队的知青,再给你写一封信。
>
> ……

赵天亮手中的信纸共三页,每一页的字都密密麻麻的。他一目十行地看着,表情由震惊变为愤怒。他猛地站起,也不把信纸叠一叠便胡乱往兜里一揣,大步离开麦秸堆,用目光四下寻找。

齐勇、杨一凡、"小黄浦"停止吃东西,一齐看着他。

赵天亮大叫:"周萍!周萍!"

周萍端着饭盒从一台拖拉机后闪现,应声道:"这儿呢!"

赵天亮大步腾腾走到周萍跟前,喝问:"你再说一次!"

周萍懵懂地问:"什么事儿呀?"

赵天亮:"春梅那封信!"

"我……"

"你为什么骗我?!那么严重的事你怎么敢骗我!"

孙曼玲、谢菲等几名女知青出现在周萍身后,齐勇、杨一凡、"小黄浦"也走过来。其他知青也都惊愕地向这边望着。

周萍惴惴地说:"不是我一个人的决定……"

"啪!"赵天亮的巴掌扇在周萍脸上,饭盒从周萍手中掉在地上,汤泼湿了周萍的衣服。

齐勇大声喝道:"天亮!"

赵天亮猛转身冲齐勇大叫:"你别管!"

孙曼玲跨前一步,也指着赵天亮厉喝:"你动手打人,谁都有权力管!"

赵天亮:"滚开!"他一掌将孙曼玲推倒,抓住周萍一只手,拖着她便走。

赵天亮拖着周萍来到家门口,一脚将家门踢开,接着将周萍拖入屋里。赵天亮一抡,周萍撞到墙上。她表情冷静地瞪着赵天亮。

赵天亮挥舞手臂,大喊大叫:"那天晚上我跟你说什么了?都白说了吗?!"

周萍平静地看着他:"你冷静一点儿行不行?"

"住口!"赵天亮又举起了巴掌。

周萍眼中涌出泪来。

门突然开了,魏明、齐勇、杨一凡、"小黄浦"、孙曼玲都走进屋里。赵天亮的手垂下了。他这才发现,窗外也站着些知青。

孙曼玲向前一步,站在他面前:"她不只是你老婆,还是我班里的战士!你再敢碰她一指头,那我也扇你!"

齐勇往后扯她:"你这不是火上浇油嘛!"

魏明是扎着围裙挽着袖子来的,手中还拿着一支小擀面杖。他将擀面杖交在杨一凡手里,走到赵天亮跟前:"你不能怪周萍。起码不能只怪她一个。那封信我们几个都看了,瞒着你,是哥儿几个的共同决定。"

赵天亮狠狠地瞪着他:"那我也恨你们几个!"

周萍冲到炕前,抱起被子和枕头。

孙曼玲:"对! 这个家你没法住了! 还睡回咱们班的宿舍去!"她推开赵天亮,护着周萍走了出去。

赵天亮气得火冒三丈:"那你就永远别回来!"

魏明扬手扇了赵天亮一耳光,赵天亮捂脸呆住。

魏明对齐勇说:"你告诉他,我们为他怎么做的。"

齐勇瞪着赵天亮说:"老黄是为你才请探亲假的。现在能请下假来多不容易你知道。医院的诊断是假的,是老魏在电话里央求他姐夫给开的。老黄临走时说,他在家里只住一天就会到陕北去,是老魏的主意,让他替你去了解一下你哥的情况。如果情况确实很紧急,老黄会从陕北拍回电报来……"

魏明对杨一凡和"小黄浦"说:"当时把你俩支开,是怕你俩受牵连。我们三个的策划要是败露了,谁都得背严重处分!"

齐勇:"那是轻的。"

赵天亮默默退到床前,缓缓坐下。他一一望着魏明等四人,决断道:"那我也得走。我也得到陕北去。"

"小黄浦"上前劝道:"那,那你不是让老魏他们三个白费心机了吗!"

"我谢了!"赵天亮站起来,从墙上摘下书包,拉开抽屉,往书包里塞东西。

杨一凡拦住他:"天亮,你的心情大家都能理解,但是既然老黄已经替你去了……"

赵天亮转头不看他:"我不听!"

二班长进入屋里,谨慎地:"天亮,指导员和连长让你立刻到连部去。"

指导员坐在连部里,看赵天亮带去的信。赵天亮站在他跟前,连长在他俩身旁踱来踱去："赵天亮,你这是在给我和指导员出难题!"

赵天亮面无表情地："批我假,我走。不批我假,我也走。一会儿就走。"

连长一瞪眼："不批你假你敢走?!"

赵天亮："走。"

连长指着他,威严地说："那我关你禁闭!"

"那我破门而走!"

连长一拍桌子："我派人看守在门外!"

"不管你派谁,都会被我说服,最后放我走。"

"我派一个班!我就不信你能说服得了一个班!"

指导员："老张,你这不是抬杠嘛!"他把信还给赵天亮。赵天亮接过信,直视着指导员,一下下将信撕了。他推开窗,将撕碎的信纸往外一扬,纸片被一阵风刮走。

他刚要关窗,指导员说："别关了。敞着吧,透透气。"

"指导员……"赵天亮的眼泪流下来。

指导员温和地："不会关你禁闭,更不会派人整天看着你。麦收期间,那是对劳动力的浪费。我问你,如果你到了陕北,你哥哥的处境确实像信上写的那样,你会做些什么?"

赵天亮："我什么冲动的事也不做。"

方婉之也走了进来,坐在炕沿,看着赵天亮。

指导员问："你保证?"

赵天亮："保证。我只不过要及时赶到我哥哥身边,让我哥哥体会到,我是多么爱他。如果他需要,我会在他身边留很久,连里再任命别人当班长吧。如果我觉得必要,那我也许就不回兵团了……"

方婉之："替周萍考虑过吗?"

赵天亮："我们早都有心理准备,她知道该怎么做。"

方婉之："可你别忘了,你打了她。"

"我会向她认错。我相信,她也会照她向我说过的话去做。"

连长提醒道:"如果你不回来了,你就成了一个没有户籍的人!"

赵天亮:"我不在乎。"

连长:"总司令部决定,所有下乡年满八年的兵团知青,工资涨一级,加五元。"

指导员对他摆了摆手:"老张,就不提工资了吧。小赵,你先回宿舍去。你的事,我们商量商量,过会儿派人告诉你结果。"

赵天亮转身走了出去。

指导员:"我们能非阻拦他吗?"

面对指导员的问题,连长和方婉之都不出声。

指导员又问:"我们能批准他假吗?"

连长无奈地:"我们批准有什么用?得团里最后批准才有效!"

方婉之:"特殊情况下,连里当然也有权批假的。但是如果我们竟因这件事批准了小赵的假,那我们七连这个支部肯定就拉倒了。虽然我并不认为我们对于七连是多么重要的人物。可我们都受处分,一块儿被免职了,恐怕七连要进工作组了,全团都不得不又搞一次教育运动了。现在的人们,一听'运动'两个字,神经都快受不了啦。"

连长赞同地:"肯定是你说的那样。"

指导员对方婉之说:"嫂子,把你的意思说明白。"

方婉之:"连里许多人都知道他因什么请假了,又是在麦收会战期间,我们不能批他假。非但不能,还要通告从我们七连开走的运粮车司机,不得让赵天亮搭顺路车。为全连、全团人考虑,我们只能这么表明我们的态度。"

连长:"还要通告全连的人,谁也不许送他。"

方婉之:"同意。这些决定,不妨当面告诉他。"

指导员:"也只有如此了。可这样的决定,真叫人难以启齿啊!"

方婉之站起身来:"我去对他说。"

赵天亮背着书包在公路上走着——他只背了一个书包,包里没装多少东西。

魏明扎白色长围裙站在公路边,拎着旅行兜。

赵天亮站住,魏明走到他跟前,将旅行兜递给他:"老齐告诉我,说你只背了一个书包……"

赵天亮接过旅行兜,问:"里边什么?"

"馒头、糖三角,还有块熟猪肝和几包烟。没给你带包子,容易坏。"

赵天亮点点头,说:"替我跟周萍说,家里的钱我都带走了,给她留了拾元,夹在记事本里。"

魏明:"差点儿忘了,哥儿几个给你凑了七十元钱,还有几斤全国粮票,你也带上。穷家富路,有备无患。"他掏出一个信封交给赵天亮。

"那我不客气了。"赵天亮接过信封,揣进兜里。

"别揣兜里,放书包里。在人多的地方,书包要转到前边。"

"明白。"

"路上别拦车了。拦也白拦,没有司机会带上你。"

赵天亮早料到了,无所谓地说:"知道。"

魏明:"别去团里了。你走的事儿已经传开了,我怕你在团里会被扣住。你要去林区小火车站,听说老站长在那儿办了一个招待所。今天晚上可以住那儿,明天搭运木材的卡车去北安,或者隆镇。"

赵天亮:"我也这么打算的。"

魏明:"你别怪连里。"

"没怪。我理解,我等于给他们出了一个大难题。"

"还给周萍捎什么话不?"

赵天亮迟疑了一下:"替我,请求她原谅。"

魏明:"这我替不了。我只负责捎话。你要是诚心请求她原谅,那就说能让她原谅的话吧。"

赵天亮:"告诉她,我说的——如果她不肯原谅我,那我就是世界上最不幸的人了。千万别使我成为世界上最不幸的人。"

"这话有点儿水平,起码是老黄的水平,我一定说给周萍听。还有,你到了你哥那儿,老黄也肯定到了。老黄是考虑事情周到的人,遇事你要多听听他的看法。"

赵天亮点头。

"你走吧。我食堂里忙着呢,不往前送你了。"

赵天亮拥抱魏明一下,转身大步走了。魏明目送着他远去。

漆黑的夜里,白桦林小火车站的窗透出温暖的光。屋里,杨秉奎和梁喜喜面对面坐在小炕桌两侧吃饭,梁喜喜往两只酒盅里斟酒。地上放一只大筐,里面装一只白白的小猪,大狼狗卧在筐旁,以稀罕的眼神看着小猪。

杨秉奎放下酒杯:"刚才那么喝没劲。"

梁喜喜:"怎么喝?"

杨秉奎:"划几拳嘛!"

"行啊! 你说来什么拳吧,哪种拳我都奉陪!"

"你是客,你说。"

"两只螃蟹八只爪?"

"中!"

于是二人划了一阵拳。梁喜喜输了,把酒一饮而尽,咂着嘴说:"我知道你老家伙打的什么主意!"

杨秉奎:"我没打什么主意啊。"

梁喜喜醉态微微地说:"打了! 想把我灌醉,然后占我便宜。"

杨秉奎一脸严肃:"你这是污蔑好同志。你也不是第一次在我这儿过夜了,我哪一次占过你便宜?"

梁喜喜笑道:"以前都是你先醉了,白想了。"

"那么,你先醉一次,让事实来证明?"

梁喜喜:"我……已经有点儿醉了……你看我给你送来那头小猪,再看你那条老狗,它俩不是很像咱俩吗? 你那条老狗不是正在打我那头小猪的主意吗?"

杨秉奎朝狗和猪看一眼,郑重地:"我看不出来。不过,你说我像我那条老狗,这话倒说得也不错。它忠诚,有责任感,不计较待遇,还懂规矩,这几方面我都像它。但你说你像那头小猪,太夸奖自己了吧?"

梁喜喜:"我还夸奖自己了? 在你眼里,我连头猪都不如了?"

杨秉奎:"起码你没它那么白吧?"

梁喜喜:"我是黑在脸上! 整天风吹日晒的,脸能不黑吗? 哪一个劳动妇女脸白白的? 我白在身上……"

"是不是白在身上,那谁知道?"

梁喜喜解着衣扣:"不信? 看看?"

"信信,先不忙让我看!" 杨秉奎往两只酒盅里斟满酒,"喝酒喝酒,再划一轮。我这一辈子,除了你,再就没遇到过能先把我喝醉了的女人。我太中意你这一点了!"

于是二人又划起拳来,这次杨秉奎输了,只得饮酒。

不料梁喜喜主动拿起酒杯:"干脆别分输赢了,我陪你这一盅!"

"好啊!"

杨秉奎话音未落,梁喜喜已一饮而尽,也斜着眼睛看着杨秉奎问:"你觉得我作为女人哪点好?"

"这你问住我了,说不上来。"

"说不上来? 我打你!" 梁喜喜醉了——一半真醉,一半佯醉。

杨秉奎:"毛主席他老人家教导我们,想要知道梨子的滋味,那就要亲口尝一尝……"

梁喜喜:"今晚就给你尝,省得你总在心里打蔫主意!"

杨秉奎目光定定地看了梁喜喜片刻,忽然说:"不喝了! 睡觉,睡觉！这么爱喝酒不好,把点儿革命意志都喝消沉了！你先躺会儿,等我把桌子撤了,服侍你舒舒服服地睡。"

于是他站到地上,蹲下,为梁喜喜脱去了鞋。

梁喜喜嬉笑:"还有袜子呢！"

杨秉奎犹豫一下,也为她脱去了袜子。

"我脚白不白?"

杨秉奎:"白,是白。"他抱着梁喜喜双脚,替她将腿放到了炕上,接着急急忙忙收拾桌子。

梁喜喜的目光一直脉脉含情地看着杨秉奎。

大狼狗忽然警觉地站了起来,冲着门低吠。杨秉奎放下手中盘碗,开了门。赵天亮站在门外。

赵天亮抱歉地:"老站长,打扰了,我今晚得住您这儿。还认识我吧?"

杨秉奎酒醒了一半:"你七连的,叫赵……赵什么来着……"

梁喜喜急用枕头压住脚,接言道:"赵天亮！"

赵天亮这才发现梁喜喜,不自然地一笑:"梁支书也在这儿啊。"

梁喜喜有点儿尴尬:"坐吧。"

由于有梁喜喜在,赵天亮显得挺拘束,在炕边坐下了,将旅行兜放地上。大狼狗在他脚边嗅那只旅行兜。

杨秉奎喝狗:"干什么呢！那边去！"

大狼狗乖乖躲开。

梁喜喜:"我来给老站长送头小猪。本来想给你和周萍送去的,但一想到你们兵团不许连队人家养猪,就送这儿来了。我们屯子里也限制资本主义,头数多了要被没收,还得受批判,那就莫如到处送了。"她又对杨秉奎说,"就是他和周萍结婚了。"

杨秉奎打量着赵天亮说:"我对小周那姑娘印象深。她现在也终于是兵团的人了,我替她高兴。你嘛,看外表还算勉强配得上她。"

梁喜喜:"小赵人也不错。他和周萍做了小两口,俩人一准幸福。小周萍怎么样？”

赵天亮：“她挺好的，现在稍微胖了点儿。”

杨秉奎问他：“你怎么到这儿来了？”

赵天亮支吾：“我……探家……”

老站长狐疑地看着他：“探家？记得你第一次到我这儿，也是在麦收时节，也说探家。可你骗了我，没请假，擅自逃离连队。现在可又是麦收时节，你不会又和上次一样吧？”

“那哪儿能呢。”赵天亮忽然想起了什么，“差点儿忘了，我经过林子时，在树枝上发现了这个……”

他拉开旅行兜，取出“半导体”放在桌上。

杨秉奎高兴了：“多谢多谢！今儿一天把我找得，怎么也想不起来丢哪儿了！”

梁喜喜：“到林子里去转，你还非带它干吗！”

杨秉奎：“我不是离不开它嘛！”

“那你就跟它结婚，甭惦记着我！”

杨秉奎：“你俩哪个对我都重要！”他笑了笑，又问赵天亮，“这次不骗我？”

梁喜喜：“这次他肯定不会了。人家现在又是班长了，是团长都多次表扬过的人了。”

杨秉奎拍拍额头：“我想起来了，你们团长也跟我夸过你——从新疆辛辛苦苦赶回细毛羊的，就是你和你那个班，对吧？”

赵天亮发窘地：“那都两年多以前的事儿了。”

杨秉奎招呼他：“肯定还没吃晚饭。别嫌是我俩剩的，坐这儿，就着这案子吃吧。”

赵天亮：“我不饿，兜里带了不少干粮。听说您这儿办了个招待所，我想早点儿休息……”

杨秉奎：“那好，这就带你去。”他从墙上摘下手电，带着赵天亮走了出去。

梁喜喜："来得也真是个时候！"一边自言自语，一边开始铺褥子。

杨秉奎把赵天亮带到大仓库里。大仓库里隔了一道泥墙，泥墙那边有几张没刷油漆的木床。

杨秉奎将手电筒的罩拧下，放在桌上说："这就是灯，刚换的电池，留给你。睡前要关上，不许费电池。"

赵天亮点头，坐在一张床上。

杨秉奎伸出一只手："烟和火柴给我，这是招待所的规章。"

赵天亮只好掏出烟和火柴递给老站长。

杨秉奎又问："旅行兜里有没有？"

赵天亮："我不吸还不行吗？"

杨秉奎严肃地："信不过。交出来。"

赵天亮只得拉开旅行兜，取出一条烟交给老站长。

杨秉奎又伸出手："准假证明。"

赵天亮："没有。"

"没有？"杨秉奎瞪大眼睛，"咱们这儿可属于边境地区，公出要有证明，探亲假也要有准假证明，你怎么会没有？不是探亲假？"

赵天亮点头。

杨秉奎："你刚才可说是！公出？"

赵天亮摇摇头。

杨秉奎眉毛皱成一团："既不是探亲假，也不是公出，那你究竟怎么回事？"

"特殊的事。"

"特殊的事？……绝密的外调任务？"

赵天亮不知如何回答是好。

杨秉奎有些急："问你呢，说呀。"

赵大亮犹豫片刻，竟然点了一下头。

杨秉奎还不放心:"点头不算,我得听到你正式的回答。"

赵天亮:"就算是吧。"

杨秉奎脸色沉下来:"这什么话! '就算是',听起来那就是不敢肯定地说'是'!"

赵天亮的口气变得非常肯定:"是!"

"这可是你亲口说的!"

"当然是我亲口说的!"

杨秉奎拉开一张旧桌子的抽屉,取出一册小本,郑重地翻开:"把你说的写在上边。"

赵天亮又犹豫一下,拿起用线绳拴在小本上的圆珠笔,写了几行字。

杨秉奎从兜里掏出眼镜盒,戴上花镜,拿起小本认真看了看,合上,放回抽屉。他摘下眼镜,放进镜盒,揣入兜里。

赵天亮问:"没事儿了吧?"

杨秉奎反问:"你入党了?"

赵天亮抬头看老站长,诚实地说:"没有。"

"这我就不太明白了,你又不是党员,你们连会派你执行绝密的外调任务?"

赵天亮只好勉强应付:"我……快入党了……"

杨秉奎:"已经是……预备的了?"

赵天亮有些不耐烦了,强忍着搪塞:"那倒也不是……但,我思想上,已经差不多够党员标准了……"

杨秉奎不满意他的回答:"又说'差不多'! 有些事,'是'就是'是','不是'就是'不是',不能用'差不多'来说。"

赵天亮心烦起来:"你有完没完啊?!"

杨秉奎:"嚯,还不耐烦了。我这儿耐心着呢,你有什么不耐烦的? 冲你这种不耐烦的态度,我更得耐心地多问问了。"

他在赵天亮对面的床上坐下了,又问:"不管执行什么特殊任务,都得随身带封介绍信。不带介绍信,那在咱们中国就寸步难行!尤其在咱们边境地区,遇上警惕性高的人,很可能把你当成可疑分子抓起来。这常识你不懂?就算你不懂,你们七连也没一个懂的?"

赵天亮:"我……"

他见杨秉奎将没收他的烟和火柴放桌上了,不由得伸手去抓。

杨秉奎用手压住了烟和火柴,朝一面墙翘了翘下巴。赵天亮扭头看去,见那面白墙上用红油漆写着"严禁烟火"四个醒目的字。

由于被问得心烦意乱,赵天亮烟瘾上来了,他抓耳挠腮地请求道:"老爷子,让我先出去吸支烟行不行?"

"不行。这是最后一个问题,你一回答完,我就不烦你了。"

赵天亮现编现说:"老爷子,你听我解释啊,它是这么一回事……连里已经有一位老战士党员,他昨天到北安了。介绍信,证明信,当然都由他带着。他给连里打电话,说还需要一个可靠的同志协助他,比如外调过程中抄什么了,记什么了……所以呢,虽然我是一班之长,虽然我们一班是主要劳力,虽然是在麦收大会战的时节,连里还是把我抽出来了,让我及时到北安去找他……"

杨秉奎:"你主动点儿,早这么一五一十地说,我不是就不烦你了嘛!"

他站起来:"你不要怪我刨根问底。这儿不是正式的招待所,你们东西南北的知青,往往返返地探家,图近便,都愿意搭小火车先到我这儿,住我这儿。多时我这儿一次来七八个人,我自己就住那么一间小屋,就睡那么一铺小炕,人多了怎么住?怎么睡?我根本没法招待啊!所以呢,就自作主张,自己动手,在这大仓库里隔出了这么一处简简单单的地方。你们愿意往我这儿来,那是看得起我。大家看得起我,我心里高兴,也愿意招待你们。起码,到我这儿来,确实能近便不少路。而且,我这儿吃住都不要钱,往返省十来元钱,是不?十来元钱丁点儿什么不好?给父母买糕点买罐头的话,能买不少呢,是不?"

赵天亮站了起来,由衷地感谢道:"老站长,你是好人,许多知青都打心眼里尊敬您。我这次又给您添麻烦了,真过意不去。时候不早了,您早点儿歇着去吧!"

杨秉奎:"你们觉得我是好人,我更高兴。"他指指太阳穴,又指指心窝,"在我这儿,这儿,好人和好党员是都要做的。有那号人,嘴上一向说要做好党员,可到后来,连个老百姓说的好人都算不上是了,甚至根本就成了专打小报告、专善于整人,落井下石、见风使舵的小人、坏人,那他娘的算哪路的好党员?"

赵天亮张张嘴,没说出话来。

杨秉奎:"可话又说回来,你们来到北大荒已经八年了,对大多数而言,当初那点子豪情,那点子新鲜感,还有每月拿到四十多元工资那点子高兴,快没有了。精神疲沓了,纪律自觉性松懈了,越来越难管理了。你们越来越不安心了,擅自往城市里跑的越来越多了,我这里不能变成一个自由分子们的窝点,对不对?"

赵天亮点头。

杨秉奎:"好啦,不多说了。我看出来了,我再多说几句,你小子要发作了。走啦!"他揪了揪赵天亮耳朵,终于离去。

赵天亮长出一口气,仰面朝天躺倒在床上。

杨秉奎回到他的小屋里,梁喜喜已下了炕,坐在小凳上洗脚。

梁喜喜见他在看自己,便说:"不许看,看别处!"

杨秉奎就默默将赵天亮的烟和火柴放桌上,坐在桌旁椅上摆弄"半导体",自言自语:"新电池换上没两天,怎么没声儿?"

梁喜喜:"往树枝上挂的时候没关吧?"

杨秉奎一拍脑门:"可不。"他随即拉开抽屉,取出两节电池换上。

梁喜喜警告他:"今晚不许开啊,我想清静一晚上!"

杨秉奎:"好,不开。听你的。"

"麦收时节批他假,肯定是他爸妈有一个病得很严重吧?"

"不是。"

梁喜喜一愕:"两个都病了？"

"他说,连里派他配合一名老战士执行特殊任务。"

"我心替他'咯噔'一下！我要是成你老婆了,你再别说半截话行不行？"

"行。"

梁喜喜一边擦脚,一边又问:"能派他执行什么特殊任务？他骗你吧？"

杨秉奎:"谁知道呢。他说是机密的外调任务。"

梁喜喜:"那也许是真的。我听你们团长说,麦收一结束,你们全兵团又要搞运动,清查像张靖严那样的人。张靖严是什么人？"

杨秉奎:"我熟悉他,那是名好知青,学生时候就是党员了,老高三。他父亲还是铁路上的老劳模。有些人要把他打成'现行反革命'。我真就不明白,那么一名好知青,第一批来到北大荒的,连续三年评上过优秀党员,他会成为这国家的敌人？这时局,我是越来越糊涂了,就这么'运'啊'动'啊的,哪天是个头呢？"

梁喜喜严肃地:"你可是老红军,说这话思想不对头啊！多'运动运动'对老百姓是有好处的,省得农闲的时候他们闷得慌。搞运动,其实也等于丰富了人民大众的业余生活……"

杨秉奎笑道:"你酒劲儿过去得倒快。"

临时招待所里,赵天亮已抱着被子和衣仰躺床上,大睁双眼,望着仓库黑乎乎的天花板。

他回忆起北京的后海:

一只风筝飘在蓝天上,放风筝的是孩提时期的自己和是少年的哥哥。风筝线断了,扎到后海里。他哭了,哥哥在一旁好言好语地哄他,可是无论怎么哄,他还是哭。哥哥脱下衣服,跃入水中,以漂亮的泳姿游向风筝,不一会儿,举着风筝上了岸,结上风筝线。兄弟二人又将风筝高高地放飞起来。他笑了,哥哥摸了他的头一下,一边穿衣服,一边快意地看着他……

他也回忆起:

哥哥骑着自行车,他坐在车后架上,双手搂着哥哥的腰。兄弟俩来到一条小河边钓鱼。他见鱼线动了,扯着鱼线,欢喜地大呼小叫。哥哥帮他扯,结果钓上来的是一只破鞋子。兄弟二人相视大笑……

他还回忆起:

军队大院里,一些红卫兵在抄某军队首长的家。鱼缸被摔在地上,金鱼在地上蹦着。已是中学生的他看着,心生恻隐,摘下头上的军帽放在地上,双手往军帽里捧金鱼。一只脚正要往军帽上踏,一双手十指相扣,托住了那只脚——是哥哥的手,他单膝跪在地上。那名红卫兵使劲往下踏自己的脚,哥哥仰视对方,竭力不使对方的脚踏下去。

他愣愣地看着那情形。哥哥猛地一掀双手,对方倒在地上;他趁机捧起了帽子。

几名红卫兵围住了兄弟俩,一副大打出手的样子。哥哥将他掩在身后,厉声道:"那是正规军帽,他想用脚踩该当何罪?!"

他们就这样救下了金鱼。金鱼被兄弟俩放入了脸盆,又在水中欢畅地游……

杨秉奎那间小屋里,马灯已熄灭了。炕上,杨秉奎搂着梁喜喜,发出沉沉的鼾声。梁喜喜含情脉脉地看着杨秉奎的脸,用手轻触他的胡茬。

一阵敲门声传来,大狼狗一跃而起,低低地吠着。

梁喜喜欠身小声问:"谁?"

门外赵天亮的声音同样很小:"我……我想,吸一支烟……"

梁喜喜:"什么时候了还想吸烟?不给!"

赵天亮:"求求你了,我实在睡不着,就给一支行不?"他头抵着门,执拗道,"不给我就一直待在门外!"

片刻,门开了一道缝,梁喜喜手拿着烟和火柴,披衣闪出,给了赵天亮。

赵天亮接过烟:"谢谢。"

梁喜喜瞥他一眼:"你自己的烟,谢什么!"

赵天亮坐在木台阶上,将烟点着,慢慢地吸着。

梁喜喜与他并肩坐下,不满地说:"你这一搅,我接着还能睡着吗?"

赵天亮:"对不起。"

梁喜喜向他一伸手:"给我一支!"

赵天亮给她一支烟,接着将自己吸着的烟也给了她。她对着烟,问:"你和周萍,小日子过得怎么样?"

赵天亮:"挺好。"

梁喜喜:"打算什么时候要孩子?"

"还没那打算。"

梁喜喜:"早晚得当爸妈,那就早点儿要吧。情深婴美,懂不?北京也算北方。你是北方小伙子,她是南方小女子,你俩的孩子,不论男女,那一定漂亮。你小子得感激我。"

赵天亮不禁转脸看她。

梁喜喜:"瞪着我干什么?周萍到我们山东屯的时候,我这支书罩过她。你在边境上的时候,我经常给她方便去看你。你到新疆去弄羊,我又有心派去了她。你还不该感激我?"

赵天亮:"该。"

梁喜喜:"光嘴上一说?"

赵天亮将手中烟和火柴往梁喜喜身旁一放,踏灭自己吸短了的烟,默默站起,跨到梁喜喜对面,深深向她鞠了一躬。

不待梁喜喜有什么反应,他已经转身而去。

梁喜喜望着他背影,嘟哝道:"哪学的?来了这么一套……"

天亮了,阳光照耀宁静又美丽的白桦林,小屋子的烟筒升起了炊烟。杨秉奎带着狗在林子里采蘑菇,新鲜的蘑菇已经采了小半篮。

杨秉奎对狗说："老伴儿,走,回去啦。"大狼狗跟随他走出林子,他望到梁喜喜站在门前。

杨秉奎走到梁喜喜跟前,见她泪流满面,诧异地问："怎么了,赵天亮那小子气你了?"

梁喜喜抖动着嘴唇："毛主席……是昨天……"

哀乐声由屋里的"半导体"传出来。

杨秉奎手中的篮子掉在地上,蘑菇撒了一地。

"啪!啪!"连续的枪声打破了清晨的宁静,躺在临时招待所床上的赵天亮被枪声惊醒,猛地坐了起来。

小屋子前,杨秉奎举着猎枪朝空而放,地上已有不少弹壳。梁喜喜站在他身旁,双手捧着装子弹的弹带,像捧着哈达。二人臂上都已戴上了黑纱。

"半导体"挂在树枝上,仍播放着哀乐和悼词。同一棵树的另一根树枝上,挂着一张印在薄金属板上的毛主席像,相框里的毛主席戴着红军八角帽,相框上也垂着黑纱。

梁喜喜劝阻道："别放了,你都放了也不够八十几颗,毛主席最反对浪费。"

杨秉奎又默默从弹带上取下一颗子弹,压入枪膛。这时他看到了赵天亮。

赵天亮的目光从杨秉奎身上转移,望向树干上的毛主席像。

杨秉奎又朝空举起了枪——"啪!"

梁喜喜从一件已经撕破的黑布衣服上又撕下一块,用针线往赵天亮衣袖上缝。缝好之后,三人肃立在毛主席像前默哀。

杨秉奎望着毛主席像,喃喃道："毛主席,我曾经是你的一个兵,一个跟随你长征过来的兵。虽然,我早已经脱下军装了,但我还是认为我是你的一个兵。刚才,我用兵的方式,用一把猎枪,表达了我对你的敬意,你听到了?"

眼泪从他的脸上流下来："我对你诚实。坦白讲,你领导着发生的一些事,有的我理解,有的半理解不理解,有的一点儿都不理解。我说我坚决拥护,那是骗别人啊,也等于是骗你啊! 我居然连你都骗过了,我心里不是滋味啊……"

赵天亮却没流泪。他仰起脸,呆望着天空。阳光使他微微闭上了眼睛。

他没去陕北,而是回到了连队。

七连的麦地里着起了大火,人们在奋力扑火。由于缺少工具,大多数人在用上衣扑火。

赵天亮也在用上衣扑火。他跑到一只大桶前,将上衣按在桶里的水中浸湿,这时他看到周萍的身影在一道火墙后挥舞着衣服。

杨一凡也跑来浸衣服,二人的挎肩背心烧出了洞。

杨一凡问赵天亮:"知道了?"

赵天亮:"知道了。麦地里怎么起火了?"

"是一场山火烧过来的……"

赵天亮一转身,周萍的身影不见了,而那道火墙更高了。

赵天亮:"周萍!"

远处有人喊:"这边的桶里还有水!"

赵天亮用湿衣服一包头,冲过了火墙。周萍已经倒在了地上,火焰向她烧过去,赵天亮扑在她身上,用湿衣服罩住她的头。

火扑灭了。原本金黄的麦海,变成了大片黑色的焦土。

赵天亮横抱着周萍,伫立在焦土中央。他几乎变成了黑人。

他又仰头望天,天空有雁阵飞过。

雁鸣凄凉,让人肝肠寸断。

赵天亮在心里默默地发问:"毛主席,中国怎么办啊! 我们怎么办啊! ……"

第四十五章

列车奔驰在盛夏的东北平原上。时间已经是三年后了。

这是一趟从北京开往哈尔滨的列车。某节车厢里,面对面地坐着赵曙光和冯晓兰、赵天亮和周萍。周萍抱着那个被遗弃的上海知青的孩子。孩子已经四岁多了,赵天亮和周萍为他起名赵顾。车厢里人不多,人人有座。

赵顾问周萍:"妈妈,那个会画画的叔叔叫什么名字来着?"

周萍:"沈力。记住啊,再问不告诉了!"

赵顾:"那,咱们为什么要去看他的画呢?"

周萍:"这孩子,问起来就没完。问你爸。"

"爸爸,妈妈说问你。"

赵天亮往后仰着头,闭着双眼,装没听见。

冯晓兰微笑着对赵顾说:"因为他要通过画画找到工作不容易,需要当年的知青伙伴们的支持和帮助。"

赵顾又问:"什么叫知青伙伴啊?"

冯晓兰和周萍相视苦笑。

赵曙光:"让大爷抱会儿,别总赖在你妈怀里。"他将赵顾抱过去,"小孩子一次不能明白太多事，以后再解释给你听。乖乖眯一会儿，啊？”

赵顾听话地闭上了眼睛。

冯晓兰笑道："你别总自己说自己是大爷，听着让人想跟你急。"

赵曙光："急也没用啊！我倒是想让他叫我叔叔，可那不是自欺欺人嘛！"

四个大人都笑了起来。

这时，列车员走到他们所在的这节车厢售卖报刊："《人民文学》《中国青年》，有买杂志的旅客没有？"

赵天亮睁开眼睛说："都要。"

他将买到手的《人民文学》递给冯晓兰，自己看起《中国青年》来。

冯晓兰翻着手里的杂志："这三年里，复刊的文学刊物真不少啊！"

赵曙光看看怀里的孩子说："他们这一代，再也不必偷偷看手抄本了！"

赵天亮翻开了杂志的某一页，一行醒目的黑体标题赫然出现在他眼里——"一封特殊年代的'反动'信件"。

赵天亮看着看着，表情起了变化，由诧异而激动，由回忆而浮想联翩。他一下子合上了杂志。他的表情引起了赵曙光的注意。

赵天亮又将杂志翻开，翻到了刚才那一页，递给哥哥，低声说："哥，你看！"

赵曙光将怀里的孩子交给冯晓兰，接过杂志翻看，抱着孩子的冯晓兰也偏着头看他手里的杂志。

周萍奇怪地问赵天亮："你让哥看什么文章？"

赵天亮握着她一只手说："那封信！"

周萍："你当年缝在枕头里那封信？"

赵天亮点头。

"登在杂志上了？"周萍看到赵天亮脸上肯定的表情，有些不安，"好事还是坏事？"

"我想,不会再是坏事了。"

"我心里又怕了一下。"

赵天亮用手搂着她肩,轻吻她额角。周萍将孩子从冯晓兰怀中抱了过去。

冯晓兰:"如果当年没有人有过这样一些想法,那中国就太可悲了,我们这一代人也太可悲了……"她搂着赵曙光一条胳膊,斜偎着他,眼睛却看着杂志。

杂志上写着:

以下发表的这封信,曾在我们连引起轩然大波,使我们连的知青人心惶惶,也使一些知青蒙受了不白之冤。它是由一只枕头引起的,枕头是由一名鄂伦春猎人送到我们连的。又有好心的知青把枕套拆下来洗了,结果那一封缝在枕头中的信就被发现了,并且信的内容在我们连的知青中流传开了。因而,成为"反革命"事件必不可免了。但是查来查去,因为"名不具"三个字,无果而终。当年我是连里的文书,这封"反革命"信件就具体由我来保管。而我返城时,把它带回了天津。我之所以要把它发表出来,为的是要以这一封信来证明,我们当年的知青的经历,不仅仅是劳动加恋爱的经历。我们的头脑里还有思想产生过。而那些思想,曾和国家的命运联系在一起。我们并不全都是头脑里空空如也,被"运动"一下就狂热不已的白痴。起码,这封信能多少证明这点。从这个意义上讲,我感激我这位"名不具"的同代人,因为他使我们不至于整体看起来像是怪胎。

……

赵曙光和冯晓兰抬起了头,欣慰地默默望着赵天亮。

赵天亮激动地:"哥,你应该给《中国青年》写一封信。"

赵曙光:"为什么?"

赵天亮:"应该使人们知道,你就是当年写那封信的人。"

赵曙光淡淡一笑,摇了摇头。

赵天亮:"要不我写。"

赵曙光依旧摇头不语。

赵天亮有些着急:"怕人们不信? 不管你写还是我写,我们连队的许多知青都可以证明,'名不具'一定是你,你一定是'名不具'!"

赵曙光反问:"干吗非要证明这一点?"

赵天亮张张嘴,无言以对。

赵曙光提醒他:"记住,你不要那样做。"

"为什么?"

"我不喜欢你那样做。"

"可,我当年因为那封信常做噩梦!"

"那是一点儿小委屈,微小到根本没有资格说道。"赵曙光见周萍向他伸手,将杂志递给了周萍,"包括我后来遭遇的事也是那样。"

冯晓兰:"天亮,要听你哥哥的,啊?"

赵天亮不说话了,但他还是有点儿想不通。

冯晓兰对赵天亮解释:"该保持沉默而不保持沉默,某些事本身就会变得可笑。我理解你哥哥的意思是,不要使那件事蒙上故事色彩。一蒙上故事色彩,就会流于茶余饭后的闲谈。何况咱们中国人,又那么爱把许多事变成故事……"

赵天亮还是不服气:"那也没什么不好。"

赵曙光严厉地:"争什么争! 我再说一遍,决不许你那么做! 如果你做了,别再见我和你嫂子!"

周萍:"天亮,别说了……"她正说着,忽然站起来,冲前边打招呼,"嗨,'小黄浦'!"

车厢过道中，"小黄浦"和谢菲正往这边走。他俩也看到了周萍，高兴地笑起来。"小黄浦"上身穿一件很时髦的米色夹克衫，脚上蹬着一双样式老派、半新不旧、擦得锃亮的皮鞋。他留起了头发，身上一点儿当年知青的影子都没有了。谢菲则身穿连衣裙，外套一件钩出空心花样的小毛衣。

赵天亮站起时，"小黄浦"和谢菲已走到跟前了。赵曙光和冯晓兰也站了起来。

"小黄浦"兴奋地说："没想到在同一次车上！"

赵天亮向他介绍："这是我哥哥，这是我嫂子。"

赵曙光和冯晓兰向"小黄浦"伸出手，"小黄浦"握着赵曙光手说："哥，正是因为你，当年我们全班才知道了陕北有个坡底村啊！"

赵曙光笑着说："常听天亮说到你。"

"小黄浦"与冯晓兰握手时，冯晓兰问："你们也去参加画展？"

"小黄浦"："是啊，同班战友的事，能不去捧场嘛！也许沈力将来成了位大画家，那也等于替我增光了啊！"

大家都笑了起来。

周萍抱着孩子，指着谢菲对孩子说："叫姨。"

孩子听话地叫了一声："姨！"

谢菲笑问："起名没有？"

周萍也笑着说："叫赵顾。'顾得了东顾不了西'的'顾'。"

"小黄浦"摇摇头："这什么名字啊，起得太随便了吧？"

周萍看着赵天亮说："他起的。"

赵天亮挠挠头："咱不是没多少文化嘛！"

"小黄浦"看一眼手表说："到点了，都吃饭去吧？"

冯晓兰热情地说："我请，我工资最高嘛！"

谢菲从"小黄浦"背后拍着他肩说："我这口子请！退还他家古董时，少了好几件，说是要赔给他家两万元。他老爸说，那笔钱归他。我和他结婚,可算是抱住了一个大金娃娃!"

大家便又笑了,先后往餐车走。

夜幕下的哈尔滨列车站人来人往,热闹非常。张靖严、齐勇站在两辆三轮平板车前,赵曙光等六人站在他俩对面。

赵天亮向赵曙光和冯晓兰介绍张靖严、齐勇:"这是我当年的第一任排长张靖严,'文革'前的老高三,现在是哈尔滨锅炉厂的党委副书记;这是我后来的排长齐勇,也是老高三,刚考上哈工大。"

齐勇纠正道:"哈军工。"

赵天亮拍了拍额头:"那我记错了,老了,脑子不够用了。啊,忘了告诉你俩,我哥留在陕北了,当公社书记。我嫂子还在西藏,过几年才能转业。他俩正巧都在北京探家,听说沈力要办画展,就也跟我和周萍来了。"

赵曙光由衷地:"我父亲和我母亲嘱咐我,一定要替他们当面对你们说,特别感激你们四位哈尔滨知青老大哥当年对我弟弟的种种爱护。"

张靖严笑着说:"不说那些。初次见面,是不是应该拥抱一下啊?"

于是赵曙光情不自禁地与张靖严、与齐勇拥抱。

"上车!"齐勇招呼大家坐到了两辆三轮平板车上。

两辆三轮平板车穿过市中心,驶入一条灯光稀少的僻静街道,在一处院落前刹住。车上的人都下了车。

齐勇对大家说:"这儿是靖严他们厂的老俱乐部。新俱乐部盖起来了,椅子都搬走了,宽宽敞敞的,正适合办画展。再说,冲靖严的面子,分文不收,算赞助。"

"小黄浦"问他:"到时候会有人来吗?"

齐勇:"老黄负责宣传,他说每天几百人参观不成问题。"

张靖严引着大家往里走:"他们都在地下室呢,跟我来,先去见过他们。"

大家都跟在张靖严身后,走向地下室。

张靖严在出入口前回头嘱咐周萍:"小周,你抱着孩子下台阶时小心点儿啊!"

赵天亮就将孩子从周萍怀中抱过去了。

这间地下室变成了木工车间,到处放着木条、木板和油漆桶,遍地刨花。张靖严、齐勇、黄伟、魏明、孙曼玲的五位父亲,都成了木匠和油漆匠。他们有的在锯木头,有的在刨木头,有的在刷油漆,有的在量尺寸。

齐勇站在敞开的双扇门口,像是参观引领者似的,别人站在他身后,看着干活的父亲们。

齐勇:"那是我们的父亲,他们在帮忙赶做画框,木条都是哈尔滨知青捐助的。走吧,这儿没什么可看的。"说罢,转身要走。

孙曼玲的父亲叫住他:"你给我站住! 怎么,我们白天上班,晚上到这儿加班,都不值得你向他们介绍介绍我们吗?"

齐勇一笑:"我介绍了呀。您没太注意听,我刚才很郑重地对他们说,你们是我们的父亲……"

孙父:"有你们这么介绍的吗! 谁是谁的父亲啊,你问他们能分得清吗? 他们又都叫什么名字,你起码也应该向我们介绍介绍吧!"孙父转过头对齐勇的父亲说,"你们老齐家就教育出来这等儿子啊! 都三十出头的人了,大学生了,还这么不懂规矩! 要是我儿子,我早一撇子扇过去了!"

齐父慢条斯理地:"现在不也是你女婿了吗? 女婿半个儿,你要是看不惯,替我扇嘛!"

黄父对孙父笑道:"可别真扇啊,真扇齐师傅会跟你打起来的!"

齐勇:"好好好,都别说了,那我就详细介绍! 这位要扇我的是孙曼玲的父亲,我的岳父。这位是老黄的父亲,这位是老魏的父亲,这位是靖严的父亲……嗨,这不多余嘛!"他将赵天亮、"小黄浦"、周萍一一扯到父亲们跟前,不耐烦地说,"他们从新疆接羊群路过哈尔滨那一年,你们都见过的呀!"

"小黄浦"也将谢菲扯到了身旁,主动介绍:"几位大爷大叔,这是我媳妇,叫谢菲。"

赵天亮也主动向他们介绍:"这是我哥,这是我嫂子,我抱的是我儿子。"

齐勇笑望着几位长辈:"几位父亲大人,现在满意了没有?满意了就赶快表个态!"

孙父对张靖严的父亲说:"你看他,他怎么跟咱们说话就这么没耐心呢!你看你们靖严多沉稳,从来不多说一句不少说一句的。"

张靖严玩笑道:"大叔,实在看齐勇不顺眼,让小孙和他离。正好我还单身呢,愿意给您当女婿!"

孙父张张嘴,一时没说出话来。大家都忍不住笑了。

孙曼玲匆匆走来,着急道:"都快去看看吧,沈力又不对劲儿了!"

刚才的轻松一下子消失了,气氛沉闷起来。

张靖严焦急地问:"他怎么了?"

孙曼玲:"他把自己反锁在他画画那间屋里,也不开门,也不吃饭,叫他也不答应,不知在里边干什么呢!"

张靖严:"多久了?"

"快三个小时了!"

"小黄浦"问她:"没从窗子看他在干什么?"

孙曼玲急得直跺脚:"这是地下室,哪儿有窗啊!"

赵天亮也觉得纳闷:"他从北京来时,我送他上的车,那时他精神挺正常啊!"

齐勇:"唉,咱们哥儿几个这操心的命!"他转身便走,众人默默地跟了过去。

众人来到地下室某一房间门前。黄伟、魏明、杨一凡站在门旁,魏明对众人摇头道:"看你们的了。"

那门是严实的铁皮门。张靖严上前拍门,大声地问:"沈力、天亮、周

1168

萍、'小黄浦'也为你画展的事儿来了,你都不出来见见?"

门内寂静无声。张靖严从门前退开,向齐勇摇摇头。

齐勇便也上前拍门,大声说:"沈力,你这样太不对了吧,太让哥儿几个寒心了吧。"

门内依旧没有声音。

魏父对众人说:"看来,得找东西撬门了。"

张父阻拦道:"先别急,还不到那一步。"

"这是又犯病了呀……"齐父皱着眉,一脸担心。

黄父摇头叹息:"唉,画画得那么好,可惜一个人才了!"

赵天亮背着的儿子突然尖声大叫:"沈力叔叔出来! 再不出来你就是坏叔叔!"

他的声音特别尖厉,以至于谢菲捂上了双耳,吃惊地看着那孩子。

门内还是毫无动静。

赵顾从赵天亮背上溜下地,走到门前,握着小拳头,用力地拍门尖叫:"坏叔叔坏叔叔坏叔叔!"

周萍赶紧上前抱起他,阻止道:"儿子,别叫别叫,会叫坏嗓子的!"

赵顾流泪说:"妈妈,他是坏叔叔,我不想看坏叔叔的画了……"

门内终于发出了抽开门闩的响声,众人都目不转睛地望着门。门终于打开了,沈力从里面闪了出来,奇怪地问众人:"班长,你们几个怎么也来了?"

张靖严对他说:"他们也来帮你办画展。"

沈力呆呆地望着大家:"为什么都来凑热闹? 为什么? 谁能告诉我,为什么?"

众人都默默望着他,谁也不知说什么好。

沈力走到周萍跟前,细看赵顾片刻,转身问赵天亮:"哪儿来这么一个孩子?"

赵天亮:"是我和周萍,我们的儿子。"

沈力高兴地笑了,从周萍怀里抱过去赵顾,问:"你叫赵什么?"

赵顾赌气地一扭头:"不告诉你!"

赵天亮解释:"赵顾。我起的,图叫起来顺口。"

沈力:"哪个顾?"

"就是'互相照顾'的'顾'。"

沈力连声道:"好名字!很艺术。"

众人一时面面相觑,不知他说的是明白话还是糊涂话。

沈力:"百家姓中各姓,双字名也罢,单字名也罢,如果统计一下,重复的多了去了。"

沈力大师授课似的说着,一手抱孩子,一手指点赵天亮、周萍、"小黄浦"、齐勇等:"你的名字、你的名字、你的名字,你们大家的名字,还有我的名字,在中国都至少能找到几百个。可是赵顾这个名字,也许是唯一的。不是唯一的也肯定很少。知道为什么吗?知道吗?"

众人皆摇头。

沈力:"我也不知道。但是我知道,艺术创作追求唯一性。唯一性就是排他性。不能成为'唯一',起码不能成为'一堆'。'一堆'就没了艺术价值。你们同意不?"

他见众人纷纷点头,继续说道:"同意是那么回事,不同意也是那么回事。某种规律,不管某些人如何反对,它也还是规律。"

周萍柔声说:"沈力,我们都不反对……"

沈力:"都不反对?那你们这么多人围着我、瞪着我干什么?"

众人都被他突如其来的反问问愣了。

"啪!"赵顾的小手扇了沈力一个耳光。

众人都被孩子这突然的举动弄蒙了。

沈力吃了一惊:"为什么打我?"

赵顾认真地说:"因为你是坏叔叔!因为你让大家着急!因为你胡说八道还不许别人反对!"

沈力也愣愣地看着小赵顾。

赵天亮生气地:"赵顾,你怎么敢打叔叔!快向叔叔……"

沈力向赵天亮竖起一只手掌,赵天亮只好把说了一半的话收住。

沈力却抱着小赵顾突然一转身,两步就跨入房间去了,同时将门关上。

众人不约而同扑向铁皮门。

周萍拍门大声说:"沈力!沈力!他可是个孩子呀,你千万别把他怎么样啊!"

门内悄无声息。

周萍反身背靠在门上,双手捂住脸,蹲下哭了起来。

赵天亮急道:"快去找工具,撬门!"

张父挥了挥手中的锤子:"都闪开,我手里有锤子!"

众人两边闪开,张父将羊角锤的锤角卡向门边。

"小黄浦"问张靖严:"他这样,还有必要替他办画展吗?"

齐勇斥道:"住嘴!没劲的话以后再说!"

张靖严拍拍"小黄浦"的肩,小声地说:"先别泄气。看情况,啊?"

张父双手用力一撬,门轻而易举地打开了。原来门并没从里边插上。众人进入,惊讶地看着里面的情景。小赵顾坐在一只高腿凳上,沈力一手调色板一手画笔,在往小赵顾额头写"王"字,孩子的小脸已被画成一只老虎脸。

沈力大功告成,放下调色板和画笔,转身对赵天亮说:"班长,你这儿子,应该送杂技团去,让驯虎师调教调教!"

小赵顾做龇牙咧嘴状,口中模仿老虎的叫声,发出"哇呜"的声音。周萍破涕为笑,赶紧上前抱起他。

众人长出了一口气,都互相看着,笑了起来。

一位扎围裙的胖胖的食堂老师傅走来,对张靖严尊敬地:"张书记,按您的指示,食堂给大家做了顿便饭……"

张靖严:"韩师傅,以后千万不能说什么指示不指示的了。是我求您的事。多谢了!"他又对大家说,"走,都去吃点儿。"

众人在食堂里分两桌坐下。赵曙光、冯晓兰、齐勇、张靖严陪几位父亲坐一桌。黄伟、魏明、孙曼玲与赵天亮、沈力等人坐一桌。沈力左边是黄伟,右边是魏明。饭菜并不特别,一盆包子、一盆粥和几小盘咸菜而已。

沈力双膝夹着双手说:"酱油。"

黄伟赶紧拿起酱油瓶,往沈力的小盘里倒酱油。

沈力:"醋。"

魏明赶紧拿起醋瓶,往沈力的小盘里兑醋。

沈力:"我想先喝粥。"

赵天亮赶紧拿起碗,盛一碗粥双手放在沈力面前。

谢菲笑道:"哎呀妈呀,沈力你可算是个爷了!"

沈力突然正经地:"我不是爷。我只不过精神有点儿病。一会儿正常,一会儿不正常,这我知道。精神有毛病的人,专爱欺负亲人。除了我老爸、老妈、老姐,你们也是我亲人。我让你们都操了不少心,我只能用我的画来谢你们……"

满座戚然。

黄伟拍拍沈力后脑勺:"放心,大家一定帮你把画展办好。"

沈力忽然一指赵曙光和冯晓兰,问:"他俩是谁?"

赵天亮向他解释:"我哥,我嫂子。也专程来看你的画。"

"我猜到了。"沈力点点头,"我这会儿不糊涂。今晚我要和你哥谈谈……"

赵天亮:"行,行。我跟他说,没问题。"

魏明笑着对他俩说:"打住。都先吃饭,吃饭。"

于是大家吃起饭来。

"小黄浦"边大口嚼着包子边问:"老魏,今晚我们睡哪儿啊?"

"靖严厂里有招待所,闲着不少床位呢,他都安排好了。"

地下室一间大屋子里有一块一米多高、三米多宽的胶合板,上面裱着大白纸。赵曙光和沈力并肩站在胶合板前。

沈力问赵曙光:"看到了吗?"

赵曙光:"看到了。"

沈力:"看到什么了?"

"白纸。胶合板。"

"仔细看。我希望,你能看到你插队的那个坡底村,然后把你看到的,一一讲给我听。"

赵曙光又望着胶合板,陷入对往事的回忆。

信天游的调子回旋在陕北沟沟壑壑的高原上。

老支书和支书老伴,王大爷和王大娘,韩奶奶、翠花、马婶、马平阳、囤子、武红兵、李君婷、刘江,孩子们和羊、手扶拖拉机和书……这一切仿佛肖像画般,缓缓在他脑际移过。

赵曙光低声地:"我看到了……"

第二天,在大家的努力下,画展开幕了。而那块裱着白纸的胶合板也成了知青们的"签名簿"。方婉之用毛笔在白纸上写下"方婉之"三个秀丽的字。她放下笔,紧紧地拥抱了站在桌旁的孙曼玲。

孙曼玲深情地说:"排长,我好想你。"

方婉之:"我也想你们。"

"没想到你会来。连长和指导员都好吗?"

"都好。他们都是那种要将人生全部奉献给北大荒的人。可是我,不久以后也要离开北大荒回上海了,我父母身体都不太好了……"

"排长,你已经奉献了很多。"

方婉之温婉一笑:"你们也一样。北大荒会永远承认这一点的。"

剪彩的剪刀挥动,红绸缓缓落下。油画《离离原上草》映入众人眼帘。

张靖严走到话筒前,庄重地说:"今天,我们一名知青伙伴的画展,在这个简陋的地方开幕了。这为我们提供了一次相聚的机会。人人都可以到话筒前来介绍介绍自己现在的情况,说说自己内心里想说的话。而我要说的话只有一句——'上山下乡'运动是我思想的摇篮。"

在展厅的一个无人的角落里,沈力和小赵顾坐在地上,置身事外地拍手唱歌:

你拍一,我拍一,
黄雀落在大门西。
你拍二,我拍二,
黄雀落在树当间。
你拍三,我拍三,
三三建成九连环。
你拍四,我拍四,
四个小孩写大字。
……

赵曙光在话筒前说:"我是当年北京到陕北插队的知青。现在我留在那里了,当公社书记。我选择留下,是因为我决心开始我一个人在那里的'上山下乡'运动……"

赵天亮走到了话筒前:"我叫赵天亮,现在是北京一家印刷厂的印刷工人。知青友情万岁!我建议编各地知青通讯录,以便于我们在以后的人生中互相照顾……"

周萍走到了话筒前:"我叫周萍,现在在北京某街道托儿所工作。我给了北大荒我最好的东西——青春;北大荒也给了我最好的东西——我的丈夫赵天亮和我们的儿子赵顾……"

孙曼玲走到了话筒前:"我弟弟埋在北大荒了……我　　我会常回

北大荒的……"

黄伟在话筒前说:"我叫黄伟。我现在在哈尔滨某建筑工程队。我想,我如果参加高考,凭我老高三的底子,考上一所大学是没什么问题的。但是我不打算考了。家里需要我挣钱赡养父母。我还在写小说,我相信我将来能成为作家……"

魏明在话筒前说:"大家都知道的,张靖严现在是锅炉厂的党委副书记了。我沾他的光,在锅炉厂食堂当管理员。我不想多说我自己,我想起了我们的一位知青伙伴傅正……我……我真的常常想起他……"

"小黄浦"、谢菲、杨一凡依次在裱着白纸的胶合板上写下自己的名字和职业:

徐进步:上海浦东造船厂电焊工

谢菲:上海纺纱厂女工

杨一凡:北京公交公司司机

待大家都写得差不多了之后,一个穿着体面、戴墨镜的女子走到桌前,拿起了笔。她似乎想写点什么,但犹豫片刻,又放下了笔。

那不是别人,正是吴敏。

她转身避开人多的地方,走到角落里,独自看画。一幅女知青的肖像画吸引了她的注意,看了一会儿,一转身,发现仍坐在一个角落里的沈力。沈力盘着腿,腿上放一本翻开的书,目光也在定定地望她。

吴敏急忙转身离开。沈力一跃而起,拿着书挡在她面前。

沈力语气肯定地说:"我知道你是谁。"

吴敏:"你认错人了。"她绕过沈力,无心再看画,匆匆而去。

沈力愣了愣,加快脚步跟了过去。

赵曙光、冯晓兰、张靖严、齐勇、黄伟和魏明在看一幅画。画上画的是武红兵和李君婷,二人在泥浆流中尽量挣扎出上半身,竭力互相够着手。

冯晓兰一转身,双手放于赵曙光一肩,俯下头去,陷入悲痛。

孙曼玲匆匆走来,说:"我看见沈力紧跟着一个女人走出去了。那个女人好像是吴敏。"

几个人互相看看,都跟着孙曼玲匆匆往外走。

大家走到楼外台阶上,见沈力在人行道边的一棵树下,同那个女人说话。

张靖严拦住大家:"我们先不要过去。"

吴敏站在树下冷冷地问沈力:"你究竟想怎么样?"

沈力孩子般地说:"不想怎么样啊。只不过想,看看你摘下墨镜的样子。"

吴敏将手举起,犹豫几秒,摘下了墨镜。

沈力看着她,孩子般笑了,无憎无恨地说:"还那样儿。你也没太变。"

吴敏立刻又戴上墨镜,不无内疚地:"我承认我过去做了对不起你的事,我现在当面向你道歉……"

沈力:"你也做了对不起周萍的事。那场火和她无关,和你有关。"

吴敏:"你揭发我了?"

沈力摇头:"起先我没往你身上想。后来,等我断定和你有关的时候,我已经被视为一个疯子了,没人相信我的话了。"

吴敏低头道:"我知道你现在的处境不太好……"

沈力:"很不好。没有哪一个单位愿意要一个有精神病的知青。"

吴敏:"如果你愿意,我可以说服我父亲,帮你在哈尔滨解决一份工作,将来能享受正式退休待遇的那一种。我对诗啦画啦,一点儿也不感兴趣……"

沈力:"那不对。没有诗和画,人类社会将缺少很多美好,变得没意思。"

"我来看你的画展,主要是为了考察一下你画画的水平。以我外行的眼光看,你的水平还真不低。所以,我对于帮助你有信心……"

"帮助我什么?"

"就是我刚才说的,你认真考虑考虑。"

沈力:"谢了。我们班的人都是为了帮助我,才齐心协力为我举办了这次画展。有他们,人不少了,够了。一个人精神有毛病并不影响他成为大画家,梵高就是一个例子。为了不辜负他们几个,我也要努力成为中国的梵高。"

吴敏不明白他的意思:"那……那你还跟着我,一次次拦住我干什么?"

"是啊,我这是干什么呢?"沈力一笑,"你把我问糊涂了……要不,我送给你这本书吧!"

吴敏困惑地看着他。

沈力郑重地将书交给她:"请收下。否则,我不白跟着你了?"

吴敏犹豫地接过来,见书包了皮,上面写着"美学原理"四个字。

吴敏微微皱眉:"这么专业的书,我不会翻的,看不懂。"

沈力:"你一定要看。人人都应该明白什么是美,什么是丑。我精神有毛病的人都能看懂,你精神正常的人更能看懂了。我不跟着你了,再见。"他说完,转身走了,吴敏呆呆望着他背影。

沈力走了两步,站住,转身嘱咐:"过马路时别低着头想事儿,当心点儿车。"

沈力走上台阶,齐勇问:"那个女的是谁?"

沈力回头,原地已不见了吴敏,他一摊手:"不认识。"

孙曼玲疑惑种种地看着他:"不认识她,你给她一本书?"

沈力:"书也不见得非给认识的人啊!"

大家一时哭笑不得。

这时,楼内传出异口同声的喊声:"方大姐,说几句! 方大姐,说几句!"

张靖严搂着沈力，和大家一起往楼里走。

方婉之已站在话筒前，她扫视着男女知青一张张充满期待的脸，自己的表情也渐渐严肃起来了，目光中流露着凝重的亲切。

她发自内心地说："你们叫我大姐，你们当然就如同我的弟弟、妹妹。能有你们这样一些弟弟、妹妹，我感到很荣幸，也是我一生中最宝贵的缘分。而我相信，你们之间，也早已形成一种值得永远珍惜的友情了。事实上，我一向认为，我也是一名'上山下乡'的知青，只不过与你们相比，我在那样一条路上早走了十年而已。我首先要告诉你们的是，不久以后，我将和你们一样，离开北大荒，回到上海去了。而老几代北大荒人，对我的选择，是既尊重，又十分理解的。我还要告诉你们，他们对你们的返城，也是既尊重，又理解的。他们让我捎话给你们，他们不抱怨你们，他们会永远想念你们！他们祝愿你们每一个人，都能在城市里，走好你们以后的人生道路！"

大家热烈地鼓起掌来。掌声中，知青们泪流满面。

方婉之继续说道："我个人认为，'上山下乡'这一方向，对于处在'文革'时期的中国，实在是权宜之策。而世界上的一切权宜之策，都肯定是问题多多的。而且它是'文革'中的运动，所以，使你们某些人身上，留下了这样或者那样的伤痕。但是，受过伤的人，应该更具有对于疼痛的承受力，应该更坚强！应该，在那伤口愈合的过程中，不但生长出新的肌肤，而且生长出对于我们祖国前途的新的思想！新的情怀！新的态度！"

众人纷纷起立鼓掌，只有沈力没鼓掌，他手拿速写册，在画着方婉之。

"我了解到，你们中，不仅有黑龙江生产建设兵团的知青，还有在东北插过队的知青，还有在陕北插过队的知青，还有些人，他们的知青岁月是在内蒙古度过的。全中国所有的知青，命运千差万别，但有一点是相同的，那就是，我们的知青岁月，毕竟是和人民同甘共苦过的岁月！毕竟是在黑土地、黄土地、红土地上洒下过汗水,辛劳播种和收获过的岁月! 毕竟是为我们祖国命运多思少眠的岁月! 毕竟是使我们更成熟、更坚韧、更宽容、更善良、更具有责任感的岁月!"

开幕仪式结束后,知青们在油画前合影,方婉之居中,其他人站在她左右。他们在镜头前,留下了历尽沧桑却终含希望的笑容。

流水东逝,时光荏苒,匆匆的岁月将这幅合影变成了泛黄的老照片。

一幅幅知青老照片,带着岁月的印痕,从过去到今天,正像黑龙江农垦总局展馆里那幅铜版浮雕。他们那一代人的青春就这样在蹉跎和奉献中过去了。而关于青春的回忆,却让他们终生难忘。那些岁月镌刻了他们的青春,他们用青春祭奠了那个不寻常的时代……

图书在版编目（CIP）数据

知青 / 梁晓声著 . —— 青岛：青岛出版社，2014.12
（梁晓声文集 . 长篇小说；14）
ISBN 978-7-5552-1319-2

Ⅰ . ①知… Ⅱ . ①梁… Ⅲ . ①长篇小说—中国—当代
Ⅳ . ① I247.5

中国版本图书馆 CIP 数据核字（2014）第 283749 号

责任编辑　　董建国